酷威文化

图书 影视

黄金书台

苍梧宾白 著

天地出版社 | TIANDI PRESS

目录

楔子 ······ ○一

上卷

第一章　回京 ······ ○○一
第二章　宣召 ······ ○一三
第三章　养病 ······ ○四○
第四章　相识 ······ ○六六
第五章　檀弓 ······ ○九○
第六章　野鹤 ······ 一一四
第七章　心结 ······ 一三九
第八章　争执 ······ 一六四

黄金台

下卷

第九章	新生	一八九
第十章	陷阱	一九一
第十一章	解救	二〇五
第十二章	白露	二二〇
第十三章	惊雷	二三四
第十四章	谋算	二四八
第十五章	南北	二六七
第十六章	安否	二八一
第十七章	尾声	二九八
		三一七

番外

番外四 江山	三五六
番外三 封侯	三五一
番外二 花钿	三四五
番外一 梦归	三三九
	三三七

楔子

元泰二十五年，东鞑犯北疆。大周北境守军北燕铁骑会同宁州、同州二地驻军，合兵决战于无定河。

历经两月，周军大败东鞑部众，却其七百余里，收复了被鞑族占据十年之久的西秋关。

八月，东鞑乌珠部可汗奉表乞降，愿归附大周，称臣纳贡。

八月十六，两方使臣在西秋关举行受降仪式，约定乌珠部每年向大周进贡皮毛、药材、马匹及金银等物，并送可汗亲子入京。

九月，朝廷下旨，诏令北燕铁骑统帅、靖宁侯傅深护送东鞑使团进京朝觐。

眼下战事暂平，乌珠部退回关外，傅深没有推辞的理由，只得接旨，让手下将领袁枢带北燕铁骑主力先行回转，自己则亲率一队精骑护送使团南下。

九月初九，使团途经青沙隘，走到半路，地面突然震颤不已，两侧山壁内部传来隆隆震响，随即轰然崩塌。顷刻间乱石如雨，马匹受惊狂奔，被拱卫在中央的车驾先是歪歪斜斜地撞上一侧山壁，紧接着被一块从天而降的巨石击中，车身连带着内里的小王子，一并被砸开了花。

青沙隘的地形陡峻狭窄，在兵家看来算是个"险地"，但距边境甚远，又在同州军的治下，跟自己家后院没什么两样。傅深一路上留心提防，却万万没想到后院起火，竟还有这等山崩地裂的飞来横祸，一时间愕然不已。眼看前方落石滚滚直下，他顾不得细想，当机立断拨转马头，高喊"退后"，率众朝原

路入口疾驰而去。

烟尘四起，几乎将整片山谷都染成了灰黄色。而在高处树丛中，一道险恶的寒光始终如影随形地追着策马狂奔的北燕军统帅，箭尖堪堪对准了傅深的后心。

漫长的屏息之后，按在弓弩扳机上的手指毫不迟疑地扣下——

战场上淬炼出来的敏锐直觉在这千钧一发之际救了他一命，弩箭破风而来，傅深仿佛背后长眼，矮身伏低的同时猛扯缰绳，军马急停，前蹄高高扬起，在原地转了半圈，险险地避让开了那支要命的冷箭。箭尖擦着傅深的鬓角急掠而过，"铿"的一声没入石壁半寸，随即被滚滚沙石淹没。

"谁？"

谁要杀他？

这个冰冷的念头只在傅深脑海中转了一瞬，下一刻，周遭亲兵的呼喊便将他拽回了现实。

"将军小心！"

自头顶坠落的巨石遮天蔽日，也彻底遮断了他回望的视线。

元泰二十五年九月初九，东鞑使团在同州青沙隘遇袭，小王子当场殒命，使团护卫折损大半。随行护送使团的靖宁侯傅深被巨石砸中双腿，身受重伤，由亲信拼死抢出，连夜护送回北疆救治，虽然侥幸保住了一命，但日后恐怕行动有碍，再难恢复如常。

消息传回京城，朝野哗然，上下莫不震惊。

元泰帝震怒，令三法司严查此案，又特旨厚抚傅深，在靖宁侯原秩上加禄千石，晋封镇国将军，赐紫绶金印，许其带职回京休养。

自打傅深受伤一事在京中传开，就有不少人私底下猜测他受伤后北燕军的兵权将会落入何人手中。皇帝的这道旨意算是暂时堵住了悠悠众口，傅深统帅之名仍在，只是暂时远离北疆，倘若他足够聪明识相，闻弦歌而知雅意，等回京后便退位让贤，将兵权交还圣上，就能用一双腿换一辈子荣华富贵。

都说美人自古如名将，不许人间见白头，如此看来，元泰帝对功臣不仅颇为优待，甚至称得上是仁至义尽了。

身处流言中心的靖宁侯和北燕铁骑接了旨，却始终没什么动静。直到九月底，傅深才往京中递了一封折子，里头详尽地写明了北境军务交接安排，请求皇帝允其去职养病。

这封折子到了皇帝案头之后，元泰帝总算松了一口气，按例驳了他的请辞，准其自北疆动身回京。

京中不知有多少人掰着手指数日子，翘首盼望，等着看这位威名赫赫的靖宁侯究竟变成了什么模样。此刻千里之外，天色微明，一辆朴素的马车在亲兵的簇拥下，悄然离开了守卫森严的燕州城，朝着京城方向驶去。

第一章 回京

　　自燕州一路南行，经广阳、白檀等地，至温榆时，京城便已遥遥在望。

　　秋来天凉，北地已下过第一场雪，京城附近倒还凉爽宜人，正适合出行。时近晌午，一队精骑沿官道行来，领头者举目眺望，见不远处有沿路搭设的茶棚，便轻轻一提缰绳，放慢速度，待后面的马车赶上来，倾身叩了两下车厢板壁，低声请示道："将军，咱们跑了一整夜了，要不先歇歇脚，再继续赶路？"

　　车帘掀开一条细缝，男人低沉的声音伴着苦药味飘了出来："前面有打尖的地方吗？传令全军休整，弟兄们辛苦了。"

　　领头人利索地应了声"是"，向后打了个转向的手势，一行人纵马奔向前方茶棚，所过之处尘土飞扬，引得路边歇脚的旅人纷纷侧目。

　　这些人清一色穿着窄袖交领青色武袍，个个身材精悍，气势肃杀，纵然并无旗号，脸上却明明白白地写着"惹不起"三个大字。

　　经营茶铺的店家见惯人来人往，并不多问一言，引着众人拴马落座，奉上刚刚烹好的茶水和糕饼。那领头男人下了马，让手下自去吃茶歇息，又找了张阴凉处的桌子，擦得干干净净，吩咐店家另备热茶和几样细点，转去门外，从马车上扶下了一个病秧子似的年轻公子。

　　那人脚步虚浮，面白气弱，一脸病容，行走全靠人搀扶，从马车到茶铺这几步路愣是磨蹭了半天。等他终于在桌边坐下，仿佛支持不住地连咳数声时，坐在凉棚下的其他客人竟齐齐跟着松了一口气——实在是看着都替他累得慌。

　　说来也怪，那男人看上去虽然是一副随时要断气的样子，身上却有种无法言明、让人移不开眼的气质。他身量很高，似乎惯于垂眼看人，眼皮总是半抬不抬，像个万事不挂心的纨绔子弟，偏生了一副修眉凤目、高鼻薄唇的俊美皮相，无端端透出一股迫人的凛冽锐利来。

　　露在衣袖外的手背清瘦嶙峋，端个茶铺里的粗瓷碗都怕把腕子坠折了，可当他端坐在那里时，笔直的身影犹如山岩里拔起的一竿青竹、劫火中淬炼的一把长刀，纵然伤痕累累，寒刃犹能饮血，衰弱躯体也拦不住他纵横天下。

　　行脚客商们不自觉地伸长了脖子，俨然成了一群全神贯注的活鹅。那年轻的公子慢吞吞地喝完一碗茶水，把瓷碗"咣当"一声蹾在桌上，冷冷地问："诸位的脖子抻得都能拴头驴了，在下好看吗？"

　　旁边大吃大嚼的精壮汉子闻声立时一哆嗦，活鹅们悻悻地收回视线，还有几个格外大胆热情的，竟然犹犹豫豫地凑上来搭话："公子从哪里来？也是要上京吗？"

　　一直鞍前马后地伺候这位大爷的肖峋头皮一麻，准备只要他说一句"滚"，就立刻把这个人挂到门外的树上去。

　　谁知这位看上去格外不爱搭理人的公子居然出人意料地有耐心，他平和地答道："在下从北边燕州城来，正要上京求医。"

　　他们一行人都着常服，未佩刀剑，车马排场也不甚大，护卫们虽气势迫人，但做主的这位公子服饰简朴，不似京城时下那种花里胡哨的风尚，客商们心中都猜测这或许是燕州某大户人家的少爷出行——盖因燕州城是边关军事重镇，民风剽悍，有些军户出身的家人随行也实属正常。

　　陌生人萍水相逢，不好随意探问人家的病情，那客商话锋一转，说起了近日另一桩新鲜奇事："公子从北边来，可曾遇见过傅将军出行的车驾？他老人家衣锦还乡，还不知是何等排场哩！"

　　肖峋险些被茶水呛死，年轻公子却扬起长眉，饶有兴致地问道："傅将军？是我们燕州城的那位傅将军吗？"

　　客商笑道："除了靖宁侯，天底下哪还有第二个傅将军担得起这等盛名！"

　　那年轻公子似乎起了谈兴，低笑一声："我看先生对傅将军了解颇深，可否赐教，好让我们也长长见识？"

　　"公子言重了，"那人连连摆手，感慨道，"也谈不上了解，我们这些往来南北的商户，在路上常常听说傅将军的传闻。他老人家镇守北疆这些年，路上太平，我们这生意比以前不知好做了多少。就是京中百姓提起傅将军来，那也是无不敬佩。公子不知道，前些年傅将军率北燕铁骑大败靼子那会儿，我从北边贩皮毛回来，好家伙，沿途各州各县、大街小巷传得纷纷扬扬，说'傅帅在北疆，京师乃安寝'。茶楼里说书的、唱曲儿的，戏园子里演的，全是他。"

北燕军与靖宁侯声誉之盛，由此可见一斑。

北燕铁骑号称大周北境防线，自成军以来，一直由傅家辖制。其前身为颖国公傅坚统领的边防驻军。

中原人将统治北方草原的游牧民族称为靼族。数十年前，靼族内部动荡分裂，部分部落被迫西迁，与西域胡族、粟特等民族通婚往来，被称为西靼；另一部分则占据中部和东部较为富饶的草场，称为东靼。

二十三年前，元泰帝孙珣践祚之初，东靼部落悍然入侵大周。彼时边军薄弱，竟一击而溃，而靼族兵强马壮，势如破竹，在北方大肆劫掠屠杀，甚至将宣庆、保宁两个边境重镇屠为了空城。

先帝在朝时承平日久，三十余年未闻战事，谁也没想到东靼竟然会挥师南进，更没想到边军竟无力与其一战，令敌人转瞬间便杀到了家门口。

朝中主张议和的声音越来越大，元泰帝正值盛年，决不肯以天朝上国之尊向靼人低头。恰好傅坚因军功自岭南转调甘州，元泰帝便将他擢为甘州节度使，令其率甘、宁、原三州驻军抗击东靼。历时两年，傅坚及其二子与麾下一众将领集结十万边军，肃清了靼族之祸。傅坚长子傅廷忠甚至越过长城，率军长驱直入草原腹地，差点打下东靼王城，因中途傅坚病故才罢兵。此役后，傅坚追封颖国公，上柱国将军，傅廷忠袭颖国公，节制甘、宁、原三州军事。二子傅廷信封镇国将军，节制燕、幽州军事。

这两位将军为大周筑起了一道铁打的北境边防线。傅家人所统领的边军被称为北燕铁骑。自元泰六年至元泰十八年，这十多年里，在北燕铁骑的威慑下，东靼暂时蛰伏，边境安宁，再未有过大战。

直到元泰十九年，傅廷忠被东靼刺客暗杀，东靼与北境柘族结为联盟，再犯大周，蓟州、平州沦陷。傅廷信率孤军深入重围，却遭遇埋伏，最终力竭战死。北境防线一破，京城再无屏障，当年兵临城下的旧事险些重演，可朝廷已不像当年那样有大批精兵良将可用，元泰帝亦不复早年锐意进取。主战派与主和派吵了好几个早朝，最终做出了一个最糊涂也是最明智的决定。

他们将傅廷忠的长子、未及弱冠的傅深推了出来，推上了战场。

东靼与傅家人有深仇大恨，此行就是为报仇而来，傅家惹的祸当然得让傅家去收拾。况且傅深自小在军中随父叔历练，听说傅廷信常感慨"后继有人"，

那他应该也勉强算得上是"将帅之才"。

理由看上去十分充足,可放眼历朝历代,哪有饱食终日的大臣们龟缩在后方,让一个少年去面对豺狼虎豹的道理?

不幸中的万幸,傅家可能真的是一窝将星轮番投胎,傅深青出于蓝而胜于蓝,居然是个不世出的领军奇才。

其时北疆防线告破,两族精锐正摩拳擦掌地准备南下,最明智的选择是暂避锋芒,退回唐州,等援军集结后再图反攻。然而傅深从一开始就没指望过能从自己人那里获得帮助,他用最快的速度收拢北燕铁骑,在燕州三关打了十余场游击,消耗掉柘族近半主力,另一边又以开商路、准内附为条件,向西鞑野良部借来骑兵,自西北包抄鞑、柘联军,双管齐下,分头击破,才最终解了北疆之危。

战后野良部内附,骑兵混编入北燕铁骑。傅深以战线过长、尾大不掉为由,将甘、宁、幽三州边防军权交回中枢,专注经营原州、燕州一线边防。

经此一役,傅深正式出任北燕铁骑统帅,接过了父祖留下的事业,没过多久,便以弱冠之龄获封靖宁侯。

以傅深力挽狂澜之功,本来可以名正言顺地承袭国公爵位,可元泰帝实在是被傅家搞怕了,生怕他们家搞出个"万世流芳"的颖国公来,竟全然不顾祖制,趁傅深尚在边疆不得抽身时,先允准了傅家三爷承袭颖国公爵位,待事成定局后,又默许了傅深从颖国公府分家出去另居的举动。

可有些人就是注定要逆流而上。短短数年,靖宁侯傅深手握北燕铁骑,一跃成为大周的中流砥柱,当仁不让地坐稳了鞑、柘两族眼中钉、肉中刺的位置。这些年北疆安宁,北方百姓安居乐业,大半是他的功劳。傅深只要身在军中,哪怕坐着不动,都是对北方异族的最大威慑。

寻常百姓的夸夸其谈,年轻公子起先还当个笑话似的听着,可听到那句"京师乃安寝"时,那点笑意倏尔沉凝,随即消散得一干二净。肖屿见他神情不对,忙抄起茶壶给他添水,故意打岔道:"公子,下午还要赶路,再用几块点心吧?"

公子端起碗呷了口热茶,嘴角一翘,却毫无愉悦之意,反而像是嘲弄,自言自语地低声叹道:"这话传开,得有多少人睡不着觉啊!"

旁边一个戴斗笠的客人忽然神神道道地插话道:"靖宁侯再厉害,现在不也成了个残废吗?常听人说'强极则辱,盛极必衰',你们想想,靖宁侯在北疆打了这么多年的仗,手里有多少人命,不正应了这句话?过去那些有名的将军,不是短命就是孤寡,因为那都是将星下凡,命主杀伐,跟寻常人不一样。依我看，靖宁侯多半也是个七杀入命，他那腿没准儿就是造的杀孽太多……"

"喀啦"一声脆响，肖峋手里的碗被他一把捏爆，碎成了好几瓣。众人愕然望来，却见他沉着脸坐在那里，任凭鲜血从指缝间滴答着流下来，眸中怒火难抑，紧盯着那个客人问："你说谁造杀孽？"

"重山。"年轻公子低声道，"别多事，你跟谁耍横呢？"

"公子……"

那位公子的脸色与之前殊无二致，像是全不在意，语气如常地道："手劲忒大，下回给你买个铁饭碗，省得你糟蹋东西。"又看见他那满手鲜血，像是受不了一样微微侧过头去，道，"自己去上点药，一会儿别忘了赔钱。"

肖峋低头"嗯"了一声。

那客人有些讪讪的，自己也知道刚才那些话不是什么吉利的好话。这次只是碎了个茶碗，下回说不定就要被人围起来打一顿。

那位公子却十分宽容地道："家人无状，见笑了，兄台不必往心里去。再者照你的说法，这些当将军的短命孤寡必犯一样，靖宁侯既然已经残废，说不定他很快就能娶上媳妇了，这也算是因祸得福，不失为一桩美事。"

茶铺里响起哄笑，有人拍案而起，高声道："大丈夫何患无妻！靖宁侯这等英雄好汉，想要什么样的女人没有！"

有人附和着道："对！就是！"

靖宁侯身为京城著名金龟婿，多少深闺少女的梦里人，终身大事却迟迟未定，故而寻常人也都盼望三分。

提及这等风月之事，众人谈兴更浓，一时热闹得无从插话。那位年轻公子再不多言，只默默听着他们议论靖宁侯生平，方才消失的笑意又回到了唇边，仿佛在听什么极有趣极精彩的故事。

过了半晌，肖峋轻声提醒："公子，日头已经过去了，咱们现在走不走？"

"嗯？走了。"年轻公子伸手让肖峋把他扶起来，朝众客商懒散地一拱手："诸位朋友，在下急着进京，便先行一步了。"

众人纷纷举手与他道别。肖峋将他扶到车上，放下帘子。车马辚辚行出数十步，忽然听得车中人道："重山，给我粒药。"

"可是杜先生不是让您提前半个时辰服药吗？"肖峋从怀中摸出个精致的荷包，从中拿出一个薄胎白瓷瓶，"咱们进京还要两个时辰呢。"

"别废话，"车帘里伸出一只手，凭空将那个瓷瓶掠走，"再往前就是京营，咱们这样糊弄糊弄普通老百姓就算了，到京营肯定会被认出来，到时候现装瘸

哪儿还来得及。"

肖峋嘀咕道:"可您本来就是真瘸……"

那病弱公子,也就是众人口中"命主杀伐"的靖宁侯傅深,仰头吞了一粒指头大小的褐色药丸,嗤笑道:"重山,你觉得一个还有救的眼中钉和一个彻底残废的瘸子,哪个更容易让你睡不着觉?"

肖峋不说话了。

傅深把瓷瓶丢回他怀里,闭眼等待着即将蔓延到四肢的麻痹感,轻声道:"走吧。"

*

傍晚时分,京师百里外的西郊京营驻地。

锐风营统领钟鹤亲自出迎,肖峋策马上前见礼。还没等他一礼行到底,钟鹤已撇下他,急吼吼地朝马车蹿过去,倒身便拜:"末将锐风营统领钟鹤,参见傅将军!"

锐风营位列五大京营之首,钟鹤身居三品,已是十分贵重,对待靖宁侯却仍恭谨有加。

一只裹着绷带的手挑开马车垂帘,浓重的药味缓缓弥散开来。傅深未着甲胄,肩上披着一件烟青色大氅,腿上盖的毯子一直垂到脚面,更显得形销骨立。他面色青白,嘴唇毫无血色,散着长发,整个人仿佛只靠一口气吊着,虚弱得见风就倒。

傅深向他颔首致意:"钟统领,别来无恙。恕傅某……咳……行动不便,不能起身相迎。"

钟鹤早听说了他身受重伤,不能行走,可没想到竟然伤重如斯。他原本不太相信"傅深真的残疾了"的传言,现在亲眼所见却由不得他不信。傅深如今这副模样,别说是恢复成原来的样子,看起来就连安安稳稳地活几年都成问题。

钟鹤眼前发黑,只觉从头到脚都是凉的,悲痛惊讶之下,连称呼也变了:"敬渊,你这伤……你……"

傅深听他尾音哆哆嗦嗦,眼眶都红了,那架势仿佛他不是受伤,而是马上要撒手人寰,忍不住嘴角一抽,叹道:"多谢钟统领关怀。真的只是腿伤,不要命。哎,重山,快去找条帕子,给钟统领擦擦眼泪。"

钟鹤早年间曾在原州军效力,与傅廷忠、傅廷信是旧日相识,说起来算是傅深的半个长辈。可惜后来傅深接管北燕铁骑，常年留在北疆不肯回来，与父辈这些故交旧友的往来也就渐渐少了。

然而此刻他身负重伤，憔悴至极，这模样忽然让钟鹤放下了他的身份，只记得昔年军中那个总是跟在傅廷信身后神采飞扬的少年，又思及他孑然一身，上无高堂，下无儿女绕膝，身边竟连个服侍的贴心人都没有，年纪轻轻落下治不好的残疾，不由得悲从中来："都是我们这些人无能，当年没能拦着你上战场，以致今日之祸。来日九泉之下，有何面目去见你父亲！"

"钟统领，"傅深头疼地扶住车厢，"已经过去的事就别再提了，我没事，您不必过于伤怀。"

他始终不肯叫一声"世叔"，钟鹤一面怅惘，一面又觉得他实在冷情。天色已晚，傅深他们急着进京，两人就此道别，北燕精骑换过马后继续向京城方向疾驰，终于赶在城门关闭前入了城。

傅深上一次回来还是三个月前。京城没什么变化，依旧是处处灯火，热闹繁华，随行的北燕军倒是很少进京，一边走一边看，车马行进的速度逐渐慢了下来。傅深招手把肖峋叫过来，低声嘱咐道："这些人走在街上实在太显眼，你先送我回府，然后带他们出去随便逛逛，别惹是生非，花销都算我的。去吧！"

肖峋想也不想地摇头拒绝："那怎么行？将军，您还病着，人都走了谁来照顾您？"

"用不着，"傅深似乎是气力不支，声音压得很低，嘴却欠得让人手痒，"肖重山，你寸步不离地围着我转，本侯怕是没时间寻觅良缘了……我要是娶不着媳妇，往后你就得来我床前当孝子贤孙。"

"我……"

"让你去你就去，哪这么多废话？"

肖峋争不过这无赖将军，只得闷声应了。

转过一条小巷，便是整洁的街道。这一带都是勋贵高门的宅邸，飞阁流丹，气度威严，比寻常人家更显静谧。靖宁侯府坐落在东北角上，看房子的老仆傅伯拆掉门槛，迎马车进门。下人们候在中庭，见自家主人被手下背出来，都缩着手立在一旁踌躇，不敢上前。

傅深封侯后就从颍国公府分家出来建府另居，但他对这个大宅子一点也不上心，仆人还是他后母秦氏从家中搜罗出的一群老弱病残，送到他这里来一用就是四五年。傅深常年不在家，跟仆人们没甚情分，每逢他好不容易回家小住时，这群人就像耗子见了猫，畏畏缩缩地躲在后厨和下人房里，如非必要，绝

不出来碍他的眼。

好在仆人们虽然怕他,活计却没落下。肖岖将傅深背到卧房,向下人要了热水,替他脱掉外袍,擦干净手脸,扶他在床上平躺下来。待收拾停当,傅深便过河拆桥,往外攆他:"该干吗干吗去。晚上让管家给你们留门,后院都是厢房,随便睡,无事别来找我,恕我招待不周了。"

肖岖见他脸上的倦色几乎遮掩不住,十分知趣地没再多啰唆一句,轻手轻脚地掩门退了出去。

下午服用的药丸催眠效果十分强烈,为了与京营一干人周旋,傅深强忍着一路没睡,此时终于撑不住了,几乎是肖岖刚离开,他就一头坠入了昏昏沉沉的梦境。

傅伯在窗下支棱着耳朵听了一会儿,直到里面传来匀净绵长的呼吸声,这才踮着脚贴着墙根走出内院,让厨子准备些好克化的粥点,温在灶上,等主人醒来再用。

天色已晚,傅伯送肖岖等人出去后就关上了正门,只留了一道角门。原想着不会有人登门拜访,谁知傅深刚睡下不到一个时辰,靖宁侯府外忽然传来一阵急促有力的叩门声。

守门人一向懒怠,今晚却像是吃错了药,火急火燎地蹿进来报信。傅深尚在沉睡,家里唯一能顶事的老仆傅伯拖着不甚灵便的腿脚匆匆赶来,甫一照面就被外面那一群骑着高头大马、腰悬佩刀的黑衣人震慑住了,战战兢兢地问:"敢、敢问诸位是?"

人群自动分开,一个身形颀长的男人越众而出,御马停在屋檐阴影外的光亮中。一动一定间,深蓝色衣摆上的云纹如流水一般闪动,外衫背后银绣的天马振翅欲飞,月光与灯光映出一张笑眼薄唇的昳丽面庞。

他端坐在马上,看人时不低头,只是微微垂眼,显得颇为冷淡矜傲,对傅伯道:"飞龙卫钦察使严宵寒,奉陛下旨意,特地延请名医为靖宁侯看伤,劳烦前去通报。"

傅伯分辨不出官员服色,但他在两府当了几十年下人,对"严宵寒"这个名字十分熟悉,心中顿时咯噔一下,支吾着道:"这……大人恕罪,我家主人长途跋涉,身上又有伤,方才已经睡下了……"

飞龙卫行事一向霸道,朝野上下无不知晓,更鲜有人敢上来阻拦。严宵寒居高临下地睨了他一眼,提着马缰的那只手苍白瘦削,袍袖滑落,露出一小截冷冰冰的镔铁护腕。他似笑非笑地问:"怎么,我只不过是要见靖宁侯一面,就叫你怕成这样？"

傅伯暗自"呸"了一声，心道你也有脸问，面上却越发惶恐，抖抖索索，恨不得把头埋进地缝里去。

此事在京中早已不是秘密——左神武军上将军、飞龙卫钦察使严宵寒是近年京中最炙手可热的权臣，也是人人避而不及的朝廷鹰犬、帝王耳目。更要命的是，他与靖宁侯傅深天生犯冲，不合已久，是一对铁打的死对头。听说见面必掐，连元泰帝也拦不住。就在今年，三个月前的一次早朝上，两人因朝廷向四方派驻监军使一事意见相左，竟然当着所有大臣的面，不带脏字地互损了半个时辰，险些当场大打出手。元泰帝气得砸了一方御砚，将两人各自罚俸半年，又赶紧打发傅深回北疆，这才了事。

风水轮流转，如今傅深落魄回京，严宵寒仍位高权重，万一他挟私报复，他们侯爷那身子骨怎么受得住？

严宵寒翻身下马，他比傅伯高出整整一头，气势又极盛，因此压迫感几乎像一座大山，当头降了下来："你敢拦我？"

傅伯叫他吓得带上了哭腔，那模样仿佛不是回话，而是准备慷慨赴死："大人明鉴，我家侯爷伤重难愈，实在是经不起折腾了啊。"

趁着说话的工夫，严宵寒环视了一遭靖宁侯府，庭院整洁萧条，看得出下人养护的痕迹，却仍显得没有人气。他不明显地叹了口气，终于让步，勉强和颜悦色地道："我不是来找他麻烦的……罢了，你不必通传，我进去看他一眼就走。"

傅伯再坚持，也是胳膊拧不过大腿，严宵寒态度坚决，他只得从命，打起灯笼在前引路。随行而来的飞龙卫都留在前院，只有一名清瘦温和、书生样貌的年轻人跟在严宵寒身后，随他一同进了内院。

偌大的侯府空空荡荡。前院好歹还有几分堂皇，后头院子里就种了几棵树，一会儿不扫便落叶满阶，仿佛满京的萧瑟秋意都落在了这个院子里。此刻天色昏暗，阖府竟一片漆黑寂静，没有半点声息，唯有正房窗内透出薄薄的昏黄，更添三分凄凉。

严宵寒尚可按捺，走在他身边的年轻人已连连摇头，皱眉道："靖宁侯何等出身，何等功业，家里怎么冷清成这样？"

傅伯深有感触，长吁短叹道："侯爷常年守在边关，三年五载不得归家，家中又没个能主持中馈、操持家务的贤惠夫人，只剩我们一帮老不中用的，不能替侯爷分忧……"

他絮絮地说着，伸手替客人推开正堂的门，请二人上座，将灯盏都挑亮，又命人上茶："二位大人在此稍候，我去请侯爷。"

他话音未落，西侧卧房内忽然传来"咚"一声闷响，似乎有什么重物从高处掉下来了。傅伯手一哆嗦，还没反应过来，方才站在他身边的飞龙卫钦察使身形如风，眨眼间竟已闪进了内室。

*

傅深睡得不大安稳，他吃的药有数不清的副作用——心悸、噩梦、气短，半梦半醒间觉得自己胸口仿佛压着块大石头，动弹不得，头晕耳鸣，正是民间说的"鬼压床"症状。

傅深虽然睁不开眼，意识却是清醒的，他默默地放缓了呼吸，试着眨眼，直到重新掌控了眼皮，才伸手撑着床榻打算坐起来。

可他忘了自己的腿还瘸着，膝盖以下毫无知觉。他的手臂和腰腹同时用力，却因用力过猛而重心不稳，一翻身"咚"一声栽下了床。

卧室里的床并不算高，但底下有个脚踏，傅深摔下来的时候腹部先被脚踏硌了一下，然后仰面摔在冰凉的地砖上，后脑勺磕出一声闷响，磕得他眼前发黑，双耳嗡鸣不止。

可还没等他感觉到钝痛，卧室的门就被一脚踢开，有个人冲进屋里将他搀扶了起来。那人袍袖上还泛着秋夜的凉意，掌心有些发烫。

傅深半倚在来人身上，脸贴着深蓝色的锦缎官袍。衣料触感轻柔光滑，襟袖透出一脉温和平正的沉水香。这人似乎是个他很熟悉的人，却因为离得太近忽然变得陌生。

他灼热的鼻息浸透了衣料，那人的身体倏然绷紧，随即他被重新放回床榻上，一只稍微有点硬度的手搭上额头："呼吸怎么这么烫，发热了？"

模糊的视线和身上的疼痛逐渐变得清晰起来，傅深认出了他，第一个动作是推开了那只手："你来干什么？"

后脚赶到的傅伯和年轻的飞龙卫刚一进门就听见这句冷硬的诘问，顿时齐齐刹步，心说传言果真非虚，这俩人谁都不是善茬，一会儿打起来一定要先按住严宵寒。

严宵寒闭目运气，不想跟他一般见识，硬邦邦地道："起来，你要烧煳了。我让人给你把脉开药。"

傅深闭着眼，呼吸比平时略显急促，说出来的话却还是一样气人："不劳费心，严大人深夜驾临寒舍，有什么见教？"

严宵寒没理他，径直走到桌边，拎起茶壶斟出半杯凉透了的茶水，脸色立时撂下来，冷冷地问："你们就是这么伺候人的？"

傅深头疼道："你还没完了……"

严宵寒道："侯爷千金贵体，岂容尔等如此怠慢？若再这么不经心，别怪本官多事，回头陛下降罪下来，这府里伺候的有一个算一个，谁也跑不了。"

傅深垂在身边的手指不易觉察地抽了抽。

傅伯哪受得了这种恐吓，慌得连忙跪下，声泪俱下地叩头求饶。傅深被烦得实在受不了，终于道："行了，多谢严大人替本侯管教家仆，都下去吧，不必在跟前伺候了。"

这话听着有点讽刺他多管闲事的意思，严宵寒只作不知，冷冰冰地吐出一句"换热水来"，才勉强高抬贵手，放人下去了。

屋子里只剩三个人，严宵寒站在床边，低头看他。床边的灯盏不够明亮，傅深大半张脸陷在阴影里，显得轮廓尤为深邃锋利，是真的形销骨立，也是真的俊美无俦。这样一个品貌、才干、家世样样上乘的天之骄子忽然落到如此境地，就好像无瑕美玉摔掉了一角，令旁边的顽石们叹惋之余，又生出一点阴暗的侥幸与窃喜来。

"说吧。"傅深一抬眼皮，"我前脚进京，你后脚上门，有什么火烧眉毛的事非得大半夜说？"

严宵寒迎着他的目光笑了笑，笑容里是十分虚伪的诚恳："侯爷简在帝心，陛下听说您回京，心中牵挂侯爷伤势，特地命我带人来为侯爷看诊。"

傅深半合着眼，恹恹地道："替我谢过陛下关怀，你且回去复旨，本侯没什么大事，已由北燕军军医诊治过了，不必劳动太医。"

难为他病成这样，话里话外仍不留一丝余地，京中传言靖宁侯刚愎自断，软硬不吃，果真如此。

随行的飞龙卫军医沈遗策往前一步，出于医者仁心，打算替上司劝一劝这位固执的将军。可严宵寒立刻抬手止住，示意他先等等，那不经意间流露出的神情，活像在对付什么棘手的猛兽。

"自那日消息传回京城，陛下就一直记挂着侯爷的安危，本官深夜登门，便是为了替陛下分忧，让陛下安心。"严宵寒注视着傅深的侧脸，咬字清晰而声音徐缓，"能得侯爷信赖，想必北燕军那位军医的医术十分精湛。下官并非

担心误诊,只是侯爷的伤十分要紧,多找几个大夫看看总归没有坏处,您觉得呢?"

傅深抬起眼皮,与他对视。

严宵寒对上了那寒铁似的目光,心下一凛。他忽然生出一种奇怪的错觉,好像傅深是在透过他,冷冷地注视着另外一个人。

片刻后,只见这位油盐不进的靖宁侯垂下眼帘,随手拢了一把散乱的长发,有气无力地伸出一只手,示意严宵寒扶他起来:"来都来了……那便有劳了,请吧。"

沈遗策一愣,严宵寒却似乎没有意识到哪里不对,过去将他扶起来,自己侧身在床边坐下。

傅深确实烧得厉害,刚才又摔了一下,身上哪儿哪儿都疼。他其实不是那么娇贵的人,可严宵寒大概是见多了"弱柳扶风"的高官权贵们,下意识地也把他当个易碎的花瓶对待。

沈遗策号完傅深两只手的脉,尽量温和地道:"侯爷有伤在身,体质不如从前,务必注意不要受凉,也不要用寒凉之物和发物。卧房里要防寒防湿,如今天气渐凉,炭盆和熏笼该早早点起来。"又道,"侯爷恕罪,下官需要看看您腿上的伤口。"

严宵寒默默地揭开被子,替他挽裤脚,动作极慢,傅深略带奇怪地瞄了他一眼,严宵寒是在他不知道的时候得上晕血的毛病了吗?好端端的怎么还哆嗦上了?

沈遗策用布巾蘸烈酒净过手,在傅深的腿上各处按压触抚,试探知觉,又以金针刺激几个穴位,末了直起身道:"侯爷腿上的外伤愈合得很好,发热是因为外感风寒,倒是不要紧,吃两服药就能调理好。难办的是髌骨碎裂,筋脉受损,须得慢慢调养个三年五载,方有望恢复一二,只是……日后站立行走上恐怕有些困难。"

严宵寒替傅深放下挽起的裤腿,裹好被子。沈遗策收回脉枕:"我替侯爷写副方子,先治风寒。至于腿脚上的伤,依旧按北燕军军医的方法治着,容在下回去后与太医院的御医们再商议琢磨,集思广益,或能想出更好的办法。"

傅深无可无不可地点头,正要道谢,忽地倒抽一口凉气:"嘶……轻点!"

沈遗策纳闷地抬头:"嗯?"

"没事。"傅深咬牙活动了一下被严宵寒攥得生疼的肩膀,客气地对沈遗策道,"有劳沈先生费心。"

沈遗策忙道："不敢。下官医术不精，未能为侯爷分忧，实在惭愧。"

"沈先生万勿介怀，"傅深摇头道，"伤成什么样，我自己心里有数，运道如此，怨不到别人身上。"

严宵寒忽然道："福祸难躲，但天无绝人之路，总有法子能治好你的伤，你也不必灰心。"又对沈遗策道，"把药方拿给侯府管家，叫底下人准备起来，有什么短缺的先到我府里取，你去替我盯着点。"

沈遗策见他二人似乎还有话要说，应了声"是"，又朝傅深行了一礼，领命而去。

待他走后，严宵寒托着傅深的肩臂，要扶他躺回去，却被他按住了。

"你生什么气？"

严宵寒淡淡地一哂："我没生气，我有什么可生气的？断腿的又不是我。"

他生得一副好皮囊，不刻意沉着脸时几乎称得上温柔款款，一点都看不出来刚才把傅将军掐得抽冷气的人就是他。

傅深从鼻孔里冷哼一声，将他的手拍开，自己倚着床头坐稳了。

严宵寒拉过一张圆凳，离他远远地坐下："你的腿……"

"刚刚不是说了吗，就那样了。"傅深伸手打断了他的话，"茶给我。"

严宵寒皱眉："凉的。"

"凉的也要，不然渴死吗？"傅深道，"同理，腿断了也得活着，我还能为了这事上吊吗？"

严宵寒无言以对，只好把杯子里的半杯残茶泼了，倒上一杯新的递给他："陛下听说你进京，一刻也等不及，特地派我来替他亲眼看看你。"

傅深道："那陛下现在可以放心了。"

"我看未必，"严宵寒不客气地道，"你这不是还能喘气吗？"

傅深用一种"你又无理取闹"的表情看着他。

"我总觉得这一切不是真的，"严宵寒沉默良久，道，"你真没留后手，或者故意放假消息？"

傅深反问："你为什么会这么想？"

严宵寒直白地答道："因为你生了一副聪明相，按理说应该干不出这种傻事。"

"是真的。"傅深慢悠悠地喝完了茶，"明枪易躲，暗箭难防。你觉得我不会中招，焉知不是你把我想得太神乎其神了？"

严宵寒似乎是没想到他会这么说，一时怔住了。

年少从军,临危受命,立下赫赫战功,傅深的存在似乎就是为了打破"不可能"。靖宁侯和北燕铁骑在很多人心中已经是不败的神话,这个形象太过深入人心,甚至连严宵寒都有了错觉。

可他不过是个普通人,没有三头六臂、铜皮铁骨,血肉之躯难以抵挡一块从天而降的巨石。

"严大人,看在你今天好心来探望我的分上,我跟你交个底。"傅深侧头看着他道,"你知道吗?回京路上,我在茶铺里跟人聊天,听他们说京城流传着一句歌谣,叫作'傅帅在北疆,京师乃安寝'。"

"我在燕州守了七八年,自以为对得起黎民百姓、列祖列宗,到头来才知道,原来我不仅让鞑子和柘人睡不好觉,那位也被我搅和得不得安寝。要不是老天爷看不下去给了我一耳光,我恐怕现在还无知无觉,狂得连自己姓什么都忘了。"

"难得,总算是想通了,"严宵寒很新奇地看着他,"想通了好。趁此机会把兵权归还朝廷,你安心在京城当个富贵闲人,不比征战沙场、风里来雨里去强多了?"

"快得了吧,"傅深哂笑,"严兄,咱俩是第一天认识吗?你还跟我来这套?"

他低声道:"东鞑贼心不死,柘族虎视眈眈,朝中有多少人被这十几年的升平迷了眼。我现在走了,以后谁来接管北燕铁骑,谁还肯为边军跟朝廷讨价还价?到时候兵临城下,倒霉的又是谁?"

"那又关你什么事?"

傅深蓦然抬眼。

严宵寒冷冷地道:"陛下忌惮你,朝臣猜疑你,那些愚民只会跟风瞎嚷嚷,你成了今天这样,有人念你的情吗?自己连容身之地都快没有了,还有闲心胸怀天下,你不觉得讽刺吗,傅将军?"

这话说得冷心冷情,大逆不道,可出乎严宵寒意料的是,傅深竟然没有反唇相讥。

严宵寒看着他垂眸沉思的侧脸,忽然清楚地意识到,以往傅深身上那种少年张扬、锐利夺目的锋芒,正在不断地暗淡下去,被病痛、被风霜尘埃,或是被一些别的什么……彻底消磨。

傅家累世勋贵,傅深的父辈祖辈都死在战场上,忠诚与责任几乎成了刻在他骨血里的天性;而严宵寒出身寒微,背负着天下人的骂名走到如今的位置,他与傅深根本就不是一路人,更别提与他们这种稳赔不赚,甚至不惜把自己搭进去的"正人君子"共情。

可是这一刻,仿佛有北境长风在他心头一掠而过,严宵寒竟然少有地感觉到了一丝难言的悲凉。

却不是为他自己,而是为傅深。

第二章 宣召

颖国公府。

秋日风凉,室内却暖香融融。长榻临近窗边,乌木矮几上摆着各式点心和时鲜果品。半大少年跷着脚,装模作样地低头读着手中的卷册,半天也没翻一页。下头站了一地的丫鬟,时不时互相递个眼色,或努嘴,或暗做手势,眉飞色舞,没个老实的时候。那少年正被顾盼横波勾得蠢蠢欲动,外面忽然有个小丫头跑进来,脆生生地道:"夫人来了。"

众人的表情为之一肃,众丫鬟低眉顺眼地安静站好。那少爷的腿也不跷了,骨头也不软了,捧着书迅速拗出了个人模狗样来。待那华衣贵妇进门,看见的就是这么一幅工笔白描的"勤学不辍图"。

秦氏扶着丫鬟的手坐到榻上,少年起身行礼,亲亲热热地叫了声"娘",挨着她坐下。秦氏拉着他的手,嗔道:"天色暗了,屋里怎么不掌灯?仔细坏了眼睛。"

丫鬟们闻言,立刻去点上灯,又换了新茶来。少年浑不在意地胡诌道:"看得入神,倒没感觉。娘怎么这会儿来了?"

秦氏道:"去前院见你三叔,商量些事,回来经过你这里,正好进来看看,省得你晚上再多跑一趟。"

少年眼珠一转:"是关于我大哥的事?"

秦氏睨他:"就你知道得多,成日里不学好,只打听这些有的没的。"

"满京城里都传遍了，还用我刻意打听？"少年哂笑，"不就是腿断了在边关待不下去，只能回京养老了吗？"

秦氏听了这话，抿了抿唇，在他手上重重按了一下，却不责备，只吩咐周围伺候的下人："都下去，我跟涯儿说会儿话。"

众人躬身从屋里退出来，两个大丫鬟守在廊下，余者自去院子里玩耍。伺候少爷的都是些娇俏可人的小丫头，其中颇有几个天真烂漫、心怀侠骨的巾帼。两个要好的凑在一起，叽叽咕咕，说起在少爷房中听见的话，一人愤愤地道："难怪大公子要住在外头，这要是在家里，不定要被那位揉搓成什么样呢！"

另一人笑道："那可未必，你不知道他在家那会儿，咱们夫人和少爷见着他就跟耗子见了猫似的。那位看着是个芝兰玉树的人物，脾气秉性却如风雷一般，那才叫顶天立地的真男儿。"

"大公子是个少年英雄，在自己家里倒成了不能提的了。偏生咱们少爷没心肝，远着亲大哥，只听那些混账小人的撺掇……"

另一个丫头在她手背上轻拍一记："你又知道了？不是一个娘生的，如何能算'亲大哥'？正经论起来，只有二姑娘、如今的齐王妃才能叫他一声大哥，至于咱们少爷和那位良娣娘娘，在他心里怕比表亲还远上三千里呢！"

前颖国公傅廷忠原配早逝，留下一子傅深，一女傅凌。傅凌十七岁时嫁给三皇子齐王为正妃。继室秦氏育有二女一子，大女儿傅汀选入宫中为太子良娣，小儿子傅涯、小女儿傅溪年纪尚幼，都留在家中由母亲教养。

秦氏过门时傅深已长大懂事了，跟她并不亲近，等傅涯出生后两人更加疏远。身份所限，后母与嫡长子之间的矛盾在所难免。毕竟有傅深这个长子在前面顶着，将来袭爵就轮不到傅涯了。

不过还没等秦氏做什么小动作，傅廷忠在北疆遇袭身故，颖国公府上下陷入一片阴霾。彼时元泰帝为了笼络功臣，对武将颇为优待，特意下旨，破格令傅廷信袭颖国公爵位。数年后傅廷信亦战死沙场，边关战事吃紧，傅深孝期未过便奔赴战场。国公爵位一直空悬，此时情势已远非往日可比，礼部官员遵照元泰帝的暗示，让三爷傅廷义袭了爵。等傅深建功回朝，被另封为靖宁侯。

借着这个由头，秦氏以一门双爵、"树大招风"为由，提出让傅深建府另居。

傅深知道她打的什么算盘，无非是惦记着爵位，想将自己排挤出去。秦氏目光短浅，新任颖国公傅廷义却想得更远。傅家真正的倚仗不是国公爵位，而是北燕铁骑。可是傅家三代人都与北燕军关系密切，再这样下去，北燕军迟早要改名叫傅家军——这令天下人如何想，龙椅上那位又会如何想？

所以不如以退为进，日后傅深必然要将北燕铁骑牢牢掌握在手中，而颖国公府，或者说傅家这个庞然大物却不能再跟北燕军绑在一起了。

权衡轻重之后，便有了眼下这个局面：北燕军统帅、靖宁侯傅深独自开府，几乎不与国公府往来；傅家三爷傅廷义袭爵，做了个清闲的勋贵；秦氏则带着儿女住在国公府，只等傅涯成年，便为其请封世子。

母子俩对傅深都颇不待见：秦氏是因为心虚，看不得他出色，生怕日后被他反咬一口；傅涯大概是觉得傅深没有跪着把世子之位捧到自己跟前，天生就欠他的。

正房内，秦氏板起脸来教训傅涯道："你这张嘴，在家里说说也就罢了，到外面可千万别胡乱嚼舌根。"

"娘——"傅涯往嘴里丢了个果子，拖长了声音，不满地道，"他早就分出傅家了，怕他做甚？"

"你懂什么，这话也是好乱说的？"秦氏在他腿上轻轻捆了一巴掌，"他父母灵位都在此处，只不过建府另居，怎么不是傅家人了？他毕竟是你兄长，年纪轻轻就身居高位，虽说这些年性子有所收敛，早年也是个不肯饶人的魔王。你谨慎些，别犯在他手上。"

傅涯满不在乎地"哼"了一声。

秦氏道："再过几年，家里就要为你请封。你三叔偏心傅深，巴不得你出错，这时候万万不能行差踏错，记住没有？"

她压低声音："我儿且忍一忍，到时候这国公爵位和家业都是你的，谁都别想跟你抢，就算是傅深……也只能站在一边看着。"

秦氏的声音低得几近耳语，傅涯心中一动，抬起头来："娘……"

"娘有办法，"秦氏紧紧握住他的手，似是保证，又像是在提醒自己，"放心，娘一定为你办到。"

东宫。

太子妃岑氏对着铜镜卸下簪环，伺候梳头的丫鬟俯身下来，在她耳边悄声道："娘娘，今日颖国公府秦夫人遣家人来给傅良娣问安，在殿中坐着说了好一会儿话。"

太子妃手上一顿，略想想便明白了，笑道："随她去。我听说靖宁侯回京了，秦氏心里想必不大自在，便上赶着来讨咱们殿下的好了。"

丫鬟是她的心腹陪嫁，闻言不解地道："可是靖宁侯不是……"

"他是残了，可还没倒下，"岑氏道，"靖宁侯在民间的声望、朝堂上的人望都极高，手里还握着北疆兵权，就算以后还回去了，北燕军到处都是他的旧部嫡系，照样是一呼百应。说句不恭敬的话，莫说秦氏，就是咱们殿下，也得避让他三分。"

太子妃岑氏的父亲是荆楚节度使岑弘方，与颖国公府有几分交情，岑氏自小在他膝下耳濡目染，胸中丘壑不输男儿。当年若不是傅深去了北疆，说不定岑弘方也要把他当作东床佳婿的人选之一。抛开性情不论，靖宁侯持身甚正，又年少英武，战功赫赫，不知令多少待字闺中的小姐心折。

岑氏问道："我记得傅良娣有个亲弟弟，过两年要请封颖国公世子的？"

"是。"

"当年咱们殿下原本相中了靖宁侯的嫡亲妹子，就是齐王妃，着人私下里去问傅家的意思。那时颖国公府还是傅二爷当家，因那是他大侄女，他不好擅自做主，又拿着这事去问靖宁侯。"她慢慢地回忆当日京中的传闻，抚过鬓边，心中忽然泛起一阵浅浅的、毫无来由的酸楚。

"当时的靖宁侯跟现在傅良娣的弟弟差不多大，听说他妹子不乐意，二话不说就回绝了。他们傅家都是硬骨头，靖宁侯更是拼着得罪殿下也要给他妹子选门可心的婚事。"

齐王妃傅凌，她有这么一个好哥哥，真叫人羡慕。

"当年为了世子之位，秦氏豁出脸面不要，又是送女入宫，又是分家，闹得不成个样子。结果如何？靖宁侯的妹子还不是风风光光地嫁给了齐王。秦氏有事只能指望傅良娣，还要想方设法地避着本宫，跟做贼一样。"岑氏嗤笑道，"她儿子若有靖宁侯一半的担当，傅良娣何至于在我手下忍气吞声，做小伏低？"

丫鬟不知道"靖宁侯"三个字触动了岑氏心中一段遥远缥缈的遗憾，只觉得太子妃今夜格外尖锐，诺诺地应了一声："那……娘娘，这几天要不要让她远着殿下一些？"

岑氏望着铜镜沉吟片刻，半晌后摆手道："不必了。烂泥扶不上墙，殿下再抬举他们也是白搭。"

是夜，东宫春芳阁内。

太子孙允良难得留宿一次，傅良娣上前伺候他除了外衣，服侍太子洗漱完毕，虽殷勤如常，但眉间总有股闷闷不乐之意。

孙允良看在眼中，只觉美人含愁，柳眉微蹙，别有一番风流意态，忍不住上去搂住温存了一番。待得云消雨散，他才懒洋洋地问道："怎么？有什么烦心事，竟让你愁成这样？"

傅汀连忙起身，在床边跪下请罪："今日母亲遣人来说了一件事，臣妾被唬得慌了神，因此有些恍惚，求殿下宽恕。"

太子一抬手将她搂回来："孤恕你无罪。是什么事？说来听听。"

傅汀霎时眉头舒展，那模样就像看见了救星，满眼的崇敬信赖，捧得太子更加飘飘然。她凑近太子耳边，呵气如兰："不瞒殿下，此事事关臣妾的兄长，靖宁侯傅深……"

*

这一年注定不平静，临近年底，随着傅深回朝，一则传闻悄然在京城达官显贵中间流传开来。

据说靖宁侯回京当夜，有一道红光自北方袭来，气冲北斗，旋即坠入了京城南郊的万寿山之中。

傅深自从军以来，有关他是将星转世七杀入命的说法就甚嚣尘上，与之配套的还有什么命主肃杀、刑克六亲，北燕军的人听得耳朵都要起茧子了，谁也没把它当回事。但自古以来大臣沾惹上天象就没什么好事，更何况这次还有一个要命的关键——万寿山，正是本朝皇陵所在之处。

傅深这次低调回京，闭门养病，身边没带太多人手，也几乎不与亲朋故旧走动，整个靖宁侯府竟然对这些传闻一无所知。等稍微警醒一些的严宵寒从飞龙卫口中听到流言时，心里顿时咯噔一下，直觉不好。

那晚他没等到傅深的回答，斯情斯景，再坚忍的人也不免动摇。但严宵寒始终觉得这件事里透着古怪，不仅是事件本身，还有傅深的态度。

东鞑使团遇袭一案，元泰帝没有让飞龙卫插手，严宵寒动用自己的人手暗中调查，暂时还没有结果。虽然傅深看起来是认栽了，但在沙场上无数次全身而退的人会栽在一场发生在大周境内的伏击上，就好像一只鸭子无故淹死在了水缸里，本身就很奇怪。

他怀疑这个案子背后另有隐情，他需要知道真相。

无关公正，也不是为了道义，而是因为他替皇帝执掌着一把锋锐无双的妖刀。他要看清藏在水面下的汹涌暗流，才能控制刀锋所向，而不致被它反噬，或者被暗流卷走。

本朝历代天子极重禁军，皇城内设左右金吾、鸾仪、九门、骁骑、豹韬共十卫，称为"南衙十卫"。宫内设左右羽林、神枢、神武六军，专司护卫，称为"北衙六军"。此外，另设飞龙卫督察百官，巡行四境，长官为正三品钦察使，有密折直奏御前之权。

北衙各军上将军皆入飞龙卫，严宵寒领钦察使一职，位列众将军之上，就是手握实权的北衙禁军统领。

把这个传闻带进禁军的左神枢军上将军魏虚舟还在那儿幸灾乐祸："这造谣的也太会恶心人了，听说颖国公府最近张罗着给靖宁侯议亲呢，现在谁还敢把女儿嫁给他？哈哈哈……"

严宵寒眉头深锁："这话是从哪儿传出来的？"

魏将军道："我二婶的娘家妹妹的夫君的表姐……就是留恩侯夫人。他家有个待字闺中的女儿，这不相中了靖宁侯吗，私下里一打听，才知道这事都已经在勋贵里传开了，都说他难为良配。"

魏家家族庞大，姻亲众多，跟京中大部分勋贵都攀得上亲戚。魏将军更是得天独厚，禁军衙门里找不出第二个比他更热衷于保媒拉纤、传播小道消息的老爷们儿了。

严宵寒以手扶额，完全不想跟他说话。

"大人，"严宵寒与傅深不合在飞龙卫里也是出了名的，魏虚舟绕着他转了两圈，奇道，"靖宁侯还没愁，你怎么先替他愁上了？"

太蹊跷了。

好几年不走背字的人突然倒霉到喝凉水都塞牙，傅深这是干了什么天怒人怨的事，怎么牛鬼蛇神手段百出，一窝蜂地全来算计他？

"这事不对劲。魏兄，劳你去查一查这谣言到底是从哪儿传出来……"

严宵寒的话还没说完，外堂里忽然进来了一个蓝衣小太监，正是御前伺候的秉笔太监田公公的徒弟。两人忙止住话头，上前听口谕。那小太监道："陛下宣严大人养心殿觐见。"

魏虚舟一听有事，便要自觉地避开，严宵寒却突然在背后给他打了个手势，一边道："公公稍等，我有几句公务要与魏将军交代。"

那小太监却道："这是圣上口谕，严大人难道还想让陛下等您吗？"

严宵寒唇边露出一点似有若无的笑意，正是他平日里最常见的那种既温柔又像是要吃人的表情。

"本官身为飞龙卫钦察使,一举一动,皆奉上意,就算晚到个一时片刻,本官在御前也有话说。"他笑着问,"可万一耽误了要事,不知道公公是否担待得起?"

那太监原本就是虚张声势,被他这么一笑,顿时想起宫中关于飞龙卫钦察使的恐怖传说,脸色剧变,连忙稳住心神,道:"奴婢无知,还请大人尽快。"

一头雾水的魏将军被严宵寒拉到书案前,严宵寒随手拿了几本卷宗装样子,压低声音叮嘱道:"你替我去靖宁侯府走一趟,把外面的消息告诉他,让傅深务必留心,早做准备。无论出什么事都先按下,不要轻举妄动。"

魏虚舟的好奇之心被他撩起了火苗,但见他神情严肃,不似玩笑,忙点头道:"大人放心,只管交给我。"

严宵寒嘴上说得再理直气壮,到底不能让传旨的太监久等,只得暂时撂下这摊子事,匆匆往养心殿去了。

往日太监传唤,都爱给严宵寒卖个好,提前跟他透露元泰帝的意思,偏生今日来的这个小太监是秉笔太监田通的徒弟,田通与飞龙卫素来不对付,那小太监也绝不肯多说一个字。严宵寒直到进了养心殿的大门,才发现除元泰帝外,太子孙允良也在殿中。

他拂衣行礼道:"微臣参见陛下,参见太子殿下。"

元泰帝身材高大,面貌威严,脸庞稍显丰满松弛,鼻侧有两条深深的纹路,唇角稍薄,据说这是严厉独断而薄情的面相。这位帝王称得上精明强干,向来不苟言笑,颇为严肃,可眼下看起来他的心情不错,脸上甚至有了笑意,一扫前日使团案带来的怒气和阴沉,居然显得慈和了许多。

"爱卿平身。"

看来不是什么坏事。严宵寒心中稍安,暗道自己实在是被这些天接二连三的花招手段搞怕了,有点一惊一乍的感觉。

太子绷着面皮,宠辱不惊地侍立在一旁,严宵寒能感觉到他的视线落在自己身上,略带轻蔑,又藏着种针芒般的探究。

"太子回东宫去吧,"元泰帝欲留严宵寒单独说话,想了想,又温言勉励了太子一句,"今日之事,你做得很好。"

太子得了这句夸奖,目的便已达到,向元泰帝行礼告退。转过身时,与严宵寒恰好四目相对,他朝严宵寒微微地点头,甚至还意味深长地笑了一下。

那笑容里似乎包含着说不清的嘲弄和怜悯,令严宵寒心头陡然升起一股不祥的预感。

操心劳碌命的严大人在宫中备受煎熬之时，被他牵挂着的靖宁侯府还无知无觉，正为了迎接贵客而鸡飞狗跳。

前两天傅深一行人刚安顿下来，他的亲妹妹、齐王妃傅凌就派家仆过来请安送东西，还传话说改日要亲自过来探望。傅深实在没力气应付她，又顾忌侯府到底不是她正经娘家，怕齐王多心，当场一口回绝："用不着，让她照顾好自己就行。"

齐王府来的人是当年傅凌出嫁时带走的颍国公府下人，深谙他们大少爷说一不二的脾性，半个字不敢分辩，回去原话转告傅凌。恰好齐王孙允端也在，见王妃眼圈都红了，不禁摇头道："傅侯虽是好意，未免有些不近人情。"

傅凌从得知傅深受伤的消息到现在，担心得好几夜没睡着，更在背地里偷偷哭过几场，此时听见这熟悉的语气，不知为何，居然莫名地安下心来，咬牙忍着泪道："让王爷见笑了。家兄死鸭子嘴硬，一贯如此。"

孙允端与王妃是少年夫妻，感情很好，忍不住戏谑道："前儿还一边念佛一边偷偷地哭，现在又敢在背后编派他了？"

"王爷又取笑妾身。"傅凌赧然道，"大哥面冷心热，只是嘴上不饶人，也不知将来什么样的人能收服他。"

齐王想起手下报知的传闻，故意岔开话题："姻缘这种事谁说得准。傅侯刚回京，侯府上下想必忙乱非常，你现在去也不合适。"他拉起傅凌的手轻轻摇晃，"再等两天，等他安顿好了，你再登门探望，如何？"

傅凌眼前一亮："王爷答应让妾身出府？"

齐王侧首在她腮边吻了吻，低笑道："那是你亲大哥，又不是外人，不妨事。只是你要答应本王，小心身子，万不可冒失了……"

傅凌脸上登时飞起一片红霞，更显得容色灼灼，明艳照人。她埋首依偎在齐王怀中，轻声道："妾身知道，多谢王爷。"

今日天色阴沉，风比往日更凉，看起来像是要下雨。傅深最怕这种天气，陈年旧伤发作起来没完没了，疼得他心烦。他正预备叫人将他推到书房找点闲书消遣一下，下人忽然来报，说齐王妃亲自登门探望，车已经停在了门口。

傅深立马按住了自己的太阳穴："这个冤家……罢了，扶我起来。傅伯，请王妃先到正厅，让肖峋和亲卫回避着点，你约束好后院下人，免得冲撞了。我换件衣服就过去。"

傅凌上回来靖宁侯府还是两年前，这回登门险些不认得路，她置身于全然

陌生的府邸中，心中满是忐忑，紧张得不住绞着手帕。也不知过了多久，里间终于传来木轮滑过地面的辘辘声，她像是被火燎了一下，失态地猛然起身，一转头，恰与坐在轮椅上的傅深目光相接。

傅深可能也没有做好准备，明显愣了一下。

傅凌呆呆地望着他，仿佛突然忘记了怎么说话。她记忆里顶天立地、无坚不摧的兄长像是被折断了，委委屈屈地窝在一把简陋的竹制轮椅上，眉眼因过分清瘦而显得格外锋锐，嘴角却轻轻弯起，不太熟练地朝她露出了一个微笑。

傅凌再也忍不住，含着眼泪扑向他，"哇"的一声大哭起来。

陪她前来的丫鬟婆子险些吓疯了，傅深被冲劲推得向后一仰，双手却极稳地把她接进了臂弯："我的娘哟，轻点！小姑奶奶，还当你只有七岁呢？"

高悬的心终于彻底落回了肚子里，强忍的后怕、惶恐冲开堤坝，齐王妃忘了得体和克制，死死抓住傅深的衣袖，哭得哽咽难言，语不成句，只会翻来覆去地重复："我就只有你一个亲哥哥了，你吓死我了……"

她的眼泪像是大雨，把将军寒铁般的心浇软了。这些年来，他们兄妹二人一个远在北疆，一个深居王府，连上一次见面的印象都已模糊了，可这与生俱来的血脉亲缘却好似从未淡去。

傅深轻轻地拍了拍傅凌的肩背，动作带着小心翼翼的笨拙，低声安慰她："不哭，不哭啊。没事了，哥哥在这儿呢，别难过了。"

倘若傅将军真是将星下凡，齐王妃恐怕就是雨神转世。她这一开嗓，直哭了两刻钟才收住，靖宁侯府险些被哭倒。傅深好不容易劝住了妹妹，身心俱疲，揉着耳根无奈地道："早说了别来，你不听，非要跑来哭一场，也不怕伤身岔气。你来这一趟，我们府里的园子三年不用浇水。"

傅凌正就着热水重新洗脸梳妆，闻言扑哧一声破涕为笑，略带埋怨地道："你当我想？前些日子我在府里提心吊胆、寝食难安，那才叫伤身呢！"

傅深被她一句话噎住，悻悻地放下手。

傅凌收拾停当，重新坐回傅深身旁，看他盖着一层薄毯的双腿，面上不由得又泛起愁容："大哥，你腿上的伤当真不能治好了？京城名医众多，不然我去请王爷帮忙，咱们再叫太医来看看……"

傅深低声道："陛下已经派人来诊治过了。"

傅凌蓦然住了口，脸上闪过失望之色，片刻后又强作欢颜，自我开解般地道："没事，治不好也……没关系，只要人没事就好。你以后就留在京城，哪儿也不去了，行吗？"

她殷殷的目光像把刀子，笔直地捅进了傅深的心底。

他不想骗傅凌，可又不忍心让她难过，只好含混地"嗯"了一声。

傅凌这才被哄住了，有了点发自内心的笑意，跟他絮絮叨叨地说了一通，忽然想起什么，问道："对了，这些日子家里派人来看过你没有？"

她要是不提，傅深根本想不起那一家人来，遂冷笑一声，权当回答。

傅凌还有什么不明白的，无奈地道："我原以为她虽然不喜欢我们，但毕竟是当家主母，好歹面子上要过得去，没想到竟绝情到如此地步。"

"咱们跟她哪儿来的情分？早在分府时就断得一干二净了。你也不必因为她是长辈就委曲求全，自己怎么舒服怎么来。"傅深满不在乎地道，"现在她眼里只有傅涯，且等着吧，看她那宝贝儿子何时能给她下出个金蛋来。"

这下不光傅凌，连颖国公府出身的下人们也跟着笑了。

"好好的提这些糟心事干什么。"傅深懒得在家长里短上纠结，转而问道，"倒是你，在王府过得如何？"

"一切安好，王爷对我也很好，"傅凌稍稍侧身，小女儿般拉着他的袖子摇了摇，悄声道，"大哥，我其实一直盼着你今年能回京。"

"怎么了？"傅深立刻变得敏锐起来，"出什么事了？还是在家里受欺负了？"

不怪他多心想岔了，天下做哥哥的大抵都是如此，体现关怀的常用方式就是给人撑腰。

"是好消息，"傅凌脸上浮起一小片红晕，低低地道，"大哥，你要当舅舅啦。"

"哦。"傅深只听进了前半句，神色如常地点了点头。数息后他才反应过来后半句的意思，吃惊得差点当场从轮椅上站起来，猛地拔高声音："你说什么？"

傅凌抬手按在自己尚且平坦的小腹上，笑眯眯地说："已经有三个多月了。"

"怎、怎么……"靖宁侯难得失态，"你才多大？不是，什么时候有的？"

傅凌笑看他手忙脚乱，傅深一拍脑门，才意识到自己问了句废话，失笑道："真是……好，太好了。"

傅深其实算不上一个合格的兄长，生母早逝，继母不慈，他自己早早地上了战场，每年连回趟家都难，更别提关心妹妹。兄妹俩只靠血缘连着，直到现在，他都觉得自己跟妹妹没什么话可说。

而傅凌外柔内刚，在秦氏手下也顺顺当当地出落成了大家闺秀，唯一一次求到傅深面前，是因为太子递了话，有意纳她为正妃，而她不想嫁。

那时傅深才忽然有了为人兄长的自觉,他把傅凌的眼泪擦干净,告诉她:"你不喜欢就不嫁。别害怕,凡事有我给你撑腰做主。"

兄长心态作祟,他看傅凌,总觉得还是个娇滴滴、哭啼啼的小姑娘,有话从不肯好好说,非要先伸手拉着大人的袖子。

没想到,小姑娘转眼嫁作人妇,再一转眼,都要当娘了。

一听说她有孕在身,傅深高兴过后,反而不敢留她在府中多待。从不信鬼神的人,现下居然也迷信了起来,怕自己和满府刚从战场下来的军士血气太重,对孩子不好。

傅凌简直是被他一路赶出去的,到了门口,侍女扶她上车,傅深隔着窗,郑重地交代:"好生保重。我最近就留在京城,哪儿也不去。你安心养胎,不要委屈自己。"

傅凌的眼泪又要下来了,强忍着哽咽道:"瞧哥哥说的……谁还敢给我委屈受不成。"

"嗯,"傅深温和地应下,"凡事有哥哥给你顶着,回去吧。"

侯府大门重新关上,傅伯推着傅深回房。走到一半,傅深忽然说道:"回头记得去库房里收拾些滋补药材,拿几匹绸缎,还有各色皮毛,改日一起送去齐王府。"

傅伯道:"这是给姑娘的礼?要不要再给王爷添一份?不算今日,前些日子齐王府那边也送了不少礼来。"

傅深点了点头:"我记得书房有一方金星龙尾歙砚,一会儿过去拿上,你再斟酌着添些东西。"

傅伯笑道:"是。正巧昨日我叫小子们把书房打扫出来了,侯爷过去看看?"

书房久无人至,里头的陈设还是他年前走时的模样。傅深进了书房,四下环顾了一遭,发现书案上有个眼生的长条木盒。那不是他的东西,问傅伯,傅伯也是一脸茫然的表情。

盒子是崭新的,就放在桌上的显眼位置,端端正正的,倒像是特意要让他看见。傅深警惕心很重,没有贸然打开,先晃了晃听声音,里面似乎是根细细的棍子。他翻来覆去地打量了好几遍,感觉那木盒的分量很轻,四壁也很薄,应当没有夹层机关,才小心地拨开盒盖。

里头是一支弩箭——确切地说,是一支破损的弩箭,黑色的箭杆已堪堪断为两截,只靠中间一根木丝相连,箭头似乎曾撞上了什么坚硬之物。

傅深的手僵在半空。

这东西眼熟得令人心惊,世上不会再有第二个人比傅深对它更加印象深刻。

九月初九,同州青沙隘,乱石倾塌、生死一线的刹那,这正是那支来自身后、与他擦身而过的冷箭。

*

傅深犹如被人扇了一耳光,心脏狂跳,耳中尽是嗡嗡杂音。这支箭仿佛将他带回了那段噩梦般的回忆,巨大的阴影从天而降,麻木的双腿突然恢复知觉,传来了能活活把人疼晕过去的断骨之痛。

他深深地弯下腰,脊背弓起,这是个下意识的防御动作。豆大的汗珠顺着鬓角滑落,淌过脖颈没入衣领,那苍白的皮肤下青筋凸出,似乎埋着一只行将破体而出的凶兽。

"咔嚓"一声,木头盒盖没扛住他的手劲,被硬生生地攥裂了。尖锐的木刺支棱出来,深深地扎进了傅深的掌心。

这冷不丁一下的刺痛犹如一根透骨金针,奇迹般地定住了他差点飞散的魂魄。傅深渐渐从自己震耳欲聋的心跳和喘息声中回神,冷汗涔涔地抬起头来。

他没有流泪,但眼睛里居然泛了红,血丝密布。浓黑的眼睫低垂如鸦羽,透出仿佛沾了血的、困兽般的阴郁目光。

弩箭就躺在他流血的掌中,傅深无声地注视着它,片刻之后,忽然抬高声音唤道:"肖峋!"

守在屋外的肖峋推门而入:"将军。"

傅深坐在书桌前,面色镇定,只是比平常更冷淡一点:"去查,从我回来到现在府里都有谁进过书房,全叫过来。"

肖峋被傅深满手的鲜血吓了一跳,想让他先把伤口包扎好,但傅深连眼睛都没抬一下。肖峋不敢违拗他,忙低头答应。正要出去,傅深忽然叫住他:"等等。"

肖峋:"您说。"

他沉吟片刻,道:"把亲兵也带进来。"

青沙隘遇险后,傅深醒来后的第一件事就是叫人去找那根钉进山石里的弩箭。无功而返是预料之中的事,他以为这支箭早被埋在滚滚山石之下,却不料是有人赶在他之前取走了这个关键的证物。

可究竟是谁有这个能耐,能比他的人动作更快,能在他的眼皮子底下将证

物送来,还能如此迅速地找到真相?

他戳破这层真相,又有什么居心?

肖崎的动作很快,没过多久,高矮不一、老少掺杂的下人们便陆续在傅深面前站定,低头缩肩,眼神惶恐,一个个恨不得扎进土里。屋外则站着一群杀气腾腾的北燕军士,表情像是随时要提刀进来砍人。

傅深嗓音微有些沙哑,听起来有些倦怠的感觉。他顺手把盒子往紫檀大案上一扔,开门见山地问:"这个盒子是谁放进来的?"

下人们按时间顺序依次上前辨认,都摇头说不知道,直到今早打扫书房的几个仆人看过,才有点模糊印象,说是进来的时候就见着书桌上有这么个盒子。他们还以为是傅深的旧物,没敢随便挪动。

这下所有人的目光都移到昨天最后一个进书房送花瓶的小厮身上。

那是个十二岁的孩子,父母早已过世,跟着他的祖父在侯府做事。他平日里都躲在后厨里帮工,还是头一回来到主人家面前,被傅深寒霜似的眼神一扫,顿时就慌了,吓得"扑通"一声跪下,哭着边磕头边喊"老爷饶命"。

傅深被他哭得脑仁疼,揉了揉眉心,轻轻地道:"闭嘴。"

他声音很低,可能是惯于发号施令的缘故,每个字却都很重,落在地上仿佛能砸出个坑来。小厮一声呜咽哽在喉咙口,不敢再出声,只是抖得更厉害了。傅深问:"这个盒子是你放进来的吗?"

"不、不是……"

"那是谁?"

"小的……小的不知……"

傅深冷冷地说:"我没耐心看你在这里筛糠,给你最后一次机会,想好了再说。"

那小厮尚有些迟疑,他祖父却知道利害,急得给他一巴掌,呵斥道:"还不快说实话!"

小厮双手揉搓着衣角,支支吾吾地说:"小的……那盒子真不是小的放进来的!可能是王狗儿……"

傅深眉梢一动:"王狗儿是谁?"

"是城东杨树沟王家的小子,经常跟他爹来侯府送菜……昨晚傅爷爷让我来书房送花瓶,王狗儿说他也想看看大户人家的书房是什么样的,我以为,我以为没有人来,就……就带他一起进来了……"

傅深长舒了一口气:"肖崎。"

肖峋立刻应道："属下明白。"

在这么多护卫眼皮子底下擅入侯府书房，还放了来路不明的东西，这事要是放在北燕军中，被拉出去打军棍都是轻的。肖峋立刻带上两个亲卫去追查这个"王狗儿"，傅深缓慢地扫视着下头噤若寒蝉的仆人，忽而极轻地冷笑了一声。

"看来本侯这些年的确是疏忽了。日防夜防，家贼难防，区区一个后院，居然像筛子一样漏洞百出。今日之事，算是给诸位也是给我自己一个教训。傅伯——"

傅伯战战兢兢地上前，垂首道："请侯爷吩咐。"

"给你三天时间，府内下人一概遣散，自今日起，侯府由北燕军接管，闲杂人等一律不得出入。去吧！"

话音方落，地下呼啦啦跪倒一片人，求饶声此起彼伏："侯爷恕罪！求侯爷留我等一条活路！"

傅伯亦恳求道："老儿以后一定严加约束，请侯爷开恩，给他们一次改过自新的机会吧！"

"从哪儿来回哪儿去，别让我说第二遍，"傅深冷声道，"小丁，去监工。"

一个亲卫应声出列，拎起傅伯的后衣领把他提溜出去。傅深说一不二，他定下的事绝无转圜余地，余下的人再哭闹求饶也是无济于事，只好缩着脖子排成一队，跟在小丁身后陆续离开了书房。

傅深快刀斩乱麻般地处理完这一摊子烂事，堵在胸口的郁气却分毫未消。他身心俱疲，烦得恨不得两眼一闭干脆蹬腿算了。这个念头还没定型，外头突然传来一阵急促的敲门声："将军，外面来了个禁军头子，说是有人托他传话给您。"

傅深正处在那木盒带来的惊疑不定中，对"禁军"二字格外敏感，立刻道："让他进来。"

魏虚舟受了一路的注目礼——这府中的亲卫个个是战场上下来的军人，看得他这养尊处优的禁军将军都有点承受不住。等见到坐在轮椅上的傅深，魏将军居然差点生出三分亲切感来，忙上前见礼："下官左神枢军上将军魏虚舟，见过侯爷。"

傅深现在处于看谁都怀疑的阶段，不过北衙禁军在严宵寒的控制下，倒引不起他太多的疑心。说来奇怪，傅深与严宵寒为人处世的原则截然不同，彼此之间却相当坦诚。他对这位在朝中恶名昭彰的鹰犬有种微妙的信任，因此面对魏虚舟时显得平和了许多："不必多礼，魏将军请坐。倒茶来。"

魏虚舟不敢与他太过亲近，唯恐旁人猜忌，索性开门见山："侯爷不用费心张罗，我说完就走。我们钦察使大人方才被陛下召见，走前托我给侯爷带话，近日京城高门显贵之家都暗中传言，说您回京当夜天象有异，事涉皇陵。钦察使大人的意思是，此事不可不慎重，侯爷须得多加留心，及早处理。"

傅深眉头一紧，魏虚舟又道："大人还说，不管出了什么事，都请侯爷暂且忍耐，千万不要轻举妄动。"

傅深陡然变了脸色："什么意思？"

魏虚舟不明所以，无辜地回视他。

事情太多，桩桩件件，每件都坚硬得像石头一样，哽得他几乎喘不过气来。无数念头与疑窦如心魔般飞速滋长，顷刻间占据了他的全部心神——

无论出了什么事，都不要轻举妄动。

外间无风而起的流言、装在盒子里的铁箭、潜入书房的"王狗儿"……严宵寒指的是这其中的某一件，还是藏在黑暗里，他尚未察觉的更多阴谋？

这到底是未卜先知，还是早有预谋？

"侯爷！侯爷！"

正出神间，傅伯气喘吁吁地冲进书房，打断了傅深走火入魔般的疯狂思考。他从深陷的心魔中拔足而出，骤然惊觉自己钻了牛角尖，太偏激了。

"什么事？"

傅伯兴冲冲地说："圣旨，咱们家来圣旨了！公公请您出去接旨！"

魏虚舟极有眼色，闻言立刻起身道："侯爷既然还有事，在下先告辞了。"

傅深与他眼神一碰，会意地点头："傅伯，送这位大人从角门出去。待我换上朝服，去见钦差。"

养心殿内。

"梦归。"

太子走后，元泰帝忽然改换了个亲近的称呼。严宵寒微微一怔，随即恭敬地应道："臣在。"

"朕近日来常常夜半惊醒，"元泰帝道，"有时分明只有朕一个人宿在寝宫，却总觉得卧榻之侧，似有旁人酣睡。依你之见，这是怎么回事？"

严宵寒虽然是个武官，好歹也读过几本书，听见这话，冷汗当即就下来了。

他心念急转，反应奇快，二话不说立刻"扑通"跪下请罪："回禀陛下，陛下乃真龙天子，紫微护体，妖邪不侵，必是奸邪宵小在暗中装神弄鬼，图谋不轨。臣等行宿卫之责，守护不力，致使宫闱不宁，圣驾难安，罪该万死！"

他认错认得十分利索。元泰帝本意并非如此，一时分不清严宵寒到底是真傻还是在装傻，干脆把话挑得更明白一些："并非鬼神作祟，而是朕心头不安。京城之中，南北禁军、皇城兵马司、五大京营加起来，有近三十万兵士，四境之外，还有北燕铁骑、东海水师、西平郡王，可朕仍时有四顾茫茫、虎狼环伺之感。"

"朕年纪大了，不指望像太祖、太宗一般开疆拓土，只想安安稳稳地守住江山社稷。可是看看如今的局面，你说，大周的江山、我孙家的江山，到底是掌握在朕的手中，还是任外人左右？"

话说到这个份上，已是剑拔弩张，图穷匕见。严宵寒实在没法继续装傻，只得躬身道："请陛下明示。"

元泰帝问："梦归，还记得当年朕破格拔擢你为飞龙卫钦察使时，说过什么吗？"

飞龙卫前身为"御飞龙厩"，原本是宫中养马之所，由宦官主理。大周第三代皇帝淳化帝在位时，前朝文官势力坐大，一度控制了禁军，君王如同傀儡一般，地位岌岌可危。为了打开局面，淳化帝改御飞龙厩为飞龙卫，通过宦官之手重新控制了北衙禁军。飞龙卫更是一跃成为天子心腹，权势极大，非帝王亲信不能涉足。此后北衙禁军便一直由宦官把持，直到元泰二十年，前任飞龙卫钦察使段玲珑过世，元泰帝竟破格提拔了时任左神武卫将军的严宵寒为新任钦察使，才打破了这种局面。

严宵寒究竟凭什么上位至今仍是个谜，但不可否认，元泰帝对他确实倚重非常。严宵寒这些年也确实做好了一个孤臣，把飞龙卫变成了皇帝手中最锐利的一把刀。

他至今仍记得当年那道圣旨上的最后一句话。

"今命尔为飞龙卫钦察使，代朕巡行四方，监察百司。尔目之所见、耳之所闻、身之所至、刀之所指，皆如朕亲临。"

严宵寒道："陛下殷殷期许，臣铭刻于心，至死不敢忘。"

"不枉朕这些年看重你，"元泰帝坐直了身子，正色道，"朕要你去做一件事。此事也许要两三年，或者更长时间，但若能成功，朕从此便可安枕无忧。"

"据钦天监所奏，傅深回京当日，红光夜犯北斗，落入帝陵，这是不祥之兆。方才太子进言，要朕效仿前朝故事，为傅深赐一个'君约'。"

严宵寒的心脏蓦地跳错了一拍，终于明白为什么太子会用那种眼神看他，

原来是在这里等着他。

天象是人间祸福吉凶之兆，几乎是一条不可违逆的铁律。往上数三代，越朝成帝在位时，也曾有一位不世出的名将，名叫崔不疑。崔不疑为越朝开疆拓土，立下不世之功，然而就在他封侯拜将的时候，发生了"太白抢日"的天象。彼时人心惶惶，都认为是崔不疑杀孽太重而引来祸患，恐怕国运有厄，纷纷奏请皇帝处死崔不疑。

成帝是个不大有主见的帝王，虽然心里也觉得这是无妄之灾，但是国运为重，不得不屈从于众议。然而就在他下旨赐死崔不疑之前，紫霄院大国师靳君玄出关面圣，听说此事，便要来了崔不疑的生辰八字卜算。他算完后对成帝说，上天以天象警示人君，却不是为了让人君移祸臣下。崔不疑虽然是七杀入命的偏官格局，但是遇紫微为权，逢左右而衡，并非不可制化。人间天子正对应紫微星，只要找一位命主辅弼的人，与崔不疑的命局相合，就能制化偏官，化为正官。

成帝一听不用杀大臣了，自然从谏如流，打消了赐死的念头，又请国师为崔不疑找一个合适的命格。巧就巧在靳君玄自己正是命主辅弼，成帝便为二人御赐了一道"天命承君制正誓约"，由紫霄院祭天遍告诸神。此后太白金星果然回归正位，崔不疑也位列三公，一生安稳顺遂。

这道"天命承君制正誓约"便是太子所说的"君约"，也算是一则明主贤臣的佳话，后世帝王多有效仿，只不过一来七杀命格百年难得一遇，二来别的方士也没有靳君玄的本事，所以往往并不能改命；再者若两人命局相合，互为官星，必然从此无婚不娶，没有子嗣，对于很多位高权重的大臣来说，反倒是一种制约。

近来在傅深身上发生的一切，仿佛就是严丝合缝地顺着这个故事发展的。此时不给他赐一个君约，简直都对不起这种巧合。

严宵寒垂眸道："臣愚钝，不敢妄断吉凶，但君约事关重大，还望陛下三思而行。"

"傅家一系，在北疆根深蒂固，已成心腹之患。朕想借着这个机会，将他从北燕统帅的位置上移下来，换一个新将领上去。"

严宵寒犹如被一盆冰水浇透，心底却在不合时宜地纳闷：太子孙允良与傅深究竟有什么深仇大恨，要这么千方百计地害他？

随后他慢半拍地想起来，似乎太子当年想纳傅深的妹妹为太子妃，由于傅深坚持不让步，太子被傅家婉拒了。

这事他向元泰帝禀告过，元泰帝应该也明白太子这条计策中有多少私心。但是比起挟制傅深，这点私心在元泰帝眼里或许不值一提。

　　"此计可行归可行，但傅深走后，谁有资格接替他坐北燕军统帅这个位置？"元泰帝话锋一转。

　　"太子举荐杨思敬，"他摇摇头，仿佛是觉得好笑，又有点无奈，轻飘飘地一言掠过，"到底是年轻，心思也浅。"

　　严宵寒简直要被这父子俩气笑了。杨思敬是杨皇后兄长的儿子、太子的表兄，因皇后之荫受封右九门卫将军。傅深再落魄，也是颖国公府嫡长子、朝廷一品大员、战场上厮杀出来的靖宁侯。杨思敬算什么东西，一个恩荫上来的纨绔，也敢肖想傅深的位子，真当北燕军二十万铁骑都是死人吗？

　　堂堂一国储君，竟然能想出这种下作手段残害功臣。一想到这样的人未来要成为皇帝，如何不令人心寒？

　　元泰帝见他不说话，又道："朕不愿让傅家坐大，但也无意自毁长城。北燕铁骑是大周的北境防线，鞑柘之患未平，贸然更换将领，恐怕会动摇军心，须得缓进。朕思来想去，你久居京城，也该挪动一下了。"

　　刚才还在心中暗讽"杨思敬算什么东西"的严大人顿时落到了同样的境地——没办法，在大周朝最年轻的一军统帅面前，比他官位低的同辈人都不算个东西。

　　他再次俯下身，叩首请罪："臣无才无德，不敢当此重任。"

　　元泰帝："你不愿意？"

　　严宵寒咬牙道："陛下恕罪。"

　　元泰帝却不愿再与他周旋，扬手将一卷明黄圣旨掷在了他的面前。玉轴在青砖地面上磕出"咚"的一声响，飞龙浮雕断了半块，细小的玉屑溅入严宵寒袖间。

　　"看看。"元泰帝道。

　　严宵寒缓缓展开圣旨。

　　"奉天承运皇帝诏曰：镇国将军靖宁侯傅深，颖国公傅坚之后，筮仕六载，功勋累累，威震敌夷，克忠报国，朕视以左右，兹以覃恩。左神武卫上将军飞龙卫钦察使严宵寒，京城世家之后，宿卫忠正，宣德明恩，英姿俊朗，允文允武，朕甚嘉。今天象告变，大臣宜当之，特赐天命承君制正誓约，望汝二人同心同德，敬尽予国，勿负朕意，钦此。"

　　"朕已着人到靖宁侯府宣旨，"他冷冷地盯着严宵寒，"你若想清楚了，就

拿着这份圣旨跪安吧。"

言下之意,如果没想清楚,就一直在这里跪到死吧。

一个是战功赫赫、被万人称颂的忠臣良将,一个是汲汲营营、被天下唾弃的走狗鹰犬,任谁也不会觉得他们是一路人。可就因为这卷明黄圣旨上的金口玉言,从此之后,傅深与严宵寒这两个殊途之人,必须要走向同一归处。

比这道圣旨更荒谬的,是严宵寒看到它的第一反应,不是愤怒,而是一种冷冷的快意。

他不无恶意地心想,傅深接到圣旨,会是什么反应?

这根肩上背满了责任道义,兢兢业业、鞠躬尽瘁的朝廷柱石,被他所效忠的君主这样踩进泥里,刻意羞辱,还能继续毫无芥蒂地"胸怀天下"吗?他会忍气吞声地接下圣旨,还是披挂出京扯起北燕军旗,干脆反了呢?

元泰帝等着他的回答,严大人却好像忘了自己身在何方,开始不着边际地满脑跑马。此时殿门忽然打开一道细缝,大太监田通踮着脚溜进来,快步凑到皇帝跟前,附耳低声说了几句话。

元泰帝正暗自气恼严宵寒不知好歹,听了田通的回报,脸色更是阴沉得几乎滴水,咬着牙根吩咐道:"去,把刚才那番话再给严爱卿重复一遍。"

田通走到严宵寒面前,低眉敛目,细声细气地道:"靖宁侯不肯接旨,现正在宫门外长跪不起,请求面圣。"

元泰帝假惺惺地问:"田通,外头天气如何?靖宁侯的身子骨可不健朗,别给冻坏了。"

田通立刻会意地答道:"回陛下,外头下雨了。先前还淅淅沥沥的,这会子雨势正大。这……靖宁侯已在外面等了半个时辰,要不老奴去给他送把伞?"

大殿里泛着雨天特有的淡淡土腥味,地砖冰凉,硌得膝盖生疼,严宵寒不用想象也知道傅深只会比他疼上百倍千倍。

除了疼痛之外,还应当有比秋雨更凉的心。

他终于明白了皇帝的意思。

元泰帝要他答应的,不止有这个荒谬的君约,还要他从傅深手中一点点分走北燕铁骑兵权。从一开始,他就没打算考虑严宵寒的意见,询问不过是虚与委蛇,在皇帝面前,严宵寒没有说"不"的资格。

飞龙卫钦察使是正三品,北燕军统帅则是正一品,只要他能坐上那个位置,荣华富贵指日可待。况且有皇帝在背后支持,踢掉一个残疾主帅似乎也不算难事。傅深再厉害,也没有三头六臂,更何况他还是个受了天大的侮辱也不会背叛家国的"正人君子"。

无论从哪方面来看，这都是一桩划算的买卖。

唯有傅深故辙在前，给这金光灿烂的未来镀上了一层晦暗的血色。

时间的流逝忽然变得极度缓慢，不知过了多久，偏殿里西洋自鸣钟的钟摆连敲数下，敲碎了满殿静寂。

元泰帝已经有点不耐烦，正要再下一剂猛药，一直沉默的严宵寒却忽然出声："臣有一事不明，恳请陛下赐教。"

"说来听听。"

严宵寒道："傅家世代忠良，傅深守边数载，绝无二心，而且……他如今形同废人，在这个当口赐下君约，容易招致朝臣非议，还会助长傅深的声势。臣驽钝，不知陛下为何执意在此时为之。"

这话似有松动之意，元泰帝心中暗舒了一口气，不自觉地透出些推心置腹的意味来："傅深的确是个忠臣，可他忠的不是朕。"

"为将者，就是君王手中的一把神兵利器。傅深固然锋锐难当，可一把刀要是想法太多，就不那么让人放心了。为臣者，有的忠君，有的忠天下。傅深和他叔叔傅廷信一样，是个忠天下的臣子。

"一把刀倘若总有掉转刀尖对准主人的危险，你说，朕如何能放心地将他传给子孙后代？北燕铁骑守在北境，刀锋向外时是天堑神兵，可当他们刀锋向内时，距京城也不过千里之遥。"

严宵寒再一次在心里暗骂傅深，这根棒槌八成是干了什么费力不讨好的事，得罪了皇帝，他那北燕军又严密得跟个铁桶一样，飞龙卫想挖点消息简直难如登天。若早知道发生了什么事，提前准备好对策，今日他何至于被皇帝和太子打个措手不及！

"梦归，你跟在朕身边许久，是朕最得用的心腹，"元泰帝道，"你与傅深不同，只要迈出这一步，未来前途不可限量。"

"你若执意不肯，朕再给你个选择。"

严宵寒抬眼，望向高踞龙椅之上的帝王。

金口玉言，冰冷的字句染着森然杀意，一个接一个地滚落金阶。

"要么接旨，按朕给你铺好的路走；要么，你去替朕亲手除掉傅深。"

时移世易，当年元泰帝有多倚重傅家，此刻就有多忌惮傅深，甚至到了不除不快的地步。

严宵寒捡起磕掉一角的圣旨，慢慢卷好。他一直跪着，此刻深深俯身下去，

行了个五体投地的大礼。

"臣,叩谢陛下隆恩。"

微薄的天光照进殿内,落在高悬的"中正仁和"牌匾上。

这场秋雨来势汹涌,宫门外积水遍地,黄叶飘零。满目黯淡昏沉之中,被水打湿的红衣如迟迟不肯飘走的枫叶,格外显眼刺目。

严宵寒目不斜视地走到那道跪得笔直的背影面前,居高临下,冷冷地道:"陛下不会见你的,别白费工夫了,回去吧。"

傅深没有仰头,只抬了下眼皮,平视着严宵寒的双腿,态度竟比站着的人还倨傲:"陛下让你来的?"

严宵寒道:"此事已成定局,多说无益。别问了。"

傅深笃定地道:"你答应他了。"

严宵寒仿佛突然被他激怒了,在殿内郁积了一下午的怒火冲天而起,劈头盖脸地朝傅深倾泻而去:"是啊,不然呢?我今日的一切,权势地位,都是陛下给的,我有什么资格不答应?"他一把拎起傅深的领子,"你还有脸来问我?你不是清高吗?不是一心为国、效忠陛下吗?雷霆雨露皆是君恩,现在怎么又跑到宫门前来跪着求陛下收回旨意了?不是该高高兴兴地领旨谢恩吗?你跪在这儿给谁看?"

电光划破苍穹,积云后雷声隐隐,雨越下越大,严宵寒俯身靠近傅深,近得几乎要贴上他被雨水打得冰凉的侧脸。男人嘶哑的怒吼压在嗓子里,被滔天的雨声淹没,却偏偏让傅深听清了。

"你是堂堂北燕军统帅,为什么要在这儿受这种委屈?你为什么不反?"

傅深眨掉睫毛上的水珠,忽然笑了。他所有的愤懑无奈、心灰意冷、感同身受,漠然的洞察与刻骨的煎熬,俱在这一笑之中。

严宵寒怔了一下,似乎被这一笑灼伤,蓦地松开了手。

傅深短暂地闭了下眼,仿佛是某种遮掩。他的脸色在雨水的浸泡下白得近乎透明,水珠顺着发梢眼角滚落,痕迹蜿蜒,过于瘦削的下颌和脖颈显出一种脆弱来:"其实我心里清楚,陛下不会收回成命,我就算在这儿跪断了腿也没用,只是到底意难平……我是不是又欠了你一个人情?实在对不住了。"

"可是严大人,君子立世,有所为,有所不为。北燕铁骑守家卫国,数十载英名荣光,如何能因为我一己之私,变成千古骂名?

"傅某或许做不了君子,但决不做罪人!"

风急雨骤,乌云沉沉,天地间一片晦暗。他说的每一个字都像浸着血、挟着北地风沙，落在满地积水中，又裹了一层凄寒的冰霜。

严宵寒无话可说，无言以对。他从前以为自己了解傅深，于是轻视他那种过分天真的执着。直到今天他才发现，傅深其人，远远不止他所了解的那样，他也完全无法忽视傅深一以贯之的坚持。

他叹了口气，怒火被大雨彻底浇熄。

严宵寒伸出手，打算扶他起来，总在这儿淋雨不像回事。谁知手还没碰到傅深，那人忽然毫无预兆地往前一倾，亏得严宵寒眼疾手快，伸手一捞，傅深便一头栽在了他的臂膀上。

"傅深！"

第三章 养病

"傅深!"

耳畔传来模糊的呼喊,他还有意识,只是身体失去了知觉。雨声如影随形,一个人俯下身来扶起他,臂弯有种似曾相识的触感。

像是前几天摔到地上被扶起时的温热臂膀,又像是很久以前拍着他脊背的双手。是谁来着?

他被送进了狭窄干燥的牢笼,被迫离开了那个熟悉的臂膀。他还没顾上仔细回想,一下子来了脾气,猛地伸手揪住了那人的衣领,狠狠地往身前一拉——

"咣当"。

没来得及直起腰的严大人砸进了马车里,直砸在靖宁侯身前,而傅深也终于不负众望地被他砸醒了。

严宵寒没料到这病鬼都晕过去了还能诈尸,刚要气急,恰好对上傅深的目光。

他的睫毛上还挂着雨滴,欲坠不坠,眸光涣散,看起来竟然像是要哭的样子。虽然明知道是假的,严大人还是不由自主地熄了火,自己爬起来坐好,低声问:"先去我府上,让沈遗策来给你看看伤,行不行?"

他有点担心傅深的伤势,毕竟淋着雨在石砖地上跪了一个时辰,得了风寒不是闹着玩的。傅深不知听没听懂,含糊地"嗯"了一声。

他疲倦地半合着眼,连说话的力气都没有,跟没骨头似的靠在车厢板壁上。

马车向严府的方向行去，京中道路平坦，傅深居然还被颠得左摇右晃。严宵寒凝神观察他许久，终于试探着把手伸向傅深。果然还没近身，闭眼假寐的人出手如电，准确地扣住了他的手腕："干什么？"

严宵寒："你有没有哪儿不舒服？"

傅深脸上闪过一丝迷茫："哪儿都不舒服，怎么？"

他的手指冰凉，掌心却散发着不正常的热意。严宵寒叹了口气，手腕反拧，使了个巧劲挣开他的钳制，抬手试了试他额头的温度："发热了。"

都烫手了。

傅深自己倒没什么感觉，也伸手摸了一下，迷茫地道："不热啊？"

严宵寒瞥见自己手背上多出几道血痕，叹气道："你试的是我的手……手怎么了？我看看。"

傅深以后脑勺为支点，翻了个身，侧身对着他，油盐不进地说："没事……回去睡一觉就好了。"

反正他皮实惯了，小病小痛，睡一觉起来，就什么事都没有了。

只可惜这一次这个方法好像失灵了，从皇宫到严府这一路，没能根治的暗伤和淋雨所受的寒凉一股脑地发作起来，病势汹汹，再加上精神透支与心力交瘁，傅深烧得有点神志不清，下车时彻底晕了，怎么叫都叫不醒。严宵寒无法，只得亲自将他背进府里。

在外迎候的下人个个目不斜视，大气都不敢出。严宵寒治下严谨，仆妇下人远比侯府那帮老弱病残手脚麻利得多。不多时便将浴桶、热水准备齐全，还预备下了衣裳、毯子，来请二人入浴。

严宵寒不放心假手于人，亲自替傅深宽衣解带，不消片刻，他便注意到了傅深那双再也不能走路的腿。

层层叠叠的绷带已被雨水浸透，拆开后瘀血青紫，疤痕狰狞，简直是触目惊心。严宵寒别过眼去不忍再看，将他小心安放进盛满热水的木桶里，自己被溢出来的水稀里哗啦地浇了一身，也顾不得狼狈："侯爷……傅深？"

傅深脑袋一歪，露出动脉旁一道浅色伤疤。那位置凶险得令人后怕，倘若再深一分，恐怕现在这个人就不会好端端地躺在浴桶里了。

严宵寒今天才知道傅深身上有多少伤痕，陈旧的、新鲜的，从未显于人前、落于史册，都镌刻在年少封侯、意气风发的岁月背后。

他忽然明白了傅深所说的"意难平"。

如果他不曾信赖过帝王，不曾将天下放入胸怀，又何必背负着沉重的铠甲，

一次又一次地走上九死一生的战场——三位国公的余荫，难道还庇护不了一个养尊处优的富贵少爷？

严宵寒叹了今日不知道第几口气，扶着傅深在浴桶中坐正，犹自不放心，又从外面叫进来一个小厮："替我看着点，别让他栽进水里。"

浴房里放了一架屏风，隔出两处空间。严宵寒绕到另外一边，飞快地把自己拾掇干净，换上干衣裳，又回到傅深这边来。

傅深烧得晕乎乎，偏偏还没完全失去知觉，他感觉自己从冰冷的雨天一下子落进了温暖的水中，舒服得昏昏欲睡。可过了一会儿，忽然有人把他扶了起来，一个熟悉的声音在他耳边说："伸手，抓紧我。"

沉水香的味道徐徐飘散，傅深像被蛊惑了一样，朝他伸出双臂。那人微微用力，随着"哗啦"的水声，他便离开了水中。

躯体脱离温水的那一刹，寒意从四面八方席卷而来。傅深仿佛又被扔回了凄风冷雨的荒野，他下意识地挣扎起来，试图把自己蜷缩成一团。

严宵寒差点因为他的猛然发力栽进水里，来不及恼怒，看清了他的动作，忙叫小厮拿毯子过来，将他囫囵一裹，低声安慰："没事，别乱动，还冷吗？"

傅深咕哝了一句什么，严宵寒没听清，凑近了一些："嗯？"

傅深不再说话，手脚在温暖的毯子里慢慢舒展，眉头却依然紧蹙，仿佛在极力忍耐。严宵寒揣摩着他的表情，试探着问道："是不是哪里疼？"

傅深从喉咙里发出模糊的声音，严宵寒生怕碰到他哪处暗伤，便带人连毯子放到下人早已备好的春凳上，叫人一道抬去了卧房。

沈遗策火急火燎地赶到府上，气还没喘匀，就见下人抬了个人进来，当即一口气呛在了嗓子眼："这……咳咳咳咳……这……"

"别这了，是靖宁侯，"严宵寒将傅深挪到床榻上，"在雨里跪了一个时辰，刚才烧晕过去了。你看看，还能不能救活？"

沈遗策隐约觉得严宵寒最近对傅深有点过于上心，但没往深处想，一边坐下来替傅深把脉，一边问道："怎么回事？他走都走不了，好端端地跑到雨里跪着干什么？大人，你刚才也淋雨了？叫他们煮碗姜汤来。"

严宵寒心烦地一摆手，不想提那件破事。

沈遗策摇了摇头不再多问，专心给傅深号脉，又掀开毯子看了看他的腿，写了三张方子令人去配药，自己则用烈酒洗过手，替傅深重新换药包扎。

严宵寒皱着眉头问："他刚才喊疼来着，会不会还有别的伤口？"

沈遗策怀疑钦察使大人被秋雨泡坏了脑子，但还是耐心地解释道："在地上跪一个时辰,就是铁打的膝盖也受不了,更何况他的髌骨已经碎了,再者伤口尚未完全愈合,沾了水也会红肿疼痛。还有,"他指向窗外的阴沉天色,"靖宁侯他们这些战场上下来的人,身上多少有些旧伤,最怕外面这种天气。说实话,这种疼法换成是一般人,这会儿早满地打滚了。"

严宵寒跟着轻声感叹了一句:"一般人也成不了他。"

未及加冠就披挂上战场,拿命挣下一身赫赫战功,守卫北疆数年太平,可惜他躲过了无数明枪暗箭,却没躲过来自背后的一刀。

说实话,当元泰帝提出可以让他接掌北燕铁骑时,有那么一刹那,严宵寒的确心动了。飞龙卫虽然位高权重,但几乎收获了满朝骂声,而禁军再清贵,终归不是建功立业的好去处。

当世男儿,谁不曾想像傅深那样手握北燕铁骑,驰骋沙场,荡平来犯之敌?谁不曾想过"如果是我",会如何施展抱负,建立何等功业?

可北燕军统帅这个位子,是单凭命好就能坐稳的吗?

严宵寒知道自己无法取代傅深,世上再也不会有第二个傅深了,可惜元泰帝不明白,太子也不明白。

万里长城,不曾毁于外敌之手,先被自己人拆得砖瓦飘零。

"大人,"沈遗策在他出神沉思时麻利地替傅深换完了药,忽然开口道,"虽然您未必愿意操这份心,不过我是个当大夫的,还是得多说两句。靖宁侯这伤,恐怕要落下一辈子的病根,近来两次发热,一次比一次凶险,他的身体已经经不起任何折腾了。"

"他……毕竟是傅家人,能帮一把,就别让他自己一个人挣扎。至少像今天这种在雨里跪一个时辰的事,不要再有下一次了。"

严宵寒面色上看不出喜怒,只问:"我记得你跟傅深并不熟,以前也没见你替谁说过话。"

"就当是我多管闲事吧。"沈遗策将摊在桌上的脉枕、金针一一收好,合上医箱盖,"我跟侯爷的确没有交情,只不过有时候会觉得,只要靖宁侯好好地活在世上,京城里就是安全的,我等也不至于在蛮人的铁蹄下挣扎求生。"

严宵寒这才想起来,沈遗策出身宣庆,此地当年曾遭东鞑屠城,后来又被北燕铁骑收复。他的父母家人全部罹难,只有他年纪最小,被父母藏进装药的柜子里,才侥幸逃过一劫。

他没再答话,起身送沈遗策出门。两人沉默着走过曲折的回廊,到正院庭前,沈遗策朝严宵寒拱手告辞:"大人留步,不必送了。"

"继之，"严宵寒叫住他，迟疑片刻，才问出了令他犹豫不决的问题，"傅深的伤……你有几成把握能让他重新站起来？"

沈遗策苦笑："大人，您也太高看我了。"

"有什么说什么，"严宵寒道，"无须避讳，我只听实话。"

沈遗策犹豫了半晌，才慎之又慎地道："只有一两成。靖宁侯经脉受损，髌骨碎裂，调养起来或许要三五年的工夫。所耗的钱财药物自不必说，关键是要有人随身照顾。但就算这样，也未必能成功。"

可有一线希望，总比束手无策要好。

严宵寒点点头，下了决断："既然如此，就按你的法子来，从今日起靖宁侯在我府上常住，你按时来给他看伤用药。"

沈遗策讶然道："大人？"

"不必惊讶，此事你早晚要知道，"严宵寒低声道，"就在刚才，陛下已颁下圣旨，命我与靖宁侯行君约礼。"

一道天雷滚滚而下，沈大夫僵立当场，呆若木鸡。片刻后，严府正院里爆出石破天惊的一声呐喊："陛下疯了？"

沈遗策所料不错，傅深这场大病来势凶猛，风寒只是个引子，牵动内伤外伤一起发作，险些要了他的命。

傅深烧了整整两天两夜，病得人事不知。严宵寒用尽办法给他退烧——烈酒擦身，冷手巾敷额头，被折腾得几乎没怎么合过眼。好在一天三碗药灌下去，最后总算见了成效，到第三天晚上，那烫手的热度终于渐渐退去。傅深虽然还未醒，但状况已经平稳下来，严宵寒终于勉强睡了个囫囵觉。

而傅深被这场病抽空了精气神，又昏沉了两日，在次日半夜里才彻底清醒过来。

夜深人静，万籁俱寂。室内昏暗，床榻帘帐都与他熟悉的布置不大相同，桌上只留了一盏灯，迷蒙轻纱般地照着周身方寸之地。他捕捉到一丝细微的呼吸声，扭头一看，发现床边还摆了一张矮榻，严宵寒蜷身背对着他，正和衣而眠。

那些天崩地裂的记忆慢慢回到脑海，却再也掀不起滔天巨浪，皆化作水面下涌动的暗流，一直沉入不可测的海底。

傅深躺得浑身难受，想翻个身松泛一下僵硬酸痛的腰背，没想到刚一动严宵寒就醒了。他翻身坐起，伸手来扶傅深，因为还没彻底清醒，一开口，声音竟意外地低沉："怎么了？要水还是要什么？"

他侧坐在床边，抬手试了试傅深的额温："还好，不热了。你可折腾死我了。"

傅深病中不记事，完全没想到自己居然有这么好的待遇，怔了一瞬后，立刻一躲："没事，什么时辰了？你……你扶我起来坐一会儿。"

惺忪的睡意逐渐退去，严宵寒的眼神终于清明起来。他默默地扶着傅深倚在床头，随即后退三步，坐回矮榻上，拉开了一段守礼的距离。

气氛略有些尴尬，二人好像同时想起他们中间还横亘着一个棘手的君约。

"已过了子时，今日是十月十一。"严宵寒道，"你病了好几天。"

傅深没多说什么，可一经提醒，他脑中忽地闪过某些模糊而温柔的片段。方才还心如止水的靖宁侯又有头疼发作的趋势，他本以为自己是个很能扛住事的人，但这会儿只想失忆，只想重来，假装无事发生过。

"辛苦你了……严兄，你继续睡吧，不用管我。"

严宵寒不答，随手胡乱绾了一把头发，拎起床边一件外袍丢给他："夜里冷，披上。你饿不饿？我让人把粥端上来。"

傅深这样的男人，世家出身，年少成名，从赞美和崇拜堆里长起来，见得太多，就很容易对"别人对他好"异常迟钝。然而也许是被君约礼影响，也许是大病之中人的心思格外敏感，在这一系列动作里，他最先感受到的竟然是严宵寒不动声色的关怀，心中讪讪地暗道："还……挺体贴的。"

傅深眯着眼睛，将他从头到脚反复打量。哪怕挑剔如傅深，也不得不承认严宵寒相貌出众。他换下了飞龙卫那身公服，披着淡青广袖的家常旧衣，起身挑亮灯盏时，黑发散落，眼帘倦倦低垂，明明未笑却自带三分笑意，在灯光下，甚至让人恍惚间忘记了他的身份，忘记了他平日里的肃杀之气。

严宵寒转身出去的时候随手掩上了门，在廊下走边笑。傅深可能是烧糊涂了，盯着人的时候毫不收敛，严宵寒鲜被人这样直视，最后实在忍不住，只好落荒而逃。

守夜的下人见他笑容满面地从房中出来，还以为傅深一命呜呼了，要不然他家老爷怎么高兴得跟失了神志一样。

等热粥送上来，两人才恢复如常。傅深和严宵寒相对而坐，热气把他苍白的嘴唇和脸颊烫出一点血色，也强行拄直了他的脊梁骨。他们终于可以心平气和地审视遍地荆棘的坎坷前路，琢磨该从何处下脚了。

严宵寒吐掉漱口的茶水，把茶碗放回桌上，率先开口道："侯爷。"

傅深仍在慢条斯理地喝粥:"嗯?"

严宵寒道:"我有几个问题,还望侯爷为我解惑。"

"我说严大人,"傅深放下勺子,此刻他大病初愈,身上松快了些,骨子里不正经的劲儿就又上来了,"咱俩现在已经是一条绳子上的蚂蚱,就别再'侯爷侯爷'地叫了,多见外啊。"

这句调侃里隐含着心照不宣。虽然傅深在某些方面比较死心眼,但大部分时候还是相当坦诚灵透的。严宵寒倒是乐意跟这种聪明人打交道,不需要太多弯弯绕。

"既然你这么说,那好,"严宵寒妥协地道,"敬渊,那日我听陛下的意思,似乎对你极为忌惮。你最近是不是背地里做了什么动作,惹恼了陛下?"

"咳咳咳……"傅深被自己呛着了,无奈地道,"你直接叫我的名字不行吗?"

严宵寒毫不退让:"我以为咱们就算不是挚友,好歹也算是旧识,怎么,连你的表字都叫不得吗?"

傅深让他说得倒了胃口,随手把粥碗搁在一边,叹道:"说来话长。陛下登基时你出生了吗?"

严宵寒挑眉:"刚出生,怎么?"

"这事的起源还在此之前,"傅深道,"先帝膝下有九子,当年最受先帝宠爱、也是最有望登上大位的是五皇子英王殿下。英王与当年的三皇子,也就是如今的肃亲王,是同母兄弟。"

"我二叔曾是肃王殿下的伴读,两人从小一起长大,情同手足,因此叔父与英王也十分亲近。说句不见外的话,真把他当亲弟弟一样。"

严宵寒没有打断,只静静地听着。傅深继续道:"先帝在行宫时突发急病,当时随驾的只有大皇子和当今圣上,先帝驾崩后,遗诏由太傅杨巩宣读,出乎所有人的意料,最后竟将皇位传给了陛下。"

"陛下践祚之初,有不少人质疑遗诏真伪,因为杨巩与当今皇后是同宗近亲。也有人私下里联络肃王、英王,意图谋朝叛乱。陛下似乎有所察觉,因此在登基的第二年就把英王派去了封地。"

"元泰二年,东鞑阿拉木部入侵大周,首当其冲的就是英王的封地宁州。当年边军怯弱,蛮人长驱直入,英王带王府亲兵抵抗东鞑骑兵,力战数日后失踪。肃王和我二叔派人多方寻找,却一无所获。在那种情况下,他活下来的可能性很小。久而久之,这件事慢慢被人淡忘,现在也没人再提起。"

"不过，他们一直没有放弃寻找英王，叔父过世之后，这件事便落在了我身上。"傅深笑了一下，"谁能想到，天无绝人之路，英王的后人居然真的被我找到了。"

严宵寒愕然，听傅深继续道：

"英王战死之时，府上一个侍妾已有身孕，她被东靼人掳走，因为貌美圆滑，竟然保住了性命，后来还成了东靼部落权贵的宠妾。她保住了英王最后一点血脉，曾想带孩子逃回大周，可惜半路被乌珠部牧民掠走，只得隐姓埋名，谎称自己是被掠买的汉人女子，委身于乌珠部首领哈图。

"更幸运的是，她逃走后没多久，阿拉木部全族覆灭，从此世间再也没有人知道她原本的身份。这位奇女子熬死了乌珠部的前任首领，现在是东靼数一数二的大贵族，我这么说，你应该已经知道她是谁了。"

"东靼前任首领哈图和现任首领鄂尔齐的……妻子，"严宵寒喃喃道，"哈诗可敦。竟然是她？"

傅深道："英王讳'珲'，'哈诗'在东靼语里是'玉'的意思。"

"那英王的后人呢？"

"西秋关之战，"傅深回忆道，"我本来不想插手，是哈诗可敦先派亲信来北燕找我，请我将英王的血脉带回大周。我便传信给肃王，五月时他亲至北燕，与来使见了一面，确定哈诗可敦确系英王府出身。"

"所以你答应了？"

如同扣上了最关键的一环，前因后果霎时在严宵寒脑中串联成一线，过往种种，忽然都有了清晰的脉络。

"你答应了哈诗可敦，而她给你的报酬是……乌珠部乞降。为了能名正言顺地留在大周，她把英王的后人塞进了陪伴小王子入京的东靼使团，是不是？"严宵寒盯着傅深的双腿，"可是东靼使团在青沙隘遇伏，无一人生还……"

傅深轻声道："你猜这事，陛下知不知道？"

飞龙卫是天子耳目、帝王鹰犬，严宵寒都不知道的事，元泰帝怎么可能会知道。

可如果元泰帝不知道，为什么会这么忌惮傅深，恨不得除之而后快？

"陛下或许很信任你，"傅深眼中的嘲讽之色一闪而过，"但并没有把全部信任都给你，严大人。"

这才是他今晚强撑着病体也要讲故事的真正目的。

严宵寒原本要探傅深的底，却没想到傅深反手就是一个挑拨离间。他们谁

都不清楚对方的真实想法,严宵寒怀疑傅深另有后手,傅深提防严宵寒站在皇帝那边。两人嘴上说着坦诚,暗地里却一重接一重试探个不停。谁也不敢全盘托付信任,哪怕双方眼下正站在同一条岌岌可危的破船上。

严宵寒不怎么诚恳地夸奖道:"侯爷真是心思缜密。"

"不及你严大人思虑周全,"傅深不疾不徐地道,"我还可以再告诉你一件事。"

"我离开燕州回到京城,不全是因为腿伤,还因为使团的行程经过我的人重新安排,与东鞑人所知的略有出入,其中一个'出入'就是青沙隘。而东鞑使团中也确实有一个二十二岁、汉人血统的使臣。"

"侯爷是在暗示我,北燕军中有陛下埋下的眼线?"

"东鞑人不知道我们改变了路线,而安排行程的北燕军也不知道东鞑拿到的是不一样的路线。这个双面计划是我和肃王为了保险起见私下敲定的,说白了,只有我们两个知道东鞑人和北燕军拿着两条不同的路线。"

他最初做这一系列安排的目的,其实是为了防范东鞑人暗算,却没想到最后居然在只有"自己人"知道的路线上栽了跟头。

青沙隘的一箭射穿了粉饰多年的太平,也彻底洞穿了元泰帝久埋于心而不发的忌惮。

傅深笑了笑:"你知道北燕军中,能参与英王这件事的都是什么人吗?"

有资历、有地位、有话语权,至少是将军级别的人物。

"陛下来这么一出,惦记的无非是北燕兵权,然后矬子里面拔将军,挑中了你,对不对?"傅深大言不惭地说,"严大人,这个破位置虽然我早就坐烦了,但看在你好心收留我的分儿上,我还是得奉劝你一句,别看陛下现在信任你,等你坐上这个位置之后,可就不一定了。"

"北燕军大部分是我的亲信,一小部分是陛下的眼线,这个眼线跟你还不是一伙儿的。如果我的亲信全都投靠了你,那么你就是下一个傅深。如果我的亲信不肯投靠你,你就会被彻底架空,因为陛下是永远不可能让你和那些眼线成为同伙的。"

"他不只是防备我,他防备的是所有人。"

*

室内陷入寂静,气氛逐渐冷了下来。严宵寒正垂眸沉思,余光瞥见傅深侧过头去打了个小小的呵欠，似乎是困了。

他这才想起这人还病着，大半夜的钩心斗角，明天被沈遗策知道了肯定又要唠叨。

"罢了，先睡吧，有事明天再说。"严宵寒过去扶他躺好，放下帘帐，傅深睡意浓厚地"嗯"了声，轻声说："辛苦你了，多谢。"

坐回床边的矮榻上，严宵寒却彻底没了睡意。傅深的话在他脑海中翻来覆去地打转。怪不得元泰帝会这么急不可待地打压傅深，私下与敌国哈诗可敦往来、将英王后人接回中原，哪一件看起来都像谋反的前兆。当年夺嫡之争更是元泰帝的逆鳞，谁碰谁死。

为了前人的遗愿，干着掉头的营生……傅深简直就是拿命在玩。他不可能不知道这些事一旦败露，自己会是什么下场，可他却总是在做这些吃力不讨好的事。为什么呢？

"这世上有些事，总要有人去做。"傅深忽然道。

严宵寒从沉思中猛然惊醒，被他吓了一跳："你怎么还不睡？"

傅深揶揄道："严大人，你再这么盯着我，死人都要被你盯活了。"

严宵寒方才光顾着出神，没意识到自己的目光一直落在傅深身上。傅深一看他那一脸惋惜的表情就知道他在想啥，忍不住心头发软，又很想逗他一下。

"找到英王后人，是我二叔和肃王殿下的愿望，所以不管付出什么代价，我都会去做，没什么可遗憾的。"

严宵寒反问："你身受重伤，工夫白费，不值得遗憾吗？"

黑夜里响起傅深的一声轻笑。

严宵寒一怔，突然茅塞顿开。

"两条路线是第一重障眼法，东鞑使团的汉人使臣是第二重障眼法……其实你和肃王早已经把真正的英王后人送走了，对不对？"

"嗯，"傅深煞有介事地点头，"要是真像你说的那样前功尽弃，我估计早就投河自尽了，实在是没脸苟活于世。"

他强忍着笑意，撩起帘子目光清明地看着严宵寒："严大人，快别拉着脸了，我都不知道你还暗地里替傅某操着这份心，真是惭愧。"

严宵寒回过味儿来，凉飕飕地说："不客气，应该的，毕竟以后咱们气运相连，一损俱损，我自然要多上点心。"

"你可真会哪壶不开提哪壶，"傅深简直哭笑不得，"伤敌一千自损八百，你就那么愿意跟我站在一条船上吗？"

"侯爷,你得想清楚,"严宵寒耐心地道,"你是正一品,我是正三品,我们如果真合了君约,我其实不赔,反而还赚了。"

傅深被他噎得哑口无言。

看得出他正在运气准备朝自己喷火,严宵寒见好就收,适时地退让一步,息事宁人地道:"好了,一会儿天都要亮了,你身体刚好,再睡一会儿吧。"

傅深一身参起的毛立竿见影地被顺了下去,他明知道严宵寒是在哄人,可还是不由自主地被催出了一点睡意。

两人说了半宿的话,等睡下时已过了三更。严宵寒感觉自己才刚沾上枕头,外头更漏就响了。他轻手轻脚地从矮榻上起身准备更衣上朝,却没想到一动弹傅深立刻跟着醒了,迷迷糊糊地问:"你要走了?"

"嗯。"严宵寒走到床边,先试了试额温,确定他没有发热,又把翻起一角的被子拉平,说道:"我今日要入宫轮值,你睡你的。"

傅深闭着眼,发出一声含糊的鼻音。

一阵小风带得床头纱幔飘动,傅深听见脚步声远去,转过了床前的屏风,外间传来窸窸窣窣的动静。

对于五感灵敏的人来说,哪怕是隔着几道门,这些细碎的声音还是非常扰人,傅深不得不支棱着耳朵听外面的水声、脚步声、人语、东西拿起放下时碰出的轻响,还有严宵寒刻意压低的吩咐:"别去吵他,下午沈遗策过来……按时吃饭、用药……"

也许是因为被人惦念,也可能是出于"同僚们都要去上朝而他可以在家里睡回笼觉"这种对比带来的愉悦感,短暂的吵闹没有破坏他的好心情。傅深一边等着严宵寒出门,一边闭眼酝酿睡意,不知联想到了什么,抑或是蒙眬中若有所感,他的脑海中突然浮现出一句熟悉的诗来——

凤城寒尽怕春宵。

傅将军虽然是世家公子,但学识实在有限,以前读的书早还给了先生,这句诗的上一句他居然想不起来了!

他模糊地记得这首诗好像是写不愿起床的,诗句里又恰好有严宵寒的名字,因此翻来覆去地嘀咕了好几遍。直到外面声息平静,他再度沉沉入睡,在梦里还在苦苦思索。

等他一觉睡到日上三竿,在严府的侍女伺候下梳洗用膳,又咬牙硬灌了一大碗苦药汤后，傅深仍然没想起那首诗的全名。他是那种一旦想不明白，就会刨根究底直至钻透牛角尖的人。傅深坐在窗前思考了半天，最后干脆对侍女道："去你家大人书房给我拿几本诗集来，要七言绝句。"

侍女早上得了严宵寒的吩咐，不敢怠慢他，忙提着裙子去找书。严宵寒也不是什么风雅之士，书房里诗书不多。侍女抱了一小摞给傅深，恭敬地道："侯爷，这些是书房里所有的诗集了。"

傅深拎起一本翻看，居然还一边看一边嫌弃："不学无术。"

侍女低垂着头，肩膀可疑地抖了两下。

这摞诗集足足翻了小一个时辰，傅深最终在一本落灰泛黄的唐人诗选里找到了那句困扰了他许久的诗句的出处，此诗题为《为有》，全文是：

> 为有云屏无限娇，凤城寒尽怕春宵。
> 无端嫁得金龟婿，辜负香衾事早朝。

傅深脸都绿了，险些岔气，火冒三丈地摔了书。

傍晚，严宵寒回家，进门时傅深正在窗前对着案上的文房四宝发呆，他有意加重脚步，傅深抬头一看，那句可怕的"辜负香衾事早朝"立刻开始在脑海中不停地回荡。他面色几变，一口气走岔，登时惊天动地地咳嗽起来。

严宵寒吓了一跳，忙过去给他拍背顺气："怎么了？我吓着你了？"

这话问出来都嫌荒唐，傅深一边摆手，一边抓着他的小臂咳得停不下来。严宵寒观察片刻，见他不像有事，只是不小心呛着了，悬着的心才落回肚子里，忍不住挖苦道："侯爷，您可真稳重啊。"

傅深立刻把他的手甩到了一边。

两人一坐一立，修长的身影映在花窗上，如画中人。傅深的咳嗽好不容易才平息下来，严宵寒随口问："在府里住得还习惯吗？有什么想要的直接跟下人说，别拘束。听说你今儿摔了本书，出什么事了？跟我说说。"

傅深面不改色："一时手滑。"

严宵寒狐疑："真的？下人若得罪了你，不用给我面子……"

傅深斜眼看他："你当自己在我这儿有多大面子，值得我忍气吞声？"

严宵寒便不再追问，心中暗笑自己或许把傅深想得太脆弱了。一个身在风刀霜剑之中还能说出"有所为有所不为"的人，其心性坚忍，自然远在他们这些随波逐流的人之上。

这世间，热血会冷，壮志不复，英雄与小人最终同归尘土，赞美与骂声都会化作虚无，强求并没有意义，所以他从不在乎"别人"。可时至今日，严宵寒忽然发现自己其实未能免俗，因为他希望这个人的赤诚与傲骨，能消磨得慢一些。

"今天宫里有什么动静吗？"傅深随手收拾摊在桌上的纸笔。严宵寒道："消息已经传开了，不过眼下都在观望。我听说御史台要为你上折子，毕竟那天你在宫门前跪了许久，闹到了陛下脸上。腿伤感觉如何，现在还疼吗？今日发热没有？"

"没大碍，下午沈先生来看过了，"傅深道，"君约说是关乎天意，但毕竟是私事，你我不出声，别人不好开口。你觉得呢？"

严宵寒："我已经在陛下面前应下了，不能改口。"

傅深沉吟片刻，没有明说，只说："行，我知道了。"

严宵寒余光瞥见桌上乱糟糟的字纸，上面都是傅深写的不知道什么玩意儿的鬼画符，他好奇地拿过一张，先问傅深："能看吗？"

傅深不以为意："随便。"

纸上那些鬼画符，细看才能看出是变体字，有点类似花押。傅深见他看得认真，随口问："认识吗？"

严宵寒指着其中一个，道："这个'軍'字，是军器监的花押。凡军器监所造兵器，都有此印。你写的这个笔锋处有一对小钩，形似箭矢，一看便知是出自军器监弩坊署。"

傅深起初还漫不经心，待听到"军器监"三字时瞳孔骤缩，强自按捺道："可北燕军中用的箭支向来都是无标无款，从没见过这种花押。"

严宵寒耐心地给他解释："一般来说，军用箭支量大粗糙，往往由各地杂造局制作，制式不一，有的有款识，有的无款识。军器监则不同，他们主要负责试制新兵器，兼制作京城驻军所用的各类兵器，所以只有京城军队所用弓箭上才会有军器监弩坊署的标记。"

傅深又翻出一张纸，上面画着一个野兽奔跑似的符号："这个呢，你认识吗？"

严宵寒一笑，弯腰拾起笔，示意傅深替他按着纸，提笔在中间写了一个更为圆润肖似的符号。

"这是个一笔连的'豹'字。"

"前朝禁军还没分家时，皇城禁军只有十卫，分别是左右金吾、豹韬、鸾仪、鹰扬、羽林,当时为了方便,每支禁卫军都以一种动物指代,字形稍加变化,便成了特殊记号。"他一边讲,一边在纸上写写画画,"像金吾是三足乌形的'金'字,豹韬就是我写的这个,鸾仪是凤形的'鸾'字,鹰扬是'鹰'字,羽林是鹤形的'羽'字。"

"不过后来随着禁军分家,扩充为南衙十卫和北衙六军,这一套字符也就没人再用了。你怎么忽然问起这个?"

"豹韬……"傅深喃喃道。

严宵寒道:"怎么了?"

"没什么,"傅深道,"严兄,我……"

他的话还没说完,门外忽然有下人来通报:"老爷,北燕肖岣将军来访,正在门外等候。"

"找你的。"严宵寒抽出傅深手里的毛笔,说完转头对外面的人吩咐道:"请他进来,侯爷这就过去。"

傅深自己转着轮椅就想出去,被严宵寒一把拦住:"等等,急什么。"

他转身去里间拿了件披风,把傅深包裹严实了,这才从后面推着轮椅往外走去,妥帖细致自不必说,出门遇见门槛还能连人带轮椅一道搬过去,省了不少麻烦。

傅深心情复杂地被他照顾,除了微妙的不自在之外,还有点说不清道不明的窝心。

他和严宵寒的关系十分微妙,以前虽然见面就掐,但私下里还勉强能做朋友,如今两人之间被强行塞了个君约礼,二人心中各有保留,有时候反而更见疏远。

可不管怎么说,至少面子上要过得去。人情世故这方面傅深自愧不如,倘若两人位置对调,他自问做不到严宵寒这样周全。

说得更深一些,他从没想过自己受了伤之后可以被人如此看顾,有人半夜守在他身边,出门前记得替他拿一件披风。就像个突然被人塞了一大锭银子的穷孩子,这辈子没见过这么多钱,猝不及防地抱了满怀,便无所适从了。

短短数日,他已经快不认识"虚情假意"这四个字了。

严府东花厅里,肖岣看到被严宵寒推进门的傅深,表情当场就凝固了。

那天他带人直奔城东杨树沟寻找"王狗儿",却只找到了两间人去楼空的破瓦房。适逢天降大雨,他们被困在村里。王家屋后养的一条大狗狂吠不止,肖岣觉得不对,便任由那狗叼着他的衣服,将他们引领到村后寿华山上。三个

人一直折腾到半夜，最终在深山里发现了王狗儿一家的尸体。

等他们把尸首背回村子，报知当地官府，暂时安顿好那边后，肖岣立刻快马回城找傅深禀报。然而，他连侯府的大门都没进去，就被"元泰帝赐君约礼""傅深宫门前长跪不起""严宵寒接人回府"等一系列消息打蒙了。

后来连着几日，严宵寒忙着照顾傅深，无暇分身，特意吩咐来客一概不接待。肖岣在严府吃了好几次闭门羹，历经千难万险，才终于见到了他们活生生的侯爷，此刻简直是身心俱疲，恨不得扑到傅深面前哭一场。

肖岣腾的一下从椅子上站起来："将军！"

傅深向他略一颔首，气度沉稳，看起来十分冷静自持，好像被赐君约礼、被死对头关在府中都对他没有任何影响。

严宵寒大大方方地把轮椅推到肖岣对面，跟傅深低声说了几句话。

"花厅地方大，烧着炭也不如内间暖和，穿上……你们慢慢聊，我让人把药煎上。"

他知情识趣，主动找借口出门，把这一处地方留给二人，临走前还替傅深倒了杯茶暖手，顺便似笑非笑地睨了面带菜色的肖将军一眼。

身经百战的肖将军闭上了眼睛，狠狠地掐了一把自己的大腿。

好疼。

秋河璀璨，夜空晴朗如洗。严宵寒站在院子里的桂花树下，指尖拈着几粒细碎残花，半合着眼想事情。

元泰帝想通过他转移傅深手中的北燕兵权，这种转移不是简单地把傅深干掉就行的。北燕军统帅在傅家代代相传已经成了一种默认的规则，倘若傅深不幸故去，兵权会重新落回颖国公府。现任颖国公傅廷义不擅兵事，未来世子傅涯是个纨绔草包，无论谁上位对元泰帝来说都是一件好事。

这么一想，青沙隘刺杀的时机，实在是来得太巧了。

然而傅深命硬得很，元泰帝只能退而求其次。靖宁侯是绝不能有后人的，谁知道他儿子未来会不会像他爹一样出色？唯一的突破口就成了君约，只要此事一成，严宵寒就算打入了傅家内部。

这算是个平稳过渡的方法，区别只在于严宵寒能不能让傅深将他纳入"自己人"的范围。

这两天他看傅深的态度，能感觉到对方有意分化他和元泰帝之间的同盟，却没有表现出更进一步的拉拢意图。傅深似乎另有打算，可他眼下这个全无行动能力的模样，又不像能搅动风云，翻天覆地。

更何况，他手足上还有一副名为"道义"的铁镣。

今日礼部已着手卜算礼期，下一步就要派人准备相关事宜。也许互相试探该结束了，他需要跟傅深开诚布公地谈谈。

在元泰帝和北燕军统帅的博弈中，他不能只做一颗被人推来让去的棋子。

棋子也是有尊严的。

他裹着一身清寒，站在夜色里，头顶的桂花悠悠飘落，像被一层屏障从人间隔开了，剪影仿佛有种难言的寂寥。

许久之后，房门被人从里面打开。肖崃看见他站在院子里时明显一愣，脸上立刻浮现出狐疑之色。傅深分明隔得更远，但架不住眼神好，一眼就看到了严宵寒。

严宵寒掸了掸衣袖上并不存在的尘土，施施然越过肖崃走进房间，自然地问："谈完了，要送客？"

脚步走动间，寒气扑面而来，傅深心里有点不是滋味："你在外面站了多久？"

严宵寒显然误会了他的意思，轻轻一笑："北燕军两位大将在此，严某焉敢冒犯？"

"我看你是冻傻了。"傅深将桌上的热茶往他那边推了推，严宵寒却抄走了他面前的杯子，笑道："多谢侯爷体贴。"

傅深道："那是我的杯子。"

"暖手而已，我又不喝，"严宵寒无辜地望向他，"侯爷以为呢？"

肖崃心情复杂地看着他们俩，思量了一下，对傅深道："将军，在别人府上总是不便，马车就在门外等候，咱们这便回侯府吧？"

"慢着。"

两道目光齐刷刷地投向一口回绝的人，傅深还挑了下眉。

严宵寒一本正经地道："侯爷身染风寒，腿伤尚未痊愈，你们侯府缺医少药，反而容易耽误病情。我看侯爷还是先安心在下官这儿住着，等把身体调理好，再做打算不迟。"

"什么打算？"傅深皮笑肉不笑地问，"被你软禁的打算吗？"

严宵寒反问道："否则呢？侯爷以为自己还有别的路可走吗？"

傅深意味深长地"哦"了一声："严大人这是图穷匕见，终于藏不住狐狸尾巴了？"

严宵寒摇了摇头，道了声"借一步说话"，把傅深带远一些，在他耳边悄

声耳语了几句。傅深听完后半天没作声,定定地盯了他片刻,忽然扭头对肖峋说:"你都看到了?"

肖峋一脸茫然地点点头。

傅深道:"那就这样吧。"

"什么?"肖峋蒙了,"将军……"

傅深漫不经心地说:"你也看见了,钦察使大人仗势欺人,将本侯扣押在他府中不许外出。所以这段时间若有其他人找我,就说我被留在严府养病了。"

肖峋一时语塞,战战兢兢地看了严宵寒一眼。

严大人被从天而降的一口大黑锅砸得眼冒金星,都快站不稳了。即便如此,他还是勉强挤出了一个微笑,道:"就按侯爷说的办吧。"

肖峋忽然有点明白为什么严宵寒在朝中的名声会那么差了。据说他跟傅深每一次吵架,无论是输是赢,第二天全京城的风向都是"朝廷走狗又在残害忠良了"。

*

回房路上,傅深道:"你方才到底是什么意思?说来听听。"

"没听懂就敢让肖峋走,"严宵寒弯起眼睛,"侯爷,你真不怕我软禁你?"

傅深真想给他一脚:"说正事,别闲扯。"

严宵寒悠然地道:"你这段时间留在我府上,我帮你争取一次回燕州的机会。我说得已经很清楚了。"

"我不是问这个,严宵寒。"傅深一字一顿地道,"我是在问你,你到底站在哪一边?"

你是陛下最青睐的臣子,最得圣宠的心腹,离登天只有一步之遥,为什么要帮一个与你天生立场敌对的人?

严宵寒依然弯着眼睛,可刚刚眼神里那种揶揄已经不见了,他仿佛瞬间披上了一层刀枪不入的铠甲,浑不在意地道:"侯爷,这世上既然有你这种不二臣,自然也就有我这样的二臣。"

傅深道:"你不必妄自菲薄……"

"别天真了。"严宵寒道,"你早就知道我是什么人,又何必费心替我开脱?你我二人虽然同朝为官,但你有你的抱负,我有我的想法,逐利而往,择木而栖,为官之道本该如此。所以我不是站在你这边,我只不过是站在了对我最有利的一边，仅此而已。"

他是棋局中的一颗棋子，也是第三个执棋的人。他可以为一方所用，冲锋陷阵，也可以一言不合就掀了整个棋盘。

既然元泰帝不喜欢手中的兵器有太多的想法，那就干脆让他当个手无寸铁的孤家寡人好了。

因为，棋子不高兴了。

"行，好一个'仅此而已'，难为你有自知之明，能承认自己不是个东西。"傅深被他气得连连冷笑，"既然跟我不是一路人，那你还把我带回来干什么，怎么不让我干脆淋死在宫门口算了？"

严宵寒刀枪不入，岿然不动："自然是为了落井下石，趁火打劫。"

傅深："……"

他这种杀伐果决的地方将领，最讨厌京城官场中东拉西扯、虚与委蛇的风气。严宵寒也知道他的脾气，轻飘飘地笑了一下，赶在他爆发前安抚道："傅深，别再替我找理由了。"

当他不再叫"侯爷"，而是直呼其名时，身周那层铠甲仿佛脱落了，露出一个遥远又熟悉的侧影，那是傅深最初认识的严宵寒。

"在你与陛下之间选一边，和随手帮你一把，是两回事。你我相识数载，我总不能真眼睁睁地看你陷在那里。"

真像他自己说的，利字当先，严宵寒心里那杆秤把朋友间的"道义"和朝堂上的"道义"衡量得太清楚了。

傅深也终于哑口无言了一回。他向来不喜欢口舌之争，尤其不爱靠动嘴皮子说服别人认同自己的想法，今天三番两次的诘问已非常态。他耐心用尽，更不悦于严宵寒的"自暴自弃"，沉着脸道："说完了吗？"

严宵寒一听就知道他要发火了。傅深先当少爷，后当将军，惯于说一不二，有时发起脾气来真的是……很不讲理。

即便如此，严宵寒还是顶着满头的阴云坚持道："一会儿我让人送药过来，你病刚好，别太伤神……"

傅深冷冷地道："滚出去。"

严大人不愧是俊杰中的翘楚，闻言立马乖巧地闭嘴，圆润地滚了。

当夜傅深被他气得睡不着，腿伤隐隐作痛，他在床榻上翻来覆去，脑海里反复回荡着严宵寒那几句话。

他其实想问，如果换作别人，出于朋友之间的道义，除了拉他一把，你也

会把他带回家里精心照顾，衣不解带地守夜，不厌其烦地叮嘱吗？

你也会替他委屈，会在他耳边咬牙切齿地问"你为什么不反"吗？

不知过了多久，窗外风声渐起，雨打窗棂，叮咚声催出刻骨酸痛和些微睡意。傅深阖着眼养神，耳尖忽然敏感地一动，听见门外传来压得极轻的脚步声。

是严宵寒。

他装睡功夫一流，立刻把呼吸放平拉长，完全闭上眼睛，只靠听声分辨对方的动作，同时心里转过许多念头，却都如浮光掠影，一个也抓不住。

脚步声停在床前，片刻后，傅深只觉得腿上一重，紧接着脚边的被子被掀开一角，一个暖乎乎的东西被塞进了被窝里。

严宵寒轻手轻脚地给他掖好了被角，没有多做停留，又像来时一样悄无声息地离开了。

等门板无声地合上，傅深睁开眼睛，借着帐外透进的微光，看清了自己腿上多出来的一床被子。他又把手伸进被子里摸了一下小腿碰到的坚硬热源，是个银质的汤婆子。

窗外淅沥的雨声逐渐清晰起来。

受伤的腿脚血行不畅，盖着被子也暖不过来。他本来不太在意疼痛，可一旦感受到这个小汤婆子带来的暖意，方才的冰冷竟忽然变得无法忍受起来。

你对"别的人"也这么无微不至吗？

傅深仰面躺回床上，望着床顶发怔。他想自己或许真的不适合留在京城，北燕军统帅可以挥刀荡平来犯之敌，却被一床被子和一个汤婆子轻而易举地围困。丝丝暖意尚且挣脱不开，日后还怎么面对杀人不见血的刀锋？

也许是睡前想得太多，一会儿是严宵寒一会儿是元泰帝，很少做梦的傅深居然梦见了自己的年少时节。

那是元泰十八年的寒食节，京城天气暖和，是郊游踏青的好时节，正所谓"春城无处不飞花，寒食东风御柳斜"。这天皇帝外出祭陵，禁军随行。恰好傅深与相熟的一群公子哥外出游玩，日暮时分方回马归城。

正值初春时节，城中仕女游人如织。一群英俊潇洒的年轻公子策马入城，引来无数人注目。更有大胆女子将手中的绢帕或是斗百草所用的各色花朵掷向众人，声势比"掷果盈车"不遑多让，盛况空前，百姓驻足，城门处一时热闹非凡。

这时，身后忽然传来阵阵马蹄声，披坚执锐的禁军当先冲进城中，人群自动让路，为首者高喊："御驾出行，闲人退避！"

人群在傅深面前汇集，前面的连连后退，后头的不知道发生了什么，一时拥挤不已。眼看禁军就要冲到跟前，傅深急忙拨转马头避让。谁知他这一侧身，恰好避开了一朵掷向他后脑勺的花。

那花像长了眼睛一样，绕开傅深，直飞向策马经过的禁军面门。掷花的人不知用了多大力气，傅深甚至觉得自己听见了破空声。

他不忍直视地闭了闭眼，心说完了。

向年轻公子扔花叫风流，向禁军扔花那叫老寿星上吊——嫌命太长。

那禁军扬手截住了飞来的花，诧异地往这边看了一眼。傅深反应极快，立刻拉起袖子遮住了脸。

来不及多说一句话，御辇已经进了城门，禁军开路，百姓跪拜。傅深这一行人都是勋贵子弟，其中两个身上还有恩荫的武职，好巧不巧地跪在了最前方。他们这群人个个打眼，元泰帝想注意不到都难，特意停下来问了几句。武官一系，数颖国公府风头最健，因此傅深不可避免地被皇帝单独拎出来温言嘉勉。等他在石砖地上跪得腿都疼了，元泰帝才大发慈悲地起驾回宫。

御辇继续前行，接着是禁军们鱼贯而过，傅深规规矩矩地跪着等元泰帝走远，有马蹄声忽然在他面前停驻了一瞬。

他莫名其妙地抬起头，正对上一双深邃含笑的眸子。

落日熔金，暮云合璧，人在春风深处。

傅深的视线从他的眼睛滑落到他执缰的手上，注意到他手里还握着一朵粉白的花——竟是刚才那个禁军。

此刻再想扯袖子已经来不及了，他只能眼睁睁地看着对方唇角一勾，挥手将那朵花丢回他怀中，策马扬长而去。

而且手劲非常寸，飘然落下的花朵正好卡在领口，简直就像是故意为他别上去的。

尚且青涩的傅深满脑糨糊地站起来，眼神空茫，神魂不属。直到那人走出去很远，那一笑仿佛融进了晚照，还倒映在他的视线里。

"还看什么呢？走吧！"

鬼使神差地，他没扔掉那朵花，而是拿在手里，翻身上马，假装不经意地问旁边的人："刚才那个禁军……易兄认得吗？"

与他并辔的是陈国公世子易思明，已授了正四品金吾卫中郎将，闻言撇了撇嘴，目露轻蔑之色："你说刚打马过去的那个？兄弟，可别怪哥哥没提醒你，

那小子不是什么好东西,不值当我等费心结交。"

傅深奇道:"这话怎么说?"

易思明没好气地道:"那个人是左龙武卫中郎将严宵寒。"

傅深一听就明白了,金吾卫为南衙禁军之首,龙武卫则属北衙,两处素来不对付,难怪易思明对他没有好脸色。

易思明又道:"你不知道,他是段玲珑的义子。别看长得不错,那有什么用?谁知道是怎么爬上来的……"

在大周,勋贵看不起清流,清流看不起普通文官,文官看不起武官,而他们全都看不起的,就是宦官。

段玲珑正是当今宦官中的第一人。

可想而知,认宦官做义父的严宵寒,在他们眼里可能比宦官还不如。

不知怎么,傅深听了易思明的话,并不觉得厌恶,反而有点莫名的惋惜,就像看见一朵生在泥潭旁边、刚刚盛放就被摧折的花朵。

对了,花。

他把手中的花拿到眼前,定睛细看。然而刚看了一眼,他的表情就凝固在了脸上——天杀的,竟然是朵莲花!

次日傅深醒来,严宵寒早已离府。两人昨晚不欢而散,下人们多少有所察觉,因此今天异常安静,生怕一不小心触了他的霉头。

傅深想起旧事,心里反而释怀了许多。人各有志,这是他早就明白的道理,他没法要求所有人都像他一样走"正路",更何况严宵寒的为人他心里有数,虽然谈不上善良忠厚,可也绝不像他自己说的那样无情无义。

靖宁侯府最近热闹得反常,朝中传出礼部正着手筹备二人君约礼的消息,此事显然已成定局。好多跟傅深有点旧交的人都遣人上门送礼,名为道贺,实则为了看热闹,肖岣被烦得一个头两个大,这回才算终于明白为什么傅深宁肯留在严宵寒府上,也不愿回自己家里。

相比之下,严府就清静多了。一是因为严宵寒尚在朝中,大部分试探都被他挡在了外面;二是飞龙卫恶名太盛,愿意同他往来结交的人实在有限。

傅深天性随遇而安,舒舒服服地在严府悠游度日,觉得这里比他那荒草丛生的侯府强了百倍,有训练有素、绝不多话的下人,一天三顿不重样的正餐和花样百出的点心,除了不得不捏着鼻子喝沈遗策开的苦药汤外,一切堪称完美。

有一天傍晚散值,严宵寒一进院子就听见傅深在屋里感叹:"贺眺的字画,如今是有价无市，多少人求一幅而不得，他就这么大剌剌地挂在外头……你家大人能看懂吗？"

自从他的病渐好，严府的气氛就有点不够稳重。侍女细碎如银铃的笑声顺着半掩的窗户飘出来，严宵寒脚步一顿，侧耳细听，心里忽然冒出一股既安稳又不平的滋味来。

他颇有些无理取闹地心想：给你端药喂水的明明是我，陪你赏画喝茶的也该是我，凭什么你和她们有说有笑，对我却连个笑脸都吝啬？

他想再往前一步，可双脚好像被钉在了地上。情绪上头的昏昏然倏地冷了下来，严宵寒在心里把刚才那番思绪又咂摸了一遍，仿佛空口嚼了一把冰碴，半酸不苦地笑了一下，扪心自问："是啊，我凭什么？"

他这样想着，底下脚步跟着一转，反身往院外走去。没承想屋里有个耳朵特别尖的丫头，听见足音往外一瞥，正好抓了个现行："老爷回来了。"

众人忙开门迎他进来，傅深从书架前转过头，手里捧着枸杞红枣茶，眼底有尚未散去的笑意，如同特意为他保留的，招呼道："回来了。"

严宵寒没看到意想之中的冷脸，愣了一下。傅深见他脸色不好，说道："怎么了？遇见什么事了？"

他对侍女们道："都下去吧，让厨下准备晚饭。我跟你们家大人说几句话。"

那姿态、语气，真如这府上的主人一般。以前严宵寒从未细想过他未来的生活当如何，可眼前这个场景，却自然顺畅得仿佛本该如此，不期然地填上了梦境缺失的那一块。

他不愿意再深想，端正地在傅深对面坐下，说起正事："礼部卜定的礼期是二月十二，花朝节。依我之见，圣旨刚发下来，现在去跟陛下说你要回北燕，必定提一回驳一回，不如再等等，等到年底时，你上一道折子，言明君约礼在即，恳请回燕州祭拜父叔，遍告同袍。正月出发，二月回京，只怕陛下就允准了。"

傅深略一思索，点头道："说得有理，那就这么办吧。"

他话一出口，蓦然意识到自从住进严府后，他说"就这么办"的次数好像越来越多。这种感觉十分奇特，傅深没有任何被剥夺选择的不满，反而觉得很省心。严宵寒作为一个"外人"，能设身处地地替他着想，一次两次是偶然，次次如此，就是暗藏的用心了。

不用自己操心的感觉真好，傅深心中幽幽暗叹。谁要是得严宵寒真心相待，恐怕能让他给宠废了。

两人说完正事，相对无言地沉默了半天，傅深有意缓和，主动挑起话头："你刚才脸色不好，出什么事了？"

严宵寒坐在圈椅里，脊背仍挺得笔直，摇头道："没事。"

傅深信他就有鬼了，只是他再灵透，也猜不出严大人海底针般的心思，试探道："是没睡好，还是……你还在为那天的事生气？"

严宵寒眉梢一动，显得有点讶异，但没作声。

傅深算是看透了，这个人嘴上说着"没事"，但满脸都写着"我有事，我不说"。

他心想：惯得你。

然而，嘴上却继续问："真生气了？因为我让你滚？"

严宵寒仍然板着脸，冷哼一声。

傅深强忍着笑，说："我错了，我不应该让你滚。您大人有大量，就别跟我一般见识了，嗯？"

严宵寒直勾勾地盯着他，盯得傅深鸡皮疙瘩都要冒出来了，下意识地往后一缩，严宵寒猛地别过脸，"扑哧"笑出了声。

傅深被他笑得莫名其妙，心想："我有病吗？怎么不干脆让他气死算了。"

严宵寒好半天才止住笑，傅深刚才假装出来的耐心已荡然无存，瞥了他一眼，凉凉地道："这回好了，不要小性子了？"

严宵寒拱了拱手，坦然道："好了，多谢侯爷体贴。"

傅深懒得跟他一般见识，自己转动轮椅往门外行去："多大的人了，丢不丢人。"

严宵寒过去扶住了轮椅，推着他回卧房，笑道："怎么，侯爷恼羞成怒了？"

当夜临睡前，侍女送药进来，恰好严宵寒被傅深支使去书房帮他找本书。等他回来，傅深倚在床头，桌上的药碗已经空了。这些天里傅深风寒见好，严宵寒白日不在府里，便没再盯着他喝药，今晚一看，总觉哪里不对。他把书拿给傅深，又疑惑地看了一眼药碗。傅深注意到他的目光，随口问："看什么呢？"

严宵寒转过头来，目光如蜻蜓点水，在傅深面上一掠而过。

"不对。"

傅深疑惑："嗯？"

严宵寒问："你喝药了吗？"

傅深泰然自若地答道："喝了。"他伸手一指，"碗在那儿呢。"

"编，接着编。"严宵寒已经抓到了傅深的狐狸尾巴，他却还在狡辩。一想到他不拿自己的身体当回事，严宵寒就火冒三丈："要不要我拿面镜子来给你照照？喝药？你嘴唇都是干的，你用哪儿喝的？从耳朵眼里灌进去的吗？"

傅深："……"

做贼不妙，被抓了个正着。

严宵寒一看他那哑口无言的样儿，就知道这种事傅深肯定不是第一次干了。他气急败坏地在房间里转了一圈，最后从床边踢出一个白瓷痰盂。低头一看，得了，人赃并获。

傅深老老实实地坐在床上，服法认罪的态度很诚恳。

严宵寒指了指他，深吸一口气，勉强把肝火压了下去，出去命人再煎一碗药来，回屋把门一关，沉着脸道："说吧，从什么时候开始的。"

傅深干笑数声，赶紧顺毛道："别上火，我的风寒已经好了，那药吃不吃没多大关系……"

"有没有关系你说了算吗？"严宵寒冷冷地问，"谁告诉过你那药可以不用吃的，沈遗策，还是我？"

傅深："……"

看得出他已经很努力地忍耐着没有翻脸了，全是看在严宵寒是为他的身体着想的面子上。然而那专揭人短的混账东西还不消停，继续喋喋不休："仗着年轻糟践身体，你不想想以后老了怎么办？你身上有多少伤自己心里没数吗？风寒治不好，等落下病根你再长记性就晚了！"

傅深被他唠叨得脑仁疼，他个性中有刚愎独断的一面，多少年没人敢这么骂他了，原本是他理亏，可严宵寒这么一说反而激起了他的逆反心理。傅深不耐烦地一挥手："行了，没完没了了还。用不着急眼，我肯定不会比你早死……嘶！"

严宵寒出手如电，一把钳住了他的肩头，喝道："别胡说！"

他是真的动怒了，手劲极大，傅深感觉自己的肩膀都快要被捏碎了。可也正因如此，他终于看清了严宵寒眼底一闪而过的惊痛之色。

他心中蓦地软和了下来。

傅深吃软不吃硬，特别是一贯强硬的人偶然流露出的一丝软弱，很容易就能击穿他的心防，更别说这次本来就是他理亏。

他怔了片刻，随后抬手拍了拍严宵寒冰凉的右手："好了，好了，对不住，是我错了，行吗？"

严宵寒像是被他提醒了自己的一时冲动，立刻松了劲。傅深却继续道："别

生气了。"

严宵寒方才真是被他气得心都凉了半截，长叹了口气："算了，你自己都不当回事，我又何必上赶着讨你的嫌。"

傅深忙跟着再三保证，继续认错："快别这么说，你如此关怀，是好意，我怎么会嫌你？我高兴还来不及呢！"

严宵寒道："你还是没明白。傅深，我做这些不是为了让你承我的情，我以为你这回吃了教训能长点记性，你也是肉体凡胎，也不比别人多一条命，你能不能对自己的身体上点心？"

"是，是。"傅深立刻道，"你说得对，我从今往后一定好好休养，绝不犯险。"

他已经退步忍让到了这个程度，严宵寒也没法再说他什么。恰好侍女送来了新煎的汤药，严宵寒亲手接过来，端到傅深面前，只有一个不容置疑的字："喝。"

傅深心如死灰地盯着热气袅袅的汤药，默默运气。

严宵寒看他那副样子，简直哭笑不得。他是真没想到傅深喝个药会这么困难，毕竟傅将军是个宁流血不流泪的强硬性子，断骨之痛也没见他喊过一声，一点苦药对他来说应当不算什么才对。

"有那么难喝吗？"严宵寒端起碗来自己尝了一口，皱了皱眉头，觉得苦是苦了点，但还不至于无法忍受。然而傅深眉头拧得死紧，端起来三遍又放下了三遍，被药味冲得脸色隐隐发白，确实是十分难受的模样。

严宵寒看不下去，从他手里拿走了药碗，放到一边："寻常儿童都不会有你这么大的反应，到底怎么回事？"

傅深不大乐意提起往事，道："没事。"

严宵寒道："不信我？"

"你这个人啊……唉，"傅深算是怕了他，只好说，"也没什么，就是我小时候身体不好，是个药罐子。我娘去得早，奶娘又不大上心，她嫌我不肯好好喝药，就捏着鼻子硬灌，灌一次吐一次，渐渐成了毛病，不过这些年已经好多了。"

严宵寒听得眸光渐冷，轻声问："你家里没人发现吗？"

傅深一扯嘴角："那时我爹在边境，经年累月地不着家，哪有人管我。后来是我二叔发现不对，暗中盯着那个奶娘，才把我从她手里解救出来。"

他吁了口气，坦白道："其实我也不是不能喝，就是心烦，不想喝。"

严宵寒道："既然不能喝，为什么不早跟我说？"

"又不是什么大事……"

严宵寒一针见血地问:"是怕麻烦我,还是不想在我面前示弱?"

傅深不吭声。

严宵寒看了看他,忽然伸手端过碗来,将药倒在了痰盂里:"今天不喝就不喝吧,明天让沈遗策给你改成丸药,下回不许再赖了。还有……"

傅深没想到他会这么好说话,一时被震住了,愣愣地道:"还有什么?"

"我不怕麻烦,"严宵寒轻飘飘地笑了一下,"侯爷同我,往后可以不必这么生疏。"

第四章 相识

一月之后。

马车停在严府角门外。傅深此行不欲引人注目，所以连正门都没走，轻装简从，只有数十亲卫随行。肖峋将傅深背上车，收起轮椅，假装随意地问道："将军，严大人不来送行吗？"

这话蓦地触动了傅深的心事，他瞥了肖峋一眼，复又阖眸道："不用他送。收拾好了？启程吧。"

肖峋心细如发，总觉得有点奇怪，将军似乎突然跟那位严大人疏远了，可又不见二人有多生分。

然而这些话他只敢在心里想想，不敢跑去问傅深究竟。肖峋翻身上马，率先出发，马车随后缓缓行动起来。严府下人一直目送他们远去不见，才退回府中，重新掩上角门。

待一行人离开城门，还没走出多远，忽听得背后马蹄疾响，一人一骑风驰电掣而来。肖峋勒马止步，隔着老远认出了飞龙卫的官袍，顿时头大如斗，不由得暗自嘀咕："这唱的又是哪一出？不是说好不来送了吗？"

傅深在车里闭目养神，差点睡过去，感觉到马车慢慢停下，他也没睁眼，懒洋洋地问："重山？"

紧接着车帘被挑开，人影伴着一线天光纵身跃上马车，傅深睁眼时还小小地吃了一惊："你怎么来了？"

"临行前还是得来看一眼，"严宵寒温声道，"不然不放心。"

两人这段时间确实有些尴尬，但或许是这场大病改变了傅深的心态，他竟然并不如何抗拒排斥，甚至有种暗暗的侥幸，如果他必须要接受君约礼的话，那么严宵寒大概就是他唯一能够接受的人选了。

傅深看见他，心里已经松动了，只是面上依旧端着，淡淡地道："本侯往来于北疆和京城之间的次数，没有一百也有八十，大人有什么可不放心的？回去吧，你有官职在身，别耽搁太久。"

严宵寒道："今日一别，再见就是明年了。望侯爷谨守君约，不负前诺。"

在车外支着耳朵听墙脚的肖峋背后一凉，心说这严大人别是个二愣子，明知道侯爷心里对此事不痛快，怎么非要哪壶不开提哪壶。

车厢内，严宵寒忽然凑近傅深，轻声道："出门在外，务必小心谨慎。北地寒冷，你自己好好保重身体，别让我担心。"

分别在即，傅深难得柔和地"嗯"了一声，半开玩笑地说了句："静候归期。"

说完他推开严宵寒，撩起车帘示意送客，同时口气十分嚣张地许诺道："严大人不用提心吊胆地惦记着本侯，有这个工夫还是多操心操心自己，咱们来日方长，谁也跑不了。"

严宵寒沉默了。

所有人也都跟着沉默了。

肖峋暗暗摸上腰间的佩刀，预备着万一打起来第一时间冲上去拉偏架，千万不能让侯爷因为嘴欠被打死。

亏得钦察使大人养气功夫好，没有跟他一般见识，只是深深地看了他一眼，低声道："好，我等着侯爷。"

两天之后，马车行入燕州地界。

周围的风物越来越熟悉，除了树木凋零，积雪遍地，一切与他们秋日离开时无异。傅深生在京城，却在北境长大，燕州犹如他的第二个故乡，熟悉的景致令他不由自主地放松下来，甚至有兴致透过车上的小窗偶尔看看外面的行人过客。

他们走的是商道，一路上经过了大大小小的城镇村落。至晚时一行人落脚莲祁镇，傅深途经小巷时闻见一阵甘洌的酒香，勾得他蠢蠢欲动，遂命肖峋掉头，准备进去一探究竟。

肖峋苦着脸死命阻拦："我的爷，您不能喝酒，咱可马上就要回去见杜军医了！"

傅深满不在乎："放心，一晚上早消化完了，他看不出来。"

肖岣："严、严大人也不让您喝！"

傅深跃跃欲试的笑容一僵。他指着肖岣，恨铁不成钢地道："肖重山，你胳膊肘往哪边拐？里外不分！燕州谁说了算？他严宵寒手伸得再长，能管到这儿来吗？一个个都把嘴给我闭严实了，此事若泄露半个字，我拿你们是问！"

肖岣忍不住顶嘴道："飞龙卫耳目通灵，保不齐他就知道了呢？"

傅深的气焰瞬间矮了半截。

"重山，你还年轻，不懂人心险恶，"傅深语重心长地道，"本侯与严宵寒之间，不仅仅是我们二人要争个高低胜负，更是北燕军与飞龙卫的较量。我要是在京城以外的地方还被他辖制，那就是我怕了他，这话要是传出去，北燕军的弟兄们以后还怎么在飞龙卫面前抬头做人？"

肖岣听得一愣一愣的，细想觉得确实是这么个道理，讷讷地道："侯爷英明。"

顶天立地的靖宁侯忽悠完这个傻孩子，心安理得地摇着轮椅往小巷子里去了。

酒肆在深巷中，面积不大，只摆得下四张桌椅板凳、一座柜台。当垆卖酒的是老板娘，正埋头忙碌着，傅深挑了张地方稍微宽敞些的桌子，以手叩桌扬声问："店家，都有什么酒？"

那柜台后的女人忙抬头望来，刚要开口说话，却在看清他的面容时如遭雷击，蓦地怔立当场。

傅深没听见回应，抬头一看，恰与她的目光相接。一瞬间，他心中忽然涌起一股说不出的熟悉感："你……"

"您……"

两人同时开口。

傅深顿住，那女人却颤抖着问："这位公子，您……是不是姓傅？"

泪中带笑，惊里有喜，分明是一副手足无措，不知如何是好的样子，这模样绝非恶意，傅深被叫穿身份，却没有掩饰，点了点头。

下一刻那女子跟跄着奔出柜台，当场给他行了个五体投地的大礼："奴婢昔日蒙您出手相救，方得死里逃生。苍天垂怜，今日竟有幸再遇恩人。恩公在上，请受奴婢一拜！"

"等等，"傅深还是没想起她究竟是谁，"敢问姑娘贵姓？"

那个女子的眼泪已经流了下来，哽咽着道："桓仁县宝岩山幽兰山庄，金公冤案，七年已过，至今仍未昭雪。"

傅深瞳孔骤缩，犹如被人自头顶重重一击，脸色变得惨白。他鲜有如此失态之时，难以置信地问："你是……采月？"

这个名字犹如飓风，刹那间摧毁了他多年来的固执。记忆如滔天浪涌，卷挟着久远的生死悲欢，将他推入了一段不敢回忆、不愿提及的久远过往。

那是他过于短暂的少年时光里，第一次被人将信任踩得粉碎，也是他与严宵寒之间至今未解的死结。

元泰十八年，初秋。

幽兰别业是桓仁县宝岩山上的一处名胜，原主是前代一位风雅文士。此人官至宰相，致仕后在京郊置办了这座山庄养老。原主生平酷爱兰花，在园中遍植各色珍奇兰花，并将这山庄命名为"幽兰别业"。

别业主人过世后，这家的后人因贪赃获罪，朝廷抄没家产，幽兰别业也在查封之列，被充了公。再后来，先帝将这处地方赏给了前代颖国公傅坚，自此代代相传，成了傅家的一处私产。

桓仁县距京城不过几十里，宝岩山上多密林和山谷，是个狩猎的好去处。恰好溽暑已消，一群纨绔子弟闲极无聊，便相约去山上游玩打猎。傅深被他们架秧子起哄，迫不得已当了东道主，只得遣家仆先去收拾打扫，预备迎接客人。为此秦氏老大不高兴，见天在家里阴阳怪气地指桑骂槐，说他纨绔败家。傅深懒得出门应酬，又被她烦得要命，正磨刀霍霍地打算找个由子发作一通，忽然听见家人来报，说他二叔从北疆回来了。

傅廷信犹如定海神珍，几句话摆平了秦氏，放言让傅深放心大胆地出去玩。他一回来傅深更舍不得走了。傅廷信膝下没有儿女，傅深从小在他跟前长大，文武都是他手把手教的，对他比亲爹还亲。

"二叔，"傅深没正形地坐在傅廷信书房的桌子上，晃荡着两条腿，"秋冬正是边防紧要的时候，你怎么突然回来了？"

傅廷信正翻箱倒柜地找东西，头也不抬地答道："朝中有事。"

傅深立刻就猜到了："中书侍郎金云峰谋反下狱？"

傅廷信霍然起身："你从哪儿知道的？"

"那群要糟蹋咱们家园子的少爷说的，"傅深咧嘴一笑，"二叔，我也不小了，以前不懂事，现在还不懂吗？"

傅廷信抬手抚额："深儿，听二叔一句劝，以后在外面千万别这么笑，太

傻了。"

傅深："……"

傅廷信干脆把箱笼扔下不管了，跟傅深一样没正形地坐上书案，低声问："你对这事怎么看？"

"我？"傅深道，"我就……随便看看。"

傅廷信一巴掌扇在他后脑勺上，怒道："好好说话！"

傅深被他打得一个前倾，委屈地摸着后脑勺："我本来就是把它当个传闻随便听的，跟咱们家又没关系！金云峰是因为被牵扯进了江浙舟师指挥韩元同谋反案才获罪的，他毕竟是中书侍郎，位同宰相，与韩元同一个在外头，一个在朝中，里应外合，万事大吉……"

傅廷信听了两句就知道他在信口胡诌，十分看不下去："都是什么玩意儿……闭嘴，我只说一遍，能悟到多少全看你自己。"

"江浙舟师指挥韩元同归在东海水师提督萨知慕麾下，江浙一带则是安王封地。韩元同谋反之事案发，不但萨知慕要上表乞求致仕，陛下也动了裁撤安王封地的心思。"

傅深问："这跟金云峰有什么关系？"

傅廷信道："金云峰之所以获罪，是因为他屡次上表反对裁撤安王封地，请陛下不要手足相残。以他的地位，这本来不算什么大罪。麻烦就麻烦在他曾任翰林讲官，为安王讲过学。有这一层关系在，你想想陛下究竟为什么要降罪于他？"

傅深答道："陛下明面上处置的是韩元同谋反案，实际上是想收回安王的封地，还借机敲打了东海水师。因为，分散在外的藩王和驻守边疆的将领……这是他的两大心腹之患。"

傅廷信被"两大心腹之患"这个精辟总结扎了心，捂着胸口苦笑道："我的大侄子，你可够直接的。"

傅深却并未接他的玩笑，而是目光灼灼地盯着傅廷信："我刚想起来，跟这两个都沾边的，咱们家不是也有一位吗？"

"想歪了，"傅廷信及时打消了他的顾虑，"我回来是为了帮金先生上表求情，当年给肃王殿下做伴读，与他有过一段师生之谊，出了这种事，我不出声也说不过去。"

傅深才不上当："我看是肃王殿下与金云峰有'师生之谊'，他不好出面，所以才让你代劳吧？他欠你多少人情了，到底什么时候才肯还债？"

傅廷信被调侃了也不恼，淡定自若地说："好问题，我建议你下次当面问他。"

　　"啧啧，你们俩准又挖好了坑等着我呢，"傅深已经被坑出了经验，"我不问，你自己问去吧！"

　　但他们其实都知道，傅廷信是边关守将，肃王是一地藩王，皇帝的这两个心腹大患，在人前都不敢走得太近，傅廷信是永远不会有机会问这些问题的。

　　傅廷信抬手摸了一把他的头顶，叹道："有时候真希望你快点成人，我好把担子都甩给你，自己逍遥去，但又想你永远别长大，永远不必面对这些身不由己。"

　　傅深不以为意，吊儿郎当地说："我又不缺名利，以后安心守边打鞑子，当个孤臣，陛下就是再小心眼，也猜疑不到我头上来。"

　　傅廷信听了他幼稚的发言，扬手在他后背上抽了一下："把你能得！我有几封书信收在箱子里了，去给我找出来。"

　　傅深从桌上跳下来，幽怨地翻箱倒柜去了。

　　傅廷信盯着他的背影微微一笑，笑容里带着点不易觉察的惨然，心说："小兔崽子，白教你读了那么多史书，不知道什么叫'莫须有'吗？"

　　过了一会儿，他又心宽地自我开解："算了，幼稚就幼稚吧，这不是还有我和大哥吗？"

　　元泰十八年的秋天，风平浪静。

　　谁也不曾预料造化究竟有多无常，命运到底如何弄人。

　　元泰十九年，傅廷忠被东鞑人暗杀。次年，傅廷信战死于北疆沙场。同年，十八岁的傅深披挂出京，踏上了北方战场。

　　元泰二十五年，傅深带伤回京，被元泰帝赐君约礼。

　　那一天书房里遍地狼藉，只有叔侄两人知道的对话、叔父的希冀与侥幸、少年口无遮拦的宣言……终于全都成了镜花水月。

　　不管日后多么苦大仇深，那时的傅深还是个天真张扬的小公子，心里装不下沉重和晦暗，傅廷信让他出去玩，他就带着一帮狐朋狗友浩浩荡荡地上了宝岩山。

　　与傅深走得近的都是些勋贵子弟，本朝文臣不封爵，勋贵多是武将世家。这些半大少年成日里舞刀弄棍，对着天仙都吟不出一首绝句，更别提对着"花中君子"了。大猴子们没滋没味地赏了一会儿兰花，休整片刻，用了顿午饭，

到了下午听说食水都已经准备停当，立刻迫不及待地牵马架鹰，撒着欢地扎进了山里。

宝岩山上没有猛兽，多是些獐、狍、野兔、野鸡，据说时有野猪出没。傅深骑着马在林子里慢慢走，时不时搭弓瞄准，箭无虚发。他这手箭术是在北燕军中练出来的，用来对付野鸡、兔子有点大材小用。正觉得无聊，前方右侧密林忽然传来一阵窸窣响动，马蹄声随即响起，马上的易思明与傅深遥遥对望一眼，同时拉弓瞄准了草丛中的黑影。

傅深手指扣紧弓弦，眯起眼，逐渐看清了那物的轮廓，心中一动。

"等等！"

他立刻出声叫停，可惜晚了，易思明箭已离弦。傅深见阻止不及，连瞄都没瞄，抬手就是一箭，箭身在空中拉出一道近似直线的平平轨迹，又快又准，"叮"的一声将易思明的羽箭打偏了数尺。

易思明先是愕然，正要发作，突然听见傅深断喝："谁在那里？出来！"

草丛簌簌响动，那黑影慢慢长高，变宽，最后站起身来——竟然是个纤细瘦弱，怀抱包袱的女子。

"你是谁？躲在这里干什么？"

她跪倒在地，战战兢兢地道："奴、民女要去宋家村……探亲，不慎迷了路，误入此地，听见马蹄声，还以为是歹人，所以才、才躲了起来。"

易思明策马过来，上下打量一番，狐疑道："看你穿着举止，不像山野村妇，倒像个大户人家出身……手里抱的是什么？"

那女子闻言浑身一抖，不答话，死死地埋着头，只把手中的包袱抱得更紧。

傅深走近几步，用长弓挑起女子下颌，冷冷地道："松手。"

那女子被他盯着，后背竟出了一层冷汗，吓得浑身发软，被傅深轻而易举地挑开了手中的包袱皮，露出里头锦缎做成的褓褛来。

她怀里竟抱了个婴儿！

傅深皱眉："拍花子的？"

说话间又有几人听见动静赶来，围成一圈看那个女子，但见她一脸泪水混着尘土，仍不掩楚楚风姿。这群人虽然不能给天仙写诗，但并不代表他们分不出美丑，当时就有多情的动了恻隐之心："姑娘，你是不是遇到了什么难处？"

傅深道："你一个未出阁的女子带着婴儿，不走官道走山路，说起话来吞吞吐吐、胡编乱造，我看八成是心里有鬼。说，这孩子是从哪里抱来的？"

忽然有人道："咦，说起来，我们从京城出来的时候，好像看到城门告示上正在通缉一个罪臣家的逃奴,该不会就是她?"

傅深:"罪臣?谁?"

"就是前两天谋反下狱的那个,"那人道,"金侍郎,金云峰。"

傅深怔住。

那女子抖得像只胆怯的兔子。她还不到双十年纪,这辈子最大的勇气都用来偷偷跑出京城了,此刻面对一群骑马挽弓的勋贵子弟,再也没有多余的胆量同他们周旋了。她踌躇半晌,终于颤声道:"奴婢采月,是京中金侍郎家的婢女,襁褓里的孩子是我家小主人……"

傅深已经明白过来了:"你是带着孩子私自逃出来的。"

"求各位公子放奴婢一条生路,"采月边哭边不住地给众人磕头,"这孩子是金家唯一的血脉,抄家时险些被摔死……我家老爷蒙冤入狱,阖府女眷不堪受辱,齐齐吊死在堂前!奴婢拼死带小主人逃出京城,被朝廷官兵一路追杀,实在无法,才逃入山中……"

她哭得实在可怜,但金云峰事涉谋反大罪,这"窝藏逃犯"的罪名一旦扣下来,稍不留神也是会要人命的。

然而这群勋贵子弟毕竟年少,善心泛滥,家中又颇有权势,没吃过亏,容易热血上头。唯有易思明是个谨慎惯了的,不想多管闲事,便将目光投向傅深。

傅深想起他二叔千里迢迢地赶回来为金云峰求情,金家的婢女又恰好撞在他手上,难道是冥冥之中这孩子该有一条活路?思来想去,终究让步,朝易思明摇摇头,吩咐随行家丁道:"带她回山庄,换身衣服,如果有人问起,就说是我母亲送来服侍的丫头。多的不要说,去吧。"

下人领命而去。易思明仍紧皱眉头,忧虑道:"这女子的身份紧要,万一真与案子有什么重要干系,咱们可就闯了大祸了。"

"嗯,"傅深了然地点头,"一人做事一人当,易兄放心,万一东窗事发,绝不牵连各位。"

这话效果良好,立刻有人把胸脯拍得山响:"傅兄说的是哪里话!怎么能让你独自担责,若出了事,算我一份!"

众人纷纷附和,易思明彻底无奈。傅深一笑,劝慰道:"诸位不必慌,该干什么还干什么。宝岩山是我傅家私产,就算是有追兵要搜查,也要先问问主人家同不同意。"

话音未落,远处便传来整齐的马蹄声,有如奔雷席卷,由远及近,来势汹汹,顷刻便已逼近他们所在之处。

傅深目力极好,远远一望便认出了那身张扬的官服——居然是飞龙卫!严宵寒是耳报神转世吗?他来得也太快了!

　　*

　　来人眨眼间已冲到眼前,傅深等人纷纷屏息戒备,同时心中暗道侥幸:幸亏那女子先走一步,否则两方正好撞上,那可就跑不掉了。

　　山道狭窄,飞龙卫不得不止步。傅深打定主意要多拖他们一阵子,公子哥们都没让路,有人出声问:"来者何人?"

　　一骑白马越众而出,马上的人彬彬有礼地颔首道:"飞龙卫奉旨缉拿朝廷钦犯。敢问各位在山上时,可曾见到什么可疑人物?"

　　勋贵子弟们个个眼睛长在脑袋顶上,拿鼻孔看他,有人戏谑道:"哟,好大的阵仗。是什么重犯要犯逃了,竟能劳动飞龙卫出手哇?"

　　那人也不恼,软中带硬地答道:"不敢当公子谬赞,下官不过是奉命行事而已。"

　　问话的公子哥噎了一下,脸色便不好看。傅深怕双方掐起来,马上出声圆场道:"我等也是偶然游玩至此,不曾见过大人所说的钦犯。"

　　那人看了他一眼,原本漠然冷淡的眼角眉梢居然挂上了几分笑意,欣然道:"原来是傅公子,久违了。"

　　就说这人看着眼熟!傅深盯着他猛瞧,终于想起来,这不就是那天在街上扔了他一朵花的那个禁军吗?

　　易思明说得没错,他竟然真的是个飞龙卫。

　　"严……大人,"傅深心情复杂,"久仰。"

　　一众纨绔都盯着他俩,莫名其妙者大有人在,不知道傅深何时竟然与飞龙卫有了交集。

　　严宵寒缓缓扫视诸人,那轻飘飘的目光如有实质,压得这群心虚的公子哥后背冷汗直冒。他倏而一笑:"潜逃者事涉谋逆大案,京城内外各要道皆有卫兵盘查,悬赏通缉。敢窝藏、包庇钦犯者,视同谋逆。"

　　"飞龙卫一路追踪至桓仁县,却被她逃了。此地山高林深,寻人不便。倘若各位能助在下一臂之力,抓获要犯,来日严某必报知朝廷,为诸位请功。"

　　傅深第一次干窝藏逃犯这种事,总觉得严宵寒话中有话,不怀好意,不由得暗暗思忖:他是不是已经看出来了?

严宵寒说完,山林中一片沉寂,无人应答。片刻后,不知谁冷笑了一声,不无嘲弄地道:"太监崽子,还真拿自己当个人了。"

声音不大,但因为此时格外安静,所有人都听见了。

严宵寒面色陡然阴沉下来,一手不自觉地按上身侧刀柄。他这个人很怪,愈是怒极,愈发轻声细语,好像生怕吓着谁似的:"我道是谁,原来是谢二公子,久仰。"

被点名的庆义伯次子谢千帆从鼻孔中"哼"了一声,梗着脖子不看他。

严宵寒道:"严某今日一见二公子,果然是少年英才,初生牛犊不怕虎,与令兄倒是真不怎么像。"

听到这话,谢千帆额上鼓起条条青筋。

严宵寒继续慢悠悠地道:"听说令兄前年调任皇城兵马司中郎将,前途无量。庆义伯虎父无犬子,后继有人,想必再无遗憾了。"

谢千帆的表情霎时由白转红再泛青,就像被人扇了一耳光。

庆义伯长子谢百楼并非嫡出,然而相当争气,正经嫡出的次子谢千帆却是个纨绔草包。非但如此,谢二的亲娘还十分不得庆义伯喜爱,庆义伯向着长子多于次子,多次扬言要将爵位传给长子。谢百楼处处压过谢千帆一头,谢二几乎与他成了仇人,亲朋好友都不敢当着他的面提"谢百楼"三个字。

如今这事被严宵寒当众捅出来,无异于大耳刮子抽脸,稳、准、狠地戳中了他最不愿意提起的伤疤。

谢二当场就红了眼,气急败坏之下,竟然二话不说动了手,抄起猎弓,瞄准严宵寒就是一箭!

严宵寒早防着他这一手,霍然拔刀,轻松荡开箭矢,飞身纵至谢千帆面前,雪亮刀光如银河泻地,直劈而下。

"谢二!"

傅深和易思明同时动身,一个冲过去阻拦谢千帆,一个扑上去挡住严宵寒。傅深手无寸铁,情急之下抽出自己背上的角弓,眼疾手快地架住了严宵寒泰山压顶般的一击。

"且慢!"

傅深感到手腕剧痛,被那巨大的力道震得不住颤抖,怒吼道:"你疯了?他说错了话,跟你赔罪道歉便是,何必痛下杀手!"

严宵寒杀意不减,冷哼道:"口无遮拦,胆大包天。惹了不该惹的人,就别嫌自己死得冤!"

　　傅深勉力与严宵寒抗衡，格住了他的全力一击。然而角弓再坚硬，终究不比飞龙卫精钢锻造的佩刀，片刻后只听"喀啦"一声细响，傅深手中的长弓吃不住劲，赫然从中崩断为两截。

　　他眼中闪过一抹痛惜之色。这把弓是傅廷信送他的生辰贺礼，跟了傅深好几年，没想到今天断在严宵寒手下。只是此时他顾不得许多，双手握住弓弦，在严宵寒刀上一绞一扯，硬生生将刀尖别了个方向。

　　飞龙卫虎视眈眈，早在严宵寒出手时就一哄而上制住了谢二。以易思明为首的勋贵子弟们也不是吃素的，所有人都亮了兵器。眼看双方就要混战起来，那边两人已打出了数丈远，傅深被严宵寒密不透风的刀光逼得左支右绌，气急败坏地吼了一声"刀"！易思明立刻将腰刀掷出来，傅深疾跑数步，扭身在树上用力一蹬，身轻如燕，纵跃至半空，伸手勾住刀柄，正面格开一击。

　　傅深瞬间扭转劣势，刀影疾风骤雨般地朝严宵寒攻去！

　　严宵寒被他凌厉的刀风逼得后退数步，居然还有闲心赞叹："不愧是名将之后，漂亮。"

　　从他用弓弦绞住刀锋的那一刻起，严宵寒就收起了轻视之心，他能成为段玲珑的义子，站上如今的位置，靠的不仅仅是心机和手腕，还有一身力压北衙禁军的好功夫。如果刚才上来的是谢二那草包，恐怕没等近身就被格杀了，而傅深能在他手下走十几招不露败象，对于这个年纪的人来说，就很难得了。

　　傅深此时也在暗暗心惊，他能感觉出来严宵寒的第一击是真的没留手，庆义伯的儿子他说杀就杀。飞龙卫嚣张跋扈，横行朝野，他今天才知道这话不是说着玩的。

　　如果不能出奇制胜，谢二今天恐怕就要折在这里了。

　　生死关头，傅深的脑子从来没转得这么清晰迅速过，念头如火花般在他脑海中闪现，被他迅速地抓住，做出决策——

　　两柄刀叮叮当当地对撞，声如密雨，疾如飓风，刀光几乎晃成了两条白练。傅深手腕力量不足，终究逐渐落了下风。两人再一次挥刀相向时，严宵寒竟然直接将他手中的刀击飞出去，余势未消，刀尖挟着劲风直逼傅深咽喉，眼看就要将他戳个对穿。

　　然而不行。

　　严宵寒可以毫不犹豫地弄死一个谢二，但要弄死傅深，他还得再掂量掂量。

　　刀锋嗡鸣，在半空强行改道。使刀的人对这把杀器的控制臻于极致，手腕反转，刀背离傅深的脖颈只差分毫，擦着颈动脉险险掠过。

同一时刻，傅深突然暴起！

他等的就是这一刻，傅深料定严宵寒不会对他下死手，在他刀锋改向的同时，傅深几乎是贴着刀背蹿了出去，瞬间近身，用一柄小巧的猎刀无声无息地贴上了严宵寒的喉结。

电光石火，兔起鹘落，眨眼之间，情势已经陡然反转。

"严大人，对不住了，"傅深在他耳边喘着粗气，要挟道，"我不想为难你，叫你的人放开谢二，退后，马上下山。"

他的手劲掌握得刚好，既能让严宵寒说不出话，又不至于把他活活憋死。想也知道这一套手段是谁教的。严宵寒是个识时务的俊杰，受制于人，立刻冷静地打了个手势，示意手下放下武器。

"你自己的刀也扔了。"

严宵寒松手，傅深一脚将刀踢飞。

谢千帆跋扈惯了，今天终于碰上硬茬，骇得脸色发白，刚才差点以为自己就要死了，现在被飞龙卫放开，夹着尾巴战战兢兢地回到易思明身后，忽然听傅深道："谢二。"

"啊？"

傅深道："你出言挑衅在先，射箭伤人在后，过来给严大人赔个不是。"

在场众人和飞龙卫皆是一愣。

谢千帆终于从巨大的刺激中回过神来，气得攥紧双拳，涨红了脸，怒吼狂叫："我不！他算什么东西！朝廷走狗！我凭什么要给他道歉？"

易思明忙按住谢千帆，息事宁人地道："傅深……"

"你道不道歉？"傅深沉下脸，冷冷地道，"你要是再撒泼，我现在就把他放了，你可以试试。"

被他勒着脖子，还被他用来吓唬人的严宵寒险些没忍住，差点笑出声来。

谢千帆死死地瞪着他，眼眶越来越红，最后竟然"哇"的一声号啕大哭起来："我不，我不，我不！你们都向着他！我在你们眼里就什么都不是吗？"

所有人："……"

严宵寒听见傅深在他身后轻轻地叹了口气。

"他就是个小孩子，被惯坏了，真不是故意要冒犯你，"傅深低声道，"我替他给你赔个不是，挟持你也是无奈之举，对不住了。"

真是个心软的人。

他说话的声音里还有几分跳脱的稚气，可口吻和身手俨然是成人般的沉稳。

严宵寒默默地心想，你也还是个孩子……

这个念头还没转完，密林深处突然冲出数道黑影，趁众人毫无防备时撞入飞龙卫队伍，刹那间将一个人扑倒！

"什么东西？！"

惊呼声令傅深分了心，趁着他走神的瞬间，严宵寒出手如电，抬手扣住傅深的手腕，一扯一拧，随着"喀啦"一声令人牙酸的骨头响，他卸掉了傅深的一条手臂。

傅深的反应也极快，回身一脚将他踹出数步，自己借力滚向一边，将手臂接上，疼得冷汗直冒。然而他顾不上再找严宵寒报仇，因为半路杀出的程咬金已经成了不容忽视的威胁。不只是飞龙卫，连他们这边的人也被扑倒了好几个。

易思明险些疯了："这都是哪儿来的！傅深！你不是说这山上没有野猪吗？"

傅深怒吼："我好几年没来过了，我怎么知道！上树，赶紧上树！"

宝岩山上曾有段时间野猪泛滥，糟蹋山下的农田庄稼。当地庄户实在无可奈何，只好进京求主人家出手。于是傅深他爹和他二叔、三叔带着一队北燕军来幽兰山庄住了半个月，掀了十几个野猪窝，赶尽杀绝，从此宝岩山再也没受过野猪的侵扰。

直到近年来山里才再次出现野猪的身影，但仅有几只，庄户们没当回事。谁也没想到林中竟还藏着这么多野猪，而且极其仇人，见人就咬，把一众训练有素的飞龙卫和毫无防备的勋贵子弟追得屁滚尿流。

众人在傅深的吼叫中纷纷上了树，但飞龙卫没有严宵寒的命令，都在持刀与野猪拼杀。傅深蹲在树上歇了口气，看着下面，于心不忍，正打算喊严宵寒一声，让他们别死要面子活受罪，话刚到嘴边，瞥见严宵寒正在他藏身的这棵树下，被两只野猪正面围攻，身后的草丛则微微晃动。

傅深眼瞳骤缩，纵身一跃，与草丛中扑出的野猪同时蹿出来，断喝道："小心！"

严宵寒被他直接从树上按倒，两人抱着就地滚了好远。严宵寒后腰处的衣服被野猪锋利的獠牙刺破，背上划开了一道口子，鲜血流了傅深满手。刚才要是没有傅深，那一下撞实了，恐怕现在他身上就要多出两个洞来。

"多谢……"

傅深只听他说了这么一句，随即肩上传来一股大力，整个人不由自主地朝一旁飞了出去，严宵寒竟然将他甩开了！

第四章 相识

没等他从惊愕中抓住什么，一道旋风似的黑影从他身后直冲过来，然而因为方才的动作，严宵寒再也没机会躲闪，傅深眼睁睁地看着野猪粗长的獠牙没入了他的腰腹——

"还不快跑！"

严宵寒的吼声在他耳边炸响，自己却来不及起身，被野猪顶着在地上拖行。万幸飞龙卫官服所用的腰带是铜兽首扣的宽牛皮带，兽首正好卡住了野猪的獠牙，竟替他堪堪挡住了那重逾千钧的一击。

野猪发狂似的顶着严宵寒一气乱撞。傅深在原地怔了一瞬，随即拔腿追上去，等跑到近前，险些当场呕出一口心头血。

"你今天出门是不是没看皇历！"

密林深处，赫然是一大片乱石崎岖的断崖。

那野猪八成是成精了，三番两次没能杀死他，于是想把这个讨厌的人拱下去摔死。严宵寒慢了半步，也看见了身后的断崖，情急之下伸手握住野猪的獠牙，想用力将它从铜质带扣中拔出来。然而终究是来不及了，眨眼间野猪已冲至崖边，摆动头颅，用力一甩。

山风呼啸，悬空状态下，一个男人的体重终于将野猪的獠牙与铜扣强行拽开，严宵寒的身体急速下坠，心知自己这回恐怕是真的要栽了。

眼前一黑，下落之势骤然停止。

傅深半身探出悬崖，一手抓着他的衣服，青筋毕露，咬牙道："抓住我的手……"

严宵寒那张仿佛总是蒙着一层面具的脸上，终于出现了真真切切的惊愕神色。

"你……"他嘴唇微不可察地动了一下，细小的声音落在山风里，几乎听不到。

下一刻，他的双眼蓦然睁大："身后！它还没走！"

傅深背上传来一阵剧痛，身体不可自抑地朝前栽倒。即便如此，他的手里也还死死地抓着严宵寒的衣服。

"傅深！"

他和严宵寒一起从断崖上掉了下去。

*

水声泠泠，萦绕不绝，周遭又湿又冷，身上哪儿哪儿都疼。傅深在天旋地

转里醒来,一睁眼,没等看清周围的环境,先吐了一地。

有人过来扶住他的肩膀,把一片盛着水的叶子递到他嘴边:"漱口。"

他眼前一阵一阵地发黑,看人带着重影,四肢更像是刚被拆卸过,动弹一下都困难,被人强按着头喝了几口水,才慢慢缓过一口气,认出了他的难兄难弟。

"严大人,"傅深有气无力地说,"咱俩是不是命里犯冲啊……"

出乎意料,严宵寒没回嘴,只是盯着他看,那张面孔上带着水珠,森冷杀意被洗去了,脸上的表情居然有点无措。

傅深被他琥珀一样的眼眸盯得脊背发毛,赶紧伸手在他眼前晃晃:"你怎么了,魔怔了?"

严宵寒轻轻按下他的手:"对不起!是我连累了你……"

傅深被这突如其来的诚恳道歉吓得险些跳起来,狂摆手道:"没有,没有,没有!不用,不用,不用!我没事!你不用自责!"

"别乱动,"严宵寒无奈地又按下他的另一只手,"你后背有伤,当心。"

傅深惊悚地看着这个杀人不眨眼的大魔头突然转性成温柔小白兔,怀疑磕到脑袋的人其实是他。

两人被野猪拱下悬崖,本以为必死无疑,谁知天无绝人之路,崖底居然有一汪深潭。傅深头朝下扎进了水里,被巨大的水压拍昏了过去。严宵寒比他幸运,在潭壁上碰了一下,好像断了一根肋骨,但好歹没晕。他拉扯着傅深从潭中游出来,在附近找到一个干燥的山洞,将他暂时安置在此。

趁着他昏迷的这段时间,严宵寒出去捡了一堆干柴,用傅深怀里油纸包着的火折子生起一堆篝火。他估计两人今晚走不出这片峡谷,本来想多预备一些干柴,可惜天公不作美,没过多久,外面天色转阴,竟然淅淅沥沥地下起雨来。

傅深反手一摸,发觉后背被野猪撕开了一道深可见骨的伤口。伤处已被人简单处理过,包着布条。他披着两层干燥外袍,中衣正放在火边烤。严宵寒则只穿着湿透的单衣,下摆缺了一块,后腰间洇开一大片血迹。

"你不冷吗?"傅深撑着身子坐起来,要把严宵寒的外袍扯下来,被他一个眼神定住:"穿着。干柴不够,晚上会很冷。"

停了停,他又补充道:"我只有一点皮外伤,不碍事,别担心。"

傅深不知道他骨头断了,见他身上没有其他伤痕,便信以为真,重新靠回石壁上:"我现在可能走不了,今夜得在这儿将就一宿。你若有力气,等雨停了便可以动身,沿着山谷一直走,明早就能走出去。"

严宵寒用树枝拨弄火堆，头也不抬："我会带你出去，不用害怕。"

傅深失笑："我没害怕，宝岩山是傅家的地方，我有什么好怕的？明天肯定会有人下来救我，跟你走反而会拖累你，你自己一个人脱身更快。"

"不是拖累，"严宵寒摇头，换了个说法，"我想留下来陪着你，不行吗？"

"啊？"傅深一愣，讪讪地道，"啊，行……可以啊……"

严宵寒不说话了。

傅深就是个属泼猴的，受了伤也闲不住，好奇心浓重。他按捺了半天也没按捺住，终于小心地问："那什么，严大人，你干吗……咳，你为什么非要留下来？"

严宵寒以为他问了句废话，奇怪地瞟了他一眼。

"我……我是说，"傅深一边在心中唾弃自己结巴个什么劲，一边面红耳赤地结巴着问道，"我以为你……好像不太待见我？"

严宵寒停下手中的动作，转过身来，看着傅深说："不用叫'大人'。"

"嗯？"

"我虚长你两岁，未曾取字。傅公子如果不嫌弃，可唤我一声兄长。"

傅深惊呆了："你尚未加冠？刚十八？十八就能进飞龙卫？"

不怨他大惊小怪，实在是严宵寒过于老成持重，完全不像个少年，而且官位还不低，任凭谁想也不会猜他只有十八岁。

他惊讶的表情很有趣，眼睛瞪大时显得格外稚气。严宵寒低头掩去唇边的笑意："我确实尚未加冠。至于飞龙卫，我不是还有个好义父吗？"

傅深意识到自己有点冒失，尴尬道："严兄别多心，我不是那个意思。以你的身手，无论在禁军还是飞龙卫，想必都不会居于人下。"

"我也没有讨厌你的意思，"严宵寒往火堆添了一把柴，悠然道，"你救了我两次，我不会把你扔在这儿不管。"

傅深险些嘴贱地问出"你们飞龙卫都这么知恩图报吗"来，总算及时刹住了，拘谨地说："多谢。"

严宵寒："该我谢你才是。"

雨越下越大，山间浓雾弥漫，不时有凉风灌进山洞。傅深失血过多，体温偏低，冻得嘴唇发白。他不说严宵寒也能看出来，把他往火堆旁挪了挪，自己坐在外侧，替他挡风。

傅深窝心得很。他是傅家小辈中的头一个，从小被家中先生教育"兄友弟恭"，与朋友来往也是平辈论交，从未真正体会过有个哥哥罩着的感觉。然而

在眼下的困境里,严宵寒却以陌生人的身份,恰到好处地填补了这个位置。

抛开流言与成见,他稳重、冷静、体贴,对傅深的态度就像一个宽厚成熟的兄长。

既没有想象中朝廷鹰犬应有的穷凶极恶,也不像坊间传闻中那样甘认宦官为义父的谄媚卑下。

傅廷信一直教他看人要看表里,信什么都不能信传闻。傅深偷眼看严宵寒垂眸敛眉的侧脸,心说一言不合就拔刀相向的禁卫和为他遮风挡雨的年轻男人,到底哪个才是你真正的"里"?

"严兄,"傅深道,"把湿衣服脱了,外袍给你。"

严宵寒道:"不必。"

"那你坐过来点。"

严宵寒看着他,有点想伸手摸摸他的头顶:"我不冷。"

"别说这种一看就是哄孩子的瞎话成吗?"傅深一说话就牵扯到后背伤口,疼得要死还得忍住不龇牙咧嘴,"你万一吹风受寒,我这样怎么照顾你?咱俩最后都得交待在这儿。"

任他磨破嘴皮,洞口的男人都岿然不动。

傅深有气无力地说:"非要等我过去拉你吗?"

严宵寒的身影仿佛完全陷在了石洞的阴影里,火光与温暖都离他很远。他沉默许久,才道:"傅深,你知我是什么身份。"

傅深:"啊?"

"你我是云泥之别,"严宵寒说,"不要勉强自己,跟我也无须讲道义。"

傅深把这句话在心里绕了几遍才弄懂他的意思,原来还是怕自己嫌弃他,当即哭笑不得地咆哮:"都说了我没有看不起你,别把我跟谢二那个浑球相提并论!我要是嫌弃你,还会一口一个'严兄'地挂在嘴边?这荒山野岭就剩咱俩了,穷讲究什么,我吃饱了撑的吗?"

他往后一倒,"嘶"地抽了口凉气:"我服了,你可真行……你到底是比我大两岁还是只有两岁啊,严兄?"

严宵寒看着他,神情里有无奈,也有动容。

傅深不会知道被人戳脊梁骨的滋味,他也不知道他的宽容坦荡在大多数人眼里是异类。严宵寒本以为他一再出手相救已是极限,却没想到少年的胸怀比他所臆测的更为广阔。

"我伤口疼,"傅深忽然说,"石头硬,硌得慌。"

这个近乎耍赖的无理要求从他嘴里说出来，落进严宵寒耳中却仿佛瞬间有了无限正当性。他终于妥协了，从洞口走过来，坐到傅深身边，耐心地问："你想怎么办？"

　　傅深立刻侧身倒在他腿上，含混地说："占个便宜，反正我不嫌弃你，你要是嫌弃我的话就忍着。"

　　"无赖。"严宵寒失笑，伸开腿让他趴得舒服些。

　　傅深闭着眼指挥道："拿件衣服披上，顺便也能把我盖住，别着凉了。"

　　严宵寒"嗯"了一声，将火边烤干的中衣拿下来，给他盖上，自己则脱掉湿衣，穿上外袍。

　　"雨不知什么时候停，"他低声说，"夜里警醒些，察觉到不对赶紧跑。"

　　傅深回以一个大呵欠。

　　见他困了，严宵寒不再说话。两人一坐一卧，闭目养神，静静地等待天明。

　　半夜火堆熄灭，雨仍未停。傅深背后的伤口被水泡了，不可避免地红肿发炎，夜里发起低烧，冻得牙关打战。严宵寒见势不妙，也顾不得逾不逾礼，想尽办法给他取暖，费了好大工夫，才让傅深止住寒战。

　　"还冷吗？"

　　"不冷，但是我饿了。"

　　"……"

　　"没吃没喝，又冷又饿，咱俩落到这个境地，都怪你。"

　　"嗯，怪我。"

　　"让你抓逃犯，这回好了吧！逃犯没抓住，还被野猪拱了……你回去会不会被罚？"

　　"不会。"

　　"为什么？"

　　"因为我有个义父，没人敢罚我。"

　　"你是你，你义父是你义父，老提他干什么？"傅深嘀咕道，"你亲爹呢？"

　　严宵寒忽然沉默了。

　　许久后，他才低声说："我没有爹。"

　　荒山郊野中的这一晚，仔细想来其实很危险。二人身上带伤，外面大雨滂沱，山中不乏毒虫野兽，也随时有崩塌滑坡的风险。

　　可傅深每每想起那夜，记忆最深刻的却是落在背上的安抚，以至于很多年后他仍会觉得熟悉。

第二日清晨，雨停，山间鸟鸣啁啾。傅深与严宵寒离开山洞，沿着峡谷向外走。雨后的空气清新湿润，林中长出了很多蘑菇。傅深饿了一晚上，跃跃欲试地往林子里瞟，"想吃"两个字都快要从眼睛里掉出来了。

严宵寒不得不拉着他往正路上牵，劝道："有毒的，不能吃。"

"草蘑和松树下长的蘑菇没有毒性，都能吃，"傅深坚持，"我以前在草原上摘过白蘑，信我。"

严宵寒差点就被他的坚定打动了，只是一想到两人现在的处境，还是冷酷无情地拒绝了："脱险要紧。想吃蘑菇等回京我给你送一箱，随便吃，行不行？"

傅深低头寻思了一下，也觉得自己刚才有点无理取闹。他平时很能装出一副老成稳重的大人样，不过可能是被严宵寒温柔体贴地照顾了一夜，让他天性中为数不多的调皮捣蛋蠢蠢欲动地冒了头。

"可是我饿了，"他强调道，"饿得走不动路。"

其实蘑菇的诱惑没有那么大，傅深也不是非吃这一顿不可，说白了，就是想要赖。

严宵寒垂眸看了他一眼，出乎意料地没有不耐烦，也没有戳穿他。他利索地转身，单膝跪地，背向傅深："上来，我背你走。"

胡闹也要有分寸，傅深干不出这么蹬鼻子上脸的事，连连后退："别别别，严兄，使不得，我开玩笑的！"

"我没有开玩笑，"严宵寒侧过头，唇边带着一点笑，"就当我赔你一顿蘑菇。没关系，来。"

傅深面露迟疑，那不算宽厚然而格外挺拔的脊背仿佛具有非同一般的吸引力，勾着他往前一步，鬼使神差地伸出手，揽住了严宵寒的脖子。

严宵寒稳稳地将他背了起来。

肋下传来一阵闷痛，一个大活人的重量对伤口的压迫不容小觑。严宵寒倒是没心情在乎这个，他全部的注意力都放在了脚下和背上的人身上。傅深起初僵硬得像块棺材板，尽力保持着前胸与后背的距离，过了一会儿，才小心翼翼地放松。又过了片刻，严宵寒肩头一重，是傅深把下巴搁到了他肩上。

像个怕生的小动物参着毛怯怯地靠近，然后啪叽一下歪倒，朝他翻出了肚皮。

这个过程实在有趣，严宵寒忍不住想笑，却听见傅深在他耳边说："严兄，我确实帮了你两次，但那不算什么恩情，举手之劳而已。你……不用为了报恩太过迁就我。"

严宵寒将他轻轻往上一掂，漫不经心地道："我想让你高兴，这怎么能叫迁就？"

"那叫什么？"

严宵寒认真地想了想，不确定地道："父爱如山？"

傅深："……"

他用脑门在严宵寒后脑勺上磕了一下，交叠的手臂能感觉到其下的胸腔微微震动，严宵寒的声音里带着笑："头不晕了？小心点，别磕傻了。"

他对傅深好当然是为了报答，但又不仅仅是报答。

昨夜在洞中，严宵寒说"我没有爹"，那其实是不过脑子的一句话，疲倦和寒冷使理智涣散，防守稍有松懈，一些藏得很深的情绪就沿着缝隙溢了出来。

是他定力不够。

但严宵寒并没打算向任何人倾吐秘密，也不需要虚假客套的安慰和同情。

傅深并不是谢二那种不会看眼色的草包纨绔。严宵寒觉得自己已经预料到了他会说什么，正思索着如何越过这个话题，却听傅深满不在乎地说："没有就没有吧，我也没娘。"

他的态度一向如此——你想说，我听着，你不想说，我不问。

坦坦荡荡。

严宵寒松了一口气，也是在那一刻，他真正把这个"小朋友"当成了"朋友"。

两人在山谷中跋涉了将近一天，路途遥远，傅深让严宵寒背了一段便跳下来自己走。山谷中风景很美，流水淙淙，草木茂盛，还有一片长满了野兰花的山坡。倘若忽略他们现在的落魄处境，斯情斯景，足可称得上赏心悦目。

两人暂在此歇脚，傅深想折一枝兰花来玩玩，却再次被严宵寒拦住。他也不生气，笑眯眯地问："这也不让摘那也不让折，这回又有什么理由拦我，兰花里也有毒吗？"

严宵寒把自己没吃的野果给他，微微按着肋骨坐下，吁了口气："没有。只是觉得人家在山谷里长得好好的，如果没遇到我们，能安然无恙地活好几个冬夏，被你折了，只怕明天就要枯萎，何必呢？"

傅深哈哈笑道："古人云'不采而佩，于兰何伤'，怎么到你这儿，反而成了'采之佩之，于兰有伤'了？"

严宵寒想了想，答道："草木有本心，何求美人折。"

傅深闻言整个人放肆地笑了出来。严宵寒心说这小少爷够单纯的，两人一起共患难一回，居然就对他这么亲近了。

不过也可能是山中只有他们二人，傅深心里终究有些害怕，才总是不自觉地往他身边靠。

两人向后一仰，并排躺倒在草坡上。

傅深望着如洗的碧空，忽然正色道："严兄既是惜花之人，一株野兰尚能得你怜悯，为何还要平地起风雨呢？"

严宵寒道："又说傻话了。雷霆雨露，从天而降，'时也命也，非吾之所能也'。"

傅深直挺挺地坐起来："那我还是去把那朵花掐了吧。人生自古谁无死，今朝有酒今朝醉……"

严宵寒哭笑不得地把他拉回来，牢牢按住："给我回来！你……你就非得蹚这摊浑水吗？金家人是死是活，跟你有什么关系？"

傅深道："你都猜到了？"

"这还用猜？"严宵寒轻轻嗤笑道，"一群人不当不正地挡在路中央，个个脸上写着'做贼心虚'。也就是我惹不起你们，否则早抓回飞龙卫慎刑司了，都不用打，一吓就招。"

傅深干笑："哈哈哈哈……"

严宵寒道："我来之前听说朝中有不少大人为金云峰说情，傅将军也在其中，你是为了这个才保下那二人的，对不对？"

傅深还没点头，便听他继续道："听我一句劝，别什么事都往身上揽，义气上头不管不顾。颖国公府本来就在风口浪尖，你真以为陛下不知道傅将军和肃王殿下的事？"

傅深道："那我二叔还……"

"他可以上表求情，因为他是金云峰的半个学生。天地君亲师，这无可厚非。而且不需要据理力争，走个过场就行了。但你不一样，"严宵寒在他后脖颈处一捏，"你跟金云峰没有半点关系，你是国公嫡子，如果包庇金氏余孽，会牵扯到整个颖国公府的立场，懂了吗？"

沉默如夕照，慢慢降临到这片草坡上。

严宵寒垂眼看到他沉思的面容，觉得自己似乎说得太重了。可转念一想，如果这样能让他看清利害，严厉点也无所谓了。

其实他本该一字不提，别人是生是死，是冤屈还是活该，都跟他没关系。

飞龙卫是皇帝手里的一把刀，一把刀用不着"判断"谁该死。

可傅深毕竟不一样……

"严兄，"傅深忽然道，"你是为我好，我明白。"

严宵寒一点都不觉得欣慰，因为很明显，他后面肯定还要说"但是"。

"但是有一点你说错了，"傅深道，"我二叔上表，是真心想为金云峰求情，不是做给谁看。如果金云峰真的有罪，他不会千里迢迢地从边关赶回来，肃王殿下也不会将这种事托付给他，自己躲在旁边偷懒。"

"金云峰是被冤枉的。既然如此，那两人求到我这里，我就不能袖手不管。"

严宵寒简直要被他活活气死，说道："朝堂之事，谁敢说自己清白无辜？私下与韩元同来往、给安王府传递消息、家中发现数封信件和金银财物、言辞不敬、对削藩一事颇多非议……陛下亲口给他定的罪，冤枉他什么了？"

傅深叹了一口气："听说此案是飞龙卫主持查办的。这些'证据'是确有其事，还是人为炮制，你不应该比我更清楚吗？"

他胆子也是够大的，当着人面暗讽别人为虎作伥、助纣为虐。严宵寒动动手就能掐死他，傅深却好似浑不在意，抓着他的衣袖继续说："严兄，我不想骗你，所以才跟你说这些。朝中的事，我的确所知不多，但我知道藩王是陛下的心腹之患。"

"知道你还……"

"可我也知道我二叔不会为谋逆之人奔走求情。"傅深的目光落在那片修长摇曳的兰花上，"'兰似君子，蕙似士大夫，大概山林中十蕙而一兰也。'满朝文武，敢站出来为安王说话的，只有金云峰一个人。"

严宵寒冷冷地道："说来说去，你还是执迷不悟。"

"非我不悟，而是有人执意要走迷途。"

"慎言。"

"有什么不能说的？有什么不敢说的！"傅深注视着他，"罗织罪名炮制冤狱，抄家灭族栽赃陷害。陛下错了！错了就是错了！"

严宵寒猛地翻身捂住了他的嘴，被气得胸膛起伏，气息急促。两人四目相对，能在对方瞳孔里看见自己的倒影。

"今天的话，让它烂在肚子里。再让我听见一次，不用别人，我亲自送你进天牢，记住了。"

傅深皱眉，在他掌心里"唔唔"两声，严宵寒刚挪开手，就听见傅深的惨叫声直冲云霄："你现在就要捂死我了！"

严宵寒发觉自己其实拿傅深一点办法都没有：说他聪明吧，他总是不合时宜地犯轴，说他成熟吧，他有时候又幼稚得可笑，这性子也太扎手了。然而，即便他如此大逆不道，严宵寒也只希望他能藏好了，不强求改变，也不想把他怎么样。

这样一反思，他忽然也能体谅傅深非要对金家后人施以援手的心情了。

傅深慢吞吞地从草坡上坐起来，热血上头的激情劲过去，他冷静下来，蓦然意识到自己在严宵寒面前有些过于肆无忌惮了。

他本质上并非一个偏激的人，只是所行的"道"与别人不同，又年少天真，所以总带着一些不知人间疾苦的心高气傲，还没学会藏起锋芒。

严宵寒率先起身，头也不回地道："走吧。"

第一步还没迈出去，胳膊上忽然一紧。他低头看去，发现傅深扯住了他的袖子，却不敢抬眼看他，显得有点垂头丧气。

"哦。"严宵寒心想，"这是终于从失心疯里醒过来了。"

他眯起眼，心中暗自好笑，面上还装得纹丝不动，无波无澜地问："怎么？"

傅深道："我……方才言语失当，惹你生气了，对不起。"

严宵寒没说话，冷着脸。

傅深老老实实地道："我认错，是我不好。你要打要骂要罚，悉听尊便。"

"得了吧，"严宵寒凉凉地道，"严某吃了熊心豹子胆，敢打骂傅公子？你没错，错的是我等奸佞之辈。"

傅深的头垂得越发低，是真的后悔，也是真的第一次这么放下身段给人道歉，谁料对方并不吃这一套。

"我从未把你当作奸佞之徒，只是……"

只是什么呢？只是道不同不相为谋，只是我坚信金云峰是被冤枉的，只是"君子修道立德，不谓困厄而改节"。

他说不下去了，松开了严宵寒的袖子，颓然地重复道："对不起。"

滑下去的手忽然被人挡住，严宵寒在他面前蹲下来："是谁说认打认骂认罚悉听尊便的？你惹我生气，我说你两句就受不了了，傅公子，这就是你的诚意吗？"

傅深不知道该说什么，只好继续道："对不起。"

严宵寒自己想想也觉得挺造孽的，好好一个金尊玉贵的公子，又是受伤又是坠崖，长这么大没吃过的苦头今天都尝了个遍。末了还被他欺负成这样，太缺德了。

他一只手抬起傅深的下巴，令他平视自己："抬头。连叫都不叫我一声，你跟谁说对不起？好好想想，该怎么说？"

　　他原意只想让傅深叫一声"严兄"，道个歉，就不再为难他，没想到傅深会错了意，沉默了半天，最后声音极轻地试探着道："哥哥？"

　　严宵寒脚下一个踉跄，整个人愣在了原地。

　　清风吹过，铺开满襟满袖兰花香。

　　"你……我……"严宵寒竟然也结巴了，俯身将他从地上捞起来，给他拍了拍身上的草叶、泥土，一言难尽地说，"走吧。"

　　傅深还没转过弯来："这就……行了？"

　　"行了，我的大少爷，"严宵寒低头看着他，心底无声叹息，说，"再叫一声，我都要'弃暗投明'了。"

第五章 檀弓

直至夜色降临，二人才走出了这片山谷，与前来寻人的飞龙卫会合。严宵寒将傅深提溜上马，亲自将他护送回幽兰山庄。

到了山庄门外，诸卫止步。严宵寒也在此处下马，将他交回匆匆赶来的易思明等人手中，又额外嘱咐了两句"注意伤口""及时上药"之类的话，便策马离去。

他的身影浸没在月色和暗淡的灯火之中，显得轮廓格外深邃，脸色也因此显得分外憔悴。傅深愧疚得要命，心里十分过意不去。按理说人家千难万险地将他送回来，总该请人家进门歇歇脚、喝口茶。可他们包庇在逃的金家后人已是双方都心知肚明的事，倘若放飞龙卫进来，无异于送羊入虎口，之前种种，全都成了竹篮打水一场空。

"不必送了，好好歇息。"严宵寒提着马缰，似乎看懂了他的愧疚，温和地笑道，"我还有公务在身，就不打扰了。傅公子好生珍重，来日京中再见。"

傅深举手与他道别，目送飞龙卫的身影消失在山路尽头，一转身，发现易思明抱着手臂，正若有所思地盯着他，嘴里还不咸不淡地说着风凉话："啧啧啧，这才刚认识多久，就离情别绪的？看你那眼巴巴的劲儿，恨不得让人家把你带走。出息。"

傅深反唇相讥："人家好歹把我从山沟里救出来了，你干什么了？等您老喝完茶歇够了再去找我，在下指不定已经凉了。你还有脸'啧'？德行。"

易思明:"真行,不愧是舍命救下来的人,连我都说不得了。行了,走吧走吧,郎中已经在里面等半天了,去看看伤。"

经此一事,众人也没了打猎的心思,在山庄里住了一晚就相约动身回京。那女子和婴儿则由易思明带走安排。傅深多住了两天,待背上的伤收口结痂,才自己骑着马摇摇晃晃地下山。

临走前,他特意绕回那片野兰坡前看了一眼,踟蹰许久,终究没舍得下手折一枝花。临风叹了一声,转身打马离去。

多年后他再想起这一幕,竟恍然如隔世,才忽然明白了何为"少年不识愁滋味,为赋新词强说愁"。

转天他回到颖国公府,被傅廷信好一顿数落。傅深仗着年轻,不把背上的伤当回事,在床上趴了两天,起身又是一条活蹦乱跳的好汉。

只是这阵子京中局势不大好,谋逆案牵涉的范围越来越广,不仅仅是韩元同一党被追查,连带安王一系,甚至金云峰的弟子、故旧也遭到波及。元泰帝似乎铁了心要拿金云峰做儆安王的鸡,傅廷信等人的奏表如石沉大海,朝堂上风声鹤唳,人人自危。

傅深虽没入朝,但从傅廷信那里多少也能知道一点消息,心中既愁且忧。愁的是他至今没把救下金家后人的消息告诉二叔,怕他自作主张给傅廷信添麻烦;忧的则是那二人干系紧要,此案一日不结,他们就一日不得自由。

正想得出神,忽有家人送上一张名帖,说是外面递进来的,请他午时往春明桥西景和楼赴宴。

傅深接过来一看,外封红签上写着他的名字,里头洒金笺上一笔端正小楷,落款是"左神武卫中郎将严"。

他一跃而起,匆匆进里间换衣梳头、整装出门,面上虽刻意绷着,但仍不掩雀跃之意。下人跟在后面一路小跑,暗自纳闷道:"奇了怪了,是谁这么大的本事,一封帖子竟把他急成这样?"

景和楼是京中有名的酒楼,厨子做得一手好淮扬菜。傅深匆匆走上楼梯,推开雅间房门,绕过一扇四折屏风,打眼便瞧见里面端坐的淡青色身影。那人听见脚步声,恰好转头往门边望来。

"严兄!"未语先笑,或许连他自己都没察觉。

严宵寒看在眼里,起身相迎,神态温和:"里面请。傅公子身体可大好了?"

"早好了,都是小伤,不碍事。"傅深与他相对而坐,喝了口严宵寒亲手斟的茶,"严兄今日怎么如此好兴致,有什么喜事吗?"

严宵寒失笑:"不曾有。只是听说你已回京,本该备上礼物过府拜访,谢你的救命之恩,只不过我身份难堪,与你结交已是极难得,没道理再去玷污国公府门庭。我思来想去,还是将你叫出来,私下里谢你一回吧。"

两人身份天差地别,注定不能在人前光明正大地交好。严宵寒一而再、再而三地提及,恐怕也是想让他低调做人,以免惹来非议。傅深心领了这份好意,叹道:"严兄太见外了。你我二人连深山石洞都住过,何必再论什么身份门第?还是说在你心里,我就是个嫌贫爱富的势利眼?"

严宵寒明知道傅深是故意把自己往低了踩,还是忍不住退了一步,服软道:"好了,不提了。是我说错了话,傅公子勿怪。"

他以茶代酒自罚一杯,说话间小二敲门,满满当当地摆了一桌菜肴。论用料比不上高门侯府之家那样名贵,却胜在细巧精致、清淡滋补,且绝无鱼虾羊肉等腥膻发物,连傅深杯子里都是甜津津的果饮。

这一席足可看出严宵寒的用心,傅深自然不肯拂了他的好意。两人随吃随聊,天南海北地胡侃,一顿饭直吃了近一个时辰。

待到过了正午,酒足饭饱,该起身离席时,严宵寒忽然低声道:"近日朝廷风声严紧,金案牵连甚广,陛下常常过问,三番五次令有司严查——"他隔空点了点傅深,"你们这些背地里挖墙脚的可要小心了。"

傅深神色一凛,心虚地道:"多谢严兄提点。"

"谢就免了吧,"严宵寒道,"你们能把狐狸尾巴藏好,我就千恩万谢了。"

二人不便同时出入,于是严宵寒先走一步。傅深在雅间中多等了半盏茶的工夫。等他下楼时,门口忽然来了辆青油篷大车,恰好停在他身前。车夫利落地跳下车,朝他行了个礼:"傅公子好,我家主人命小的送您回府,车上还有几件给公子准备的礼物。公子请。"

傅深:"嗯?府上是?"

车夫言简意赅地道:"北军严。"

周到妥帖,果然像是严宵寒的做事风格。傅深撩开车帘,敏捷地上了车,见车厢里整齐地摆着两个箱子,一大一小,大的方正,小的扁而长,不由得好奇道:"箱子里是什么?"

车夫告罪道:"小的不知,东西都是我家主人亲手置办的。这便要走了,公子坐稳。"

傅深坐在毫不颠簸的车中,小心地打开上面的长盒,待看清匣中之物,难掩激动之情——竟然是一张精雕细琢的紫檀角弓!

当日在宝岩山中，严宵寒一刀劈断了傅深的弓，后来两人又是坠崖又是跋涉，患难与共，他便把这事给忘了，也没打算找他索要赔偿。谁承想严宵寒却还一直记在心中，寻着机会要补给他。

傅深只觉心头又酸又软，喉咙像被堵住了。他伸手轻轻摩挲着檀弓光可鉴人的表面，在尾部摸到了几个錾刻上去的篆体字，正是这张弓的名字——

"长渊落日"。

他稍定心绪，掩上盒盖，又去看另一个大箱子。这回开了盖倒是不想哭了，变成了哭笑不得——里面居然装了满满一箱干蘑菇，另有几盒松子、榛子、板栗等各色干果。

他还真是什么都记得，恩情记得，傻话也记得。

傅深无声地盯着那箱东西傻笑了一会儿，马车到国公府角门停下。见他下车，门外的小厮们赶忙上来抬东西。傅深自己无比珍惜地抱着装着弓的匣子，一边走一边吩咐道："抬到我院里去。稍后分拣出一半来，给各房送去，就说是朋友送的。"

管他是飞龙卫还是禁军，反正傅深认了这个朋友。至于国公府的门庭，玷污就玷污了吧。

翌日，傅深起了个大早，出门去找易思明。他惦记着严宵寒昨天说的话，得亲眼确认一下那婢女与小儿安全无虞才放心。

易思明办事细致，路子也广，当初那两人便由他带走安排。因为水陆关口都有官兵盘查，南下不易，到别的州县也不安全，易思明索性将两人安顿在了一个乡下小县的独门小院里，由一对老夫妇照看。对外只说是父母双亡，外地的侄孙女带着侄孙来投奔。

两人一路纵马疾驰，到那户人家时婢女采月正帮着老妇人做绣活，见恩人来了，忙起身相让，端茶倒水格外殷勤。傅深四下环顾，见她生活无忧，婴儿也有人照料，略放下心来，又含蓄地叮嘱她近日少在外走动。

他虽然怕女儿家担惊受怕，没有明说朝中局势，但采月自知主家已是在劫难逃，未来恐怕也难有昭雪之日，含泪朝他们拜了一拜，涕泣着道："二位公子的救命之恩，采月没齿难忘。大恩大德，今生无以为报，只能吃斋念佛，日日为公子祈福。来世愿当牛做马，甘为公子驱驰。"

傅深侧身不受，易思明叹道："不必如此，你只要把这孩子好好抚养长大，我二人就算没白费了这番心思。"

半大婴儿已能在炕上爬来爬去，不知怎么蹭到了傅深身边，张着没牙的小

嘴啃他的袖子。傅深把他抱起来，看他挥舞着手臂呀呀乱叫，憨态可掬，心中的阴霾稍散，不禁微微一笑。

他本就少年俊秀，芝兰玉树一般的人物，这一笑直如千树花开，满室生辉。小婴儿似也欣喜不已，在他手中扭来扭去，想往他身上扑。傅深没想到自己居然还挺招小孩喜欢，放开手由着他撒欢。

一大一小闹了一会儿，老妇人才将小婴儿抱开。易思明不愿在这里多待，顺势告辞。傅深给他们留了些银子，言明不必送，两人尽量不引人注意，如来时一般低调地出门回城。

然而行至中途，傅深随手一摸腰间，发觉自己随身戴的压衣玉佩居然不见了。若丢的是别的还好说，偏巧这块玉是他二叔给的，傅深从小戴到大，从未离身。易思明见状道："别是刚才跟孩子玩时扯落了，我陪你回去找找。"

傅深郁闷地摆手道："不麻烦你了，易兄先回吧。我沿原路找找，寻见了再回去。"

易思明知道这东西对他颇有意义，不寻见他绝不会罢休，因此也不勉强，自行打马离去。傅深则掉转马头，再次朝县城方向行去。

也许是冥冥之中自有天意，令那块玉佩遗落在了县城小院里。无常命运犹如一只巨手，轻而易举地搅弄风云，翻天覆地，随手便掐断了这段还没焐热就已穷途末路的少年情谊。

傅深至今仍不愿回想那天的确切情形。他一生遇到过很多生死大事，每一件都比这沉重，比这鲜血淋漓。他也不是一个软弱的人，明知疼痛就不肯面对。然而或许是第一次受伤总是格外疼，这件事本身是个例外。因为它与紧随其后的一系列变故一道，惨烈地宣告了他少年时代的终结。

从原路返回县城，所需不过半个时辰。然而傅深自入城起便感觉到一种前所未有的微妙气氛：城中的人似乎变少了，街道上行人寥寥，家家紧闭门户，越靠近采月所住的院子，越显得异常安静。

傅深牵着马走进胡同时，那小院的门恰好被人从里面推开。

本不该此时出现在此地的两个人，就这么猝不及防地相遇了。

他怔怔地站在原地，像被人迎头打了一棍，眼神都涣散了，嘴唇翕张，可发出的却全是气音——

"严、宵、寒。"

傅深如坠冰窟，甚至得咬着牙攥紧拳头才能控制住自己不哆嗦。潜意识在看见那个人的刹那已经全然明了，可头脑却像是反应不过来一样，混混沌沌，模糊不清，他只能叫出严宵寒的名字，却再也说不出别的话了。

你为什么会在这里？

你来干什么？

你为什么要……骗我？

严宵寒大概也被撞了个措手不及，但他比傅深镇定多了，惊愕的神色只在面上一闪而过，随后全被压进了沉沉眸光之中。

他甚至将那道门推得更开，数十飞龙卫鱼贯而出。在一地森寒的刀光剑影里，严宵寒自然随和地问："怎么回来了？"

傅深说："我掉了一块玉佩，路上才发现，所以回来找。"

严宵寒似是懊恼地一敲掌心，摇头道："难怪，本来能万无一失的。"

傅深咬牙道："你昨天故意提醒我朝廷严查逃犯，今日派人尾随我，寻到这里，待我走后，再将人一网打尽。如此一来，你神不知鬼不觉地抓到了犯人。而我被蒙在鼓里，无论如何也怀疑不到你头上。"

"好一个明修栈道，暗度陈仓，好一个守株待兔，以逸待劳！严大人处心积虑，区区一个禁军中郎将，真是委屈你了。"

严宵寒仿佛听不出他话里的讽刺，拱手道："为捕获逃犯，方出此下策。无奈之举，傅公子勿怪。"

傅深笑了一下："不怪你。"

"要怪，就怪我多管闲事，引狼入室，"他盯着严宵寒，目光凌厉如刀，缓缓地道，"我当初是瞎了眼，才会把狼认成羊。现在被它反咬一口，也是我活该。"

严宵寒负手而立，面上不显喜怒，淡淡地道："对不住。"

傅深毫不留情面，漠然回绝："免了，受不起。"

二人僵持许久，严宵寒终于将一只手从背后伸出，摊开掌心，露出里头光滑润泽的羊脂白玉佩，镂空圆雕两朵凌霄花。那玉佩上头穿的络子已经松散了，色泽也陈旧暗淡，一看就是随身常佩之物。

"是这块吗？"他问。

傅深一言不发，捏着穗子将玉佩提起来。严宵寒掌心空落，像是不太适应地蜷了一下手指，才将手收回。

事已至此，他们已经没什么好说了。破镜难圆，覆水难收。背叛、欺瞒都以最直白的姿态摆上了台面，心虚也好，道歉也好，甚至理直气壮也好，事情已尘埃落定，态度改变不了什么。

依傅深以往的脾气，破口大骂，甚至挥拳相向都不意外。可他现在只觉得心累，想找个地方闭眼睡一觉。严宵寒这一刀扎得实在太准太狠，牢牢地钉死了他。血还没溢出来，他就已经失去了反抗挣扎的力气。

或许也不能全怪严宵寒，傅深自己全无防备，就差指着胸膛让人往这儿扎，难道就不愚蠢吗？

"傅深。"在他抬脚要走的时候，严宵寒突然在身后叫住他，说道，"我曾经跟你说，你我二人的身份，一个在天上，一个在地下，是云泥之别。"

傅深站住了。

"伤害了你，是我的过错。但今日之事，倘若重来一次，我还是会选择这么做。"

铁石心肠的飞龙卫终于撕下了纹丝不动的假面，平生第一次将他的野心与欲望袒露于昭昭天日之下，理直气壮，看上去竟然比正人君子还坦荡。

"烂泥堆里也分三六九等，我虽泥足深陷，亦想在烂泥之中挣出一条活路。"

前方传来几声清脆的掌声，傅深终于转过身，长眉高挑，唇边含笑，眼中的轻蔑与讥讽一览无余。

"真感人。可惜我并没有这么想过，"他轻声道，"严大人，你到现在还看不清吗？没人逼你，是你自甘沉沦，非要在烂泥里打滚。"

他说完这话，转身朝巷外走去。

傅深也想决绝地一走了之，可他每走一步，扎在心里的刀子就仿佛被人往外拔出一分。鲜血和痛苦失去了阻拦，从再也盛不下的伤口中喷薄而出。

这条巷子长得像没有尽头，他知道有人在背后目送，于是尽力地挺直了脊背。可越是僵硬，那些痛苦便越发显得无所遁形。

恍惚间，他眼前浮现出一个身影：脊背不算宽厚，却格外挺拔，在他面前半蹲着，示意他上来。

傅深突然发了狠，蓦然回身，将手中的凌霄花玉佩狠狠地朝地上砸去。

"啪嚓"一声脆响，碎片飞溅。

"从今往后，你我二人，有如此玉。"

他再也不肯多看一眼，像是把一切都抛在了身后。严宵寒盯着满地碎片，仿佛看见了傅深一转头时泛红的眼圈。

若论情谊，他们似乎与普通朋友并无太大差别。这场决裂，说是恩断义绝未免太过；说是割袍断义，又不全是，因为观念不合。他心里隐隐约约地知道，自己似乎失去了什么比友情更深重、更脆弱的东西。

和玉一样碎了满地的，大概是满腔毫无保留的信任和一颗尚且年少懵懂的心吧。

傅深一路纵马狂飙出城，身形如离弦之箭，扬起漫天尘烟。幸而城中人少，城外是大片的荒地，这么疯跑冲撞不到旁人。郊野的狂风犹如铺天盖地的海浪，吹得他衣袍翻卷，双眼模糊，也令他在自虐般的冲撞中发泄愤怒。

等他终于精疲力竭地停下来时，傅深抬手摸了摸眼角，发觉竟是干燥的。

不知道是没哭出来，还是被风吹干了。

一时意气上头，他觉得自己应该提刀冲回城里宰了严宵寒；一时低落消沉，他只想找个僻静的地方痛饮千盅，哀悼信任喂了狗。可这些念头在他脑海中如浮光掠影，转瞬即逝，当他终于停下来的那一刻，却什么也不想干了。

殊途怎么能同归呢？他起初不信邪，如今终于也变成了万千教训中的一个。

既然知道错了，该放下时，就要放下。

长风浩荡，四野苍茫。傅深对自己说："不就是个白眼狼吗？被咬了一口，难道我还不活了？"

话虽这么说，然而回府后，在卧房看到那个被他珍重收藏的弓匣子时，傅深还是不可避免地鼻头一酸。他忍过这阵难言的心酸，叫了一个小厮进来："把这个匣子收到库房去。"

小厮问："是收到公中库房，还是收在少爷院里呢？"

傅深原本想说拿得越远越好，可话到嘴边，又怕这把弓被别人拿去糟践，一口气哽在喉咙口不上不下，最终还是糟心地认了："收……算了，收到我院里吧。"

想了想，又补了一句："好生收着，别碰水，别让虫蛀了。"

好在他们相识不久，交往不密，只有那一件东西与姓严的有关。弓匣被搬出去后，傅深终于感觉不那么堵得慌了，仰面一倒，平摊在了床上。

大起大落、大悲大喜最伤神，傅深不知怎么，竟迷迷糊糊地睡着了。梦里他又回到了宝岩山的断崖上，这次没有野猪，只有一个杀千刀的严宵寒单手吊在悬崖上，脚下是深不见底的万丈深渊。

梦里的严宵寒冷淡如冰，死活不肯出声求救，傅深又急又气，却顾忌着什么，没有伸手去拉他。

"你为什么要骗我？"现实中没问出的话，终于被他在梦中问了出来。傅深在崖边来回踱步，喘着粗气，突然崩溃地大吼，"你就是在骗我！上次骗完了这次还要骗！你跳啊，你有种就跳下去！"

喊完这话,他蓦地一激灵,醒转过来。

窗外天色已黑,他竟不知不觉地睡过了一个下午。傅廷信正站在他的床边,脸色稍显憔悴,见他醒了,关切地问:"怎么不脱衣服就睡,刚才做噩梦了吧?"

傅深低头一看,这才发现自己的手牢牢地压着胸口,难怪刚才在梦里觉得喘不过气来。

他翻身起床,活动了一下酸痛僵硬的肩膀和脖子。忽然注意到傅廷信身着素服,仪容严整,他心中毫无来由地一沉,问道:"二叔,你要出门吗?"

"刚接到宫里传来的消息,"傅廷信缓缓地道,"金先生不堪拷打,在狱中用碎瓷割了腕,留下四字遗言……血尽而亡。"

天意如刀。像是嫌之前那一刀扎得还不够深、不够痛。

傅深刹那变得肃然。

"他……写了什么?"

傅廷信精疲力竭地闭上眼,喉间的哽咽终于难以自抑,两行热泪滚滚而落。

"俯仰无愧。"

*

赶尽杀绝。

这是当年那桩牵涉了藩王、守将、文臣,震动朝野的大案,给世人留下的最深刻的印象。

韩元同问斩,安王撤藩,金云峰自尽。金家上下,男女老幼十几口人,无一幸免。

很少有人知道,有两个人本来可以逃得一死,却最终没能逃脱飞龙卫的天罗地网。

更没人知道,那两个必死无疑的人竟然隐姓埋名地生活在一座边陲小镇里。七年之后,还能再次与当年的救命恩人相遇。

这个意外发现带给傅深的惊吓,足以与一个月前的圣旨媲美。

这么多年来,他变了很多,被世事磋磨过,被命运捉弄过,早已不是当年行事全凭一腔热血的大少爷。赶鸭子上架的戎马生涯使他快速抛弃了最无用的幼稚和任性,还有不必要的敏感。

心境沉淀,锋芒内敛,他懂得了何为身不由己,也学会了尊重人各有志。他甚至与严宵寒重建了友谊,将往事一笔勾销,从此不再提起。

当年傅深怒气冲冲地摔了玉佩，掷地有声地与他恩断义绝。可后来气消了再回想，他明白自己其实应该知足，因为严宵寒当日给他留足了面子。会安排飞龙卫在他走后再动手，至少有一半是为了瞒着他，不叫他伤心。

且不论公义大节，起码他待傅深算是仁至义尽。

可惜傅深那时在气头上，严宵寒无论做什么在他眼里都是处心积虑。

两人自那之后形同陌路，直至元泰十八年冬，外使来朝。宫中举办了一场马球会，元泰帝令禁军下场，与勋贵子弟共组一支马球队，迎战外邦马球高手。

打到一半时，马球被击飞到场外。负责捡球的小太监动作稍慢，球还未脱手，一个外邦球员竟心急地挥杆便打。常打马球的人手劲非常人可比，那一棍子下去，不死也要半残。傅深离得最近，冲过去一杆捞起小太监，将他甩到自己马上。

马球一向粗暴，冲撞受伤都是常事。那外邦人存心挑衅，居然还不停手，下一杆直朝着傅深的脸挥了过来。

只是还没等那根球棍递到傅深眼前，余光中有个什么东西打着旋儿飞过来，"砰"的一下砸在那外邦球员的太阳穴上，力道之大，竟活生生地将一个八尺汉子从马上砸进了地里。

傅深愕然回望，只见严宵寒端坐马上，若无其事地甩了甩手腕，淡淡地告罪道："抱歉，手滑了。"

那一下势必用了极大的力气，还要假装失手，对手腕的负担不可谓不重。傅深留心观察，下半场时，严宵寒果然换成了左手持杆，握马缰的右手藏在护腕中，却仍不受控制地微微颤抖。

他心情复杂，难以避免地想起旧事，又自我安慰既然已经一刀两断，那就有恩报恩，两不相欠。

马球赛结束后，他在场外拦下严宵寒，给了他一瓶上好伤药，算作答谢。严宵寒却没让他就这么走了，一边费劲地包扎自己肿起来的右手，一边问："蛮夷处处针对我们，逮着空子就要下黑手，你去救那小太监，岂非将自己置于险地？"

他居然还有脸提"救"字？

傅深对他没有好脸色，硬邦邦地反问："不然呢？眼睁睁地看着别人把他打死？"

"那只是个太监，"严宵寒单手包扎实在不便，索性放弃不管了，右手搁在

膝头，平静地问，"值得你出手相救吗？"

傅深听懂了他的言外之意，于是更来气了，随手扯过一旁的绷带，洒药、包扎一气呵成，三下五除二地将他的右手包成了个粽子，扔下一句冷冰冰的话，转身走了。

"太监又如何？最不该救的是那些恩将仇报、不择手段、狼心狗肺之徒，死了活该。"

两人再次形同陌路。

第二年，北疆剧变。傅深两次经历丧亲之痛，孝服未除，就被朝廷诸公当成活靶子，推上了战场。

元泰二十年初冬，傅深离京前，严宵寒再次主动给他下了一封帖子，请他到某处园林小坐。那一天京城大雪纷飞，行人稀少。傅深竟也赏脸来了，踏着遍地枯草、积雪，走过湖边小桥，走进湖心亭中。

三面琉璃窗，一面门帘挡风，屋里暖香融融。瓶里插着一枝白梅，桌上几样小菜，泥炉上咕嘟咕嘟地煮着茶。严宵寒站在窗前看雪，听他进门，回过身来微微一笑。

傅深着一身白孝服，一脸冷漠的表情。他的个子长高了，却比原先清减了许多，似乎从少年稚气中脱胎出来，现出日后英俊分明的轮廓。

"叫我来干什么？"

他仍然没有好脸色，眼里却不再满是不信任。当然，也可能是压在他身上的国恨家仇太多，傅深已经没力气计较过去那点连鸡毛蒜皮都算不上的小事了。

严宵寒道："明日大军开拔，你我二人好歹相识一场，略备素斋，为傅将军饯行，可否赏脸一坐？"

傅深不客气地一撩衣摆，在桌边坐下："来都来了，你也别罚站了，坐吧。"

严宵寒替他斟上茶，举杯道："前路多艰，唯望将军珍重，今日以茶代酒，但愿来年……还能与将军在此共饮。"

前路何止是多艰，豺狼虎豹，简直是必死无疑。

但他没有劝，劝不动，也没资格。傅家三代忠义军魂，对傅深而言，战死沙场又何尝不是归宿之一。

傅深单手执杯，与他轻轻一碰，轻轻嗤笑道："少自作多情，明年谁还想跟你一起看雪？你不如许个愿，若我不幸战死，死前最后一件事是原谅你。"

湖上风声呜咽，雪花纷纷扬扬，苍穹如同一个填不满的巨大空洞。

名为送行，实同诀别。

"我祝将军旗开得胜，奏凯而还。"他的手不曾抖，笑容如常，轻声而又平稳地道，"希望你恨我一辈子。"

千难万险，傅深终究还是逆流而上，杀出了一条生路。湖心亭里的那句祝愿成了真，等他回朝时，严宵寒已升任飞龙卫钦察使，比以前更不是东西。两人在朝中共事，见面就掐，终于掐成了一对尽人皆知的死敌。

前尘旧事，轻轻搁下。

可傅深扪心自问，他真的坦坦荡荡地放下了吗？

前因后果他都可以不在乎，伤口结疤，平复如初。可当年那被一刀捅透的滋味，是那么容易就能忘掉的吗？

一朝被蛇咬，十年怕井绳。傅深如今做什么事都要留个后手，就是当年留下来的习惯。他已经不怕被人背叛了，可也不敢再全心全意地信任什么人了。

然而他没想到，这一重又一重的旧事之下，居然还藏着最后的真相——采月没有死。

她就活生生地站在傅深面前，还能清晰地回忆起当年死里逃生的情状："……奴婢与念儿被飞龙卫抓走，关在一处监牢里，却没受拷打，也无人提审询问。大约两日之后，有人往我们的饭食饮水中放了迷药。奴婢一觉醒来后，人已在宝岩山树林中的马车上。车上有衣食盘缠，我们就靠着这些银子在附近村子里落脚，学会了酿酒的手艺。前年村子里遭灾，我听说您在北疆，那里商旅往来频繁，也安定太平，便带着念儿来了北方。没想到菩萨保佑，竟真的遇见了恩人……"

这一出金蝉脱壳是谁的手笔，已经不用再猜。严宵寒把人抓回去后，或许还没来得及上报，金云峰就已经在狱中自尽身亡。人都死了，盖棺论定，采月和那小儿便无关紧要，是死是活没什么所谓了。依飞龙卫斩草除根的行事方式，八成是一杯毒酒了事。他便借此机会以迷药替换毒药，将二人假作尸体运出城外，放他们逃出生天。

至于他为什么突然大发善心，虽然听起来像是自作多情，但傅深找不出别的理由能解释了。

是因为他。

傅深实在不知该如何评价严宵寒这缺心眼儿的混账，心脏像被人捶了一下，快如擂鼓，又酸又疼，恨不得一夜飞渡关山，回京暴打他一顿，让他从此以后

再也不敢装大尾巴狼。

如果今日没遇见采月,严宵寒恐怕一辈子都不会主动告诉他这件事的真相。他在傅深面前永远是一副唯利是图、不择手段的面孔,从不解释,从不争辩,从不要人理解。他的出身就是他的原罪,有些人天生就该在泥里挣扎浮沉。

然而事到如今,他还敢坦荡地说,在他心中,没有比"利"字更高的东西了吗?

一壶烈酒,灼得他心口微微发烫。

"这得是多狠的心哪!严兄,"傅深抓着轮椅扶手,低声自语,"真忍心让我恨你一辈子吗?"

京城,入夜掌灯时分。

案上满满当当地堆了一整桌公文,严宵寒埋首其间,忙得不可开交。托盘里的粥点早就凉了,管家老仆在门外踌躇许久,终于硬着头皮,蹑手蹑脚地摸了进来。

"老爷,您都看了一天了,快歇歇眼,用点东西吧。"

严宵寒不为所动,写完最后几行,把笔一扔,揉了揉手腕。他懒懒地往后靠在椅背上,修长的上身弯出个弧度,长出一口气:"行了,总算弄完了!"

话音未落,他突然侧过头打了个喷嚏。管家慌道:"哎哟,这是怎么了?可千万别着凉……我让人给您煮碗姜汤去?"

严宵寒皱了皱鼻子,摆手道:"大惊小怪的,没事。"

管家笑道:"都说'一想二骂三念叨',那就是有人在想您呢。"

刚说完,严宵寒又打了个喷嚏。

老仆道:"我还是给您煮姜汤去吧。"

严宵寒"扑哧"一笑:"算了,回来吧。这不是才正常吗?"

管家起先还纳闷怎么就"正常"了,片刻后才明白话中的意思,觑着他的神色,凑趣道:"侯爷这时怕是已经到了燕州,正念叨着大人呢!"

又说:"老爷恕老奴多嘴,您这没黑没白地忙碌,点灯熬油,实在太伤身。若侯爷在,绝不肯让您这么拼命。"

"嗯?"严宵寒挑眉嗤笑道,"这话说的……他人都不在这里,你就敢拿他来压我了?"

管家看他不像生气,也没冷笑,反而显得颇为愉悦,便大胆地道:"小老儿不敢,只是觉得侯爷的话,老爷必定更能听得进去。"

严宵寒被他这一席话奉承得展颜而笑，笑完了又道："快到年关，我看庄户们陆陆续续地上京来送年礼了。靖宁侯今年在北边过年，那边更冷，你挑些厚实的皮毛绸缎装车给他送过去。另外我让你找的工匠如何了？"

管家心里笑了下他们家老爷的面冷心热，随即答话："是。工匠都找好了，因不用大动土木，只要两三个匠人就能做成。只是您说的那个池子，需要先画图，采买石材，您看了图纸无误，他们才好动工，得慢一些。"

"慢不要紧，赶在二月十二之前做好就行。"严宵寒说，"这段日子你们辛苦些，需要置办什么只管支银子。颖国公府那边若无人出面，你便跟礼部的人商量着办。"

自傅深走后，严宵寒的手中要处理的事骤然多了起来。其实傅深没住进来之前，他过的都是这样的日子。只是后来家里多了个须得供起来伺候的病人，严宵寒怕顾不上他，也不愿拿俗务打搅傅深养病，才把许多事一再推后，一直堆到了现在。

傅深住在严府时，除了宫中传召，严宵寒基本不在外留宿，不与人往来应酬；散值后立刻回家，陪着他吃饭、吃药，架着他在院子里活动腿脚，伺候他洗漱沐浴……这些事有的其实可以给下人做，有的甚至可以不做。但傅深在靖宁侯府过的是什么日子，严宵寒亲眼见过。既然落在了他手里，他就不会让傅深再吃不该吃的苦。

他最近正在处理的，除了公务，还有一些私事。一件是早就让魏虚舟去查的傅深流言一事，一件是傅深遇刺的实情。后一件元泰帝曾命三法司严查，两个月过去，昨天三法司才上疏结案。那道折子严宵寒也看了，全是屁话。刑部大理寺无非是以"守卫不力"为由，收拿了当地驻军的大小将领，查出了几个鞑族奸细，审出供词，然后把所有罪过都推给了东鞑人，这案子就算查完了。

至于行刺使团是由何人指使，造成山崩的火药是从何处得来，行刺对象是东鞑小王子还是傅深……这些问题的答案，仍在重重迷雾之后。

三法司的主官有种心照不宣的默契，都不肯在此案上大做文章，大概已从君约圣旨上看出了元泰帝对傅深的忌惮。只有都察院一位名叫顾山绿的右佥都御史坚持认为此案存疑，一直请求详查，但他那封奏折根本没递到圣上眼前，早被秉笔太监压在了案底。

严宵寒不能明着动用飞龙卫去查，暗地里更费工夫，然而收效甚微。因为事关北燕军机密，而傅深一向对飞龙卫严防死守，他的人很难打探出什么有用的消息。这两个月来唯一的收获，是挖出了一条同州军与边境马匪私下往来的

"草路"。

"草路"与"官路"相对应,顾名思义,是指官兵与民间商贾之间的暗地交易。商贾往来各地,军队可从这些人手中买粮食、药材、外邦火器和刀剑。甚至有人曾给东鞑和汉军牵线,以粮食、茶叶、盐巴等物换战马。

早年间"官路"时开时停,赋税极高,"草路"便应运而生,屡禁不止。不夸张地说,大周每处边境守军手里都至少有一条"草路"。

倘若火药真是从"草路"流出来的,青沙隘地处同州最北端,有条件设伏且嫌疑最大的就是同州守军。

按照傅深的说法,元泰帝的眼线是北燕军中的高级将领。同州军早年已从北燕铁骑中分家,与其紧紧相连的正是北燕军西防线、原州一带。

那人究竟是谁,或许傅深心中已经有数了。不过严宵寒不需要知道得太确切,北燕军中的事他也插不了手。但如果傅深不能把那人处理掉,那么不管是为了傅深还是为了他自己,于公于私,严宵寒都得再上去补一刀。

至于另一件事,倒是很出乎他意料。所谓天象传闻最早居然是从傅深的继母秦氏那里传出来的。她的女儿在东宫做良娣,给太子吹了枕头风,所以太子才顺势想出了赐君约这个损招,来为元泰帝"分忧"。

多余的都不用再查,想也知道,秦氏费尽心思暗害傅深,无非是想让她的亲儿子袭爵,怕傅深在其中阻挠,于是才抢先一步,想让傅深"断子绝孙"。

一个自私狠毒的妇人,玩了一手后宅阴私诡计,却险些成为北燕兵权更迭的开端,搅动朝堂风云。

何其讽刺,何其愚蠢。

不过严宵寒最初听到这个消息,最生气的不是她造谣傅深以致今日之祸,而是想起了当年傅深在山洞里说的那句"我也没有娘"。

没娘就算了,还要被不慈、狠毒的继母揉搓,他这些年都是怎么过来的?

严宵寒在飞龙卫仗院里冷静了片刻,找来一个手下,吩咐道:"靖宁侯有个兄弟,名叫傅涯。听说常在外斗鸡走狗,小小年纪,已是个风流人物。陛下素不喜颖国公府太过张扬,靖宁侯如今不在京城,鞭长莫及,我少不得要替他留意一二。"

手下是个人精,一点就透:"属下明白。敢问大人是要他立时就不中用,还是用药慢慢掏空他的身子?"

"不急,"严宵寒冷笑一声,"缓着些。最好等到请封时再发作出来,本官倒要看看,傅家以后还有谁担得起'颖国公'这三个字。"

至于傅良娣，严宵寒原本打算跟傅涯一块儿收拾了。谁知太子的东宫那边传出消息，傅汀在宫中行巫蛊魇胜之术，试图谋害太子妃，被心腹侍女揭发，事情败露。太子妃念在她出身傅家的分上，饶了她一命，只褫夺了她的位份，罚去做洒扫杂役。

太子糊涂，太子妃岑氏倒是个聪明人，严宵寒乐得省事。秦氏不是最喜欢害人断子绝孙吗？那就先让她这一双宝贝儿女尝尝滋味吧。

*

燕州城。

傅深虽是打着祭拜的名号回北疆，但他仍未卸去北燕军统帅之职，一进城就被早早等候的部下迎回了燕州提督府。除了在外巡行的几个将领，剩下的大小将军扎着堆地赶回燕州城，挨个祝他"福星高照"，险些将靖宁侯气得从轮椅上站起来。这群大猴子吵嚷了半日，最终被恼羞成怒的傅将军赶出门外，叫肖峋带人撵出半里地去。

午后，北燕军医杜冷替他检查腿伤，看完后笑道："恭喜——"

傅深已经形成了条件反射，一脸冷漠地道："同喜。"

两人大眼瞪小眼片刻，杜冷尴尬地咳了一声，忍着笑说："我是说，恭喜侯爷，伤口恢复得不错。替您医治的想必是位名医圣手，骨头长好了大半，肌肉有力，再养上半年，就可以离开轮椅，像常人一样行走了。"

他佯装无事："若要恢复呢，需要多久？"

"完全恢复是不可能的，"杜冷耐心地道，"视您的康复情况而定，若按我最初提的法子，恢复六七成就是极限了。"

傅深沉吟，不置可否，只道："辛苦杜先生了。"

待杜冷出去后，没过多久，又有个年轻将领推门进来。那人比傅深年长几岁，是那种叫人看了就想把女儿嫁给他的英俊男子。傅深见是他，提到一半的气松了，指着椅子道："青恒来了，坐。这段时间辛苦你了。"

征北将军俞乔亭，字青恒，是傅深的知交好友、得力干将。傅深离开的这段时间，北燕军务正是由他一手统筹。

俞乔亭哪还有心思坐，恨不得伸手去薅傅深的领子："京中现在是什么情况？君约又是怎么回事？"

傅深将情况大致跟他说了。俞乔亭听完，脸色也不好看，低声道："陛下真

是……兔死狗烹，自毁长城对他有什么好处？"

"他是一国之君，看见的东西和我们不一样，"傅深道，"好在他只是觉得我扎眼，要是哪天看北燕军都扎眼，那才是真的完了。"

俞乔亭摇了摇头，问："那你打算怎么办？"

"我？"傅深莫名其妙地说，"遵旨呗，我还能抗旨吗？"

俞乔亭："我是说，难道你就打算这么把北燕军交还朝廷，由陛下随心所欲地处理吗？"

见傅深迟迟不答话，他又暗示了一句："陛下年事已高……敬渊，你该想想以后了。"

"得亏咱们俩知根知底，要不现在早把你打出去了，知道吗？"傅深道，"干预废立，这种话也是你堂堂征北将军该说的？"

俞乔亭道："刀都架到脖子上了，还有什么话不能说。我从没发现你是这么迂腐的人，是认命了，还是早有打算？"

傅深被他说中，笑了："依你的意思呢？"

俞乔亭："太子失德，晋王无才，余者皆碌碌，只有……"

"齐王。"傅深抢了他的话，道，"于公，齐王殿下素有贤名；于私，我妹妹是他的正妃，所以你觉得他适合继承大统，以后能当个好皇帝？"

俞乔亭点头。

"青恒，你清醒一点。倘若最终齐王殿下登上大位，我可就是外戚了。自古外戚能有几个有好下场的？别看现在他跟我还算客气，等他坐上那个位置，恐怕就是另外一种样子了，"傅深道，"你我身为一军之将，尚且顾虑重重；他是万人之主，想得比咱俩只多不少。当年陛下与先考还号称'君臣相得'呢，如今祸害起他儿子来，不也照样没留手？"

俞乔亭被他说得越来越愁，头发都要白了："照你这么说，齐王也不行，正统之内还有谁合适？"他忽然想起什么，浑身一激灵，道，"敬渊！你该不会想让英王殿下的……"

傅深坦坦荡荡地承认道："想过。"

俞乔亭叹为观止："将军，你可真敢想。"

"但是不可能，"傅深说，"光身世就是个大问题。"

俞乔亭问道："那你打算怎么办？"

傅深慢慢地道："我时常想，陛下也好，太子也好，齐王也好，无论谁坐上龙椅，不管是明君还是昏君，为什么到头来北燕铁骑总是会变成一根让人咽不下去的鱼骨头？不瞒你说，我甚至动摇过，觉得也许不是陛下的问题，而是北燕铁骑的存在，本来就是一个错误。"

俞乔亭感同身受，跟着叹息一声。

"可是北燕铁骑这么多年来驻守北疆，兢兢业业，保家卫国，这有什么错？"

傅深道："北燕铁骑是国之利刃，刀没有错，错的是执刀的人。刀柄只要有一天握在别人手里，我们就永远得活在猜疑里。"

俞乔亭被傅将军这番比自己还大逆不道的话惊呆了，颤巍巍地说："敬渊，你……你这是要造反啊！"

"慌什么，我这不是还什么都没干吗？"傅深一笑，"况且我这个破命格刚要见转机，往后一生顺遂无忧，放着好好的日子不过，干吗想不开要去当孤家寡人。"

俞乔亭实在没忍住，挖苦道："将军，快收收吧。瞎猫撞上死耗子的事，就别吹得跟鸿运当头一样了行吗？"

说了一车废话，结论是不能造反，不能逼宫，解决不了的还是解决不了，该愁的还是得继续愁。傅深其实有个朦胧模糊的想法，但太过惊世骇俗，说出来只怕俞乔亭要叫杜军医来给他治脑子。他想了想，还是适时地闭嘴了。

除夕将至，燕州城内气氛喜庆，将士们整年劳累，唯有年节时可以稍微放松。城中居民一向与北燕铁骑亲厚，成天往傅深府外送东西。严府下人赶车进城找到提督府时，差点被门口一大堆鸡鸭鹅淹没。

傅深正在院里，就着伙夫秘制的炸丸子跟俞乔亭、肖岣等人喝酒聊天。听说京城有人来送礼，刚喝下去的酒"轰"的一下冲上了脑子。

他忘了自己还坐着轮椅，扶着桌子，无意识地想站起来，被肖岣眼疾手快地一把按了下去："将军，我推你出去。"

俞乔亭疑惑地道："出去干什么？叫进来啊。"

来人是经常跟在严宵寒身边的长随，上来先给傅深请安磕头，口称侯爷，说了一大篇吉祥话，末了才道："家里的庄子送节礼，老爷特命小人来送些与侯爷尝鲜。侯爷虽然不在京里，也能尝到家乡风味。这是礼单，请侯爷过目。"

"家里的"三个字瞬间熨平了傅深的胸口。

俞乔亭笑起来，揶揄道："瞧瞧这话说的，亲疏远近立现。将军还天天说燕州是生他养他的地方呢，现在看见了吧。哎，敬渊，到底哪儿才是你的故乡啊？"

傅深强压着嘴角，一拐子把他杵出去，面无表情地接过礼单，赏了那长随，令他下去歇息，自己则在一大群看热闹不嫌事大的活鹅的围观下，开箱检阅严宵寒都送了些什么玩意儿。

严宵寒是个稳重有数的人，表面功夫做得足，因此这一份节礼规规矩矩，都是些常见的野味、皮毛，没有出格之物，让人挑不出半点错处。

傅深松了口气，有点莫名的怅然，暗笑自己闲得长毛了。正走神时，忽然听见俞乔亭"哟"了一声："奇了，这个季节还有大雁？"

第一箱野味里有一对冻大雁，肖峋和俞乔亭一人拎一只，一边看一边啧啧："咱们这儿多的是深山老林，要什么野味没有？我说这位心思玲珑的严大人怎么非挑野味往这儿送，闹了半天就是为了这两只大雁！是不是，重山？"

肖峋在旁边猛点头："对，为了大雁。"

傅深冷若冰霜地说："瞎嚷嚷什么，别跟没见过大雁似的成吗？出息。"

俞乔亭就要嚷嚷："这是一般的大雁吗？这是大礼才用的大雁啊！侯爷！"

"闭嘴，还用你说，我不知道大礼有大雁吗？"傅深佯作无事地将大毛披风往上拉了拉，让毛领遮住耳根，道，"有来有往，重山去找两张鹿皮，等十五给他回礼时一道捎回去。"

傅深和严宵寒折腾，最后倒霉的却是肖峋。小肖将军很不甘心，死也要拉个垫背的，于是把挑事精俞乔亭一起拖走了。

傅深终于落了个清静，慢慢从喉咙里吐出一口滚烫的气，感觉五脏六腑都要被酒意烧着了。他俯身去看另一只箱子，果然在硝制的皮毛底下发现了另一件礼物：一对手工缝制的皮毛护膝。

一对大雁，一对护膝，价值不过几两银子，其余两大箱东西全是这两件礼物的陪衬。

傅深不知道该叹他用心良苦，还是该骂他败家子。仔细一想，严宵寒这人一贯都是这个德行，表面功夫做起来毫不吝啬；可真心却只有一点点，还都藏在又深又黑的角落里。

然而，这点真心如同石皮下的玉，一旦见了光，就会把周遭的一切都变成石头。

正月十五，严宵寒收到了从燕州来的回礼。真正的礼物同样夹杂在大堆北地特产中：两张鹿皮，还有一块……凌霄花玉佩。

傅深别出心裁的礼物吓得严大人差点没睡着觉，晚上惊疑不定地拿着玉佩翻看。一会儿怀疑他是知道了什么，一会儿又觉得傅深可能是想借此表达"重修旧好"的意愿。再一转念，又胡思乱想起来，想起当年傅深摔玉时的决绝神色——他该不会打算再来一回一刀两断吧？

严宵寒反手摸到床头的柜子，从里面找出个小檀木盒，打开来，深红缎子里裹着一块旧玉佩。当年那块玉佩碎得非常彻底，事后哪怕严宵寒找了最好的匠人，用金子修补也挽救不了。玉佩看起来坑坑洼洼，豁口不齐，同傅深新送的那块比起来，差了何止一点半点，严宵寒却一直把它当宝贝似的好好收着。

他至今仍能想起自己蹲在地上一块一块捡起碎玉时的追悔，掌心里躺着一把碎片，发现再也拼不成完整形状时的绝望。要不是修补的人的技艺高超，严宵寒恐怕会为此而抱憾终生。

七年前，他刚入飞龙卫不久，尚且年少。每天被清流们指摘讥议，恨不得提刀杀尽天下腐儒，也因此心生叛逆，做事毫无底线。飞龙卫办事向来不择手段，严宵寒也有样学样。不知道到底是幸运还是不幸，他经手主理的第一件案子，就是金云峰案。

他第一次"不择手段"，就踢到了傅深这块铁板。

七年来，往事如同一副绑在脚上的镣铐，也好像一根吊命的蛛丝，给他画了一条清晰深刻的底线，让严宵寒不至于彻底踏进泥潭，泥足深陷。

这块险些碎成渣，又被勉强拼起来的玉佩仿佛寄托着他深埋于心底，却说不出口的卑微愿望。那是他欠傅深的一句道歉。

对不起。

我不想……和你一刀两断。

两块玉佩并排放进盒子里，无论是碎了的还是完好的，在灯火下都显得异常莹润美丽，犹如来自遥远北地，来自陈年记忆，来自某个总是嘴硬的人的无声慰藉。

幸好，他就要回来了。

二月十二，花朝节。

靖宁侯府张灯结彩，一派喜气洋洋的情景。门楣立柱上挂着绛绸，下人们穿梭于庭院中间，为即将到来的君约宴席做准备。

正堂之上，忽然传来直冲云霄的一声怒吼。

"人呢？怎么还没到？"

礼部官员抓着来这里帮忙的严府下人使劲摇晃，崩溃地吼道："靖宁侯还没回来？你家大人怎么不早说！路途遥远……这根本就是跑路了吧！"

严府下人头昏脑涨地说:"大人,小的也不知道啊,都是老爷亲自吩咐下来的,一切照常准备。"

时辰将至,礼部官员对这场君约宴已经彻底失去了希望。早听说靖宁侯傅深性格刚烈,威武不屈。当初听说他默许礼部协助准备君约礼时,礼部上下都松了一口气。谁知道事到临头,这祖宗竟然不声不响地消失了!

好一招釜底抽薪,真不愧是研究兵法的。

事到如今,只能默默祈祷陛下英明仁慈,大发雷霆时千万不要牵连到他们这些倒霉的池鱼。

礼部官员捋了捋颔下三缕清须,深吸一口气,平稳一下心绪,打算去找另一位主角谈谈如何收场。他随手拎过刚才那个下人,强作和颜悦色地问:"你家严大人现在何处?"

那个下人老老实实地答道:"老爷一早就带人出城了,说是去迎接侯爷……大人?大人!来人啊!快来人!这儿有位大人晕过去了!"

京城外,官道长亭。

随行的队伍频频看日头,心中充满了跟那位倒霉的礼部大臣同样的担忧,战战兢兢地问:"大人,马上就到时辰了,这怎么……还没见到人影?"

多的话他们不敢继续往下说了,生怕严宵寒突然从喜服下抽出把刀来。

严宵寒按捺住心中的焦躁,镇静地道:"再等等。"

从燕州城寄回的信上,除了告诉他礼期当日到城外等候,还有许多殷殷叮嘱。严宵寒不愿怀疑傅深,更不愿怀疑他所说过的话都是为掩饰陷阱而设下的幌子。

但其实他心里比谁都害怕,因为这种"胸口一凉、背后一刀"的情景如此熟悉,七年前也在他和傅深之间发生过。

就在严宵寒在自我恐吓和自我安慰中不断沉浮挣扎,即将淹死时,远方忽然出现一个小黑点,一骑快马从远方奔驰而来。马上是个肤色黧黑的少年,未至近前,在数丈外便拨转马头,朗声高喊:"严大人,请随我来,将军马上就到!"

严宵寒霎时心头一松,心中大石落地,催马跟着那少年冲了出去。

其他人还没反应过来,那两人已经蹿出去老远。北燕军马非寻常马匹可比,跑起来只有严宵寒能勉强跟上。到最后队伍不成队伍,两人在前方领跑,后面拉拉杂杂地跟着一长串人仰马翻的"尾巴"。

少年引着他们一路向西，等看到远方建筑模糊的轮廓时，严宵寒突然明白了傅深为什么会在今天这么重要的日子，提出这样一个看似无理、任性的要求。

高台平地而起，殿宇巍峨。夕照斜落在琉璃瓦上，泛起层层灿烂瑰丽的金光，远远眺望，似以黄金筑就，故名"黄金台"。

"黄金台"古已有之。昔燕昭王尊郭隗，筑宫而师事之，置千金于台上，以延天下士，遂以得名。大周开国之始，太祖欲效昭王事，于京郊起高台，筑宫室，台名"黄金"，殿名"麒麟"。正殿悬十八开国功臣像，以昭其勋。

后世皇帝皆循此法，历代文臣武将，无不以画像入黄金台麒麟殿为荣。至先帝时，每逢大军出征，皆在台上誓师。久而久之，亦成惯例。

六年前，傅深第一次披挂出征，元泰帝亲率百官到黄金台相送；半年后，他战胜归来时，在黄金台上封侯"靖宁"。

再后来，傅深双腿残疾，不再领兵。一纸诏书，赐下荒唐的君约之事，他仍要选在这一生荣辱的起点处进行。

征尘血泪，峥嵘沉浮，生平写尽"报君黄金台上意，提携玉龙为君死"。

这是他无声的示威，也是他深深的遗恨。

夕阳如明焰，照彻四野。终于等到远方马蹄声起，烟尘翻涌，浩浩荡荡的队伍从路的尽头显现。

为首者身形挺拔，姿态矫健，挟风雷之势策马狂奔。一袭绛红袍服猎猎飞扬，映着漫天夕阳，恍如周身浴火，踏血而来。

红衣烈马，杀气腾腾，不像是迫不得已地低头认命，反倒像是来打仗的。

——那是傅深。

——这才是傅深。

他出现的那个瞬间，仿佛被一记重锤击中，严宵寒甚至能清楚地感觉到自己喉间哽住，眼眶发烫。

几个月来，他不曾开解过傅深，不敢去碰他的伤疤，也常常自我宽慰：傅深只是不能再上战场、再像常人一样自如行走……他只是付出了一双腿，总比把命丢在青沙隘强。

可这一刻，失去理智的反应终于替他承认，豁达洒脱都是假的。他其实心有不甘，其实……很遗憾。

傅深还那么年轻，未来却只能与轮椅为伴，做一个腿脚不便的普通人。当年纵马入城，引来无数少女抛花掷果的风流少年；昔日率军出征，绝尘而去的年轻将军，甚至常守边关，偶尔回京跟他吵成乌眼鸡的靖宁侯，都再也不会

有了。

然而今天,那个曾与他打马擦肩而过的少年,回来了。

数息之间,马队已来到眼前,傅深放缓速度,吹了声口哨,扬手抛来一截绛绸,严宵寒下意识地抓住一头,那头传来一股大力,他的身体随之前倾,双腿一夹马腹,胯下骏马便颠着小碎步朝傅深的方向跑去。

傅深对严宵寒的配合非常满意,笑眯眯地凑过来:"久等了……哟,怎么还哭上了?"

他一眼看见严宵寒眼底的红痕,吓了一跳,不自觉地放低声音:"严兄,这是怎么了?等急了,怕我不来?"

严宵寒面无表情地看着他,把傅深盯毛了,才偏过头去,忍俊不禁地笑起来:"让风吹的。"

傅深点了点他:"也就是今天,我给你留点面子。再有下次真的打哭你,信不信?"

傅深赶来的时刻刚好,红日西沉,黄昏已至,正是时辰。傅深下马,严宵寒将他背起来,踏着落日余晖,一步一步地走上庄严辉煌的黄金台。

时间忽然被无限拉长,走过七十二级汉白玉石阶,像是永远也走不到尽头的路。

麒麟殿高大宏伟,因为年深日久,显出一种古旧的暗沉来。这里少有人踏足,十分静谧,只有满墙高悬的等身画像威严端肃地注视着他们,仿佛诸天神佛沉默地注视着误闯神殿的两个凡人。

不用傅深指示,严宵寒已经找到了并列悬挂的傅坚、傅廷忠、傅廷信父子三人的画像。

随行其后的侍从默不作声地递上两个软垫,严宵寒无意间瞥了那个人一眼,发现竟然是北燕军大将之一——俞乔亭。

傅深轻声道:"放我下来。"

两人并排在软垫上跪好。俞乔亭摸出个水袋,并两个小银碗,放在两人面前的地上,随即悄无声息地退了出去。

傅深道:"这是先祖父、先考和先叔,先妣葬在老家,改日再带你去拜见。"他转了个方向,说,"来吧,拜。"

二人齐齐下拜。

再转向画像,傅深举酒酹地,对着虚空祷祝道:"不肖子傅深,蒙圣上赐约,今日前来叩拜,祖父、父亲、二叔若泉下有知,可以安息了。"

"再拜。"

严宵寒沉默地跟着他俯身跪拜。傅深倒了两杯酒，将其中一杯递给严宵寒，道："严兄，多谢你今天愿意在这里等我。"

严宵寒："不必谢，应该的。"

傅深道："先祖病逝后，先帝诏令画功臣图入麒麟殿。他的遗像，由先父亲手捧上黄金台。元泰十九年、二十年，先父与先叔驾鹤西去，他们二人的遗像，由我亲自送进了麒麟殿。"

"当年，肃王殿下曾想送我二叔的画像入殿，可惜……"他摇了摇头，道，"按制，功臣身后，只有至亲至信之人可以捧画入殿，肃王殿下与我二叔再交好，到底不是真正的手足。"

"傅某十八岁从军，统帅北燕铁骑五年有余，不敢妄言建功立业，但自问无愧于天地人心。可惜命运无常，日后恐怕再难领兵。戎马生涯，止步于此。"

他举起酒碗，与严宵寒手中的碗"叮"地一碰。

"那年我出征之前，你许了个愿望，希望我恨你一辈子，现在那个愿望已经不灵了——我不恨你了，严兄。"

"接下来该轮到我许愿了。"

严宵寒眼帘低垂，看着他，似乎只要傅深一句话，他立刻就能站起来去给他做任何事。

傅深注视着他，缓慢而郑重地道："但愿我死后，亦可留影于麒麟殿。到时候，由你亲手捧上黄金台。"

功臣身后，只有至亲能捧像入殿。

沉默良久，严宵寒不置可否，只道："你还年轻，何必作此不祥之语。"

"人总有一死，无须讳言，"傅深看起来似乎对他的答案一点都不紧张，眼神却认真锐利，"君约若成，从此你便如我手足。"

世事无常，造化弄人，天差地别的两个人，终于从岔路的两头，走到了同一个转折点上。

严宵寒正了正身形，肃颜举杯，与傅深同时仰头喝下了杯中酒。

礼成。

第六章 野鹤

暮色爬上窗棂,天光暗淡,墙上泛黄的画卷消隐于无边的昏暗。严宵寒与傅深再向傅家先辈遗像深施一礼,方转身下了黄金台。

这一场君约礼沉重而悲怆,将本来就不怎么愉快的气氛渲染得更加低落。严宵寒将傅深送上马背,有意缓和气氛:"接下来该回侯府,得回去拜谢皇恩。你我都跑得不见人影,礼部的大人们恐怕连掐死咱俩的心都有了。"

傅深懒洋洋地道:"让他来,我一只手能打十个。"

跟来观礼的北燕铁骑们看热闹不嫌事大,哄堂大笑。严宵寒无可奈何地笑着摇了摇头,纵身上马,与傅深并辔而行。严宵寒的随行队伍与北燕军合为一队,一大群人马,浩浩荡荡地往京城方向奔去。

满京都知道严傅二人今日设宴行礼,多少人翘首以盼,甚至跑到街上看热闹,从天亮等到天黑,始终不见动静,急得好似热锅上的蚂蚁,议论纷纷。元泰帝在宫里等着听信,已打发人到侯府问了三次。礼部大人怒急攻心,晕过去两回,说什么也不干了,非要告老还乡。

正当侯府、宫中俱乱成一锅粥时,京城北门霍然洞开,两骑猎猎绛衣从城楼又长又深的阴影中跃马而出,如同行将沉入地平线下的夕阳迸发出的最后两团烈火,袍袖衣袂在风中翻飞,顷刻间飞掠过被暮色笼罩、昏暗陈旧的长街。

潇洒恣意至极,俊俏风流至极。

人群中突然爆发出一阵欢呼。不知是从谁开始,百姓们提着灯走上街头。

一盏一盏，百盏千盏，逐渐缀连成一道光华璀璨的长河，令天上的银汉失色。两骑过处，亦有无数百姓抛掷花朵，齐声高呼："恭贺傅帅！"

"恭喜将军！"

"侯爷平安康泰，福泽绵长！"

花朵如雨点般落下，呼声一浪高过一浪，最后竟成了满城狂欢。不光是傅深，连严宵寒都没想到会有这么大的场面。

一颗千疮百孔的心被众人从冰天雪地中珍重地捧了起来，那一刻的滋味难以形容。傅深刹那间动容，从严宵寒的角度看去，他的眼中竟好似有泪光一闪而过。

骏马放缓速度，一行人最终停在春和桥头。

桥上桥下都是手执明灯的百姓，宛如无边的夜色里亮起了万千萤火。傅深端坐马上，抬手整理衣冠，随后朝着大街上所有围观的人，郑重无声地行了一礼。

他心有千言万语，却只说了一句话，字字落地有声。

"傅某惭愧。"

他的嗓音已经哽咽至沙哑。傅家三代人的功勋，留于史册，铭于碑石，被万人传诵，溢美之词听得傅深耳朵起茧。他也曾骄傲满足、沾沾自喜；被皇帝卸磨杀驴时，也曾心存怨怼，觉得自己居功至伟，值得天下人对他感恩戴德。

可当他真正知道了什么叫"民心所向"，却收敛了所有的傲气，只觉得惶然惭愧，渺小如天地间的一粒微尘。

外患未平，天下未定，他傅深何德何能，值得被这么多人感激、铭记？

别人不解，但他自己清楚，他愿意背负"责任"，很大一部分源于他是傅家人，不能堕了祖先威名；另一小部分是因为他的固执与不服输，千斤重担压在肩上，咬着牙也要挑起来。至于"道义"，其实只占很小的一点，与周遭格格不入。他得像呵护着烛火一样孤独而漫长地坚守，免得它一个不小心就在风吹雨打中熄灭。

而今夜，他忽然发现，原来并不是他一个人在固执地守着这一盏灯。

万千灯火相送，声声祷祝，花落如雨。他好像终于找到了在这条漫漫长路上继续走下去的勇气与信念。

一只温暖有力的手搭上了傅深的肩头，安抚地一拍，严宵寒凑近，轻声道："时间不早了，走吧。"

傅深点了点头，忽然扬手接住了什么东西，顺手往他襟口一别。没等严宵

寒反应过来,傅深已提起缰绳,继续催马前行。

一股幽香弥散开来,严宵寒低头一看,倏忽一怔。

那是一枝兰花。

靖宁侯府。

众人千盼万盼、望穿秋水,可算把这两位活祖宗盼了回来。礼部官员刚看见傅深骑在马上时还愣了愣,差点脱口问出来:"侯爷你不是瘸了吗?"幸好下一刻严宵寒帮着傅深下马坐上轮椅,他才意识到傅深原来并未康复,只是硬撑了一路。

英雄末路,美人迟暮,一个残疾将军最后的坚持,令人感伤钦佩,也令人唏嘘惋惜。

因着这点微妙的同情,他憋了满肚子的火气消散了一些,没朝二人发作,只朝他们一拱手,又催促道:"两位快进去吧,颖国公和令堂正等着两位呢。"

飞龙卫的地位特殊,对文官一贯爱答不理。严宵寒只淡淡地"嗯"了一声,心思全在照顾傅深上。傅深对那位官员道了声"辛苦",又将推轮椅的严宵寒轻轻拨开,低声道:"不用你动手,让青恒他们来。"

严宵寒闻言把轮椅交给了俞乔亭,整理衣冠,缓步徐行入内。

厅内,秦氏锦衣华服,高踞主位一侧,另一侧却空着。颖国公傅廷义坐在下首第一位,听见他们进门,微微抬眼,一脸漠然地与傅深对视了一眼。

秦氏苦等了几个时辰,早已老大不耐烦,若在家里,这会儿恐怕已经惊天动地地开骂了。然而今日宴席办在靖宁侯府,往来的都是傅家的故交同僚,她不得不咬牙切齿地装出个端庄贤淑的样子来,以免在这些达官显贵面前失了身份。

不过一见傅深和严宵寒,她顿时就要忍不住笑了。

当年他们母子战战兢兢地活在傅深的阴影之下,整个颖国公府"只闻大公子,不闻小公子"。如今风水轮流转,傅深再嚣张狂妄又能如何,最后还不是要恭恭敬敬地给她这个国公夫人磕头!

"总算回来了?让这么多人白等你几个时辰。"秦氏压根儿没离开过椅子,拿腔拿调地数落傅深,"从前在家里无法无天也就罢了,日后可不能再这么任性。"

说着又转向严宵寒,道:"梦归,敬渊从小娇纵惯了,有什么失礼之处,你多包涵担待。"

这话说得令人作呕。满堂鸦雀无声，落针可闻。在场的谁不知道颖国公家那点破事，都不约而同地坐直身体，支起耳朵，预感到接下来会有一场大戏。

傅深当即沉下脸，正要发作，却有人按住了他的肩膀，轻轻一压，示意他别动。严宵寒的声音在头顶响起，慢慢悠悠地道："好说。我不担待，还有谁担待。"

他这句话听起来似乎有点嘲讽的味道。联系前因后果，在场诸人都以为他是不满于被迫与死对头定盟。

只有傅深听出了一股隐晦低调的瞎显摆。

他胸中的怒火瞬间消歇，嘴角不甚明显地一弯，稍稍放松脊背，准备专心看戏——要不是条件不允许，他甚至还想跷个二郎腿。

秦氏显然对严宵寒非常满意。她理所当然地认为严宵寒讨厌傅深，敌人的敌人就是朋友，他必然与自己是同一条战线上的。

她和蔼而大度地微笑道："快别站着了，赶紧……"

话音未落，严宵寒突然打断她："稍等。"

"怎么了？"

严宵寒道："我二人蒙圣上赐约，该升堂拜母，结为通家之好。敬渊的双亲俱已亡故，为何正堂之上不见牌位？"

秦氏一愣："这……"

严宵寒继续道："你又是从哪儿冒出来的，竟敢窃居主位，受本官与靖宁侯的拜？不怕折了寿吗？"

傅深听得都想给他鼓掌了。秦氏的脸色由红转白再转青，嘴唇和宽袖下的手不住地颤抖。她万万没想到严宵寒会突然发难，有心反驳，却被他含笑瞥来、饱含杀意的一眼吓得瞬间噤声。

这可是飞龙卫！

不等她回答，严宵寒似乎已经厌倦了与她废话，冷冷地道："来人，拖下去。"

他一声令下，人群中立刻站出两个飞龙卫，动作快得仿佛预演过，抓着秦氏的胳膊将她拉下主位，拖向门口。

秦氏惊慌之下终于回神，疯狂地挣扎着大叫。然而只叫了两个字，就被训练有素的飞龙卫堵上了嘴。

"呜呜"声逐渐远去，厅堂内恢复一片死寂。众宾客面无表情，内心却早已翻起惊涛骇浪——不愧是凶名在外的飞龙卫，这也太嚣张了！

　　变故来得快,解决得也快,电光石火之间就已尘埃落定。秦氏已被拖出去老远,傅涯方才如梦初醒,跳起来冲到严宵寒跟前,狂怒着道:"无耻狗贼!你竟敢欺辱我母亲!"

　　他提拳便要打人,被严宵寒一脚踹飞出去数尺,踹完了才问:"这又是谁?"

　　傅深快要被他笑死。席间也不全是看热闹的,还有那么一两个好心人,见傅涯被严宵寒窝心一脚踹得半天爬不起来,战战兢兢地劝慰道:"那是傅家小公子,侯爷的弟弟。他的生母就是,呃……刚才那位秦夫人。您大人有大量,莫跟小孩子一般见识。"

　　严宵寒"哦"了一声,诧异地道:"本官只闻有傅公子,不曾听说过什么傅小公子。原来竟是敬渊的异母弟弟,误会了。"

　　那边傅涯好不容易缓过一口气,就听见他假惺惺地说"误会",险些喷出一口心头血。他又羞又恼,烧红了双眼,摸到身边被他碰落的什么东西,看也不看,随手就砸了过去,破口大骂:"满嘴鬼话!"

　　他这一下准头不太足,那暗器没朝严宵寒飞去,倒飞向了傅深,被他轻轻松松地抬手抓住,拿到眼前一看,是个碎了半边的瓷碗。

　　严宵寒还在那不依不饶地抬杠:"傅小公子的嘴未免太脏,有失教养……"说到一半低头看见傅深手中的碗,目光落在闪着寒光的碎瓷边缘,脸色顿时变黑了。

　　他背后犹如腾起了几尺高的杀气,阴恻恻地磨着牙道:"竟敢用这等锋利之物暗害你的亲兄长,当真是狗胆包天。"

　　所有人的心声简直要冲破胸膛,直扑到严宵寒的脸上:睁眼说瞎话,人家没想暗害他大哥,就想光明正大地打你!颠倒黑白也要有个限度!

　　傅深举手掩口,强忍着笑闷咳了数声。严宵寒像是才想起有他这么个人一样,俯身劝道:"别动气……今日本不宜多生事端,只是这秦氏母子实在可恶,你行动不便,我少不得要越俎代庖,替你管一管这目无尊长、口出恶言的弟弟。侯爷不会舍不得吧?"

　　他的语气不太生硬,话里的威胁之意却一览无余。

　　做戏要做全套,傅深面露为难:"嗯……"

　　严宵寒温和地道:"飞龙卫手上有数,不会见血,小惩大诫罢了。"

　　傅深犹豫片刻,怅然道:"那就依你说的办吧。"

　　严宵寒满意地直起身,转向起身待命的飞龙卫:"侯爷的话都听见了?把傅小公子带下去,轻轻地打几板子,让他知错悔改就好。"

熟悉飞龙卫套路的朝廷官员忍不住打了个寒战,看傅涯的眼神里充满了同情:打到知错为止,那就是不会停手,往死里打啊……

如狼似虎的飞龙卫架起傅涯,把他也拖了出去。

一场宴席,变故横生,风波迭起,让人觉得再多坐一刻都是煎熬。最惨的还是靖宁侯傅深,因为凶残跋扈的飞龙卫钦察使还不肯消停。

严宵寒打了人还要卖乖,对傅深道:"侯爷勿怪,毕竟陛下亲旨御赐君约,关乎大运,若让这几个兴风作浪的人搅了局,不仅有碍你我气运,也是伤了皇家的体面。"

傅深似笑非笑地盯着他,轻声说:"严大人想得周全,实在是忠义可嘉。"

严宵寒的目光陡然幽深起来。

傅深并不知道自己随口一句调侃引发了什么后果。不久之后,靖宁侯府上的风波在坊间迅速流传开来,经过口口相传和臆测加工,最终变成了"杀千刀的飞龙卫当着靖宁侯的面,辱骂他的母亲,殴打他的弟弟,最后还要逼着人家夸他'忠义可嘉'"。

太嚣张了!无耻至极!朝廷走狗又在残害忠良了!

后话不提,眼下闹剧散场,该办的宴席还是要继续。送走秦氏母子,众人齐刷刷地将目光投向了场上唯一健在的颖国公傅廷义。

与父亲和两个兄长不同,傅廷义自小身体羸弱,不是学武的苗子,每日只在房里闭门读书,毫无存在感,与家中人都不大亲近。后来兄长先后过世,在颖国公府急需一个人出来挑大梁时,也是由傅深领兵出关,分担了大部分压力。然后他才不慌不忙地站出来,承袭了爵位。颖国公府与靖宁侯府分开后,这位有如透明人的国公爷更加深居简出,听说沉迷于修仙问道,连带着整个国公府也日渐式微。

因有一大家子珠玉在前,坊间对这位三爷的评价就显得刻薄了许多。都说傅廷义毫无长处,全靠投了个好胎,这辈子光凭捡漏就能衣食无忧。

不管秦氏如何,傅深对这位三叔始终是抱有尊敬的。无论是真的无心俗务还是有心韬光养晦,颖国公府这些年的低调都让傅深的后方稳定,少了很多顾虑。

他示意严宵寒将自己推到傅廷义身前,抬手行了一礼,道:"三叔。"

今天这日子,傅廷义竟穿着一身如道袍般的衣衫。他近年来常斋戒食素,形貌清癯,颔下一缕长须,看上去真有几分仙风道骨的样子。此前出了那么大的乱子,他却始终一言不发,视若不见,一边闭目养神,一边默念道经,直到

傅深叫了他一声，才微微睁开眼睛。

傅廷义目蕴精光，语调缥缈："不必拜我。你父母的灵位都在家中祠堂，你若有心，可自行前往参拜。"

这话不知到底是对谁说的，他也不等人回答，自顾自起身，袍袖一拂，飘然而去。

这下子连飞龙卫看傅深时眼里都带上了同情：他们钦察使自小父母双亡，没有亲人，这已经够惨了；而靖宁侯这一家子亲人……还不如没有呢。

好在傅深并不在意，他与严宵寒已在黄金台见过了长辈，余者不足为虑。人都走干净了正好，他也早就想走了。

宴席一直持续到深夜，等送走了最后一批客人，严宵寒对傅深道："这里留给下人收拾，你先到我府里去住。"

他料想傅深对侯府没什么感情，不会拒绝他的邀请。谁知傅深沉吟了片刻，竟然回绝了："不必了。我早该跟你说，刚才一下子忙忘了。之后我打算搬到城外田庄上去休养，回头给你写个地址，你若有事，可以到那边找我。"

严宵寒瞳孔微缩，声音倒还平静："为什么？是我先前哪里招待不周吗？"

"没有的事，你别多心，"傅深侧头，用眼角一瞥门外，低声道，"我带着一票北燕军呢，难不成都去严府吗？"

严宵寒心里这才稍微松快了一点，眼底流露出些许遗憾："明日再启程也不行吗？"

傅深笑道："怎么，怕我连夜潜逃？"

严宵寒摇了摇头，道："准备了点东西，想着等你回来，或许能用上……不过现在看来，是我多此一举了。"

虽然明知道严宵寒嘴里说出来的话只能信一半，他那貌似真诚的落寞与惆怅有一多半都是在演戏，傅深还是忍不住妥协了。

"一番心意，怎么能叫多此一举呢？"他诚恳地道，"没提前告诉你是我不对，既然如此，那今日就叨扰了。"

严宵寒垂眸，"嗯"了一声："求之不得。"

等看见严府门口张灯结彩时，傅深才从找不着北的状态中清醒过来，感觉严宵寒在进飞龙卫之前极有可能是个拍花子的。大概傅将军也没想到，自己铁骨铮铮了这么多年，在这种小恩小惠面前居然是如此的不堪一击。

他和轮椅一起被安放在面朝庭院的门槛下，严宵寒推着他，慢慢地往前走。两人到正房前也没停，傅深刚要提醒他前面有台阶，就感觉到轮椅沿着一个坡，平稳顺畅地滑了上去。

傅深心头剧震。

他终于发现了这所宅子同之前相比，不一样在何处：所有带台阶的地方都被磨平，改成了平缓的斜坡；门槛则全部拆除，只留下一马平川的地面。一看就是为腿脚不便、以轮椅代步的人所做的特殊设计。

对于常人来说，家里有个残疾人，光是照顾就已经令人耗尽心力，很少有人愿意花大工夫去把不便的台阶、门槛重新改装。而严宵寒在明知道他们虽奉旨定约，但其实只是走个形式，傅深不会长住的情况下，依然默默地将整座宅院改动了一番。

人心都是肉长的，说不动容，那是谎话。

傅深曾以为他们中间隔着太多分歧，那一点微不足道的情义不值一提，可他如今恍然大悟，再看到这个院子，才知道它背后藏着多少未曾言明的真诚。

与靖宁侯府那浮夸的布置不同，严府显然是尽心收拾过的，处处精致，既华丽，又幽静。傅深甚至在房间里看到了几盆兰草，不由得想起自己在北燕小镇的发现，状似无意地问："这么多年过去了，原来严兄还是喜欢兰草。"

严宵寒抓着轮椅的手无意识地一紧，随后平静地道："若非时间紧凑，我还想再准备一池莲花。"

傅深被这句话精准地戳中了软肋，一时间竟没接上话。严宵寒带着他走过一间间屋子、一条条长廊，最后停在一间离卧室很近的小房间外。

傅深记得这里，这是浴房。

"要进去吗？"傅深抬头问他，"浴房有什么好看的？"不就是一架屏风，几个浴桶。

严宵寒抬手推门，推着他慢慢走进去。

门口处立着一架玉石山水大屏，背后别有洞天。两间屋子打通连成一间，屋中陈设着案几长榻，正中央有个汉白玉砌成的大浴池，里头盛着半池清水，清可见底，借着烛光与潋滟水光，隐约可见池底浮雕的荷花与活灵活现的游鱼。

"这……"

严宵寒推着傅深走近，解释道："你的腿脚不便，没人扶容易摔跤，所以我叫人改了这么个池子出来。"

傅深被他一个接一个的惊喜砸得有点回不过神来："你……这是要干什么？"

严宵寒从背后走到他面前，屈膝蹲下，认真地道："我不信天命，也不想当

什么镇星。侯爷,命握在你自己手里,路在你自己脚下,谁都不能左右,谁也不能阻挡。我修好了庭院,但只盼你一往无前。"

傅深忽然想问严宵寒,人心易变,你凭什么断定我不会半途改道?可他看着那些被磨平的台阶、偌大的浴池和严宵寒眼里的认真,恍然间又觉得什么都不必问,他们早已有了不言而明的共识。

"好。"他轻声说,"但愿你我,谁都不要回头。"

既然已经答应了借宿,当晚两人便如以前一样,傅深在卧室,严宵寒睡厢房。这个主客颠倒的关系不知从什么时候起变成了惯例,然而,严府上下对此却早就习以为常。

不动声色的关怀最致命。傅深早年间在严宵寒身上吃过一回苦头,可惜至今仍没有长记性。

第二天一大早,二人还在沉睡,严府大门就被人咚咚敲响。俞乔亭站在门外,面色凝重:"打扰了。我有要事,须得立刻见侯爷。"

管家请他到花厅中稍候,没过多久,严宵寒推着傅深从里间走出来。两人气色都很好,看上去心情尚佳。若在平时,俞乔亭肯定要调侃两句,可今天一见面,没等傅深问他"吃了吗",他先对严宵寒道:"严大人,我与将军有些紧要军情要谈。"

严宵寒知情识趣,道了声"少陪",便出门叫人准备早饭去了。

傅深问:"出什么事了?"

俞乔亭拿出一个巴掌大的木匣,双手递给他:"昨晚留宿侯府,今早亲卫来找我,说清点贺礼时发现了这件东西。"

傅深一看盒盖上的猎鹰图腾,立刻明白了:"柘族的东西?"

俞乔亭道:"看里面。"

盒子没有机关,傅深一拨锁扣就开了盖,被扑面而来的血腥气冲了一脸,皱眉道:"这什么玩意儿?"

木盒里装满了珍珠,约有一捧之数,饱满圆润,光泽柔和。傅深虽然不爱金银珠宝,但因久在边关,经常查验岁贡,一眼就能看出来,这些珍珠颗颗都是贡品级别。

这些上好的珍珠产在柘族人聚集的东北,故名"东珠",十分名贵。只是傅深手中的这个盒子里,本该色如牛乳的东珠仿佛是被人从血里捞出来的,到处沾染着斑斑血迹,透出一股极度的诡异与不祥。

"查出是谁送来的了吗？"这东西并不可怕，只是硌硬人，傅深道，"有没有拜帖之类的文书？"

俞乔亭摇头道："昨天收到的帖子太多，或许有，但一时找不出来。"

傅深随手扣上盒盖，将木盒递给俞乔亭，冷冷一笑："装神弄鬼，八百年过去了还玩这一套。不用理会，估计是这群杂碎借机故意送来添堵。你拿去处理掉，别让严宵寒知道。"

见傅深镇定如常，俞乔亭心里略微一松，接过盒子收好，但仍隐隐觉得忧虑。傅深问："我安排的事做完了吗？"

俞乔亭答道："将军放心。您今天便动身去庄子上吗？"

傅深略一沉吟，怕自己走了严宵寒不高兴，但想了想之后的安排，又不得不走，最后点头道："准备一下，我今天过去。"

这边二人不许别人打扰，那边严宵寒也没能吃上早饭。俞乔亭进门没多久，飞龙卫的探子也匆匆找上门来："大人，昨晚有人在左宁县东旺村的井里捞上来一具无头尸体，案子报到顺天府，经人辨认，已经确定就是前些天失踪的右金吾卫将军穆伯修。"

大约半个月之前，正值新年，右金吾卫将军穆伯修突然失踪，踪迹全无。他走得十分突然，但又不像是毫无准备。所有可能表明身份的东西都没带走，只卷走了几件旧衣与若干金银财物。家人甚至以为他是出门与同僚吃酒，几天后始终不见人回来，这才哭哭啼啼地去报官。

起初这个案子并不引人注目，只由顺天府调查。因事涉朝廷官员，此案也上报了飞龙卫，在严宵寒眼皮子底下过了一遭就被搁在一边。谁也不觉得一个身强体壮的金吾卫会被打劫或者谋害，说不定是他在外面养了人，乐不思蜀，才迟迟没有回家。

然而就在今天，穆伯修的无头尸体被人从京郊村庄里的枯井中打捞起来。

一桩失踪案和一桩发生在朝廷官员身上的命案，其分量绝不可同日而语。

严宵寒问："头找到了吗？"

探子道："还没有。当地官府已令人将整个村子封锁起来，正在全力寻找。"

严宵寒想了想，道："去调顺天府的卷宗，把他上下三代扒清楚。我即刻进宫。让姜述带两个人去村子里盯着，不要表露身份，暗中行事。事涉南衙，陛下恐怕不愿让飞龙卫插手此事。"

探子领命而去。严宵寒急着进宫，顾不得正经吃饭，匆匆用了两口点心就去换衣服。待收拾停当，恰好傅深和俞乔亭也谈完了，一见他这副样子，讶然

道:"你要出门?"

"有公务,"严宵寒言简意赅地解释道,随即快速轻声地叮嘱,"我知道你今天要走,外面备着早饭,吃完再动身,路上小心。这府里的东西看上什么只管带走,今日不能亲自送你,对不住,等我处理完这些事就过去看你。"

傅深抬手在他肩上轻轻一拍,叹了口气:"我看你也别忙什么公务了,自己进箱子跟我走吧。"

两人不约而同地笑了起来,严宵寒直起身,又对俞乔亭拱手一礼:"我先走一步,敬渊有劳将军照顾了。"

俞将军看起来还没吃早饭就已经饱了,木然地道:"好说,好说。"

*

巳时末,一辆马车停在了京郊长乐山下的别业门前。

从门外看,这座别业与寻常山庄无异,都是一般的山环水绕,环境清幽。然而迈进大门,一股铁血森严的杀伐气息瞬间扑面而来。庄内全是佩刀巡行的北燕军,日夜巡逻警戒,将好好的一座山庄拱卫成了铁桶一般的北燕军营。

此次随傅深回京的,除了俞乔亭,还有军医杜冷和肖峋带领的一队亲卫,名义上打着"送行"的幌子,实际上都是为了看守这座山庄。

傅深坐在轮椅上,由俞乔亭推进后院。肖峋打开暗门,现出其后黑暗湿冷的地道。

俞乔亭与肖峋一左一右,抬起傅深的轮椅,走下长长的石阶。石壁上的油灯逐一亮起,光亮逐渐蔓延开来,一直延伸到地道的最深处,照出一片令人胆寒的阴森场景。

那里是一个囚笼,三面石墙,一面铁栅栏,冰冷潮湿的地面铺着发霉的稻草,一个只穿着白单衣的人影蜷缩在角落里,蓬头散发,以手掩面,被突如其来的光芒刺得睁不开眼睛。

轮椅滑过地面,发出辘辘声响,伴着极轻的脚步声,越来越近,最终在铁栅栏面前止住了。

"怎么样,在这里住得还习惯吗?"

男人低沉含笑的声音在地牢中响起,不疾不徐,也不怎么阴沉,却令那角落里的囚犯宛如被毒针刺中,活鱼一样弹了起来。

他像是被吓疯了,牙齿打战,哆哆嗦嗦地说:"是你?"

"嗯,是我,"傅深正襟危坐,温和地道,"久违了,看来穆将军还记得我。不对,应该说是'已故的前右金吾卫将军,穆伯修'。"

穆伯修眼中现出极深的恐惧:"你、你……"

傅深微微一笑:"你这不是还活得好好的嘛,不信的话自己拧一下大腿,看看疼不疼。"

他越是虚与委蛇、弯弯绕绕地不进入正题,穆伯修越是觉得心虚。他一时恨不得自己干脆死了算了,也好过落在傅深手里受他折磨。

"我怎么觉得穆将军好像很怕我?"傅深饶有兴致地问,"比死还怕,嗯?"

的确,傅深又不是令人闻风丧胆的飞龙卫,还是一位将军,寻常人见了他不应该哆嗦成这个德行。

穆伯修狠狠地咬牙,色厉内荏地厉声道:"私自囚禁朝廷命官,就不怕飞龙卫追查到你傅将军头上吗?"

傅深哈哈一笑,还给他鼓了两下掌:"容我提醒一句,穆将军,别忘了你现在已经是一个'死人'了,尸体就在顺天府停着呢。还是说,你以为自己还有机会活着走出这里?至于飞龙卫,他们钦察使刚与我遵旨定盟,查到我头上?木侯正巴不得呢。"

俞乔亭咳了一声,提醒他注意分寸,赶紧说正事。

穆伯修终于意识到傅深其实就是在玩他,像猫抓老鼠,不急着吃,先玩个半死再说,终于忍无可忍地道:"你到底想干什么?"

傅深道:"你是个聪明人,本侯都坐着轮椅出现在你面前了,你还猜不到我想干什么吗?"

穆伯修一口咬死:"我不知道。"

傅深的笑容倏地冷了下来,轻声道:"别给脸不要。我只问你一次,说不说?"

穆伯修仍是那句话:"我不知道。"

"道"字的尾音还没散去,傅深猝然发难,破风声起,寒光乍现,一根弩箭"嗖"的一声钉进穆伯修的左肩。

剧痛从霍然洞穿的伤口中炸开,穆伯修全无防备,发出一声闷哼。

傅深手中端着一架精巧臂弩,第二支箭遥遥指着他的右肩:"还不想说吗?"

穆伯修疼出了一身冷汗,虚弱无力地靠在墙角,不肯答话。

傅深毫不留情,抬手又是一箭。这一箭的力度更大,锋利的箭头直接打穿

肩膀，将穆伯修牢牢钉在了墙壁上。

傅深慢条斯理地换上一支新箭，和缓地道："现在不想说也没关系，在你被打成筛子之前，你有很长时间可以在这里慢慢想。死人不能说话就算了，一个大活人，我还怕你开不了口吗？"

他这回瞄准了穆伯修的右腿："放心，本侯的箭术还不错，说要打你右腿，绝对不会误伤左腿。"

"三！"

第三支箭脱手飞出，穆伯修发出一声不似人声的惨叫。

他身体里流出来的鲜血已经浸透了地面，可惜面前的三个人都是杀人不眨眼的铁血将军，面对这场酷刑，没有一个人叫停，那居高临下的目光仿佛在注视蝼蚁，令穆伯修骤然升起一股比死更可怕的寒意。

傅深微微启唇，一个"四"字即将脱口而出之时，穆伯修终于放弃了抵抗，声音微弱地呻吟："我说。"

傅深彬彬有礼地道："请。"

"你猜得没错，"穆伯修道，"青沙隘伏击是我等奉命所为，没能射中你的那支箭，也是我亲手射出的。"

傅深朝一旁伸手，肖岣递给他一个裂了缝的木盒。傅深将盒子打开，朝穆伯修展示内里，问道："是这支箭吗？"

穆伯修挣扎着抬头看了一眼："不错。"

那弩箭通体漆黑，长约六寸，扁平三棱精钢箭头，两旁刻有深槽。箭尾有军器监花押"軍"字，箭头与箭杆相连的部分有个形如野兽的一笔连"豹"字。

严宵寒曾告诉傅深，这个"豹"字代表豹韬卫。

豹韬卫是皇家禁军之一，隶属于南衙十卫，是一支很低调的禁卫。"豹韬"本义指豹皮制成的箭袋，因豹韬卫常在皇城高处警戒，擅用弓箭，故得此名。

而傅深手中这支箭出自御作军器监弩坊署。他命人调查过，数年前，弩坊署曾制作了一批适用于臂弩的破甲箭，分发给禁军和皇城兵马司使用，但由于此箭射程虽远，对臂力要求却很大，而且一次只能射一支箭，十分鸡肋，所以没有大范围地在军中推广，那些派不上用场的弩箭都被扔在不知道哪个仓库里落灰。

此箭在禁军内只昙花一现，傅深不曾见过。而且禁军的武器更新迭代极快，早没人记得他们还用过这样一种弩箭了。

如果不是当时夹在匣子中的那张纸给了提示，又得到了严宵寒的验证，恐怕傅深的人现在也摸不到其中头绪。

"没想到这样也能被你找到，我还以为它被埋在了青沙隘。"穆伯修颓然仰躺在地上，双目空洞，茫然地喃喃道，"天意如此……"

军器监研制的臂弩虽然不适用于战事，但它胜在轻便灵巧，杀伤力巨大，用来暗杀是一件相当趁手的兵器。

然而这把弩箭成了穆伯修犯下的一个致命错误。

他一直在禁军中任职，先在豹韬卫，后来转调金吾卫，禁军用的所有兵器都出自军器监，这导致穆伯修竟然习惯性地忽略了一个常识：其他地方军队用的普通弩箭上，并不会有军器监的"軍"字花押。

傅深没心情听他追悔莫及，单刀直入地问："青沙隘伏击的幕后主使是谁？"

穆伯修仿佛听到了天大的笑话，嗓音嘶哑地笑了起来："傅将军，我都已经在这里了，你还不知道是谁想要你死吗？"

傅深面不改色地说："不知道。我要是知道，就不会来问你了。"

他真的不知道吗？

青沙隘遇伏，问题出在只有北燕军自己人知道的路线上。傅深当时最大的怀疑是有人通敌叛国，其次才隐约怀疑他和肃王私底下的小动作惹恼了元泰帝。不管哪一种可能，北燕军里出了钉子，他趁着受伤的机会从主帅的位置上退下来，想要找出这颗钉子，然而还没等傅深有所动作，这支作为关键证物的弩箭就被送到了他的面前。

他早就成了帝王的眼中钉、肉中刺，哪怕傅深如同壁虎断尾一样交出一半兵权，与颖国公府脱离关系，谨言慎行、蛰伏于北疆一隅，却仍然逃不出皇帝的深深猜忌。

无知无觉，天真又愚蠢，不杀他杀谁？

穆伯修癫狂地大笑，抬起受伤的手臂指着上方，嘶吼道："天意！还不明白吗？是天要你死！"

俞乔亭握掌成拳，肖峋的呼吸粗重，哪怕他们早就心中有数，可自己推测的和亲耳听见行凶者指认，那种被活生生捅了一刀的滋味毕竟不同。

傅深倒比他们都平静。他是经历过真相爆发与君约礼双重打击的人，最刻骨铭心的痛彻已经过去了。好在那段时间有严宵寒在身边陪着，傅深虽然没有过多地表露，但以严宵寒的敏锐，多少已经猜到了真相，否则也不会有堪称无

微不至的照顾。

不得不说严宵寒还是挺有一手的，傅深如今回想起旧事，居然没觉得被仇恨煎熬，能记起来的都是些鸡毛蒜皮的日常琐事。

"可惜，没死成，真是对不住了，"傅深面无表情，"听清楚了，我问的是谁给你下达了指令，谁从什么途径弄来了火药，在你之上，是谁谋划了这场埋伏？"

这个能令元泰帝绕开飞龙卫，将暗杀这么重要、机密的事交给他的人，才是关键。

刚才还疯得不行的穆伯修忽然闭口不言，沉默下来。

傅深提醒："怎么，又不想说？"

那钉入身体的三支箭的伤口还流着血，穆伯修忘不了傅深平静语调之下杀人不眨眼的铁血无情，这句话令他不由自主地打了个寒战，求生欲与理智在心中疯狂拉扯。

不过傅深这回没动手，而是支着头若有所思地问："说起来，我记得你最初在豹韬卫，凭着一手好箭术升迁至中郎将，为什么后来又转调到金吾卫了？"

他抓到了穆伯修，自然对他的家境身世一清二楚。不算飞龙卫，南北禁军共十六卫，最难进的非金吾卫莫属。金吾卫位列南衙十卫之首，侍奉御前，十分清贵，入选者几乎全是勋贵功臣子弟。穆伯修出身并不高，能力虽然出众，做到豹韬卫将军就算顶天了，他是怎么进的金吾卫？

穆伯修继续沉默，傅深继续瞎猜："是因为有人提拔你？你为了报恩，所以才愿意为他守口如瓶？"

穆伯修似乎打定主意要当个蚌壳。这个反应反而更能证明傅深的猜测是靠谱的，他冷冷地问："情深义重？"

"有件事穆将军大概还不知道，"傅深大言不惭地道，"我这个人一向讲究先礼后兵，从不滥杀无辜。前段时间，我的人虽然一直在调查你，但我确信他们从未惊动过你。"

"所以，正月初三，你为什么突然抛下妻子家人，匆匆忙忙地跑了？后来甚至不惜以他人的尸体代替你自己，从此在这世上销声匿迹？"

穆伯修一怔，他狐疑地问："不是你？"

傅深："你在躲什么？"

穆伯修明显动摇了，但仍然不敢相信傅深。傅深想了想，道："你不惜以死脱身，说明那个人想要你的命。而我有话要问你，所以在亲眼见到你以前，我的人绝不可能对你动手。"

他盯着穆伯修,多年沙场生涯磨砺出的压迫感犹如排山倒海,压得穆伯修抬不起头来。"那个人到底是谁?"

穆伯修不是那种被人卖了还帮人数钱的笨蛋,傅深没有诈他,他稍微想一想就能想通其中的关窍。

"我劝你还是想开点,"傅深道,"你落在我手里,横竖都是死,死也要拉个垫背的。"

事情脉络已经理得七七八八,哪怕穆伯修不说,只要有时间,这些线索也够傅深查出他背后的人。他还愿意在这儿跟穆伯修耗着,就说明穆伯修还有价值,倘若说得好,说不定还能多活两天。

穆伯修再一次陷入沉默,这回傅深没有催他。片刻后,他终于放弃了抵抗,艰涩地开了口。

"我十七岁入豹韬卫,二十二岁官至中郎将,却因为无意间得罪上官,屡遭打压,直到而立之年,再无寸进。是那个人偶然发现我的箭术过人,破格将我调入金吾卫,视为心腹。

"南北衙历来不合,尤其是在严宵寒上位后,飞龙卫坐大,北衙禁军压过南衙一头。那个人不甘心就此埋没,于是想方设法招揽能人异士充实金吾卫,替陛下处置了不少'不听话'的大臣。"

屏息静听的三人心头同时一凉。

十六卫里最金贵的禁军、一向被视为"不思进取、混吃等死"的金吾卫,竟然在不知不觉中悄然蜕变成了一支御用杀手卫队。

穆伯修道:"这两年,陛下越发信重金吾卫,去年西秋关之战后,他从金吾卫里挑选了几个人,定下了青沙隘伏击的计划。"

"青沙隘在同州和原州的北部交界处,你带人护送东鞑使团入京需要途经此处,所以原州的北燕军在你们到达之前,曾派人到青沙隘一带清查。原州守军将领是陛下的人,我们混在这队人马里,在青沙隘周围布设了火药。"

傅深忽然打断道:"等等,你们的火药是从哪里来的?"

火药是军用之物,民间不得私贩,军中火药每一次出入都要记录在册。原州是北燕铁骑驻地,哪怕军中有人里应外合,也不能神不知鬼不觉地挪用火药。而且事后傅深令人查过青沙隘附近各州的火药流向,都没发现异常。

"是从'草路'上来的。"穆伯修道,"同州守军与边境马匪之间有一条'草路',同州军私下盗卖火药给马匪,他们的火药册子全是假的。我们假装成东鞑人，从马匪那里买到了火药。"

原州是傅深的嫡系，同州是傅深的旧部，堂堂北燕军统帅没死在战场上，竟然阴沟里翻船，栽在了自己人手里。傅深险些气炸了肺，满腔怒火无处发泄，从牙缝里挤出了一句话："这群吃里爬外的混账东西！"

肖峋不敢置信地问："你说戚江声是陛下的人？"

傅深麾下众将，肖峋、俞乔亭负责燕州三关军务，袁桓驻守宣庆一带，戚江声驻守原州，都是他的臂膀心腹，是他的袍泽兄弟，过命的交情。

俞乔亭赶紧劝道："将军息怒。"

傅深没理他，平复心情，沉着脸道："继续说。"

穆伯修："按照计划，有两人负责点燃引线，我守在高处，如果你没被乱石砸死，就由我补一箭，无论如何，一定不能让你活着离开青沙隘。谁知道你的命比石头还硬，都这样了还没死。不仅没死，还活着回来了。"

"我怕被你查到头上，每日里提心吊胆。终于，正月初二深夜，有人闯进我家里，想要杀我。恰好那天我夫人带儿女回娘家，家中只有我一个人。我打伤了那人，心想事情恐怕是败露了，于是连夜收拾细软，逃出了京城。

"我逃到东旺村时，察觉到有人一直在跟着我，就从义庄里偷了一具尸体，给他穿上我的衣服，故意留了个从不离身的玉扳指，砍下他的头，然后把无头尸体扔进了枯井里。那个人头被我埋在东旺村后的林子里，现在恐怕烂得只剩骨头了。这样，如果有人发现那具尸体，追杀我的人就会知道，我已经'死'了。"

穆伯修诈死后，想继续南逃，不料还没出县城，就被跟了他好几天的北燕军抓了回来。

前因后果相连，确实与他所知的事实——对应，只是傅深还有一点想不明白：如果那人杀穆伯修是为了灭口，为什么不在青沙隘事发后就动手，非要拖到现在？或者他原本是不打算灭口的，那到底是什么让他觉得危险，以至于不得不弃车保帅？

又或者，不止傅深与金吾卫两方，要杀穆伯修的另有其人？知晓真相的除了他们，还有那个将弩箭送给傅深的人。

这一池浑水，究竟卷进了几方势力？

穆伯修因失血过多，声息已经越来越微弱。他大概已经预见到必死的结局，此时反而平静下来，对傅深道："我说的那个人，傅将军应该很熟悉。左金吾卫上将军，易思明。"

傅深道："不用说了，我猜到了。"

他少年时交情不浅的好友，甘冒风险替他安置金家后人的仗义兄弟，最后成了一心置他于死地的幕后黑手。

昔年对朝廷鹰犬充满鄙夷、眼睛长在头顶的贵公子，为了压过北衙禁军，甚至把金吾卫变成了比飞龙卫还没底线的刺客杀手。

傅深不知道该怎么评价易思明，情绪甚至不如听见同州军做假账时激烈，他已经想不起这些年跟易思明都有过哪些交集了。少年时的情谊短暂如朝露，太阳升起就要消散，就好像人最终都会变得与从前不同。只是有的人眉目依旧，有的人却已经面目全非。

世事无常，天意难测。

傅深示意肖峋将他推出去，逼供也是件费心力的事，他需要时间慢慢消化这些真相。穆伯修听见他离去，自始至终没有出声求饶，在地牢里精疲力竭地闭上了双眼。

明亮的天光与新鲜空气一并涌入，令人精神为之一振，俞乔亭在后头关上石门，傅深忽然道："叫杜冷来给他看看伤，别让他死了。"

"是，"俞乔亭答应下来，"已经过午了，侯爷，先去用饭吧。"

"我不吃，"傅深摆摆手，"卧房收拾出来没有？我要睡觉，没事别来打扰。"

看得出他心情不好，这时候谁都不敢劝，也不敢违拗。肖峋将傅深推进卧房，俞乔亭站在庭院里的树下，长叹一声："真是……这都是什么世道。"

肖峋沉默地拍拍他的肩膀。

常在生死边缘游走的人，对危险都有种近乎直觉的敏锐预感。俞乔亭和肖峋不约而同地望向浓云卷积的天际。

冬去春来，万物复苏，雷声隐隐，未来却似乎笼罩了一层阴影。

这一年，或许并不如某些人所期望的那样风平浪静。

*

傅深原以为严宵寒至少要忙上一阵子，没想到第三天他就出现在山庄的早饭桌上。傅深难得惊讶一次，诧异地问："你忙完了？"

"没忙完，"严宵寒大马金刀地在桌子对面坐下，"不管了。"

傅深："嗯？"

严宵寒一本正经地说："九天休沐时间，不是用来忙活这些破事的。"

"这可不像是严大人会说的话,"傅深道,"你们飞龙卫最擅长无事生非,怎么放着现成的有缝鸡蛋倒不往上扑了?"

严宵寒被他嘲讽了也没翻脸,淡然地道:"这不是来了吗?"

傅深正吃着饭,闻言当场摔了筷子。严宵寒一边忍着笑,一边劝,把筷子塞回他手里:"行了行了,我不说了,好好吃饭。"

傅深指着他:"这要是在燕州,你现在已经被拉出去打军棍了。"

"话头是谁先挑起来的?"严宵寒知道他只是虚张声势,越发蹬鼻子上脸,"你也太不讲理了。"

傅深其实真拿他没什么办法,只好恶狠狠地夹了个包子堵住了他的嘴。

待用完了饭,严宵寒推着他到外面溜达消食,两人这才将饭桌上的话题重新拾起来:"那件案子进展如何?这两天你应该已经查到了不少东西,真不继续查了?"

严宵寒:"我说的'不管',就是字面意义的'不管',陛下已经令顺天府会同刑部与大理寺一道查案。金吾卫的事,不归我们飞龙卫管。"

傅深嘲笑道:"哟,闹了半天,原来是人家把你们踢出来了。你还跟我这儿装大尾巴狼,嗯?"

严宵寒感到又无奈又好笑,一低头,恰好与傅深目光相对。

他居高临下地站着,双目中潋滟着笑意,神态轻松自然。据傅深观察,严宵寒在人前的状态一贯紧绷,不是说他紧张,而是他的言行都太过精准,连游刃有余和漫不经心都像是设计好的,像一只滴水不漏的铁罐子,最真实自然的反应全部藏在厚厚的铁皮之下。

然而今天不知怎的,他忽然抛弃了伪装与防备,整个人原地化身成大写的宁静温和。傅深被他盯久了,居然觉得有点不知所措。

傅深拍了他一巴掌,格外不讲理地道:"说正事。"

两人这才回到跑了八千里的正题,傅深道:"就算陛下不让你插手,你肯定也私下里查过了。有什么发现?"

严宵寒不置可否,反而问:"你为什么对这个案子这么关心?"

"好奇。"

"你不是会多管闲事的人,穆伯修跟你有什么关系吗?"

傅深眯起眼:"既然你要这么问,那我也想问,你今天来找我,跟穆伯修案一点关系都没有吗?"

严宵寒静静地注视着他,二人在沉默中对峙。

"好吧，"严宵寒率先退让了，"我不是怀疑你，只是有点疑问。我让人去查穆伯修的身世背景时，听说一个月前也有人来查过他，这是其一；东旺村发现的那具无头男尸已经腐烂了，只能从衣着和随身物件上推测他是穆伯修。但砍头的目的是让人认不出这具尸体是谁，那为什么凶手还留下了能证明他身份的白玉扳指？不合常理，这是其二。"

"穆伯修最初供职于豹韬卫，后来转调金吾卫。我记得去年有一天，你跟我提到过豹韬卫。"

傅深凉凉地道："严大人，你是炮制了太多冤狱，已经忘了怎么正常查案了吗？"

"不合常理的还有你，"严宵寒继续道，"俞乔亭是你的心腹，在北燕军失去主心骨这个关口，你却带着他回了京城，而且执意要住到山庄。容我问一句，君约礼那日，你带回来的那些北燕军，是全都留宿在侯府吗？"

傅深没有回答，看不出是打算服法认罪，还是准备杀人灭口，面无表情地等着他接下来的话。

"最后一点，陛下对这个案子的态度也很奇怪。"严宵寒停顿了一下，才道，"飞龙卫是天子耳目，查案效率远比三法司要高，朝廷命官遇害，哪怕与南衙有关，也没道理舍近求远，撇下飞龙卫，反而让刑部和大理寺去查真相。"

"上一次出现类似情况，还是在东辖使团案里，你明白我的意思吗？如果有一件事情，陛下已经知道了其中的真相，他就不会再动用飞龙卫。"

气氛骤然降至冰点。

"哎，总算还没有傻到家。"

僵硬凝滞的气氛忽然流水般化开了。傅深向后一仰，脊背放松地靠在轮椅上，心宽地笑了："我已经提醒过你一次了，陛下没有你想象中那么信任你。再不小心，飞龙卫迟早要散摊子。"

严宵寒皱眉："什么意思？"

"你猜得八九不离十，"傅深道，"东旺村那具尸体是穆伯修自己搞的障眼法，为了躲开另一拨人的追杀。至于我跟他的关系，这属于北燕军内部机密，不便告诉你，跟你也不太相干。"

"这个案子往下查也是白费工夫，唯一一个不太重要但对你有用的消息，我可以直接告诉你：小心金吾卫，陛下手里可不止有飞龙卫这一把刀。"

飞龙卫和金吾卫，虽然哪个都不是好东西，但无论是出于私心还是公义，傅深还是愿意捧严宵寒一把。至少他对严宵寒知根知底，易思明的人品实在让

他不敢放心。

严宵寒怔在当场，脑海中飞掠过许多念头，又被他一一归拢理顺。事关飞龙卫存亡，傅深话中透露的信息对他来说确实是个大问题。

沉思片刻后，他才肃容对傅深道："多谢。"

严宵寒是真的没想到傅深会在有关飞龙卫的事上给他提醒。当年的金云峰案，哪怕他最后网开一面，仍不能掩盖他为了往上爬而反手给了傅深一刀的事实。这些年北燕铁骑对飞龙卫严防死守，他一直以为傅深特别讨厌飞龙卫。

然而，就在刚刚，当着他的面，傅深破例了。

他不会不知道自己这个提醒的分量，几乎等同于亲手替飞龙卫扼杀了最大的死对头。

严宵寒思绪复杂，连眼神都变了，傅深却好似真没当回事，无所谓地道："不用谢，举手之劳。"

当晚严宵寒留宿山庄，傅深叫肖峋给他找个客房，自己去找杜冷换药。谁知等他回房时，却发现屋里多了个大活人。

傅深："你来干吗？"

严宵寒："客房没收拾过，住不得人。"

傅深："扯淡，我昨天刚叫人收拾完。"

"我不住客房。"严宵寒道。

傅深瞪着眼说道："准备耍无赖？"

"行了，"严宵寒一看他瞪眼就想笑，"不闹你了，我就是过来看看，这些天在山庄住得还习惯吗？"

由俭入奢易，由奢入俭难。傅深此前一直不愿意正视自己被严宵寒伺候得金贵了这个事实，但今天这个人往房中一站，他住进山庄以后的各种别扭和不适应好像立刻自动痊愈了。

"你来得正好，"傅深道，"叫人打热水来，我要沐浴。"

山庄里用的是浴桶，用一道屏风隔开。

傅深正泡在桶里闭目养神，忽然听见严宵寒在另一边问："这些天都是谁帮你沐浴？"

傅深张口便答："肖重山啊。"

严宵寒一想到他平日在严府的做派，说道："怎么就这么想不开，非要住这荒郊野岭的，连沐浴都不安生。"

傅深有些不明所以地道："你是哪家的大小姐吗？还挑三拣四的。"

严宵寒本是关心之意,反被傅深的话噎了回来,立时觉得自己迟早要被这个呆子气死。

等傅深沐浴出来,正拿着手巾绞干头发,一碟温热酥松的点心忽然被递到了他手边。

傅深捡起一块咬了一口,道:"糖放多了。"

"我也觉得,"严宵寒给他倒了杯茶,"厨娘手重,下次告诉她少放糖。"

傅深问:"你刚让厨房现做的?晚上没吃饱?"

严宵寒熟门熟路地去柜子里给他找中衣,闻言头也不抬地答道:"你晚上吃得太素,睡前吃点东西,免得半夜被饿醒。"

傅深讷讷地摸了下鼻子。

肖屿和俞乔亭照顾起人来没那么细心,傅深那天下午审完穆伯修,自己在房里枯坐到深夜,等感觉出饥饿,想找点东西垫垫肚子,一出门,才发现放在廊下的茶饭早已冷透。

而在严府养伤的那段时间,他似乎就没想起过"饿"字。

一团柔软的衣服落在他膝上,严宵寒又道:"说起来,你们那位杜军医,他好像不是中原人?"

"对,"傅深道,"西南来的,怎么了?"

"刚去看了他给你开的方子,用药跟中原的大夫不太相同。我看他只专于接骨续经,不重调养。回头还是让沈遗策来给你把一次脉,开几服补养的药,药膳也行……常吃药伤胃口,平时要好好吃饭。"

自从两人因为傅深不喝汤药的事闹过一回之后,督促傅深吃药就变成了严宵寒的活计。在这方面严宵寒有绝对的发言权,基本上说一不二。毫不夸张地说,严宵寒要是哪天想毒死傅深,傅深都未必能察觉到。

他想起什么叮嘱什么,傅深有一搭没一搭地应着,忽然觉得就这样也挺好。

夜半时分,雷鸣隐隐,傅深睡得不沉,闻到了窗外透进来的雨水气息,紧接着,才听见打在屋檐上的细密雨声。

春日里的第一场雨终于来了,但对傅深这种半残来说,这并不是什么好天气。他在梦中翻来覆去地折腾,也不知辗转了多久,忽然感觉到有人往他脚下塞了个暖呼呼的小汤婆子。

他下意识地伸手去拉那个人,却只抓住了一把流水般的长发。严宵寒被他扯得坐回床边,伸手在被子上拍了两下,轻声道:"没事了,睡吧。"

几个月前傅深还会被他的脚步声惊醒,如今已经熟悉了他的气息,纵然在

梦里,也知道是安全的。

翌日天明,山中细雨仍未歇,傅深被几个月的养病生活影响了作息,早上醒得晚,外头又是个阴雨天,他更昏昏沉沉地睁不开眼。

帘外天光黯淡,屋内湿凉,被窝里却被烘得干燥温暖。他动了动腿,碰到了腿边热乎乎的小汤婆子。

他回想起昨夜种种,再度感叹这君约虽本有些谋算之意,但因为对方是严宵寒,也算不错。

正巧推门进来的严宵寒忽然感到脊背一凉。他下意识地回头看了一眼,没发现身后有什么异样,按下疑惑进门,对着被帘帐遮得密密实实的大床道:"敬渊,该起身了。"

傅深懒懒地拨了下帘子,示意自己已经醒了。

严宵寒每天要早起进宫轮值,已成习惯,哪怕休沐也没睡懒觉,比躺在床上形如废人的傅深看起来精神得多。他走过去将床帐挂回两侧帘钩上,侧身在床边坐下:"雨还没停,有哪儿不舒服吗?"

傅深有时候会觉得严宵寒对自己过分小心,就好像他不是一个皮糙肉厚的老爷们儿,而是一个风吹就倒、一碰就碎的瓷娃娃。他能活到今天,伤没少受,杜冷和俞乔亭都不觉得他的腿伤在阴天下雨时需要格外关注。对他们来说,连死亡都是寻常事,只是区区伤病,又何足挂齿、何须挂心?

但被人这样小心地记挂着,就算是块石头,也要被焐热了。

傅深一边说着"没事"一边坐起来,严宵寒抖开外袍给他披上,问道:"今日有什么打算?"

"犯懒,不想动,"傅深老气横秋地叹道,"要不然接着睡吧?"

"我昨日上山,看到沿途景致不错。"严宵寒道,"侯爷要是没事,不如陪我四处转转,略尽一些地主之谊?"

山中不知岁月,严宵寒跟着提前进入致仕生活的靖宁侯,在山庄里无所事事地消磨了好几天。俞乔亭私下里跟肖岣嘀咕,傅深的脾气比以前好了不止一星半点,知道了那么糟心的真相也不见消沉,反而每天跟那姓严的厮混——这飞龙卫钦察使到底有什么手段?

不光他这么想,京城里的飞龙卫也有此一问。

钦察使大人到底是被拐哪儿去了,怎么连个人影都找不见了?

当沈遗策受命来为傅深看诊,顺便转达同僚们对严大人的思念之情时,严宵寒、傅深二人正在山庄的院子里热火朝天地腌咸鸭蛋。

院中的小石桌旁放着一小筐洗干净的、白生生的鸭蛋，严宵寒、傅深二人对坐，一个把鸭蛋放在烈酒里浸泡，另一个负责滚盐装坛。

院里的花圃犁得整整齐齐，种着刚发芽的小葱和青菜，旁边有个大紫藤萝花架子，繁花如瀑，架子底下鸡鸭奔走，咕咕嘎嘎。两人手上忙着，嘴上有一搭没一搭地闲聊。沈遗策眼睁睁地看着一只鸭子从他们钦察使大人的脚背上踩过，严宵寒还在那儿嘲笑傅深："古人说煞风景之事，果园种菜，花架下养鸡鸭，你这个院子算是占全了。"

傅深头也不抬地反唇相讥："这儿还有个更煞风景的瘸腿将军，如此算来，你不比我多占一样？"

严宵寒立刻闭嘴了，嘴角却可疑地翘了起来。

沈大夫木然地心想："我好像有点多余。"

"继之来了。"严宵寒先注意到他，放下手中的活计，起身相迎，态度自然，似乎完全不觉得两个翻手为云、覆手为雨的朝廷重臣在这儿其乐融融地腌咸鸭蛋有什么不对。

"大人，侯爷。"沈遗策向两人拱拱手，没忍住问，"这是……"

傅深坦然笑道："一点小爱好，让沈先生见笑了。"

沈遗策忙道："岂敢，岂敢。"

难道靖宁侯真如外界传言所说，被元泰帝伤透了心，转了性，打算解甲归田了？

严宵寒洗掉手上的盐，一边擦手一边问沈遗策："京中那边有什么新消息吗？"

"属下正是为此而来，"沈遗策道，"又死了一名金吾卫，昨天半夜在城西翠金阁暴毙，今早有人来报官。这案子惊动了天子，陛下令您尽快回京，此案已全权移交给飞龙卫。"

严宵寒下意识地与傅深对视一眼，傅深动作很小地摇了摇头，示意这事跟他没关系。

严宵寒略一沉吟，随即不怎么真心地笑道："好吧。怪稀奇的，金吾卫最近怎么净走背字，流年不利？"

之前不肯让他们插手，这下娄子大了，南衙兜不住了，还得回来求飞龙卫。沈遗策觉得严宵寒心里可能憋着一股火，因此嘲讽之意格外明显。

傅深不紧不慢地道："既然如此，我也不多留了。你一切小心。"

严宵寒起身净手，那份闲适日子养出来的和煦神色褪去，又换上了飞龙卫

钦察使的冰冷面孔。他朝傅深略一颔首,道:"我去看看情况,若有什么事,叫人传信给我。"

"知道。"傅深道,"去吧。"

第七章 心结

养心殿前,严宵寒与刚从殿中退出来的金吾卫上将军易思明擦肩而过。

金吾卫接连出事,身为上官,易思明难辞其咎,更要命的是他在元泰帝心中好不容易建立起来的信任一落千丈。金吾卫毕竟见识少、阅历浅,元泰帝愿意拿他们去杀鸡,可到了宰牛的时候,他第一个想到的还是飞龙卫。

为人臣者,最怕的不是贪,也不是奸,而是"不堪大用"。

严宵寒刚被傅深提醒过,因此格外留意。他有一阵子没见过易思明了,乍一看险些不认得。那人脸色苍白发青,眼窝凹陷,脸色憔悴,神色阴鸷,与人对视的时候眼光竟然是直勾勾的,莫名的瘆人。

严宵寒记得他和自己同岁,但两人站在一起,相去何止天差地别。

"易将军。"

南北禁军再不对付,两位上官在路上遇见了也得打招呼。严宵寒拱手为礼,谁知易思明竟然不还礼,也不说话,就那么阴沉地盯着他看了一会儿,转身走了。

严宵寒:"……"

来引他进宫的太监是近日新得宠的刘吉公公,见状忙打圆场道:"出了这等乱子,陛下震怒,易将军怕也急得不行,因此礼数不周,大人多担待。这找出凶手、查明真相的重担,可全撂在大人肩上了。"

原先在御前侍奉的田通早被严宵寒找了个由子踢走了,如今刘吉踩着田通

跻身御前,知道自己是借了谁的光,故而对严宵寒格外客气。

他目送着这位年轻的飞龙卫钦察使步履沉稳地走入养心殿,心想当年段玲珑在宫中一手遮天,严宵寒是他的义子,更是从入宫起就一路高升,荣宠不衰。圣眷如此,田通那不自量力的蠢货居然还想跟他叫板,这不是老寿星上吊——嫌命太长了吗?

还有今日那脸僵得像块棺材板的金吾卫上将军易思明,一看就是个心比天高、命比纸薄的红眼病。

元泰帝的气色不怎么好,大概是老了,烦心事又多,显得面色蜡黄,眼袋松弛。严宵寒行了礼,他耷拉着眼皮,淡淡地问:"事情你都知道了?"

严宵寒道:"臣已令人调集卷宗,分别询问家人及在场证人等,力求早日查明真相,缉拿凶手归案。请陛下放心。"

元泰帝久久不言,沉默了半晌,忽然长叹一声。

"外人办事,终究不如你让朕省心。"仿佛一口紧提着的气突然泄了,元泰帝的语气中竟然带上了几分退让之意,"梦归,前日之事,委屈你了。"

严宵寒忙道:"不敢,都是臣的分内之事,陛下言重了。"

他其实不太拿得准元泰帝说的究竟是哪一件事,但谦虚退让总是没错的。元泰帝思索片刻,问道:"听说傅深不在京城?"

严宵寒道:"回陛下,靖宁侯不愿留居于微臣府中,君约礼隔日便迁至城外别庄居住。臣以为他别府另居,有负陛下圣意,恐有二心,所以前几日也去他的别庄看了看。"

"你做得很好。"元泰帝夸了他一句,又感慨地叹息道,"傅深……也难怪他不愿意留在京城。"

铁骨铮铮的将军,被他毁了前途,京城这个伤心地,傅深愿意久留才怪。

严宵寒察言观色,好像有点明白元泰帝的心态了。

元泰帝问:"你回来前,傅深在做什么?"

严宵寒为难地道:"这……"

元泰帝:"怎么了?直言无妨。"

严宵寒奇怪地沉默了一会儿,欲言又止,最后面露尴尬地道:"靖宁侯需要休养,无所事事,现正在山庄里种菜养鸡鸭,还……"

元泰帝愣了:"还什么?"

严宵寒干咳了一声,难以启齿地说:"腌咸鸭蛋。"

"腌咸鸭蛋?"元泰帝难以置信,"他、他怎么突然想起做这个?"

君子远庖厨，士族手不沾阳春水，那是厨子、仆婢才会做的事。傅深一个钟鸣鼎食之家娇生惯养的公子哥，长这么大恐怕连厨房都没进过，怎么会忽然异想天开，腌起了咸鸭蛋？

他就是把鸭蛋腌出朵花来，那也是咸鸭蛋，万一传出去被人叫成"咸蛋将军"，他就不嫌丢人吗？

严宵寒破罐子破摔地全招了："山庄的厨子是江南人，靖宁侯长在北方，不知道江南咸鸭蛋个个出油，竟全是腌出来的。"

"据靖宁侯所言，他在军中时，吃到的咸鸭蛋多数味道苦涩，或有臭气，十个中倒有一半是没油的，还以为天下所有咸鸭蛋皆如此……他如今才知道南方的腌制方法不同，所以自己也想试试。"

元泰帝先是觉得好笑，听到军中那段时笑容淡去，到最后，只剩下全然的沉默，严宵寒从中品出了一点点怅然和几乎微不可察的愧疚。

严宵寒见他不言不语，好似出了神，轻声道："陛下？"

元泰帝微微阖目，喃喃地道："靖宁侯，傅敬渊……"

当年他在黄金台上目送少年将军的背影远去，内心的滋味与眼下何其相似。只是那时他们谁也没想到，终有一天，这一对君臣会走到今天这个局面。

那一去，就再也没有回头。

良久，元泰帝才道："再过一阵子，万寿节赐宴时，你让他回来吧。"

严宵寒垂眸，遮去眼底一闪而过的嘲弄，恭敬地道："谢陛下隆恩。"

"没别的事了，你退下吧。"

严宵寒再次行礼，正要告退之时，冷不防元泰帝忽然叫住他，没头没脑地问："傅深那咸鸭蛋……腌得如何了？"

严宵寒驻足，略一思索，答道："不瞒陛下，依臣愚见，可能不怎么样。"

元泰帝坐直了身子："嗯？说说。"

"靖宁侯手劲太大，"严宵寒坦然地道，"一筐鸭蛋，还未封坛，已被他捏碎两个。"

元泰帝终于大笑起来。

严宵寒躬身退到殿外。

春日暖风吹过，他背后竟还感觉丝丝发凉。严宵寒独自在青砖宫道上走着，越想越觉得讽刺，到最后甚至忍不住笑了起来。

路过的宫女、太监见他形如癫狂，笑得令人毛骨悚然，吓得远远躲开，压根儿不敢往他面前凑，生怕触了这个疯子的霉头。

　　元泰帝如今真是年纪大了，还学会缅怀惋惜了。

　　金吾卫惹出的烂摊子自己收拾不了，转头把严宵寒找回来。这下元泰帝终于知道了谁才是真正得用的能臣。他觉得委屈了严宵寒的同时，又想起傅深，再被严宵寒三言两语地一忽悠，元泰帝那颗铜浇铁铸的圣心里，终于产生了一点微末的愧疚。

　　也许是他印象里的傅深一贯刚硬，很少有主动退让的时候，因此傅深离开京城安心休养，甚至归隐田园腌咸鸭蛋的行为，在元泰帝眼里都是少见的识相。也正因如此，他终于可以居高临下地怜悯这个"解甲归田"的残疾将军，甚至动了恻隐之心，才格外开恩，给了他一个重返京城的机会。

　　严宵寒大不敬地心想：真是笑死人了，你怎么不想想是谁把他逼成这样的？

　　而帝王终究是帝王，愧疚只有一时片刻，忌惮却永远都放不下。严宵寒知道他见不得傅深好，哪怕是在腌咸鸭蛋上天赋异禀也不行。

　　好在不需要做太多的退让，只要告诉他咸鸭蛋腌得并不成功，元泰帝就会自以为是地圆上自己的幻想和猜疑——傅深终究是个凡人，善于领兵打仗又如何，下了战场，还不是连个咸鸭蛋都腌不好？

　　四两拨千斤，这逻辑愚蠢得令人发笑，但就是这点畸形的满足，已经足以在束缚傅深的层层铁镣上撬开一条缝隙。

　　出了宫门向北走几十步，飞龙卫仗院近在眼前。严宵寒收敛笑意，推门进去，堂上围坐的众人就像看见了什么稀罕物，纷纷起身："大人！"

　　"大人回来了！"

　　"谢天谢地！"

　　严宵寒疑惑地道："嗯？谢什么？"

　　飞龙卫中年纪最小的一员、主掌"北狱"慎刑司的唐过，是个实心眼的老实孩子，听见严宵寒发问，立马毫不犹豫地把同僚卖了："他们说您这些天不来，是被妖怪抓走了。现在您平安归来，当然要感谢上天保佑。"说完，他甚至还虔诚地念了一声"南无阿弥陀佛"。

　　院内一片死寂，魏虚舟等人惨遭出卖，自动自觉地贴着墙根站成了一排，垂头丧气，噤若寒蝉。

　　严大人气得冷笑连连："真行，你们就是这么在背后编派我的？我数三下，都自觉点。"

　　三声过后，院子里所有的飞龙卫齐刷刷地翻上了墙，像一排大猴子，愁眉苦脸地蹲在窄窄的墙头上。

这是严宵寒就任钦察使后想出的一个损招。北边不止有飞龙卫一个官衙，六军衙门皆在一条街上。只要有人经过，一抬头就能看见挂在墙头迎风招展的将军们。

隔着墙还能听见街上幸灾乐祸的嬉笑声："哟，老魏，又被你们钦察使挂墙头啦？"

卖了同僚的唐过抬头观赏了一会儿，转身要回屋，却见严宵寒仍然站在那儿："小唐，干吗去？"

唐过无辜地与他对视。

严宵寒道："你也有份，上去。"

唐过完全不能理解，委屈地问："为什么？"

"为了给你长个记性，"严宵寒冷酷无情地道，"别人说什么你信什么，迟早要被人骗得骨头渣子都不剩。"

尸体停放在北狱的地窖中，因天气转热，已经拿冰镇了起来。严宵寒不避污秽，一边亲自动手验看，一边问魏虚舟："已经验过尸了？仵作怎么说？"

那死去的金吾卫极消瘦，脸无血色，眼底青黑，不像个日日操练的禁卫，反倒像个夜夜笙歌、被掏空了身子的公子哥。不知为何，严宵寒总觉得他这副尊容有点眼熟。

"死因是什么？"

魏虚舟站得远远的，道："脱阳急症，就是马上风。当场就过去了，没救回来。"

严宵寒翻开尸体的两只手掌，果然见掌中有红圈，掌心红筋遍布，圈口闭合，是典型的马上风症状。他将手掌放回去，问："既然死因明确，还有什么可查的？"

魏虚舟苦笑道："大人，您再仔细看看，这人您真不认识？"

严宵寒煞有介事地端详了片刻，终于恍然大悟："我就说这人眼熟，你看看他这个德行，像不像易思明？"

魏虚舟："不是。大人，此人名叫杨贺轩，他爹是唐州节度使杨勋，他是皇后娘娘的娘家侄子，太子的表弟，大小也算是个皇亲国戚。所以这个案子除了咱们飞龙卫，还有哪个衙门敢接？"

他一说太子，严宵寒就想起来了："哦，杨家人。右九门卫将军杨思敬是不

是他兄弟？"

魏虚舟道："正是。"

严宵寒冷笑了一声，没再说什么。魏虚舟却被他笑得莫名背后一凉，总觉得他们大人的笑容中似有阴风阵阵。

先前太子献策，曾向元泰帝举荐杨思敬，欲令他接手北燕铁骑，虽然此事最后被元泰帝驳回，但不妨碍严宵寒记他一笔。他对杨家人没有半点好感，看在死者为大的分上，严宵寒没说出"活该"两个字，但指望他尽心尽力地去查案，想都别想。

再者，皇帝重视此案，不过是因为两个金吾卫先后遇害，让人担心这是针对禁卫的一场阴谋。严宵寒知道穆伯修是被傅深处理了，跟杨贺轩的死毫无关联。他也看出来了，这案子根本没什么蹊跷，只不过是碍着皇后与杨勖的面子，才不得不做出个重视的样子来。

"把证人的口供拿来给我看，"严宵寒丢掉刚才用来垫手的帕子，转身出去找水洗手，边走边道，"都散了吧。明天魏兄和姜述跟我去翠金阁走一趟，其他人该干什么干什么。一个案子，犯不着咱们大动干戈。"

魏虚舟就服严宵寒这股凡事等闲视之的气度，明明年纪不大，也非高门出身，却除了元泰帝，从来不对任何人低头。别说一个杨家，皇亲国戚、文武百官，魏虚舟就没见他把谁放在眼里过。

走到地窖门口时，严宵寒又想起什么，回头叮嘱了一句："明天去翠金阁的事，嘴都严实点，不要说出去。"

魏虚舟愣了一下，随即反应过来，对钦察使大人的钦佩之情产生了些许微妙的动摇。

随后他想了想"那位"的丰功伟绩，摸着良心自我安慰道：只是低调行事而已，他们大人绝不是怕了。

提起京城最繁华的两个去处，一是"奇珍坊"，一是"销金窟"。"奇珍坊"是指城东的东市，外地客商多聚集在此，各类奇珍异宝、海外方物，应有尽有。"销金窟"则指城西一带连片的秦楼楚馆，酒楼赌坊。

严宵寒他们要去的翠金阁就开在城西杏花巷。

放眼京城，翠金阁也算是叫得出名字的烟花之地了，然而不幸遇上了命案，客人都嫌晦气，纷纷另寻他处，因此门庭寥落，生意大不如前。

严宵寒三人便装出行，不欲大肆宣扬，魏虚舟是此地常客，鸨母认得他的脸，一亮身份立刻痛快放行。严宵寒见状，让他留下询问在场女子，自己则沿着朱红木梯走上三楼,推开被贴了封条的两扇门。

屋内摆设如旧,被保护得很好。他从袖子里拿出块帕子垫手,逐一检查桌面上的杯盘壶盏,又拉开梳妆台的各个小抽屉,翻出其中私藏的各种助兴药物,随手扯了条手帕包起来,准备拿回去一一查验。

妆台旁有张小矮几,摆着铜鎏金狻猊香炉,靠近还能闻到隐约的残香。严宵寒用纸包了一小包香灰,收好,又掀起低垂的纱帘。床上被褥凌乱,连一些床笫私物都露在外面。严宵寒看到床上还有没来得及一并收走的布袜,心中忽然一动。

他蹲下身,在床底和地板上找了一圈,没找到自己想要的东西,便起身下楼去。魏虚舟正听鸨母和那名叫琴贞的女子声泪俱下地哭诉:"……也不知是怎么回事,杨公子虽然消瘦,却益发勇猛,几次弄得书娴姐姐受不住,险些死过去。奴家也……"

她见严宵寒下楼,双颊绯红,忍不住以袖遮面,羞得说不下去了。

严宵寒丝毫未觉,问道:"你们在说什么?你刚说杨贺轩'勇猛'?他常用助兴药吗?"

琴贞声如蚊蚋:"杨公子他、他从前便流连杏花巷,耗虚了身子,因此在那事上只是寻常,需得服药助兴。只从去年开始,他不知从哪里弄了个新方。奴家也常常劝他,不可用那些虎狼之药,他却说自己没有用药,让奴家别瞎猜……"

"没用药?"魏虚舟咋舌,"都马上风了还打肿脸充胖子,这杨公子够要脸的。"

严宵寒若有所思地问:"那晚杨贺轩除了翠金阁,还去了哪里?"

琴贞道:"奴家听说他是先去了百莺楼,头牌飞燕姑娘不在,他嫌伺候的人不可心,才又到翠金阁来。"

严宵寒把那用手帕包住的药物和香灰抛给姜述:"回去找个太医验方,看有没有毒。"他转身向外走去,"魏兄跟我去百莺楼。"

百莺楼在另一条巷子里,与冷清的翠金阁完全不同,刚走近就听见莺啼燕语、丝竹管弦之音。穿得花枝招展的姑娘们在门口揽客,一见常客魏虚舟跟着个从未见过的俊美男人一道走来,还未穿官服,想当然地以为他们是来寻欢作乐的,立刻拿出十二分的娇媚讨好,柔若无骨地攀上来:"好俊俏的郎君,可愿意赏光进来吃杯水酒?"

脂粉香扑面而来,严宵寒一声呵斥压在舌尖,堪堪要出口,背后却忽然传

来一个熟悉得令他头皮发麻的声音——

"哟,忙着哪?"

严宵寒悚然转头,那个此时本该在山庄里休养的人坐在轮椅上,手里拿着把未开的折扇,有规律地敲打着掌心,正平静地望过来。

肖峋手扶刀柄,面无表情地站在傅深的身后,沈遗策一脸生无可恋的表情,或许已经开始在心里默念往生咒了。严宵寒背后则是目瞪口呆的魏虚舟和一排穿着大胆的莺莺燕燕。两拨人马,就这么浩浩荡荡、猝不及防地在青楼门口相遇了。

*

严宵寒张口结舌,险些脱口质问傅深你怎么在这里,随即蓦然想起是自己昨天打发人去山庄,告诉傅深回京准备参加万寿宴的。

傅深意味深长地看了他一眼,还没开口说话,严宵寒心中强大的求生欲望已经瞬间战胜了理智,脱口道:"我冤!"

这大概就是传说中的现世报吧。

傅深皮笑肉不笑地道:"严大人这话说的,你我头顶湛湛青天,诸位亲朋好友都在场,怎么会冤枉你呢?"

两人正说着话,仍有不知趣的青楼女子上前欲捉严宵寒的衣袖,娇笑道:"都站在这里做什么?各位爷里面请呀。"

严大人平生功力恐怕都用在这一次躲闪上了,硬是在挤挤挨挨的人群里避开了那姑娘伸来的手,然而还没等他一口气松到底,就听傅深道:"咦,这姑娘不错,很标致啊。"

严宵寒的脸刹那间绿了,不敢置信地瞪着傅深。

傅侯爷在民间素有佳名,可比严宵寒受欢迎多了。那姑娘也爱慕年少俊美的英雄,当年还在人群里朝他扔过花。她一眼认出了傅深,当即扔下严宵寒,娇啼一声,楚楚可怜地扑了上来——

"不过呢,"傅深微笑着用折扇抵住她的胸口,令她定在一臂之外,"大人们是来办正事的,还是不要分神,专心为好。"

严宵寒缓缓吐出一口凉气。

他算是看出来了,这混账心里明镜似的,纯粹就是故意消遣他,好给自己找乐子!

"误会！都是误会！"魏虚舟不愧是严宵寒倚重的左右手，这时终于意识到自己不应该干站着看热闹，忙亮出腰牌，喝道："飞龙卫办案，闲人退避！"

"飞龙卫"三字一出，众人顿时乱成一团，鸨母吓得大叫一声，众人在大堂里乌泱泱地跪了一地。

傅深消遣够了，正待功成身退，严宵寒忽然在众目睽睽之下，一把抓住轮椅，不容反驳地道："侯爷，借一步说话。"

"干什么？被本侯抓到出入烟花之地，飞龙卫要杀人灭口了？"傅深被他推到旁边小巷里，也不反抗，只拿扇子轻轻敲了一下他的手背，"不像话。"

"我真的是来查案的！"

傅深好不容易抓住他的小辫子，不调侃他两句都亏得慌："什么大案要案能办到这儿来，还要你严大人不辞辛苦，亲自深入险境探查，嗯？"

严宵寒道："你不信我吗？"

"我要是真不信你，你现在还能完整地站在这儿跟我叫板吗？"傅深笑了一声，"行了，忙你的吧，我先回去了。"

严宵寒："……"

其实他早该想到，以傅深的烈性，但凡他有任何欺瞒背叛，结局肯定是一刀两断，恩断义绝。严宵寒当年已经在这上面栽过一次跟头了，只是那时傅深尚且年轻，才给了他重新靠近的机会。

他假装没有听见傅深的最后一句话，继续道："你怎么到这里来了？"

傅深低头示意他看放在腿上的扇子："这附近有个竹器店，做得一手好折扇。我去年让老板做了几把扇子，刚想起来，顺路过来取，谁知就这么赶巧。"

傅深虽然早已脱离了肥马轻裘的少年时代，但骨子里仍爱风雅，家里的便服配饰件件都精致得不行。时人多爱木骨扇，更奢侈者则好用象牙、牛角为骨。傅深却格外偏爱逸巧轻盈的竹扇，也不强求湘妃罗汉，只要颜色清润洁净他就喜欢。

严宵寒隐约想起来了，前几年傅深偶尔回京，两人有时候能在街上遇见，傅深没有一次手里是空的。

傅深道："你呢？出事的地方不是翠金阁吗？怎么查到百莺楼了？"

严宵寒道："那个金吾卫死在翠金阁，但当晚来过百莺楼。他身上少了一件东西，在翠金阁里没有找到，我猜可能是掉在这边了。"

"掉了什么？"傅深完全是下意识地追问，话出口才想起不妥，"能问吗？

不能说就当我没问过。"

严宵寒面不改色地道："容我卖个关子。倒不是不能说，不过要等晚上回去才能告诉你。"他环顾四下，意味不明地笑了一下，"在这里说，有点不大方便。"

傅深不能理解他神神道道的趣味，心说难道晚上要讲鬼故事？严宵寒是把他当三岁小孩了吗？

"好吧，"傅深无奈地道，"有件事，我觉得或许跟这个案子有点关系。听沈大夫说，那个金吾卫死于脱阳急症，刚才我在店里取扇子时，偶尔听了一耳朵掌柜们闲聊。听说从开年至今，短短两个月，这一带的青楼里已经抬出去好几个人了。最近的马上风是不是有点太多了？"

"跟我想到一块儿去了，"严宵寒起身，低声道，"把沈遗策给我留下，剩下的事回去再跟你细说。"

傅深见他心里有数，点点头不再多说。严宵寒将他推出巷外，交到肖峋手上，转身欲走时，傅深忽然叫住他，扬手将那把折扇丢进了他怀里。

他收手时袍袖在空中划出圆润弧度，青衣黑发，哪怕只能坐着，也透出玉树临风的潇洒风姿，引得楼前无数莺莺燕燕伸长了脖子偷看。傅深仿佛只是随手送了个小东西，漫不经心地道："给你了，拿着玩吧。"

严宵寒目送他的身影消失在巷口，手指无意识地一捻，打开手中那把分量异常轻盈的扇子。

紫竹大骨，棕竹小骨，重云母洒银粉扇面，正面画着写意的明月高楼，背面则题了两句古诗：

愿为西南风，长逝入君怀。

魏虚舟从背后扒上来，一眼看见扇面上的两句话，嘴里差点喷喷出鸟叫来。严宵寒"唰"地收起扇子，在他肩窝上威胁地点了点："别废话了，查案去。"

话虽如此，他脸上的笑意却像个装满水的罐子，根本收敛不住，轻轻一碰就会溢出来。

魏虚舟在他身后嚷嚷："大人，你讲讲理吧！我还没说话呢！"

严宵寒至晚方归，傅深一行人已经在严府安顿下来。空置了一段时间的内室又亮起了灯，傅深正坐在灯下看书。

他的眉眼轻轻舒展开来，凝神专注时少了那股冷硬的压迫感，连严肃的神色也不再显得高不可攀，只让人觉得温润和煦。

严宵寒走进内室，脱了外袍，换上家常衣服，到傅深的对面坐下。

傅深放下手中的书，静静地看着他，仿佛在等他"坦白从宽"。

但严宵寒并未开篇点题，而是问起傅深今天去了什么地方、有没有好好吃药。闲叙半晌，傅深索性用胳膊肘戳了戳严宵寒："你今天说回来才能告诉我的，是什么来着？"

"哦，你说我去找的东西，"严宵寒挑亮灯花，答道，"是一个靴掖。"

"死的人叫杨贺轩，是个金吾卫。武官平日里经常骑马，很少坐轿，但骑马时没处放东西，所以一些需要随身携带的小物件或者文书，通常都会收到靴掖里。杨贺轩的随身之物都已被收走，但我没找到他的靴掖。翠金阁没有，所以我就去百莺楼找了一圈。果然，就掉在了他昨晚喝酒的房间里。

"他的靴掖里装着几张欠条，约有五十两，还有一个纸包，里面还剩点粉末，我估计就是我们要找的东西，已经交给了沈遗策，明天就能知道那是什么了。"

傅深道："你怎么能肯定就是这包东西害死了他？"

"我在翠金阁里问过那晚伺候他的女子，那姑娘说他以前在房事上常用药助兴，后来不知怎的，竟重振雄风，而且比常人更勇猛。他还说自己没吃药，没吃药就怪了。青楼里都是些寻常药物，能有如此效果的，八成是他私下里偷偷从别处弄的烈性药。"

"就这些？"傅深听完，疑惑地道，"这点破事，为什么非得回来才能说？"

严宵寒理直气壮地说："难道让我在一条破巷子里跟你讨论这些问题？我可说不出口！"

傅深："……"

这个混账东西！

次日，飞龙卫仗院内，气氛一片凝重严肃。

严大人神清气爽地走进院子里，看着满地死狗一样的众人，奇道："你们昨天晚上一起做贼去了？"

魏虚舟奄奄一息地抬起头："大人，您要是再晚来一会儿，弟兄们就要跟你永诀了。"

"是吗？"严宵寒抬脚转身，"那我出去溜达一圈，你们安心地走吧。"

所有人："……"

"沈继之呢？"严宵寒坐在中堂案前，"昨天让他验的药有结果了吗？"

"可别说您那药了,沈大夫现在还晕着起不来呢,"魏虚舟道,"大人您是没看见昨天的惨状,杨贺轩死得一点也不冤。"

说话间沈遗策挣扎过来了,脸色白得像活鬼一样,眼底发青,严宵寒着实被他这副尊容惊呆了,忙道:"快给他搬个椅子。"

唐过眼疾手快地扶着沈遗策坐下,站在背后替他捏肩膀。

沈遗策疲倦地道:"昨天我用北狱的几个死囚来试药。那药呈粉末状,炮制过,有异香,服食不致命,只会使人全身有麻痹之感。后来我猜这药可能不是用来吃的,就找了个铜盘,将药粉倒在上面,再用火在下面烤,想试试能不能发散药性。"他像是想起什么可怕的事,停顿了片刻,才继续说道,"那东西烤过后,在盘子里化成了油膏一样的东西,香气冲鼻、醒脑。那几个死囚全都一脸陶醉相。我站得近,不小心吸进了一口——"

"先前仵作验尸时,说杨贺轩没有中毒迹象,也没有大量服用药物,我一开始还不信,但后来我明白了,杨贺轩就是死在这包药上的。

"不瞒您说,只有一口,就像做梦一样,连自己姓甚名谁都忘了。如痴如醉,身体燥热,想大吼大叫,又觉得自己无所不能,那种感觉难以形容,比极乐还要极乐,如果不靠这包药,常人恐怕一辈子也感觉不到世上竟有如此的快乐。"

沈遗策按着太阳穴,苦笑道:"多亏小唐一直在外面守着,见势不对冲进去把我拖出来了。但门一开,那味道飘出来,连累魏将军他们都中了招。虽然没有那么浓郁,但恐怕也让他们一晚没睡好。几个囚犯更是疯了似的,按都按不住。体质弱一点的,今早已经虚脱了。"

"大人,您知道这药最可怕之处是什么吗?"

严宵寒眉头紧锁:"你说。"

"人都是贪心的,一旦尝过极乐的滋味,就会无比渴求,一而再、再而三地试图追逐这种快乐。"

严宵寒的瞳孔骤缩:"会上瘾?"

沈遗策点头:"还有,当小唐替我去收那只铜盘时,那盘子里的药已经没了。说'烧干了'不太准确,应该说,就像被太阳晒干的露水一样,彻底消失了。"

对于他们这群查案的人来说,这个特性比会上瘾还可怕。这意味着此药完全可以做到杀人于无形,用完后不留痕迹,甚至在死人身上也查不出任何蛛丝马迹,症状跟马上风或暴病猝死完全一样。

严宵寒想起了杨贺轩的靴掖中的几张欠条。

初看时他还觉得奇怪，杨贺轩的姑母是皇后，父兄都在朝中任职，家私万贯，他自己的俸禄也不薄，怎么会去跟人借钱？五十两说大不大说小不小，对杨贺轩这样的人来说，不过是几顿饭的事。

可如果这些银子是为了买药呢？

会上瘾的药，一旦停了就觉得无法忍受，于是只能不停地购入，最终掏空家底不说，还落了一屁股债。

"伯叙，昨天你带回来的那些药，太医怎么说？"

姜述取出一张笺纸给他："宋太医一一分辨，将药名都写在了这张纸上，都是些常见的药物，吃多了也毒不死人。"

严宵寒将那张纸从头到尾看了一遍，折起来放到一边："伯叙，你和道玄带几个人到顺天府走一趟，找找这三个月内有几起青楼死人的案子，给我誊一份详细案情回来。"

右神枢将军陶北溟应声出列，与姜述一道领命而去。

"至信。"

右神武将军曹风忱起身听命。

严宵寒道："去查杨贺轩这些天的行踪，常去哪里，跟谁来往，跟他走得近的人重点关注。"

曹风忱道："是。"

"魏兄，你跟杨家是不是挺熟？"严宵寒道，"咱们得上门拜访一下。"

魏虚舟哭丧着脸："不巧，不熟。"

严宵寒安慰道："努力想想，肯定是你忘了——京城不可能有没跟你家结过亲的王公贵族。"

魏虚舟："……"

"继之，你……算了，你好好休息，"沈遗策的后遗症一时半会儿过不了，严宵寒不忍心压榨他，"小唐，你多照顾他一点。"

前一天还说不要兴师动众，今天就把飞龙卫所有精英都集中到这一个案子里了，严宵寒提笔写了一道折子，详述了案情和目前的发现，再三强调这种药见所未见、闻所未闻，一旦流传开来，后患无穷。

飞龙卫钦察使的折子是可以直接递到御前的，田通走后，也没有哪个不长眼的太监敢卡他。皇帝很快批了个"事急从权"。严宵寒拿到尚方宝剑，便马不停蹄、理直气壮地带着魏虚舟到国舅府登门拜访。

国舅府果然如预料中一样不好对付。马上风不是什么光彩的病症，整个杨府都守口如瓶，杨勐更是全程没有好脸色，严宵寒耐着性子盘问了半晌，才弄清家人对杨贺轩的异状其实早有察觉，但谁也没当回事。

杨贺轩天生风流，后院妻妾成群仍不满足，时常要到外头寻花问柳，年纪轻轻就耗虚了身子。家里也曾寻医问药为他调理，只是积习难改，久而久之，也没人愿意管他了。恰巧最近家里在给他大哥杨思敬准备婚事，府内开支有些紧张，杨贺轩去支银子时没支到，大发脾气，在家好生闹了一通，愤然离去。

家人听说他一直宿在杏花巷，只当他闹脾气，却没想到再次听到他的消息，却已成永诀。

暴躁易怒、欲火焚身……都与沈遗策所说的用药症状相契合。严宵寒留心观察，恐怕杨家人至今也不知道他是服药而死，都以为是一场意外。

一个洁身自好的人如果死于马上风，一定会被人认为蹊跷，但一个一贯不检点的人因此而死，连最亲近的家人都不会起疑心。

如果杨贺轩不是凑巧赶在穆伯修后面出事，引来飞龙卫盘查，这种药将一直潜藏在暗流之下，无声无息地蔓延开来，引来无数人为之疯狂，最终从内里蛀掉整个大周。

还有多少人死于这种药？杨贺轩究竟是个无辜的倒霉鬼，还是个被选定的炮仗捻子？

两天后，众飞龙卫再次会集，情况却不那么令人乐观。死者身份各异，虽然听家人描述生前的状况都像是用了药，但找不到任何遗物可以作为证据。而且这些人里没有一个跟杨贺轩有关系，唯一的共同之处就是都爱逛青楼，但去的是不同的地方，相好的姑娘也不尽相同。而据曹风忱查到的信息，与杨贺轩交好的公子哥们并没有服药成瘾的状况，也从未有人看见杨贺轩用火烤铜盘的方式烧过什么药。

这个案子的线索彻底断了，严宵寒有心要彻查，但是天时地利人和，他一样都不占，且因为眼下尚有一件大事需要准备，金吾卫的案子不得不暂时搁置。

*

三月初三，万寿节。

元泰帝谒太庙，祭天地，随后于御极殿受贺。百官行三十三拜礼，上贺表，左相裴恪捧觞祝寿，元泰帝为百官赐茶。礼毕，圣驾移至绮春殿，午时寿宴开席。

今日万寿宴，除了正主元泰帝，最引人注目的当属重返朝堂的靖宁侯傅深。一别数月，靖宁侯风采更胜往昔，仍当得起"朝廷门面"四个字。元泰帝特许其不必行跪礼，并温言嘉勉，赐下御酒新果。君臣和乐融融，融洽得连傅深自己都快要信以为真。

绮春殿与御极殿相距甚远，皇帝可乘御辇，百官只能慢慢走过去。有个小太监在后面替他推轮椅，傅深客气地应付完来自各方的寒暄，忽然眯着眼看向前面，偏头问身后的太监："哎，前面那个低着头的，是不是都察院的御史顾山绿？"

太监细细辨认，答道："回侯爷，正是顾大人。"

傅深道："走，过去打个招呼。"

那太监一脸茫然，恐怕是没见过一品武官上赶着跟四品文官套近乎的，应道："是。"

"顾御史？"

顾山绿正低头想事，听见有人叫自己，下意识抬头回望——没看见人。

傅深郁闷地道："这儿呢，低头。"

顾山绿低头一看，做梦也想不到是他，忙拱手道："失敬失敬，侯爷恕罪。"

傅深没往心里去，反而客气地道："东鞑使团案，听说顾御史一直在替傅某奔走。本来早该登门致谢，只是事多繁杂，身体抱恙，才一直耽搁到现在，今日方得与顾御史一见。"他拱手施礼，郑重地道，"顾御史厚德，傅某铭记在心。多谢了。"

顾山绿慌得急忙还礼，傅深看他拘谨得有趣，索性跟他多聊了两句："我看顾御史面有悒郁，似乎不大高兴，是遇见什么难事了吗？"

顾山绿道："侯爷唤我表字钟秀即可。不瞒侯爷，家师曾广先生前日因言获罪，至今仍被扣押在顺天府中。他老人家年事已高，身体又弱，下官实在忧心，才……唉，让侯爷见笑了。"

"曾广？"傅深想了想，"可是去年冬天匡山书院案，被牵连入狱的希贤先生？"

"正是家师。"顾山绿道，"下官曾受教于匡山书院。师门受难，恩师入狱，做学生的岂能袖手旁观。"

傅深却没再仔细听，他抬头往远处看了一眼，似乎是笑了一下，随即打住

话头，劝慰道："钟秀不必过于担忧，令师吉人天相，必能逢凶化吉。"

顾山绿糊里糊涂地道了谢，不明白靖宁侯怎么没头没尾地问起这事。说话间，众人来到绮春殿前，道路两旁站着成排的带刀禁卫，禁卫头子则负手站在高高的台阶上，面容冷酷严肃，扫视过来的冰冷眼神令人腿软。

傅深听见两个翰林在他背后胆战心惊地嘀咕："吓煞人……谁又惹着他了？"

小太监将轮椅推到阶前，严宵寒沉着脸快步走下来，俯身将傅深背起来，目光如刀，对那个目瞪口呆的太监道："还愣着干什么？上去。"

阶下的百官窃窃私语："你看他那脸色，手背上那青筋……你说他该不会想掐死傅将军吧？"

严宵寒一边背着傅深上台阶，一边低声问："刚才跟顾山绿说什么呢？"

傅深想起刚才他远远看来的那个眼神，强忍着笑，一本正经地答道："也没什么，说说陛下给我赐了个倒霉君约礼。"不等严宵寒说话，傅深又道，"严兄，今天席上有河豚吗？"

严宵寒听他的语气十分认真，不像在开玩笑，愣了愣，道："没有，皇家御宴，不会出现此等毒物。"

"那可怪了，"傅深道，"我刚刚还看见那么大一只，圆滚滚的，就在台阶上瞪我，还背着个手……"

严宵寒差点甩手把他扔出去，傅深却因此在他背后无声地大笑。

等到在殿前将傅深放下，严宵寒的脸色已经能冻死人了。随后跟上来的小太监顶着他的目光险些哭出来，心说这二位的不合真是越演越烈，一会儿该不会在寿宴上打起来吧？一边战战兢兢地赶紧把靖宁侯推走了。

众亲王、宰相与二品以上公侯在殿前就座，余者陪坐在两侧廊下，皇帝与皇后同坐上首。至午时开宴，皇帝满饮第一盏御酒，外国使臣上前祝寿。笙箫先起，鼓乐齐奏，教坊司的宫女执花献舞。

第二盏酒，诸皇子、亲王依次贺寿献礼，礼物流水般地送入殿中，都是世间少有的奇珍异宝。元泰帝与皇后一一赏玩，赐下金银玩器彩帛若干。

傅深在满殿华彩中眯起眼，细看元泰帝身旁的杨皇后。她的脸上敷了一层厚厚的粉，仍不掩憔悴之色，眼底发红，似乎是哭过，厚重的凤袍下的身体在微微颤抖，只是幅度很小，又有四下热闹的舞乐遮掩，才没有显得格外异常。

傅深不动声色地端起酒杯，喝了口酒——

味儿不对。

他黑着脸拿过桌上的酒壶，掀开盖子一看，酸气扑面而来，里头居然是一壶米醋！

严梦归这个小肚鸡肠的混账！

杯子里原本盛的是酒，傅深喝了一半后提壶添了半杯，也没仔细看就喝了。那味道简直难以形容，从舌尖直冲到天灵盖。在御座下首监控全场的严宵寒眼睁睁地看完了整个过程，在傅深抬眼之前默默地转过了头，忍笑忍得脸都疼了。

第三盏酒，宰相举杯，百官起身，齐贺元泰帝寿与天齐。

第四盏酒，皇后以六宫之首代各宫院嫔妃，贺皇帝万岁。

数曲舞罢，换百戏杂耍上场，扮的是王母捧仙桃，天女散花。一阵纷纷扬扬的花雨飘落，薄雾般的轻纱向两侧飘散，现出一个童颜鹤发的清癯道人的身形，手中托着一枚光泽莹润的金丹。

傅深的眸光一凛，伸手拉了下旁边关亭侯的袖子，悄声问："那个道士是哪儿来的？"

关亭侯笑道："敬渊你不知道，这是清虚观的纯阳道长。上月陛下患头疾，杨国舅举荐了这位道长，方子果然灵验，陛下便把他接进宫中供奉。"

傅深心不在焉地点了点头，心说，见鬼的灵验。

历代帝王，有哪个求仙问道的最终能长命百岁？元泰帝本来就多疑，再放个道士在他身边煽风点火，谁知道以后会带出一股什么歪风邪气。这些虚无缥缈的东西迟早要变成祸根，引得朝廷动荡，国无宁日。

纯阳道长一副世外高人相，摇摇摆摆地走到元泰帝面前，用一种奇异的缥缈音调扬声道："陛下请。"

元泰帝倾身向前，拈起金丹。

傅深突然厉声喝道："陛下小心！"

他掌中扣着两枚枣子，指尖一弹，只见两个黑影破空飞去，迅疾地擦过元泰帝胸口，被傅深伸出的手臂阻拦，最后沿着龙袍骨碌碌地滚落到了地毯上。

几乎同时，严宵寒冲过来，将纯阳道长掀翻在地。

元泰帝一脸茫然，心脏怦怦直跳，似乎还未反应过来发生了什么事，按着御案的手微微发抖。

底下早有内侍将枣子拾起呈上，元泰帝对着窗外明亮的天光一看，只见那两枚枣上竟各钉着一根寒光闪闪、寸许长的钢针。

万寿宴上，皇家供奉的道士竟敢试图行刺元泰帝！

"这是怎么回事？"元泰帝脖颈上的青筋条条绽起，气得浑身发抖，高声

喝道:"傅深!严宵寒!怎么回事?!"

这个场景多少有些讽刺,在生死一线的危险关头,元泰帝潜意识里信任的两个人,居然一个是他忌惮不已、用尽办法打压的傅深,另一个是不久前才被他重新起用的严宵寒。

疾风知劲草,板荡识忠臣,可惜忠臣早已被他亲手摧折。

"陛下容禀,"傅深在心里叹了口气,出列道,"这奸人意图不轨,欲借献金丹之机行刺陛下。臣施救不及,只得出此下策,冒犯了陛下,还请陛下勿怪罪。"

元泰帝白着脸道:"将托盘呈上来。"

傅深立刻道:"陛下小心,那托盘恐有古怪,内置机关,只要一拿起金丹就会向外射针,为免误伤,陛下还是让……让飞龙卫来拆吧。"

魏虚舟带着几个禁卫将纯阳道长五花大绑起来,严宵寒则拾起地上的托盘,仔细检视,发现侧边上果然有两个并排的细孔。拿给皇帝看过后,他从果盘里找了把银刀,小心地撬开了托盘的夹层。

绸缎下只有一层薄木板,放金丹的地方开了个小圆口,使金丹与盘中的机栝相连,只要将金丹拿起,重量变化,就会牵动机栝,向外射出钢针。

待命的太医抱来一只小狗试毒,从枣上取了一枚针刺入肚腹,不过数息之后,那狗已经全身抽搐,口吐白沫而亡。

针上果然抹了见血封喉的剧毒。幸而傅深坐得近,眼神又好,心细如发,才敢大胆出手,电光石火之间救了元泰帝的命。倘若当时一念之差,元泰帝没有允准傅深赴宴,单指望在场的其他人,此时大概已经要给元泰帝准备后事了。

"纯阳道长,朕待你不薄,"元泰帝的胸膛不断起伏,冷冷地逼视着他,"你为何要谋害于朕?"

那纯阳道长也不是个凡人,死到临头,居然一脸平静安宁,对元泰帝的暴怒视若无睹,五花大绑之下,竟然喃喃地念起了《道德经》。

一场寿宴险些变成血案现场,再配上纯阳道长分外缥缈的嗓音,那场景诡异得瘆人,在场的文武官员个个起了一身鸡皮疙瘩。严宵寒见他咬死不说,低声吩咐道:"把他的嘴堵上。"

元泰帝道:"带下去审。"

有飞龙卫在,三法司不敢上来揽这个案子,魏虚舟把人带下去。元泰帝在御座上阖目平复了片刻,缓缓睁开眼,忽然厉喝道:"杨勖,你推荐的好人!"

杨勖面如土色,当场摘了官帽伏地请罪,叩头不止。杨皇后是他亲妹妹,也脱不了干系，忙跟着要跪。

谁知她刚从座上站起来，忽地面露痛色，捂着小腹踉跄了几步，腿一软，跌倒在高台之上。

元泰帝唬得慌忙起身："皇后！太医呢？太医何在？"

这时不知是谁惊呼了一声："有血！皇后娘娘流血了！"

如惊雷落地，满殿寂静。正午之时，天光大盛，照得殿内明亮堂皇，只见皇后凤袍委地，在她身下的位置，一圈黯淡的深红色渐渐蔓延开来。

在场的官员虽然全是男人，但大多有家室，这种场面哪怕此前没见过，也能大致猜出个八九分。

太医提着药箱匆匆上前，不让挪动皇后，神色凝重地为她号了左右手的脉搏，最后满脸绝望地朝元泰帝磕了个头，感觉别说乌纱，就连自己项上这颗人头都有可能保不住了。

"启禀陛下，皇后娘娘已有两月身孕，只是从脉象上看，是小产前兆……这一胎恐怕危险了……"

太医说的每一个字都像一记重锤，砸在元泰帝突突跳动的太阳穴上，那凤袍与鲜血在视野里扭曲成怪诞的图案，女人苍白的脸上带着悲痛的神情，可那红唇灼灼，在他眼里，却仿佛是无声的示威与嘲笑。

骗子！都是骗子！

怒急攻心，一口痰卡在喉头，元泰帝正欲大发雷霆，却突然感觉身体一歪，整个人轻飘飘地坠落下去。

场面顿时失控。

"陛下！"

元泰二十六年的万寿宴，以百官贺寿、万民同乐为开始，以皇帝晕倒、皇后流产而告终。宫内一片混乱忙碌，百官陆续出宫，严宵寒急着回去处理案子，只能送傅深到东胜门。他让小太监出去叫严府家丁到宫门处等候，趁着四下无人，躬身叮嘱道："这案子不知道要审到何时去，不用等我，你早点休息。"

傅深大概还在想着刚才的事，脸上的表情并不轻松，闻言点了点头。

严宵寒又道："我看你刚才在宫宴上也没吃好，回去再吃点东西，别饿着，别忘了吃药。"

傅深终于从思绪里抽身，抬眼给了他一个眼神，说道："年纪轻轻的，学什么不好学老妈子，给我闭嘴，不许唠叨。"

严宵寒啼笑皆非，心说难得唠叨，这侯爷居然还不领情。

　　两人只来得及交代几句,那边小太监便回来复命。严宵寒目送他二人身影消失在宫门外,脸上的笑意渐渐冷了,他换上一副铁石心肠,转身回到北狱时,又成了那个心狠手辣的钦察使大人。

　　傅深一回严府就把自己关进了屋里,吩咐下人别来打扰,下人们察觉到他心情不好,也没人敢劝,连杜冷都被挡在门外。直到傍晚,有人大着胆子来敲门请他用饭,战战兢兢地说他如果不吃饭,老爷知道了肯定会生气的。

　　这话一出,杜冷就觉得要糟。傅深这种久居上位的男人,最讨厌别人威胁他,别说一个严宵寒,就是天王老子来了也不好使。

　　果然,傅深在屋里冷冷地道:"我给你们脸了是吧?"

　　那端着饭的侍女都要吓跪了,眼里汪着泪,走也不是,不走也不是。杜冷于心不忍,正要打发她走,忽然听见傅深道:"算了,拿进来吧。"

　　咦?

　　作为北燕军的军医,杜冷太知道傅深是个什么德行了。他在军中说一不二,一旦发起脾气来,那就是雷霆震怒,六亲不认。积威之下,鲜有人敢直撄其锋。这脾气放在正事上还好,在日常生活中就显得格外油盐不进。杜冷曾因逼他吃药而被他拎着领子从营帐里扔出来,实在不能想象这个只撂了一句话就退让了的人是他认识的那个靖宁侯。

　　傅深其实没什么胃口,但他一听见侍女说的"老爷会生气",就想起那天严宵寒眼底一闪而过的惊痛,还有他说:"身体是你自己的,你能不能上点心?"

　　皇宫里一直忙乱到深夜,元泰帝下午醒转过来,拖着病体发落了皇后和杨勋。究竟是什么引得元泰帝如此大动肝火,个中秘辛不为外人知,严宵寒倒是听得清清楚楚,甚至还有点遗憾怎么没顺手把太子也收拾了。

　　不过经此一役,太子身上的恩宠,怕是要彻底没落了。

　　飞龙卫这边的进展却不顺利,清虚观被抄了个底朝天,平日与纯阳道长有往来的人家被逐一盘查,但毒药的来源、行刺的动机仍是一团迷雾。纯阳道长则像个严丝合缝的蚌壳,威逼利诱、严刑拷打轮番上阵,居然硬是没往外吐一个字。

　　严宵寒心道再这么下去,飞龙卫就要变成下一个金吾卫了。他正想着,唐过从刑室里走出来,一脸漠然地洗手。他仔仔细细地把苍白瘦长的十根手指一一洗净,抬眼对严宵寒道:"人已去了半条命,明日他若再不开口,我也没办法了。"

"今天先到这里,让我再想想,"严宵寒沉吟着,"我总觉得他身上还有古怪,又不像是冲着杨家的。清虚观在京中传承几十年,也算香火鼎盛,他一个出家人,不好好当他的世外高人,掺和进朝堂来干什么?"

唐过只会剥皮,不会剖析,茫然地听完他的疑问,报以同样疑惑的眼神。

严宵寒道:"算了,回去歇着吧,明天再审。"

他到家时已是深夜,阖府都已睡下,睡眼惺忪的守门人提着灯来给他开门。严宵寒轻手轻脚地走进院子,外间守夜的侍女听见动静,起身伺候他更衣洗漱,一边低声细语地给他汇报府内下午的情况,其中就包含傅深生气的事情。

严宵寒记得傅深从宫里离开时明明还好好的,一边纳闷一边尽量不出声地推开门。刚迈进一只脚,满室黑暗里冷不丁地传来一句询问:"回来了?"

严宵寒紧绷的动作松了下来,走到桌边点上灯:"怎么还没睡?"

他就着不甚明亮的烛火转头望去,只见傅深穿着单薄的中衣靠坐在床头,被子只盖着腿,正因突如其来的光亮而微微眯起眼,瘦削的侧影有种奇异的脆弱、颓废之感。

"睡不着。"傅深道,"宫里怎么样了?"

严宵寒没有回答他的问题,拉起被子把他裹严实了:"大半夜不睡觉在这儿参禅,披件衣服能累死您老人家吗?"

三月的春夜仍然很冷,被子里一片冰凉。傅深像个找到了窝的野猫,被数落了也不还嘴,脑袋一歪,放松地靠在床边。

"怎么了?"严宵寒这才放轻了声音问,"听下人说你下午心情不好,谁惹你不高兴了,嗯?"

傅深紧紧地闭着嘴,他觉得自己需要一个缺口来倾诉,可他太久没有跟人诉过苦,已经忘了要如何开口。心头纵有千言万语,却不知该从何说起。

对于一个习惯了背负责任的成年男人来说,剖白是一件比剖开胸膛还困难的事情。严宵寒也不催他,挥手弹灭灯盏。黑暗成了最好的藏匿之所,让他不再踌躇,慢慢卸下心防。

良久,傅深低声问:"皇后怎么样了?"

"一杯毒酒,"严宵寒平静地道,"对外只说是失血过多,不治而亡。"

黑夜里傅深似乎是笑了一下:"也是,陛下不可能还留她活在世上。"

"你知道?"

"嗯。皇后怀的并非龙种,陛下早就不再踏足坤宁宫,当时殿上的情形,他一看就明白了,要不也不会怒急攻心,直接气晕过去。"

严宵寒声音发涩:"你……"

傅深坦然地认了:"我干的。"

严宵寒就跟被踩了尾巴一样,险些直接蹦起来,随后才反应过来傅深的意思,哭笑不得地在他胳膊上抽了一巴掌:"接话接得怎么那么快!皇后流产是你干的,皇后怀上可不是你干的!少说这种有歧义的话,想吓死我吗?"

傅深揉了揉被打疼的胳膊,暗自嫌弃他一惊一乍,可心头沉重的郁结却因严宵寒的反应,奇异地散去了一些。

"好,我重说。皇后在万寿宴上小产,是我早就命人安排下的。"傅深道,"她平日的饮食里有一味药,单独服用无妨,但与酒相和有凉血化瘀之效。皇后怀胎二月余,胎象正不稳,在寿宴上喝了几杯酒,就立刻小产了。"

严宵寒万万没想到居然还有这等隐情:"你在皇后身边安插了人手?什么时候的事?"

"不是刻意安插的,说来话长,"傅深问,"你还记得几年前那场马球赛上,我救过一个小太监吗?"

"他后来被分到坤宁宫内做洒扫杂役,凭着一手梳头的本事得了皇后青眼。我回京后,他从宫里给我递了一个消息,说是皇后与某个侍卫之间有私情。

"他想报恩,也想替我报仇。大约一月前,他再次传信出来,说皇后似乎有了身孕。但陛下已有数月不曾驾幸坤宁宫,这孩子决计留不住。然而皇后不舍得,甚至想趁着万寿节勾引陛下留宿,以便弄假成真。

"那时我想,不能就这么便宜了他们。"

他曾在大雨滂沱里肝胆俱裂,曾许下"来日必还"的誓言。

大庭广众,众目睽睽,皇后给皇帝戴了一顶绿帽子,偏偏元泰帝还要为了颜面忍气吞声,捏着鼻子认下这个野种,以致怒极晕厥。这滋味比起当日君约之辱来又如何?而太子生母一旦有了这等丑事,那太子的好日子也就跟着到头了。

以牙还牙,以眼还眼,血债血偿,更何况元泰帝的所作所为比傅深狠绝千倍。他被元泰帝请去观摩这场精心铺陈的闹剧,心里本该充满复仇的快意,巴不得元泰帝早死了才好,可世事难料,万寿宴上偏偏杀出了一个纯阳道长。

千钧一发之际,傅深出手救了元泰帝一命。

变故来得太突然,他没有时间思考,所有动作都是刹那间的下意识反应,等他终于明白自己做了什么,一切已成定局。

傅深忽然之间意识到,这场闹剧里最大的丑角,其实是他自己。

"你说实话,青沙隘伏击,东靼使团遇刺,是不是陛下让金吾卫动的手?"

傅深"嗯"了一声,语气平平地道:"你猜也能猜出来了。"

他注意到严宵寒的手猛然收紧,于是很轻地笑了:"我知道你想说什么,气死他都不冤,是吗?"

"可是严兄,"他有些怅然地道,"谁也不是刚一抬腿,就走到了今天这一步。"

"陛下如今老了,多疑猜忌,听信逸言,可他以前不是这样的。颖国公府虽然没落,也仍是庞然大物,还有北燕铁骑、靖宁侯府……没有陛下,就没有现在的傅家,更别说我了。

"元泰二年,陛下践祚之初,北疆动乱,我祖父调任甘州节度使,陛下给了他绝对的支持,兵权、粮草、军饷……几乎掏空了本来就不丰盈的国库,才把北疆重新平定下来。我父亲、二叔,现在仍在北燕军中效力的中流砥柱,还有散落在四境的许多将军,都是在那一战中成长起来的。

"恰在你我降生之后,天下迎来了安定盛世,我不能昧着良心说这些全是傅家先人的功绩。"

严宵寒意味不明地一笑,傅深能听出他的不赞同,但严宵寒没有反驳,只示意他继续说下去。

"他曾经是个英明的皇帝,"傅深道,"赐君约礼那天你问我为什么不干脆反了,我当时告诉你,不能让北燕军的英名毁于一旦。还有一个我没告诉你的原因,今天你也看到了,其实是我下不了手。"

"所以我只会用不入流的手段报复他,又忍不住出手救他,既当婊子,又立牌坊……"

严宵寒闻言,立刻抬手轻轻拍了他一巴掌,警告道:"别胡说。"

"领会意思就行了。"傅深道,"我手中的一切都是陛下给的,现在他想拿回去,还怕我不肯松手。"

等闲易变,河山还是旧河山,人心却已非当年的故人心。

他讲不下去了。严宵寒与他再默契,可毕竟不能感同身受。纠结矛盾,反复无常,连傅深自己都觉得窝囊,遑论在别人眼里,他或许就是一味的愚忠。

头顶传来严宵寒再也忍耐不住的笑声。

傅深惊愕地抬头,差点以为他突发失心疯了:"有什么可笑的!"

"敬渊,你知道你像什么吗?"严宵寒在他头顶揉了一把,忍着笑对满脸都写着"你有病"的傅深说,"从来没干过坏事的好孩子,突然有一天干了件

坏事，做贼心虚，还没等别人问，自己就先一股脑地全招了。"

傅深真想给他一脚。

严宵寒这个没眼色的混账忍不住又笑了："你说你们这些正人君子，活得累不累，嗯？"

"说来说去，你无非是恨他猜忌，又改不了骨子里的忠良秉性。这事如果换成是我，根本不会有顾虑，毕竟我是个翻脸不认人的奸佞，无风尚且要起浪，更何况是别人主动来招惹我。"

傅深道："废话，我能跟你一样吗？"

"那你是圣人吗？"

"我怎么感觉你在拐着弯儿地讽刺我？"

"这不就得了，"严宵寒道，"你既然不是我，又何必像小人一样睚眦必报？既然不是圣人，又何必非要强求自己以德报怨、大公无私？没人能逼你报仇，无论是拿起还是放下，全凭你自己的心意。或者你不想亲自动手，让我代劳也没问题。"

"再者，泥人尚有三分土性，被陛下摆了这么大一道，恨恨他怎么了？因疑心猜忌而戕害忠臣良将，放在哪朝哪代都不是明君所为。错了就要认罚，没有反而要你这个被戕害的替他开脱的道理。"

傅深从没听过他长篇大论的说教，一时感觉有点新奇，而自己竟然无法反驳。

严宵寒含笑道："侯爷，你十六岁时就敢当着我的面叫嚣'陛下错了'，怎么现在反倒束手束脚、不露锋芒了？"

经年旧事如潮涌，与遥远的回忆尽头海天相接，傅深喉头蓦然一酸。

"别被忠义绑住了手脚，"严宵寒垂下头，语声轻微，可每个字都像是砸在傅深的心上，"敢爱敢恨，快意恩仇。敬渊，除了你自己，谁也束缚不了你。"

他曾一次又一次地目送傅深的背影远去，看着他从少年变成青年，从将军变成公侯，意气飞扬被黄沙与寒风不断消磨，赞美声与攻讦声此起彼伏，他肩上担负的责任却从未有一天被卸下。

有时候严宵寒会希望自己像传言里一样丧心病狂。他想把十六岁的傅深封存起来，永远停在不知疾苦的年岁里，或者如同赐君约礼当天那样，恶意地看着他所信任的、依赖的、保护的通通倾覆崩塌，让他再也当不成正人君子，从此脱去一身桎梏。

所有遥不可及的幻象，都是尘世里最无望的希冀的投影。严宵寒大多时清醒，失控的时候很少，可唯有在失控时，他才敢承认，傅深十八岁披挂上阵，走上忠臣良将这条路，是他毕生中的无能为力之一。

生逢此世，当个忠臣不但辛苦，而且要命。

阴差阳错，邀天之幸，他没想到自己有朝一日竟能与这个人走到这一步。

傅深哪怕只能坐在轮椅上，也是个扎手的人间凶器，轻易招惹不得。

可在这个深夜里，当他从低落中被救赎时，严宵寒胸中恍然间竟生出一种近于虚幻的圆满来，仿佛终于艰难地张开羽翼，把最想保护的人真切地护住了。

第八章 争执

一夜飞逝。

傅深不知道自己是什么时候睡着的,醒来的时候早已日上三竿,风轻日暖,被中余温融融,竟然是场难得舒适惬意的安眠。

昨日万寿宴上的乱象和他无处发泄的郁躁,都好像是很久以前发生的事。很多事没想开前有如天大,想开了之后才发现,其实也不过如此。

可最重要的是,有人肯拿出十二万分的耐心陪他,不厌其烦地替他解开庞杂的线头,体察他那或许毫无道理的低落情绪。

难为严宵寒一个被清流们骂得狗血淋头的朝廷鹰犬,还得忍辱负重地试着理解他们这种忠良的思路。

午饭之前,宫中太监来传圣旨,靖宁侯救驾有功,元泰帝嘉其忠义,赐下数箱药材、金银珠宝等物,还特意传了一道口谕,问他想要什么赏赐,尽可提出来。

傅深想了片刻,回头一看严府大门,笑了:"忠君报国乃臣子本分,愧受陛下厚赐,天恩浩荡,何敢得陇望蜀?唯有一个不情之请,还请公公代为转达。"

那太监笑容满面地道:"侯爷请讲。"

傅深郑重其事地道:"昨日万寿节,飞龙卫当行护卫之职,保卫陛下安全。然而奸人狡诈,险些酿成大祸,严大人身为飞龙卫之首难辞其咎,自事发后,惶恐不已,夙夜难安,几欲以死明志。还望陛下允臣以己之功,抵其之过,宽恕他护卫不力之罪。"

宛如天降一道惊雷劈在了严府的房顶上。那太监都感觉有点恍惚了，险些以为自己幻听，白着脸问："侯爷……您、您刚说什么……"

傅深微笑道："嗯？本侯哪里说得不清楚吗？"

"清楚，清楚了……"太监汗出如珠，感觉自己好像听到了一个不得了的惊天大秘密，今晚就要被严宵寒灭口。

目送传旨太监的背影仓皇逃离，傅深悠然转身，又对上了一院子呆若木鸡的侍女小厮。

"看我干什么，这么感动吗？"他面不改色地道，"不怪我心软，实在是你们老爷后怕得不行，哭了半宿。"

傅深让人把箱子抬走，自己毫不心虚地回去用午饭。吃过饭又要消食，傅深想起严府离清虚观不远，那道士来得确实蹊跷，他到底没忍住好奇，于是让杜冷推自己去那附近转转。

昔日繁华的宫观已经寥落，清虚观满地萧条，门可罗雀。为防漏网之鱼，严宵寒特意拨了一队禁军守在这里，巧得很，领头的正是跟傅深见过一面的魏虚舟魏将军。

魏将军于人情世故上极为圆滑，他起初也以为严宵寒、傅深二人不合，但从严宵寒如今的态度上，明显能看出他对傅深不一般。傅深是否如此不好说，但他们严大人必然是对靖宁侯相当重视。

见傅深来了，他一面暗自咋舌，一面迎上前招呼，态度不失谦和，还主动提出傅深可以进去看看。

傅深还记得第一次见他，那时候魏虚舟可没这么热情，不由得笑道："魏将军不怕本侯跟刺客是一伙的吗？"

"侯爷这是说的哪里话，"魏虚舟立刻道，"您是咱们自己人。"

傅深垂眸一笑，重复道："自己人。"

两个老狐狸在这打哑谜一般的对话中各自获得了想要的信息，相视一笑。魏虚舟做了个"请"的手势，傅深向他浅浅颔首致意，道："那就打扰了。杜冷，走吧。"

清虚观的格局与寻常道观类似，建筑呈中轴线对称，主殿为三清殿，供奉三清塑像，其后还有四御殿、戒台、钟鼓楼等。整个宫观规模不算大，胜在树木葱茏，曲径通幽，在俗世中辟出一方清静天地。

杜冷推着傅深在不甚平坦的石板路上慢慢走着，就像两个最寻常不过的香

客。飞龙卫已经将这座院子从里到外搜查过一遍，傅深也看不出什么，只是借着这个地方想事。他心中其实还有一个疑惑，从未对外人说过，却无时无刻不沉沉地坠在他心里。

就是俞乔亭曾给他清点出来的，那一盒血迹斑斑的东珠。

傅深当时让他拿走处理，但他从没忘记过这一出。跟柘族有关的任何细节都不是小事，这个老对手始终虎视眈眈地注视着他，看似安顺，暗地里却磨利爪牙，蛰伏着等待致命一击的机会。

傅深卸去北燕军统帅回京养伤一事无疑给了他们希望，他们甚至都敢借此机会大着胆子上前试探。然而，他们又迟迟没有动手，恐怕还是怀疑这是大周君臣联手布下的一个局。

北燕铁骑绝非毫无准备，唯一让傅深不安心的是，他并不清楚柘族在京中有多少眼线，金吾卫遇害案与万寿宴刺杀案的背后是否有他们的动作？那盒东珠到底是单纯的挑衅，还是一种意有所指的暗示？

东珠在柘族是极为珍贵的一种珠宝，除了进贡给大周，在他们本族之内，只有首领的妻子、母亲，即中原所称的皇后、太后，才有资格佩戴。所以柘族人多以东珠代指皇后，而万寿宴那天恰好是皇后出事，这是巧合吗？

如果泛泛地联想开来，金丹与东珠形状相似，也很可疑；而东珠名中有"东"，会不会是暗指在此事中受损最多的东宫？

就这么胡思乱想了一路，轮椅似乎碾到了一块小石头，傅深颠簸了一下，从沉思中回过神来，抬头一看，疑惑地问："这是哪儿？"

杜冷尴尬地道："我也不知道，好像是迷路了……"

"真够可以的，"傅深嘲笑道，随手一指，"随便走吧，院子就这么大点，闭着眼也能走出去。前面是不是有个小楼？"

杜冷羞愧得话都不敢说，闷不吭声地推着傅深往那边走。两人在那幢三层小楼前停下来，傅深饶有兴致地一勾唇，奇道："藏经楼？这么偏。"

他们已经走过了许多殿宇，傅深虽然中途走神，也能估计出他们现在大概是在清虚观内的某个角落。这栋藏经楼位置偏僻，与道士们所住的厢房相距甚远，还被掩在大片树林之后，看上去人迹罕至，十分不好找。真会有人来这里读经吗？

"进去看看。"

杜冷十分艰难地将傅深和轮椅搬上台阶，累得直喘："进不去，门上有锁。"

傅深看了一眼，道："小意思。"说着手掌一翻，不知道从哪儿摸出一把小刀来，三两下撬断了门上的铜锁。抬手一推，两扇木门豁然洞开，一股陈旧纸页的气味混着灰尘气扑面而来。

傅深手太快了，杜冷甚至都没看清他的动作，那沉重的黄铜大锁在他掌中就跟个小玩意儿似的。

最重要的是，他一个病人，为什么随随便便就能从身上摸出把刀来？

书阁中遍地尘灰，杜冷又吭哧吭哧地将轮椅搬过门槛。一介郎中，实在不像那些武夫一样，轻轻松松就能把侯爷扛上二楼。

"算了算了，你把门关上，"傅深实在不落忍，撑着扶手站起来，"我还是自己走吧。"

他的伤情实在非常微妙，髌骨全碎，筋脉受损，但不至于站不起来，只要将养得好，以后还有痊愈的希望。然而短时间内他确实不能行走如常，就算是伤口好了，也无法像健全时一样长期待在前线。

情况尴尬就尴尬在军中有元泰帝的眼线，傅深受伤的消息没能瞒住，元泰帝立刻下旨令他返京休养。傅深早知道他忌惮自己，却没想到这么迫不及待。他更不可能把自己有望痊愈的消息告诉元泰帝，否则他在京城里或许活不过一个月。

他只能将计就计，把伤势说得再重一些，保命为先。残疾的样子全是做给元泰帝看的，傅深的骨头其实愈合得差不多了，站起来走一会儿没什么问题，只是平常得在人前装样子，不能露出马脚。

杜冷知道他真正的情况，为了装瘸逼真，他还给傅深配了一种药丸，服用后可使人双腿乏力，失去知觉；效果不错，连沈遗策都被他们糊弄了过去。

杜冷回身掩上门，不放心地叮嘱道："慢点，您最近没怎么走路，小心摔了。腿还疼吗？"

"有点，不妨事。"傅深小心地找准平衡，扶着墙慢慢走过林立的书架，"这里很久没人来过，也没人打扫，但门口的台阶很干净，倒像是常有人走，奇怪。"

杜冷推着轮椅跟在他身后，傅深又上二楼转了一圈，见都是些破破烂烂的书籍，不感兴趣地放回去，等走到房间尽头，他忽然很轻地"嗯？"了一声。

杜冷不明所以，傅深在房间内来回走了几圈，皱眉道："下楼。"

两人返回一楼，依旧是走了几个来回，傅深屈指在四面墙壁上逐一敲了几下。杜冷见他眉头深锁，忍不住问："将军，怎么了？"

"不对劲。"傅深道，"你没感觉吗？二楼的房间好像比一楼要大一些。"

杜冷茫然地摇摇头。

傅深道："你数一下，从门口走到这堵墙要多少步，再去二楼沿着同样路线走一遍。"

杜冷果然按照他说的走了一遍，片刻后从二楼急急忙忙地跑下来，面露惊愕，道："二楼至少多了一步！难道是……"

傅深竖起一根手指，比了个噤声的手势。他低声吩咐道："你去找魏将军，让他带上几个人，再拿点湿柴来。"

北狱慎刑司内。

纯阳道长至今仍未开口说一个字，严宵寒和唐过为了拿到口供，几乎一整天都泡在刑室里。外头有人匆匆走进来，低声对严宵寒说了几句话。

"知道了。"严宵寒转头对唐过道，"沈大夫有事找我，你看一会儿，我出去一趟。"

唐过听见"沈大夫"三个字时眼睛亮了一下，后来发现没他什么事，神情漠然地点点头。严宵寒扬起下巴指了指牢里吊着的囚犯，又道："可能跟他有关系，悠着点，别打死了。"

北狱离飞龙仗院只有几步之遥，严宵寒刚进门，沈遗策便像一道旋风似的卷了过来："大人，有头绪了，是清虚观！那些死于马上风的人，包括杨贺轩，他们不是没有交集，这些人全都去过清虚观！"

"什……"严宵寒让他吓了一跳，"你说什么？从头慢慢说，怎么回事？"

沈遗策激动得脸都涨红了："这几天我一直想弄清杨贺轩身上的那包药究竟是什么，所以走访了那几个死者的家人。他们虽然四散居住在城内各处，但如果标在舆图上对照着看，就能看出他们的住处连起来近于圆形，中心正是清虚观那一带。"

他铺开一张京城舆图，示意严宵寒看上面的墨笔标注。

"清虚观素有灵验名声，香火旺盛，每逢佳节吉日，来往者不计其数，自然也不会有人注意这些人都在同一个地方出现过。我问过死者家人，这些人都确实每隔一段时间就会去清虚观上香，还常常捐些香火钱。这些人一旦出现头疼脑热的病症，就去观中求符水丹药，服下后便能药到病除。若真有此等灵药，还要我们这些大夫做什么？明显是那些人犯了瘾，去清虚观才能拿到药。"

前因后果联系起来，事情的脉络便清晰了许多。沈遗策道："宫中推崇歪门邪道，百姓也跟着迷信清虚，所以谁也没把这当成一回事。清虚观就借着这股风气，暗地里倒卖那药。杨贺轩更不用说了，纯阳道长就是他父亲举荐的。"

严宵寒盯着那幅舆图沉吟片刻，断然起身道："走，去清虚观。"

待他带着数个手下匆匆赶到清虚观，一听说傅深和魏虚舟都在里面的藏经楼，严宵寒的右眼皮突然不舒服地跳了一下。

一股说不清的感觉袭上心头。他来不及多想，带着人迅速朝藏书楼冲去，可未到近前，已经远远看见楼前滚滚浓烟冲天而起。

"傅深！"

傅深蓦然回首，正对上一脸惊怒飞奔而来的严宵寒。

与此同时，浓烟弥漫的藏书楼里突然传来"砰"的一声重响，随即两扇大门被人从里面一脚踹开，一个黑色身影呛咳连连，捂着口鼻从屋内冲了出来！

严宵寒刚冲到他跟前，去势还未刹住，却只见傅深闪电般地拔出他腰间的佩刀，头也没回，反手一刀掷出，匹练似的白光炫目至极，"铮"的一声将那人钉在了刻着楹联的柱子上。

手下端来一盆水，浇在不断冒烟的湿木柴上。"哧"的一声，火苗熄灭，袅袅白烟散去，现出院中众人神色各异的面容。

一片寂静中，傅深扯着吓得不轻的严宵寒晃了晃，仿佛安抚，又带着点邀功讨好般的意味："看，漏网之鱼，我帮你抓住了。"

"你……"严宵寒的心脏狂跳不止，那种一脚踩空的失重感尚未完全消散，他瞪着傅深，气得结巴起来："你……"

傅深的态度特别好，特别乖顺："嗯，你说。"

常言道，伸手不打笑脸人，更何况是傅侯爷这等轻易不肯给个好脸的高岭之花。严宵寒"你"了半天，愣是没说出第二个字来，威严彻底扫地。于是他怒火万丈地转了方向，劈头盖脸地把魏虚舟骂了一顿："这里面为什么还有人？我让你掘地三尺，连老鼠洞都不能放过，你是怎么办事的？我让你带人来看守清虚观，你又干什么了？你还跟着他胡闹！"

魏虚舟委屈死了："我、我……"

"你什么你！"严宵寒厉声道，"万一里面藏着的不是一个人，而是一伙贼人，就你们这仨瓜俩枣，上赶着给人送菜吗？"

"还有你！"他终于找回了骂人的气势，转向傅深，"孤身犯险，胡闹之前先想想自己是什么身份！这不是普通小毛贼，是敢在皇宫大内行刺陛下的亡命徒，万一真动起手来，你行动不便，这些人自身都难保，谁还能保护你？"

他动了真火，周围人都不由得缩了缩脖子，傅深诚恳地道："大人教训得是，我以后一定小心，再不犯了。"

严宵寒感觉傅深半个字都没听进去，此时认错纯粹是为了息事宁人，气得心口疼，于是干脆挣开他，冷冷地瞥了他一眼，道："嬉皮笑脸。"

说完再也不理他，径直走向被钉在柱子上的黑衣人。

傅深多少年没被人当众甩过脸色，一时怔住了。手悬在半空，还保持着去拉人的样子，他无意识地蜷了蜷手指，像是蓦然惊醒，将手收回来，有些无措地盯着严宵寒的背影。

印象里他似乎没有见过严宵寒真正生气的样子，那人通常是隐忍克制的，有火也不会冲着他发，傅深恍然意识到自己总是被安慰的那一个，自以为无愧于天地人心，永远在等着别人认错道歉，然后顺水推舟地宽容，或者毫不留情地一刀两断。哪怕是真安慰人，也从未放低过身段，只拿戏谑玩笑圆场。

可当有一天，迁就的人不再迁就，纵容的人不再纵容，他的巧舌如簧无处施展，才知道不被原谅是什么滋味。

现场一片尴尬，倒没人关心那从藏经楼里冲出来的人如何了。知道内情的人暗自揪心，不明真相的人心说这两人果然不合。傅深还没想好如何应对这个局面，但事情已了，飞龙卫办案，他觉得严宵寒大概不会愿意看见自己在这里碍事。

他叹了口气，示意杜冷走人，对魏虚舟道："我先告辞了……"

话音未落，严宵寒就像后脑勺长了眼睛一样，冷声道："哪儿去？过来。"

傅深不明所以，在原地没动。

严宵寒回头看了他一眼，像是不大耐烦地起身，走过来从杜冷手中接过轮椅，将傅深推到柱子前，避开众人视线，垂头低声问："你要去哪儿？我不过数落你几句，你就要走了？"

"我不是……"

"你自己想想，你要是我，听说你跟魏虚舟在藏经楼，隔着老远看见浓烟冲天，你什么感觉？"

傅深无言以对。

"你是没在里面，也没亲自动手点火。但既然知道楼里有不对，为什么不让人去找我？"

"……"

"我说错你了吗？"严宵寒敲了敲轮椅的扶手，"我知道你的功夫不弱，但你也得承认，坐轮椅的对上腿脚正常的占不了上风。敬渊，其他事你想怎么样都随你，但在这种事上，别把我说的话当耳旁风，行不行？"

这几句话堪称掏心掏肺，傅深喉头一酸，踌躇片刻，涩声说："对不起。"

严宵寒"哼"了一声，道："先记着，回头再跟你算账。"

魏虚舟伸着脖子偷看，只见方才把他骂得狗血淋头的钦察使大人的脸色越来越和煦，最后还替靖宁侯掸了掸衣袖上的灰尘，才把人推回院中，公事公办地道："行了，说正事吧，你这一刀可够不留情面的。"

傅深被他几句话打散了心中的惴惴不安，身体好像从一片冰冷里慢慢回暖，他慢半拍地跟上严宵寒突然跳转的话题，却没听懂他后半句话，有点茫然地道："什么？"

飞龙卫将那个人绑起来，严宵寒抽出刀，抬起那人的脸给傅深看："是你的老熟人，变化太大，不认识了？"

傅深盯着那张瘦得堪比骷髅的面孔看了一会儿，愕然道："易思明？"

昔年宝岩山上并辔同游，后来青沙隘中天崩地裂与致命一箭，过往种种，尽数尘埃落定于此刻的相对无言——一个伤重难行，一个尘霜满面。

"易将军，久违了。"严宵寒错身挡住傅深的视线，皮笑肉不笑地道，"我记得金吾卫仗院好像不在这里吧。"

易思明恨恨地盯着他，嘶哑地道："严宵寒，别得意太早……迟早有一天，你也会是傅深这个下场。"

"我们俩什么下场不劳你操心，我看你还是先想想自己进了北狱之后的下场吧，"严宵寒收刀入鞘，道，"带回去。"

"你敢！"易思明剧烈地挣扎起来，厉声喝道，"我乃三品金吾卫上将军，没有陛下的旨意，你敢抓我！"

严宵寒面不改色地道："清虚观道士纯阳道长在万寿宴上欲行刺陛下，清虚观上下一干人等都在牢里等着发落，你鬼鬼祟祟地躲在藏经楼中，焉知不是反贼同党？本官奉命主审此案，飞龙卫拿你无须圣旨。"

"血口喷人！"易思明喊，"我根本不知道纯阳道长要行刺陛下！此事跟我绝无关系！"

严宵寒微微一笑："哦？那你在这藏经楼里干什么呢？"

易思明像被人掐住了脖子，忽然不出声了，隔了半晌，他才艰难地道："我只是……在此处随便看看。"

"别费心瞎编了。"傅深忽然开腔，淡淡地道，"藏经楼二楼的房间比一楼宽了足足一步，一楼墙壁上必有夹层。这地方位置偏僻，里面灰尘堆积，但台阶很干净，不生苔藓，可见是常有人来，但并不在楼内逗留。这楼里大概有个

密室,不是在墙壁后,就是在地下。"

"门锁没有被破坏,所以你应该是从窗户进去的。你只比我先到片刻,意识到门外有人靠近时,你躲进了夹层里——也有可能是你本来就打算去密室里找东西。但是很不巧,由于最近没什么人来,藏经楼地上积了一层灰,而你留下了一个脚印,一半在墙内,一半露在墙外。"

"我猜你还没走,所以让魏将军找了些湿柴点燃。无论是夹层还是密室,只要是能藏人的地方,必定有气孔。藏经楼里到处都是浓烟,当然也会沿着缝隙气孔飘进去,这是烟熏山洞驱赶毒虫的土法子。"他轻笑了一声,"果然,没过多久,你就跑出来自投罗网了。"

说话间,第一批进去探查的飞龙卫鱼贯而出,沈遗策手中端着一个匣子:"大人,夹层里是一架楼梯,通往地下密室。密室里估计已被清理过,只找到了这个。"

他将盒子递过来,严宵寒打开一看,立时明悟:"烟袋锅子?"

地上被五花大绑的易思明突然疯了似的扭动起来:"给我!给我!"

傅深纳闷地道:"什么玩意儿?"

严宵寒给他看那一匣子精美的烟具,解释道:"前阵子那个金吾卫的案子,我们怀疑他是死于药物引起的马上风,易思明八成也是在用那种药。这药前所未见,是棕色的粉状药末,用火灼烧后吸食,可令人神采奕奕,精力大增,但对身体损伤极大,容易成瘾,而且难以戒断。"

傅深看着控制不住药瘾,状如疯魔的易思明,喃喃地道:"他变成这样……就是因为那种会上瘾的药?"

严宵寒垂眸看向他。

他猜到了青沙隘伏击背后的真相,也了解傅深和易思明的年少过往,因此这话刚一问出口,他立刻捕捉到了傅深的言外之意。

他在心软,在念旧,在试图把这些年来的物是人非和无能为力,都推给那剂令人醉生梦死的刻骨毒药。

严宵寒知道这两个人曾是过命的交情,易思明稳重精明,却甘愿冒着风险替傅深收留金家后人。而就在一天前,他还告诉过傅深,拿得起放得下,没人逼着他一定要报仇。

可是现在,他必须残忍一次。

"他变成这样,不是因为药,"严宵寒抬手按住傅深的肩膀,令他直视易思明,"而是因为他贪得无厌。"

"狼子野心，背信弃义之人，不值得你怜悯。"

深黑平静的眸子与一双猩红外突的眼睛对视。那一刻，他们仿佛站在意气风发的少年岁月两端，隔着千山万水，投来遥遥一瞥，然后分道扬镳，再也没有回头。

"你可以不报复，但永远别忘了是谁伤害过你。人要知道疼，才能活得久一些。"

*

易思明，陈国公世子，初授正四品金吾卫中郎将，累迁至左金吾卫上将军，出身高门显贵之家，侍奉于御前，天子视为心腹，官运亨通，前途无量。

倘若他不曾处心积虑非要压过飞龙卫，倘若他没有遇见纯阳道长，他的人生本该是一段坦途，只要谨守本分，不犯下十恶不赦的大罪，就可以安稳无忧地过完这一生。

可惜。

"易思明已经供认不讳，你以清虚观道士身份为掩饰，私下诱人服食毒药白露散，致一金吾卫并三百姓身死，幸存者唯易思明一人。飞龙卫在藏经楼下密室中搜检到烟具一匣，特制灯烛数盏，残余药物若干。人证物证俱在，纯阳道长，你还有什么要说的？"

牢中静寂昏黑，空气中浮动着血腥味，低诵《道德经》的声音不知什么时候停了。

双手被吊在房梁上、浑身上下被血浸透的男人艰难地睁开仅剩的一只眼睛，目光穿过人群，精准地落在牢外阴影里的傅深身上。

他缓缓地咧开嘴，露出令人毛骨悚然的笑意。

"门外可是靖宁侯傅深……傅将军？"纯阳道长满口的牙齿都被敲落，他含混不清地要求道，"请他进来一见。"

严宵寒当即就后悔了，早知道不该让傅深也一起来飞龙卫。因为易思明的事，他现在心里想必乱得不行。严宵寒不放心让他自己一个人回严府，也想借审问易思明的机会让傅深认清他面对的到底是什么人，别再因为念旧而徒增感伤。

同为上位者，傅深从小长在公侯门第，身份高贵，视野宏阔，兼之性情豁达，所以对于外人的冒犯向来都很宽容；而严宵寒是从禁军最底层的小兵一步

一步爬上来的,中间不知遇到过多少绊子,如果不狠心不记仇,早就死得骨灰都不剩了。

平生经历使然,两人对待易思明的态度迥异,现在是严宵寒试图把傅深往自己这边掰,还不敢用力,生怕劲太大一下子给他掰断了。

这会儿纯阳道长主动提出要见傅深,他又开始担心起来。严大人平生就这么点婆婆妈妈,全堆在靖宁侯身上了。

傅深的耳朵尖,没等严宵寒下决断,他已经自行摇着轮椅从阴影里滑了出来,示意严宵寒让他进去。

"小心……"

话没说完,就被傅深在手背上安慰地拍了拍:"你不是在这儿嘛,别担心。"

真是学乖了,也学精了。严宵寒想。

他伸手推开牢门,将傅深接进来。

傅深也不跟纯阳道长废话,淡淡地道:"说吧。"

纯阳道长嘶哑地笑了一声,语气倒是意外地顺从配合:"将军想从哪里听起?是从你收到那支断箭开始,还是从易思明听信杨贺轩的话,来清虚观求药开始?"

傅深像是突然被毒针刺中,瞳孔骤缩:"是你?"

纯阳道长仅剩的那只眼睛亮得惊人,锐利的目光从蓬蓬乱发下直射出来:"将军,这下你知道了吧?这就是报应,天理昭昭,全都是罪有应得!"

如同一道惊雷响彻脑海,所有支离破碎的线索拼凑成了一幅完整的画卷。在这场他与元泰帝的博弈之中,一直蛰伏在黑暗之中搅动风云的第三个人,此刻终于浮出了水面。

那支本该深埋在地下的断箭被人送到傅深手上,才使他得以顺藤摸瓜地查明青沙隘伏击背后的真相。

这个人一直在背后默默地注视着他的动作,所以在傅深寻找穆伯修的同时,恰好有人"打草惊蛇",使穆伯修误以为是易思明要杀他灭口,从而反咬一口,向傅深抖出了元泰帝和易思明的整个计划。

难怪他总有种被人牵着鼻子走的感觉,难怪真相查起来这么顺利。原来早有人替他拨开迷雾,把真相放在路边,只等着他俯身拾起。

"怪不得你要刺杀陛下,"傅深喃喃地道,"还有白露散,自始至终就是为易思明一个人准备的……"

纯阳道长轻蔑地道:"易思明对你身边这位严大人恨得可深了。南衙式微,金吾卫更是一天不如一天,他看不起飞龙卫,又眼红人家的风光,于是想方设法地逢迎皇帝。哈！谁能想到，堂堂国公世子，最后竟沦落成了皇帝的一条狗！"

傅深道："所以你就让杨贺轩给他用了白露散。"

"如露如电，如梦如幻。"纯阳道长兴致勃勃地道，"傅将军，你知道什么样的人最容易上瘾吗？"

"贪婪，妄想，偏执，狭隘，野心勃勃，欲壑难填……在一夕美梦中，他们会以为自己坐拥天下，忘记烦恼，这世上没有他们做不到的事。然后一梦醒来，虚妄散去，他们就再也不能忍受自己的卑微与无能，于是一次接一次地尝试，醉生梦死，直至五脏六腑被彻底掏空，成了一具空壳。"

"白露散也叫失魂散，传说中服下它的人，会连魂魄也一并消散。"他冷冷地笑了，"这些狼心狗肺的东西，不配叫作'人'，只配当一具行尸走肉。"

傅深忽然问道："杨贺轩又是怎么回事？你受杨勖的举荐得以入宫，但你害死了杨贺轩，所以你跟杨家非但不是一伙，反而是仇敌。你为什么要把自己绑在杨家这条船上？"

牢内霎时静了下来，落针可闻，只余纯阳道长粗重艰难的呼吸声。

"怎么不说了？"傅深道，"为什么要引我查出青沙隘背后的主谋？为什么要刺杀陛下？为什么要谋害易思明？倘若不是我自作多情，道长，你这是处心积虑地要替我报仇啊，咱俩认识吗？"

"还是说，你背后的人，跟我、跟傅家，有什么不解之缘？"

他的沉默更像是一种默认，傅深摇着轮椅慢慢来到他面前："看你这个反应，杨家与傅家之间，是不是还有什么我不知道的深仇大恨？"

纯阳道长沉默地凝视着他，突然"呵呵"地笑起来。

那是种仿佛肝胆俱碎的疯狂大笑，透着得意与不甘，嘶哑如铁砂摩擦，那张血肉模糊的面孔上难掩桀骜，某个瞬间，傅深竟然觉得他身上有种莫名的熟悉感。

然而，笑着笑着，他嘴角却有一丝血痕蜿蜒而下。

"元泰二十年，东鞑与柘族联合进犯中原，固山关一战，傅廷信将军陷入重围，腹背受敌。北燕军曾向唐州守军求援，唐州节度使杨勖，因傅家不肯送女入东宫，衔恨抱怨，竟迟迟不肯发兵，终致傅将军战死沙场。杨贼苟活一日，傅将军英灵一日不得安宁，血海深仇，不共戴天——"

傅深一手扼住了他的喉咙。

严宵寒失声道："敬渊！"

傅深的脸色冷得可怕，目光如刀，每一个字都像是从牙缝里挤出来的："我叔父已经过世六年，你为什么等到现在才出来报仇？"

纯阳道长嘶声道："杨勔隔岸观火，拖延到北燕军败退方率军赶到，当年知情者无一幸存。若非青沙隘事发，我们在原州抓到了一个曾在杨勔麾下效力的马匪，一听'北燕军'便把当年旧事也招了，杨勔还要继续欺世盗名下去，埋骨固山关的数千英灵如何安息！"

"你们？"傅深道，"还有谁？"

大股大股的鲜血从男人的口鼻之中溢出，流到傅深筋骨突兀的手上，将衣袖浸染得血迹斑驳。

"我不能说……"

"放屁，"傅深怒极冷笑，"你在北狱受尽拷打，死不松口，偏偏我来了你就巴巴地凑上来全招了。不就是专程在这儿等着我吗？说啊！"

纯阳道长面色紫涨，胸膛剧烈地起伏，严宵寒扑上来抓住他的手："敬渊，松手！你要把他掐死了！"

"滚！"傅深暴怒地掀开他，五指收紧，指尖几乎掐进那人的皮肉里，"别装死！说！你是谁？你背后的人是谁？"

乱发下的独眼与年轻的将军寒意森然的双眼对视，傅深清楚地看到那只眼睛里似有泪光一闪而过。

"大公子，我双手染血，滥杀无辜，自知罪孽难恕，来日到了泉下，也无颜面对昔日同袍。无名小卒，您不必再问我的名字……"

傅深刹那间懂了。

纯阳道长，昔日曾是北燕军中人，而且是与他父亲、二叔同一时期的将士。因为只有这些人，才会不管他现在的身份，只叫他"大公子"。而这个身份一旦暴露，北燕军和傅深全部都要被卷入旋涡之中。

所以，他必死无疑。

无故送命的王狗儿一家，被他用来试药的另外几个平民，一桩桩血债，虽死难消。

纯阳道长挣扎至力竭，双目突出，血泪模糊，只有嘴唇微弱地动了动，气若游丝。除了傅深，谁也没听到他说了什么。

"咔嚓"一声骨骼脆响，男人的头软软地垂了下来。

傅深漠然敛眸，周身气质阴郁难言，那只苍白的手上鲜血淋漓，宛如地狱里走出的一尊杀神。

"纯阳道长勾结朝臣，假借万寿宴献金丹，意图谋害陛下，其罪一；私制毒药白露散，害死金吾卫中郎将杨贺轩等数条人命，其罪二。该犯自知罪无可赦，难逃一死，已于今日未时畏罪自尽。"

他淡淡地问："这样行了吗，严大人？"

不等对方回答，傅深便调转轮椅，自顾自地离开了牢房。

走出北狱的那一瞬间，他的身影仿佛被骤然倾泻的天光彻底吞没。

曾经纵横沙场的北燕军士隐姓埋名，幽灵一样游走于京城的大街小巷，白露散在清虚观的晨钟暮鼓里悄然融化，靡靡香气凝成一条杀人不见血的薄刃。

而他留给傅深的最后一句话是："杀了我。"

那天傅深谁也没等，径直一走了之。严宵寒有心要追，奈何纯阳道长已死，这案子怎么结，供词怎么编，前因后果如何圆……他得留下来收尾。

万幸审问时提前清了场，纯阳道长最后几句话只有傅深和他听见了，然而即便如此，严宵寒仍不放心，严令手下管住嘴，不可将今日之事泄露分毫。

虽说飞龙卫是天子耳目，但事到如今，已由不得元泰帝自己选择听不听、看不看了。

倘若真是杨勔当年故意拖延，迟迟不去救援，才导致傅廷信战死，这桩惊天大案将会彻底改变傅深和北燕军的立场，甚至影响朝堂格局。杨勔是杨皇后的亲哥哥，太子的一大助力，如今因万寿宴刺杀案，皇后已死，余下二人被打落云端，只要再出一个纰漏，皇帝就会毫不犹豫地废掉太子。

不管元泰帝是否知道内情，傅深想必都不愿再看见他坐在龙椅上。

夺嫡之争，势在必行。而傅深手握北燕兵权，他想扶谁上位，那人继承大统几乎就是铁板钉钉的事。

若以常理来看，他八成会选择齐王，但严宵寒总觉得傅深似乎与齐王并不热络，反倒像是时时避嫌，不欲沾上"皇子与重臣结交"的恶名。

他令人将纯阳道长的尸身收殓，又将易思明的口供封入卷宗，与杨贺轩的案卷一并理好待用，提笔写了一封结案奏折。

纯阳道长，姓名不详，身世不详，元泰二十二年入京，寄居于京中清虚观。数年间私制毒药白露散，贩与周遭商贾百姓，又以花言巧语蒙骗金吾卫中郎将杨贺轩，谎称此药有提神醒脑、增长精力之效。杨贺轩误信为真，深陷其中，更将白露散献于上官，致使前金吾卫上将军易思明不幸受害，服药成瘾。

适逢元泰帝龙体抱恙，经杨贺轩引见，唐州节度使杨勔举荐纯阳道长入宫，因其丹方效验，长留宫中供奉。后坤宁宫事发，杨勔为保皇后母子，不惜铤而

走险,与纯阳道长密谋于万寿宴献金丹时行刺皇帝。幸得靖宁侯傅深机警,及时阻拦,方令乱臣贼子毒计未能得逞。

案发后,纯阳道长于北衙牢内畏罪自尽,易思明招认白露散之事,后因药瘾发作,神志疯癫,咬舌而亡。

唯有杨勋供认不讳,谋反之罪,十恶不赦,按律当处斩刑。

案卷和奏折送上去之后,元泰帝强撑病体,在刑部呈上的定罪照文上,用朱笔重重批了个"腰斩弃市"。

至此,震惊京师的金吾卫案与万寿宴案终于尘埃落定。

而早已被人淡忘的东鞑使团遇袭案的真相,悄无声息地水落石出,又随着纯阳道长之死,悄无声息地被有心人掩去不提。

当天严宵寒写完折子,把笔一扔,匆匆赶回家里,进门的第一句话是:"侯爷呢?"

侍女答道:"在卧房,下午回来后就没再出过屋。"

严宵寒心里"咯噔"一下,追问道:"他有什么不对劲的地方吗?"

侍女摇了摇头:"回老爷的话,侯爷并无异常,只叫人不要打扰。看起来心情似乎不太好,但是好像没有上次那么不好。"

严宵寒更担心了。

寻常人骤然遭受这么大的刺激,崩溃发泄乃至号啕大哭都是常事。傅深就算是铁打的,也不可能把所有情绪都滴水不漏地藏在心里慢慢消化。他越平静才越糟糕,严宵寒倒宁可他一哭二闹三上吊,就怕傅深闷不吭声地钻牛角尖,伤心又伤身。

他在卧房门前站定,做好了被拒绝就强行破门的准备,举手敲了敲门:"敬渊?"

傅深答应得很快:"进来。"

严宵寒愣了一下,推门进去。屋里没有点灯,暮色昏暗,傅深正坐在窗边看着夕阳余晖发呆。

待他走近,傅深转头问:"你平时进屋都不敲门,怎么今天反而规矩了?"

"嗯?"严宵寒迟疑道,"你……"

傅深笑了:"这么小心翼翼地,是担心我不高兴,还是怕我想不开?"

严宵寒设想的无数场面一个也没有出现。傅深的确在反复思考今天的事,但他是真的平静,并非强颜欢笑,也不是故作轻松。

"坐。"傅深随手一指旁边的圆凳,待严宵寒在他对面坐下,他才道,"不用担心我。今天在牢里,纯阳道长所说的'真相'虽然骇人听闻,但毕竟是一面之词,可信度不高,还待以后进一步查证。"

严宵寒万万没想到他能冷静到这种程度,有点不敢相信自己的耳朵,怀疑这也是失心疯的表现之一:"敬渊……"

"别那么看着我,"傅深无奈地道,"我没有神志不清。严兄,你在飞龙卫审了成百上千的犯人,现在还相信'人之将死,其言也善'吗?"

"反正我是不信了,"他自嘲地笑了笑,"说我冷血也罢。我在燕州这些年,审过东鞑人和柘人,也审过汉人。有的人贪生怕死,吓一吓就全招了,但更多的是到死还在胡编乱造,企图以身为饵,拉上更多人给他陪葬。"

严宵寒恍然意识到,傅深的经历跟常人完全不同,他曾一次次在毫无准备的情况下被推入极端状况,在瞬息万变的战场上磨砺多年,泰山压顶也面不改色,眼前越是风浪滔天,这种人越是坚忍冷静得超乎想象。

他不期然地想起了滂沱大雨里的那道身影,那天连他自己都濒临失控,傅深居然还能镇定地说"君子立世,有所为有所不为"。

玄铁心性,冰雪肝胆。

傅深还在继续冷静地条分缕析:"当年固山关之战,杨勖有意拖延援军这事可能是真的,但他不是影响战局的最主要原因。我不知道纯阳道长是没意识到,还是在刻意模糊主次。我叔父战死之后,最放不下的人不是我,而是肃王殿下,我们俩都推演过固山关之战。杨勖的唐州军哪怕及时赶到,也救不下我叔父,只能赶上尾声。而且杨勖虽然拖延,但仍控制在不惹人怀疑的范围内,至少我和肃王殿下都没看出异常。要是他做得太露骨,肃王殿下早就宰了他了,不会让他苟活到现在。"

"还有,他曾无意中提到'我们'。青沙隘、穆伯修、白露散、万寿宴,这四件事里,哪一件都无法单靠他一个人完成。我总觉得京城里有一张大网,纯阳道长只是一颗棋子,背后执棋的人才是关键。"

"至于最后一个原因,只是我的猜测,你姑且听听,不一定准。"傅深道,"白露散这药太邪性,一旦流传开来,后患无穷。而纯阳道长为了掩盖踪迹,曾将替他送信的孩子一家三口灭门,还有那几个死于白露散的无辜百姓。如果他真是北燕军出身,而且是我叔父的部下,这个手段未免有点过于狠辣了。"

"我有种感觉,不光是纯阳道长,还有他背后之人,这个行事作风,倒更像是先父的旧部。"

严宵寒道:"你这么说,是不是对令尊有些不够尊敬?"

傅深嗤笑:"先父在世时,常说我跟我二叔是一个模子里刻出来的妇人之仁,你觉得他能仁慈到哪儿去?"

严宵寒不吭声了。

过了一会儿,他才道:"你既然不信纯阳道长,为什么还要亲手了结他?"

这问题令傅深微怔,随即不太走心地道:"他是北燕军出身,不掐死他难道等着被他拖下水吗?"

严宵寒忽然起身凑近,伸手在他小臂上掐了一下,剧痛炸开,傅深肌肉霎时紧绷,却不知为何竟然没有躲开。

严宵寒道:"疼吗?"

傅深莫名其妙:"废话,要不我掐你一下试试?"

"疼就对了,"严宵寒站在他面前,目光一直望进傅深的眼里,"记住了,你是个活生生的人,不是用铁石堆成的。"

纯阳道长不择手段,处心积虑,可他所做的一切,都是为了傅深,也为了他背后的满门忠烈,万千英灵。

仍有人记得逝去的忠魂,仍有人为他奔走,为他流干最后一滴血。

北燕军同出一源,哪怕不曾见过,年岁相隔,傅深仍然知道这是他的同袍,所以他成全了纯阳道长。

所有的冷静分析都建立在感情之外,傅深只有抛开他的身份,用上全部理智去寻找疑点,才能强迫自己忘记纯阳道长眼里一闪而过的泪光。

可他毕竟不是用铁石堆砌起来的。

傅深怔然片刻,笔挺的肩背终于垮了,流露出一丝脆弱。

"北燕军守边近二十年,多少人埋骨北疆,换来的却是无端猜忌,"他喃喃地道,"我叔父死战到最后一刻,杨勋这等小人,却至今仍在朝中横行,就连报仇,都要我北燕军的人命去填……"

"别太伤心。"严宵寒低声道,"你看,不管发生什么,你身后始终站着万千北燕军。"

"——还有我。"

*

严宵寒静静地看了他一会儿,又怕他伤怀太过,于是拍了拍傅深的肩头,故意调笑道:"侯爷,哭了吗?要不要我哄哄你?"

傅深当然不可能放纵自己在消沉情绪中沉溺太久，只是他少有能放肆脆弱的时候，一时半会儿有点想要小孩子心性，闷声闷气地说："一边儿去。家里有酒吗？陪我喝两盅。"

他那语气活像老大爷招呼儿子来解闷。严宵寒哭笑不得，刚要脱口而出说"你不能喝酒"，忽然转念一想，倘若能借酒浇愁，给他个痛快发泄的机会，总比现在这样把所有事都闷在心里强。

"有。"他干脆地道，"稍等，我让人去拿。"

傅深愕然抬头："你吃错药了？这么好说话！"

严宵寒一挑眉梢："我以前难道不好说话吗？侯爷，你摸着良心说，你哪次提要求我没答应你？"

他的身形逐渐逼近，却意外地没什么压迫感。

傅深环肘抱臂，微笑着道："我还以为要给点好处才能讨到一口酒，既然你这么懂事，那再好不过了。"

严宵寒不依不饶地问："什么好处？"

傅深推了他一把："拿你的酒去吧！"

严宵寒笑了笑，出去替傅深拿酒了。

傅深听着他的脚步声轻快远去，无意识地笑了一声。

他从来都只有给别人安慰的份，头一次变为汲取安全感的一方，发现能有个可以依靠的人，感觉既奇妙又难以言喻。

这几个月相处下来，他们两个人看似是被一道圣旨绑在一起，可真正缠绕在中间的，其实是从七年前就结下的缘分。傅深越是靠近严宵寒，就越清楚地知道，放眼天下，他再也找不出第二个比严宵寒更好的人了。

事到如今，有没有这道圣旨，早已无关紧要。

严宵寒给傅深倒酒时，总觉得他看自己的眼神别有深意。

"纯阳道长的事，还要往下追查，他身后的那个人不揪出来我不放心。"傅深道，"不光是因为我二叔，就怕他一次刺杀不成，还想再来一次。还有白露散，若不控制住，早晚会酿成大祸。"

严宵寒道："倘若那位不在，你就不会被困在京城了。"

"谁在那个位置上都会忌惮我，"傅深道，"换成你也一样。这个不是关键，关键是各位皇子难当大任。别忘了老邻居还在盯着咱们，陛下虽然疑心病重，但对边境之事的态度一向强硬，眼下只有他能镇住四方邻国。"

"不算太子，晋王、齐王都与文臣亲厚。你想想，四方武将、五大京营还

有你们禁军,哪个不是被陛下牢牢握在手里?

"一旦皇位更迭,无论最终是谁上位,都不可能在短时间内取得大部分朝臣的支持,难保外族不会乘虚而入,到时候北燕铁骑首当其冲,我找谁说理去?"

严宵寒一想也是:"可眼下纯阳道长已死,你打算往哪个方向追查?"

"西南。"傅深喝了口酒,"我之前说纯阳道长的行事作风像先父旧部,当年与先父、叔父同在北疆征战,如今还健在人世的将领,只剩下西平郡王了。"

严宵寒道:"西平郡王段归鸿?"

"嗯,"傅深道,"本朝唯一一个以异姓封郡王的武将。元泰二年平定北疆时,他也在我祖父麾下,后来转调西南,一守就是二十年。听说他跟先父和叔父交情颇深,对当年的事或许还有印象。"

严宵寒道:"你之前说,纯阳道长只是局中的一枚棋子。西平郡王远在西南,按理说很难在京城经营起成规模的势力,这事跟他应该并无关系。"

傅深叹了口气:"我要是知道跟谁有关系,还用得着在这儿借酒浇愁吗?除了他,我暂时想不到还有谁会对北燕铁骑的事这么上心。你也反省一下,白露散的来源都查不出来,你们飞龙卫是干什么吃的?"

严宵寒察觉到他已经有点醉酒的迹象,因为开始蛮不讲理了,刚想让他放下杯子,傅深忽然说道:"酒是好酒,此酒寻常难见,严大人这官当的,平时没少收底下人的孝敬吧?"

官场上疏通关系、上下打点是常事,更何况是飞龙卫这等位高权重的衙门。严宵寒既不避讳,也不承认,只道:"给侯爷喝的,当然要挑好酒。"

傅深往嘴里丢了颗松子,却道:"酒虽不错,却算不上顶好。"

严宵寒不明所以,道:"愿闻其详。"

傅深似笑非笑地睨了他一眼:"我喝过最好的酒,是在北燕边陲的一个小镇上,酒够劲儿,老板娘人很好。"

严宵寒像被踩了尾巴,道:"到底是酒好还是老板娘好?"

"陈酒故人,往事重提,酒不醉人人自醉。"

"你跟她还有往事?"

他是真没想到傅深会遇到采月这个可能。茫茫人海,两个前路不同的人哪有这么容易重新遇见?严宵寒从没为这件事委屈过,在他心里,哪怕最后放走了采月,但过错已经犯下,傅深已经与他决裂,再怎么补救,也不能假装那背后一刀从未存在过。

傅深见严宵寒还没领悟，却不再挑明。他在这件事上有点蔫坏，仿佛抓到了严宵寒的小辫子，总是忍不住拐弯抹角地试探，既期待着事情说破后他的表情，又想让他亲口对自己承认。

"逗你呢。"傅深笑了起来，灯影下恍然还是昔年那个神采飞扬的少年，"本侯的往事里都有谁，你严大人不是最清楚吗？"

"行了，到此为止，"酒过三巡，严宵寒强行收走了傅深的酒壶，"我看你那点心事化解得差不多了，再喝就过了。"

傅深支着头，懒散地道："放心，本侯的酒量好得很。你要是怕我喝多了撒酒疯，砸了你严府的藏品，我晚上去客房睡。"

"你说这话不觉得亏心吗？侯爷，"严宵寒冷漠地道，"打从你来的第一天起，客房什么时候让你进去过？"

傅深讪讪地道："是你太自觉了。"

"哼。"

元泰帝因病罢朝，严宵寒的折子送上去后，次日果然得到召见。传谕太监对他的态度比先前还殷勤，这就很能说明问题了。

一是差事办得好，无论真相是什么，至少元泰帝对这两个案子的结果是满意的；二是元泰帝的病情甚重，除了诸位皇子每天进宫侍疾外，只有几位年高德劭的老臣被召见，外界议论纷纷，猜什么的都有。严宵寒在这个时候能被元泰帝记起来，足可称一句简在帝心。

觐见地点仍在养心殿。

元泰帝和皇后称不上伉俪情深，但多年来皇后谨言慎行，从未行差踏错过一步，杨家当年又有从龙之功，是以元泰帝对她虽称不上十分喜爱，但也给予了相当的信任。然而杨皇后竟然在元泰帝眼皮子底下不声不响地搞出了这么大一件丑事，无论是作为皇帝，还是作为男人来说，皇后此举都无异于在元泰帝的脸面上抽了一记响亮的大耳刮子。

元泰帝显然被刺激得不轻，严宵寒看见他时吓了一跳。那高高在上的男人满脸病容，总是睥睨下视的双眼浑浊暗沉，两鬓花白，哪还有一点威严强干的帝王模样，分明已是老迈枯朽的征兆。

元泰帝听他一一备述前事，先是象征性地勉励了几句，而后忽然毫无预兆地话锋一转，问道："梦归，你觉得朕百年之后，朕的这些儿子们，哪一个堪当大任？"

严宵寒背后的冷汗刹那就出来了。

做臣子的,最忌讳在立储之事上多嘴站队,他除非是活腻歪了,才敢问什么答什么。

幸好昨晚他和傅深提过几句这件事,那其中正包含着现成的答案。严宵寒定了定神,先推让了一句:"臣惶恐,不敢干预陛下家事。"

元泰帝不以为意地摆摆手:"但说无妨。"

严宵寒便将傅深昨晚那番话重新整理,加上溢美之词,给元泰帝背了一遍,中心思想就是"离了您谁都不行,您得保重身体,继续教导儿子们"。

这记马屁拍到了元泰帝的心坎里,他的脸色肉眼可见地和缓下来,沉吟许久,感叹道:"朕没看错你。"

寻常臣子能得见天颜已是毕生至幸,严宵寒却常常被元泰帝拉着推心置腹地深谈,这是多少重臣权臣求都求不来的机会。然而他并不想要特殊待遇,还不够心惊胆战的。

夸完了他,元泰帝又道:"据有司奏报,荆楚两地今年所纳税银比去年减了约两成,查当地既无旱涝天灾,亦无人祸,却有大量百姓典卖田地,成为流民。朕已令齐王下月启程,亲往荆楚查明,你带几个人随行护卫,若有紧要情形,可便宜行事。"

说了一车废话,原来还是要给他派活。严宵寒暗暗撇嘴,孰料下一刻元泰帝却道:"待你归朝之后,便以飞龙卫钦察使身份,入英华殿议事。"

这下子严宵寒彻底愣住了。

英华殿议事始于大周初创之时,太祖遇不决之事,常召群臣于英华殿奏对,久而久之,遂成定例。

后代皇帝因疾病或其他事而无力操劳国事时,便可开英华殿议事。最初只有宰相和大学士可以参加,后来范围逐渐扩大到六部尚书。皇帝不理事,英华殿即为中枢,众臣共决国事,上奏后得天子朱批准许,便可下发朝廷施行。

大周开国以来,还没有武将入英华殿议事的先例,更别说严宵寒还不是什么正经武将。他可是文臣们最痛恨的朝廷鹰犬,货真价实的奸佞权臣。

元泰帝大概是病糊涂了,把严宵寒放进英华殿,跟把一只狼扔进羊群里有什么区别?

严宵寒不知道自己是怎么出的宫,又是怎么像游魂一样飘荡回家里,直到傅深拨开下人,沉着脸严肃地说:"都闪开,我看他八成是撞邪了,不用着急,两耳光下去,保证药到病除。"

他恍惚地抓住傅深的袖子，怔怔地道："敬渊，陛下要重开英华殿议事。"

傅深奇怪地道："开就开呗，有你什么事？"

严宵寒点点头。

"嗯？"

"有我的事。"

"什……"傅深一怔，随即突然反应过来他说的是什么意思，心脏狂跳起来，"陛下准你入英华殿议事？"

一只脚踏入中枢，大约相当于从三品官直接升到正一品，意味着他可以参与国事，正式跻身于权力的最高峰。

连傅深这等超然地位都没资格进入英华殿，足可见其门槛之高。而且英华殿议事一向由文官垄断，大周重文轻武之风由此盛行，这么多年来武官都被文官压了一头，严宵寒倘若开了先例，恐怕连朝中风气都要为之一变。

"怎么这么突然就……"傅深不可思议地道，"陛下不会是要……咳，那什么了吧？"

"那倒没有。"严宵寒这会儿倒是慢慢冷静下来了，把宫中奏对之事原原本本地说了一遍。以傅深的灵透，立刻明白了他的想法。

"陛下对皇子们恐怕不太放心。"

"他想用你来制衡各位皇子殿下。"

两人对视一眼，思路竟然不谋而合。万千纷乱的线头中，傅深敏锐地抓住了重点："为什么是你？"

能让元泰帝托付北燕军权、不惜破例送他入英华殿，甚至将他作为皇帝在英华殿中的代言人，制衡几个皇子——这已经不仅仅是重用了，这都快赶上半个自家人了。

傅深怀疑地道："其实你才是陛下的亲儿子吧？"

严宵寒失笑，故意逗他道："我若真是陛下亲子，家里可就又要镶金了。"

傅深作势要抽他，严宵寒提壶给自己续了杯茶，收起开玩笑的神色，认真地问："敬渊，你知道陛下最信任的人是谁吗？"

傅深不假思索地道："他自己。"

严宵寒原本是打算严肃正经地跟他详细分析，结果被傅深的回答给逗笑了。他明显地察觉到往事投在他心头的灰暗阴影正慢慢淡去，似乎天大的事，到了这个人的面前，都可以一笑带过。

"除了他自己呢？"严宵寒道。

傅深还真被问住了。

元泰帝的疑心病那么重,他不相信手中有兵权的武将,不相信有血缘关系的兄弟们,不相信盯着皇位的儿子们,不相信暗地里站队的文官们……想来想去,满朝文武,竟找不出一个可用之人。傅深嘴角一撇,心说元泰帝这皇帝当得,可真是实打实的孤家寡人。

严宵寒悠然道:"比起文官,他更信任武将;比起驻守一方的将领,他更信任在自己眼皮底下的。所以比起你来,他更信任我。"

傅深扬起的巴掌这回真落下去了,严宵寒笑着抓住:"飞龙卫和北衙禁军一直是他的撒手锏。其次是五大京营,因为京营提督汪缜是个不站队的孤臣。皇城兵马司就不行。再则是西平郡王,他这些年来不声不响,不出风头,陛下对老臣更放心一些。"

他提到的人傅深当然不陌生。当世传闻中有"四国柱",即大周如今镇守各方的四个最著名的将领,分别是北燕铁骑统帅傅深、西平郡王段归鸿、东海水师提督萨知慕以及京营统领汪缜。

汪缜为人一向低调,比段归鸿还低调。西平郡王在京城名声不显,是因为地处偏远,消息难通。汪缜就在距京城不远的西山驻守,这么多年了,竟然也没闹出过什么动静来。很多人只知京营,提起京营提督来,还得再绞尽脑汁地想一会儿名字。

然而正是北燕铁骑、五大京营和皇城禁军,构成了守卫京城的三重屏障。

"所以呢?"傅深问,"你想说明什么?"

"能得陛下信任的人,须得不居功、不站队,低调处世,最好还是老臣,"严宵寒笑问,"还没想到吗?"

傅深放弃了:"你说。"

严宵寒道:"太监。"

傅深的第一个反应是目光下移:"不是吧?"

"你一天不消遣我就难受是不是?"严宵寒伸手去敲傅深的脑门,"这说着正事呢!"

傅深大笑不止,忙道:"说正事,说正事……"

"你还记得我义父吗?"严宵寒低声道,"那时你还未入朝,没见过他一手遮天的盛况,那才叫简在帝心,荣宠不衰。"

"太监没有儿女,从小入宫,唯一的依靠就是帝王的宠信,所以段玲珑对陛下是真的忠心。若说这世上陛下曾经全心全意地信任过什么人,他是唯一一个。"严宵寒道,"说出来或许都没人信,但段玲珑过世时,陛下确实为他流过泪。"

"我出生后被遗弃在万象寺门口。万象寺是皇家寺院,里面都是出家修行的嫔妃,常年与青灯古佛相伴,见我可怜,一时动了恻隐之心,便将我留在寺中抚养长大。

"万象寺不许百姓进入,他们猜或许是哪个宫女有了私生子,担心生下来也养不活,又下不了狠心掐死了事,于是就将我送到万象寺,生死听凭造化。所以我不可能是什么天家血脉,陛下信任我,纯粹是因为我的义父是段玲珑。"

傅深听得心头发紧,犹豫了一下,抬手在他的手背上轻轻拍了拍。

严宵寒:"段玲珑与寺中一位女尼有情,常常私下来往于万象寺,听说寺里捡了个弃婴,他自己香火难继,便将我认成了义子。我蒙他教导多年,武功也都是他所传授,一直到十七岁,他直接将我带入了禁军。"

多年来,严宵寒身上被人诟病最多的两点:一是他行事奇诡,手段狠辣;再就是他认宦官为义父,被指为攀附权奸,心术不正。

饶是傅深早就不在意他身上的传闻,此时也不由得有了"原来如此"的感叹。

傅深觉得此时说什么都显得苍白无力,百般滋味,都难以言表,恨不得回到过去,安慰一下那个尚且稚嫩的少年。

严宵寒轻声说:"别可怜我。"

"嗯,没可怜你。"傅深嘴硬道。

严宵寒无声地笑了一下,继续道:"陛下早知道段玲珑与那女尼的事,自然也知道我。段玲珑病重时,曾令我在他的病榻前起誓,此生不留子嗣,一心报君。待他死后,陛下便将我提拔成了飞龙卫钦察使。"

严宵寒虽然不是天家血脉,但差不多也是元泰帝看着成长起来的,出身决定了他天然要被文官孤立。他又是段玲珑亲手教导出来的继承人,一个不折不扣、知根知底的孤臣、忠臣,元泰帝当然敢放心大胆地用他。

"你干吗答应他呢?"傅深问,"不入飞龙卫,你也一样能活得很好,世上的路千千万,何必非要选最难走的一条?"

严宵寒反问道:"那年东鞑犯边,你又为什么要答应他们上战场?"

傅深道:"那是我愿意的吗?我是被逼的。"

严宵寒沉默了许久,才仿佛下定了决心,很艰难地开口说道:"有一个人,我或许一辈子也不能与他并肩,不过可以远远地看着他,偶尔说上几句话,就

这样也很好。"

傅深不知道他接下来要说什么，却似乎有预感，忽然变得紧张起来。

"但是后来，他被逼去了北疆前线。"

傅深的脑海里一片空白。

似乎是意料之中，又全然在预料之外。

"所有人都知道战事凶险，这一趟必然是有去无回，而朝中诸公，竟无一人挺身而出，替他拦一拦这份要命的差事。"严宵寒道，"那时候我才知道，人微言轻，就连想一想的资格都没有。"

他自嘲地一笑："所以骂名也好，不要子嗣也无妨，只要能往上爬，我什么都可以答应。"

"别说了……"傅深的胸口剧烈起伏起来，哑声道，"严兄，我知道了，别再说了……"

"没事，都是过去的事了，"严宵寒反而安慰起他来，"话赶话才说到这里。本来就是我一意孤行，你不必替我可惜，也别觉得有负担。能走到今日这一步，就证明我当年没有选错。"

悬崖下的共患难，始料未及的争吵、决裂、和好……七年来的若即若离又无处不在，虽然路途漫长，但他们终究得以聚首。

"你上战场时，我什么都做不了，"严宵寒宽慰道，"幸亏后来成了钦察使，陛下给你赐君约礼时，最先考虑的就是我。你看，这就叫精诚所至，金石为开。"

傅深忍不住较真："万一陛下不下那道圣旨呢？"

严宵寒看着他，笑了："侯爷，我不是你这等磊落君子。既然都拼死拼活地当上钦察使了，我还有什么做不了的？朝廷走狗不残害忠良，怎么对得起天下悠悠众口？"

傅深一听就知道他在扯淡，然而还是不忍，抬手在他背上敲了一记："白瞎一张好脸，怎么这么死心眼。"

严宵寒悠然道："我有什么办法。"

倘若元泰帝没有下那道圣旨，他们或许一辈子都要装成势同水火，形如陌路的样子。毕竟，傅深可以误会他，他却绝不能做傅深生命中的阻碍。

＝上卷完＝

下卷

第九章　新生

三月三十，拂晓时分。

下人急匆匆地赶来喊大人。

严宵寒被惊动，从榻上起身，顶着一脸被打扰的倦意去开门："怎么了？"

下人满脸笑容："大喜之事！齐王府刚遣人来报信。齐王妃今日寅时诞下一位小郡主，母女平安。"

的确是傅家的喜事，齐王妃赶在其他妾室前诞下了嫡长女，虽然不是儿子，但这是齐王府的第一个孩子，将来想必也是一位金尊玉贵的掌上明珠。严宵寒清醒了一些，让他去打赏报信人，再去给账房传话，府里下人多发半月的月钱。

傅深从深眠中惊醒，模模糊糊地听了一耳朵"齐王妃"，强撑着眼皮起来问道："齐王妃怎么了？"

"恭喜你，当舅舅了，"严宵寒转身进来传话，"齐王妃产下一女，刚才派人来报喜。"

傅深陡然精神了："我妹妹如何了？"

"放心，母女平安。"严宵寒笑着说，"时候还早，再睡一会儿，等醒了再去齐王府上道贺。"

再醒来时，窗外天光大亮，鸟鸣啁啾，四下无人，傅深闭着眼伸手拉开床头的抽屉，胡乱摸索了一阵，没找到他惯用的药瓶，倒翻出一个小檀木匣子。

盒子没有锁，傅深也没多想，手比脑袋快，直接掀开了盒盖。

　　两块凌霄花玉佩并列放在深红色的锦缎上,一块光洁如新,一块碎掉后又被人用黄金重嵌起来,勉强补成了原来的模样。

　　巧得很,这两块玉佩傅深全都认得。

　　一块是他亲手送的,另一块……是他当年亲手摔的。

　　他早就知道了采月的事,当时心潮涌动,难以平复,他以为那已经是不忍的极限,却没想到现在竟又平添了另一重揪心。

　　无论从哪个方面来说,严宵寒都绝不是被动、软弱的性格,他甚至称不上善良、仁慈,唯有在关于傅深的事上,却小心翼翼到了束手束脚的地步。

　　自己身上的毛病,傅深闭着眼都能挑拣出一堆来:脾气不好,独断专行,该留情的时候下死手,不该留情的时候却滥好心。少年时更是不谙世事得可笑。严格说起来,当年那件事他并非全无责任,可到头来却只有严宵寒一个人为之辗转反侧,备受折磨。

　　出神间,轻而稳的脚步从廊下转过,片刻间已至门外,严宵寒单手推门,另一手托着个紫金束发冠,打外间走进来:"敬渊,醒了吗?"

　　傅深若无其事地把盒子放在身后藏好:"嗯。你拿的什么?"

　　严宵寒把头冠放在小机上,顺手将熏好的外衣给他拿到床边,一边帮忙整理,一边道:"你今天不是要去齐王府吗?我刚叫人收拾出了礼物,顺便给你找了个头冠。登门道喜,总不能装扮得太朴素。"

　　傅深懒洋洋的,似不经意地说道:"一会儿你陪我一起过去。"

　　严宵寒手一抖,差点绊个跟头,愕然地重复道:"我陪你去?"

　　"你下个月不是要跟齐王一道去荆楚?先去打个招呼,"傅深道,"正好借此机会,你们提前熟悉一下。"

　　傅深看见了严宵寒脸上一闪而过的无措的神情。

　　"怎么?"他若无其事地笑道,"你我是升堂拜母之交,傅凌自然也算你的妹妹,新添了外甥女,你还不去看看吗?"

　　严宵寒明显能感觉到傅深态度的变化,傅深好像彻底接纳了他,并且对他完全信任。以前傅深虽然对他有诸多退让纵容,却很少主动要求他做什么事,两人的关系进展也仅限于彼此,不为外人所知。但是现在,他似乎终于被傅深划进了"自己人"的范围。

　　严宵寒深吸一口气,说道:"你我一起登门,不怕被齐王误会吗?"

　　"误会什么?"傅深一愣,随即明白过来,忍俊不禁地道,"你这身份,也算拿得出手,有什么可担心的?"

"我不能……"严宵寒自觉失言，蓦然住了口。

傅深的脸色渐渐沉下来："你想说什么？说完。"

他的气势一提起来，严宵寒立刻矮了一截。傅深一看他那副样子，还有什么不明白的，不忍之余，还有一丝恨铁不成钢的感觉，于是冷笑道："真行。我倒不知道，堂堂飞龙卫钦察使、禁军上将军，什么时候还有自卑的毛病了？"

他太会抓重点了，一击即中，严宵寒哑口无言了片刻，终于苦涩地道："敬渊，我自己满身黑水，不能……"

傅深厉声喝道："严宵寒！你敢说出来试试！"

刚才还让人家说完，现在又不让人说话，着实有点不讲理。但严宵寒知道他已经明白了自己的意思。

他不能只图一己之私，沾傅深一身脏水。靖宁侯半生清名，不能叫他这个奸佞之辈连累。

听起来虽然荒唐，但他确实就是这么想的。

傅深说他自卑也没说错，有那么不堪的出身，从小被人指点到大，在这种氛围里成长起来，要么丧心病狂，要么自甘下贱，严宵寒这样已经算是尽力克制之后的结果了。

傅深其实心里门儿清，严宵寒嘴上虽然常常自称奸佞，可心里底线分明，是个十分较真的人，珍重的东西一定要清清白白、不染纤尘。这样的人，得他青眼是一件很幸运的事，但对他自己而言，却往往会有患得患失的折磨。

人生在世，不能纵情恣意就算了，他还要这样内耗自己的心血。生了奸臣的命，没得奸臣的病。这么一想，也怪可怜的。

傅深道："陛下命你我君约定盟，不就是打算强行把你变成半个傅家人，准备将来顺理成章地接手北燕兵权吗？既然如此，你难道不该尽职尽责，早点落实？怎么反倒躲躲藏藏地不敢见人呢？"

字字诛心。

"敬渊，"严宵寒的表情像是被他当胸捅了一刀，他闭了闭眼，沉声道，"你明知道我不是为了兵权。"

"哦，不是为兵权。"傅深道，"那如今我要让你正大光明地随我去见妹妹，你又不愿意。"

严宵寒的火气也上来了："你以为我愿意如此？我……你一个清清白白的社稷功臣，跟朝廷走狗混在一起，说出去难道好听吗？"

"行了，我知道了，"傅深怒极反笑，"说来说去，在你严大人心里，我这

个人还不如一个虚名重要。"

严宵寒哽住,片刻后叹了口气,火气来得快去得也快,他不想在今天跟傅深吵架,息事宁人地道:"敬渊,别这样说。"

"现在觉得玷污我的名声了?"傅深却不肯领情,骤然抬高了声音,"当初随我上黄金台的时候怎么不想想还有今天!"

"祖宗,求你别喊了。"

"严宵寒,你是什么样的人,我心里最清楚,外人无从指摘,也轮不到他们挑拣。我活着,你要跟我同立朝堂;我死后,你要亲手把我的图卷送入麒麟殿。"傅深少有地郑重说道,"别说只是出这一道门,便是百年后史笔如刀,谁又敢说你我毫无瓜葛?"

严宵寒哭也不是,笑也不是,千言万语到嘴边,都化作一声叹息:"能得你这番话,我纵然立时粉身碎骨,也了无遗憾了。只是流言蜚语杀人于无形,为名声所累的有我一个已经足够,你别闹,别把自己的名声也赔上,犯不着。"

"我刚才说的话你没听懂吗?"傅深斩钉截铁地道,"我要那些虚名干什么!"

"你啊……"

傅深很无奈地看着他:"我真是不明白。你说你,有财有貌,位高权重,前途无量,怎么老觉得别人不待见你呢?"

严宵寒叹道:"珠玉在侧,自觉形秽。"

不仅仅是家世官位这些外在的东西,傅深真正让人难以望其项背的是他的胸襟和心性。严宵寒轻视过、质疑过,然而遍经风霜,他知道自己永远也做不到像傅深一样。磊落君子如皓月之辉,一生也未必能遇见一个,他只能远远地观望,从未敢奢望靠近。

傅深失笑:"行了,抓紧收拾吧,还得去齐王府道贺。这事先记着,回来再跟你算账。"

"还要算账?"

"你以为呢?"傅深狞笑道,"不让你吃一顿教训,我看你是长不了记性。"

齐王府。

齐王孙允端听说大舅子来了,忙亲自到前厅迎客,不料先跟严宵寒打了个照面,顿时一愣:"傅侯,严大人?"

傅深坐在轮椅上朝他拱了拱手:"恭贺王爷喜得千金。"

齐王从迎面冲击中回过神来，脸上忙重新挂了笑，往里让道："多谢，二位快请上座。"

傅深与齐王确实没怎么打过交道，他这个身份、地位，跟谁走得太近都不是好事，所以哪怕和齐王成了亲戚，平时也不常走动，是以两人相见时格外生疏。

这时候就显出他的先见之明了。严宵寒在宫里待久了，早练就了一身见人说人话、见鬼说鬼话的本事，见傅深没话说了，便善解人意地接过了话题。

齐王对傅深颇为敬重，对严宵寒就只剩下忌惮。飞龙卫是元泰帝的私卫，严宵寒当然也是元泰帝的人。虽然不知道他为什么会破天荒地与傅深一道登门，但明显不是来道贺的，齐王原本就因为元泰帝安排两人同往荆楚而心中惴惴不安，这下更加浮想联翩，说话都不由自主地打起了官腔。

两人一个对外，一个对内，分工明确，配合默契，傅深优哉游哉地看完皱皱巴巴的小婴儿，又问了问傅凌的情况，回头一看，嚯，三月春寒料峭，齐王殿下竟然被逼出了几颗汗珠。

他含笑瞥了严宵寒一眼，示意他别玩得太过。

严宵寒心领神会，三言两语将话题岔到家常闲话上，傅深不失时机地插言道："一家人不说两家话，下个月的荆楚之行，严兄还要拜托殿下多担待照顾。"

齐王一时没弄懂他说的是哪种"照顾"，卡了一下，才勉强笑道："傅侯言重了。此去路途遥远，该是本王仰仗严大人才是。"

严宵寒见好就收，道："王爷、王妃都辛苦了，我们也叨扰多时，这便告辞了。"

齐王巴不得他俩赶紧滚，虚情假意地客套了几句，终于将这两尊大神请走。等回到内室，他不顾仪态地一屁股坐下，十分烦恼地长出了一口气。

恰好这时傅凌醒转过来，关切地问道："王爷这是怎么了？"

"你大哥他……"齐王犹豫了一下，迟疑地问，"与严宵寒关系还挺好的？"

傅凌立刻道："怎么可能！我大哥生性磊落，最看不上那等不择手段的心机小人。"

齐王见她动了真怒，忙按住她劝道："莫气莫气，我原是无心一问，只是今日他们一起登门，相处和谐，这便想岔了。"

傅凌恨恨地捶床："还不都是被那姓严的逼的！"

严府。

傅深换下冠服，长发披散，坐在桌台前随口问道："你觉得齐王这个人如何？"

严宵寒倚着桌沿，慎重地想了片刻，才道："规行矩步，谨小慎微。"

"嗯，"傅深道，"还有跟他爹一个模子里刻出来的多疑。说起来，我那外甥女不像她娘，倒跟齐王像了八成，下巴和眼睛一模一样……咦？"

他忽然住了口，盯着严宵寒的下巴左右打量："我才发现，你这个下巴跟他们也挺像。"

严宵寒顿时觉得哭笑不得。

傅深随手从床边小几上抽出一本书，抛进严宵寒怀里。那是薄薄一本册子，靛青色封皮，白签上写着"雪梅庵文存"。

严宵寒感觉有点莫名其妙，随手翻开一页，粗粗一扫，登时被文章中"天下为公，独夫民贼"八个字震慑住了。

"我没看错吧？"他又把封皮翻过来看著者，"严府竟然藏着本禁书？侯爷，你从哪里找出来的？"

"这你别管。"傅深道，"我只问你，去年冬天我回北燕的时候，飞龙卫办了一起匡山书院案，是也不是？"

严宵寒记起来了："我说这个'希贤先生'怎么看着眼熟，原来是他。"

"这位曾希贤先生是顾山绿顾御史的授业恩师。东鞑使团案，我欠着顾御史一个人情，他的老师虽然犯禁，但罪不至死，在狱中关了这些时日，也吃够苦头了。"傅深道，"所以想请你从中转圜一下，能不能高抬贵手，放了这位老先生？"

严宵寒眼里的温度慢慢地冷了下来。

"敬渊，"他垂眸注视着书页上的墨字，"你是真的忘了，还是在故意刺我？"

傅深道："你说什么？"

"金云峰案。"严宵寒抬眼，目光竟像淬了冰雪，"怎么，过了七年，你还要用一个同样的案子来试探我？就不怕我故态复萌，在背后再给你一刀？"

平时谁敢这么跟他说话，傅深早一个大耳刮子抽过去了。然而他今天出奇的平静、镇定，也不生气，只是心平气和地说："你想多了。我没打算试探你，只是有事相求，不行吗？"

严宵寒没好气地道："为了别人求我，不行。"

傅深险些让他气笑了，强忍着道："有来有往，给你报酬呢？"

"什么报酬？"

"我给过你两块凌霄花玉佩,"傅深道,"你帮我这个忙,以那两块玉佩为凭证,一块算一次人情,凡有所命,无不遵从,如何?"

严宵寒突然一怔。

意识仿佛飘浮在身外,他茫然地听着自己艰难地开口,问他:"除了你去年送回来的那块,另一块……是什么?"

傅深原话奉还:"金云峰案。怎么,过了七年,不记得了吗?"

他都知道了。

涣散的眼神逐渐聚焦,傅深的形象在他眼中一点一点清晰起来,如同飓风降临,无比强势地横扫过一切陈年旧伤。那些暗无天日的后悔与消沉,终于被明光照彻,随即如风卷残云,顷刻消散。

一天之内几次说不出话来,对于严宵寒来说是个前所未有的体验。在这个瞬间,他恍然明白了从早晨开始傅深一切言行背后的原因。

严宵寒的呼吸蓦然变得急促起来,一开口,嗓子已经十分沙哑,甚至还带着细微的颤抖:"一言为定?"

"嗯。"傅深微笑着重复道,"凡有所命,无不遵从。"

*

京郊,折柳亭。

山花烂漫,杨柳依依,可惜离亭相送者只有寥寥,其中老者须发皆白,形容憔悴,正是前些日子才被从天牢里放出来的曾广。

他在学生顾山绿的搀扶下,面向坐在轮椅上的男人,颤颤巍巍地长身一揖。

傅深忙抬手虚扶了他一把:"曾先生不必如此。"

曾广道:"若非大人仗义出手,草民这把老骨头,只怕就要朽烂在天牢里了。救命之恩,合当拜谢。"

"可千万别,"傅深笑道,"您吉人自有天相,又得了顾大人这样一个好学生,本侯只不过动动嘴皮子,真正出力的是严兄,本侯实不敢居功。"

匡山书院案傅深早有耳闻,对曾广其人也略知一二。他幼时即以神童扬名乡里,考中后外放为地方某府通判,却因上司弹压而始终不得升迁。曾广性烈如火,竟挂冠离去,归隐回乡,从此不再踏足朝堂。他潜心治学多年,文章名满天下,但其言辞激烈,针砭时弊,常被归为离经叛道之说。去年冬天,因《雪梅庵文存》中一篇《"天下为公"论》被有心者拿去告发,惊动朝廷,曾广遂

因"妖言惑众"而获罪入狱。

他们匡山书院一派向来是架秧子起哄的多，干实事的少。曾广下狱后，数百学生作鸟兽散，亲朋故旧避之如蛇蝎，只有一个顾山绿替他奔走求告，奈何人微言轻，收效甚微。

不过许是曾广命不该绝，或是冥冥之中自有天意，他的文章合了傅深的胃口，傅深对他有几分印象。再就是匡山书院案发时，恰逢旧年除夕，便一直拖到了今年。转过年来，又赶上万寿节，傅深和顾山绿一搭话，才知道曾广原来是他的老师。傅深那时已经知晓了当年金云峰案的真相，正想找个由头跟严宵寒把这事说开，偏巧就遇上了匡山书院案。

说傅深和严宵寒是他命中的贵人亦不为过，若不是这二位，曾老先生还不知道要在牢里蹲到什么时候。

严宵寒应允了傅深之后，本打算给曾广也来个假死脱身，谁知四月初四，京师突降大雪，城内一片银装素裹，连深宫中的元泰帝都被惊动了。

自万寿节晕倒后，元泰帝一直身体抱恙，朝会改为三日一次，国事由英华殿协理。太医院多方调养，却始终不见起色。直到这场大雪降下，所有人才恍然大悟：莫非是元泰帝行逆天之举，才引得上天示警，令其反躬自省？

不止朝臣这么想，连元泰帝自己都相信了这种说法，拖着病体亲往太庙跪拜。严宵寒趁热打铁，找了个面圣的机会把匡山书院案提出来，果然说得元泰帝动了心，隔日便下旨开恩，大赦天下。

如今严宵寒已随齐王一道南下，傅深特意来送曾广，不光是为了饯别，还要特意在这群文人面前给他表一表功。

"无论如何，多亏了侯爷与严大人设法相救，老师才得以死里逃生。"顾山绿也朝傅深行了一礼，"二位厚德高义，下官没齿难忘，必结草衔环相报。"

傅深玩笑道："严兄临行前听说我要来给曾先生饯别，特意托我转达——结草衔环倒是不必，只盼来日二位嘴下留情，少骂几句'朝廷走狗'，他就心满意足了。"

天下文人对飞龙卫向来是口诛笔伐，深恶痛绝，曾广这种老先生尤其如此。他原本以为是傅深路见不平，与飞龙卫多方周旋、斗智斗勇，才将自己救出生天，却万万没想到靖宁侯三句话不离那朝廷鹰犬，甚至还把首功全归于他——怎么从牢里出来天都变了，一心向善不杀生，这还叫飞龙卫吗？

顾御史看得比他透彻，见老师仍在震惊迷茫中，朝傅深无奈一笑，道："那就请侯爷代我师徒二人，多谢严大人援手。"

傅深见他十分上道，满意地点点头："好说。"

时间不早，顾山绿将曾广扶上马车，挥别恩师，目送他远去后，与傅深道别，骑马回城，傅深则上了车，往另一个方向——长乐山中的别庄行去。

春光正好，风中带着温暖湿润的青草香，寒食方过，正是踏青游春的好时节。可惜花在眼前，人却不在。

严宵寒去了荆楚，傅深一个人待在京城府中也没什么意思，索性又搬去了别庄里休养。俞乔亭和肖峋早已带人回了北燕，眼下山庄里只有寥寥几个粗使下人，他乐得清闲，正浮生偷闲地度日。当晚，山庄门前却突然停了一辆遮得密密实实的马车。

车帘掀开，露出一个大箱子，火光映照下，箱角似乎有玄铁的冷光一闪而过。

荆州外，旷野之中。

此地距荆州约有两日路程，齐王一行人清晨离开鹤山驿，原定当晚到达下一个驿站，不料天降大雨，河水猛涨，淹没了原来的道路，他们只得改道另行，结果雨越下越大，几乎到了寸步难行的地步。

水雾茫茫，天地间全是雨声，他们险些迷失方向，最后侥幸在郊野中找到了一间尚能遮风挡雨的破庙。严宵寒护送着落汤鸡似的齐王冲进主殿内，见神像破败，灰尘蛛网遍生，但屋宇好歹还能撑住，松了一口气。

侍从们冒雨从后院找了半截破门当干柴，生起了一堆火。

有了火堆和热水，在大雨里奔逃的仓皇便逐渐淡去。严宵寒有条不紊地着人收拾包袱、干粮以备过夜，安排守夜事宜，那逆光立在门前的身影让人莫名觉得安心。齐王虽然是娇生惯养的皇家子孙，也挺能吃苦，换下身上的湿衣服后，还有心情一边捧着热水，一边走近去观察蒙尘的神像。

严宵寒见状，走过来道："殿下？"

"严大人，"齐王道，"你知道这庙里拜的是什么神吗？"

严宵寒微微眯起眼细看，只能分辨出泥胎木发髻高耸，修眉长眼，好像是位女仙，虚心地说道："请殿下赐教。"

"门口的牌匾破损大半，不过还能勉强分辨，"齐王指给他看，"是'梵仙'。"

严宵寒也是在佛门中长大的，竟没听说过还有个"梵仙"，不由得疑惑地问道："这又是何方神仙？"

齐王笑道："'梵仙'就是狐仙的别称，这庙其实供的是狐仙。"

　　严宵寒心说不供佛祖菩萨，反倒供这山精野怪，也不嫌瘆得慌，嘴上却道："想来此地曾有狐仙显灵，才引得百姓建庙参拜。"

　　齐王道："古人笔记中说'无狐魅，不成村'，民间百姓供奉狐仙是常态，此地既然有狐仙庙，想必离村子不会太远。"

　　严宵寒点了点头，又对他道："殿下是真龙之子，妖邪精怪自当避让，您只管休息，不必忧虑。"

　　因日前出了天降大雪的奇事，齐王现在对这些灵异神怪之说还很相信，不过看严宵寒的态度，他虽然拿这一套劝人张口就来，自己其实却不怎么信。

　　不过正是这份胆气，让他觉得这破庙也不算那么难以忍受。比起一个朝廷里的奸佞，到底是鬼神精怪更可怕一些。

　　因外面大雨滂沱，临近傍晚时分，天色已经暗得难以视物。他们带了足够的干粮饮水，不怕过夜，严宵寒最担心的是离庙不远处有一个不小的湖泊，狐仙庙的地势虽高，但仍怕暴雨涨水，半夜淹上来。

　　正出神间，远处忽然传来一阵水声，似乎是什么东西正在蹚水狂奔。那个声音越来越近，严宵寒凝神细听，果然片刻之后，雨中现出一个戴着斗笠的身影，正朝他们所在的破庙冲过来。

　　顷刻间，那人已到眼前，斗笠遮住面容，穿着一身无纹无饰的黑色长衣，背后背着个长条布包，里面似乎是把剑，胯下骑着一匹皮包骨头的瘦马，湿淋淋地朝他高声道："兄台，雨天路滑难行，借贵地暂避，多谢多谢！"

　　"铿"的一声，佩刀出鞘，寒光闪闪地拦在马前，那人吓得连忙勒马，差点一头栽下去。严宵寒略显冷淡的声音夹在雨声中，有点听不分明："不好意思，不借。"

　　那人愣住了，片刻后不敢置信地嚷嚷："你说什么？"

　　"我说，让你去别处，"严宵寒八风不动地道，"这里没有你落脚的地方。"

　　齐王就在里面，谁知道这人是什么来路，哪怕无辜地淋死在外面，也不能让他进来。

　　那人试图跟他讲理："大兄弟，同是天涯沦落人，这荒郊野地里，你让我去哪儿再找个地方躲雨？通融一下呗，我什么都不做，雨停了就走。或者我给你银子也行……"

　　他作势要去摸钱袋，严宵寒仍不近人情地道："不行。"

　　"怎么还说不通了？"那人钱也不掏了，气恼地道，"这庙是你们家修的？还是庙里的大仙雇你当看门狗？你月钱多少，我给你双倍！"

严宵寒："……"

误打误撞，骂到点子上了。

他眸光微冷，手指攥紧刀柄，手腕下压，雨水在刀尖凝成一道流光似的银线——

雨水沿着斗笠的边缘流下来，像是给那人戴了一层面纱。他瞥见严宵寒极细微的动作，眉头一跳，反手就去摸背后的长条布包。

正在此时，殿中突然传来一声天籁般的呼唤，打断了两人之间的剑拔弩张。"严——"关键时刻，齐王出声道，"不必阻拦，让他进来吧。"

严宵寒还没答话，那人立刻像刚才摸钱袋一样飞快地收回手，嚷嚷道："你听听你听听，大仙都发话了。别挡道，让我进去！"

这人一开口，就像有十只八哥在耳边齐声聒噪，扯着个破锣嗓子哇啦哇啦地乱喊，严宵寒烦得要命，心不甘情不愿地收了刀。那人跃下马背时，他灵敏的耳朵忽然捕捉到一声清脆的响动，仿佛金石相撞，"当"的一声，悠远绵长，余音不绝。

他立刻抬眼盯住那人，对方迎着他的目光坦然走来，斗笠下的嘴角勾起一丝稍显轻佻的得意弧度。两人擦肩而过时，严宵寒忽然反手一挑一勾，迅疾无比地将他背上的包袱扯了下来。

那人的反应也很快，几乎是严宵寒动手的同时，他扯住了包袱的另一头，斗笠随着动作向后滑脱，露出底下一张平平无奇的脸，凶巴巴地问："干什么？"

"解剑。"严宵寒面无表情地说。

那人一脸茫然："解剑？哪来的剑？"

严宵寒目光下移至二人手中的布包上。那人一看，立刻宽心地笑了起来："你说这个啊，这不是剑。"

"打开。"

那个年轻人摇了摇头，神态里有种故作老成的无奈，装模作样地道："你真想看啊……那好吧。"

严宵寒不信邪地盯着他三两下解开布包，一圈一圈绕开布条，露出其中一截黑乎乎的近三尺长的——

烧火棍。

那人十分无辜地道："我都说了不是剑，你非要看。"

屋内看清这一幕的侍从们全捂着嘴低下头，艰难地憋着笑。严宵寒好歹还能沉住气，淡淡地道："拿来，不要带进去。"

人在屋檐下，不得不低头，那人也没坚持，松了手，只是进门前小声嘀咕道："穷酸，连根烧火棍都不放过。"

严宵寒忍耐再三，终于高抬贵手将他放了进去，同时又隐约感觉到一丝古怪。那人看起来很年轻，却带着一身老江湖的落拓，直眉楞眼里有种难以觉察的圆滑，严宵寒三番五次地试探，都被他不着痕迹地躲了过去。他仿佛早已料定自己会成功地走入这座破庙，所以哪怕被严宵寒抽刀拦住，也没有动真怒，反而自始至终都在见缝插针地损他。

这种有分寸而针针见血的说话方式，真的非常熟悉。

他摇了摇头，觉得自己可能是失心疯了，如今看什么都会忍不住想到傅深身上去。

比起严大人几乎明晃晃地挂在脸上的不待见，齐王和随从们对这个萍水相逢的年轻人都很友好、热情。严宵寒就走了那么一小会儿神，一眼没看住，那人已经坐到了火堆旁边，一边舒展着四肢烤火，一边侃侃而谈。没见过世面的齐王殿下竟然还听得饶有兴致。

"……在下姓任，单名一个淼字，命中缺水，燕州人士。我十六岁起便走南闯北，四处行侠仗义……父母？先父母早逝，我是吃百家饭长大的。"

"我在京城住过一段时间，给一个商户当家丁护院，"他不好意思地笑了笑，"有时候也给邻居家帮忙，就……看中了那家的小姐。"

严宵寒心中暗暗嗤笑，齐王殿下却格外喜欢听这种情情爱爱的故事，比话本、戏文还带劲，兴致勃勃地追问道："然后呢？"

任淼喝了口热水，继续道："他们在京中的生意做不下去，便将宅子赁出去，收拾东西回了荆州老家。"

齐王唏嘘道："可惜，可惜。"

"不可惜，"任淼洒脱地笑道，"我这不是来找她了吗？"

他说着，还回过头来看了严宵寒一眼，看得严大人莫名其妙。

齐王问道："那人家姓什么？做什么生意的？你能确定她就在荆州吗？万一他们去了别处呢？"

"姓孟，家里是做布匹生意的，"任淼道，"要离京去荆州之事是她家长辈安排的，她一个未嫁女也无可奈何，只能让丫鬟偷偷给我送了封信。"

齐王失声道："你们……你们竟是两情相悦？"

任淼道："那是自然。若只是一厢情愿，我还千里迢迢地追到这里做甚？她虽未明说，但必定时时盼着与我相见，我不能辜负了她。"

此言一出，听众都跟着一怔，尤其是有家室的几位，深受触动。严宵寒原本还对他颇有偏见，嫌他废话太多，油嘴滑舌，此时多了几分容忍。

沉默良久，严宵寒才道："行了，别在这儿玷污人家姑娘的清誉了。"

任淼又回头看了他一眼，不服气地道："这位大哥，我看你相貌堂堂，想必已经成家了吧？"

严宵寒不愿透露底细，半真半假地点了点头，问道："你是燕州人士，可听说过北燕铁骑统帅，靖宁侯傅深？"

"听过啊，谁没听说过他，"任淼吊儿郎当地道，"怎么，这位兄弟崇拜靖宁侯啊？哈哈，没事，仰慕靖宁侯的人多了去了，你不用不好意思……"

所有人都神情古怪地望着他。

"都看着我干什么？"任淼尴尬地问。

严宵寒勉强平复了一下心情，道："我是说，你既然身在北燕，为何不投入北燕军中，挣下一身军功，再风风光光地迎娶你那位孟小姐？你现在纵然追到荆州，哪怕上门提亲，人家也未必愿意把女儿嫁给你。"

"从军不好。"他摇摇头，笑道，"我是个胸无大志的人，不想建功立业，就想跟意中人相守一生，安安稳稳地过日子。我现在凭本事也能挣到衣食，足够养活一家人，要是去从军，还不知道有没有命回来，把她一个人孤零零地撇在世上，我就是死也闭不上眼睛。"

这人简直是上天派来戳人心窝子的，一戳一个准。严宵寒顺着话问道："你怎么知道那位孟小姐不想凤冠霞帔、封赠诰命，只想跟着你过清贫日子？"

任淼屈起一条腿，眼中流露出些许羞赧而眷恋的笑意，像是自言自语地道："她不是那样的人。否则世上那么多人，她怎么偏偏就喜欢上了我……"

那藏不住的温柔十分灼眼，严宵寒一时怔然。任淼瞥了他一眼，眸光闪动，悠闲地换了个话题："几位是哪里人？也是去探亲访友的吗？"

严宵寒不说话，齐王只能硬着头皮顶上，道："是，我们从京城来，打算到荆州投亲。"

他没有多说，任淼也很有眼色地没有追问，只说："可巧，以后说不定还能在荆州城遇见，到时候我请各位兄弟吃酒。"

到晚间时，雨势稍减，任淼烘干了衣服，厚着脸皮蹭了他们一顿饭。吃饱喝足后，自己抱了一堆稻草，在墙角打了个地铺，舒舒服服地睡了。严宵寒安排好人守夜，路过那处墙角时，脚步已放得极轻，本该在睡梦中的任淼却耳尖一动，眼皮跟着一抬。

两人正巧对上了视线。

刹那间，一股难以言喻的战栗感直冲严宵寒的天灵盖，无数碎片在他脑海中飞速掠过，他分明有所感觉，却抓不住那一闪而逝的灵光。

任淼见是他，又若无其事地闭上了眼睛。

严宵寒疑虑重重，又惦记着外面的雨势，晚上便睡得不太安稳。凌晨时分，穹顶传来阵阵闷雷声，他从浅眠中蓦然惊醒，一睁眼，发现门口竟然已经站了个人影。

他浑身的汗毛齐刷刷地竖立起来，第一反应是去摸身边的刀，那人却转过身朝他走过来："醒了？正打算叫你。起来看看，我总觉得这雷有点不对。"

严宵寒就着半卧的姿势，才发现任淼其实很高，腿尤其长，不嬉皮笑脸的时候竟显得十分稳重、可靠。

他们走到庙门外，雨已经很小了，但天空中浓云未散，反而越积越厚，电光闪烁，雷鸣隆隆，而且闪电与天雷就在他们的头顶，每一次紫光撕裂长空，连这破庙都跟着隐隐震动。

"此处地势最高，虽然不会被水淹，但万一被雷劈了就糟了。"任淼道，"大哥，你还是叫他们起来，换个地方……"

他话音未落，银白电光挟着万钧雷霆，宛如银河泻地，直直地劈在了这座狐仙庙的屋顶上！

任淼惊道："说来就来啊！"

严宵寒旋风般地卷进殿中，一把拉起齐王，厉声喝道："都起来，快跑！"

下一刻，他领子一紧，整个人连带着手中的齐王被一股大力拖拽着，硬生生地从香案前被甩飞了出去！

几乎是同时，雪亮的雷电击穿屋顶，将殿中的神像劈得粉碎，屋梁应声断裂，正砸在严宵寒刚才站的位置上。

所有人都傻眼了。

第十章 陷阱

齐王晕头转向地爬起来："怎、怎么回事……"

严宵寒则惊疑不定地看向他们身后的人。

任淼左手拿着那根烧火棍，皱着眉头活动右手，似乎是因猛然发力而扭到了手腕。觉察到严宵寒的视线，他抬起头来满是歉意地一笑："对不住了，一时心急，没伤到吧？"

他那根烧火棍此前一直放在严宵寒身边，方才两人同在门口，严宵寒去救齐王，任淼去拿烧火棍。两处距离大致相当，可他竟然还能赶在房梁落下之前一棍将严宵寒与齐王二人一道挑开，且不论这份惊人的臂力，单这一来一往的速度，就不是常人能做到的。

他的身手和反应甚至比严宵寒还快，可既然这样，为什么进门时严宵寒还能轻而易举地近身抢下他的包袱？

要么是他在危急时刻突然爆发，要么就是……他在扮猪吃老虎。

神像被劈得焦黑，四分五裂。任淼走过来用烧火棍拨弄了一下，道："庙里不安全，谁知道一会儿……"他想起自己刚才像乌鸦嘴一样的预言，把后半截话咽了下去，道，"算了，还是先出去吧。"

严宵寒沉默地将齐王扶了出去。

说来也奇怪，他们出门后，雷声渐息，浓云散去，劈了这一道大雷之后，竟连雨都逐渐停了。所有人都抬头仰望天空，感觉既疑惑又迷茫，还带着莫名

的敬畏，甚至还有人当庭跪下，默默念诵佛经。

齐王临危不乱，整理了一下衣冠，朝任淼深深一礼，道："多谢义士出手相救。"

任淼一手拄着烧火棍，一手将斗笠盖在头上，浑不在意地笑道："这有什么，要不是你们当初收留我，也不会有后来这一出了。因缘巧合，谁说得准呢。"

严宵寒道："你要走？"

任淼自去牵了马："雨停了，庙也毁了，现在不走还等着下一波天打雷劈吗？"他利落地翻身上马，朝众人一拱手，爽朗地道，"诸位，后会有期，来日荆州城再见！"

说完，便策马前行，头也不回地扬长而去。

齐王感叹道："真是奇人奇遇。"

严宵寒不明显地眯了一下右眼，心头的疑惑未消，盯着那绝尘远去的修长背影，总觉得这事还没完。

次日清晨，他们忍着困倦赶到附近的村子，到当地百姓家借宿。本地名为溪山村，隶属荆州邝风县治下，民风淳朴。有外客到来，村正与族老热情相迎，不但替他们安排好了宿处，还让家人送来各色吃食。

齐王撑不住去睡了，严宵寒打了个小盹，心里还惦记着昨晚之事，醒后便去找当地人打听郊外那座狐仙庙。

有上了年岁的老人还记得那座庙，说是原来有狐仙显灵，在洪水来之前预先告知村民躲避，自己却因泄露天机而引动天劫，被雷劈死，当地人为之立庙祭拜。只是这位狐仙好像再也没显过灵，后来庙宇也渐渐地荒废了。

昨晚那道雷必然不是人力可为，但不当不正地正好劈在神像上，未免也太巧了。难道真是来自上天的某种警示？

传说中狐仙是因为泄露天机而遭到天劫，那么这道雷预示的"天机"是什么呢？

他想得正专注，门口忽然传来"笃笃"的敲门声，有人在院子里问道："有人吗？路过贵地，可否在此借宿一晚？"

"吱呀"一声，屋门洞开，门后露出严大人面无表情的一张冷脸。

"哟，"任淼一掀斗笠，惊喜地说道，"又是你！幸会幸会！"

严宵寒满脸找不出一点"幸"，凉凉地道："幸会。"

"缘分哪，妙不可言，"任淼唏嘘着把马拴在院子里，自来熟地往屋里走，"赶了半宿的路，困死我了。大兄弟，行个方便，借你这屋子让我睡一觉。"

严宵寒寸步不让，纹丝不动，道："不行。"

"怎么？"

他道："我不便与外人混住，你另择他处吧。"

"行吧行吧，"任淼闻言无奈地挥了挥手，"我找别处去……真是……"

任淼脸上带着一言难尽的表情走了。严宵寒出了门，先到齐王那里，见人还没醒，便叫下属、随从警醒些，保护好齐王的安全，自己则到村庄各处去转了转，看见任淼在隔壁院落的柴房里住下，他又绕到村子后面。远方水田里，农人劳作，儿童嬉戏，妇女们聚在水边洗衣淘米，看上去都再正常不过。

也许是他多虑，可那个险些劈在脑袋上的惊雷始终如阴影缠绕心头。严宵寒漫无目的地随意乱走，等意识到自己走岔了路时，他已经站在了村子的祠堂前。

祠堂重地，外人冲撞是犯忌讳的。严宵寒转身要走，他那过于灵敏的耳朵却捕捉到了一点不同寻常的动静，似乎是有人在屋后私语，碰巧漏出了一两句，被他听了个正着。

"……来了那些外乡人，今晚的祭典……"

说话声越来越近，严宵寒心念一动，身轻如燕地一跃，整个人如同一页轻飘飘的纸，无声无息地攀上屋檐，隐没在檐下的阴影里。

早晨见过的村正和一个精瘦的年轻人从屋后走出来，一边道："……广平他们等不到十五了，今晚就办，你让婆娘们在饭里掺些药，把他们放倒，明天拖到外头去，只要别来碍事就行了。我看那些人都穿着上好的绸缎，行李里能翻出不少好东西……"

严宵寒听懂了这些人打算给他们下药，打算干些谋财的勾当，却没听明白何为"祭典"。这似乎是个只有本村人才有资格参与的仪式，可即便是祀奉鬼神，又有什么见不得人的？

还有那句"等不到十五"，是什么意思？

待那两人走远，严宵寒从房顶跃下，落地轻得像只猫，他站直身子，正打算神不知鬼不觉地溜走，脚步一顿，忽然猛地回头，恰好与长廊尽头的一双黑眼睛对上了视线。

祠堂本来就阴森森的，那人还躲在廊柱之后，只露出一双漆黑如点墨的眼睛，也不说话，就那么直勾勾地盯着他。

刹那间，严宵寒觉得脊背蹿上一阵凉气，冷汗当时就冒出来了。

他稳住脚步，尽量镇定地与他对视，内心闪过的第一个念头是干脆杀了灭

口，免得多生事端。

他一手背在身后，袖中藏着的小刀已滑落至掌心。正在此时，那人忽然从柱子后蹿了出来，最后看了他一眼，转身跑走了——竟然只是个垂髫之年的小儿。

以严宵寒的身手，只要他想，当场结果了那小儿也不是什么难事。只是该出手时，他那几乎不存在的恻隐之心忽然一动，那把扣在手中的刀最终没有甩出去。

都说有挂碍之后，作恶多端的人会多一层顾忌，行事收敛。严宵寒此前没体会过，如今却真真切切地感觉到杀意之外还有另一种力量在阻拦，他不由自主地想到傅深，如果此时此地是他在，会做出什么样的选择？

稚儿无辜，何必赶尽杀绝呢？

就是这一愣神的工夫，那小儿没有近前，眨眼间跑得不见踪影。

为免夜长梦多，严宵寒回去后立刻将齐王叫醒，吩咐随从收拾行囊，又特意叮嘱他们不要碰村里人给的任何食水，过午便马上动身出发去邝风县。

一群人又是套车又是装行李地忙活了半响，收拾停当，严宵寒谎称急着赶路，向村正辞行，留下了一点银钱权当食宿之费。他给的实在不多，那村正看起来颇为不满，但碍于他们人多势众，只恨恨地嘀咕了一句"铁公鸡"，便让他们走了。

车队行出十余里，待村子彻底消失在视野之中，齐王才问："严大人，方才怎么不给足了银钱？咱们又不是没银子使，何至于这般吝啬？"

严宵寒道："王爷明鉴，不是下官吝啬，而是出门在外，财不露白，赏赐得太过丰厚，反倒容易勾起他们的不满足之心，恐怕会多生事端。"

齐王在京中养尊处优惯了，确实不知这里头还有这么多门道，感慨地说了声"受教了"，又对严宵寒道："多亏父皇派严大人与本王同行，这一路上为本王免去了多少烦恼！"

严宵寒只当他在说客套话，微微一笑，并不接茬，伸手拉住了马缰道："王爷先行一步，这里离县城不远，半日便能到达。那溪山村尚有些蹊跷之处，下官回去探查清楚，晚一天到县城与王爷会合。"

齐王惊讶地道："什么蹊跷之处？"

严宵寒摇了摇头，道："下官说不准，不过或许等到今晚，一切就都清楚了。"

他离开村子后才想起来，任淼就住在隔壁的院子。那人十分警醒，破庙里自己的脚步声都能惊醒他，没道理他们在那儿大张旗鼓地收拾行李，他反而没听见，甚至没露一面。

任淼毕竟救过他一命，严宵寒愧受此恩，该拉他一把还是得拉一把，心说反正等他弄清那祭典是什么后，再顺手把他带走就是了。

半日后暮色降临，黄昏渐近，村落中亮起零星灯火，严宵寒借着暮色掩护，顺着早上那条路溜进了村中的祠堂。

村正和族中耆老都聚集在祠堂外，天井里还有三架板车，饰以鲜花彩帛，每架车上各躺着一个白衣素服的人。天色昏暗，严宵寒看不清那些人的面容，也不知他们是死是活，只听中庭里一位族老道："都准备妥当了，该上路了。"

几个青壮年人上前推起板车，一行人打起白色纸灯，慢慢朝外走去。那场景仿佛为死者送葬，在黄昏将尽未尽时显得无比凄清而诡异。

严宵寒欲跟在他们身后一探究竟，谁知低头一看，今早那个小孩又不知从哪里冒出来，正面朝他白日里藏身的那段房檐说话，嘴巴开开合合，却没有发出任何声音。

原来是个哑巴。

没人出现，那小孩脸上出现了茫然的神情，又重复了几遍，这回严宵寒终于看清楚了他的口型，他说的是："你在吗？"

也许是早晨的恻隐之心还未完全消退，严宵寒看那个孩子，觉得一个小豆丁很难对他这样一个大男人构成什么威胁，况且不入虎穴焉得虎子，送上门来的线索就这么白白浪费了未免可惜，于是从藏身之处踱步而出，反手扣刀背在身后，平静地问："你在找我？"

那小孩乍然回头，像个苍白的小鬼，一见是他，着急地用手来回比画，严宵寒半天才看懂他的意思，问："是要我跟你走？"

那小孩猛点头，指着祠堂后面，发出"啊啊"的叫声。

这破地方阴森幽冷，而且居然很大，严宵寒跟着他七拐八绕来到祠堂后面的院落，那小孩将他引到一处房屋前，指着门让他进去。

严宵寒低声问："你不进去吗？"

那小孩用力摇头，给他看自己胳膊上的青紫伤痕，做了个"打"的手势。

严宵寒明白了，此处大概是村子里的某个机密重地，寻常人不得擅入，否则会像这小孩一样挨打。

他点点头，道："多谢。"

那小孩后退一步，严宵寒侧耳听了听动静，确认屋中无人，才轻轻推开木

门,抬腿走了进去。

屋内不是全黑,四下里亮着一点黯淡的黄光,里面没有人,也没有什么恐怖景象。严宵寒往里走了几步,鼻翼翕张,忽然闻到一股不知从何而来的异香。

他微微一怔,随即一股难以言喻的热流直冲天灵盖,冲得他瞬间头晕目眩,站立不稳。接着那香气陡然变得浓烈,一团烈火自丹田里烧了起来,沸腾的血流涌遍奇经八脉,身体如同一个摇摇欲坠的残破笼子,再也关不住左突右撞的焦躁和难耐。

"当啷"一声,他手中的刀掉在了地上。

严宵寒咬着舌尖,踉踉跄跄地冲到门边,然而方才还一推就开的门此刻被人从外面牢牢锁死,他全身肌肉不住痉挛,指尖哆嗦得不听使唤,连破门而出的力气都没有。

一个彻头彻尾的圈套。引路的"哑巴小孩"根本就是一个为他铺设好的陷阱。

那香气仿佛有生命般将他包裹、缠绕,游走于四肢百骸,眼前的黑暗变成了一帧帧光怪陆离的梦境。在被业火焚烧的最后一丝清明中,严宵寒忽然想起了上次金吾卫遇害大案中,查验白露散时,一院子的飞龙卫都中了招,沈遗策曾经说,那种药会令人感受到"比极乐更极乐"的感觉。

为什么在这距京城千里之遥的一个荒僻山村里,竟然会有白露散?

然而这个令人毛骨悚然的念头并没有持续太久,他很快就想不下去了。思绪混乱纷杂,一时飞上云端,一时如坠雾中,严宵寒最终背靠着墙壁缓缓滑坐在地,闭上眼睛,胸口剧烈起伏,喘息声越来越急促。

他咬牙死死地忍着,手背上绽起数条狰狞青筋,大颗的汗水沿着鬓发一直淌进眼睛里,却在被欲望击溃的那一刹那,终于没能忍住,颤抖着低低呻吟了一声。

与此同时,村子的另一头。

任淼一觉醒来,发现人都走光了,他饿得腿软,头晕眼花地去灶下找了个馒头,就着冷水啃了。吃完了拍掉一手渣子,去严宵寒住的院里牵马,正要追往邝风县时,不知为何,心头蓦地一动。

难以说清那是种什么感觉,好像是某种预感,又仿佛是冥冥之中牵着他的一根线传来莫名的震颤。

他狐疑地转过头,犹豫着向村里走了几步,刚出后院,就看见有个还没他腿高的小孩从房舍后走出来。

两人照面，双双一愣，任淼还未有动作，那孩子却仓皇转身，撒腿就跑。

他不跑还好，一跑立刻显出做贼心虚来。任淼的身手确实比严宵寒快上许多，随手从地上拾起一块小石头，扣在指尖信手一弹，只听"嗖"的破风声响，那小孩被打中膝弯，"扑通"一声脸朝地摔了个狗啃泥。

任淼反手抽出那根被他使得得心应手的烧火棍，一棍将小孩挑起来，挂在空中晃了晃，自以为和颜悦色地说："你跑什么呀？"

小孩哆嗦得像筛糠一样，任淼笑眯眯地道："说吧，见我跟见了鬼一样，干什么亏心事了？"

那小孩说不出话，眼里迅速汪起两泡眼泪，颇有几分可怜，谁料那铁石心肠的男人丝毫不为所动，见他不答话，便拎着他走到附近的水井旁，把他往井口上一吊："不说？那你下去待着吧，反正现在村里没人，等他们回来，你八成都已经泡发了……"

小孩呆愣愣地看看他，又低头看看脚下黑黝黝的井口，"哇"的一声哭了。

任淼满意地道："现在乖了？人都去哪儿了？指路。"

小孩"啊啊"地号啕大哭，任淼本意是要问他村民都去了哪里，结果他没听清，还以为是严宵寒的同伙找来了，遂抽抽搭搭地一路把他给引到了那间屋子前。

任淼将他从烧火棍上甩下来，自己照着那门锁比量了一下，随后二话不说，一棍子抽了下去。尖锐的风声伴随着一声惊天动地的巨响，那沉甸甸的黄铜锁连带着半边门板，一并被他劈得稀烂。

哑巴小孩的眼睛都直了，怀疑这黝黑不起眼的烧火棍可能是把摧金断玉的绝世神兵。

房门一破，屋中的香气跟着散逸出来，任淼举袖掩鼻，出于死道友不死贫道的心态，一把抓过那小孩，将他扔了进去。

半大小孩承受不住这么浓郁的白露散，登时被冲晕了过去。任淼见状，更加不敢轻举妄动。他捂着鼻子站在上风口，待味道散尽了，才小心翼翼地踩着一地碎木走了进去。

刚进门，就看见了蜷在墙角痛苦万分的人。

白纱似的月光从破门中流淌进来，照亮满地狼藉。严宵寒被那声巨响惊动，反应迟缓地抬起头。他忍得血都要烧干了，从脖颈往下的皮肤泛着不正常的红，目光已不甚清明，冷汗不停地从发鬓滑落，流过脸颊，衬着通红的眼眶，竟犹如斑斑泪痕。

来人背光而立,面孔隐没在黑夜里,那修长的身影竟与记忆里的影子重合。他以为自己看到了幻觉,恍惚地道:"敬渊……"

任淼无声地骂了句脏话,大步走过来。

谁知他的手还没碰到严宵寒,那人忽然一个激灵,像是突然认出了他的脸,又像是被晚风吹醒了神志,涣散的目光重新凝聚起来,不知从哪儿来的力气,一掌挥开了他的手。

"走开……"他艰难地喘息着,嘶哑地道,"别碰我……"

那掉在地上的刀不知什么时候被他摸了回来,严宵寒指间挟着一点银光,挥刀往自己的右臂上扎去。

电光石火之间,任淼终于想明白了眼前这场景是怎么回事,立马抬手一指戳中他腕上穴道,夺下他手中的小刀,另一手照着他的颈侧来了一记斜劈。严宵寒头一歪,旋即失去知觉,软软地倒了下来。

任淼松了口气,抬手给严宵寒擦了一下脸上的汗,躬身将他扛起来,旋风一样出门上马,朝邝风县方向狂奔而去。

*

邝风县,悦来客栈。

被任淼从家里强拖出来的老大夫诊完脉,捻着胡子,见怪不怪地道:"不是大病,就是用多了药。你也不必着急,等药性发散出来,自然就好了。"

任淼问:"他用了什么药?"

"秋夜白嘛,"老大夫摇摇头,"这种病人我见多了,只图一时极乐……殊不知这药一沾就上瘾,以后难办得很!"

秋夜白又是什么玩意儿?跟白露散是一个东西吗?

满腹疑问不及细问,要命的病人还在床上。任淼没空听他感叹世风日下,头大地道:"行了行了,您先给他开点药发散发散,别弄出什么好歹来,明日我再带他去找您看诊。"

老大夫对付这种症状已经很熟练了,留下方子拿上诊金,颤颤巍巍地走了。任淼看了眼那方子,尽是些薄荷、丹皮之类清热解毒的药,吃与不吃没什么区别。他再看一眼帘内眉头紧皱、煎熬辗转的严宵寒,心中忧虑,思忖再三,还是从贴身内袋里摸出了一小瓶药水。

他仔细地对着镜子涂抹一通,一盏茶的工夫过后,他伸手从脸上慢慢揭下一张人皮面具来。

铜镜中倒映出年轻将军俊美的容颜来。

傅深把面具放在镜子前，起身走到床边，行动间衣摆飘起，露出一双长及大腿中部的黑靴。那靴子是北燕军武备司出品，在靴口、膝盖、踝骨处都有特制的机关扣，小腿处有六根玄铁骨架支撑，足底为铁片拼接，以精巧齿轮相缀连，穿上后腿脚不吃力，膝盖以下可全由机械代替步行。

这是他受伤后武备司特意为他研制的代步之器，哪怕真是膝盖以下全无知觉的残疾人，穿上这靴子也能行走如常，更何况傅深已康复了七八成。他在山庄中收到俞乔亭遣人送来的长靴，心想闲着也是闲着，不如去逗严宵寒玩，一时兴起，遂改头换面，易容化名追来了荆州。

真该感谢北燕铁骑的能工巧匠和他的突发奇想，幸亏他追来了，否则办完这一趟皇差，某人怕是难回来了。

严宵寒做了一个很长的梦。梦里他看见傅深踏着月光走到他面前，可蹲下来时，那张脸忽然又变成了陌生的容颜；再一眨眼，场景换到了不知名的地方，傅深笑着看他，他才刚开口要叫傅深的名字，那道人影却倏忽消散了。

滂沱大雨里，刀尖上的水珠坠落下来，倒映出宫门外长跪的红衣身影，那冷冷水声又与某段记忆相合，在无边的夜色里，他好似与某个人一起取暖，可当他想要靠近一些时，摊开的掌心里，却只有一捧看不出原样的碎玉。

他仿佛听见一个模糊而遥远的声音说："没事，我这不是来了吗？"

他从梦境里一脚踏空，整个人猛然惊醒了。

目之所及是朴素的青纱帐顶，他平躺在客栈的床上，被子被严实地掖到下巴，身上穿着中衣，外袍就搭在床榻边的架子上。

严宵寒眸光涣散地盯着帐顶愣了好一会儿，才在剧烈的头痛里想起昨晚的种种遭际。先是误入陷阱，然后被人救出带走，之后就陷入昏迷，后面的事情无论如何也想不起来了。

倒是那些光怪陆离的梦境还留有残像，翻来覆去都是那个人。

等等——

他的目光落在桌上那张薄薄的人皮面具上，心中仿佛有根琴弦，迟缓而低沉地"嗡"了一声。

严宵寒脸色骤变，掀开被子跌跌撞撞地翻下床，连鞋都没穿，赤着脚奔了出去。

人呢？

　　究竟是他做了荒唐一梦，还是确有其事？昨晚救走他的人究竟是谁？

　　他被药刺激得太过，头脑至今还有点发木，记忆和思维一片混乱，连许多明显的痕迹都没注意到，整个人慌得不行，不管不顾地拉开门冲进了走廊。

　　傅深恰好提着几个纸包上楼，两人在楼梯口撞了个正着。他没有戴面具，那张毫无掩饰、锐利俊美的脸就这么猝不及防地撞进了严宵寒的瞳孔里。

　　"醒了？"他一抬眼皮，把药包换到左手，再淡然不过地问，"怎么不穿鞋就跑出来了？"

　　严宵寒的眼圈飞快地红了，扑过来一把攥住了他的双肩。

　　"哎哟，轻点……"傅深用空着的那只手拍了拍他微微颤抖的脊背，"肩膀都要被你捏碎了。"

　　"真的是你……"严宵寒喃喃地道，"我还以为……我真是蠢到家了……"

　　"任"字同"人"，三水为"淼"，"任淼"其实就是"傅深"二字的偏旁。还有那深藏不露的身手，这么多显而易见的线索摆在他眼前，他却像个瞎子一样视而不见。

　　若不是昨晚他身陷险境，傅深不得已自揭身份，他要到什么时候才能认出这个人来？

　　傅深忍俊不禁："是不聪明。"

　　待严宵寒稍微平静一些，傅深才把他领回屋里，说道："地上凉，快别发疯了，回去坐着。我下楼找人煎药，顺便叫小二送热水上来。"

　　见严宵寒神思恍惚，一脸反应不过来的样子，傅深放心不下，凑过去在他肩上捏了捏，叮嘱道："我马上就回来。"

　　严宵寒死灰一样的眸子里终于泛起了一点活气："嗯，去吧。"

　　他好像终于从颠倒缭乱的噩梦中醒了过来，高度刺激带来的麻木逐渐为疼痛替代，前因后果在他脑海中串联成线。碎了一地的理智被重新拾起、拼凑，随后又被一个后知后觉的发现"哗"的一下冲垮。

　　傅深……竟然能站起来了？

　　房门"吱呀"一声从外面打开，傅深走了进来，还没张嘴就被严宵寒死死抓住："敬渊，你的腿……这是怎么回事？"

　　"真不容易啊，终于发现了。"傅深撩起衣角，给他显摆那双特制的黑靴，"北燕武备司帮忙做的，以齿轮代替关节，穿上之后，纵有腿伤亦可行走如常。如何，是不是巧夺天工，别出心裁？"

　　他的腿原本就笔直修长，脚底又被铁片垫高了几寸，站起来差不多与严宵寒齐平，配上束紧的黑靴与三处乌银色铁扣，更显得身姿挺拔。

严宵寒总觉得自己忽视了什么，然而他稍一思索，头疼就变本加厉，强忍着道："昨天……不对，前天下那么大的雨，你就在雨里跑了一天？平时在家，阴天下雨都疼得睡不着，你……"

傅深堵了他的嘴："我带着药呢，杜冷给配的。吃完之后小腿就麻了，没有感觉。反正走路也不用小腿，真没事，不骗你。"

"真有这种灵丹妙药你怎么不早用，偏要等到这时候才拿出来？"严宵寒不肯上当，"别糊弄我没见过世面。"

傅深语塞，随即投降道："行吧，其实有一点。昨天我找到你的时候，跟你说过我特别困，还记得吗？那药吃完后会犯困，等我醒过来，齐王他们早都走干净了。"

"怪我，"严宵寒揉着太阳穴，疲惫地道，"若我能早点认出你，就不会让你白受那么多苦。"

傅深最不愿意听这种话，正要发作，看他一脸憔悴样，又捏着鼻子忍了："别管我了，先想想你自己。我上午去找郎中问过，你中的药就是白露散无疑，这玩意儿用一次就上瘾，要戒除很难。你给齐王传个信，这趟差事别办了，跟我回京城治病，好不好？"

"这里为什么会有白露散？"严宵寒问，"京城的白露散是纯阳道长带去的，这里会不会就是白露散的产地？"

傅深不耐烦地道："你管他是白露散还是黑露散，这玩意儿上了瘾是要命的，你比我更清楚，先把你自己治好了再管别人死活行不行！"

严宵寒摇了摇头："敬渊，这事换成是你，你也会追查下去的。"

"换个屁！"傅深的火"腾"的一下上来了，"这破事落在你身上跟落在我自己身上有什么区别？天下人离了你就活不了还是怎么的？非要死犟！"

骂完了他才想起来，大夫跟他说过，中了白露散的人，因为药物发作时对头脑刺激过大，等药效消退后，会出现健忘、思绪混乱、神志恍惚、消沉低落等症状，急不得骂不得，只能耐心陪伴，帮助他逐渐戒断，是个细水长流的活计。

对于傅深来说，根本就是老牛拉破车。

严宵寒没力气跟他争辩，傅深说的不无道理，只是他现在什么都听不进去，脖子上好像顶了个西瓜，连思考都变成了一件极困难痛苦的事。他当然知道沉默只会让两人之间的气氛变得更糟糕，可汹涌而来的心累和疲倦以及无处可诉

的消沉充溢胸膛，他实在提不起力气再试图去挽回什么了。

傅深皱着眉头站起来，就在严宵寒以为他会摔门而去时，那双黑靴却停在了床前："算了，不回就不回吧，我是治不了你了。"

闻言，严宵寒反应很慢地抬眼看他，惊讶像遥远的潮汐，虽未至岸边，已能感觉到隐约的震颤。

傅深继续道："不回京，就得乖乖跟着我。不许乱跑，该吃药吃药，该治病治病，答不答应？"

严宵寒一脸茫然，下意识地点了点头。

傅深躬身在他眉心轻轻弹了一下："没事，你听话，不用怕，万事有我。"

他身上有种奇异的、令人安心的镇定，可能是多年带兵练出来的气场，让严宵寒觉得哪怕眼前是天崩地裂，有傅深在，也能为他辟出一方安宁之地。

傅深其实也有独占欲，但是不明显，严宵寒活蹦乱跳时他显得淡淡的，只有这时候才一股脑地爆发出来。此刻他心里唯一的念头是不管在京城还是在荆州，这人必须待在他眼皮子底下，至于什么破差事，谁爱办谁办，都去他的吧。

门外响起小二的喊声："客官，热水来了！"

随着热水送进来的还有一桌饭菜，严宵寒沐浴过后，用手巾拧着半干的头发走出来，看桌上放着一盆深茶色热汤，药味扑鼻，忍不住好奇地问："这是什么？"

傅深盛了一碗，随口答道："专门叫店家给你熬的补气汤，能清一清你身上的药毒。"

他端起碗尝了口汤，觉得味道勉强还能接受，从旁边拎了件外衣让严宵寒披上，招呼他坐下吃饭。

两个人的角色好像忽然对调了，以前严宵寒如何事无巨细地照顾傅深，如今傅深就有多细致多体贴。

特别是对于一个平常粗手粗脚的老爷们儿来说，这份细致体贴就显得尤为难能可贵。

严宵寒心里泛起一点说不清道不明的滋味，其中竟掺杂着几分难言的苦涩。本来应该由他来照顾傅深，最后反倒让傅深在大雨里奔波，要等傅深来救，还要让傅深为自己耗尽心力。

自我厌弃像野草般疯长，眼前忽然腾起一阵白汽，他定睛一看，一碗热汤被递到了他眼前。

"逗你的。这是清热去火的薄荷香薷饮，多喝两碗，省得你一天到晚想东想西的。"傅深举起自己手边的碗，与他碰了一下，"干。"

严宵寒："……"

用过午饭，傅深看严宵寒的精神不好，又强按着他睡了个午觉。睡醒后两人才一道出门，去找昨天替他看诊的老大夫。

邝凤县跟京城没法比，县城里知名的医馆只有一两家。傅深那人皮面具是杜冷给他粘上的，揭掉了就戴不回去，早上来时人家大夫压根儿就没认出他，还好奇地问："昨儿晚上那个小哥怎么没来？他把病人托付给你了？"

"任淼"那张平平无奇的脸跟他本人实在相差太多，傅深只好硬着头皮信口胡编道："没错，他有事先走了，您有话告诉我就成。"

老大夫让严宵寒坐下，一边搭脉一边随口闲聊道："老夫除了医理，还学过一点相人之术，你们二位命格贵重，双星相照，往日虽好事多磨，来日必有后福。"

被他这么一说，严宵寒眼底不由得露出些许笑意，道："谢您吉言。"

老大夫凝神号脉，片刻后收回脉枕，对严宵寒道："我今早就跟这位公子说过，服食秋夜白而致成瘾，用药是治不好的，只得靠自己戒断。你还年轻，正是身强力壮的时候，这药虽损耗了些精神，休养一阵也就好了。况且我听说你是误服，既有戒药之心，只要忍得住，吃得了苦，一年半载后总能戒掉。"

傅深皱眉问："戒药很痛苦吗？"

严宵寒听懂了他的未竟之意，轻声劝慰道："没关系，只要能戒掉，吃点苦头也没什么。"

吃苦对于严宵寒来说不算大事，他从入宫起便一直是从刀山火海中蹚过来的，心性坚忍自不必说。只是傅深看不得他受折磨，追问道："有没有什么法子能减轻一些？"

老大夫摇头："秋夜白这东西，就好比放贷，你借了钱纵情挥霍，还的时候就要抽筋扒皮。老夫劝你做好准备，药瘾犯起来可不是寻常人受得住的。要是真那么好戒，何至于满大街都是倾家荡产的病鬼？"

话说到这个份上，除了自认倒霉也没有别的办法。傅深又从柜上抓了两包疏散解毒的药材，那老大夫捻着白须，老神在在地提醒道："对付秋夜白，没什么好法子，有一点你必须得记牢——吃得了苦，才治得好病，万不可看他难受，就让他再沾秋夜白，心软可是大忌。"

这回傅深没有立刻回答，而是扭头看了严宵寒一眼。

严宵寒朝他安抚地一笑，眉眼憔悴，但格外和煦："看我干什么，怕自己狠

不下心来?"

"是啊,"傅深感叹道,"这是治你呢,还是治我呢?"

两人各拎着一包药材从医馆里出来。严宵寒在当地用以联络的钱庄里给齐王留了一道口信,告知溪山村出现白露散的线索,让他们先行去荆州,自己要多留几日以便查证。

两人趁着闲暇,又在县城里逛了一圈。

四月正是春暖花开的好时节,南方尤为湿润温暖,邝风县盛产各种鲜鱼鲜藕,比之京城别有一番风味。虽然严宵寒身上还有药瘾未解,但没发作时与寻常并无差别,他把自己的黯淡消沉收敛得很好,与傅深同游,倒也不觉得时日难熬。

多方打听之下,他俩才弄清楚所谓"秋夜白"到底是什么东西。

此物原身是种开花结果的植株,相传是前朝皇帝梦游月宫时嫦娥所赠,常于中秋之夜盛开,故名"秋夜白"。花朵洁白如雪,果实研磨后色如牛乳,服之令人身体暖热,如痴如醉。秋夜白果实汁液粗制后呈浅棕色丝状,可用烟枪吸食。精制的秋夜白则呈棕色半透明块状,类似琥珀,纯度更高,药效更强,研磨成粉后只消取一点在火上烤制,就会散发出令人迷醉的异香。最为精制的一类就是严宵寒他们在京中发现的白露散。

本地栽种秋夜白的人家颇多,粗制的秋夜白更是满大街都是,因这药有暖情之效,所以多放在烟花柳巷搭售。凡售卖秋夜白的地方,都会在门前挂一盏白色花形灯作为标志。而精制的秋夜白则是极为难得的稀罕之物,民间谓之"一两秋白一两金"。

不幸中的万幸,严宵寒在溪山村遇见的只是村民粗制的秋夜白,点燃时杂质很多,药量不算大;要是真的点儿碰上精制的白露散,他在屋子里被关了那么久,别说爬起来看病,恐怕现在人都脱形了。

两人越往城中走,目中所见之景越令人心惊。当日京城一桩金吾卫案,闹得人心惶惶,飞龙卫对白露散严加盘查,恨不得把清虚观翻个底朝天。可仅仅是在这邝风县内,傅深他们一路走来,见到门口挂白花灯的秦楼楚馆就有不下十家,更别提数不胜数的民间私贩的土制秋夜白。

与莺啼燕语、金粉红袖一墙之隔的街上,甚至有蓬头垢面、身体溃烂的乞丐,仍捧着烟枪不肯撒手。

这场面既奢靡绮丽,又莫名凄凉诡异,看得傅深一阵发毛,纳闷道:"真是邪了门了,就为了个破药,犯得着把自己糟践成这样?"

严宵寒道:"你没中过药,不知其中感受,我现在倒是能理解一些了。人生多苦,一旦体验过极乐,自然再难忍受人间疾苦。"

傅深不大高兴地道:"那你呢,也打算就地飞升吗?"

"不会。"严宵寒转过脸来看着他,微笑道,"既然是双星相照,气数相连,侯爷尚且在红尘之中,我又怎么能独居天上呢?"

"油嘴滑舌,走了!"

第十一章 解救

据说秋夜白成瘾，以前三天最为难熬。就算有傅深陪着，这三天也把严宵寒折腾得脱了层皮。好在他心志坚定，又有一个顶天立地的靖宁侯给他当主心骨，过了两天，那种不辨外物、天昏地暗的状态渐渐消退，严宵寒感觉自己已经恢复了不少，便提出要回狐仙庙和溪山村看一看。

傅深不放心他的身体，严宵寒却颇为坚持："早处理完早回去，这事总不能一直拖着。"

傅深指了指他："当初答应过我什么来着？自己说过的话，转眼就忘。"

严宵寒不着急，也不争辩，只是注视着他。傅深不怕他跟自己抬杠，就怕他这样看着自己，很快就败下阵来，松口道："行行行，你想去就去，都依你。"

溪山村靠山临水，本该是个悠然恬静、风景如画的世外桃源，谁能想到这不过百余户的小村庄里竟还藏着那么多阴暗的秘密。

这里的村民对外人极为警惕，严傅二人又太过扎眼，谁都没有易容的本事，只好蹲在村后山上的小树林里，隔着河远远观察。两人从日出等到日落，看了一整天农人种地、妇女洗菜，除了傅深闲得无聊用石子打下的两只斑鸠外别无所获。

"这样不行啊，严大人，"傅深道，"咱俩就是蹲到死也盯不出结果来，干脆我下去给你抓个人上来审一审得了。"

第十一章 解救

严宵寒没有答话，仿佛正在出神。

傅深伸长胳膊在他背后拍了一下："严兄？"

"嗯？"他像是陡然从某种情景中被抽离出来，目光从茫然收束至一线，定了定神，道，"你说什么？"

傅深对别的事不上心，只盯他盯得紧，敏锐地注意到严宵寒的不对劲，探手去抓他手腕的脉门："怎么了？"

严宵寒不知怎么想的，竟然闪躲开了。傅深习惯了他的配合，一下抓空，顿时没事也变成有事了："躲什么？手伸出来我看看。"

严宵寒缩在袍袖下的手正在不受控制地颤抖，而且有愈演愈烈的趋势，他强忍着道："没事。"

"没事才怪，"傅深冷冷地道，"都哆嗦成筛糠了，还跟我睁眼说瞎话？"他在心中默念三遍"他有病，别跟他一般见识"，把心头的火强行压了下去："是药瘾又犯了吧？"

严宵寒脸色发白，没有否认。

傅深环顾周遭，但见林木葱郁，暮色四合，整片林子里静悄悄的不闻人语，只有清风鸟鸣，问道："你现在还能坚持到回县城吗？"

也许是药瘾作祟，也许是这段时间的愧疚自责积攒到了盛不下的边缘，严宵寒不知道想岔到哪儿去了，又退后些许，黯然道："抱歉，拖累你了……"

那后退的动作比什么话都伤人，傅深差点让他给气笑了，重复道："拖累？"

"行，你行。"他指了指严宵寒，冷笑数声，"我变着花样地给你治病，你就变着花样地气我，是吧？"

傅深烦躁地在林间小路上走了个来回，再三忍耐，终究没忍住，怒火万丈地咆哮道："严梦归，我一天到晚恨不得把你供起来，合着就是让你跟我说这话的？你的良心都被狗吃了？"

他是从战场上下来的人，真动怒时声音里好似含着血气与寒光，气势如泰山压顶，可严宵寒被他劈头盖脸地骂了一句，心中竟冒出一点病态的放松感来。

他心想，委屈傅深了。

他知道傅深愿意迁就他，可是一个人已经掉进了深渊，难道还非得拖上另外一个一起沉沦才算完吗？

傅深吼完，火气未散，脑子却冷静了下来。严宵寒的目光缥缈不定，似悲似喜，傅深知道他或多或少被药物影响，心态低落时，嫌恶厌弃的情绪会像毒草一样丛生。只是他唯一不明白的是，严宵寒为什么总觉得自己是他的拖累？

　　他这么想,也这么问出来了,严宵寒似乎没料到他这么坦诚,愣了一下才道:"我中毒原是因为自己不谨慎,却累得你殚精竭虑。你腿伤未痊愈,本该待在京中休养,却为了我四处奔波……是我没能好好照顾你,反倒三番五次地拖累你。"

　　傅深接话道:"照你这个说法,谁也不欠谁,那凭什么你得好好照顾我?严宵寒,你觉得我与你交好是图你的万贯家财,还是图你那正三品的高官之位?"他冷笑道,"明明我这个无官无权的残废才是你的拖累,对不对?"

　　严宵寒最听不得"残废"这个词从他嘴里说出来,一时间什么心思都歇了,沉声道:"别乱说。"

　　犹如一瓢水浇在火堆上,傅深的冷笑僵在脸上,彻底拿他没辙了。

　　"你……"他有点急火攻心,想把严宵寒吊起来抽一顿,好让他清醒一点,忍耐着道,"算了,别扯那些没用的,先管你的药瘾吧。"

　　严宵寒倔强道:"没事,我忍一忍就过去了。"

　　傅深忽然道:"严兄,你还记不记得那天中了药之后,我找到你时,你在干什么?"

　　不知为何,他的口吻一下子就软和了,甚至称得上和颜悦色。严宵寒蹙眉思索片刻,实在想不起来,摇了摇头。

　　"我记得。这几天一闭眼,我眼前全是那个场面,恐怕一辈子都忘不了。"傅深垂下眼帘,"那时候我还是'任淼',一靠近你,你就拿着寸把长的小刀往自己手上扎。"

　　"你跟我说实话,如果那天我没有出现,你怎么办?"

　　严宵寒的目光望进他的眼里,答案几乎是不言而喻的——

　　那一刀当然就直接扎下去了。

　　傅深走到他身前,极为认真地说:"你当我千里迢迢地到这里来是图什么?梦归,我怎么会觉得你是拖累?"

　　"非要一个理由的话,"他的语气分明是戏谑,态度却无比郑重,"你能护我、顾我,我就能舍命护你、救你,要什么给什么。明白了吗?"

　　吸入秋夜白之后,严宵寒一直觉得自己心上被豁开了一个大洞,直通深渊,深渊里住着他所有的妄念、执念与欲念,像是永远不知满足。他清醒的时候能克制住自己,不清醒时却分不清那到底是药物带来的失控,还是自己丑陋的本来面目。

　　可现在,傅深义无反顾地跳下了深渊,迎接他的不是凶兽的撕咬,而是一个脆弱的、伤痕累累的严宵寒。

严宵寒终于意识到，他的圆满不是顶着风刀霜剑为谁张开羽翼，而是在行将跌倒之时，凭空出现了一双扶住他的手。

清风过处，树叶簌簌响动。

直到天色完全黑透，两人也没什么收获，正准备上马离去，远处溪山村忽然传来一阵喧哗，女人的号啕大哭声刺破夜空，许多人家的灯盏次第亮起，不少人开了窗，扯着嗓子问："田成家的，出什么事了？"

幸亏天色已晚，村民关门闭户，说话全靠嚷嚷，让山坡上的两人也能听个大概。有人回道："田成要不行了，得抬到祠堂去，明晚就得送走！"

女人撕心裂肺地哭喊："各位叔婶，他还有救，我带他去城里看大夫！别送祠堂……求求你们了……"

有个粗声粗气的大嗓门男声道："不成！不能去县城，为他一个人拖累全村人吗？"

傅深和严宵寒不约而同地对视一眼。

这溪山村果然有蹊跷，一个病人去县城求医，怎么会拖累全村人？

傅深心头陡然掠过一个不祥的猜测："难道是……瘟疫？"

病人被送进祠堂后，溪山村中重归平静。严宵寒和傅深冒着被全村的狗追着咬的风险，偷偷溜进一户人家的院子，听了半天墙根，终于大致拼凑出了前因后果。据说是那个病人染上了治不好的恶疾，村子里的人都认为此乃不祥之兆，明晚要在河边办个祭典驱邪。

等回了客栈，两人讨论此事。傅深说："你觉得那'恶疾'是不是瘟疫？如果真的有瘟疫，这些乡野村民未免也太胆大了。一旦瘟疫大范围流传开来，死一村人都是轻的。"

"隐瞒不报才是人之常情，"严宵寒说道，"你想想，这里的地方官连治下秋夜白泛滥都不肯上报给朝廷，如果他发现溪山村接二连三地出现疑似瘟疫的怪病，他会怎么办？"

傅深眉头一跳。严宵寒道："宁可错杀，不可放过，管它是不是瘟疫，全部消灭才能永绝后患。村民们都知道如果此事传扬出去，他们全村人都难逃一死，所以才死死地瞒着，不敢报官。"

傅深一拍床榻："什么狗官，岂有此理！"

严宵寒笑而不语。

傅深斜眼瞥了他一眼："哟，真是奇了，今天怎么不使小性儿了？"

严宵寒能对地方官员的思路一猜即中，估计自己也正直不到哪儿去。以前傅深说这话时，他难免会被轻微地刺一下，这回却像是真正放下了多年的芥蒂，变得磊落坦荡起来，颇有点宠辱不惊的意思。

傅深像是在他心里筑起了一座坚固无比的城池，他明白自己坐拥这人所有的宽容，足以令他在这一方天地里俯视众生。人一旦有了底气和依靠，自然就挺胸抬头，不再囿于得失之间了。

严宵寒微笑道："侯爷天天夸在下可靠，我自然要以此自勉，做出个持重的样子来。"

傅深有种微妙的被他揶揄了的感觉，干脆眼不见心不烦，一闭眼不理他了。他在脑海里慢慢地梳理这些天来发生的事，先是京中连发命案，再是荆楚粮税减收，严宵寒在溪山村中药，邝风县秋夜白泛滥……这一系列事件的关键点，全落在这前所未闻的"秋夜白"上。

现在需要弄清的问题，一是溪山村到底藏着什么秘密，二是荆楚的减收是否跟秋夜白泛滥成灾有关系，三是秋夜白究竟是从什么途径传入荆楚，是人为的还是自然生长？这种秋夜白遍地开花的情形是仅限于荆楚一地，还是已经蔓延到了其他地方？

起初傅深只是一时兴起，想低调地随严宵寒办完这一趟差事，没想到出门撞鬼，碰上这种糟心事，让他想置身事外都难。也不知道他这是单纯的有点儿背，还是天生的劳碌命。

想着想着，困意渐生，傅深不知不觉地睡沉了，严宵寒听他呼吸逐渐变得均匀绵长，便轻手轻脚地扯过被子替他盖好，正欲起身离开，却不防还没直起腰，傅深就醒了。

也不算完全清醒，眼睛都没睁开，傅深犹在迷蒙之中，但明白地知道他要走，于是囫囵问道："要去哪儿？"

严宵寒轻声道："你睡，我去洗手。"

傅深听了这话，又重新闭上眼睛，含糊着道："睡了。"

严宵寒失笑，低声应道："嗯。睡吧。"

次日清晨，两人再次上了溪山村后山。今日河边有个不住抹眼泪的女人，旁边的妇女纷纷上前劝慰，料想那就是昨晚哀哀哭泣的"田成家的"。傅深今日养好了精神，手里转着他那根烧火棍，道："盯住她，必要时可以帮一把，说不定能套出几句实话来。"

严宵寒拖着嗓音道:"是,下官遵命。"

傅将军的烧火棍差点脱手飞出去。

一日飞快地过去,夕阳西下,倦鸟归林,田地里劳作的村民陆续回家。严宵寒与傅深站在半山腰,正好可以俯瞰整片村庄。

就像那一晚的情景重演,先是祠堂方向亮起几盏灯,接着各家各户都提着灯笼出门,逐渐汇聚成一条光带,沿着村中小路蜿蜒前行,正朝河边走来。

借着灯笼的光,隐约可以看见人群中有一架花车,车上躺着一个不知死活的白衣人,此情此景令严宵寒后背一凉,想起那天在祠堂中所见,那颇为诡异的仿佛送葬一样的队伍。

臂膀忽然被拍了一下,傅深状似漫不经心地随口道:"别怕。"

那一晚,有个人单枪匹马地闯进村落深处,将他从噩梦中带了出来。

严宵寒应声:"嗯,不怕。"

傅深微微一笑后继续观察这些村民,只见村民走到河边,将那架花车放到河边的空地上,摆开一地瓜果祭品。

有个胡子花白的族老从人群中走出来,先是郑重地朝湍急的河水磕了三个头,随后抖抖索索地从袖中掏出一张黄符,念诵咒语,再将黄符放到香烛上点燃。待符化成一把飞灰,他手中摇铃,开始高声祝祷。傅深模模糊糊地听了一耳朵,那祝词似乎是请求某方神圣高抬贵手,度化罪人,保佑村庄风调雨顺,不生瘟疫。

傅深愕然道:"本朝早就绝了河伯祭祀,改祀水官和龙王,怎么这帮愚民还敢拿人填河?"

他说的是前朝旧俗,以前凡遇阴雨洪水,百姓都认为是河伯发怒,需要献祭方能平息。好一点的用猪羊牲畜,更有甚者,竟以童男童女或者美貌少女为祭品,无数无辜女子、孩童为此丧命。国朝初立,太祖严令革除旧俗,各地河伯庙被推倒,活祀禁绝,风气为之一新。

谁能想到百年之后的今日,在这荒僻之地,竟有噩梦重现,旧事重演。

严宵寒按住他:"等等,别着急。河伯只管风调雨顺,从没听说还管瘟疫。而且据说古代祭祀都以童男童女为祀物,花车上那人看起来倒像是个男子。未必就是祭河伯,暂且静观其变,看他接下来要做什么。"

待那老者念诵完祝词,两个裹得严严实实的男人将白衣人从花车上抬下来,扯出数根粗麻绳,将那人五花大绑。刹那间,站在人群中的女人发出一声撕心裂肺的凄厉哭喊,不顾众人的阻拦,扑上去与那二人扭打:"让我死吧!让我替

他死吧！"

村正示意几个妇女上前将她拖开，那女人浑身瘫软，伏地大哭大骂，所有村民却仿佛充耳不闻。两个男人抬起那白衣人，投入滔滔河水之中，随着一声苍老嘶哑的"拜送真仙"，众人齐刷刷地跪了一地，朝着河水虔诚地三叩首。

傅深面沉似水，以他的眼力，甚至能看见那人被投入河中时，手脚还在不断挣扎。他低声道："这条河汇入狐仙庙后的小湖，到那边找，说不定还有救，走。"

严宵寒却道："丈夫死了，他的妻子恐怕也活不过今晚，我去湖边捞人，你跟着她，万一来不及救她丈夫，咱们手中得有个活的证人。"

傅深沉吟片刻，似乎不大放心，严宵寒知道他在担心什么，宽慰道："放心，我水性尚可，遇事必先自保，不会为一个陌生人铤而走险的。"

"务必小心。上次那种晴天霹雳，我是禁不住第二回了。"傅深从袖中摸出那把严宵寒曾试图拿来自残的小刀，抛进他怀中，道，"我一会儿将那个妇人带到狐仙庙去。"

严宵寒接过刀，在指间玩花活似的转了一圈，翻身上马，临风一笑，面容在昏暗夜色中仿佛发着光："好，那就狐仙庙见。"

*

数日不见，狐仙庙仍矗立在原来的小山坡上，只是更加残破，在夜色里犹如一堆废墟，河流则在山后汇入一片宽阔的水域。

今夜无风无雨，月光皎洁，湖岸乱石嶙峋，湖水沉沉无波，透着一股说不出的阴森寒凉。严宵寒下了马，在湖边伫立良久，盯着深碧的湖水出了半天神，才终于想起这地方究竟诡异在哪里。

那晚大雨瓢泼，他们没有靠近湖边细看，而齐王和严宵寒一行全是北方人，对南方景色不大熟悉，竟也没意识到不对：这片湖出现在山野之中，还有活水注入，水边却寸草不生，既没有芦苇水草，也没有水鸟栖息，甚至连鱼虾都没有，整个湖泊犹如一潭死水，没有半点活气。

再联想到村民们今晚的所作所为，严宵寒蓦然生出一个可怕的猜想来。

没过多久，随着河水中传来哗啦哗啦的水声，严宵寒定睛细看，河心果然有个白色影子浮浮沉沉。

溪山村村民临水而居，水性都极佳，或许是他妻子中途冲上来阻挠的缘故，那人身上的绳子没有绑紧，入水后竟松脱了些许，使得他直到现在都没溺水，靠一口气撑着，随水漂流至湖边。

严宵寒脱下外衫，轻装入水，奋力游到河中央，用指间银锋割开数股麻绳，然后一拳打晕仍在胡乱挣扎的人，反拖着他浮上水面，朝岸边游去。

他救得及时，那人虽然呛了水，好歹还有一口气。严宵寒把他甩到岸上，见他一时半会儿只能吐水，没有逃跑的力气，便转身重新沉入水中，朝不远处的湖泊游过去。

外面夜色已深，湖水中更为幽暗，严宵寒只能看清周身一尺左右，他闭气下潜，感受着河水汇入湖泊时流动的韵律，继续探向湖心深处。

游着游着，他感觉自己似乎碰到了什么东西，起初还以为是鱼，后来那玩意儿一直在他背后来回戳弄，他不耐烦地回手抓住，触感又软又滑，拉近了一看，白生生一截嫩藕似的，末端还有分叉——

一只人手。

一来就跟湖底的住客手拉手，严大人差点没当场厥过去，险些以为自己的药瘾犯了，又出现了幻觉。他吐出一串气泡，感觉自己刚受了这一惊，口中的气并不足以支撑他迎接下一波惊吓，于是果断地放弃，双腿在水中一蹬，反身向上方游去。

片刻后，湖面冒出一朵大水花，严宵寒破水而出，刚长出了一口气，就听见岸边传来阵阵马蹄声。

傅深来不及等停稳，从马上一跃而下，快步朝湖边走过来："严兄！"

严宵寒朝他挥挥手，示意没事，自己又从湖里游回河里，在清水里反复漂洗。他倒没有洁癖，但任谁在泡着尸体的水里扑腾了那么久，心里都难免不适。傅深跟着他从湖边绕到河边，伸手将湿淋淋的严宵寒拉出来，抓起外袍兜头盖到他身上，纳闷地道："你在湖里折腾什么？"

严宵寒抓着他的胳膊不肯松开："不告诉你，否则你肯定不会再跟我接触了。"

傅深不以为意地嗤道："事儿精。"

水边风大，严宵寒浑身湿透，被风一吹，再配上方才湖底那一幕，不由得汗毛直立，打了个哆嗦。傅深见状，便要把自己的外袍脱下来给他，孰料严宵寒仍死拉着他不放，傅深挣了一下没有挣开，无奈地道："还不松开？"

"不，"严宵寒哆哆嗦嗦，死性不改地笑道，"我怕得很，得让侯爷给我压压惊。"

傅深一言难尽地看着这瑟瑟发抖的"小可怜":"怎么没吓死你呢?"

话虽如此,他还是撑起外袍,给他挡风,护着他离开湖岸。两人到系马处一看,马背上伏着一个昏迷不醒的素衣妇人。严宵寒瞥了一眼被他打晕的男人,扭过脸去,假装没有发现这如出一辙的粗暴,提议道:"把他们搬到狐仙庙去?"

两人一手一个,将人拎进狐仙庙,傅深从后院找了些破木头,生起一堆火,把严宵寒按在篝火前烤干。严宵寒跟他略略说了自己在湖底所见,本意是想吓傅深一下,不料傅深比他承受能力强得多,闻言只是皱了下眉:"按村民的行事习惯,湖底的尸体恐怕不止一具,村里有多少人够他们这么扔?"

严宵寒道:"时间不会太早。我猜有可能与白露散在京中流传开来的时候大致相当。"

"说详细点。"

"第一,纯阳道长入京,寄住在清虚观,是在大约三年半之前,也就是元泰二十二年年末;第二,荆楚粮税减收,这本是去年冬天就应该理好的账,但一直拖到了今年春天。如果减产是因为秋夜白泛滥的话,那么至少在元泰二十五年秋天之前,秋夜白便已经在此地出现。"

傅深道:"粮税与秋夜白有什么关系?第二条未免有点武断。"

严宵寒给他解释:"荆楚虽不如两江这等财赋重地,却也是富饶之地,去年既没有旱涝灾害,也没有人祸战乱,粮税却平白无故地减了两成,这不合常理。你在邝风县也看到了,秋夜白容易成瘾,而且价格奇高,吸食者往往倾家荡产,疾病缠身,这有没有可能造成一部分农人破产?"

"再者秋夜白本身就是暴利,倘若有人从中获利,家家户户效仿,不事耕作而改种秋夜白,也会引发今日局面。这一点想要验证也简单,我们改日去荆州城外走一趟,看看田里种的到底是什么。"

傅深点点头,示意明白了,往下说。

"第三,白露散在京中出现的时间,按易思明的说法,大约是去年秋冬。正是你在青沙隘受伤、陛下为你我下旨之后。纯阳道长在京城潜伏数年,一直没有动作,为了替你报仇,恰好秋夜白的药性在南方得到验证,便将它带入了京城。"

他停顿了一下,总结道:"就我们目前发现的线索来看,秋夜白是先在南方流传开来,然后被纯阳道长带入京城的,这一点应无异议。"

"又想当然了,"傅深道,"依你的意思,秋夜白早就存在,只是被人藏着揑着不肯拿出来,后来因为某种契机,才在荆楚一带流行,还被纯阳道长拿去害人。既然秋夜白如此暴利，为什么不早拿出来赚他个盆满钵满，非要这么有操守，等到我受伤了才肯动用？"

"不是想当然，"严宵寒摇了摇头，提醒道，"敬渊，别忘了我们当初猜测的幕后人身份。"

手握凶器却隐忍不发，放在别人身上或许蹊跷，可如果对方是北燕铁骑呢？

如果不是深仇大恨，忍无可忍，又怎么会掉转面向外敌的屠刀，对准他们用血肉之躯守护的天下？

傅深或许到死也干不出倒戈一击的事来，但北燕军旧部确实是有可能的。严宵寒猜他心里肯定不好受，安慰般地拍了拍他的肩膀。

傅深思索了片刻，道："我还有一处不解，如果秋夜白出现在南方的时间早于北方，那这个契机就不是我受伤，而是在此之前的某件事。"

真被他问着了，严宵寒皱眉喃喃道："去年夏天……有什么能影响到南方的事？"

两人对视一眼，脑海中同时闪现出一个印象深刻的场面。

严宵寒道："去年六月，早朝上咱们俩吵了一架，被陛下各罚俸半年。"

傅深接话道："是因为朝中要向四方边境派驻监军使，有人拍马屁，说这活儿让你们飞龙卫来干最合适。"

往事历历在目，恍如隔世。

谁能想到当年在朝堂上吵得鸡飞狗跳，恨不得用笏板打爆对方狗头的死对头，今日却并肩站在一间破庙的篝火前。

可见世事的确难料，活得久了，什么奇迹都能见到。

严宵寒道："陛下有控制四方军权的想法不是一天两天了，夏天那次试探虽然被你胡搅蛮缠地驳了回去，未能成行，但这事既然拿到早朝上来说，就无异于明言昭告天下，要四方驻军将领夹紧尾巴好好做人。"

傅深不满地道："哎，怎么说话呢，谁胡搅蛮缠了？"

严宵寒被他这一打岔打断了思路，哭笑不得地道："这就不认了？你倒是讲讲理，陛下的本意是打算从中枢向各地派监军使，只不过随口提了一句飞龙卫，你就紧抓着不放，开始挑我的毛病，这还不叫胡搅蛮缠？"

当日得亏严宵寒有几分机灵，当时顺着他的意思把话题引到了万年不变的"飞龙卫怎么又要残害忠良"上，才让此事在闹剧中不了了之。谁知道靖宁侯翻脸如翻书，现在竟然死不承认了！

傅深色厉内荏地点了点他:"为虎作伥,不是东西。"

严宵寒嘲讽地回敬道:"卸磨杀驴,禽兽不如。"

眼看两人又要掐起来,身后忽然传来一声细微嘤咛。二人齐刷刷地扭头,就见被他们俩像破麻袋一样扔在墙角的妇人手指微动,慢慢苏醒了过来。

那女人睁眼醒来,一见严宵寒,立刻惊叫道:"是你?"

齐王一行人是溪山村难得的外客,当天几乎全村人都跑来看热闹,严宵寒在其中尤为出挑,更令村夫村妇们印象深刻。所以那女人仓促之间仍能认出他,吓得都快哭了,哆哆嗦嗦地问:"你……你回来报仇了?是村正他们要害你,我们什么都不知道!"

傅深用烧火棍懒懒地拨着火堆,插嘴道:"你哆嗦成这样,可不像是'什么都不知道'啊。"

傅深虽然相貌英俊,但气势太盛,是那种一看就惹不起的刺头;而严宵寒的长相却很能骗人,只要他不主动撕破脸皮,就能装出一脸天衣无缝的温柔和善。

眼看傅深先唱了白脸,严宵寒只好扮红脸,语带安慰地道:"你丈夫还是我从河里捞上来的,你先别害怕,我不是来寻仇的。"

经他这么一提醒,那妇人才像是魂魄归位,举袖抹了把脸,爬过去将她丈夫扶起来,替他拍背、清理口鼻。她一边做,一边又想起自己被打晕之前的种种遭际,不由得悲从中来,放声大哭。

两人谁也没出言阻止,沉默地听着她悲切的哭声。

从昨晚到今日,她不知道哭了多少场,眼睁睁地看着自己的丈夫突发恶疾,被村人投入河中,当晚回家后便在房梁上搭了一根腰带,准备吊死。幸亏傅深一直在暗处盯着她的一举一动,关键时刻出手将她打晕带走,这才没让她寻死成功。

或许是从他们无声的等候中感受到了善意,过了一会儿,那妇人哭声渐止,抬起通红的眼睛怯怯地打量了二人一遭,跪着朝他们行了个五体投地的大礼:"大恩大德,无以为报。"

严宵寒心说还算是个明事理的,摆手道:"举手之劳,不必如此。我有些事想问你,你只据实而答便可。"

那妇人道:"知无不言,言无不尽,绝不敢欺瞒恩公。"

有过这一番死里逃生的经历,那妇人对溪山村已再无眷恋,有问必答,将村中的秘辛倒了个一干二净。

溪山村有百余户人家，多是田氏族人，被扔进河里的男子名叫田成，妇人姓欧，是从别村嫁到此处的外姓女。

据欧氏所言，溪山村背山临水，虽不算与世隔绝，但也鲜有外客到来。大约一年前，秋夜白在荆楚一带流行起来。村里一户人家的小儿子在县城读书，被同学引诱去烟花柳巷"开眼"，出于好奇，不小心沾惹上了药瘾，还趁休假回家时将秋夜白分给同龄玩伴。等到他爹娘察觉，那小儿子药瘾已深，想戒断几乎是不可能了。

那户人家薄有资产，又格外偏宠小儿子，起初还不拿秋夜白当回事，扬言大不了家里买药供他吸一辈子。然而随着药瘾越来越深，服药者对秋夜白的需求量越来越大。即便是在邝风县城内，秋夜白也是紧俏稀罕物，寻常人家都未必消受得起，遑论区区农户。所以没过多久，那家就供不起了。药瘾发作时痛苦难耐，那小儿子被折磨得不成人形，最后不堪忍受，在一个雨夜里跑出家门，投水自尽了。

话虽如此，不过村民们私下里都传言，说那小儿子并非自尽，而是家里实在带不动这个拖累，才将他溺死后推进河中，伪装成投河而死的假象。

因有这个教训在前，除了那几个一开始就沾了药的小子，其余村民都不敢碰秋夜白，但这并不妨碍有人眼红秋夜白价高，偷偷在房前屋后栽种几株。

变故发生在去年秋季。有一天，村里来了个游方道士，因路遇大雨，无处躲避，便到村子里来借宿。村民热情地迎他入内，让他住在村中的空屋里，还送了茶饭招待他。

当日半夜，恰好村中有人犯了药瘾，情状甚为惨烈，动静之大，惊动了全村人。那道士也被惊醒，跟着出门探看，见大雨里有个浑身是血的人在地上打滚，便抢上去按住几处穴位，立时将那人弄晕过去，又招呼村民把他抬回家中。

道士通些药理，一眼看出他这模样是秋夜白所致。然而犯瘾者家中无钱买药，村里虽然种了秋夜白，但制药也需要时间。那道士受了村民恩惠，心生恻隐，转进内间不知鼓捣了些什么，出来时拿着一个纸包，包着一些细细的棕色粉末，让他们暂且拿这个用以代替。

道士是一片好心，但自古以来"财不露白""怀璧其罪"，都是血的教训。

村民中有识货的，认出这是千金难求的精制秋夜白。此时在邝风县已有"一两秋白一两金"的说法。他们见那个道士出手便是小半两，料定他身上还藏着更多。这些人见财起意，待众人归家安寝后，竟偷偷溜进道士的住处，持刀将他活活砍死了。

傅深听到这里，不知想起什么，右手蓦地哆嗦了一下。

严宵寒不动声色地碰了碰他的胳膊。

村民从道士身上搜出了女人拳头那么大的一块秋夜白，色泽纯正、清透，犹如琥珀，一角沾了血，更有种别样的艳丽。这一块秋夜白价值更胜过同等重量的黄金，几人心下大喜，将它收好，然后趁夜把道士的尸体抬出村子，丢入了河中。

一个云游道士，无家无业，消失了也不会有人注意。

那一晚，溪山村村民在黑夜里沉默地听着刀斧斩落，鲜血四溅，听着杀人者高呼狂笑，却无人敢出言制止。

今夜，他们都是叫不醒的、装睡的人。

河水奔流，卷走枉死的尸首，累累白骨与陈年旧事一道，沉入狐仙庙外幽深黑暗的湖底。

然而，真正的报应才刚刚开始。

拿到秋夜白的几个人害怕贸然出手会引起别人的怀疑，商议之后，决定化整为零，将一整块秋夜白破成小块分别出售。谁知还没等他们有所动作，其中一个人忽然得了怪病，先是持续高烧、咳嗽，迅速消瘦，神志昏聩，接着身上开始出现不同程度的红斑、红疹，甚至肌肤溃烂，生不如死。

这还没完，不久之后，那晚参与行凶的几个人都出现了相同的症状。

村民们终于开始慌了，然而逞凶杀人、谋财害命乃十恶不赦的大罪，包庇者也要连坐，村正不敢报官，只好召集宗族耆老共同商议。有个会请神的族老在祠堂做了一场法事，请来田氏祖先附身。"祖先"称村民见财起意，谋害人命，枉死冤魂不宁，化为厉鬼索命，此为天罚，为恶者当赎其罪，帮凶者需平息怨恨。

这套鬼神报应之说勉强糊弄住了惊慌的村民，村正令人备办祭品，又联合数个村民，将那几个得病的凶手抬上花车，仿照古时祭祀河伯的仪式，将罪人投入水中，以平息枉死道士的怨气。

这场祭祀办完后，村民们心有余悸，咬咬牙将那块不祥的秋夜白也抛入了河中，以为这下总该风平浪静了。可没过多久，居然又有村民出现了一模一样的症状！

河底的冤魂仍然没有放过他们。

一步错，步步错，村民们为了弥补错误，已经犯下了更多不可饶恕的错误。所有人都是一根绳上的蚂蚱，谁也别想单独蹦跶。

这个世外桃源一样的村落从此成了人间地狱，每当有人出现病症，就会被村民抬去填河。日复一日，河水如同一张永不知餍足的巨口，迟早要将所有人都吞噬殆尽。

天地间夜色无边，唯有这破庙里亮着一点珍贵的火光。

傅深久久不语。严宵寒想起那一晚劈开神像的天雷。或许真的是冥冥之中自有天意指引，如果不是那道雷，他们在狐仙庙休整之后就会直接前往荆州，不会在这个小村中逗留，更无从发现这个被全村人守口如瓶的秘密。

在关于狐仙庙的传说里，狐仙因为预报洪水而遭受天谴，那么这一次，是不是也是它在示警，让他们查清真相，避免即将到来的滔天浪潮呢？

"压根儿不是什么厉鬼索命，就是瘟疫。或许是因为凶犯都沾了那个道士的血，所以才得了同样的病，又传染给了村里其他人。"傅深冷冷地道，"因果循环，自作孽不可活。"

严宵寒问欧氏："你丈夫的病已是药石罔效，只等一死，你应该还有很多年可活。溪山村出了这等大案，等官府追查下来，谁也跑不了。不过你既遇着我二人，我们可以网开一面，许你自谋生路，你意下如何？"

欧氏伏地涕泣："妾与外子是结发夫妻，数年恩情，如何能说断就断，还望恩公高抬贵手。"

傅深看她可怜，刚要允诺，被严宵寒一个眼神止住："他这病会传染，再可怜也不能让他活着出去。"

他没有压低声音，欧氏也听得清清楚楚。她满心绝望，然而终究拗不过铁石心肠的飞龙卫，被傅深强行拖到门外，眼睁睁地看着严宵寒找来引火的干柴布幔。片刻后，浓烟冲天而起，狐仙庙化为一片火海。

欧氏呆呆地跪坐在地，眼泪已经哭干，眼眶通红，却再也流不出一滴眼泪了。

傅深将一个分量不轻的荷包丢进她怀中，淡淡地道："你的路还长，去别的地方重新嫁个好人家，总有一天能忘了他。"

说完，转身与严宵寒走进了无边的夜色中。

欧氏攥紧手中的钱袋，瞳孔里倒映着金红的火光，不知过了多久，才喃喃地答道："忘不了……"

劫后怎么会余生呢？

她只不过是劫火烧尽之后，徒留下来的一捧余灰罢了。

第十二章 白露

当晚两人回到客栈,也没什么吃饭的心情,叫客栈伙计随便准备了几样清粥小菜。傅深问:"你打算什么时候动身去和齐王会合?"

严宵寒把一个剥了皮的咸鸭蛋递给他:"明天走。溪山村的事解决了,这差事就算成了一半,余下的就看官府如何处理。你呢?是跟我走,还是回京?"

傅深一筷子下去,扎出一股清亮的黄油,闻言挑了下眉,重复道:"跟你走?"

"怎么了,不行吗?"

傅深凉凉地道:"我连面具都扔了,这样肯定没法见人。要不然你把我揣进荷包里带到荆州去?"

严宵寒一听他这嘲讽的语气就知道没戏,不甘心地道:"救人救到底,送佛送到西,我的药瘾还未尽除,你就要走了?"

傅深道:"我欠你的吗?给你治就不错了,再说你那药瘾早就控制住了。"

那语气虽然是呵斥,纵容之意却一览无余,严宵寒被他数落得也不装委屈了,自觉十分体贴地问:"那你接下来要去哪儿?回燕州?"

"纯阳道长伏法当日,我说过想从西南开始查起,"傅深道,"既然都走到这里了,那就顺路过去看看。"

严宵寒立刻紧张起来,断然道:"不妥,万一西南真是秋夜白的源头,你单枪匹马地过去太危险了。"

傅深道:"上回咱们说到夏天那件事,我后来又想了想,虽然当时陛下明显是在针对北燕铁骑，但对四方守军来说，都是个不小的警告。西南多年来自成一体，又有个异姓郡王，他还是北燕军旧部，如果把秋夜白看作是西南对朝廷的反击，也说得过去。在这一点上，他和我是同一条船上的人，不会把我如何，无须忧心。"

傅深一旦做出决定，从来只会象征性地通知，根本没打算跟人商量。严宵寒知道他的脾气，深感胳膊拗不过大腿，别无他法，只好应下来："京城那边怎么办，你已经安排好了？"

"称病养伤，找了个人假扮我。"傅深淡淡地一勾唇，"陛下现在估计没工夫搭理我——他也病着没好呢。"

次日一早，两人收拾好干粮盘缠，离开客栈，并辔向荆州方向疾驰而去。

傅深要去西南，与严宵寒在荆州城外分别后继续西行，严宵寒则单骑入城，直接打马来到齐王落脚的官驿。

两下相见，互通有无，严宵寒在邝风县这段时日颇受秋夜白折磨，清减了不少。齐王一看他那憔悴样，便知他所言非虚，再听他说起溪山村发生的事，言及种种骇人听闻的惨状，不由得义愤填膺，拍案而起："活人祭鬼……天下竟有这等胆大包天的无知愚民！"

严宵寒道："秋夜白贻害无穷，不光溪山村案，荆楚粮税减收与它也脱不了干系。地方官知情不报，百姓弃耕种药，殿下正该借此案肃清风气，禁绝秋夜白。"

齐王他们这几天在荆楚也没闲着，严宵寒说的他心里都有数，缺的就是溪山村这个炮仗捻子。此案一旦上报朝廷，开始清算，势必要将荆楚官场扫荡得七零八落。

他们离京之前，皇后被赐死，太子失宠，而太子妃岑氏的父亲正是荆楚节度使岑弘方，可以想见，荆州之案后，太子被废便是铁板钉钉的事。

齐王立刻召荆州知府来见，上行下达，当晚溪山村就被连窝端了。所有村民被连夜押送到邝风县衙门审问。邝风县知县治下不严，自身乌纱亦难保。荆州知府为了给齐王一个交代，不敢让他们就这么关起门来审，于是斗胆请齐王和随行飞龙卫，协同荆州官员一起到邝风县旁听审理。

齐王正在气头上，也想亲眼看着恶人伏法，严宵寒担心村民中仍有带病者，怕出岔子，委婉地劝了两句，然而齐王却似吃了秤砣铁了心，非要亲自前往。严宵寒无法，只好随他一起再回邝风县一趟。

众人从官驿出门时，恰好外面行人众多，喧哗嘈杂。侍卫整队的片刻工夫，

严宵寒侧身背对着大街,忽然感觉有人在他背后轻轻撞了一下。

他的第一反应是有毛贼,下意识地反手向后擒拿,却扑了个空。紧接着一只小荷包落在他的掌中,有个低沉的声音在他身后道:"这位大人,你的东西掉了。"

严宵寒猛地回头,差点闪了脖子。

那人着一身黑衣,头戴斗笠,遮住了上半部分脸,只露出线条流畅瘦削的下巴和脖颈,见他望过来,扬唇轻轻一笑,也不多言,低调地退回人群,转眼就不见了踪影。

"大人,"手下一嗓子把他叫回了魂,"可以动身了。"

严宵寒神思不属,胡乱地点头应下,翻身上马。行路途中他悄悄打开那小荷包一看,里面是满满一包晶莹剔透的桂花糖。

他不是去西南了吗?

光天化日,众目睽睽之下,堂堂靖宁侯,竟然干出这种事,真是——

真是……让人不知该怎么夸他才好。

从荆北通往夔州的官道上,一匹瘦马不紧不慢地溜达着。马上的男人头戴遮阳的斗笠,一边无聊地走马观花,一边往嘴里丢香脆可口的芝麻酥。

不一会儿,一包芝麻酥就见了底,他从马鞍侧袋里摸出个水壶,咕咚咕咚灌了几大口水,嫌弃地啧啧道:"什么玩意儿,齁死了。"

正是傅深。

两天前他与严宵寒在荆州城外分道扬镳,走出二里地后又故意折回去,就为了在驿站门口逗严宵寒一下。他买桂花糖的时候恰好看到旁边有芝麻酥,兴起之下买了一包,打算路上当零嘴吃。

现在想想,他本身并不嗜甜,三五个月都不见得能吃一块糖,会买芝麻酥,纯粹是当时被桂花糖的香气熏晕了脑子。

从荆州到西南中心之地夔州并不远,快马加鞭只需三天,傅深却一直走了六天。他好些年没这么心无挂碍、自由自在地在天地间慢慢走了。傅深虽然还年轻,可小半辈子都像是赶鸭子上架,忙忙碌碌,喊打喊杀,别说什么娇妻美妾、高官厚禄,一年连家都回不了几趟。

荆州之行让他和严宵寒都变了很多,也许是终于找到了可以信赖的、情同手足的人,明白在这漫漫尘世之中,并非只有他一个人在孤独地行走。

有时候在路边乡镇的茶馆酒肆里,傅深能听到一些荆州的消息,诸如溪山村案发后,官府派人去湖中打捞,捞上来十几具尸体。据说那湖里不生虫鱼,只有一种水草能以尸体为养料疯长，将白骨尸首都牢牢地缠住，悬浮在水中，就像一片不见天日的尸林。

还有人说从京城来的钦差大人路遇大雨，夜宿狐仙庙，忽有一小狐入梦，口吐人言，诉说冤情，钦差醒后大感神异，按狐狸所说寻至溪山村，方破获一桩大案。

傅深听得暗暗发笑，心道"狐狸说的"，那不就是"胡说"吗？

八成是荆州城里哪个说书先生见湖边有座狐仙庙，牵强附会，随口瞎编出来的。

"说书先生"严宵寒不经念叨，侧头打了个喷嚏，笔尖一抖，在雪白的纸页上留下一个墨点，写到一半的折子算是彻底毁了。

他扔了这份奏折，又换了张新纸。荆州知府的动作还算快，六天就将案子审得差不多了，将口供、证词、证物等一干卷宗递呈刑部定夺，约莫这两日就能抵京。他在奏折中隐去傅深一节，只提到他们在狐仙庙中险些遭雷劈，因此机缘巧合误入溪山村。严宵寒听说了狐仙庙的传说，怀疑这是某种神灵指点，于是送走齐王后又返回溪山村探查。他虽然身中秋夜白，仍侥幸逃出生天。总之全靠老天保佑，他们最终成功查明了真相，令逞凶犯恶者伏法。

严大人面不改色地胡说八道完，令手下将折子送往京城。齐王那边应该也有奏折要递，不过因飞龙卫钦察使有直奏御前之权，两人不是一路，严宵寒也没去多打听。

他走到窗前，望着窗外满树绿荫，缓缓吐出一口长气，感觉自己的手又在发抖，于是从荷包里摸了颗糖压在舌尖。

清甜的桂花香弥漫开来，可能是受药瘾的影响，他觉得自己从没这么挂念过一个人。

才六天而已。

傅深再一次展现了他过人的先见之明。严宵寒的药瘾还没彻底戒掉，虽然不严重，但傅深一走，无人帮他分神，发作时陡然变得难熬起来。幸亏还有那包桂花糖，算是给他留下了一点慰藉。严宵寒养成了用糖戒瘾的习惯，但这对于他的身体来说无异于杯水车薪，药瘾实在严重时，他恨不得直接把齐王扔下，到西南去找傅深。

但愿荆州这里的案子早些收尾，等回到京城，他说不定还能找个差事再去西南走一趟。

想法很好，但残酷的现实告诉他：想得美。

没过两天，京中特使带着圣旨赶到荆州，先将知府、知县一干官员摘了乌纱，听候发落，又命将溪山村首犯数人押解进京，最后还有一道特旨专门给齐王和严宵寒。

自三月以来，白露散屡屡出现，酿成惨祸，先是京城，再是荆州。早在金吾卫案时严宵寒就上过折子，请皇帝下令在各地严查白露散，以绝后患，没想到竟是一语成谶。

秋夜白已经泛滥到了影响荆楚粮税的地步，荆楚以东，就是湖广两江一带，那是天下粮仓、财赋重地，再继续放任下去，这些地方若遭毒手，全国都要跟着动荡。元泰帝还没病糊涂，因此另下了一道圣旨，命齐王和严宵寒办完差事后不必回京，沿长江一路东行，巡查江南一带，务必肃清秋夜白潜在之患，许其事急从权，先斩后奏。

如同半空闪过一道雪亮闪电，惊雷轰然落下，严大人破碎的心愿和眼泪在荆州温暖的春风里飘零。

西南，夔州。

傅深骑着瘦马慢悠悠地入城，此地汉人多与苗族、白族等少数民族混居，景色风情与中原大不相同。傅深原本设想过很多种去见西平郡王的办法，然而等走到王府大门口，他把之前种种念头全部抛诸脑后，大摇大摆地走向门房，手扶斗笠，微微低头，道："劳烦通报，在下欲求见西平郡王。"

俗话说得好，宰相门前七品官。郡王府的门房虽然没有京城的"看门狗"那么势利眼，不过傅深从头到脚都是一副穷酸样，还用斗笠遮着脸，看着不像是能跟他们家老爷往来的身份。那人爱答不理地一撩眼皮，伸手道："名帖。"

傅深见多了这种家仆，从荷包里倒出一块碎银子，放进门房粗糙的手心里，笑道："没有名帖，你只说是北燕军军医杜冷来访。"

那门房将银子在手中掂了一掂，脸上闪过一点喜色，态度依然倨傲，口风却松了："你在这儿稍等，我进去通报王爷。"

没过多久，那人面色紧绷地出来了，这回连个屁都不敢放，点头哈腰地将傅深请进门，引他来到正院西侧的花厅中。

屋子里已经有人在等着他。西平郡王段归鸿而今已近天命之年，不过保养得好，面目仍如壮年，他盯着戴斗笠的黑衣人，剑眉微拧，疑惑地道："你是谁？"

傅深摘掉斗笠，露出脸来，朝他客气而诚恳地一笑："冒昧打扰，王爷勿怪。"

段归鸿先是一愣，随后立刻遣退所有下人，紧闭门窗，眉头几乎打成了死结："傅将军突然驾临寒舍，有何见教？"

"没什么见教，"傅深自来熟地拉了把椅子坐下，"王爷不必这么生疏，您是我的长辈，唤我表字即可。"

段归鸿目光下移，死死地盯着他的腿："你……敬渊，你不在京城养伤，怎么到西南来了？"

傅深撩起衣摆，给他看自己的靴子，漫不经心地道："伤好得差不多了。至于我为什么出现在这里，您不是应该比我清楚吗？"

段归鸿眸光一凛，他周身的气势内敛威严，与傅深对上，两人竟是分毫不让。他冷冷地道："你在说什么？"

"哦，不对，王爷应该只知道我在荆州，"傅深一拍大腿，"瞧我这记性，只告诉杜冷我要到荆州找严宵寒，忘了跟他说我还要顺路来一趟夔州。"

他微笑道："怎么，王爷似乎不太待见在下？"

段归鸿沉默片刻，似乎是放弃了与他虚与委蛇，单刀直入地问："你是什么时候发现的？"

傅深面上的笑容不变，只是眼里已经完全没了笑意，声音里甚至带着一丝不易察觉的冷意："我发现的不少，王爷指的是哪一件？是把杜冷安插到我身边，还是派纯阳道长在万寿宴上刺杀陛下？又或者是故意在荆楚散播秋夜白，打算掀了棋盘，把江南一带彻底搅乱？"

他的每句话都像利剑出鞘，毫不留情地刺向段归鸿沉默容忍的底线。

西平郡王多年带兵，性情刚毅，这些年虽然修炼出了一点涵养，那也分对谁，偏傅深还好似浑然不觉，不知死活地要拔老虎须。

段归鸿咬着后槽牙道："傅深，你就不怕今天走不出这道门？"

"你看，这不是巧了吗？我今天本来也没打算出这道门，"傅深理直气壮地说，"我孤身一人来到夔州，盘缠不多，正愁没地方住，打算借贵府宝地住几晚，不知王爷允否？"

段归鸿说一句被傅深噎一句，虽然傅深不是带着敌意来的，他仍感觉自己快要被气晕过去了。好不容易理顺了气，段归鸿尝试着心平气和地开口道："你既然知道了这些事，应该也明白我并非要害你。"

傅深道："自然，否则我今日也不会出现在这里。"

段归鸿的神色略有松动，在他对面坐了下来："我做的那些事，比之皇帝对

北燕铁骑的所作所为,只是九牛一毛。"

"北燕主帅就在您面前坐着,"傅深冷冷地道,"我虽然瘸了,但还没死。王爷,你要替北燕军报仇,问过我的意思了吗?"

*

傅深说翻脸就翻脸,打了段归鸿个措手不及。西平郡王刚有所松动的神情霎时凝固在脸上。良久,他好不容易按捺住了就地掐死傅深的冲动,冷哼道:"本王在北燕军效力的时候,你还是个刚出生的奶娃娃。"

傅深回敬道:"我接掌北燕军时,您已经在西南养了好几年鱼了。"

两人目光交错,似有火花四溅,动作一致地撇过了头,同时在心里"呸"了对方一声。

段归鸿心想:不知天高地厚的小崽子。

傅深心想:倚老卖老的老东西。

只有这时候才能显示出严宵寒的可贵。当两个臭脾气的人死不相让时,需要有个圆滑的人来替他们拨开矛盾,让对话继续进行下去。

可惜,严宵寒不在。

傅深暗自深呼吸,平息心火,内心反复告诫自己是来寻求真相的,不能把时间浪费在跟迂腐独断、不讲道理的糟老头子置气上,这才勉强扭过脸来,给他铺了一个堪堪落脚的台阶:"王爷对北燕军感情深厚,殊为难得。"

段归鸿气哼哼地就坡下驴,说道:"北燕铁骑便是在我等手下建起来的,论辈分,你还得叫我一声叔叔。"

傅深心里暗骂:老东西,还蹬鼻子上脸了。

嘴上却干巴巴地道:"哦,早听说您与先父、先叔情同手足。"

段归鸿却摇了摇头:"不是。"

"嗯?"

"我说的论辈分,是从你祖父,初代颍国公处论起。"段归鸿放缓了声音,"先帝在朝时,傅公任岭南节度使,曾奉命平定岭南百越叛乱。后来朝廷军队大获全胜,傅公带人清剿叛军时,在乱军中发现了一个小儿。按朝廷惯例,凡抓获百越叛军,十岁以上者就地格杀,十岁以下的童子阉割后送入宫中为奴。"

"傅公抓住的那个小儿恰好十岁,异常羸弱,傅公看他可怜,动了恻隐之心,不忍让这孩子成为刀下亡魂,便网开一面,留了他一条性命,放他自谋生路。"

第十二章 白露

他说到这里，傅深已隐约猜到了下文。

段归鸿也看出来了，坦然承认道："我原名冯异，原本是百越人，蒙傅公相救，死里逃生。十五岁改名换姓投入傅公麾下，侍奉左右，冲锋陷阵，傅公视我如亲子，加意提拔栽培。元泰二年，靰柘犯边时，傅公转调甘州节度使，我随同前往，与伯存、仲言领兵驰骋草原，抗击蛮夷。"

伯存是傅廷忠的字，仲言是傅廷信的字。

"元泰五年，傅公驾鹤西去，适逢西南不宁。他临终前上表，推举我为征西军主将，率军平定西南。"段归鸿叹息道，"临终所托，不敢有负，此后我一直守在西南，寸步不出。直到去年夏天，陛下起意要向四方边境驻军派监军使，紧接着你在青沙隘涉险遇伏，我才明白，如今的朝廷，早已不是当年的那个朝廷了。"

"王爷，"傅深出声打断他，"杜冷两年前就进了北燕军，况且我猜你在北燕军中的眼线不止这一个，说是在去年夏天才开始动念头，晚了点吧？"

世人对傅深的评价大都是英勇善战，杀伐果决。这种评价听多了，有时候会让人觉得靖宁侯能打归能打，不过是一介武夫，脑子未必有那些官场老手灵活圆滑，虽然打不过，还可以智取。

段归鸿与傅深接触不多，只见过一两面，对他的了解大部分源自传言和道听途说，再加上他年纪大了，总觉得小辈还没成长起来，因此心里总是存着几分轻视。

可他忘了，傅深十八岁领军出征，如果不够聪明、没有手腕，怎么弹压得住那些自恃资历的老将旧部？别说应对外敌，他能不能在自己人中站稳脚跟都是问题。

傅深三番两次地戳破他话中的漏洞，一点都不给这位"叔叔"留面子。段归鸿被他一针见血的提问逼到了死角，无路可退，终于收起了小觑之心，逐渐把他当作与自己平起平坐的对手正视起来："你早就知道杜冷是我的人？"

傅深谦虚地笑了笑："也没多久。不过他没什么危害，只是偶尔传个消息，医术还是过得去的，我就把他留下了。"

一方要员往另一位军队主帅身边安插眼线，怎么看都是居心叵测。这事放到别人身上绝不能善了，不过傅深对段归鸿的为人心里有数，老东西就是死鸭子嘴硬。杜冷来北燕军中主要是为了帮他，于是傅深揣着明白装糊涂，对此睁一只眼闭一只眼，一直将他留到了现在。

"王爷在北方的暗线有两个枢纽，一是杜冷，一是纯阳道长，青沙隘遇伏后，

想来是杜冷通风报信,纯阳道长才能赶在我的人之前找到那支断箭。不管怎么说,这件事还是要谢谢王爷。"

段归鸿道:"你既然知道陛下忌惮你,甚至不惜命人暗杀你,为何还要在万寿宴上救他?义不行贾,慈不掌兵,妇人之仁迟早会害死你。"

傅深叹道:"用我的时候叫'仁义之师',不用我的时候叫'妇人之仁',我是仁是慈,不是你上嘴唇碰下嘴唇就能决定的。"

"你!"段归鸿气结,怒气冲冲地道,"子不肖父!"

这话对傅深完全没有攻击力,他漫不经心地应道:"是啊,确实不像。"

段归鸿闷坐片刻,忽然说:"你觉得自己不像你父亲,更像你二叔,对不对?"

"或许?"

段归鸿道:"你不是来问我秋夜白的事吗?也行,我给你讲一件旧事。"

"愿闻其详。"

段归鸿说的是元泰四年,发生在北燕军与东鞑人交战时的一件往事。

那年秋天,傅廷信不慎被鞑族刺客毒箭所伤,伤重难行,险些命丧于战场。当时全军上下束手无策,甚至从京城请来的太医也无力回天。幸而甘州与西鞑人群居的伊州相去不远,两方一向友好往来,有个西鞑游医与段归鸿有点交情,本着死马当成活马医的心态,段归鸿请他来替傅廷信看了一次诊。

东鞑西鞑原本是同族,因为战乱才被迫分成两个部落,段归鸿请来的西鞑游医果然认得这种毒。

草原上有种青色的蝎子,极为珍奇难寻,尾针上有剧毒,名为"碧月"。游医虽然找不到对应的解药,但他见过一种天方商队带来的草药,花朵洁白如雪,果实研磨后汁液如牛乳,天方人用这种药救治过他们被这种毒蝎蜇伤的同伴。他替段归鸿牵线搭桥,联系上了一个天方商人。多方辗转之下,段归鸿打听到了那种草药的名字,并在天方商人的指点下在南疆找到了植株和种子。

这种救了傅廷信一命的草药,就是秋夜白。

秋夜白非常奇特,如果只口服果实汁液,可以麻醉镇痛,解一切蛇毒、蝎毒,成瘾的可能性却微乎其微;但如果经过炮制后吸食,它就会变成致人上瘾的毒药。而且长期吸食秋夜白的人,身体会从内部发生病变,极少数人最后可能会染上类似瘟疫的疾病,无法根治,只能等死。

更可怕的是,这种草药一旦落地生根,周围就会寸草不生。南疆的秋夜白都生长在深山中的石头缝里,当地人将它视为毒草,一旦见到,立刻会斩草除根，用火彻底烧掉，才能防止它大规模地蔓延。

段归鸿道："元泰五年，仲言身体康复后，东鞑阿拉木部全部覆灭。"

傅深心头突然一跳，追问："王爷是什么意思？"

"你二叔没有你想象中的那么心慈手软，"段归鸿直接而冷酷地道，"你以为领兵为将，学会他的仁慈就够了？"

段归鸿告诉他，傅廷信痊愈后，将段归鸿搜集来的草药种子都要了过去，派人秘密潜入阿拉木部草场大量散播。数月后秋夜白发芽生长，阿拉木部的草场毁于一旦，羊群大量死亡。傅廷信还抓了一批东鞑人，让他们喝下掺着染病者鲜血的水，再放回部落。许多阿拉木部族人因此染上疫病，最后被卷土重来的北燕铁骑横扫，终致灭族。

这才叫血债血偿。

"在鞑族人的传说中，瘟疫的象征是'无常草'，说的就是秋夜白。"段归鸿凉凉地道，"你现在知道为什么鞑族对你们傅家人恨之入骨了吗？"

这段历史流传不广，一是事涉机密，再则是有伤天和，所以连史官也不敢下笔。傅深与东鞑人打了多年交道，对"无常草"也有耳闻，本以为只是个传说，没想到真的有这种东西存在。

阿拉木部的领地里，一场大火烧了几天几夜，"无常草"摇曳的花朵被火光吞噬，它的阴影却永远笼罩在草原上。

段归鸿道："这种草药最先被天方人发现，名为'底也迩'，意为'催眠'。而在南疆土语里，它名叫'萨内伏'，意思是'沉睡的死亡之神'。"

傅深感叹道："造孽啊！"

一将功成万骨枯，黄金台麒麟殿高悬的功臣画像背后，幢幢火光跃动，有无数亡魂哀号恸哭。

段归鸿险些被他的不受教气得倒仰，怒道："两军对垒，不是你死就是我亡，你觉得他们可怜，怎么不想想那些枉死在鞑子手下的无辜百姓！你这样妇人之仁，将来能成什么大事？"

"哦？"傅深拖着嗓音，不急不缓地道，"保家卫国，人不犯我我不犯人，不就得了吗？王爷说的是什么大事？"

"你！"段归鸿语塞，片刻后恨铁不成钢地指着他的鼻子骂道，"鸟尽弓藏，陛下恨不得你死在青沙隘，你还想着替他守卫疆土？哪怕据守一方自立为王也比在他手下受那鸟气强，你明不明白？"

"据守一方，自立为王。"傅深玩味地将这八个字重复了一遍，"就像王爷

这样。"

他这回没有用问句,平铺直叙地接着说了下去:"西南天高皇帝远,各族百姓杂居,对帝王的忠诚有限,你在西南经营多年,树大根深,哪怕陛下派人来牵制也会被你轻易架空。我在夔州城内,常见街边店铺酒肆中有安南、真腊等异族客商,这些年西南与外邦往来通商的收入,想必供应西南驻军也绰绰有余吧?"

段归鸿脸色微变。

"更别说你手中还有那什么'死神',更是一本万利的生意。"傅深不无嘲讽地道,"如果真在江南铺开摊子,真金白银就得沿着长江逆流进您老的口袋里,别说是自立为王,到时候您就是想自立为帝,也没人拦得住你。"

段归鸿冷冷地道:"一派胡言。"

傅深看似心里很有数,其实也心虚得慌,他知道段归鸿看在长辈的分上不会跟他动手,但秋夜白这事让他觉得西平郡王有些邪性。傅深也摸不准他究竟想干什么,万一他打算造反,还非要拉傅深一起下水,这事可就难办了。

傅深想了想,又道:"王爷先前给我讲草原旧事,说我二叔曾用那什么'死神'使阿拉木部全族覆灭。怎么后来他驻守燕州时,没对柘人用过这一招呢?"

段归鸿被他问得一怔,迟疑片刻后才道:"仲言在北燕时,我人在西南,并不知晓。"

傅深点头,懂了:"哦,因为您'人在西南'。"

段归鸿从他刻意重读的字眼里听出了几分暗示意味,刹那间竟然有种如芒在背的错觉,浑身肌肉都僵了。

"敢情王爷跟我在这儿虚耗半晌,一句实话都没有。"傅深摇了摇头,不知是在笑谁,"既然您不跟我交底,那我给您透个底吧。"

"先父、先叔去得早,我还没来得及在军中跟着他们多历练些时日,就被赶鸭子上架,去了北疆战场。王爷说我子不肖父,确实没错。我本来也不是照着他长的。除了从叔父身上学到一点粗浅皮毛,我这个人的脾气秉性,都是那七年里在北疆滚出来的。"

傅深敛去笑容:"所以王爷,别指望我听个故事就能变成你期望的'傅家人'。我这双手砍过数不清的蛮人,知道自己造了什么孽。我从未妄想自己死后转生极乐,该下地狱就下地狱,对别人亦是如此。'伏尸二人,血流五步'就够了,谁作孽谁遭报应,扯上不相干的人做什么?"

段归鸿道:"因他一己之私,而致忠良饮恨,就算是遭报应,也不够偿还他

第十二章 白露

造下的孽。"

傅深没有立刻接话，默然片刻，才低声叹道："王爷……黎民何辜。"

段归鸿也沉默了。

天子一怒，伏尸百万，流血千里。可那百万枉死的人有什么过错呢？

那些死在青沙隘的士兵，死于纯阳道长之手的几个平民，溪山村、邝风县死于秋夜白的无辜百姓，他们又有什么必死的因由呢？

天公稍不顺意，便是旱涝蝗灾，凶年饥岁；上位者稍不顺意，便是白骨露于野，千里无鸡鸣。小小庶民，养家糊口已是不易，头上顶着一重又一重的天，半生辛劳，只消一个飞来横祸，就能将一家一户彻底毁掉。

人命贵的时候，一怒便有百万人流血浮尸，人命贱的时候，他就是那百万中的一个。

托赖投了个好胎，傅深没有成为那"万中之一"，但他也不想当那个"万里挑一"，在杀人与被杀之间，他想走第三条路。

"敬渊。"段归鸿忽然开口。

这回他没有愤怒，也没有责备，心平气和地叫了傅深的名字，好似终于收起了一身的伪装，露出其磐石般坚硬冷漠的内里来。

"'黎民何辜'这句话，你叔父也对我说过。"

元泰四年，傅廷信受伤，段归鸿替他找来了解药，在治好了他毒伤的同时，段归鸿还从南疆巫医那里了解到了这种植物的恐怖之处。适逢边关战事胶着，汉军与鞑族骑兵相持不下，段归鸿想以奇兵之计打破僵局，便找到傅廷信商量，打算用这种草药毁掉阿拉木部的草场，再配上疫病，一旦后院起火，势必能给鞑族以重击。

傅廷信觉得此法太过残忍阴毒，死活不同意，段归鸿去找傅坚，又被教训了一通。正当他屡遭打击以为此路不通之时，傅廷忠找上了他，与他秘密敲定了这个计划。

次年春天，阿拉木部草场被疯长的秋夜白侵占，疫病多发，整个部族陷入恐慌动荡。傅廷忠率军出击，大胜东鞑骑兵于大青山，汉军甚至深入草原腹地，险些打下东鞑人的王城。

那一战后，当段归鸿志得意满地跟傅廷信显摆表功时，傅廷信只说了一句"黎民何辜"。

同年秋天，傅坚在甘州一病不起。他在病中给朝廷上了一道折子，推举段归鸿为征西军将军，前往西南平乱。

　　这一手至今仍被许多人认为是傅坚排除异己之举，猜测他是想把北燕军权留给自己的儿子。只有段归鸿自己知道，那天傅坚将他叫到病榻前，言及自己将不久于人世，命他在床前起誓，将秋夜白带回西南，小心看守，绝不能有一棵流入中原。

　　他怔然地听着傅坚说："天下安定，百年盛世，成于你手，败于你手。你虽不姓傅，可骨子里却是我们傅家人。我征战四方，戎马半生，只有一个心愿未了，是想看一眼人间太平，如今……便托付给你了。"

　　老将军给他下了最后一道死命令。段归鸿含泪在病榻前磕了三个头，待送走傅坚，诸事落定，便随朝廷大军来到了西南。

　　从元泰六年西南平定至今，他这一守，就守了二十年。

　　二十年里，傅廷忠被鞑人刺杀，傅廷信战死沙场，傅深临危受命出兵北疆，他身在西南，却从未有一天忘怀过北方连天的衰草黄沙。

　　傅深刚去北疆的那几年，段归鸿看着战事渐息，北方重归安定，还以为度尽这十几年的波折坎坷，那句"人间太平"终于要实现了。

　　可是后来，他发现是自己想错了。

　　北燕铁骑在傅家人手中传了三代，元泰帝先坐不住了。

　　傅家人都短寿，元泰帝却是个活得长的皇帝，他眼睁睁地看着一代又一代的傅家人接过帅印，走上沙场，北燕军越来越强盛，主帅越来越年轻，可他却越来越衰老。再回头看看他的龙子龙孙们，竟没一个经纬之才，堪为一代中兴之主。

　　再这么下去，十几年后，二十几年后，这天下还是他们孙家的天下吗？

　　在元泰帝令傅廷义袭爵、改封傅深为靖宁侯时，段归鸿就感觉到了元泰帝对北燕铁骑这位新统帅的忌惮与提防。

　　元泰帝当年与傅坚君臣相得，是因为朝廷风雨飘摇，北方战事还要靠他；对傅廷忠与傅廷信优待有加，是因为兄弟二人互为倚仗，还有肃王在其中掺一脚；而他如今敢对傅深频频动作，则纯粹是欺负他年纪小好揉搓，且现在的颖国公又是个随时要羽化登仙的存在，出了事也帮不上忙。

　　为防万一，段归鸿把杜冷派到了傅深身边。随着皇帝的意图越来越明显，段归鸿终于对所谓的"人间太平"失望了。他终于明白过来，只要那龙椅上还坐着人，傅家人还有他自己，就永远也无法挣脱"天命"。

　　封存在西南二十年之久的"沉睡的死亡之神"被守卫者唤醒，自荆楚沿江东流，如幽灵一样在江南山水里落地生根，铺开满地洁白的花朵。

西平郡王倾诉完了，缓缓吐出胸中郁积的浊气，道："我监守自盗，深负所托，来日黄泉之下，无颜再见傅公。"

以异姓封郡王的第一人，为了一句海市蜃楼般的嘱托，固守西陲二十载。傅深明知道他做下了很多错事，却也没什么立场去谴责他。

就像当年傅廷信对段归鸿说"黎民何辜"，而今换成傅深，他也只有这么一句话可说。因为他知道自己并不无辜。

世上最令人无可奈何的罪名，一个是"莫须有"，一个是"怀璧其罪"，还有一个是"我不杀伯仁，伯仁却因我而死"。

傅深颓然道："我也无颜见他老人家，要不咱们一块儿去他坟前上吊吧。"

段归鸿没理会他的嘲讽："既然话都说到这个份上了，我也给你透个底。你知道我身在西南，鞭长莫及，在京城难以经营起成规模的势力。纯阳道长能在京城站住脚，全亏一个人多次帮扶援手。"

傅深心中一沉："是谁？"

第十三章 惊雷

段归鸿没有卖关子的毛病，直截了当地道："是傅廷义。"

犹如一柄重锤从天而降，轰然落下，把靖宁侯从地表砸进了地底。傅深彻底傻眼了，失态地抬高嗓门："谁？"

他怀疑段归鸿是在诳他，要不就是他幻听了。

"颖国公，你三叔。"段归鸿终于震住傅深一回，不知为何居然还有点得意，"没想到吧？"

傅廷义，京城知名的废物三爷，凤凰窝里飞出的草鸡，沉迷于方术邪道的中年纨绔，比闺秀小姐还大门不出二门不迈，活到现在没饿死，全靠投了个好胎。

就连傅深对他都不抱任何期望，其他人思路再发散，也断不会把震惊京城的大案跟他联系到一起。

"他……这么多年，他求仙问道只是个幌子，其实私下里一直跟你有来往？"

傅深震惊归震惊，脑子还是够用的，段归鸿点拨一句，就足够让他把前因后果联想个大概。清虚观在京中颇有灵验之名，傅廷义又是爱好此道的，他在清虚观出入，自然不会惹人怀疑。而纯阳道长需要的白露散、烟具，都可以先送到傅廷义手中，再由他转交给纯阳道长，他一个道士，频频与西南联系容易露出马脚，可对颖国公府来说这根本不算个事。难怪当初严宵寒他们怎么查也

第十三章 惊雷

查不出纯阳道长手中药物的来源！

"你三叔韬光养晦多年，"段归鸿道，"纯阳道长在京中的行动多是借了他的势。我与叔让联系上，也是在你去北疆之后的事了。"

傅深却少见地动了肝火，不耐烦地打断他："韬光养晦就该好好修他的道，非要掺和这些破事！这是多厚的猪油蒙了心，还是他嫌颖国公府塌得不够快？"

"敬渊，"段归鸿一针见血地道，"你和京城人的想法一样，都觉得他能有今日，全靠投了个好胎，是吗？"

"是什么是！"傅深怒道，"他干什么不行？修仙也没人拦着他！我好不容易才把颖国公府从麻烦里择出去，他倒抢着往火坑跳，有瘾吗？"

"你瞎嚷嚷什么，"段归鸿皱眉道，"你不了解你三叔。他娘怀着他时动了胎气，早产，所以叔让从小身体就不太好。他大哥、二哥都让着弟弟，怕他磕着碰着再弄出个好歹来，不敢让他习武。我见过他几回，他小时候瘦瘦小小的，不爱说话，成日躲在屋子里不出门。"

"后来伯存和仲言都去了北疆，他一个人在京城长大，文武都不怎么成，不过上面还有两个有本事的兄长；结果两位兄长又先后故去，好在又有亲侄子替他挑了这根大梁。

"敬渊，你挑大梁习惯了，不觉得是负担，可对于你三叔来说，这本来应该是他的责任。他再不济也是你的长辈，没保护好你，他一直觉得很愧疚。"

傅深隐隐从他的语气中听出几分落寞之意，瞬间明白了段归鸿没说出口的跟傅廷义如出一辙的愧疚。

他一下子愣住了。

傅深谁也不靠地走到现在，早就习惯了迎难而上，因为知道没人给他遮风挡雨，躲起来没有任何用处。而自从傅廷信去世后，他那可以向长辈们撒娇讨饶的年岁就永远过去了。长到如今的年纪，就算是装，他也装不出被人宠大的底气，可以轻易弯腰低头，把自己当成一个需要照顾的晚辈。

"行了，都收一收，用不着。"傅深不大自在地嘀咕道，"稀罕，我又不缺人疼，一大把年纪了，还搞铁汉柔情，不嫌腻得慌吗？"

段归鸿："……"

皮糙肉厚，煞风景的混账东西，这种人有什么好疼的！

"你回头转告他，让他趁早收了，"傅深一手扶额，勉强换了个不那么冲的语气，"我自有打算，不用您二位亲身涉险。叔叔们行行好，就当可怜可怜小侄，别让我在操心北燕军之外还要分心牵挂着您二位，成吗？"

他们北燕军出身的人自有一种奇特的坦诚和认同感，所以当傅深以北燕军主帅的身份跟段归鸿说话时直来直去，毫不客气，哪怕西平郡王的身份比他还高。然而现在不谈公事，傅深自称"小侄"，段归鸿顿时比他还不自在，干巴巴地道："成。"

二人尴尬地沉默片刻，段归鸿干咳一声，为了掩饰尴尬，生硬地转移话题道："你吃饭了吗？要是不走，今晚咱们喝两盅？"

傅深无可无不可地点了下头，忽而想起什么："王爷，秋夜白……"

"瘟疫一旦泛滥开，就非人力可以控制，"段归鸿苦笑道，"秋夜白也是一样。就算我从今往后不再让秋夜白外流，已经传出去的那些也会不断繁衍。现在才掐灭源头，已经晚了。"

傅深道："荆楚案发后，朝廷会提高对秋夜白的重视，我估计不久后就要颁布法令，禁止民间私种秋夜白。已经散布出去的控制不住，但制作白露散的技艺应该还掌握在王爷手中，对不对？"

段归鸿点了点头。傅深道："若您就此收手，能不能有人间太平我不敢保证，但您如果不收手，人间肯定太平不了。孰轻孰重，还望王爷三思。"

白露散虽然还没成为西南最重要的钱财来源，但效果可期，要段归鸿这么快就下决定自断一臂不现实。傅深也不催他，点到为止。两人喝了一夜的酒，傅深被上头的西平郡王拉着唠叨了半宿北燕军旧事，头晕眼花地一头栽倒在客房的床上时，感觉自己还是高估了段归鸿的稳重程度。

天色微明之时，外面忽然响起一声炸雷，傅深本来睡得很沉，可不知为何，这雷声仿佛从他耳畔直响到心中，他蓦然睁眼，心脏毫无因由地狂跳起来。

四月二十九，京城入夜。

皇城内寂静如死地，各宫皆紧闭门户，几个宫女太监瑟瑟发抖地蹲缩在宫殿墙角，唯有养心殿前一片灯火通明。晋王孙允淳身披铠甲，身后跟着由南衙十卫和晋王府精兵组成的队伍，与殿前的北衙禁军遥遥对峙。

魏虚舟手按长刀，怒目圆睁，厉声道："宫禁重地，非有诏不得擅入，晋王殿下这是要犯上作乱吗？"

孙允淳冷笑道："看门狗也敢在本王面前狂吠，滚开！"

火光的映照下，魏将军眉目冷硬如铁，背后却被冷汗洇湿了一大片。晋王戌时正率兵径直从承天门进入，先到东宫杀了太子，随后直逼养心殿。南衙十卫皆已倒向晋王一边，魏虚舟在他们进了玄福门时才得知消息，急忙带着北衙禁军护驾，总算赶在养心殿前将晋王一行拦住。

晋王成竹在胸，南衙倒戈相向，仅凭北衙禁军这些兵扛不了多久。魏虚舟虽不怯战，但冷眼看去，自己都感觉晋王这回起事，十有八九要成功。

"谁在外面？"

殿门徐徐打开，苍老威严的声音在火光与夜色中响起，元泰帝的身影出现在养心殿门口："晋王，你要干什么？"

孙允淳上前一步，朗声道："禀告父皇，太子孙允良密谋叛逆，意图不轨。儿臣察知其阴谋，恐怕生变，即刻领兵入宫护驾。如今反贼业已伏诛，特来告知父皇。"

在场的明眼人都知道太子不过是个枉死的倒霉鬼，晋王场面做足，居然眼不眨心不跳地说完了这一番义正词严的空话。

元泰帝道："反贼既诛，你便回府吧。"

晋王背在身后的手打了个手势，立刻有一名紫衣官员上前，伏地跪拜，道："太子失德，已被晋王诛杀。国本不稳，人心思定，愿陛下俯察舆情，传位于晋王，以顺天人之望。"

"崔璟。"元泰帝冷冷地瞥了他一眼，道，"禁军何在？"

"父皇，儿臣劝您还是别指望了，"孙允淳的笑容在明灭不定的火光映照下显得格外扭曲，让人想到吐着芯子的毒蛇，"南衙诸卫皆已从本王，莫说您那心腹严宵寒不在此处，便是他在，北衙禁军也没有一战之力。"

他故意停顿片刻，扬声道："唐州军已经在来京勤王的路上，愿父皇早做定夺！"

孙允淳话音方落，宫门外跌跌撞撞地跑进来一个小太监，帽子都跑歪了，上气不接下气地道："陛下！陛下！京营来使报知，有数万人马正朝京城方向来，汪统领已带锐风、烈雷两营前往阻拦。"

元泰帝被这惊雷般的消息击得后退一步，颓然跌倒在搀扶着他的太监身上。

"陛下！"

四月三十，北燕良口关外。

来自柘族乌罗护部的马车在隘口排成长队。北方的春天来得晚，黎明还很寒冷，守关的官兵裹着厚袄，擦掉眼睫上凝结的水珠，打了个哈欠，嘀咕道："今年可够早的。"

护送马车的柘人满脸带笑地凑上来，手从袖筒中掏出来，往那官兵手中塞

了一把硕大的珍珠。

那士兵一愣，没接，把他的手推了回去："我们将军不让收这些，拿回去。"

柘族前些年骚扰不成，被北燕铁骑收拾了好几顿，如今年年向大周纳贡。乌罗护部盛产东珠，按例每年五六月要往京城进贡一次东珠。今年还没到五月他们就来了，负责查验岁贡的北燕士兵虽然觉得有点奇怪，但没有多想，走到马车前，用刀尖挑起箱子上的苫布，道："把箱子打开。"

几个柘人赔着笑脸爬上马车，解开绳子，掀开了箱盖。

一声呼哨，惊飞林中的栖鸟。

箱盖翻开，一片耀目的银白，那里面装的竟不是东珠，而是寒光雪亮的刀剑！

押送岁贡的柘人卸下伪装，从箱子中抽出刀，朝着良口关守军蜂拥而上。一片令人胆寒的砍杀声中，那个推拒了珍珠的北燕士兵被当胸豁开一道血口，仰面摔倒在飞扬的尘土里。

他冰冷僵硬的手指艰难地移动着，从腰间摸出一支烟花，哆哆嗦嗦地拉开了引线。"噗呲"一声，发现他意图的柘人回手一刀，利刃穿透血肉，刺穿了他的心脏。

同时，那枚代表着敌袭的信号升上高空，在他逐渐扩散的瞳孔里炸开一片血色烟花。那北燕士兵身体抽动，双眼望天，从胸中吐出了最后一口死不瞑目的凉气。

元泰二十六年四月三十日，早朝之上，元泰帝孙珣命太监当廷宣读圣旨，传位于晋王孙允淳。

同一日，柘族乌罗护部以运送东珠为借口，偷袭北燕良口关驻军。不久后，大量柘族军队南下叩关，北燕铁骑紧急调兵驰援。

大周开国百余年来，孙允淳是史上最倒霉的皇帝，没有之一。

他当上皇帝的第一天，没拜太庙，没办大典，文武百官尚未反应过来，他连龙椅都没坐热乎，就接到了北疆发来的紧急军情。

紧接着，老邻居们一窝蜂地全炸了。

柘族乌罗护部偷袭良口关，乞列部与大周东北的属国渤海国联军，发兵攻打蓟、平二州，去年才吃了教训的鞑族卷土重来，连犯同、榆等地，直逼北燕西防线原州。北燕铁骑被两头牵制，战况危急。

五月初三，蓟州告急。

五月初五，蓟州城破，平州告急，西北同州、榆州向北燕军求援。

五月十二，平州城破，主将肃王战死，附近州县无力拒贼，守官望风而降，敌军距京城只有千里之遥，而原本应该在必经之路上拒敌的唐州军，为了帮孙允淳逼宫，此时还在京城之外与京营对峙。

五月十三，宁州军反水，西北防线告破。

鞑族与柘族齐头并进，分别从东西两路向京师逼近，北燕铁骑被夹在中间，几成孤岛，朝中一片混乱，别说调集粮草清点战备，他们连皇帝到底应该是谁都还没吵出分晓。

五月十五，傅深昼夜奔驰，终于赶回了燕州城外的大营。

守营的北燕军看见他时差点哭了，傅深赶路赶得心力交瘁，连抬手扶他一把的力气都没有，随便找了个营帐坐下，言简意赅地道："给我倒杯水来，还有哪个将军在营中？叫他来见我。"

将士领命而去，傅深趁着这些许空闲阖目养神，一边伸长了双腿。他的小腿以下已经没了知觉，浑身骨头都仿佛累散了架，灰头土脸，面容憔悴，衣袖上随便一掸，便能掸下二两土来。

他在西南听说晋王逼宫夺位，还没来得及惊诧，紧接着就收到了良口关遇袭的消息。这下傅深彻底坐不住了，段归鸿还劝他再等等消息，说不定只是例行骚扰。然而傅深一听说乌罗护部借运送东珠的时机发动偷袭，立刻想到了今年行君约礼时，俞乔亭给他拿来的那盒血迹斑驳的东珠。

毫无疑问，那是柘族人赤裸裸地送上门来的挑衅，蛮夷贼心不死，早有预谋。

段归鸿看他心焦，忍不住劝道："你名义上虽然是北燕军统帅，但早就把军务都交接出去了，天塌下来自有高个的顶着，你忘了自己的腿伤成什么样了？回去有什么用？难不成你还打算亲自上阵杀敌？"

"别说我只是腿断了，"傅深面无表情地压着火，道，"我就是只剩一口气，爬也要爬回去，那里都是我的同袍。王爷，先父、先叔在你心里是什么分量，北燕军的弟兄们对于我而言也是一样。"

段归鸿一怔，随后道："你要回去，自然随你。但这大周朝廷，本王不会再多管一分一毫。日后哪怕北燕危急，西南也不会发兵相救，敬渊，你想好了。"

"求之不得。"傅深抬眼一瞥，凉凉地道，"王爷管好自己这一亩三分地就行了，小侄本来也没指望你。"

当日他便从夔州出发，悬着一颗心，披星戴月，昼夜奔驰，从西南赶回了北燕。

  自中原北上时，平州已破，肃王战死的消息传出，傅深一口气没撑住，险些从马上摔下来，心中大恸，喉间腥甜，蓦地呛出一口心头血。

  当年傅廷信深陷重围，力竭战死，肃王主动请封于平州，那是离北燕驻军和边境最近的地方。

  这些年来，他便守着平州，也守着北燕。如今，天人相隔数年之后，肃王和傅廷信终于可以在泉下相见了。

  那口血落在他掌心里，傅深像是被刺痛了似的，狠狠地闭了一下眼睛。

  肃王之死戳中了他内心最愧疚、惶恐的痛处。这一路疲于奔命，傅深一直不敢去想严宵寒知道消息后会做何反应。从决定北上而不是去荆楚的那一刻开始，他知道自己又一次把严宵寒抛在了身后。

  当年的错过尚且可以用误会做借口，可是如今，他还能再假装自己无牵无挂，一人吃饱全家不饿吗？万一……他像傅廷信一样死于北疆战场，严宵寒怎么办呢？

  "将军！"

  俞乔亭丁零当啷地掀帘子进来，一阵风似的卷到傅深跟前，声泪俱下地号道："我的亲将军啊，您怎么还回来了呢？"

  傅深疲惫地坐直身子："别废话了，给我说说详细情况。"

  俞乔亭抹了把并不存在的眼泪，在他旁边坐下，心累地道："孩子没娘，说来话长……"

  傅深听他讲完宫变的经过和眼下的战况，抬手捏了捏眉心，长长地叹了一口气。

  俞乔亭见他的脸色不对，迟疑地道："将军？"

  "时间卡得太准了，"傅深道，"晋王前脚逼宫，良口关后脚跟着遇袭。他再倒霉也不至于倒霉到这个份上，十有八九是踩进了对方的圈套。晋王身边必定有人里通外国，先制造内乱，再乘虚而入。"

  "渤海国一向安分，这么多年来没闹过乱子，如今跟着柘族起兵造反，恐怕也是有十拿九稳的把握才肯出手。唐州军就更奇怪了，唐州节度使杨勖才刚被拿下，他们就忙不迭地抛弃太子投向晋王，你觉得这是没头苍蝇乱撞，还是他们在故意演戏骗晋王这个大蠢蛋？"

  俞乔亭赞同道："没错，他就是个大蠢蛋。"

  赶在傅深骂人之前，他赶紧补充道："不光是唐州军，宁州军直接反了，现在东北、西北防线两处失守，就我们被夹在中间。乌罗护部看样子是打算一心拖死北燕军，只要咱们不抽身，乞列部和渤海国马上就能打到京城。"

"嗯。"傅深道，"鞑族打的也是这个主意，他们七年前吃了血的教训，不敢跟北燕铁骑正面交锋，如果只拿出一部分人跟我们拖时间，绕开北燕军从其他地方下手，就好打多了。"

俞乔亭道："我们现在是被他们联手架空，成了僵局，往一边使劲，另一边立刻会反扑。"

"都知道北燕军是铜墙铁壁，"傅深喃喃道，"我当初把甘、宁二州兵权交还给朝廷，陛下怕旧部之间仍有牵连，将原来的几位将军调职他处。这些年北燕是稳固了，可是北方边境这长长的一线，到处都是窟窿眼儿……"

"是陛下先要孤立北燕，没有他，鞑族、柘族也玩不出这一手'各个击破'。"

什么叫自食其果？这就是。

元泰帝担心北燕军权过盛，担心傅家坐大，担心百年之后儿孙坐不稳皇位，于是把北燕军拆得七零八落，把傅深搞成了半残。

结果呢？

宁州军就地反水，外夷大举入侵，他被自己的儿子一脚踹下皇位，他那傻儿子还引狼入室，开门揖盗，将京城置于豺狼爪下。

俞乔亭叹道："自毁长城啊！"

"我从夔州回来时，看见很多人都在携家带口地往南逃。"傅深问，"京城如今是什么动向？"

俞乔亭压低声音，谨慎地吐出两个字："迁都。"

"我估计也是，"傅深道，"京城离北疆太近了，打到家门口也就是三五天的工夫。我们抽不开身，晋王手里只有一个南衙禁军，还不够人家塞牙缝的。京城守不住，迟早要迁。"

"那我们呢？"

"我们拦在这儿，他们还能多喘两口气，"傅深道，"看晋王如何决断吧。提前做好收缩兵力突围出去的准备。"

俞乔亭还以为他要血战到底，没想到傅深竟然会有这样的念头，讶然道："将军？"

"晋王算什么东西，玩火自焚的蠢货，"傅深冷哼一声，"本侯没反已经是给他天大的面子了，还想让我带着北燕兄弟们卖命？做他的白日梦去吧。"

"可是……"

"可是什么？若京城告破，燕州就会被彻底围困。到时候他们来个瓮中捉

鳖，你我提头去见列祖列宗，恐怕得被他们从阴间打到还阳。"

俞乔亭缓缓地吐出一口长气："是。"

傅深拍了拍他的肩："青恒，留得青山在，不怕没柴烧。只要北燕精锐还在我们手中，总有卷土重来的机会。"

俞乔亭心情沉重地走了。傅深坐在帐外，浑身脱力，扭头眺望西方烈火般的夕阳，挺直的腰背不知何时终于塌了。

"我不能死，"他喃喃自语，不知道是说给谁听，"再等等我。"

傅深还是高估了孙允淳的运气。

五月十八，敌军到达密云，与唐州军合兵，京营退守至怀柔。晋王殿下这个倒霉蛋终于犯了众怒，被右神武将军曹风忱仗剑诛杀。北衙禁军风卷残云般扫荡了晋王一党，将晋王身边的柘族奸细枭首，头颅高悬于城头示众。

元泰帝亲谒太庙，免冠叩首，泣告宗庙，随后升朝，令太监宣旨，将国都迁往长安。当日午后，禁军轻骑简从，护卫元泰帝从青霄门出，逃往蜀中避难。

第二天，傅深在燕州收到了飞龙卫拼死传来的一封密旨，上头只有四个字——"去留听卿"。

五月十九，京城大乱，百官万民，仓皇奔逃，几致道路阻塞，自相践踏。

五月二十，京营溃退，贼寇入朝。

数日前，江南临安。

"父皇已经将皇位传给了晋王……"齐王气得手都在哆嗦，在屋里走了几圈，喊道，"来人，去备马！本王要即刻回京！"

"殿下息怒，"立在一旁的严宵寒立刻出声劝道，"您先别急，晋王能杀了太子，逼得陛下传位给他，必然有所倚仗。您现在毫无准备地回去，无异于自投罗网，依臣愚见，不如先静观其变，再做打算。"

齐王一时热血上头，被严宵寒拦了一下，火气渐歇，逐渐冷静下来，对闻声赶来的侍从道："再去探京城消息，宫内有什么异动，立刻报给本王。"

很久之后，严宵寒不止一次地后悔过，倘若时光能够倒流，他一定先给自己一个大耳刮子，把那句"静观其变"吞回去。齐王是死是活关他屁事，皇位谁爱坐谁坐，就让皇子们去争去斗，只要他能回到京城，回到傅深的身边。

严宵寒怎么也没想到，他的静观其变，等来的却是国破家亡，山河沦丧，还有漫长的分离。

第十三章 惊雷

＊

元泰二十六年夏，反贼大破京师。

元泰帝仓皇西狩，文武百官及内眷、京城百姓等一部分人随元泰帝西去入蜀，另一部分则拖家带口地南逃至荆楚、淮南一带。

北燕铁骑收缩防线，从西线突围而出，中途与宁州军正面遭遇。窝了一肚子火的北燕军大败宁州叛军，傅深亲手挽弓，一箭射死了叛军首领，两个北燕将士趁着月黑风高，摸上了宁州城头，将那颗人头高高地挂在了城门楼上。

一战立威，北燕铁骑凶残依旧，所过之处，无人敢直撄其锋。七月初，北燕军与甘州军在武威会师，傅深一边收拢西北各地残兵，重新整军，一边以甘州为据点，垦荒屯田，休养生息，以待反击。

北方防线已破，靰、柘、渤海三族再无阻拦，长驱直入中原腹地，半壁江山沦陷于外敌之手，朝廷不复存在。在这种局势下，淮南节度使岳长风率先举兵抗贼，拒渤海军于淮水之北，挡住了蛮夷南下的脚步。紧随其后，西平郡王段归鸿称"西南以自保为要"，只接收北方逃难百姓，不再出兵勤王。有这两位先例在前，各地节度使纷纷效法，以其所辖之地为限，自成一体，各自为政，除抵御外敌之外，只约定互不侵扰。

眼看大周即将四分五裂，国祚不保，同年秋天，齐王孙允端在金陵自立为帝，遥尊元泰帝为太上皇，国号为周，改年号为"长治"，定都金陵，遍告天下。

登基当日，江南节度使、荆楚节度使、岭南节度使、福建节度使及东海水师同进贺表，拥立新帝。新朝由北方流亡而来的旧官员和江南素有名望的贤达士人共同组成，长治帝未设宰相，而是仿元泰朝旧例，新开英华殿，与重臣共决国事。

严宵寒自荆楚跟随齐王至江南，先是拦住没让他回京，后来又与各地节度使斡旋，殚精竭虑地搭起了新朝的架子，一手扶持齐王登基称帝，论功足可封侯拜相，但他以自己以往行事遭人诟病为由，宁愿当个隐于幕后的功臣。故长治帝仍令其统领禁军，特许入英华殿议事，视为左膀右臂，倚重非常。

说是赶鸭子上架也好，破罐子破摔也罢，严宵寒被逼到极致，迸发出无限潜力，最后居然磕磕绊绊地做成了这件力挽狂澜的壮举。

江南臣子们尚可接受，过去明里暗里骂过严宵寒的旧臣们可算是开了眼了。严宵寒屹立两朝而不倒，从权臣奸佞摇身一变，成了临危不乱、匡扶新主的功臣。这鹰犬不但心机、手腕了得，运气也是相当了得啊！

不论外人如何猜度，经历过这一场风波磋磨，严宵寒的形象与"心机深沉的权臣"越发贴近。他过去不管真情假意，起码面上常常带笑，装也要装出个和煦的模样；如今却像彻底抛却旧我，威严冷峻了许多，气势内敛，喜怒莫测，而且总带着一丝若有若无的阴郁，让人更不敢往上凑了。

旧朝臣与他素有嫌隙，新贵们与他不熟悉，这么一来，严宵寒倒像是回到了元泰朝，再度被众人孤立了。

深受宠信的严大人对同僚们的指点和侧目毫无感觉，反正他已经习惯了，闲言碎语犹如过耳清风。他为长治帝费尽心机地筹划，不遗余力地促成新朝，本来也不是为了在这乱世里搏出一份功业。只是时局如此，情势逼人，若长治帝始终找不到立身之地，一个流落在外的皇子，以后要么被拿来当傀儡皇帝，或者索性杀了干净。而他的随从们无甚分量，自然更落不着什么好下场。

严宵寒不想受制于人，更不想把命丢在江南。

在江南的这些日子里，他有时会半夜惊醒，寒衾孤枕，冷雨秋窗，他的手落在身侧空荡荡的床榻上，却什么也抓不住，徒劳地握了满把寒凉的湿气。每到这个时候，他就觉得自己好像又犯了药瘾，心中仿佛有只虫子正在一点一点地将他啃噬殆尽，只留下一具行尸走肉般的空壳。

求而不得比单纯的疼痛更可怕，严宵寒做梦都想肋下生双翼，一夜飞渡千山万水。

可傅深在哪里？

他知道京城已破，知道元泰帝西狩，也知道北燕铁骑成功突围，可是他不知道傅深到底去了哪里。他是留在了西南，还是回到了北燕，又随着北燕军到了其他地方？

没有只言片语，自荆楚一别之后，他们就完全失去了联系。

严宵寒问了很多从京城南渡而来的官员将士，也曾试图从西南打听消息，甚至花重金派人从蜀地北上，想要找到傅深的踪迹，至今没有得到任何回音。

他们中间隔着沦陷于外敌的中原大地，却像隔着一整个世界。

劳心劳力和心思郁结让他落下了失眠的毛病，严宵寒常常半夜惊醒，醒了就再也睡不着，一般会睁着眼睛直到天亮，然后强撑着爬起来去上早朝。好在他还年轻，身体经得起消耗，有时实在受不了了，就去桌上常备着的糖盒里找颗桂花糖吃。

这个法子其实没什么用，连心理安慰都少之又少，因为原来那包糖早就吃完，新买的糖虽然精致甜蜜，桂花香扑鼻，但是味道与原来的不一样。

那天驿站门外，傅深在人群里匆匆塞给他一荷包桂花糖，从此之后，他再也没找到过一样的味道。

甘州城外。

西北秋高气爽，长空浩荡，蓝天下是一望无际的田野。傅深和俞乔亭一人捧着一碗热气腾腾的羊肉汤，十分不讲究地蹲在田埂边看人收麦子，从背后看去，活像两个放羊的。

俞乔亭期期艾艾地道："侯爷，咱俩这么大个将军，蹲在这儿不好看吧？"

傅深嗤笑道："入乡随俗，就你要脸。"

"您这有点过于俗了……"

傅深眼皮一抬，斜了他一眼："羊肉汤不好喝吗？"

"好喝。"

"好喝还堵不住你的嘴？"傅深道，"别唠叨，烦着呢。"

俞乔亭霎时了然，不怀好意地贼笑问："还惦记严大人呢？南边不是有消息了吗，新帝登基，他是功臣，在江南那温柔乡里好好地当着禁军统领，你还有什么可不放心的？"

傅深有心把俞乔亭这幸灾乐祸的混账玩意儿一脚踹下田埂，但他身边实在没有其他人可以聊这些事情，只好强忍了："一个在南，一个在北，不知什么时候能再见。"

俞乔亭笑道："好办，反正你明年春天打算出兵，到时候一路杀到金陵去，不就见着了？"

"说得好像我们能打到金陵似的，"傅深有气无力地道，"蛮夷占据淮水以北的中原地带，离金陵十万八千里，你倒给我打一个试试。"

俞乔亭低声道："我看新皇在江南搞小朝廷，搞得有声有色，就怕日后我们在北边拼命，南边却一点都不着急。"

傅深听完更愁了。他在武威将甘州军和西北各地残兵重新编入北燕铁骑，军权在握，比江南的大周朝差不到哪里去。但傅深绝不可能拥兵自立，北燕军为国效忠多年，自然把光复中原视为理所应当。

然而他们这么想，不代表各地独立的节度使和江南朝廷也这么想。

京师坐拥北燕铁骑、京营和禁军三道防线，尚且被外夷打得屁滚尿流，单凭北燕军之力，把中原从外族手中夺回来需要多少年？就算夺回来了，南北如何重新合二为一？谁是正统？到时候北燕军又会被放在什么位置？

　　远虑与近忧层层叠叠地堆在他心上，傅深胸怀有限，一时被压得透不过气来。他长叹一声，抬头望天，恰好见长空之中，有一队大雁正排着队飞过。

　　傅深眯起眼睛，估计了一下距离，把空碗往俞乔亭手里一塞，自己起身摘下背上的长弓，后退几步，反手抽箭上弦，挽弓瞄准。

　　箭矢"嗖"地破空而去，数息后半空中传来一声哀鸣，队尾的一只大雁从天上笔直地坠下，落在了距他们不远的地方。

　　不待傅深自己去捡，那边的农人已替他将大雁送了过来。受伤的大雁还活着，一边翅膀被箭钉穿，在傅深手中不住地扑腾。俞乔亭探头一看，夸道："不错，很肥。"

　　"不是打给你吃的，"傅深一手拎弓，一手拎雁，转身往回走，"让杜冷去我那儿一趟，带上伤药。"

　　"啊？"俞乔亭一头雾水，"干什么？"

　　傅深头也不回地道："让杜冷给它治治伤。它不是要往南飞吗？正好帮我个忙。"

　　"啥？"

　　"鱼雁传书听没听说过？可惜本侯没有沉鱼落雁之姿，只好动武了。"说完，傅深思索了一下，觉得有求于雁，还把人家打伤了，有点说不过去，于是举起手中的大雁，诚恳地对它道，"雁兄，对不住了啊。"

　　被晾在原地，手里还捧着两个碗的俞乔亭愣愣地想：靖宁侯这是走火入魔，终于疯了吗？

　　冬至时节，金陵。

　　今日散值晚了些，日暮时严宵寒方从宫中出来。今天是冬至，英华殿议事之后，长治帝按京城风俗，特地让御膳房做了羊肉汤饺，颁赐众臣。几个从北方来的老臣当场捧着碗老泪纵横，长治帝触景生情，也忍不住掉了几滴眼泪。君臣执手恸哭，江南出身的四位学士在一旁假模假样地劝慰了几句，直到长治帝收了泪，才各自散了。

　　严宵寒仿佛被一口热汤烫伤了肺腑，走在湿冷的长街上，竟觉得痛彻寒彻。他不想回府，漫无目的地在街上闲逛，浑浑噩噩地走了许久，不知怎么走到了还未散摊的集市，肩膀忽然被人撞了一下。

　　一个人从他身边跑过去，咋咋呼呼地喊："我看见！给我看看！"

　　前方不远处聚集着一伙人，围着个摊子不知在看什么热闹。严宵寒耳朵灵敏，只听得人群中嗓门最大的男人粗声道："……我在城外猎到的大雁，没想到它脚上还系着块有字的绢帛，这可不就是古话说的'鱼雁传书'！"

脑海里有根弦被铮然拨响，严宵寒心中一动，蓦然生出几分好奇，情不自禁地走上前去细看。他个子高，站在人群外也能看到砧板上横着一只死大雁，那男子手中拿着一块叠成四折的绢布，朝众人显摆："都知道北雁南飞，如今南北音信不通，说不准是北人特意用它来传信呢？"

有人起哄道："上面写的什么？拿出来给大伙瞧瞧！"

那男子道："不行！不行！这可是个稀罕物……"

"这只雁多少钱？"严宵寒忽然开腔，"连这块绢帛一起，我买了。"

看热闹的人群立刻给他让出一条路，那男子见他衣着华贵，气度不凡，知道自己是遇上了有钱的冤大头，张口便道："五两银子！"

严宵寒随手摸出钱袋，看也不看，直接丢进了他怀里。那人上手一掂便知分量不轻，顿时喜得眉开眼笑，连声道谢，恭恭敬敬地将那绢帛双手奉上。严宵寒接过，却不打开看，反而揣进袖子里。围观的众人见他没有亮出来显摆的意思，十分遗憾，咂着嘴各自散去。严宵寒转身离开摊位，身后自有长随上前将那只大雁拎走。

提着一口气一直走到无人处，严宵寒反复抓住那幅绢帛又松开，手心里全是冷汗。他一再告诫自己不要心存妄想，"北雁"与"北燕"谐音只是巧合，鸿雁传书更是被用滥了的典故，他是疯了才会一时冲动，买下这种根本就没什么意义的东西。

可是他太需要一件故地旧物来寄托思念了，哪怕那只是个虚假的意象。

平复良久，他的心跳渐渐缓了下来。严宵寒犹豫再三，本着将错就错的心态，牙一咬眼一闭，终于从袖中把那块白绢抽了出来，沿着折痕小心地打开。

从北到南，那大雁不知飞了多久，脚上系的白绢已经脏了，字也被打湿过，在白绢上洇开一片干涸的墨痕。

纵然模糊，可他仍能清晰地辨认出那不甚规整的字迹，因为绢书上面只有四个字——"吾兄安否"。

他活了二十余年，时至今日，才知道原来世间真的存在一句话、几个字，就足以令人肝肠寸断。

严宵寒吓傻了，惶恐地心想："这是写给我的吗？"

他像个冰天雪地里快要冻死的人，在即将绝望的时候，蓦然看到一点火光，不管是错觉还是磷火，都仿佛是抓住了最后一根救命的蛛丝。

字迹已经看不出原本的形状，根本没有特点可言，可严宵寒还是死死地盯着那四个字，目光灼灼，仿佛要把白绢给烧出个洞来。如果傅深在场，估计能认出来，他那个魔怔的劲儿跟当初在邝风县犯药瘾的症状简直一模一样。

秋夜白的药瘾早就戒了，心瘾却一日重似一日。

寒风侵骨，渐渐地，沸腾的心绪在冷风吹拂下归于平静，严宵寒长长地出了一口气，紧绷的肩头蓦然放松，结果身形一晃，差点腿一软坐到地上。他忙扶着墙站稳，这才惊觉大冷的天，自己竟然出了一后背的汗。

他将那幅白绢仔细叠起来收好，仿佛从中汲取到了一点暖意和力量，朝着自己宅邸的方向慢慢走去。

一转眼，就到了新年。

因去年战乱四起，时局动荡，国家危难，今年宫中一切庆典仪式皆从简。长治帝祭天祷祝，下旨免除江南当年粮税，大赦天下。正月初六，昭仪薛氏有孕，这是新朝新年宫中迎来的第一个孩子，兆头十分吉利，长治帝大喜，将薛氏晋为淑妃，又厚赏其父兄和家人。

严宵寒听到这个消息，心中不大舒服，便私下里找了皇后身边伺候的太监来问话。他如今名义上只统领禁军，实际上由于皇帝无人可用，内侍省没有大宦官坐镇，一干事宜仍要听命于严宵寒。他宛如皇帝后院的大管家，又要管家丁，又要管仆婢，十分不情不愿，然而无可奈何。

京城城破时，齐王妃傅凌带着尚在襁褓的婴儿，在王府和颖国公府家丁的护卫下，有惊无险地逃到了江南。长治帝登基之初，傅凌便被册封为中宫皇后。这夫妻二人原本感情很好，然而新朝初建，长治帝为了笼络江南士族，纳了几个世家女为嫔妃，原本冷清的后宫迅速变成了不见刀光剑影的战场。皇后是个外柔内刚的性子，不擅争抢，受过几次冷落，帝后二人便渐渐有些疏远。

严宵寒起初没注意到后宫里的钩心斗角，然而去年年关时，皇后所出的高阳公主忽然出痘发热，症状凶险，险些没撑过去，皇后为此大病一场。

严宵寒听说后留了心，令人私下查访，竟从皇后宫中揪出了一个与别宫嫔妃暗地里传递消息的宫女。拷问之下，那宫女供认她曾用宫外拿来的巾帕给公主擦过手，而后供词呈上御览，长治帝龙颜震怒，最终却轻轻放下，只将那嫔妃打入冷宫了事。

从那时起，严宵寒才知道皇后在宫里过的是什么日子。颖国公傅廷义虽然也逃到了江南，但他一向不食人间烟火，对傅凌来说，只算个聊胜于无的娘家人，傅凌没有足够强势的娘家做后盾，又是后宫之主，自然成了众嫔妃争相挑衅的对象。

没过多久，那嫔妃无缘无故地在冷宫中上吊自尽。此后，严宵寒每个月都会分出一点时间来过问皇后的情况。他并不刻意避人，甚至不介意别人来问，他与傅深君约定盟，光明正大，给傅深的妹妹撑腰自然也是理所应当的事。

不必多说，仅凭这一个举动，傅凌在后宫中的日子便立竿见影地好过起来。

薛氏的父亲是参与英华殿议事的江南四学士之一，她在后宫众妃中亦是最得宠的一个。中宫尚无嫡子，薛氏此时有了身孕，若是女儿还好，万一诞下长子，对于元泰朝的旧臣来说绝不是个好消息。严宵寒问过太监，听说皇后只是郁郁不乐，没有别的打算，也息了替她防患于未然的心思，只让下人们多加小心，别被有心人算计了。

然而世事到底难料，二月十二花朝节，宫中突然闹起来，据说是薛淑妃在花园里被人冲撞，不幸小产，孩子没保住。

冲撞了薛淑妃的是皇后宫里的洒扫宫女，被提审时一言不发，朝皇后行了个五体投地的大礼，随后一头撞向殿中的柱子，当场气绝身亡。

这下子皇后百口莫辩，有理也说不清了。长治帝暴怒，好歹顾念着夫妻情分，没有重罚，只令皇后禁足一月，闭宫反省，六宫事务暂由静妃代理。

静妃就是个面人，家世不显，早早就投靠了薛淑妃。

长治帝未必不知道皇后极有可能是被人陷害的，但他并不需要真相。薛氏背后站着的是江南士族，新朝的半边天，长治帝还指望着这些人为他效力，而皇后背后的傅家已然是个空壳子。两相比较，孰轻孰重，一目了然。为了大局，他只能选择牺牲皇后。

然而他却忘了，朝中还有一个不会善罢甘休的人。

二月十四，皇后被禁足的第二天，还在养病的薛淑妃被人从寝宫拖进了冷宫。这一带院落破旧，少有人至，她被人用手帕堵住了嘴，发髻散乱，呜咽、挣扎着被两个强壮的太监扔进了一间空屋里。

这是那陷害公主的嫔妃所居之处，她死后，宫女、太监嫌这里晦气，轻易不踏足。几个月无人打扫，蛛网遍布，庭院生苔，薛淑妃被扔在冰凉、肮脏的地面上，冰肌玉骨顿时蹭上了一层污泥，好不狼狈。

她也是被家中娇养大的千金小姐，何曾受过这等委屈，此时又惊又怕，求救无门，不由得流下泪来。

蒙眬的视线中，外头似乎有人挡住了天光，轻而稳的脚步声由远及近，片

刻后一双黑靴在她眼前停下，头顶传来一个年轻低沉的男声："就是她？"

抓人的太监一脸凶相，对这个人却格外恭敬："回大人，正是薛氏。"

那人低低地"嗯"了一声，越过她向前走去。厅上早有人为他擦干净桌椅，深红锦缎袍角一扬，他拉了一把太师椅，在薛氏面前坐下，吩咐下人道："扶她起来，将嘴里的布去了。"

薛氏口中的巾帕被扯出，哭得不住喘息，强忍着身上的疼痛爬起来，待看清眼前端坐的人时，却不由自主地怔了一怔。

她见过的男人虽然有限，但个个年少风流，相貌不俗，此人却堪为她从小到大见过的最出挑的一个。

他眉目沉静，不笑时也有种温柔款款的意味，见薛氏望着他出神，眼角微弯，问道："你知道我是谁吗？"

薛氏恍然惊觉失态，忙垂下头，嗫嚅着道："不……不知。"

"本官姓严，奉命统领禁军，与尔父薛尚书有几分交情。"

"严"和"禁军"这三个字犹如一盆冰水当头浇下，薛氏心中刹那冷透，脑海中只剩下两个字：完了。

自从去年公主出事险些要命之后，后宫嫔妃大都有所收敛，更对皇后多了几分敬畏——不是尊敬皇后，而是畏惧背后替她撑腰、弄死了那暗害公主的嫔妃的那个人。

天子的股肱近臣，禁军统领，英华殿殿臣之一——严宵寒。

元泰朝时飞龙卫横行无忌，权倾朝野，令人闻之色变。此人正是飞龙卫的头子，据说他行事奇诡，手段狠辣，不知陷害过多少忠良，却始终屹立不倒，甚至在新朝仍得长治帝重用。

惊艳散去，只剩惊恐，薛氏仓皇地向后躲，颤抖着道："你要干什么？"

"淑妃娘娘，"他漫不经心地反问，"本官所为何事，你心里没数吗？"

"我不知道！"薛氏强作镇定，色厉内荏地嘴硬道，"外臣私闯宫禁是死罪，你敢对我动手，就不怕陛下追究吗？"

严宵寒道："本官奉命护卫宫禁，自然不能坐视你这等蛇蝎心肠的歹毒妇人欺君罔上，此乃分内之事，职责所在。看样子娘娘应该听说过本官，既然知道我是谁，就该清楚，别说是你，便是尔父在此，本官也照抓不误。"

薛氏颤抖着声音道："你……我是陛下的妃子，轮不到你来发落……我要见陛下！"

严宵寒像是听见了什么笑话，嗤笑道："我叫你一声娘娘，你还真当自己是娘娘了？"

他虽然笑着，眼中却杀意毕现，冷冷地道："陷害皇后，谋害皇嗣，你以为自己今天还能活着走出这道宫门？"

"你是皇后的人，你为什么帮她？"薛氏终于被他吓哭了，语无伦次地喊道，"她给了你什么，我都能给你！你——"

"因为她姓傅。"严宵寒轻飘飘地打断她，"你在花朝节栽赃皇后，上赶着犯我的忌讳，找死。"

花朝节？跟花朝节又有什么关系？

薛氏一脸茫然，但垂手侍立一旁的太监中，有一个是从北边过来的，顺着"花朝节"一想，立刻明白了过来。

傅侯爷如今下落不明，皇后是他唯一的亲妹妹，难怪严大人气成这样，薛氏也真是倒霉，犯到了他的手里。

严宵寒到了江南后，送人上西天的事干得少了，可偶尔出手，却显得越发乖戾狠毒。这种发泄其实并没有什么用处，只是被戳了逆鳞，他自己痛，犯事的人也别想好过。

太监手中捧着一段白绫上前，细声说："娘娘，请吧。"

薛氏不敢置信地望向严宵寒，目眦欲裂，那人却不看她，盯着窗外的一簇白花不知在想什么。

见她迟迟不动，那太监阴阳怪气地道："娘娘若是执意不肯自己动手，只好由奴才送您上路了。"

严宵寒这时转过头来，淡淡地道："我听说你出身高门，自幼饱读诗书，又能歌善舞，曾有相士断言你命格贵重，必得佳婿。"说到这儿，他没忍住，从鼻子里哼出一声冷笑，"满金陵城都是这等谣言，娘娘恐怕也信了，还以为自己就是下一个卫子夫。"

"这条白绫，已是给足了你面子，"严宵寒撑着椅子扶手站起来，居高临下地注视着她，森然道，"娘娘最好自觉一点，再不识好歹，本官就把你变成下一个戚夫人。"

薛氏霎时觉得如同被毒蛇盯上，毛骨悚然。她粗通诗文，读过史书，立刻听明白了严宵寒的威胁，也清楚地知道自己今日在劫难逃，必死无疑。

汉高祖宠姬戚夫人，生子刘如意，以其圣宠，几次险些取代太子刘盈。高祖驾崩，刘如意被吕后召入宫中鸩杀，其母戚夫人被断手足，去眼，煇耳，饮瘖药，使居厕中，命曰"人彘"。

　　淑妃与皇后之间，不单单是后宫之争，更是未来的储君之争，是北方旧臣与江南新贵之间一场不动声色的交锋。

　　严宵寒拂袖而去。

　　长治元年二月十四，薛淑妃小产后癫狂，神志错乱，自缢于冷宫。

　　当日晚间，天星散落如雪，长秋宫匆忙宣太医请脉，诊得皇后傅氏有孕，朝野上下，莫不以为吉兆。

第十四章 谋算

严宵寒前脚收拾完薛氏，后脚长治帝就收到了消息，雷霆震怒，命人将他叫进宫中，打算重重地发落他一顿。

他一介外臣，竟然在皇帝眼皮子底下杀了他的宠妃，这宠妃的父亲还是与他同朝为官的同僚。无论从哪方面来看，严宵寒这回都彻底玩脱了，他却半点不怵，平静、镇定地进了宫，口称"陛下万岁"，规规矩矩地对长治帝行了礼。

长治帝心里有火，没像平常一样立刻赐座，故意把他晾在殿上，冷冰冰地道："严宵寒，外臣擅入后宫，逼死后妃，你好大的胆子！"

严宵寒干脆利索地跪了下去："臣有罪，请陛下免去臣禁军统领一职，降为白身。"

"你！"长治帝心中"咯噔"一下，他原本打算训斥严宵寒一顿，让他不要那么目无君上，肆无忌惮，然后将此事轻轻放下，小惩大诫，就像他一直以来的处事风格一样。可没想严宵寒竟然这么决绝，一上来就要撂挑子回家。

严宵寒虽然有着这样那样的缺点，可他是在长治帝最落魄时为长治帝竭力周旋，一手把其扶上位的人。新朝初建，各地节度使的效忠也是严宵寒争取来的，他只是名义上的禁军统领，英华殿上的"第九位大臣"才是他的真正位置。严宵寒两边不靠，始终替长治帝把控着北方旧臣与江南新贵之间的平衡，让朝廷平稳安定地持续运转下去。如今他要去职归家，长治帝第一个不能答应。

气结良久，长治帝重重地叹了口气，无奈地道："严卿，你……罢了，去职

的事不要再提。来人，赐座。"

严宵寒面上不动声色，心底却暗自冷笑。

子不肖父。

元泰帝过于强势，压得几个儿子要么逆反，要么软弱。太子投机取巧，晋王那蠢材不用说，长治帝外强中干，看似精明，实则懦弱，没什么主见，耳根子又软，常常摇摆不定，还容易喜新厌旧。

这种人就是典型的"贫贱能移，富贵能淫，威武能屈"，以前周围有强势的父亲和兄长，他可以安静不作妖地扮演好一个安分守己的王爷，然而一旦要他独挑大梁，皇帝陛下的脊梁骨立刻就软了。

有这种性格的皇帝，朝堂上主弱臣强几乎是必然趋势。所以哪怕薛氏圣眷正浓，严宵寒照样敢送她一条白绫。他早在动手之前就预料到了结果：长治帝既然能为了薛氏委屈皇后，自然也肯为了留住严宵寒这个重臣而将薛氏之死轻轻揭过。

"朕知道皇后受了些委屈，"长治帝长吁短叹，忧心忡忡，"可朕也没有把她如何，只不过是禁足，以后会厚加抚慰。你却直接逼得薛氏自尽，来日薛爱卿问起来，你要朕如何回答？"

严宵寒完全不能理解长治帝的思路。"禁足"只是说得好听，他为了宠妃令皇后尊严扫地，这还叫"没把她如何"？要是薛氏的孩子真是皇后弄掉的，他还要如何？

严宵寒坐在凳子上默默念了两句经，平复心火，尽量温和地说："陛下，您是九五之尊，生杀予夺，无须跟任何人交代。"

长治帝静了片刻，犹豫道："但是薛升……"

"陛下，薛大人为何要送女入宫，为何在暗地里叫人宣扬薛氏命格贵重，您还看不出他的意图吗？"严宵寒沉声道，"您倚重江南世家不假，薛尚书却想把朝廷变成江南的朝廷。陛下切勿只看眼前，大周坐拥四方河山，不是只有江南一地。来日您还要光复中原，还于京师，方不负天下万民殷殷期望，无愧于宗庙社稷。"

长治帝果然面露动摇之色，他这时已经忘了严宵寒的僭越冒犯，心思完全被他带跑了："朕何尝不想北伐，只是新朝立足未稳，兵马粮草钱财，要什么没什么，拿什么北伐？"

"这个倒不是大问题，当初几位节度使都承诺过，如果朝廷要收复中原，他们自当出兵协助，"严宵寒道，"不过朝廷还是要建立一支拿得出手的军队，总不能只靠节度使,而且……"

"而且什么?"长治帝追问道。

严宵寒迟疑了一下,才低声道:"陛下,节度使拥兵自重,和割据一方的藩王已无甚差别。倘若日后真的收复了中原,朝廷也需要有足够的兵马来震慑各地节度使。"他打住话头,不期然地想起了北燕铁骑,还有他们的统帅。

长治帝深以为然,点头道:"说得在理,此事宜早不宜迟,你心中可有筹划?回头呈个折子上来。"

严宵寒起身应是。长治帝看样子是跟他想到一块儿去了,感叹道:"倘若朕手中有北燕铁骑这样一支劲旅,何愁中原不复!可惜靖宁侯……"

他摇了摇头,惋惜地住了口。

严宵寒从进宫起心里的冷笑就没停过,此时终于忍不住了,轻声插了一句:"若是靖宁侯在此,薛氏胆子再大,也断然不敢挑衅皇后。"

长治帝面上讪讪,不悦地道:"行了,朕倒是没想到,你对靖宁侯另眼相待,竟还替他三番五次地为皇后说情。"

严宵寒思考了一下,觉得他和傅深总不能一直装不合,两人早晚要联手的,现在对长治帝坦诚,总比以后落个"欺君"的罪名强。

他拱手道:"陛下容禀。当年臣蒙太上皇赐约,内中别有隐情。"

长治帝果然被勾起了好奇心:"说来听听。"

严宵寒将黑锅往已故的太子身上一推,将君约的真正原因稍加美化,一五一十地说了。长治帝听得入神,讶异道:"父皇竟然……这么说来,你与靖宁侯君约定盟,只是为了北燕兵权,才一直照顾他?"

严宵寒不动声色地暗示他道:"陛下,靖宁侯的腿伤终身难愈,不可能一直带兵,但北燕铁骑始终在他的控制之下。他只有皇后娘娘这一个亲妹妹,您善待皇后,不必再用什么手段,北燕铁骑自然是朝廷的一大助力。"

长治帝不依不饶地追问:"你与傅深到底是怎么回事?"

严宵寒没想到长治帝正事不管,对这些没用的却格外上心,只好委婉地道:"陛下,常言道亲君子远小人,靖宁侯这样的直道君子,固然可敬,却不可亲近。"

长治帝听出了他隐含的承诺,满意于他的识相,戒心稍散,连带着薛氏的事也不追究了,大度地挥手道:"无事了,爱卿且退下吧。"

严宵寒躬身一礼,怀揣着满心的冷笑走了。

仿佛是为了验证严宵寒的话,没过多久,北方传来消息,据守甘州的北燕

铁骑发兵宁州，倒霉的宁州叛军被猛虎出笼般的北燕军扫成了一地废铁。五日后，北燕军收复宁州全境。

随着战报一齐送到各地节度使及南方新朝的，还有一封北燕军主帅、靖宁侯傅深的亲笔信。

早朝之上，严宵寒掩在广袖下的手抖得如同筛糠，但没有人注意到他的异状，也没有人关心那封信上写的是什么。

所有人都在极度震惊中消化着同一个事实——傅深回来了。

光看那笔锋如剑的字迹，便仿佛看到了那位永远逆流而上，可挽狂澜于既倒的傅将军。浩劫之后，他是第一个打出勤王旗号，第一个收复宁州，第一个遍告四方，请各地节度使发兵，共逐外敌，光复中原的人。

天下兵马，只有北燕铁骑把"保家卫国"四个字贯彻始终。

哪怕是以正统自居的江南朝廷，也未见得有他这么强的号召力。不出半月，各地节度使纷纷响应，淮南、襄州先后发兵，将靰柘军队的防线推后至汉水以北。北燕铁骑有傅深坐镇，势如破竹，迅速收复了长安以西的各州县。

四月，江南朝廷出兵，分两路北上，一路与淮南军共同攻打徐州，一路与襄州军、北燕军合围长安。

五月十六，鸡鸣山脚下，棠梨镇。

此地只有小股靰族军队，北燕军没费什么工夫就将其扫荡干净了。棠梨镇附近有一条很深的大河，叫作紫阳河，东流汇入汉水。傅深带着一队骑兵沿河巡查了一圈，确定没有残敌埋伏，远眺时见对面树林中人影晃动，似有马蹄声往河边来，于是招手叫来一个小兵："绕到对面去探一下，看是什么人。"

那小兵正要领命而去，对面却仿佛等不及似的，有人抢先一步从林中策马而出。傅深闻声回头，刚要去握弓，猝不及防地恰好与对岸的人四目相对。

他脑海里"嗡"的一声。

对面的严宵寒当场愣住了，无意识地伸手一拉马缰，战马长嘶一声，差点把他给甩下来。

他像被抽走了三魂七魄，梦游似的，茫然地张了张嘴，却没有发出任何声音。

傅深全凭一腔理智，双腿轻夹马腹，靠近河边，刚打算喊一嗓子确认身份，就见对面游魂一样的严宵寒策马到了河边，往河中走了几步。后来马畏惧水深不敢往前，他干脆一跃而下，三下五除二摘了身上的重物，一头扎进了湍急的河水中。

无须确认，这么傻的，除了严宵寒，世间恐怕找不出第二个了。

傅深顿时就疯了："严梦归！你作死吗？"

他翻身下马，冲到河边，对一旁的将士高声喊道："拿绳子来！"

好在现在还不是夏天，河中没有涨水。严宵寒水性尚可，游到河中央时接到傅深抛来的绳子，被连拖带拽地拉上岸。他耗尽了力气，胸膛不住地起伏，别说说话，连喘气都困难，却如同魔怔了一般死死地盯着傅深，眼中血丝遍布，红得像要滴血。

傅深还没来得及感到惊喜，就被他吓着了。他从没见过这么别出心裁的重逢，骂人的话已经到了喉咙口，谁料他刚一动，严宵寒就扑了上来，怕他跑了似的，紧紧地抓住了他。

滔天怒火，瞬间烧成了一缕无力的白烟。

傅深狠狠地闭了下眼，脑海里一片空白，半晌，他听见自己的声音也在哆嗦："可算是，见着活的了。"

严宵寒脑海中有千言万语，却好似被一团棉花堵住了喉咙。他三魂七魄不知飞到了何处，整个人都是麻的，过了许久，知觉才渐渐恢复。

他的情绪逐渐缓和下来，有个声音自心底里破土而出，严宵寒听见自己的声音说："好久不见。"

他的嗓音沙哑得厉害："自荆州城一别至今，整整一年……"

"我知道，"傅深的心都在抽抽着疼，眼眶发烫，预感自己今天可能要丢人，"我数着日子呢。"

严宵寒轻轻地舒了口气，像是终于挣脱噩梦、逃离疼痛，带着后怕的小心翼翼："这一年好长，快比我一辈子还长了。我等不及你收复京城，平定天下，所以自己来找你。日后哪怕只能给你当个马前卒——"他咬着牙，一字一顿地说，"我也绝不再离开半步。"

傅深闻言低声笑了，末了十分心宽地说："好啊。寸步不离，以后本侯去打仗，允许你坐在本侯马上观战，如何？"

严宵寒的眼泪还在眼眶里打转，但只要能开口对话，就证明他最激动的时候已经过去了，又变成了神志清醒的正常人。傅深稍微松了口气，忽然笑道："怎么都没叫过我一声？"

严宵寒一怔。

他不敢。他怕眼前这一切像无数次午夜梦回一样，只要一开口，就会蓦然惊醒，只留满目荒凉。

傅深微笑道："嗯？"

眼前这个是真的、活的，会打人也会骂人的傅深。严宵寒闭了下眼，眉梢上一滴水珠倏而滑落，这一声仿佛抽干了他的全部勇气。

"敬渊。"

傅深在他虎口上用力一摁，同时应道："在呢。"

这一点刺痛从手背炸开，直达天灵盖，提神醒脑，严宵寒激灵一下，突然睁大了双眼。

梦醒了。

他还在。

傅深若无其事地背过手，道："好了？那就走吧，河对岸是不是还有你的人……算了，对面还有多少人？领兵的是谁？"

严宵寒怔怔地道："我带十几个人先行探路，大军还在后面，领兵的是赵希诚将军。"

"赵将军？那好办了，"傅深忽然想起什么来，"哎，那你是怎么跟来的？"

严宵寒摸了摸鼻子，尴尬地道："我不长于兵事，这次是死皮赖脸地求了陛下，才捞了个监军的位置。"

傅深很不给面子地笑出了声："该来的躲不掉，认命吧。"

严宵寒无奈地看着他，傅深招手叫来一个小兵，将自己的腰牌交给他："你去对岸，把这个带给赵将军，告诉他北燕铁骑在棠梨镇驻扎，我替他把监军扣下了，让他过几天舒心日子。"

严宵寒道："敬渊……"

"哎，听见了。"傅深转头对那个目瞪口呆的小兵道，"欢迎赵将军有空来这边坐坐，商量一下长安城怎么打。"

他让手下给了严宵寒一匹马，两人风驰电掣地冲回了棠梨镇。回到北燕军暂驻的民房，傅深一脚踢开一间房门，把严宵寒推进去，吩咐身后亲兵："打盆热水来。"

这里是傅深的居所，异常简陋，只有一方土炕和一张破桌，桌上堆着杂乱的纸笔物件，角落里放着一架木质轮椅。

严宵寒看到轮椅，瞳孔微缩，但没说话。这时候傅深走进来，从炕上翻出一个包袱："把湿衣服脱了，别着凉。先穿我的凑合……"

话音未落，"咣当"一声，俞乔亭急吼吼地冲进来，高声嚷嚷道："将军，听说你在河里捞上来一个美……人？"

严宵寒凉凉地望了过来。

傅深眯起眼睛，轻声细语地问："青恒，你刚说什么？"

俞将军不愧是见过大世面的人，肃容答道："将军，听说您在河里捞上来一位尊贵的大人。你们继续聊，末将这就滚。"说完，他像被火烧屁股一样，夹着尾巴绝尘而去。

严宵寒若有所思地道："一年多不见，俞将军还是这么稳重可靠……"

外面传来敲门声，亲兵在门外道："将军，热水来了！"

行军途中条件简陋，没有给他泡澡的地方，亲兵端进来一大盆热水，傅深给严宵寒拿了个小板凳让他坐下，挽起袖子试了下水温，道："行了，你擦擦身上的水，我去替你看着门。"

严宵寒默不作声地解开衣带，脱去湿衣，露出肩头一角白色绷带，傅深余光瞥见，立刻伸手按住他："怎么搞的，伤到哪儿了？"

"没事，不小心蹭破了皮，估计已经结痂了。"严宵寒道，"军医大惊小怪，非要让我包着绷带。"

傅深不放心："转过去，我看看。"

严宵寒便听话地背对着他坐下，傅深小心地拆下他肩上的绷带，见到肩上横亘着一道被利刃划开、三寸多长的鲜红伤口，虽然已经在收口愈合，但痂也只有薄薄一层，看上去随时有可能要裂开。

傅深征战四方，比这严重的伤见得太多了，这种伤落在他自己身上，他恐怕连眉头都不会皱一下，可眼下这伤疤横在严宵寒肩上，他却觉得有点接受不了。

沉默片刻，他问："疼吗？"

严宵寒笑了："我要是说疼，有糖吃吗？"

"洗你的澡吧。"傅深直起腰，抬手在他的脊背捆了一巴掌，数落道，"身上带着伤还敢往河里跳，万一泡发了，以后有你哭的。"

严宵寒刚要扭头争辩，傅深低声道："转过去。"

傅深明白，若不是为了来找他，以严宵寒在江南小朝廷的身份地位，上前线这种苦差事无论如何也轮不到他。

这一处伤，是为傅深受的。

"心疼了？"严宵寒起先有点迷糊，后来才渐渐明白过来，倘若他身后有尾巴，这会儿恐怕要翘到天上去了，"这点小伤就能换得侯爷心疼，那……"

傅深道："你敢继续往下说？"

"不敢,不敢,"严宵寒侧身,眼含笑意地说道,"知道侯爷心疼,我以后一定多加小心。"

傅深狐疑地看着他,预感到他可能还有下文。

果然,严宵寒抬眼轻声道:"'心与君同'。"

*

半个多时辰后,两人收拾停当,一出门又在院里遇见途经此地的俞乔亭。

俞将军的视线在两人中间打转,立刻敏锐地觉察到了什么,他坏笑道:"恭贺将军!"

傅深莫名道:"有什么可贺的?"

俞乔亭笑道:"久别重逢,这还不值得一贺?我这里有好酒,二位要不喝两杯,叙一叙旧情?"

傅深正要回嘴,严宵寒忽然从他背后悠悠地道:"如今战事未平,中原未定,为人臣者,自当殚精竭虑,为国分忧。俞将军短短半个时辰里两次经过主帅门前,既不是来通报军情,也没有要事相商,反而撺掇本官饮酒作乐——常听人说北燕军军纪严明,今日一见,果然令本官大开眼界。"

俞乔亭料到自己可能会被严宵寒打击报复,却没想到他竟敢当着傅深的面颠倒黑白,一时间被气得有点找不着北。他看向傅深,却见他们将军正望着严宵寒,竟然还颇为赞许地点了点头,道:"严大人指点得是,受教了。"

严宵寒正气凛然地睨了俞乔亭一眼,扬长而去。

俞乔亭在他的目光里莫名矮了三寸,傅深看热闹不嫌事大,幸灾乐祸地道:"闲着没事招惹他干什么,挨挠了吧?该。"

不愧是元泰、长治二朝首屈一指的奸佞,这才刚来不到半天,傅深和他的同袍之情就岌岌可危了!

晚上严宵寒与北燕军几位将领一道用饭,众人心照不宣地忽视了他新朝监军使的身份,只当他是傅深的故交,一顿饭竟也难得融洽。吃完这顿简陋的接风宴后,傅深按平时习惯,要去营地各处巡查。此事原本该由一名副将陪同,可今晚北燕军的各位却都好似修了闭口禅。严宵寒见状,知道这是众人给他面子,于是自觉地应承下来:"既然如此,我陪将军走一趟吧。"

傅深似笑非笑地道:"就你自觉。"

俞乔亭见证了严宵寒与傅深同登黄金台,自然对严宵寒是敌是友心知肚明。

下卷 第十四章 谋算

众将就算原先不知道，听说了今日之事，也该明白了。傅深并未直言点破，但他将严宵寒带回北燕军驻地这一行为，已无异于默认了严宵寒是站在他们这一边的。

如此一来，大家都非常识趣地选择了接纳严宵寒。北燕军以前所未有的团结一致，给他们腾出了一段无人打扰的时光。

棠梨镇外便是巍巍高山，滔滔长河。夜风送来清淡花香，头顶星河璀璨，两骑并辔徐行，辽阔的苍穹之下，这一年来的种种分离奔波，都如同河水般奔流远去，只剩下大浪淘沙过后，不曾移转的磐石之心。

傅深在甘州的事没什么好讲，无非是屯粮练兵，严宵寒则给他细细讲了新朝局势，尤其是长治帝的态度和南北新旧党之争。提起这些事，便不可避免地牵扯到皇后在后宫所受的几次委屈，严宵寒反复思量，觉得还是不能瞒着他，便一五一十地照实说了。

傅凌嫁入齐王府，还是当年傅深做主给她挑的亲事。他本以为齐王性情温和，待人以诚，会是桩美满婚事，谁料世事无常，一朝国破家亡，如今看来，却是他亲手将妹妹推进了火坑。

他答应过傅凌的事，一件都没做到。

傅深面无表情，侧脸在黑夜里犹如一尊冷峻坚硬的石像，可严宵寒总觉得他有种莫名的脆弱易碎之感。他正要开口安慰，傅深却先他一步出声，将他的一番劝慰堵回了肚子里："多谢你照顾她。就算我这个亲哥哥在，也未必有你的周到细致，"他自嘲地一笑，"更何况，我也不可能为了她，冒着被放逐的危险得罪江南一党的领头人物。"

虽然严宵寒没有细说，但傅深又不是没蹚过官场的浑水，再联系薛氏之事，当然猜到严宵寒所说的"从皇帝那里求来监军差事"是为了宽他的心而胡编的借口。薛升贵为六部尚书之一、英华殿议事大臣，前途最好的女儿无缘无故地死在严宵寒手中，长治帝就算再偏心他，面子上也得做到一碗水端平。

他根本不是自请随军……而是因为犯了错，被踢出了中枢。

有那么一瞬间，愧疚和挫败感如同滔天浪潮，灭顶似的压了下来。傅深明知道自己选择了一条什么样的路，他只能往前走，没有后退的机会。然而此时此刻，他心中却有如狂风过境，地动山摇，前所未有地怀疑起来——

他真的走对路了吗？

他答应过傅凌要给她撑腰，却没能给独自在宫中的妹妹任何支持，反而连累她成为众人的眼中钉。他用一包桂花糖哄住了严宵寒，却在战乱爆发的第一

时间选择了北上,留下严宵寒一个人在江南独撑大局,末了还要让严宵寒替他收拾烂摊子,以致被迫离开中枢,来到凶险的前线。

北燕军以保家卫国为天职,可他连自己的家人都没能保护好。

严宵寒提缰勒马,在原地停下来,似有几分不悦,淡淡地道:"这么久不见,你倒跟我生分了。"

他没叫傅深的名字,也没戏谑地加上"侯爷"或者"将军",因而这句话听来格外严厉、冷淡。傅深心里猛地一紧,惊疑不定地想:他什么意思?生气了?

人一旦钻了牛角尖,判断力就会断崖似的下跌,理智也跟着一去不复返。若放在平常,傅深有无数句话、无数种方法来接严宵寒这句话,甚至他可以直接跳过表面纠缠,听出严宵寒的言外之意。

可他现在只能强自按捺住慌乱的情绪,佯作镇静地道:"没有,你瞎琢磨什么呢?"

纵然有夜色遮掩,严宵寒还是捕捉到了他不自然的全身僵硬。他无声地叹了口气,连那点虚张声势的冷淡都端不住了,在心中反复告诫自己,他面对的是根油盐不进的烧火棍,不能着急,得把道理掰开了揉碎了,慢慢地讲给他听。

他翻身下马,走向另一边,对傅深说:"来,下来。"

傅深抬腿下马,动作僵硬。严宵寒无奈地叹了口气,领着傅深就近在河边找了块平滑的大石头坐下。

石头上虽还算平坦,却异常凉,傅深蹙眉道:"晚上风凉,坐一会儿就得了,别伤风了。"

严宵寒冷不丁地道:"敬渊,在你心里,是不是觉得只有你自己是个顶天立地的大英雄,别人都是三岁小孩?"

傅深干咳一声,尴尬地道:"瞎说什么大实话。"

"老实点,说正事呢。"

"怎么会?"傅深忍不住笑了,"这不是废话吗?"

严宵寒道:"既然知道别人不是三岁小孩,你怎么还争着抢着要替人当爹当娘、遮风挡雨呢?"

傅深的手不自觉地握紧。

"将军,你得承认,你没有三头六臂,也不是神仙,总有照顾不到的地方。"严宵寒短暂地笑了一声,"如果天下事都能以你一人之力做成,还要我们这些饭桶做什么?"

"我……"

"世上谁也不欠谁的，"严宵寒道，"任何人，不论是谁，总不能出了什么事都要哭着等你去救。皇后不行，我也不行。"

傅深明白了他的意思，同时又被他的语气戳中笑穴，成了真正的哭笑不得："讲理就好好讲理，别假正经。"

严宵寒轻声道："皇后性情坚忍，受了委屈也没处说，没照顾好她，的确是你的不对；而我离开江南来到此地，虽说是借了与薛升不合的东风，但其中的真正原因到底是什么，你还不明白吗？"

"没人逼我，是我自己要来找你的，我已经等了很久，不想再等着谁的眷顾了。"严宵寒深吸一口气，"敬渊，我不愿是你的拖累，所以别跟我生分。再有下次，我真的要生气了。"

黑夜里只有无尽的沉默。

默然良久，傅深苦涩地道："可是，梦归，我连自己的家人亲眷都照顾不好，还有何面目自诩'忠义'，妄谈重整河山、保家卫国？那不都是笑话吗？"

严宵寒闭了闭眼，深吸一口气，心说这事今晚算是过不去了。

傅深的亏欠感太重了，从他北上起，这道阴影就始终盘踞在他心中。一年的分别更是犹如毒药，再遇上皇后的事做药引子，多方作用之下，终于把这份愧疚活生生熬成了心魔。

"行吧，你非要给自己找不痛快，我成全你。"严宵寒干脆地道，"你这个做兄长的没照顾好妹妹，该罚；我虚长你两岁，也是你的兄长，这一年来我忙于筹建新朝，不曾北上寻你，既然如此，我这个做哥哥的是不是也该罚？"

严宵寒提问的角度着实刁钻，傅深无论如何回答，都等于承认了他是"哥哥"，要是不回答，又会被严宵寒当作默认，这么一来，便宜被他占尽，嘴上说着"罚"，最后八成还是花样百出的调侃。

不过被他这么一打岔，傅深胸中铅块似的愧疚感似乎轻了一些，不再沉重地灼痛。严宵寒开解他很有一手，大概是他说的话傅深能听进去，也逐渐在傅深心中种下了相当的安全感。虽然还达不到绝对信赖的程度，但起码傅深遇事肯跟他商量，而不是一味隐瞒，宁愿一个人死撑着。

"是该罚，"傅深兀自点了点头，"那就罚你当牛做马，把本侯背回镇上，行不行？"

严宵寒一口答应："好。"

说完又意犹未尽地撺掇道："机不可失，不再罚点别的吗？"

傅深嘲笑道："严兄啊，我感觉你是黄鼠狼给鸡拜年啊。"

严宵寒义正词严地道："前线重地，保家卫国要紧，旁的事，来日方长。"

傅深闻言懒洋洋地道："来日方长？等打下长安，你难道还不回朝？还是你打算另谋出路，来北燕军当监军？"

严宵寒沉默半晌，低声说道："我不打算回去。"

傅深仰头问："为什么？"

严宵寒道："江南太冷了，住不习惯。"

傅深嗤道："胡说，现在都五月了。"

严宵寒很忧愁似的叹了口气："跟着你也好，或者继续随军也好，只要留在北方，不要离你太远都可以。我好不容易才找到你，再让我回去尝'独向潭上酌，无人林下期'的滋味，能不冷吗？"

这话精准地戳中了傅深的哑穴，他无言片刻，艰难地道："你是不是背着我偷偷上私塾了，怎么还吟上诗了呢？"

严宵寒强忍着笑："说起这个，我倒想起来了。你知道吗，我在金陵时遇到过一个猎户，拿了一只大雁来卖。"他有几分赧然地道，"我那时候有点疯魔了，抓着这一点北方来的东西不肯放，总觉得万一是你……"

"咳，那什么，"傅深打断他，不自在地道，"不用'万一'了，就是我。"

严宵寒当场蒙了，喉结上下滚动一轮，干涩地问："你……什么？"

"雁脚上绑着一块白绢，绢上写着'吾兄安否'，对不对？"傅深坦言道，"是我在甘州时，实在挂念你，才想出这么一个法子。"

谁能想到那段苦日子里竟还能有此惊喜，严宵寒如坠梦中，胸口起伏，半晌才怔怔地道："从南到北，相去何止万里，这种巧事，都能被我们遇上……"

傅深尴尬地哈哈道："是啊，真巧。"

严宵寒听他语气不对，狐疑地低头看他。傅深回想起自己干的那些蠢事，难得有老脸挂不住的时候，急需一个地缝钻进去："我也没做别的，只是那时觉得只有一只大雁，那得有多巧才能飞过金陵城？所以我就让城中的将士帮忙，嗯……多打了十来只。我想着这样，说不定能有一只落到你手中。"

严宵寒重复道："十来只？"

"大概？"傅深想了一会儿，不确定地道，"反正每天出操都有一两只吧？记不清了。"

"你……"严宵寒简直不知道该说他什么才好，"你真是……"

"杜冷都快被我逼成兽医了。"傅深平静地接话，"你以为江南冷，甘州就不冷吗？"

相顾无言，一时哑然，好在他们如今重逢了。

当此际，天地悄悄，万籁俱寂，世界如同陷入静止，唯有河水奔涌无尽，一路朝前，流向天际。

安宁日子没过多久，亲兵来报，赵希诚将军已经渡过紫阳河，正在驻地外求见。严傅二人不约而同地对视一眼，傅深吩咐道："请进来。"又趁着空当，转头对严宵寒笑道，"赵将军这么快就坐不住了，可见你这个监军还有点分量。"

"区区几斤几两，不值一提，"严宵寒大方地道，"侯爷若愿意要，白给。"

傅深大笑："我要来有什么用，留着过年炖了吃吗？"

严宵寒假装乖顺地道："其实也可以拿来解闷。"

傅深闻言开怀大笑，打从去年从西南出来后，他就没这么舒心开怀过，直到赵希诚进来，他眼里的笑意都没收住。赵将军看得一愣，心说靖宁侯这满面春风的，难道是长安城已经十拿九稳了？

赵希诚以前是汾州军将领，鞑族入侵时汾州主帅战死，元泰帝西狩后，他不愿投敌，便带领汾州残部逃到了荆楚。待新朝建立，又率众归附于金陵。

他是严宵寒能用的为数不多的几个北方出身的将领之一。傅深以前与汾州军联手打过鞑子，对赵希诚还有几分印象，只记得他脾气耿直，有点死心眼，一直被汾州军主帅压着不能出头。没想到主帅死后，竟是他出面撑住了汾州军的大旗，历尽千辛万苦，终于又杀回了中原。

赵将军年过不惑，然而对傅深仍是尊敬有加。两人客客气气地商议如何攻打长安，赵希诚看他心情不错，试探道："敢问侯爷，您觉着长安这一战，有几成把握？"

"嗯？"傅深微笑着道，"三四成吧，长安易守难攻，是场苦战。"

那你笑什么？

严宵寒一声不吭地坐在旁边听他们俩高谈阔论，假装自己是个摆设。

等关于战事的讨论告一段落，赵希诚踌躇再三，终于期期艾艾地说出了此行的另一个目的："侯爷，既然不日便要开战，不如让严大人先与在下回去，军中事务……"

傅深没等他说完就打断道："怎么，你们缺了个监军就不能打仗了？"

"这……"赵将军迟疑了一下，皱眉道，"严大人是陛下特派的监军使，留在北燕军中恐怕不合规矩。"

"现在是什么世道,"傅深笑容淡了一些,"赵将军要在北燕军的地盘上,跟本侯讲你们新朝的规矩?"

两边现在可不是一家,傅深手握西北数地,几乎可以与新朝平起平坐。赵希诚额头见汗,忙起身谢罪,连道冒犯。

"当年太上皇曾赐君约,金口玉言,天下皆知。"傅深搁下茶杯,凉凉地道,"严大人为新朝效力不假,但他与本侯有约在前,新朝陛下也要讲个先来后到。本侯让他留在这里,你便连他一根头发丝也不能带出这道门。赵将军,明白我的意思了吗?"

第十五章 南北

严宵寒低调地当着摆设,假装没看懂傅深与赵希诚之间的暗流汹涌。

北燕军与新朝之间的矛盾关系迟早要放到台面上来,傅深要重整河山不假,可也不能他在前方厮杀,让新朝跟在后面捡漏,最后两手空空,只落得个"忠顺"的名声。

元泰帝对傅深的评价是"忠天下而不忠君"。他虽然把傅深想象得过于富有野心,但这句话相当准确。傅深当年肯对元泰帝低头,是他顾念旧情,而对孙允端就不一样了。别说旧情,就是冲着新帝对傅凌的所作所为,傅深也不可能跟他善罢甘休。

更何况,元泰帝尚且好好地待在蜀州,傅深以前不曾干预废立,不代表他以后不会出手决定皇位上坐的是谁。

赵希诚被傅深几句话说得冷汗涔涔,感觉自己就不应该嘴贱,没事提什么严宵寒,大家一起开开心心地聊怎么打长安城不好吗?

赵将军对严宵寒、傅深二人的了解不深,不知道两人究竟是什么关系,更摸不清傅深非要留下严宵寒的用意。只是"朝廷走狗残害忠良"的传说过于深入人心,所以他冷眼看去,觉得最大的可能是严宵寒以前作孽太多,遭报应了。

"侯爷的意思,在下明白了,"赵希诚满面诚恳地道,"既然严大人也不反对,那就一切听凭侯爷安排。"

寂静室内忽然响起一声轻笑,严宵寒慢悠悠地抬头,对上两人投来的视线,

皮笑肉不笑地道："好啊，那就这么办吧。"

待赵希诚告辞出门，傅深收起一脸的严肃，摇头笑道："严大人，看来你的人缘是真不怎么样，说扔就扔啊，一点儿都不带犹豫的。"

严宵寒也跟着摇头："真没想到，'强取豪夺'这等事有一天竟会落在我的头上。"

"强什么取，"傅深道，"少抹黑我，我是讲道理的。"

严宵寒："……"

几日之后，众将齐聚长安城外，大军乌压压填满郊野，旌旗猎猎飘飞，连风云也为之激荡，遮住了头顶苍穹的明亮日光。

长安又称西京，是前朝古都，中原中心之地。长安人口众多，其繁华不亚于京师。鞑族南下入侵之后，也将此地作为重镇，在城中掳掠数日，百姓深受其苦，久思周室。北燕军荡平周边村镇时，就有不少人偷偷跑出城给他们通风报信。据说长安城内有许多游侠义士，常趁夜刺杀鞑族的官军将领，百姓更是隔三岔五就在城门放火，闹得烟尘四起，伪造大军进攻的假象。

粮草具备，内外同心，正是一举攻城的好时机。

五月三十，诸军齐发，赵希诚为前军，北燕铁骑为中军，襄州军为后军。鞑族陈兵四万于长安城外。新朝军队的将士大多是战败后南逃到江南的边军，起初还有些怯战，被鞑族大将遮护觑见破绽，仗着蛮力挥刀横冲直撞，竟然在前军中杀出了一条路。鞑族骑兵一拥而上，前军阵型被冲散，赵希诚身边的亲兵接连被人斩落马下，自己也挂了彩，军中一片惊乱。那鞑族大将愈加凶猛，身边竟形成了一小片无人敢近的空地。

正在危急之时，严宵寒带着一队北燕军杀到，把深陷重围的赵将军捞了出来，喝道："都稳住！盾兵上前，余者结长刀阵，别慌！"

赵希诚一口气还没喘匀，就见严宵寒纵马直出，手握斩马刀，如疾风卷地，眨眼间连砍数人，带着一身新鲜狰狞的血气撕开敌军包围，一骑当先，冲到了遮护的对面。

战场上容易令人热血上头，严宵寒杀人如麻，但他心里很清楚，刚才中军东翼遭到蛮族伏兵偷袭，傅深一时抽不出身来照应前军，要是前军一溃千里，中军被两面夹击，他们今天就别想回去了。

射人先射马，擒贼先擒王，当务之急，是要把这个一脸横肉的鞑族傻大个儿弄死。

严宵寒飞龙卫出身，指挥小团伙群殴还行，对带兵却无甚经验，所以他也不跟赵希诚抢指挥权，而是单枪匹马地杀去跟遮护对阵。这方面才是他的强项。

遮护坐在马上，比严宵寒还高一个头，手持镔铁大刀，挥舞起来的力道直如开山劈海，带起的风都割得人脸疼。严宵寒不肯跟他硬碰硬，走的则是轻巧奇诡的路子，角度刁钻阴狠，刀刀直逼要害，打定主意要缠死他。

方才他粗粗一看形势，便知遮护是蛮兵的主心骨，只要拖住他，赵希诚那边缓过气来，自然能重整旗鼓，与对方再战。

两人打得难解难分，刀身对撞声似骤雨落地。

遮护在战场上大概没遇到过这种大内出身的对手，被那轻快飘逸的刀光晃花了眼，手中动作一时没跟上，不小心露了个破绽。严宵寒目光一冷，毫不犹豫地反手上挑，薄薄的刀刃毒蛇一样沿着护甲的缝隙钻入，就势一拧，切豆腐似的卸掉了遮护的一条胳膊——

身后忽然传来破风声，他分神用余光看去，只见一柄寒刃斜劈向他的后背，是遮护的神将见势不好，抢上前来救。

借着方才那一刀的势，严宵寒的第二刀已经逼近了遮护的脖子，这时候收手就是功亏一篑。他目不斜视，亦不回护，眼里再无他物，只有那人脖颈皮肉下勃勃跳动的血脉，竟是打算硬吃这一下，只要能取遮护项上人头！

一蓬血花飞溅，刀刃切断骨骼的滞涩手感仿佛还停留在指尖。一颗怒目圆睁的头颅掉在马蹄下，背后预料之中的痛感却没有如期降临。

"出什么神？没杀过人吗！"

严宵寒茫然回首，发现傅深不知何时来到了他身后，脚下倒着一具无头尸体。他一手提缰，一手执刀，刀尖犹有热血滴落，头盔下的面容冷肃，眉目间如同结了霜，审视的目光仿佛冰锥，直刺他眼底。

亲兵立刻围上，将两人密不透风地保护起来。

傅深似乎是想骂人，但是忍住了，只冷冷地道："过来，跟着我，别乱跑，再有下次就没这么巧了。"

刚才两刀杀了一个鞑族大将的严大人比哈巴狗还训练有素，半点不敢耽搁地催马颠了过来。

傅深沉着脸发号施令，令前军执长刀，结墙前行。北燕铁骑已经将伏兵清理干净，大将遮护也被砍死，鞑族骑兵失去先机，心生怯意，进攻的速度慢了下来，这时襄州军从后头赶上来，与北燕军左右夹击，战场局势陡转。

这场仗打了足足四个时辰，汉军斩首数万，终于将鞑族骑兵主力歼灭，残

余败军弃城逃跑。

戌时正,傅深分出一队人马追击残兵,三军整队入城,百姓夹道欢呼悲泣,各奉酒食犒军。

至此,长安光复。

清点伤亡,安排巡城,应付各路官绅……傅深忙了一整夜,严宵寒也跟着他熬了一夜,直到天色大亮,追击残兵的北燕军回城,将俘获的几个鞑族将领关进府衙大牢里,忙乱方歇。众人疲惫不堪,各自去歇息。

傅深他们住的是座官员宅邸,比棠梨镇那破屋不知好了多少倍。严宵寒难得地犯了洁癖,反复洗了好几遍才将身上的血腥味洗掉,等他忙活完,傅深已经靠坐着睡着了。

他这时才感觉到自己的血脉在一下一下地搏动着,富有节奏感,像是某种韵律,一点都不急促。一时间,喧嚣的喊杀声终于远去,周遭的细微动静传入耳中,仿佛从修罗地狱重返人间,整个人重新活了过来。

他在原地愣愣地站了一会儿,站到傅深绵长的呼吸声一停,阖着眼懒懒地问:"怎么,罚站呢?"

"嗯?"严宵寒蓦地回神,坐下,说道,"怎么醒了?"

"你在那儿直勾勾地发疯,我能不醒吗?"傅深掩口打了个哈欠,"今天……不对,昨天,你有点太不小心了,我这回就不骂你了,你自己长记性。"

"是我心急了,"严宵寒从善如流地认错,轻声问,"不过你是怎么发现的?咱俩隔了那么远。"

傅深却没正面回答,漫不经心地道:"你要是在我眼皮子底下挨一刀,我也不用混了。困了,睡觉。"

严宵寒没追问,仔细想了一会儿,觉得自己好像无意间摸到了傅将军铁甲下深藏不露的一点细腻。

他从小长在京城,没上过战场,临阵对敌的经验约等于无。监军虽然不用出战,然而傅深仍然不放心,所以才非要把他留在自己身边,以便时时看顾,免得刀剑无眼,误伤了他。

战场上,为了救赵希诚,他只得硬着头皮迎敌。傅深如果不是始终分心牵挂着他,怎么能及时地替他挡下那一刀?

"你怎么能这么好?"严宵寒看着傅深的睡颜,觉得自己好像模模糊糊地尝到了桂花糖的味道。

待长安城中诸事落定,严宵寒找了个由头,将傅深带出了城。两人沿着山路慢慢走，看了满眼山花烂漫，等走到半山腰，一座汉白玉浮雕的牌坊出现在绿树荫浓的山道尽头。

傅深隔着老远，眯眼看去："青莲池？什么地方？"

严宵寒笑而不语，带着他往里走，没过多久，全貌俱现。里面竟是一整处依山而建的别业，亭台楼阁错落有致，绿树花枝掩映，淙淙流水环绕，粗粗一看，占地少说也有千亩，非大富豪奢人家不能有这等手笔。

"这座山叫双白山，山上有很多温泉，"严宵寒带傅深穿过游廊，绕过正房，来到后面白雾缭绕的汤池前，"这座山庄是我义父的私产，他驾鹤西去后便归了我。温泉活络去疾，我一直想带你来，只是总不得空。所幸这回终于遂愿，侯爷看看，可还满意吗？"

"人比人，气死人，"傅深叹道，"看看你爹，给你留了个温泉别庄，再看看我爹，留给我一群五大三粗的壮汉。"

严宵寒微笑着道："没关系，都是你的。"

傅深挑眉："有这等好事？"

"长安已经打下来了，反正大军不急着开拔，可以多住一段时间。"严宵寒说，"我打算去蜀中走一趟。"

傅深皱眉："打算去见太上皇？"

"嗯，"严宵寒道，"京城事变后，飞龙卫和大部分禁军、小半京营都跟着太上皇西狩。你也看到了，我在新朝虽然勉强说得上话，可与树大根深的江南世家比起来还是太浅，手下可用的人太少，这么下去总不是办法。"

"所以你想把旧部从太上皇那里要回来？"傅深问，"他凭什么答应你？"

严宵寒却不肯再往下说，卖了个关子："山人自有妙计。"

"行吧，"傅深知道他不会乱来，也不打算横加干涉，只道，"你自己心里有数。"

半个月后，傅深从甘州调派北燕大将之一袁桓留守西京，俞乔亭则继续率军东进，为攻打洛阳做准备。有北燕军做表率，襄州节度使也有样学样，派亲信将领在长安常驻。

赵希诚原以为长安打下了就是新朝的，谁知一眼没看住，竟然成了"三家分晋"。他带兵打仗还行，对这些钩心斗角的事却不在行，严宵寒又被他拱手送进了北燕军军营，这下终于意识到事情不妙，一面去请严宵寒，一面令人快马加鞭回金陵请旨。

可惜这次连严宵寒的面都没见着，傅深端着一副客气中不掩"你算老几"的冷脸，将他原模原样地请出了北燕军驻地。

没过多久，江南朝廷发旨，令赵希诚继续率军北伐，与北燕铁骑协力收复洛阳，长安暂由三方共治，却只字未提严宵寒。

八月，洛阳光复。

八月底，严宵寒入蜀拜见太上皇，重整禁军与旧京营为天复军的消息传出，金陵朝廷一片哗然。

唯有长治帝像是早有预料，下旨册封严宵寒为首任天复军使，将天复军归为天子亲军，又命他不必还朝，就地北上与赵希诚会合，收复京城。

直到这时，朝中的江南一党才意识到，严宵寒冒犯天威、被逐出中枢，从一开始就是君臣联手演给他们看的一场戏。

有江南士族阻挠，北伐之事迟迟不决。要不是严宵寒以近乎挑衅的姿态处置了薛淑妃，江南四学士之首的薛升也不会为了将他踢走，宁愿在北伐上退让一步，同意朝廷出兵与北燕铁骑共围长安。

他们打错了算盘，长治帝才疏志大，虽然没什么主见，但并不是没有野心，他经历过盛世，终究不甘于偏安江南一隅，骨子里仍渴望着重返中原，一统天下。

严宵寒当初奉命组建独立于各地节度使的朝廷亲军，曾给长治帝指了两条路。一条在明，即整编败军残部，招募新兵，也就是赵希诚现在统帅的军队。江南军人员参差不齐，战力不高，纯粹是临时拼凑起来的杂牌军，但拿出去充门面足够了。另一条在暗，也是他离开金陵最重要的使命。

随元泰帝西狩的全是北衙禁军和京营的精锐。禁军是严宵寒的亲信，京营是皇族的亲信，这两拨人马组成的天复军，才是长治帝和未来新朝真正可以依靠的亲军。

明修栈道，暗度陈仓，当薛升以为他在前线吃沙子时，严宵寒已经在蜀中将天复军重整完毕，当薛尚书终于明白过来自己又被严宵寒摆了一道时，严宵寒已经带着这批精锐奔赴沙场，与刚刚攻下洛阳的北燕铁骑会合了。

走到这一步，江南士族已经彻底落入下风，收复中原，统一南北势在必行，哪怕他们现在动手把长治帝从皇位上拉下来，也无法阻止雨后春笋般接连发兵的地方军，更阻挡不了北燕军与天复军悍然北上的铁蹄。

年底，各地捷报频传，黄河下游以南全部光复，北燕铁骑与天复军连克庆陵、潞州等五地，直逼鞑、柘二族主力所在的重镇原州。等到年关时，江南朝廷更是派人送来大批粮草军备，厚赐天复军，另有圣上御笔密信致意靖宁侯。

傅深晚间回营时，天色阴沉沉的像是要下雪。他冻得双手发麻，掀开帐门，却有一股融融暖香扑面而来。此刻本该昏暗无人的主帅营帐里灯烛明亮，严宵寒放下手中书，抬头望着他。

有这么个人在，简陋的营帐好像有了烟火气。

"怎么又跑过来了？"傅深问。

严宵寒起身接过他卸下的披风，拿到旁边挂好："我最近潜心研习兵法，有许多不懂之处，特地来向傅帅请教。"

傅深满脸都写着"拿你没办法"，摇头笑道："严大人还学什么兵法，我看你这'暗度陈仓'已经用得炉火纯青了。"

说来好笑，天复军上到主帅下到普通将士，似乎都打定了主意要抱紧北燕铁骑的大腿。自从洛阳会合后，天复军就成了北燕军的小尾巴，一方面是两位主帅关系密切，另一方面也是因为天复军大多是京畿出身，对北燕军有种天然的亲近感。

再者严宵寒带兵经验尚浅，时常需要傅深在旁替他看着点，因此在别人没注意的时候，严宵寒几乎天天都要来北燕军大营里找傅深讨教。傅深早就吩咐过亲兵不要拦他，久而久之，大家都对此习以为常，连俞乔亭早上撞见严宵寒从傅深帐中出门，都能面色如常地打招呼，让他"吃了再走"。

"看什么呢？"傅深在他的帮忙下卸了甲胄，换上轻便的家常衣服，去盛着热水的铜盆里洗手，一边擦干手，一边听严宵寒道："朝廷来了消息，柘族和渤海国派出使者到金陵，想要议和。"

傅深坐到床边，挨个儿打开靴子上的铁扣，道："我估计也到时候了，他们怎么说？"

"要以青州至潞州一线为界，南方归还朝廷，北方由三族统治。南北互不侵犯，开放商路贸易，江南每年给鞑、柘、渤海三族数万岁币，"说到这儿，严宵寒轻轻笑了一声，"他们的皇帝还想与陛下结拜为兄弟。"

傅深把脚泡进热水里，懒洋洋地嗤笑道："嚯，好大的口气，都兵临城下了，还以为这些人都是来赶集的呢？"

严宵寒道："陛下暂时不会动摇，但朝廷中主张议和的大有人在。尤其是江南一派，不愿意穷南方之力供养北方。这事恐怕还有得吵。"

"让他们吵去，"傅深冷笑，"真是奇了，议不议和，北方百姓说了不算，前线征战的将士说了不算，反倒是这些稳居后方的大人，上下嘴唇一碰就送出

去半个中原——白日梦也不是这么个做法。"

大好河山，沦于外敌之手，蛮夷视中原人为猪狗草芥，肆意抢掠烧杀。这两年来北方天灾人祸接连不断，他们行军路上，时常能看见许多村庄毁于战火，十室九空，路边时有曝于荒野的白骨。

如果这样还要议和，他们这些在前线浴血奋战的将士，那些至死仍南望王师的百姓，都算什么呢？

严宵寒走到桌前，提笔在奏表上写了几个字，不紧不慢地道："的确，箭已在弦上，金陵就是吵破天，也不能把压境的大军撤回。现在主动权在我们手上，南方朝廷说了不算，不用理他们。"

如今光合围原州的就有北燕、天复、江南、襄州四支大军，再往东，还有淮南、荆楚、随州三地节度使陈兵相州。除了江南军和天复军名义上归属江南朝廷，其他节度使和地方将领早在新朝建立之前就纷纷"自立自保"。如今英雄造时势，谁的拳头硬谁说话，江南的各位大人喊得再欢，也不如傅深一声令下管用。

"空谈误国。"傅深摇了摇头，不怎么真心地感慨了一句，抬眼看向桌面，"大晚上的写什么呢？"

严宵寒写完撂下笔，随口答道："给朝廷的奏表，没什么。"

他走动时带起一阵小风，吹得纸页翻动，傅深本来不想偷看，架不住眼力实在太好，一眼瞄到了白纸上一行工整的小楷。

看清的一刹那，他的心脏突然莫名地错跳一拍。慌张，但是不乱，反而有种拨云见日的豁然朗阔。

奏表上只写了六个字——"宁战死，不议和"。

当年傅深刚回京时，严宵寒还一口一个"奸佞"自称，还是被天下文人口诛笔伐的朝廷鹰犬，而时过境迁，狂风骤雨之后，气节易变，忠骨易折，他却是为数不多的仍然站得笔直的人。

昨天半夜里下起了雪，傅深清早醒来时，外面仍然是一片昏黑，天地间银装素裹。傅深睁眼看着帐顶，听着帐外风声出了一会儿神，随后披衣下床，准备去火头军那儿找点吃的，顺便出门巡营。

脚还没落地，就听见门口传来脚步声。严宵寒闪身进门，把手中冒着热气的大碗放在桌上，见他醒了还有点讶异："今天怎么醒得这么早？还打算来叫你。"

傅深后知后觉地反应过来，仰头看他："你一大早干吗来了？"

严宵寒温声道："忘了今天是什么日子了吗？侯爷生辰吉乐，福寿绵长。"

傅深这才想起来，今天确实是他的生日。只是平日里军务繁忙，又不是整寿，这事早就被他抛到脑后去了。再说非常时期，谁也没心思过生日，也就严宵寒还替他记着。

"多谢……"傅深喉咙发堵，可能是因为刚醒，整个人显得有点蒙，措辞也显得生疏僵硬，"费心了。"

严宵寒看他一脸没过过生日的茫然样，只觉好笑又心酸，没忍住手痒在他头上胡噜了一把："前年你在北燕，去年又南北两隔，今年好容易赶上了。我如今也没什么能送你的，给你煮了一碗寿面，手艺欠佳，侯爷赏脸尝尝？"

傅深点了点头，盯着那个去给他端面的修长身影，默默地心想：最好的生辰贺礼，我已经得到了。

严宵寒说自己"手艺欠佳"倒不是谦虚，面的味道真的只是一般。不过别说只是"欠佳"，哪怕严宵寒现在端给他一碗砒霜，傅深也能面不改色地咽下去。

这一天，北燕军里陪同傅深巡营的将领们感受到了前所未有的压力，前几天还扬言要"以逸待劳""敌动我不动"的靖宁侯忽然像被什么刺激了一样，分析局势时从原州的兵力部署一路跑题到如何尽快打下京城，大有三个月内不收复全境，就要他们提头来见的意思。

肖峋用胳膊肘戳了戳俞乔亭，悄声问："将军是不是中邪了？"

俞乔亭面色凝重："我看八成又是姓严的给他灌了一碗迷魂汤。"

傅深朝他俩投来冷冷一瞥："昨晚接到江南的消息，靰、柘二族派出使者前往金陵，提出议和，要以青州至潞州为界，分治南北，还要与我朝结为友邦。我想在座诸位，没人愿意每年给这些狼崽子发压岁钱吧？"

众将立时收起了嬉笑之色，神色凛然。

"过完年就动手。只要攻下了原州、相州，京城再无屏障。三个月之内收复中原不是空谈，"傅深放下地图，肃容道，"各位，当年京师兵败、北疆沦陷之耻，如今该由我北燕铁骑亲手洗雪了。"

一年一度的除夕夜，纵然世道艰难，北方遍地萧条，城中仍不时有零星鞭炮声响起。对于大部分汉人来说，日子再不好过，年总是要过的。

城外，漆黑的天幕之下，则是列阵森严、杀意凛然的万千铁骑。

不知道江南此夜，又是何等的繁华盛景。

四支大军的将领们齐聚在营前的空地上，正在做战前最后一次部署。待他

们说完,严宵寒叫了个亲兵过来,给每人分了一碗热酒,起头道:"此酒为各位壮行。愿天佑我军,此战大捷。"

众将各自举碗,在半空撞出一片清脆声响,齐道:"旗开得胜!"

烈酒入喉,烧沸了全身血液。其他人各自回军中,只有严宵寒稍慢一步,傅深似乎看出了他的打算,挑眉笑道:"还有什么话要单独跟我说吗?"

他的眼角被酒意蒸出一层薄红,笑起来不似平时轮廓冷硬,而是带着一点微醺的散漫。严宵寒明知道时候不对,场合不对,可还是不由自主地想唠叨几句。

他最不愿意看傅深上战场,然而不可否认,战中的傅深确实英雄潇洒。

"除夕夜,该说点吉祥话,"严宵寒就着漫天朔风,朝他遥遥举杯,"愿家国安定,盛世太平。"

傅深微怔,随即垂下眼帘,似乎是叹了口气,又似乎是笑了。他举杯回敬,声音不大,但落在风里,每一个字都让严宵寒听清了。

"愿山河永固,来日方长。"

说完,他将碗底残酒一饮而尽,纵马踏入无边夜色之中。

*

长治二年,新年伊始,汉军夜袭原州,大破蛮军,斩首数万,俘虏鞑、柘将帅官吏、王公贵族三十余人。

二月,淮南三军收复相州。

三月底,七路大军势如破竹,会师于京畿南端的涿州。不久后,由傅深牵头,七军将领齐聚一堂,商讨如何分兵北进,收复京城。

在这个过程中,各路节度使也都或明或暗地试探过傅深的口风。京城之战已在眉睫,但打完仗之后他们这些人该何去何从,是继续割据一方,还是交还兵权,归顺朝廷,当个闲散勋贵?节度使们虽然都默认自己是在为朝廷打仗,可谁也不想白干活,更不愿意成为被拆的桥,被杀的驴。

前车之鉴太多,他们对朝廷的信任有限,这时候倒是傅深这个率先起兵勤王的领头羊更有号召力。

四月中旬,大军部署已定,鞑、柘二族及渤海国的使者越过金陵朝廷,直接到城外求见北燕军主帅,再度提出议和。

使者承诺三族将从京城退兵,退回关外,双方以长城为界,互不侵犯,并要求大周每岁增给三族岁币，另许其每年冬春入关牧马。

四月十五，与外使会面的前几天，傅深和严宵寒二人忙里偷闲，跑到了京城郊外的黄金台。

昔年京城被联军攻破，鞑、柘二族士兵为了泄愤，也为了羞辱大周皇室，一把火将这里烧成了白地。巍峨的殿宇只剩断壁残垣，昔日辉煌转头成了满目焦土，哪怕傅深早有心理准备，真到了近前，看见这场面，他仍是怔住了。

他恍惚地从马背跃下，落地时有点腿软，没站稳，被后头冲上来的严宵寒一把扶住："敬渊？"

"没事。"傅深拍拍他的胳膊，苦涩地道，"我……咳，我进去看看。"

这个地方对傅深而言意义非凡，否则他当年也不会把严宵寒拉到此处来。傅深循着旧日记忆，找到麒麟殿所在之处，又转了几圈，勉强确定父祖画像的位置，撩起袍角，在满地碎瓦焦木中缓缓地跪了下来。

严宵寒默不作声地跟在他身后，也跪了下来。

傅深面朝虚空，伏下身去，结结实实地磕了三个响头，却什么也没说。

百年荣耀，就这么随着一场大火灰飞烟灭。那些泛黄的画卷，一张也不曾留下，如同昔日逝去的英灵，恋恋不去，却最终随风飘散四方。

他们还在庇护着大周、庇护着北燕铁骑吗？

严宵寒看见傅深眼尾红了，眼睛里有他甚为少见的动摇和迷惘。严宵寒思索片刻，起身走近几步，单膝跪在他身边，轻声道："将军，有心事吗？要不要我给你开解开解？"

傅深抬眸看他，面色不改，眼底却尚有一点未散去的水汽："你又知道了？"

"你虽不说，但我是将军至亲之人，自然看得出来。"严宵寒抬手在他眼前虚虚抚过，"都在你的眼睛里写着呢。"

傅深垂下眼帘，像是笑出声，又似乎是叹息，道："不是心事，而是丧心病狂，千夫所指，离经叛道之事。"

"哦？"严宵寒挑眉，"那可巧了，当今世上数一数二的离经叛道、千夫所指之人，不是正在你面前？"

话都说到这个份上了，傅深拿他没办法，索性找了块干净地方坐了下来，拉开一副促膝长谈的架势："被你一问，我也不知道该从何说起。梦归，你还记不记得曾广？"

严宵寒一听这个名字就拉下了脸，道："不就是顾山绿的老师，他求到你面前，你又让我代为转圜的那个曾广。"

傅深哑然:"你可真行啊,严大人,这点儿心结还没过去呢?"

"瞧侯爷这话说的,"严宵寒眼角狡黠地一弯,神神道道地道,"在下向来小心眼儿,侯爷不是最清楚的吗?"

"不许闹我,"傅深哭笑不得地拍了他一下,随后敛容道,"说正事。那年青沙隘遇袭之后,我想通了一些事,但又觉得很不甘心。"

"北燕铁骑的处境太艰难了。我们为大周打了一辈子仗,最后却被人当成眼中钉、肉中刺,扎得陛下整天费心琢磨怎么才能弄死我。我那时候天天犯愁,这一代君王不信我,下一代君王也不信我,古往今来,多少年才能出一位贤明君主?我这一辈子不足百年,等到何时是个头,万一死也等不到呢?"

严宵寒点头:"的确,信别人不如信自己。那么无非是两条路,要么自立为王,要么挟天子以令诸侯。"

傅深失笑:"我没有当皇帝的瘾,也不是那块料。"

严宵寒知道他不是说笑,若傅深真有那个心思,在甘州时他就可以另立山头,或者再远一些,早在元泰朝时,那道圣旨便是现成的理由。

可是他没有。

君子立世,有所为有所不为。傅深只要说得出,就一定会践行到底。

"后来匡山书院案发,我偶然间看到曾广的《雪梅庵文存》,觉得颇有启发。"傅深道,"'天下为公,非一家一姓之私',说来惊世骇俗,细想却不无道理。"

傅深看了曾广的文集,感觉这位老先生年纪虽大,心却很野,怀揣着一口吃成个胖子的美好愿望。匡山派学说在当时看来纯粹是荒诞不经之谈,就算放到现在,依然显得很"冲",然而透过文字,老先生潜藏于内里的某些期望却与傅深所想微妙地不谋而合了。

那是他想要寻找的"第三条路"。

严宵寒感觉自己隐隐摸到了边缘,却总也抓不住重点:"你的意思是……"

傅深思忖再三,才慎之又慎地给出了四个字的回答。

"天下共治。"

镇守四方的将军,各地掌兵的节度使,教化治理的牧守,诤谏辅弼的朝臣……这些人本该为黎民百姓呐喊奔走,却被束缚于皇权之下,向着一家一姓的"至尊"俯首称臣。

傅深早已对出现贤君明主心灰意冷,也未曾动过取而代之的念头。冥冥之中,似乎有某种规律束缚着一代又一代的英雄枭雄,盛衰兴替,自有定数。傅深模模糊糊地感知到了这种"天道",却无法言明。直到那天无意中翻阅《雪梅庵文存》时，被其中一句"天下为天下人之天下"点破迷障，心中朦胧的念头终于破土而出，长成了一株新芽。

可他没有十足的把握，不知道它到底会变成撑起山河的嘉木，还是遗祸万年的毒草。

严宵寒听罢，久久未曾言语。他的态度其实没有那么重要，或者说，至少不比旁人更重要。可傅深心里明知道不认同不理解才是常态，却还是因为他的沉默而不由自主地感到忐忑。

"所以……"严宵寒恍惚地开了口，"你那次让我帮忙救曾广出来，其实是因为……因为这件事？"

傅深有时候是真想打开严宵寒的脑袋，看看里面装的到底都是些什么。

严宵寒见他气结，没心没肺地笑了起来，揶揄道："侯爷该不是紧张了？我若说你是异想天开会如何，若说你是大逆不道又会如何？"

傅深当然不会将他怎么样。如果严宵寒不赞同，那他大不了打下京城后告病致仕，抛却一身功名，与严宵寒辞官归隐，从此眼不见心不烦，随便他们爱怎么折腾怎么折腾去吧。

"不如何。"傅深面无表情地道，"我还能因为这种事骂你吗？"

严宵寒笑了。傅深凝神看着他，不知道他有什么可高兴的，正要提醒他稳重些，便听严宵寒道："我觉得很好。"

傅深："什么？"

"太上皇说过，你是个忠天下而不忠君的臣子，"严宵寒收敛了笑意，认真地道，"你会这么说，我一点都不奇怪，因为你是傅敬渊，从来没有改变过。"

"不管你有什么打算，尽管放手去做，就算失败了，我也陪着你。生死不离，荣辱与共。千古之后，你我的名字始终写在一起。我觉得这样很好，没有比这更好的事了。"

傅深心神剧震，刹那动容。

他从没谢过命运，此刻却想感谢老天派来了严宵寒。

不知过了多久，严宵寒忽然轻抬下巴，示意傅深转头："你看。"

傅深顺着他指的方向看去，只见焦朽的梁柱下，石砖缝隙里，竟然有一棵小小的野花随风摇曳，花瓣舒展，枝叶翠绿，在满地狼藉中显得无比脆弱易凋，却又是这死灰中唯一的勃勃生机。

何惧洞然劫火，且待来年春风。

四月十八,七军将领与三族来使在黄金台下会面。

这个别出心裁的地点是傅深择定的,而且取得了很好的效果。各军将领在看见议和使者时没有一点好脸色。柘族使者脸上闪过一丝不大自然的表情,然而他们毕竟是来求和的,只得装作不知,勉强坐下。

三族各派出一名正使,一名副使,严宵寒坐在傅深下首,冷眼看去,发现鞑族使者犹带倨傲之色,柘族使者最为圆滑,渤海国使者却很少说话,即便开口,也是附和柘族使者之语。

亲疏远近,一目了然。

柘族与渤海国是豺狗,只想在大周身上撕下足够的血肉;鞑族是狼,他们与大周有血海深仇,哪怕这次暂且忍辱低头,以后还是要卷土重来。

贪得无厌与狼子野心之辈,与其说是议和,不如说是垂死挣扎,恐怕就是看准了江南朝廷的态度,还想在他们这里敲一笔竹杠。

傅深跟鞑族使者没什么好说的,怕压不住火,叫俞乔亭替他应对。轮到柘族使者时,他忽然想起一事,对那小个子使者道:"本侯倒是忘了问,你们音图汗既然有求和之心,可有什么表示吗?"

那柘族使者一愣,不知他这是打算唱哪出。

严宵寒适时接话:"侯爷为何这么问?"

"我听说音图汗向来是多礼好客之人,"傅深道,"当年本侯行君约礼时,还匿名送过本侯一份贺礼。"

严宵寒:"什么?"

"一匣子染血的东珠。"傅深眯起眼,杀气四溢,"难为他这么有心。"

柘族使者被他的目光锁住,顿时肝颤不已,心脏都快要从嗓子眼里跳出来了,忙道:"误会,一定是误会……"

傅深却突然笑了:"来人。"

他一笑,所有人的目光都集中过来。傅深从身后侍从的手里接过一碗生米,端到面前,当着一众来使和将军们的面,缓缓倾下:"咱们明人不说暗话,音图要议和,那就拿出诚意来,一颗米一个人头,从他音图家开始算起,凑足了,我立马退兵,凑不足,这碗米,我明年亲自送到他坟头上。"

雪白的米粒迸溅,发出沙沙的声响。

帐中一片死寂。

柘族使者几乎当场气晕过去:"岂有此理!你们……这根本做不到,欺人太甚!"

严宵寒幽幽地道:"还没试过,怎么知道做不到?你们要不先回去试试吧。"

另外两族使者事不关己,均默不作声。柘族使者绝望地意识到,他面对的不再是自矜身份、装也要装出一团和气的江南朝臣,这里只有一群踏过尸山血海杀上京城的将军,他们坐下来的时候,刀尖上的血还没干。

"现在才想起跟我讲理?晚了。"傅深冷冷地道,"回去告诉音图,从他挑衅本侯、偷袭良口关开始,这梁子就已经结下了。国恨家仇,累累血债,除非他死,否则这事没完。"

"你!"柘族使者猛地起身,正要发难,背后蓦然响起数道长刀出鞘之声,雪亮刀光晃眼,他颈上一凉。

严宵寒露出了一个他很熟悉的,在江南官员脸上看见过的虚伪笑容。

"既然谈不拢,咱们就战场上见吧。来人,送客。"

这场会面从一开始就是奔着谈崩去的。傅深唯一能接受的局面,就是三族从哪儿来回哪儿去,滚得越远越好。几十万大军陈兵涿州,胜券在握,众节度使除非是疯了,才会答应靴柘使者那看似退让实则得寸进尺的条件。

三族使者夹着尾巴匆匆离开,片刻后,帐中只剩自己人。襄州节度使王士奇见左右无事,正要起身离席,忽然听见上首的傅深道:"诸位大人且慢,在下尚有一言——"

长治二年四月十八,注定是要永留青史的一天。

北燕铁骑统帅傅深首倡,天复军军使严宵寒主笔,淮南节度使岳长风、襄州节度使王士奇、荆楚节度使岑弘方、随州节度使方杲、江南新军主帅赵希诚联名,众将附署,共上《请立新法增开英华殿折》。

此折又称《黄金台折》,为七军将领集议而成,共列有十二专条。

第一,驱逐蛮夷,收复京师,兴复周室。

第二,不割地,不纳岁,不和亲。

第三,南北一统后,各军归于中枢,各地方节度使仍持其"自立自保"之权。

第四,请增英华殿议事之席,许每地选派文武各一臣入殿,四境驻军派二武臣入殿,参与国事。

第五,请开北境边贸商路,派专人保护。

……………

第十二,请立新法,颁行天下,使内外一体遵照,以裨治理,垂范后世。

这道折子在江南朝廷引起了轩然大波,几乎触怒了所有文臣,一时间骂声不绝,什么"拥兵自重""弄权误国"都是轻的,更有许多老臣在宫门前排着

队准备以死相谏,就怕长治帝一旦答应了,国将不国,天下永无宁日。

然而不知道是哪个缺德鬼,竟将这份惊世骇俗的奏折的内容传抄了出去。这下民间也跟着乱了套,名义上拥护江南朝廷的几个节度使开始私下沟通联络,显然是对折子上所提的内容动了心。

比起激烈反对的朝臣,民间对此事的议论却不全然是批驳。自京城兵败后,怀抱收复中原、一统南北之志的人不在少数。磨难带来反思,当强盛王朝的美梦被蛮人的铁蹄踏碎,皇室在南方建立了风雨飘摇的小朝廷,却无力召集大军北伐,全靠傅深登高一呼,各地节度使出兵,国家才有了复兴之望。很多人虽然嘴上不说,心里却开始不由自主地对"朝廷"和"君主"产生了怀疑。

天下动荡之时,往往是新思想、新学派百家争鸣的时刻,其中虽不乏异端邪说,但也时有振聋发聩之声。正是借着这股东风,匡山派异军突起,尤其以希贤先生曾广的"天下为公说"最为盛行。

"天下为天下人之天下,非一家一姓之私。天下之治乱,不在一姓之兴亡,而在万民之忧乐。"

这场山河破碎的浩劫颠覆了一个王朝,而在劫灰之下,仍有星星余火。

就在北方大军迟迟不动,金陵的朝臣们吵得头昏脑涨,谁也不肯退让妥协,陷入僵局之际,江南节度使、岭南节度使、福建节度使忽然联名上疏,请长治帝允准北方七军所奏。东海水师提督紧随其后,也跟着上了一折。没过多久,剑南节度使发来太上皇敕旨,明言可"博采舆情,斟酌定之"。

傅深万万没料到江南三地节度使会这么快就站出来为他们说话,他原本打算以收复京城向金陵施压,拖上一个月,不信长治帝不答应。这下更好,大局已定,连太上皇都出面支持,长治帝点头只不过是时间问题。

"真是奇了,"他带着一脸找不着北的表情问严宵寒,"长治初年你给他们灌下的迷魂汤,到现在药效还没过吗?"

在这方面,严宵寒倒比他更清楚:"这折子对节度使们只有好处,没有坏处,再则促成此事的也不全是他们,还有他们背后的富商巨贾。"

"你常居北方,对江南情形知道得不多。江南商业繁荣,江淮富甲天下,福建、岭南海运发达。尤其是在陛下即位后,江山只剩一半,朝廷为了开源增收,非但没有打压商贾,反而多加鼓励,广开商路;而各地节度使要养兵,更得善待商户。

"如此一来,巨贾富商成了朝廷最大的倚仗,他们也想登堂入室,可入仕之途只有一条。如果今后节度使们能向英华殿选派文武大臣,巨贾们在中枢就有了代言者。与自身利益攸关,他们当然愿意支持。"

所有细微悄然的变化汇聚起来,终于形成了一股不容忽视的浪潮激流。

五月初四,长治帝传旨至涿州,准其所奏。

七月,京师收复,鞑、柘残军败退至密云。北燕铁骑继续北上肃清残敌,九月,北燕三关归北燕铁骑之手,北疆防线重建。同年,渤海国内乱,起义军缚其原国主出降,愿归顺大周,称臣纳贡,永为藩属。

十二月,长治帝到达京师,次年正旦,于太极殿受群臣朝贺,封赏诸将,册封中宫皇后嫡子孙晖为太子,并颁布《御制殿议令》。

长治三年春,傅深晋为靖国公,加封上柱国将军。他虽是新制的首倡者,却并不怎么恋栈权位,刚受封就以腿疾复发为名,上表请求辞去北燕军统帅之职。

北燕军早在去年九月收复三关时,就已经被傅深重组过。整军被一分为四,驻守蓟、平、燕、原四州,分别由北燕四位大将统领。傅深不再领兵,手上的军务大部分移交给了俞乔亭。

本来当初上奏时,北燕铁骑是按整军论的,结果拆分之后,按照新法,四位将军每人都相当于一州的节度使。长治帝简直头大,傅深请辞了也不消停,硬生生把入殿的北燕武臣从两个扩成了八个。

君臣拉锯半天,最后终于敲定:北燕四州每军派一人入殿,此外,傅深虽不领兵,但仍以北燕军统帅身份入殿。

天复军则归于禁中,严宵寒以天复军军使入殿。

至此,北境八州,中原五州,南方六州,西南一州,东海水师,天复军及原金陵八位旧臣,共四十八位殿臣,形成了大周朝新的中枢。

新制初现雏形,正悄然走上正轨,一切仿佛都在朝着预想中最好的方向发展。

——除了西南。

第十六章 安否

西平郡王段归鸿率先提出"自保",而且说到做到,此后再没与中原有过任何往来。当年众人打仗的打仗,内斗的内斗,自顾尚且不暇,谁也没工夫关心他究竟意欲何为。如今圣驾还朝,新政初行,眼见着要迎来太平盛世,可西南仍没有任何动静。

长治帝也曾派使者前往西南交涉,却连段归鸿的面都没见到。一来二去,西南的态度不言自明。西平郡王竟是翻脸不认人,打算与朝廷对抗到底。

金瓯缺了这么一角,这事落在被南北一统催生了虚荣心的长治帝眼里,便成了一根卡在喉咙里的鱼刺。

春末夏初,京城连下几场大雨,傅深的老毛病又犯了,告假在家休养。严宵寒有样学样,非说自己在荆楚落下的旧疾也犯了,也跟着告假。

傅深当然知道他那所谓的"旧疾"不是什么正经毛病,然而两人前前后后奔波了快两年,如今好不容易安定下来,正该偷偷闲。这么一想,也就随他去了。

六月里的某一天,两人正闲适地吃着冰镇水果,管家忽然来禀报道:"老爷,宫里来人了,陛下宣靖国公觐见。"

严宵寒的脸顿时拉了下来:"大热的天,中暑了怎么办?不去。"

"你当谁都跟你似的,"傅深瞥了他一眼,说道,"走了。"

严宵寒就是喊得欢，也不能真不让他走，郁闷地往嘴里塞了个葡萄。

京城的旧宫殿已有数百年历史，虽然几经修缮，大体上却没怎么变过，深宫天然自带一种幽静，深宫之中，哪怕外头是三伏酷暑，殿内也十分清静、幽凉。

只是眼下这份幽凉仿佛渗进了骨头缝里，配上长治帝山雨欲来的脸，让傅深的老寒腿都开始隐隐作痛起来。

"陛下，北方初定，百姓亟待休养生息，朝廷新政才刚开始实行，恕臣直言，此时不是动兵的好时机。西南问题可以先放一段时间，待朝廷恢复元气，再议不迟。"

长治帝冷哼一声，脸色阴沉，明显没听进去。

傅深对现在这个场面毫无心理准备，他知道长治帝往西南派过使者，却不知道段归鸿已经把长治帝气成了这样。他顶着灼热的日光进门，一脑门汗还没消，长治帝劈头盖脸就是一句："西平郡王不日必反。傅卿，这杆举兵讨逆的大旗，朕还要交给你。"

傅深细问之下才弄清楚。依照旧制，五六月应是各属国进贡的日子。前几年朝廷忙于打仗，没空管这些事，今年正统恢复，正旦时好几个外国使节前来朝贺，前些天有些朝贡也已经陆续抵京。这本来是件值得高兴的事，然而长治帝最近牵挂着西南，特地仔细看了礼部呈上来的礼单。

不看不知道，一看才发现与西南接壤的三个属国安南、真腊、林邑，竟像约好了似的，正旦时没来，朝贡也没来！

长治帝十分堵心，命礼部官员去查清楚究竟是怎么回事，谁知还没等礼部特使出发，三国使者带着国书姗姗来迟。

国书写得华丽堂皇，然而中心思想只有一个：三国要与大周解除宗属关系，平起平坐，此后不再向大周称臣纳贡。

这三刀正正插在长治帝的痛处，他本来就为西平郡王的事不痛快，这时候三国忽然来了这么一出，说不是段归鸿撺掇的，谁信？

傅深从前没觉得长治帝是个固执己见的人，也许是严宵寒给他的错觉，因此他仍寄希望于晓之以理，动之以情："陛下容禀。安南等国忽有此举，的确匪夷所思，但未必一定与西南有关，朝廷已有数年未与他国交通往来，其中或许另有隐情也未可知。倘若不经查实，贸然动兵，有失我朝仁义风范。还望陛下三思后行。"

"傅卿，"长治帝忽然开口，凉凉地道，"你觉得朕对西平郡王还不够宽容

忍让吗？"

傅深忙道："臣不敢。"

"节度使们要兵权，要自保，要入殿，朕都答应了，"长治帝道，"西南若回归中原，也是一样的待遇，他为什么不肯？"

傅深偷偷看了一眼面沉似水的长治帝，在心里默默叹气，预感到接下来又是一场狂风暴雨。

段归鸿对大周皇室虽称不上恨之入骨，但估计他有生之年是不会再对姓孙的俯首称臣了。只是傅深知晓背后隐情，其他人却不知情。从现在两方僵持的状况来看，的确像是西平郡王不愿再受天子辖制，准备自立为王，一反了之。

"段归鸿在西南经营多年，自称'西南王'。中原大乱，他却在西南安安稳稳地当他的土皇帝，这些朕都能容忍。"长治帝说着说着，终于动了真火，拍案道，"朕三番五次地派使者前往西南，给足了他脸面，可他呢？他把朕的颜面放在脚底下踩！"

傅深无话可说，只好道："陛下息怒。"

长治帝冷笑道："朕算是看出来了，段归鸿根本看不上朝廷这点小恩小惠，他早就有反心。据守西南，养精蓄锐，再与三国结盟，到时候就可以自立为王，称霸一方，与我大周平起平坐。"

"养虎为患，"他低声喃喃自语，"真是养虎为患哪！"

"陛下，"傅深默然片刻，思量再三，终于还是开口劝道，"西平郡王……"

"傅卿不必再说了。"长治帝阴沉着脸道，"朕知道他曾是先代颖国公麾下，是你北燕军的旧部，傅卿回去好好想想，别为了一个乱臣贼子，伤了北燕军的忠义。"

傅深的脸色一僵，随后立刻恢复面无表情的样子，躬身道："谨遵陛下教诲，微臣告退。"

外面的日光铺天盖地，傅深带着满心寒意走出来，被热浪一扑，太阳穴顿时针扎似的疼起来。宫墙红得晃眼，没走几步，迎面又遇见了一个比宫墙还扎眼的红袍官员，两人视线相交，双双一愣。

正是虽然没有正面交锋过，但因为各种各样的原因而与傅深积怨颇深的吏部尚书——薛升薛大人。

薛升其实年纪不算太大，也不怎么显老，只是被丰神俊朗的傅将军一衬，有点说不出的憔悴。两人相顾无言，徒留尴尬，最后薛升朝他拱了拱手，傅深颔首回礼，两人冷淡地擦肩而过。

出了宫门，家里来接的马车正在外面等候。傅深还没走近，一旁树下乘凉的小厮忽然跑到他跟前，利索地行礼道："国公爷好。"

那头车夫见他被拦住，跳下车打算过来，被傅深一个手势远远止住。他低头问那小厮："有什么事？"

"我家老爷命小的在这里等您，请国公爷傍晚到景和楼小酌。"小厮恭敬地用双手呈上名帖，"这是我家老爷的名帖，说您一看便知。"

傅深打眼一看那"匡山书院"四字，立刻明白了，不动声色地将名帖收进袖中，点头允道："知道了。回去转告你家老爷，既蒙盛情相邀，那便却之不恭了。"

景和楼是多年老字号，淮扬菜更是京中一绝。傅深进门时，雅间里已经有人在等候了。顾山绿一身便服，起身相迎："将军来了，快请进。"

上回城外送别，顾山绿还是个势单力薄的小小御史，一番离乱之后，他在江南颇得长治帝重用，升任都察院长官，位列英华殿九大臣之一。回京之后，他依然坐镇都察院，掌弹劾纠察，风闻奏事。

这个人的立场很微妙，他是江南出身，但并非高门子弟，年少时入匡山书院求学，师从曾广，后来科举中选，按部就班地进入都察院熬资历。顾山绿此前一直默默无闻，第一次出头是东靼使团案上，结果使团案不了了之，他的老师又被送进大牢，焦头烂额大半年，最后还是傅深托严宵寒把他的老师给捞出来的。

因此顾山绿在金陵朝廷时，一直与北方旧臣站在一条线上，但江南新贵对他又比旁人不同，等到了京城后，更是多次示好笼络，试图在英华殿内为江南一派争取一份助力。

御史们虽然不招朝臣喜欢，但确实是用来对付政敌的一大利器。

不过顾山绿一向态度暧昧，看着温文尔雅，实际上城府不比老狐狸们浅。他回京后与傅深、严宵寒等人几乎没有往来，一般人想不到他与这二人还有一段旧交情。

顾山绿道："下官身为御史，不便与将军在明面往来，故出此下策，还望见谅。今日冒昧请将军前来，乃是为近日陛下担忧牵挂的那一件事。"

傅深手指转着酒杯，丝毫不意外他的开门见山，平静地问："他也找你了？"

"不错，"顾山绿给他满上酒，"陛下想对西南动兵，要先得到英华殿的同意，如今四十八位殿臣看似分散，其实领头的也就那么几个，他一个个试探下来，便能大致摸清英华殿的态度。"

"陛下想让我领兵,"傅深道,"我苦口婆心地劝了半天,没劝动。"

顾山绿苦笑道:"我上午进宫时,陛下正为安南三国的事大发雷霆。他授意都察院弹劾西平郡王,这样便可算是师出有名。而且这件事,我看英华殿还真不一定会反对。"

"愿闻其详。"

顾山绿道:"西南自立,对朝廷有百害而无一利。一是它离荆楚、岭南太近,如果西平郡王要扩张势力,最先受害的就是这两个地方;二是它连通安南、真腊,西南如果与这些小国结为同盟,不仅我朝在陆上难以与南洋各国往来,海运也会受影响。"

"而大军收复京城后,朝野上下一片飘飘然,把您吹得天上有地上无,北燕铁骑都是天兵天将,攻无不克、战无不胜。所以换成是别人领兵,他们或许还要掂量一下,但倘若是您领兵,就没有那么多顾虑了。"

傅深无话可说,只好报以冷笑:"真看得起我啊!"

"还有一件,"顾山绿正色道,"西平郡王曾是北燕军旧部,与您和颖国公府关系匪浅。将军或许已经觉察到了,朝中有很多眼睛都在盯着您,恐怕那一位也不例外。西征过程中一旦出错……瓜田李下,可就说不清楚了。"

"用得着这么处心积虑吗?"傅深端起酒杯,喝了口酒,自嘲道,"我要是想干点什么,还用等到现在?"

"就是因为您没'干点什么',才让一些人觉得不安,"顾山绿道,"将军如今的权势、声名都是极盛,等您真打算干点什么,谁挡得住您?"

他轻轻叹了一声:"俗话说得好,'不怕一万,就怕万一'啊。"

傅深也不知道顾山绿到底是打算请他吃饭,还是专程给他添堵来了。反正最后他从酒楼里出来时,带着满身酒气和一肚子火,被某个苦等半晌的"拦路劫匪"强行拉上了马车。

"好啊,"严宵寒磨着牙,阴恻恻地说,"让我在府里等你,自己却跑出来跟人喝酒。"

傅深默不作声,面无表情地靠在车壁上。

严宵寒威胁的尾音瞬间消失,问道:"怎么了,喝酒还喝出不高兴了?"

"梦归。"他喃喃地道。

一波未平一波又起,皇帝换了两个,却还是如出一辙的猜忌多疑。"功高震主"如同常年罩顶的阴云,傅深只要还活在这世上,就永远无法走出这片阴霾。

这称呼让严宵寒瞬间意识到了事情的严重性，他不冷笑了，也不阴阳怪气了，小心应声："嗯，我在。怎么了，跟我说说，出什么事了？"

傅深不想说话，忽然觉得有点心酸，怅然地叹了口气。

严宵寒看他不吭声，忍不住笑了一声，无奈地道："行吧，不想说就不说。困了吗？先睡一会儿。"

马车颠簸，酒意上头，傅深在一片恍惚的心灰意冷中睡着了。

等半夜醒来时，他发现自己已安安稳稳地躺在了床上，身上干净清爽，没有酒气。严宵寒在床对面的榻上，已经睡着了。傅深借着窗外朦胧的微光，能看清他恬静的睡容。

人醒了，酒也醒了，傅深放缓自己的呼吸，在静谧的深夜里慢慢安定下来。这时再回想起今天下午长治帝的知会和顾山绿的提醒，心绪就不那么激烈了。

他甚至觉得有点可笑，当年元泰帝先刺杀后赐旨，各种手段轮番上阵，晴天霹雳一个接一个，最后不也好端端地过来了吗？怎么时过境迁，他站得更高了，反倒不如从前，竟然为了这点破事，就愁得撒酒疯了？

都赖严宵寒！

傅深如今才知道，他在严宵寒身边是真的安心，是一种他从未在其他人身上汲取过的强大安全感。不说别的，若放在以前，有人在身边，傅深喝了酒绝不可能倒头就睡。

皇帝只不过刚动了念头，付诸实施仍需经过重重关卡，等真正开战可能要到猴年马月。就算英华殿点头放行，他真的要带兵出征，也可以到了西南与段归鸿慢慢商量，大不了拖他个一两年。

这有什么可愁的？

忠义是他拿来束缚自己的枷锁，不是送进别人手中任凭驱使的镣铐。傅深发现自己确实比从前想得开了，大概是连国破家亡都经历过，这种朝堂上的明争暗斗就显得分外低级，像是吃饱了撑的。

有时候穷途末路并不是真的无路可退，而是因为底线太高。对着元泰帝，傅深尚且有几分顾忌，可长治帝要是哪一天真把他逼到那种境地，傅深当然不介意为天下计，再给这皇城深宫、万里江山换一位新皇。

他想事想得入神，翻了个身，结果惊醒了严宵寒。严宵寒迷迷糊糊地问："敬渊？"

"没事，你睡。"傅深回应。

严宵寒轻轻地"嗯"了一声，似乎又沉入了梦中，没过多久，却又睁开眼睛，

目光清明地望了过来:"你酒醒了?"

傅深笑了一下,回他:"不用管我,睡你的。"

"你都醒了,我还睡什么。"严宵寒起身倒了两杯茶端回来,两人默默地润了喉。严宵寒挑亮灯盏,在床边坐下,问道:"现在能跟我说了吗?"

"什么?"

"下午陛下找你进宫,是不是说了西南的事?"严宵寒提醒他,"晚上顾山绿找你说的也是同一件事?看把我们国公爷愁的。"

傅深好几年没领教过这飞龙卫头子的本事,一时间匪夷所思:"你怎么知道?我出门时把你揣在荷包里了?"

"这有什么,"严宵寒笑道,"老本行而已。"

又是熟悉的无孔不入。元泰帝这是养了个什么玩意儿出来,连自己儿子都逃不过坑害。

飞龙卫虽然已经被裁撤,可原班人马仍在,而且回京后禁军防卫仍由严宵寒一手把持,早就布好了无数明线暗线。长治帝经过黄金台集议一事后,对他起了疑心,又有薛升等人天天煽风点火,不像以前那么信任有加。

然而皇帝手下可用的人才实在有限,除严宵寒外,竟找不到其他指挥得动禁军的人,于是只好捏着鼻子继续用他。这么做的后果,大约相当于引狼入室,咽喉都送到了人家的獠牙之下,再去关门也晚了。

况且严宵寒是什么人,从小被元泰朝第一权宦段玲珑言传身教,十几岁就进了北衙禁军,侍卫御前,后来更是成了横行朝野的飞龙卫钦察使。钩心斗角、玩弄权术对他来说就像吃饭喝水一样,已经成了本能。

察觉到长治帝态度的变化,他在"哄皇帝"这方面稍微用了些心思,果然,现在长治帝又对他和颜悦色、倚重非常了。

傅深不得不承认,在"坑蒙拐骗"这方面,严宵寒确实比他强太多,是个学不来的本事。今天下午如果入宫面圣的人是严宵寒,说不定能把长治帝忽悠得回心转意。

"陛下对这事执着得很,恐怕不会轻易罢休。"

严宵寒听完傅深的转述,对于"他能说服长治帝"这个想法表示拒绝:"陛下的性子,你应该也看出来了,经不起刺激,又好高骛远,在潜邸时好歹知道怕,懂得收敛;一旦坐拥天下,就唯我独尊,偏执过头了。"

平庸不可怕,眼高手低才可怕;蠢也不可怕,自作聪明才可怕。

"他没有太上皇的魄力,却要学太上皇的手段。以前在江南时重用北方旧臣，如今为了平衡，又有意抬高江南士族，"严宵寒道，"除此之外，还有国威的问题、江南的安危问题……在西征这件事上，陛下和江南士族的立场是一致的，所以劝不动，劝多了他还要跟你急眼。"

傅深皱眉："没别的办法，只能由着他胡来？"

"除非泰山地震，或者天象异常，否则这事很难转圜。"严宵寒沉吟道，"顾山绿提醒得有道理，你现在是很多人的眼中钉，不管这事最后成不成，他们都要想办法寻你的错处，甚至借机牵连皇后和太子，你自己一定要小心。"

"我知道，"傅深感叹道，"看来英华殿也拦不住他作死啊！"

"饭要一口一口吃，新政也要一步一步来，心急什么。"严宵寒有意逗他，"来，别皱眉了，笑一个。"

"大半夜的，又发什么疯呢？"傅深面无表情地道，"不笑。要不你给我笑一个？"

"就笑一下，"严宵寒继续道，"你今天让我苦等了一下午，总要给点补偿吧？"

傅深被他这么胡搅蛮缠一通，天大的愁绪也散了，他原本还想多板一会儿脸，结果自己先撑不住笑了，无奈地说道："无赖。"

严宵寒理直气壮地道："跟你学的。"

果不出严宵寒所料，没过多久，长治帝便在英华殿上将征讨西南的事摆上了台面，这回除了北境边军还站在傅深这边，其他四十几个殿臣，包括严宵寒在内，都对长治帝的提议表示了赞同。

有了这么一出，外人看他们俩的眼神又多了一层深意。北伐时北燕军和天复军还像模像样地共进退，这才过了多久，两人的面和心不和就摆上了台面。

江山易改，本性难移，奸佞就是靠不住。

次年春天，靖国公傅深率十万大军出兵南下，奉命征讨西平郡王段归鸿。这次随他出征的不是旧部北燕铁骑，而是一支经过扩充的朝廷军，主力是收复中原时赵希诚所统领的江南军。

依旧是京郊黄金台上，旌旗猎猎，战马嘶鸣。

长治帝亲至城外为大军饯行，一如当年元泰帝率文武百官送少年将军北上抗敌，看似充满壮志豪情，实则都在冷眼旁观。

严宵寒就站在离长治帝不远处，目光逐一扫过各位大臣，最后落在长治帝略微发福的背影上。

他没有表情，显得神色冷淡，不过这么看起来，反而比满脸故作感慨的君臣们更真实一些。

傅深远远地投来一瞥，两人的目光在半空相接，严宵寒轻轻地点了一下头。他模糊地感觉到，坚固的盔甲之下，那人好像是笑了。

临行的前一晚，严宵寒对傅深说："你只管安心南下，后方有我给你守着，什么都不用担心。"

那时候傅深也没说话，只是一笑。似乎一无所知，又好像已经洞察了真相。

春风席卷过旷野，严宵寒目送着渐行渐远的帅旗，在心中默默地补完了那晚的未竟之言。

等你回来，我会还给你一个干干净净的朝堂。

*

盛夏将过，溽暑渐消，为预备长治帝九月下江南，严宵寒被指派先行赶赴金陵，安排行宫防卫等一干事宜。

临行前一天，他与魏虚舟等人交接完公务，回家坐在廊下，看下人们忙进忙出地收拾行李，游手好闲又百无聊赖地拨弄身边一丛雪白的绣球花。天边的夕照洒落一地金光，严大人临风叹了一声。

傅深远征西南已有两个多月，严宵寒倒是不担心他的安危，只是觉得时间漫长。当初在金陵经历过的滋味，如今又要回头重新经历。也就是他耐性好，理智尚存，否则还管什么长治帝，早撂挑子不干，千里寻人去了。

"老爷！"管家从庭院另一头快步走来，手里拿着一封薄薄的信，双手呈上，道，"老爷，方才有军吏登门传书，说这是刚从西南带回的国公爷的信。"

严宵寒的手剧烈地一哆嗦，绣球花瞬间被揪秃了一块，摇落一地白花。他面上勉强镇定地道："拿来我看。"

信封很薄，封口严实，里面只有一张薄透的纸笺，严宵寒往外抽时都怕自己手劲太大把纸给撕了。

为什么只有一张纸？当年"吾兄安否"那四个字还清晰可见，这一次万水千山之外，他又会写什么？

等打开那叠了两折的信纸，严宵寒保持着举着信的姿势，整个人彻底僵住了。

这是什么玩意儿？

没有只言片语，只有一团鬼画符似的黑乎乎的墨迹。严宵寒瞪着眼看了半天，才凭借着自己贫乏的想象力，跟上了傅深天马行空的笔触。

黑的是背，白的是肚皮，前面伸出来的是嘴，后面翘起来的是爪子，上面旁逸斜出的几笔是……翅膀？

那也不对，什么玩意儿有四只翅膀？

傅深好歹是个世家公子，书画就算不能传世，也总得能让人看出画的是什么，这能贴出去辟邪的一大团黑算怎么回事！

严宵寒完全没意识到，自己一边啼笑皆非一边咬牙切齿的模样在别人眼里可能比画还吓人，他就像个被新奇玩意儿吸引住的小孩子，全神贯注地寻找答案，完全没考虑过这画是信手涂抹，没有任何意义的可能。

当然，傅深不会千里迢迢地消遣他，但能画成这个样子，已是真的尽力了。

严宵寒辨认了半天，正着看倒着看，最后发现自己刚才的判断有误，前面伸长的不是嘴，而是两个鸟头，后面翘起来的也不是爪子，而是尾巴，四条墨痕是两对翅膀，再配上黑背白肚皮，答案终于初现端倪——

纸上画的是一双大雁。

想明白的那一刻，他嘴角微微勾起，眼睛里却似有水光盈动。

书信是和军报一起传回来的，因为会有被偷拆的风险，傅深不能直陈心绪，所以就用这种方法，给他送了一封"雁书"。

"鸿雁"究竟意味着什么，那是只有他们两个人才能心领神会的默契。

这天夜里，当严宵寒因这封信辗转反侧时，京城的另一头，薛尚书府中，也有睡不着的人。

最近都察院弹劾了两个六部官员，长治帝看了折子后，依例准许二人暂且去职，闭门自省，案子交由大理寺查明。这原本是正常流程，所谓"弹劾"也不过是些无关痛痒的小毛病，谁都没把它当成大事。可万万没想到，大理寺一铲子下去就掀了老底——竟然真查出了两人贪赃枉法、收受贿赂的证据！

口子一旦开了，就一发不可收拾。大理寺卿朱灿是朝中出了名的刚正不阿、软硬不吃的硬骨头，哪怕知道这两人是江南一派中的人物，也丝毫没有要抬手放过的意思。没过多久，大理寺折子上达天听，长治帝震怒，准刑部将二人拟斩监候，待秋审后处决。

薛升一下失去了两个得力干将，处境顿时变得微妙起来，长治帝最近对他的态度也稍显冷淡。今晚他家中来了客人，是同为江南出身的礼部尚书、侍讲

学士郑端文,给他带来了一个不知是好是坏的消息。

"今日下午,信使从西南带来军报,大军已在城外驻扎一月有余,两边却不曾交锋试探,靖国公在军报中写,段归鸿多次派使者到驻地求见主帅,他过些日子要与西平郡王面谈劝降。"

"陛下看完军报,那脸色简直没法看了,气得手直哆嗦,问我'朕三番五次派人到西南,他称病不肯相见,怎么傅深一到,他便上赶着来陈情?他有什么不白之冤是朕不能处置的,非得到傅深面前才能伸张?'"

薛升是最早赞成长治帝征讨西南的人,因此每当遇上西南军情,长治帝都会叫他入宫商量。然而眼下他身上沾了泥点子,竟错失机会,叫郑端文在长治帝面前露了脸,听起来长治帝竟还颇为信重他。

事关重大,郑端文拿不定主意,小心翼翼地问:"云平兄,你说,陛下这是对西平郡王不满,还是对那一位……有些想法?"

江南一党向来视靖国公傅深为心腹大敌。此人手握重兵不说,当年黄金台上那一招险些把江南士族扫出朝廷,以致薛升他们时不时就要在长治帝面前进几句"功高震主""拥兵自重"之类的谏言。如今长治帝一提起傅深就没好脸,多半是拜这伙人所赐。

薛升心中冷冷一哂,收起百转千回的心思,不急着回答,反而问道:"方德是如何应对的?"

"这……"郑端文迟疑着道,"弟只说段归鸿大逆不道,此人就算接受招安,以后也未必不会再生反心,靖国公此举,未免有些欠妥。"

薛升举手抚须,意味深长地道:"方德可还记得那年鞑、柘来使到金陵,要与我朝议和的事?那时严宵寒与傅深同在前线,发回来的奏折上就只有六个字——'宁战死,不议和'。怎么如今面对区区一个郡王,反倒畏首畏尾起来了?"

"您是说……"

"段归鸿是北燕旧部不假,可那都是父辈们的交情,老掉牙了。傅深跟他哪还有什么同袍旧情?不过都是说辞、借口罢了。"薛升道,"别管他是为了什么,傅深不肯与段归鸿兵戎相见,这是谁也抹不掉的实情。我朝竟用这样的人与敌军对垒,万一他与段归鸿里应外合,岂不是要闹出大乱子?"

可那不是你一力撺掇陛下,让他去西南前线的吗?

郑端文生生从他不紧不慢的话中听出了一股杀机,不由得背后一寒:"云平兄,你的意思是傅深与段归鸿勾结,意欲谋反?这可是要掉脑袋的大罪!他何至于此？"

"不是他'何至于此'，而是我们'何至于此'，"薛升平静地道，"如今朝中明显有人在针对我们，再不动作，下一个保不住乌纱的就是你我。傅深谋不谋反不重要，只要陛下相信他谋反就行了。"

"只要扳倒了他，北方朝臣的同盟自然会瓦解，不用我们出手，他们自己就会内讧，到那个时候，才有我们放手施为的机会。"

夏夜闷热，却有一滴冷汗从郑端文的鬓角滑落。

他是站在薛升这边不假，可也听了多年北燕铁骑荡平外敌、守卫疆土的赞誉。结党是一回事，可怎么突然就到了构陷功臣，意欲将傅深杀而后快的地步？

"只要陛下相信他谋反就够了"，这不就是莫须有吗？

郑端文神思恍惚地辞别薛升，由管家领路，穿过庭院，来到大门前。

夜深了，可门外还有人声。两人走到门前，发现外头台阶下站着个身量不高的青年，乜斜着眼看过来，嘴上不干不净地骂着，门房手里抄着根木棍，虎着脸喝道："快些回去！再敢撒野，小心我报官捉你进大牢！"

郑端文被喊得回了神，端起了官长的威严，缓缓道："何故深夜在此吵闹？"

薛府管家不易觉察地皱了下眉，随即对郑端文赔笑道："下人无状，小的回头一定严加管教，大人海涵。"

此时那青年忽然朝郑端文看来，毫不客气地问："你从里面出来，可认得薛升？本公子要见他，你速速进去通报。别废话，耽误了大事，回头可别怪我没提醒过你。"

郑端文堂堂礼部尚书，被当成家奴呼来喝去，当下就恼了。然而他刚上前一步，正欲开口斥责那青年，目光落在他的衣饰上，话到嘴边又转了个弯，问道："你是何人？找薛大人有何事？"

那青年满脸不耐烦地道："让我进去，进去了自然告诉你。"

管家看不下去，打算叫家丁来赶走这小子，郑端文却突兀地抬手止住他，道："进去通报薛大人。"

又对那青年道："你跟我来。"

管家一头雾水，然而不好违拗他，只得进去回报薛升，没过多久郑端文将那青年领进来，附在薛升耳边轻声说了几句话。

薛升神色讶然，片刻后转向那青年，还算客气地问道："下人失礼，公子勿怪。不知深夜来访，所为何事？"

"叫旁人都下去，"那青年冷冷地道，"只留你我。"

又一指郑端文："他也留下。"

方才外头黑漆漆的，郑端文领人进门时没注意到，等进了屋站在灯烛底下，才发现那青年的一条腿竟然是跛的。

薛升屏退下人，请那青年坐下说话。

"敢问公子高姓大名？"

"傅涯。"那青年脸上现出嘲讽之色，勾着嘴角道，"大人想必没听过。不过我有个哥哥，叫傅深，你肯定知道。"

郑端文在门外时见他身上的衣服都是难得的上好料子，腰间虽然只挂了个荷包，也十分精巧细致，不像是个泼皮流氓，又不肯说自己的姓名，他觉得蹊跷才将人领进来。可万万没想到，这一"顺手"，竟把死对头的弟弟领回来了！

不过说实话，他们来到京城也有不短的时日了，确实没怎么听说过傅深这个兄弟的消息。

在靖国公还是靖宁侯时，他就已经从颖国公府中分家出来建府另居，这么多年来，他跟原府往来很少，几乎不怎么走动。战乱之后，哪怕颖国公府日渐没落，他权势极盛，也从未出手帮过傅家一回。

南北不合，非身在朝中的人物不能体会，不过傅涯一个世家子弟，对朝中局势应该也有所了解。他这个时候跑来找薛升，这恐怕已经不是"不熟"，而是"离心"了。

"我在南边时，听说薛大人的爱女因为皇后而饮恨自尽，"傅涯道，"大人虽然不曾表露，想必心中仍憾恨至今。"

薛升蓦然被戳了伤疤，神色微冷，沉声道："既然知道老夫痛恨姓傅的，你怎么还敢登我薛家的门？"

"因为我跟你一样，也恨姓傅的，"傅涯神经质地笑了起来，舌尖不自觉地舔了一下犬齿，"尤其是那个姓傅的。"

他的神态中有种不加掩饰、近乎天真的恶意，嬉笑时眼睛眯起来，透着仿佛毒蛇一样的眸光，令两个老头子感到一阵毛骨悚然。薛升手心里出了一点汗，强自镇定地问："这么说，你是想让我帮你对付他？"

"不，"傅涯摇了摇头，从袖中抽出一卷东西，拿在手中朝二人晃晃，仿佛炫耀似的说："是我，来帮你对付他。"

薛升没有急着讨要，而是端坐不动："那傅公子想从老夫这里要什么？"

傅涯眼珠一转，朝他比画了个手势："给我这个数，银票。"

那是商贩们常用的手势，薛升看不懂，侧头瞥了郑端文一眼，郑端文忙附到他耳边道："六千两。"

薛升点了点头，道："公子可愿意先让老夫过目？"

傅涯将手中的纸卷抛给薛升，郑端文也凑过来看，一目十行地粗略浏览完，瞬间倒抽一口凉气，冷汗簌簌而下，话都说不利索了："这、这是……"

"我那亲叔父与西南反贼段归鸿往来的书信，当年轰动京师的寿宴刺杀案，跟他脱不了干系。"傅涯跷起二郎腿，得意扬扬地问，"怎么样，是不是没想到？"

那卷东西里有两封信，还有几张礼单和文书，上头载明了西南每年往颖国公府送来多少"特产"，傅廷义又将这些土仪转送至清虚观。

薛升捏着纸页的手微微颤抖，手背上条条青筋绽起，万万没想到傅涯竟敢拿这个来换钱："你知道自己拿来的是什么东西吗？"

"知道，我怎么不知道。谁也不是傻子。"傅涯狂笑道，"谁能想到，京城赫赫有名的废物三爷，原来不是个废物，而且就在这么多人眼皮子底下，把你们耍得团团转！哈哈哈哈哈！"

他的笑声蓦地一收，好像突然陷入了某种混沌癫狂之中，暴怒道："混账的国公、将军，都是禽兽！披着道貌岸然的人皮，满口假仁假义，谁知道内里究竟是什么玩意儿！"

傅涯满口污言秽语，听得薛升和郑端文这等诗礼之家出身的文臣面露嫌恶，不知道一个好好的大家公子怎么被教养成这样，竟仿佛患有癫狂错乱之症，活脱脱一个丧心病狂的疯子。

郑端文干咳一声，道："傅公子，你可知道你手上这些东西会给颖国公府招致大祸？傅廷义是你的尊长，他和傅深若真犯了十恶不赦之罪，你虽然检举有功，但按例也要问刑，你……你可想好了？"

薛升看了他一眼，似乎是没想到他居然还有这份善心。

傅涯已经完全沉入自己的情绪之中，说什么也听不进去，笑得前俯后仰，声嘶力竭，喉咙里仿佛要迸出鲜血来："哈哈哈哈哈……死了好，都死了才好！谁也别留！还有那个狗东西……飞龙卫头子，严宵寒，该判他千刀万剐的极刑！好一个簪缨世家，满门忠义！到头来株连九族，大家落个干净！"

"云平兄，"郑端文悄悄对薛升道，"我看他这模样，倒像是服食了秋夜白的症状，此人神志不清，说的话有几分可信，还需再查证。"

"我知道，"薛升将那几页纸小心卷好，面不改色地下了逐客令，"天色已晚，方德先回府。傅小公子由我找人安置，今夜之事，勿要传与他人之耳。"

郑端文心下一凛,朝薛升长揖道:"那便劳烦云平兄了。"

昏黄的烛光在薛升深陷的眼窝和鼻翼投下浓重阴影,他的脸像是一尊轮廓分明的雕塑,所有表情都藏在一片漠然冷淡之下,显得无端苍老,又莫名森寒。

他朝郑端文轻轻颔首,道:"去吧。"

走出薛府的那一刻,沉重的大门在郑端文背后徐徐合上,他长出一口气,竟隐约有种死里逃生的错觉。深夜的风里有了凉意,吹得郑端文汗毛直立,他全身都湿透了,衣服贴在后心上,然而此时也顾不得狼狈,急匆匆地上了马车,命车夫向家中驶去。

第二日,郑端文便称病告假在家,再也没来上过朝。

据说是年纪大了,晚上回家时吹了风,次日家人发现他瘫倒在床上,半身不遂,口角歪斜,忙延请太医医治,诊得是中风之症,因救治不及时,恢复到从前那样是不可能了,只能卧床休养,慢慢服药调理。

薛升听说此事后,似乎并不意外,也不如何惋惜,吩咐管家派人给郑家送些药材,算是全了这份浅薄的同僚情谊。

没过两天,颖国公府的小公子突然失踪,家人哭哭啼啼地到顺天府报官,可惜今时不同往日,一场战乱,把本来就在走下坡路的颖国公府彻底打入末路,这种不痛不痒的小事连报官也没人愿意理,收案的胥吏不耐烦地应付完一遭,转头就把案卷扔在一旁落灰。

盛夏还剩个尾巴,秋天未至,却已有了"多事之秋"的预兆。

薛升端坐在书案前,仔细听手下汇报查来的傅涯生平,听罢冷冷一哂:"虎父犬子,傅廷忠若知道他生了这么个好儿子,会不会气得从棺材里坐起来?"

几年前,严宵寒明里暗里惩治过傅涯两回,一次是令他绝了嗣,一次是在君约宴席上将他拖出去打了一顿。这没留手的一顿打让傅涯消停了一段时间,然而没等他想好如何报复,战乱爆发,京城被外族攻破,傅廷义带着全家逃往江南。

路途颠簸,活命要紧,没人顾得上对他精心照顾,傅涯拖着病体强撑到金陵,江南冬天又极湿冷,他的腿终究没能完全治好,留下了跛足的后遗症。

说来讽刺,他那双腿残疾的亲大哥仍在战场上驰骋,傅涯这个健全的人最后却成了跛子。

傅涯瘸了腿,又没有子嗣,始终定不下心来,更兼来到金陵这么个繁花迷眼的醉生梦死之地,从此流连秦楼楚馆,花天酒地,挥霍无度。而傅廷义是个一只脚快要踏入仙门的世外清净人,不愿花心思管束他,令他就这么一直蹉跎到了如今。

他在江南的烟柳巷里染上了秋夜白，回京后仍需药物维持，自己的月钱不够花，渐渐开始偷家里的东西出去当卖。

白露散在京城是被官府明令禁止的东西，只能在黑市里交易，而且价格奇贵。傅涯不但卖自己的东西，连他娘的嫁妆也偷着卖，被秦氏发现之后一通大哭大骂，闹得家宅不宁，鸡飞狗跳。颖国公傅廷义忍受不了家中吵闹，干脆收拾包袱住进了城外的道观，从此眼不见心不烦。

傅涯被他母亲教训了一顿，不敢再朝她房中伸手，手中又实在紧巴巴的，便趁夜摸进了傅廷义的屋子，一通翻箱倒柜，竟没找到什么值钱的物事。他如今胆大包天，又急需用钱，怀疑傅廷义是嫌弃他们，因此偷偷带着家私藏进了道观。于是傅涯雇了一个市井惯偷，命他去傅廷义寄居的道观偷些东西出来。

结果那偷儿在一片寒素的房间中乱转半晌，最终在衣柜深处翻出了个上锁的木匣子，他满心以为里头装的是银票，颠颠地捧来找傅涯。那锁虽精巧难开，但傅涯更绝，直接将盒子从一侧凿穿了，最后打开一看，发现里面竟是一沓与西南往来的信件。

傅涯再蠢笨，也知道这些东西的利害，他一面震惊于傅廷义的深藏不露，一面又清楚地意识到这可能是个天赐良机。

他握着的这些东西，足以让整个傅家顷刻崩塌，亦足以将傅深从神坛上拉下来，一辈子再也翻不了身。

铺天盖地的快意和毁灭欲在身体里涌动的同时，傅涯竟然还能分出一半心神冷静思考。他不能直接拿着这证据去告官，因为傅深身边还有个老奸巨猾的严宵寒，自己送上门无异于自投罗网。

他势单力薄，必须找到一个能与严宵寒、傅深二人抗衡的人，借他的手来完成这件事。

经过再三斟酌打探，他带着自己的"投名状"，来到了薛升的家门前。

书房里，手下汇报完毕，又道："大人，这么重要的信件，傅廷义为什么不看完就烧掉，反而留在身边？会不会是他们一家设下的圈套？"

薛升摇摇头："事关西南，傅廷义的胆子再大也不敢拿这种东西试探我。他之所以留着这些东西，无非是怕自己与虎谋皮，要留着证据，以防哪天与段归鸿狗咬狗。谁知道家贼难防——"他半是感慨半是嘲弄地自语道，"靖国公，天意如此，就别怪本官送你一程了。"

次日薛升入宫面圣，屏退众人，将颖国公傅廷义与西南私下往来的书信进呈长治帝。

"西平郡王、靖国公、颖国公……"长治帝连说了三个人，脸上的肌肉仿佛控制不住，显得异常狰狞。他举着那些信纸哆嗦了半天，陡然起身，挥袖扫落满桌笔砚茶盏，咬牙切齿地厉声喝道："逆臣贼子！欺瞒得朕好苦！"

门外太监听见声音，战战兢兢地将殿门推开一条缝，正巧被长治帝瞥见，回手抄起一个羊脂玉笔洗砸向门口，暴怒道："滚出去！"

一声巨响后，满室静寂，薛升施施然地站在一地狼藉里，不痛不痒地劝道："陛下息怒。"

僵立片刻，长治帝直直地跌坐在椅子上。

他面容涨紫，胸口剧烈起伏，不住地喘粗气，口中喃喃道："一门双国公……呵，高官厚禄，竟养出了这么一群狼心狗肺之徒……"

薛升见他气得狠了，这才上前，恭敬地道："陛下，臣有一言启奏。"

长治帝从恍惚中分出一点神思，道："讲。"

薛升一撩袍角，跪倒在大殿中央，行了个五体投地的大礼："颖国公傅廷义勾结西南逆臣段归鸿，谋害太上皇，危害社稷；靖国公傅深知情不报，反而为其包庇隐瞒，更与段归鸿交情匪浅。此三者谋逆之心昭昭，若不根除，日后必反。"

"事已至此，臣斗胆，请陛下为后世子孙计，当断则断，清理傅氏逆党，以绝后患！"

长治帝被他这么一惊，好不容易缓过劲来，疲惫地道："薛爱卿，你说朕当如何决断？"

"陛下容禀。傅深人在西南，又与北疆驻军遥相呼应，倘若由都察院参奏，三法司会审，势必要引发议论，遭受重重阻挠。万一将他逼急了，傅深联合段归鸿就地谋反，朝廷就彻底拿他没办法了。"薛升道，"臣以为，为今之计，唯有暗中下手，先诛贼首，再行清理余孽。如此一来，既可杜绝后患，又不致引发北疆动荡。"

长治帝心中顿时"咯噔"一下。他虽然在气头上，可也知道要处置傅深这等重臣，总该给个自辩的机会，没想到薛升上来就要下死手，不由道："他……傅深毕竟于国有功，怎么能用这种手段？"

"陛下胸怀宽广，可逆臣贼子却不能体谅您的苦心，"薛升轻声道，"陛下，您忘了昔年兵围京城，傅深是如何逼迫您的了吗？"

"傅深在朝中声望甚高，党羽众多，否则也不会有这么大的胆子欺君罔上，"他伏地叩首，悲声道，"此贼不除，江山社稷危矣。请陛下三思！"

长治帝沉默了。

薛升面上全是悲痛凛然之色，心里却在不慌不忙地等着长治帝细细思量。他知道昔日在长治帝心中扎下的刺，在铁板钉钉的证据面前，最终会生根发芽，变成有毒的藤蔓，攫住他的心神和理智。

傅深必死无疑。

不管他平时如何忠义，哪怕他为长治帝重新打下了北方的江山，可那些信任都是靠不住的，人未必能记得别人所有的好，但他一定记得所有的冒犯和伤害。

白璧上只要有了一个小缺口，它就离玉碎不远了。

果然，漫长的寂静之后，长治帝艰难地开了口，嗓音甚至有些沙哑颤抖："爱卿……有何良策？"

薛升数着自己的呼吸，等到耳边震耳欲聋的心跳慢慢消退下去，才改容再拜道："微臣驽钝，愿为陛下分忧，效犬马之劳。"

养心殿外，守门的太监只能透过缝隙断断续续地听见里头传来的对话，但几个词句就足以令他心惊肉跳，藏在袖子底下的手汗湿一片。

不知过了多久，朱红殿门方才"吱呀"一声，被人从里面推开。

薛升自殿内踏出，在阶前驻足，迎着铺天盖地的日光眯起眼睛。那太监偷瞧了他一眼，莫名觉得薛尚书虽然面无表情，可分明有笑意从眼角眉梢极缓地溢出。

那是胸有成竹，胜券在握，藏着刀与毒的冷笑。

"元振。"

长治帝在殿中叫了一声，那名叫元振的太监忙收回视线，迈着小碎步颠了进去，细声道："奴才在。"

"叫人将殿里收拾了，"长治帝道，"你去给朕泡杯茶。把这道圣旨拿去用印，叫人即刻发往西南。"

元振低头双手接过圣旨，领命而去。

当晚，带着圣旨的军吏从京城出发，快马加鞭，奔向西南。

也是在同一晚，魏虚舟接到元振报信，立刻派心腹夜赴金陵，将消息通传给严宵寒。

留守京中的禁军已经尽可能快地将消息送出，然而终究比不过早有预谋的

薛升，等严宵寒接到京中传信，动身赶赴西南时，到底是晚了一步。

长治四年七月初五，靖国公傅深在与西南叛将段归鸿会面时遭遇暗杀，当场吐血昏厥。混战中，傅深被西南叛军掳走，生死未卜，下落不明。

第十七章 尾声

七月初六,严宵寒昼夜兼程,挟着一身风霜,悍然闯入了西南军驻地。

他是被人用刀架在脖子上送进来的。段归鸿正焦头烂额,听说这朝廷走狗夜闯大营,简直气不打一处来,暴跳如雷道:"你还有脸来!"

"敬渊在你这儿,是不是?"严宵寒像是没感觉到脖子上的刀,大步朝段归鸿走去,"他人呢?"

亲兵怕他伤着段归鸿,忙持刀喝道:"站住!"

"我问你他人在哪里?"

严宵寒怒吼一声,锋利的刀锋擦破了脖颈,鲜血蜿蜒直下,瞬间将领口染红大片。严宵寒红着眼望向段归鸿,三下五除二将身上的佩刀、匕首全摘下来扔到地上。他心急如焚,说出来的话已近乎恳求:"要杀要剐任凭处置,王爷,让我看看他。"

段归鸿一愣,心说严宵寒急成这样,不应该啊?他们两个不是面和心不和吗?

他皱眉问:"谁派你来的?皇帝?"

"薛升向陛下进言,要暗中除掉敬渊,我不在京城,是收到宫中眼线的消息后从金陵赶过来的。"

满脸的风霜疲色骗不了人,自东至西,相去千里,严宵寒只用了不到两天的时间,一路都没合过眼。如果这都不能算作一分真心,那他只有当场死给段

归鸿看了。

"王爷，当年万寿宴刺杀案由飞龙卫主查，我知道纯阳道长是你的人，也知道白露散是从西南流出来的，敬渊从没对我隐瞒过你们之间的交情。"严宵寒急急地道，"否则我也不会直接找到这里。你不可能害他，是他身边有陛下埋下的钉子。"

"是狗皇帝指使的？"段归鸿起先只是隐约怀疑，现在被严宵寒确证，顿时怒火高涨，直冲胸臆，"好啊，老子害完他，儿子又来害他。傅深上辈子是灭了他孙家满门吗？这辈子活该被他们这么磋磨？"

赫赫战功，满身伤痕，竟还不如宠臣在长治帝面前的三言两语。傅深给大周打了一辈子仗，最后就落得这么个下场。

物伤其类，这么一想，他的二十年又算什么呢？

忠肝义胆是拿来践踏的，深恩厚谊是用来辜负的。

段归鸿咆哮完，火气散了，无边的寒凉和惨然随即卷上心头。他在原地怔立片刻，像一头终于意识到自己老了的雄狮，再开口时，嗓门已经低了下来："你回去吧，不用见了，就当他死了。"

"以后……别再拿这江山拖累他了。"

严宵寒身上那种肝胆俱碎的疼还没散去，他其实不那么清醒，整个人的精气神全靠这一点疼撑着，对段归鸿已经是尽量客气、尽量委婉了。可听到他说的最后一句话，严宵寒实在是忍不下去了。

"到底是谁把他拖累成这样，王爷心里一点数都没有吗？你有什么资格替他委屈？"他终于撕破了脸，冷冷地盯着段归鸿，说出来的话比刀子更锋利逼人，"他为什么到西南前线来，陛下为什么对他起了杀心……不都是因为你吗？西平郡王？"

"若非你三番五次下皇帝的面子，朝廷和西南怎么会闹到兵戎相见的地步？若非为了保全你，敬渊何必一拖就是三个月，迟迟不肯开战，以致皇帝疑心？"他脸上少见地带了厉色，咄咄逼问道，"王爷这么心疼敬渊，为什么没有想过，好好的，陛下怎么会突然想要他的命？"

段归鸿被他接二连三的问题砸得一阵茫然，他以前只在京城远远地见过严宵寒一面，当时只觉得是个绣花枕头，却万万没想到气势全开时居然分毫不输他们这些从战场上下来的人，被那结了霜似的目光一扫，连他都有点想往后退的冲动。

严宵寒道："你与颖国公私下勾结，借他的手将秋夜白倒运到京城，自以为做得天衣无缝，神不知鬼不觉，如今东窗事发，连累敬渊给你们背黑锅，当年他宁可接受那么耻辱的君约圣旨也不愿意谋反，如今就因为你和颖国公的一点勾当，他半辈子的心血全毁了。你还有脸替他叫屈？王爷，恕我直言，你要是真想让他多活几年，就管好自己的手，别做不该做的事，别动不该动的心思！"

严宵寒也是气疯了，一点情面不留，话中的质问之意几乎顶到了西平郡王脸上，可段归鸿却无暇去在意他的冒犯，喃喃道："是因为我？"

"你造的孽，被雷劈的却是他，"严宵寒说，"王爷，算我求你，我给你跪下，求你放过敬渊，别再拖累他了，行不行？"

这一刀稳、准、狠，扎得段归鸿彻底说不出话了。

"别吵了！"内间忙于施救的杜冷终于听不下去，高声道，"严大人，进来搭把手！"

这回没人拦他，严宵寒大步冲了进去。

只看了一眼，他就觉得自己被抽空了魂魄，痛彻肺腑里夹杂着劫后余生的后怕，飘飘荡荡，像个游魂一样悄无声息地来到病床前。

傅深闭目仰躺在床上，面白如纸，嘴唇发青，半身都插满了金针，如果不是胸口还有微弱的起伏，几乎与一具尸体无异。

杜冷忙得满头大汗，他是段归鸿的人，又是随军军医，傅深出事后自己偷跑到这边来投敌，为了把人从阎王爷手里抢回来，一天一夜没合过眼。他的嗓子已经哑了，因此说话格外简短冷硬："将军挣扎起来我按不住，你帮个忙。"

严宵寒却仍未回神，伫立在床前，从指尖到头发丝都是僵直的。

杜冷"啧"了一声，反手抽出金针夹在指间，寒芒闪动，对准严宵寒后背的穴位就是一针。那人浑身抽搐似的抖了一下，紧接着忽然别过头去，蓦地呛出一口血来。

"急火攻心，气血逆行，"杜冷冷漠地道，"别发愣，也别急着哭。我要拔针了，你帮我按住他，只要能熬过今晚，醒过来就没事了。坐下。"

严宵寒呛咳了两声，多亏杜冷那一针，他从走火入魔的混沌神思中醒了过来，自己默默地擦干净手掌中的血迹，坐在床边，伸手按住傅深的肩膀。

他身上也凉得像死人一样，那种温度令严宵寒心里狠狠一哆嗦，突然升起一点不祥的念头。他在恐惧中不着边际地想：万一傅深真死了，该怎么办？

随着杜冷取针的动作，傅深的身体逐渐回暖，手脚开始有了细微震颤。等到只剩胸腹间大穴中埋的几根针时，他于昏迷中皱起眉头，右手微抬，在半空中抓了一下。

严宵寒忙伸手过去，被傅深一下攥住了。

"小心点，"杜冷朝这边瞥了一眼，警告道，"按住了。"

下一个瞬间，他双手齐出，飞快地抽掉仅剩的几根金针，傅深的身体先是剧烈地痉挛了一下，随后像疯了一样挣扎起来，严宵寒差点被他一肘子杵下床，右手手腕炸开一阵剧痛："敬渊！"

杜冷道："别松手！"

情急之下，严宵寒用尽全力按住这个疯狂扭动的男人，任凭瘦削坚硬的骨骼关节在他怀中冲撞，砸出连声闷响，却自始至终没有哼过一声。

他不会放开，死也不会放。

两人僵持了不知多久，傅深的挣扎逐渐弱下来，严宵寒反而有点慌，刚想问杜冷是怎么回事，就听见他喉间发出微弱声音，紧接着一口血喷了出来。

严宵寒瞬间心凉了半截。

杜冷却长长地出了一口气，腿一软，跌坐在旁边的椅子上："成了，血吐干净就好了。"

严宵寒没说话，也不敢松劲，他一辈子也忘不了今晚这一幕：傅深在他面前一口接一口地吐血，他眼睁睁地看着鲜血从紫黑色逐渐变为殷红，最后满屋都是浓重的血腥味。

两人的衣襟上全是血，仿佛坐在了一片血泊里。

那时他忽然感觉不到痛苦和焦虑了，反倒异乎寻常的平静，看着奄奄一息的人，心里只有一个念头：如果傅深死了，他就进京摘了皇帝的狗头，再反手给自己一刀，下去陪他。大家一起化灰，谁也别过了。

段归鸿不知什么时候进了里间，傅深已经不再吐血，陷入昏迷，他站在不远处等了一会儿，见严宵寒始终没反应，略带尴尬地咳了一声："那个……咳，你要不然先去换身衣服，让杜冷给你把伤口包一下，再来守着他。"

严宵寒稍微侧头，显然是听进去了。他托着傅深的后脑，小心地将他安放回枕上，然后站起身来，腰背笔直，神情冷淡然而不失礼节地朝段归鸿一颔首："劳烦王爷叫人送盆热水，我给他擦擦身上的血。"

"啊，"段归鸿没想到他会这么客气，还愣了一下，"好。"

方才言语如刀、咄咄逼人却急红了眼，周身萦绕着拒人千里的寒意的人，此刻仿佛换了个灵魂，变得冷淡自持，彬彬有礼。

倘若傅深醒着，说不定能认出来，这才是他最熟悉的飞龙卫钦察使的模样，是那个无所顾忌、心狠手辣的"祸国奸佞"。

第十七章 尾声

严宵寒给傅深擦洗一遍，换上干净衣服，自己到外间洗去一身风尘，回来后就着一盏不太亮的小灯，在傅深床边枯坐了一整宿，段归鸿和杜冷谁也没有不识趣地上前打搅他。

寂静漫长的秋夜里，他看着傅深毫无血色的脸，内心里烈焰四起，恨意滔天。

严宵寒在他耳边喃喃道："我要杀了他。"

触目所及之处，满是冰冷坚硬的灰白色，他像是被关在铁灰的笼子里，不分昼夜，也感觉不到时间的流逝，只有意识还在微弱活动，向他不停提问：我是谁？我在哪里？

灰色的世界逐渐亮起来，他抬手摸到一片粗糙石纹，这触感触动了某些记忆，他想起来了——这是燕州城的城墙。

八岁时，二叔带着他去过草原，到北燕军防守森严的驻地，还登上过燕州城的城门楼。

那时他是个小豆丁，还没有城墙垛子高，支棱着小短手去扒墙缝，被傅廷信一把抱起来放在肩头。

刹那间，天地宏阔，山河邈远。

城外是一望无际的群山、草原，城内是整齐干净的房屋街道。城外有岗哨，有懒洋洋吃草的战马，城内有来来往往的人群，有卖包子的高高笼屉，掀开锅盖就冒出一大团白汽。

傅廷信还是很年轻的模样，脸被边塞的风吹得有些粗糙，胡子拉碴的，但仍不掩高大英俊，笑起来时左脸颊居然有个小小的梨涡。

"回去吧，嗯？"傅廷信将他扛在肩上，转身下了城墙，"天阴了，快要下雨了。"

他懵懵懂懂地伸出手，果然，从青灰色的辽阔苍穹之中，"啪嗒"落下了一颗小雨滴。

场景陡转。

这一次他站在燕州城头，已经长大成人，像一把迎风而立的寒铁长刀，外面是一片黑压压的柘族军队。

他再也不需要坐在谁的肩头就可以俯瞰这片大地了。

"将军，"一身黑甲的年轻副将走到他身边，"北燕铁骑集结完毕，随时可以出战。"

"好。"他伸出手,接住一颗突然落下的雨滴,没头没尾地轻声道,"下雨了。"

场景再变。

他跪在漫天大雨里,被浇了个透心凉,深红的衣摆像浮在水面不肯漂走的枫叶,青砖地面的尽头是紧闭的朱红宫门。

冰凉的雨水不断地打在脸上,他的心里一片空白,只是恍惚觉得缺了点什么,茫然自问:我在等谁?

无数场景走马灯似的从他眼前——闪现,他看到了很多熟悉或者印象模糊的脸庞,却总没有理应记忆深刻的某个人。

可他分明没有任何关于那个人的记忆。

场景忽然定格在某一帧,大雨还在下,却被屋宇隔绝在外,只有连绵不断的雨声,他拄着根烧火棍,跷着二郎腿,目光游离散漫,心不在焉地落在火堆旁边的男人的侧脸上。

那人对他好像很冷淡,爱答不理的样子,被人盯着也不肯转头看过来。

他心想:我招他惹他了?

仔细想想,他方才好像说了句话,似乎不大中听,那人当场就变了脸色。

回忆伴着缥缈的雨声一起涌入脑海,冰凉的水滴砸在脸上,他终于意识到,那并不是雨水。

"把他一个人孤零零地撇在世上,我就是死了也闭不上眼睛。"

你为什么不说话呢?

是因为……不相信我吗?

这句话一经想起,立刻如同一束光穿透苍穹,照亮了混沌的天地,所有涣散模糊的记忆逐渐显现出它们本来的色彩。透过紧阖的眼皮,他第一次感觉到了外界的天光。

傅深的手指微微弹动,就这么一点微不可察的动静,成功地把一个大活人定在了原地。

"杜……咳,"严宵寒一开口,嗓子已哑了,尾音还在哆嗦,"杜军医,他刚才好像动了……"

"是吗?"杜冷怀疑他是过度敏感,走过来道,"我看看。"

严宵寒从床边站起来,打算给他腾地方,刚要起身,突然觉得袖子一紧,被人死死地抓住了。

"别走……"

那双紧闭的眼睛睁开了。

严宵寒的眼圈刹那就红了,他几乎是从嗓子眼里挤出一点声音,不敢置信,轻轻地问:"敬渊?"

杜冷一把拨开他,冲上去给傅深把脉,一边道:"你先让开……将军,你现在有什么感觉,哪里疼吗?"

傅深想摇头,但躺久了实在晕得厉害,只好平躺不动,声音微弱地道:"不疼,头晕。刚才做了个梦,梦见天上下金豆,把我砸醒了。不信你摸摸,我脸上……是不是湿了?"

杜冷一言难尽地转头,看向眼眶犹自发红的严宵寒。

什么眼泪能把深度昏迷的人砸醒?这流的是仙丹吧。

傅深的目光一直没离开过严宵寒,杜军医硬顶着满屋对他十分不友好的气氛,尽心尽责地给傅深检查了一遍,最后说道:"毒已经解了,虽然伤了内腑,不过没有大碍,我给你配两服药,养上一段时间就活蹦乱跳了。"

"多谢,"傅深有气无力地道,"费心了。"

杜冷摆摆手,不想跟他客套,又对严宵寒叮嘱了一些饮水吃食的禁忌事宜,十分识趣地告辞了。

待他的脚步声消失在门外,傅深对僵立在床尾的严宵寒道:"过来。"

"干什么?"严宵寒一下子从方才那种完全反应不过来的状态里掉了出来,猛然意识到自己的失态,忙走过去,俯身问,"怎么了?"

"不干什么,"傅深艰难地抬手,抓着他的手指用力握了一握,"我没事,别哭了。"

严宵寒极其克制地抽了一口绵长的冷气,活像被人点了穴,浑身僵硬,他连怎么眨眼都忘了,一大颗水珠直直砸在傅深的手背上。

"吓着你了吧?"傅深扯起嘴角,很轻地笑了一下,"没事,这不是醒过来了吗?"

严宵寒心有万语千言,却一个字都说不出来,只好颤着嗓音唤了他一声:"敬渊。"

"嗯,不怕。"傅深道,"我跟你说过的,把你一个人留在世上,我就是死也闭不上眼睛。"

那并不是一句随口说的戏言。

"什么死啊活啊的,口无遮拦。"严宵寒迅速收敛了情绪,用枕头、被子给傅深堆了个厚厚的窝,小心地扶他起身,"坐起来喝口水,好不好?"

傅深点了点头，弯起眼睛注视着他，目光里却有些倦态。

刚才那几句话已经用尽了他全部力气，傅深疲倦地半阖眼帘，靠在床头，神志却很清醒。他想起几天前，从朝廷传回的军报批复同意他与西南叛军和谈，傅深便让人在两军中间搭了个简陋的营帐，与段归鸿约定在此会面。出事当天，为了做样子，他和段归鸿都把卫兵留在外面，每人只带了一个副将进帐。结果还没说两句话，他要去摸茶杯时，忽然感到一阵天旋地转，喉间一甜，眼前一黑，就倒了下去。

意识行将消散时，傅深还听见自己的副将大喊："有埋伏！中计了！"

当时他脑子里的最后一个念头也是中计了。段归鸿不可能给他下毒，这个副将睁眼说瞎话，肯定就是他了。

"来，先漱口。"

严宵寒把小茶盅递到他嘴边。他照顾人的手艺过了几年也不见生疏，傅深依言漱过口，又喝了几口水，这才感觉自己彻底活过来了。

"怎么弄的？"傅深盯着他颈上的绷带问。他吐了好几次血，身体虚弱，说话不敢用劲，都是轻轻的，"脖子。"

严宵寒分心低头一看，无所谓地道："跟王爷有点小误会，蹭了一下，不碍事。还喝吗？"

傅深摇摇头示意不要了，虚弱地说道："我现在这样，也没法帮你打回去，你改天自己找他约一架吧……"

听说傅深醒了，正准备进门探望的段归鸿："……"

严宵寒终于忍不住低声笑了，略带埋怨地道："病着呢，怎么还那么多闲话。王爷千辛万苦把你救回来，你就惦记着打人家。"

屋外，段归鸿迈出去的脚步又收回来，踟躇片刻，心情复杂地走了。

屋内，傅深暗自松了口气，心说："天爷，可算笑了。"

他知道自己把严宵寒吓着了。能做梦代表着他潜意识里已恢复了对外界的感知，只是人还没醒，所以梦中总感觉有雨滴在手上，那应该不是个幻觉。

"我那个副将……"

傅深刚开口就被严宵寒不由分说地堵了回去："这些都不用你操心，交给我，你只要把伤养好，我就什么都不愁了。"

傅深也不跟他争，说道："你说了算。"

傅深精神不济，没过多久就困了，严宵寒端来药看他喝完，妥帖地将人安置好。待要走时，傅深忽然睁眼拉住他的衣袖："你去哪儿？"

"找王爷说几句话，很快就回来。"严宵寒轻声道，"你睡。"

"不许去，"傅深指了指床边的小榻，"你都几天没合眼了？睡不着也去给我躺一个时辰。"

所有的疲倦像被这句话提醒，终于汹涌地反扑上来。

严宵寒没有拒绝傅深的提议，他身高腿长，躺在这么窄的榻上其实并不太舒服，但旁边傅深微弱却平稳的呼吸就像一剂蒙汗药，严宵寒闭眼片刻，飞快地昏睡了过去。

一个时辰后，杜冷进帐查看傅深的伤情，傅深刚好醒了。两人视线相对，傅深歪头看了一眼熟睡的严宵寒，朝他做了个噤声的动作，又招手示意他过来。

杜冷不明所以。傅深支起上半身，腾出一只手，指着严宵寒的手腕，示意杜冷看那腕上的瘀青，以口型示意："药。"

没想到他连这个都注意到了，杜冷从药箱里翻出一瓶化瘀的药膏递过去。傅深接过瓶子，无声地对他道："多谢。"

他们的目光在半空轻轻相碰，杜冷知道傅深既是谢这瓶药，也是在谢他的救命之恩。

他从段归鸿那里听说，傅深早已发现他的身份，却一直没有戳穿，此时也歉然一笑，朝他行了一礼，蹑手蹑脚地出去了。

待严宵寒醒来，已经是第二日的清晨。他睡得太久，一时半会儿睁不开眼，只觉手腕处冰凉一片。

"醒了？"傅深这个伤患倒比他精神还好一些，不知何时已挪到了床外侧，正给他的手上药，"睡了一天，手还疼不疼？"

他若不提，严宵寒根本不记得手腕上还有伤，说道："不疼。你好好的，我就刀枪不入，百毒不侵。"

傅深又心疼又想笑："把你能的。一会儿起身后记得给脖子上的伤换药，西南湿热，不可大意，别化脓了。"

他什么都不用做，只要坐在那儿，就让人觉得安心不已。严宵寒心里的凛冽杀意被他抚平，隐没于水面，点头应下。待傅深的药煎好了送来，严宵寒照顾他吃药用饭，把一切都安排妥当了，才出门去见段归鸿。

今日是七月初八，距傅深毒发已经过去了三天，朝廷军中一片混乱，傅深身故的消息传得甚嚣尘上，两军遥遥对峙，剑拔弩张。

那天事发突然，傅深忽然吐血倒地，段归鸿吓了一跳，还没反应过来，就见陪傅深一起进帐的副将拔刀在手，大喝道："有埋伏！中计了！"

　　这一声震天动地，帐外卫兵闻声立刻冲了进来，西南的人马不明就里，但不能眼睁睁地看着段归鸿被包围，也跟着闯进了营帐，两方瞬间混战成一团。段归鸿只愣了片刻，立刻明白过来是被人算计了。然而当时现场的情况确实说不清，段归鸿来不及抓住那个副将，命人扛起傅深就撤，回到大营叫军医一诊，确定了是中毒的症状，却找不出究竟是什么毒。

　　多亏杜冷甘冒风险深夜投奔，他比段归鸿营中的军医靠谱，辨认出傅深中的是一种蝎毒。这种蝎子常出现在广南一带的深山中，毒液透明无色，气味甘醇，闻起来像酒，所以当地人叫它"醉蝎"。将活蝎以酒浸泡，逼出毒液，便是一种名为"明日醉"的毒药。

　　这毒最大的特点是服下后不会立刻发作，而是要等到第二日午时才起效。由于这毒药与水酒无异，发作又有延迟，中毒者往往都察觉不到，救治更是无从谈起，毒发立死。

　　这阵子西南潮湿多雨，傅深有时候会腿疼，杜冷建议他每晚喝一点酒去湿气。就是这个环节出了纰漏，才让薛升的人有了可乘之机。

　　不幸中的大幸，傅深是被段归鸿带回了西南大营，而不是被朝廷军抢回去。秋夜白专克蛇毒、蝎毒，段归鸿什么都缺，就是不缺秋夜白。这草药过去在北疆草原上救过傅廷信一命，如今又救了傅深一命。

　　"王爷把敬渊掳走，正坐实了'设伏刺杀'的传言，"严宵寒敲着桌子，思忖道，"不过这对我们来说，不算是最坏的情况。"

　　段归鸿对严宵寒的观感很复杂。前夜他被严宵寒不留情面地骂了一顿，觉得这人真是个狠角色，可昨天在门外听了只言片语，又觉得跟傅深那个混账比起来，严宵寒好歹还有点良心。

　　"你打算怎么办？"

　　严宵寒道："陛下对敬渊又敬又怕，薛升手中虽然抓着颖国公私通西南的证据，却不敢直接抖搂出来，而是要用暗杀的方式，还要栽赃到王爷身上，说明他们也怕一旦事发，北疆那边会起乱子，到时候局面不好控制。"

　　"按照眼下这个情况推测，如果敬渊真的死在您手中，北燕铁骑和旧部会把所有账都算到西南头上，而且没了敬渊，北疆铁板一块的集团自然要分化，朝廷不会再受到'强将'的胁迫，一箭双雕，他们的目的就达成了。"严宵寒道，"以陛下的性子，人死如灯灭，他多半不会再追究傅家之过，敬渊的一世英名还能保住。"

　　段归鸿问："如果他没死呢？"

"那他与西南的关系就说不清了，"严宵寒道，"到时候再将颖国公的书信拿出来，八分假也要变成十分真。身败不好说，名裂是一定的。"

段归鸿听出了他的言外之意，阴阳怪气地道："所以你是什么意思？想让他一死了之，以后隐姓埋名归隐山林，你好另谋出路，安享富贵，是吧？"

严宵寒不以为忤，摇头道："王爷也太高看在下了。"他说，"别说是避世而居，就是碧落黄泉，我也跟着他一起走。"

*

长治四年七月初八，据西南前线传回的消息，征西军主帅、靖国公傅深为叛军所害，不幸身殒。

七月初十，天复军使严宵寒从金陵转道至西南，向叛军讨要傅深遗体未果。段归鸿阵前怒斥严宵寒，声称朝中奸佞结党营私，戕害功臣，蒙蔽圣听，致使傅深含恨而死。西南诸军誓要清君侧，诛佞臣，以告傅深在天之灵。

傅深在西南大营养病，听完杜冷转述的段王爷阵前那一番话，差点笑呛了："这话不是他自己想的吧？"

倘若段归鸿有这等颠倒黑白、睁眼说瞎话的本事，也不至于跟皇帝闹得这么僵。

"还能是谁？"段归鸿气咻咻地走进来，挖苦道，"当然是那七窍玲珑的严宵寒教的。"

傅深不以为耻，反以为荣："过奖了，一点小聪明而已，不值得骄傲。"

段归鸿："……"

在阵前被狂骂这件事似乎让严宵寒脸上很挂不住，回到军中，他严令各军不得将此事泄露出去。可傅深的死本就疑窦重重，军令越严，越是让人觉得段归鸿说的才是真相，谣言反而越传越广，甚至有人说，是长治帝忌惮傅深兵权过重，才派心腹暗地里刺杀傅深，事后又把黑锅推到段归鸿身上。

讣告和小道消息一起传回了京城，举朝震惊，北疆驻军险些就地哗变，四位大将连上了数道折子，请朝廷严加追查。长治帝挡不住满朝风言风语，迫于公论压力，不得不开英华殿议事，商量如何追封傅深及空位补缺之事。

七月十三，英华殿议事当天，严宵寒带着傅深的铠甲、帅印回到京师，径直入宫。满廷殿臣鸦雀无声，他一句多余的话都没有，只将铁铠往桌上重重一掼，"当啷"一声，震碎了薛升面前的茶杯。

那副铠甲上还有未曾洗去的斑斑血迹。

北疆四州的殿臣当场痛哭失声，其他人或垂眸出神，或默然不语。薛升面沉似水。长治帝心中惶然，语气不由自主地带上了一点妥协："严爱卿辛苦了，先坐……来人，上茶。"

长治帝身边得宠的元振公公连忙上前，给严宵寒斟满茶，恭恭敬敬地道："大人请。"

严宵寒面如寒霜地扫了他一眼，元振公公一缩脖子，大气也不敢出，迅速夹着尾巴溜回了皇帝身边。

"靖国公为国征战多年，有匡扶社稷之功，论功当留影麒麟殿。"代替原礼部尚书郑端文入殿的新任尚书陈知战战兢兢地起了个话头，"只是黄金台仍在修缮，此事还需再等些时日。按陛下旨意，礼部已拟定了几个谥号，追赠丧礼等事宜也正在备办。"

"再则，靖国公的恩荣本该荫及后人，但靖国公……膝下无子，不过下官记得，靖国公还有个亲兄弟……"

"不妥，"有人道，"靖国公的亲兄弟是颖国公府世子，纵然要袭爵，也是袭颖国公的爵位，他没有子嗣，也无其他可袭爵的小辈，既如此，靖国公的爵位该由朝廷收回。"

严宵寒冷不丁开口道："听说傅小公子前些日子走丢了，如今找到了吗，薛大人？"

薛升不知是不是最近没睡好，黑眼圈浓重，眼皮耷拉着，显得目光无比阴鸷："傅家的事，我怎么会知道？严大人问错人了。"

严宵寒冷冷地道："我问没问错人，薛大人心里比我更清楚。"

他话说得模糊，暗示意味却非常明显，所有人都竖起耳朵，感觉会听到什么了不得的惊人内幕。

薛升不悦地道："眼下局势混乱，事多纷杂，严大人却非要在这儿跟我胡搅蛮缠，不知是什么居心。"

"薛大人现在知道局面不好收拾了？事发之时我不在京城，倒是要请教您，到底是谁把朝廷推到了风口浪尖上？"

"你既然刚从前线回来，就该清楚靖国公是被叛将段归鸿所杀，"薛升咬牙道，"至于那叛贼颠倒黑白、胡言乱语的攀咬，严大人居然也要拿这个来寻薛某的错处？你看清楚了，这里是英华殿，不是你飞龙卫！"

"行了！都住口！"长治帝厉声喝止，"大庭广众之下如此吵闹，成何体统！"

严宵寒和薛升偃旗息鼓，各自起身告罪，长治帝头疼不已，无奈地道："逝者已矣，靖国公功在社稷，理当厚加抚恤。西南之事，还需再议……"

他话未说完，心口忽然一阵绞痛，身体一下子没撑住，直挺挺地朝御案栽去。元振忙抢上来扶住他，失声道："陛下！太医！快宣太医！"

英华殿骤然乱了。

长治帝面色苍白，唯有脸颊泛着两团不正常的嫣红，靠在元振身上不住捯气，一手死死抵着心口，唇边溢出一点淡红色的泡沫。御医赶到后，立刻为长治帝施针救治，又令人取药煎药，一直兵荒马乱地折腾到午后，长治帝症状稍轻，这才移驾回养心殿。

长治帝病了，这可是件大事。殿臣们各自散去后，抱团的抱团，传信的传信。看长治帝这样子像是心疾，保不齐哪天突然犯病，如今太子年幼，皇帝膝下又无其他子嗣，几个兄弟倒还年富力强，到时候皇位更迭，免不了又是一场风波。

这些殿臣身在中枢，实际上还是各自为政，心中小算盘打得啪啪响。一时间，朝堂上的气氛都诡异莫测起来。

傍晚时长治帝醒来了一次，皇后和众嫔妃都在床前侍疾。他动了动手指，喉中发出轻微气声，御医们呼啦啦围了上来。长治帝昏昏沉沉地任他们摆弄，有气无力地朝侍立在床边的元振招了下手。

元振立刻凑上前："陛下？"

"现在是……什么时辰？"

元振道："回陛下，戌时初刻。"

"明日罢朝……"长治帝气息微弱，一字一句地慢慢说，"遇不决事……悉付英华殿众议。严宵寒何在？"

"陛下，"元振小心翼翼地道，"严大人他、他回家守孝去了……"

长治帝一阵气闷，御医忙道："陛下切莫激动。"

"让他回来，"长治帝疲倦地闭了闭眼，"非常时期，不必拘礼，英华殿议事交给他主持。"

他说到这里，想起什么，睁眼看了一眼底下垂头不语的傅皇后，只见她一身素服，钗环首饰皆无，轻轻叹了一声，吩咐道："不用侍疾，元振留下伺候，其他人都回去吧。"

傅凌眉间染着哀戚，清瘦柔弱，盈盈地拜倒在御榻前，像一株隔着雨雾朦朦胧胧的白花，低声道："臣妾告退。"

晚间，严宵寒接到宫中太监传话，命他不必闭门守孝，回朝主持英华殿议

事,不由得冷笑道:"可真是人走茶凉,丧礼还没办,就已经不把他当回事了?"

元振面色不改,眼观鼻鼻观心,假装什么都没听见。

"回去吧,我知道了,"严宵寒道,"几个月而已,我还等得起。"

从此之后,长治帝的心疾一直不见起色,原定的九月下江南也未能成行,病势更是一天比一天沉重起来。长治帝原先还能偶尔在朝会上露几面,十月之后便彻底卧床不起了。宫中御医三缄其口,只报喜不报忧,即便如此,有些消息灵通的人也从各种渠道得知长治帝怕是要不好,暗地里准备起来。

长治四年十一月初五,京师下了入冬以来的第一场雪。

深夜时分,皇城内一片洁白肃杀。一个身量不高的男人裹着斗篷,戴着风帽,手提一盏风灯,敲响严府的角门,对前来开门的管家低声道:"元公公传话,请你家大人马上进宫。"

没过多久,一架小马车停在章玄门外。白衣素服的男人走下马车,元振早等在门内,忙叫小内侍给他撑伞,忍不住絮叨:"我的大人哪,您可算来了,快,再晚就拦不住了……"

"慌什么,"雪花飘落在他的眼睫上,化成一颗小水珠,严宵寒不紧不慢地走向宫殿,随口道,"死在谁手里不是死?早晚的事。"

养心殿内,烛光明灭。

长治帝受了几个月的折磨,如今瘦得只剩一把骨头,躺在榻上连被子都快撑不起来了。他脸白得像纸,嘴唇却发乌,呼吸声几乎听不见,眼眶深深地凹陷下去,昔日温文风流的英俊模样,如今已经一丝都不剩了。

傅凌用打湿的手巾给他擦脸,一丝不苟。殿中空旷无人,只有摇曳的烛火,将她瘦削的影子投射在床帐上,扭曲歪斜,恍惚看去,仿佛是从幽暗地底爬出来的藤蔓。

她的目光流连过长治帝的额头、鼻梁,数着他轻飘飘的呼吸,抓着布巾的五指不由自主地收紧,像是牢牢攥住某个呼之欲出的危险念头。

他看起来随时可能会断气,喉咙脆弱得一掐就断。

傅凌手腕颤抖,几乎握不住那团布巾,然而冥冥之中仿佛有根无形的绳子在牵引她的手,令她恐惧而执着地将那团湿布送向长治帝的口鼻处。

这个男人曾是她一生的依靠与归宿,可也是他,亲手断送了夫妻间多年的情谊,甚至将她唯一的兄长送入死地。

天家无父子、无兄弟,当然也……无夫妻。

"吱呀"一声,殿门大开,一阵北风卷进温暖的宫殿里。傅凌神色一凛,像被烫着了一样缩回手,迅速将布巾丢进水盆里,起身厉声道:"谁在外面?"

"娘娘莫怕。"

严宵寒从门外走进来,朝她行了一礼,让元振把门关好,自己走到御榻前,低头查看长治帝的情况。

傅凌险些没认出严宵寒。她对这人的观感也是十分复杂,知道他帮过自己,但又痛恨他玷污了自己兄长的名声,更兼做贼心虚,因此口气稍显冷硬慌乱:"你来干什么?"

"来帮您一把,"严宵寒平静地道,"您是太子的母后,还是不要沾上弑君这种污点比较好。"

傅凌愕然:"你……"

"娘娘忘了?您身边有微臣的人。"严宵寒掀开香炉盖子,洒了一把新香进去,然后不疾不徐地解释道,"哪怕您不动手,陛下的大限也近在眼前。这等遗臭万年之事,让臣来做就行了,别脏了您的手。"

他说话的语气神态有种让人不由自主信服的可靠感。傅凌怔怔地盯着他身上的孝衣,不敢置信与恍然大悟同时浮上心头,喃喃道:"陛下的病……是你一手策划的?是为了……他?"

清冷的香气随着兽口轻吐的白烟弥散开来,冲淡了屋内腐朽的药气与融融暖香,人仿佛一下从屋子里走到了冰天雪地之中。

榻上的长治帝四肢痉挛,呼吸急促,喉间发出"嗬嗬"的痰音。

"是为了他,不过倒不全是因为这次的事。"严宵寒微笑道,"娘娘没发现吗?陛下自从到了京城后,就再也没有过子嗣。"

自从出了薛淑妃那档子事,严宵寒就意识到长治帝是个靠不住的薄情男人,在他的手底下,皇后和太子的地位岌岌可危。于是在长治帝回京之后,他开始暗中命元振在皇帝的茶水里下药。

时人以饮茶为风尚,长治帝尤其爱茶,元振正是靠着一手泡茶的好手艺得了皇帝青眼。严宵寒给他的是一种与茶叶形状极其相似,连气味也相似的草药,有毒性,不利子嗣。长治帝喝了好几年这种"避子茶",后宫嫔妃果然再未有过孕。

此药本来有强心之效,配上严宵寒刚刚点的紫述香,便容易使人产生类似心疾的症状。御医诊不出中毒,仍给长治帝服用强心药物,无异于雪上加霜,火上浇油。久而久之,病越治越重,到现在这一步,已是回天乏术,只是苦挨日子罢了。

严宵寒原本打算缓进,等太子长大一点,再让长治帝罹患心疾而死,可他

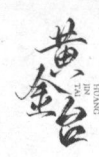

低估了薛升和长治帝的野心,更没料到傅涯会跳出来横插一杠子,直接把局面推向了不可挽回的境地。

好在傅深没事,他的计划虽然提前了一些,仍是成功的。

"夜还长,我在这里守着,娘娘先去歇息,明天还有得忙。"严宵寒转头对门边默不作声的太监道,"元振,送皇后去偏殿。"

雪仍在下,最深的夜色已经降临,再过不久,就该是晨光破晓,雪霁天明。

傅凌不由分说地被"请"进了偏殿。她和衣躺在榻上,万千思绪在脑海里滚成解不开的乱麻,直到快天亮时,才迷迷糊糊地睡了过去。

蒙眬中,远方似乎有杳杳的钟声传来,她在梦中一脚踩空,心中"咯噔"一下,猛地醒了过来。

四下里一片静寂,外头仍是黑沉沉的,傅凌从榻上坐起来,呼吸凌乱,感觉自己的心脏仍在不受控制地狂跳。这时外头有人轻轻敲门,元振的声音隔着门板传来:"娘娘可醒了?严大人打发奴婢来问,您可还要见陛下最后一面?"

傅凌如遭雷击,眼中毫无征兆地滚下两行泪来。她喉头酸涩,强忍着哽咽着道:"公公稍等,这就来。"

等傅凌收拾停当,来到主殿时,长治帝已经陷入昏迷,御榻边围着不少人,太监、起居郎、御医,唯有严宵寒远远地站在一旁,容色寡淡,事不关己,在这关键时刻反倒在走神,像个局外人。

众人行过礼后,让开一条路,傅凌跪倒在御榻旁,含泪唤道:"陛下……"

长治帝的眼皮微微一跳,似乎对她的声音有反应,可始终没睁开眼睛。傅凌将他枯瘦的手攥进掌心,泣道:"陛下放心,臣妾一定教导好晖儿,不负陛下殷殷期盼。"

长治帝的手指在她手中抽动了几下,气息微弱如风中残烛。据说人死前都会有一段奇迹般的回光返照时间,然而御医屏息静待片刻,长治帝终究没有再清醒过来,就在众人的注视下,慢慢停止了呼吸。

"请娘娘节哀。"

不知过了多久,严宵寒走上前,在傅凌背后轻声道:"陛下驾崩了。"

此话一出,养心殿内所有人齐齐跪倒在地,严宵寒见傅凌还在发愣,只好出声提醒道:"娘娘?"

傅凌仿佛木头人,极缓地眨了一下眼,眨掉了眼角最后一颗泪珠,朝一旁的元振伸出手。元振忙将她扶起来。

严宵寒退到一边,拂衣跪下。

第十七章 尾声

"陛下……驾崩了。"

傅凌面朝空旷的大殿,朱唇轻启,嗓音沙哑颤抖,全是哭腔,却咬牙坚持说了下去:"即刻派人告诸公、百官、诸亲王、嫔妃,关闭宫门、城门,全城戒严。请——"

"新主"二字还没说出来,门外忽然传来一声高喊:"陛下驾崩,为何不召我等入宫听遗诏!"

不知是谁走漏了消息,养心殿外,以薛升为首,几十位殿臣聚集在阶下,长治帝的异母兄弟赵王也在其列。傅凌在元振的搀扶下走到殿前,目光冷然地扫视过一张张或年轻或苍老的面孔,凛然道:"太医为证,陛下始终昏迷不醒,并无遗诏。"

薛升意有所指地道:"也许有,但娘娘不知道。"

傅凌道:"我儿是圣上亲口册封的太子,国之储君,不管有无遗诏,都是天下新主,薛大人又有什么异议?"

薛升冷笑一声,打开随身携带的木匣,从中取出一卷明黄圣旨,高举在手:"此乃陛下亲笔遗诏,病重时托付于老臣,待大行之后公诸天下!"

殿外寂静了一瞬,随后炸了锅。

皇后说没有遗诏,宠臣说遗诏在他手中,这说明什么?说明在薛升手中的那份遗诏上,皇位的继承人很可能不是太子!

严宵寒稍稍眯眼,藏在袍袖下的手指扣住了小刀,开始认真地思考如果当场把薛升一刀毙命的话,一会儿要怎么收场。

薛升敢拿出圣旨,不管是真是假,就说明他属意的皇位继承人不是太子,而是躲在人群里的赵王。可依长治帝的性格,真的会放着亲生儿子不传位,反而把江山交给一个并不熟悉的异母兄弟吗?

还没等他思考出结果,远方忽然传来一阵急促的马蹄声。两匹乌骓骏马踏着满地霜雪,自宫外疾驰而来。

一个暌违已久的声音遥遥响起,炸雷般落在所有人耳畔——

"太上皇敕旨到!众臣接旨!"

严宵寒愕然回首,狂风扑面而来,夜色与风雪的尽头,修长挺拔的身影伴随着东方熹微晨光,逐渐在视野中显出清晰轮廓。

绛红武袍,深黑貂裘,腰悬长刀,英姿勃发,恍如武神降世,将星临凡。

"傅深!"

"将军!"

大片雪雾溅开,靖国公傅深在殿前勒马驻足,居高临下地跟众人打了个招呼:"诸位大人,许久不见。"接着又重点问候了薛升,"薛大人,别来无恙否?"

白日见鬼,薛升只觉得一盆雪水兜头浇下,巨大的寒冷和恐慌攫住心脏。他目眦欲裂,面容狰狞,一半是吓的,一半是困兽犹斗,艰难地从牙缝里挤出两个字:"是你……"

"天不遂您愿,在下没死成,对不住。"傅深微笑道,"薛大人真是越来越出息了,士别三日,当刮目相看,以前只是下毒,没想到现在都学会假传圣旨了。"

"血口喷人!"薛升连珠炮似的说道,"你与段归鸿暗中勾结,意图谋反,阴谋被陛下查知,这才命人除掉你!傅家犯下谋逆大罪,皇后是你的血亲,正因如此,陛下才亲笔立遗诏托付给我,欲传位于赵王!你这叛臣贼子,竟还敢在此时露面搅局!"

傅深没有动怒,只是"啧"了一声:"听听,这话说的,不觉得心虚吗,薛大人?本将军要是真的谋反,"他似笑非笑地扫视过养心殿前的大臣们,一字一顿地说,"还轮得到你今日在此跟我叫嚣?别说京城,你一辈子也就困死在金陵了。"

"征西军副将李孝东已经供认不讳,你指使他在我与西南和谈时投毒,还栽赃嫁祸给段归鸿,人我给你带到大理寺了,供词上的手印还新鲜着呢。薛大人,你不妨拿着你的'圣旨',去跟他做个伴?"

一番话字字石破天惊,傅深三下五除二将真相抖了个干净。北疆的殿臣最先反应过来,简直气炸了肺,怒目道:"老匹夫!竟敢做出这等欺君罔上之事!"

严宵寒朝不远处的禁军打了个手势,薛升厉声大喝:"我乃朝廷命官!无凭无据,谁敢抓我?"

"我敢。"傅深冷冷喝道,"禁军何在?"

不愧是常年领兵的将帅,这一句威严慑人,铮然如金石相撞。左右禁军齐声应答,声冲云霄:"末将在!"

"众将士听令,把这谋逆犯上、祸乱朝纲的反贼给我拿下,押送天牢候审。"傅深语含杀气,森然道,"傅某从军十年,手中刀饮血无数,今日甘犯僭越之罪,不信砍不了你这乱臣贼子!"

禁军本来就是他们这边的人,一听此言,顿时如虎狼出笼,蜂拥而上,将薛升按倒捆了,直接拖了出去。

从薛升站出来到被擒住,情势几番变化,都在电光石火之间。亏得傅深说一不二,手段干脆,才快刀斩乱麻地将一场宫变消弭于无形。寻常人一生中也难以经历一次这种场面，众臣愕然不语，久久难以回神，谁也没想到竟还有这种离奇转折，可细想之下，心中却不由得生出一股尘埃落定之感。

大局已定，哪怕太上皇的敕旨还没读，结果也已毫无悬念。

傅深回来了，普天之下，还有谁能越过太子去？

严宵寒不动声色地收了刀，走到傅深的马前，递给他一只胳膊，用闲话家常的平淡语气问："不是让你安心养病吗，怎么偷偷回来了？"

这回傅将军终于没犯傻，毫不避讳地扶着他一跃而下，道："我不来，难道任凭薛升那老贼欺负我妹子他们孤儿寡母？"

他侧头看了傅凌一眼，台阶之上，皇后的眼泪登时就止不住了。

傅深叹了口气，肃容道："节哀。"

他手里还拿着一卷明黄圣旨，严宵寒却一直拉着他不肯松开。傅深低头一瞥，小声感叹道："我说严兄，你这手劲可有点太大了。"

严宵寒："……"

傅深笑了笑，扬手将圣旨交给了随他一起来的太监，言简意赅地道："念。"

傅深听说长治帝病重的消息，担心严宵寒一个人应付不来，瞒着他偷偷从西南赶回京城。北燕军在宫中自有一套路子，他在太监程奉君的接应下入宫，中途听说消息泄露，薛升等人正往宫中来。为防万一，他才特意去太上皇那儿请了道敕旨，没想到最后竟然成了这幕闹剧的压轴戏。

"奉天承运，太上皇敕曰：朕自归政于皇帝……"

元泰帝退位是迫于无奈，真要论起来，他的眼光和手腕比长治帝强了不知多少倍。傅深宁愿指望他，也信不过长治帝那个傻东西。

依太上皇旨意，由中宫皇后嫡子孙晖继承大统，但新主年幼，国事仍付英华殿议决，太后垂帘听政。

另任天复军军使严宵寒、靖国公傅深、东极殿学士顾山绿、观海殿学士李华岳、简宁阁学士萧统五大臣辅政。

敕旨念完，严宵寒和傅深两位，便如腾云驾雾，陡然登上了这天下的权力至高处。

知晓内情的人不免奇怪，元泰帝在傅深身上出过最昏的招，恨不得弄死他，可是在一个新时代即将到来之际，他却好似忽然放下了一切顾虑，毅然将最大的权力拱手送给了傅深。

皇帝心，海底针，元泰帝到底是怎么顿悟的，或许只有他自己知道。

"念完了吗？该我了。"傅深转向严宵寒，嘴角噙着一点不明显的笑意，稍

微抬高声音，朗声道，"太上皇口谕，严宵寒接旨。"

严宵寒微微一愣，后退一步，拂衣跪倒。

傅深道："若新主可辅，彼当竭股肱之力；如其不才，彼可取而代之。"

雪地里一片死寂。

除傅深之外的所有人，包括严宵寒和皇后，全都傻眼了。

严宵寒？为什么是严宵寒？

耳畔充满血液鼓噪的沙沙声，那句话如当头一棒，打得严宵寒不知今夕何夕。他仿佛突然被人抛进了空茫雪原，没感觉出惊喜，只有彻头彻尾的茫然。

这算什么呢？

他恍惚地抬眼看向傅深，两人的目光在半空中交汇，那人眼角狡黠地一弯，紧接着严宵寒眼前忽地一暗，一片厚重阴影从他头顶掠过，带着温暖和一点药香，踏实地压在了他肩上。

傅深将自己的貂裘解下，披在了他身上。

严宵寒一身素白单衣，跪在雪里几乎看不出身形，然而被这漆黑的貂裘一压，周遭的红墙黄瓦，青砖白雪，还有雪中一跪一站的两个人……整片场景不知为何，陡然变得"浓墨重彩"起来。

傅深稍稍躬身，朝他伸出一只手，轻声提醒道："严大人，还不领旨？"

他的动作仿佛代表着某种认可，在场的北境殿臣们率先跪了下去，紧随其后，其他地方的十余位殿臣也跟着一齐跪下去。

"臣等谨遵太上皇圣谕。"

严宵寒专注地凝视着傅深，那人也在回望着他。

"臣……谨遵圣谕。自当鞠躬尽瘁，不负所托。"

黎明将过，白昼已至，风停雪住，太阳从遥远天际缓缓升起，晴光映着琉璃瓦上的细雪，熠熠生辉，灿烂得几乎炫目，然而都比不过面向他背光而立的那个身影，仿佛只要轻轻一动，就能带起满眼温柔的波光。

悲欢离合，生死劫关，狂笑歌哭，十二载光阴，岁如长河，都在这对视的一瞬间缓缓流淌而过。

这一眼里，有他的山河万里，家国安定，也有他的碧血丹心，梦魂归处。

＝正文完＝

番外

番外一 梦归

大周国立国百余年，这百年来，天下公认最美的女子，出在宏景朝的江南钱塘。

宏景帝是个太平守成之君，在位时虽称不上朝乾夕惕，但也算勤政。此外，他还是个肯纳谏的明主，践祚二十九年，朝中出了不少青史留名的能臣干吏。

他这一生都很"明君"，唯一被后人诟病的，就是这位皇帝过于沉湎女色，拥有一个壮观的三宫六院。甚至在五十三岁，驾崩的前一年，还派宫使到民间采选良家子入宫。

于是在宏景二十八年，钱塘曲氏女被江南道青鸾使段玲珑选中，挥别父母家人，跟随车队奔赴千山万水之外的京城。

她丽质天成，是不折不扣的人间绝色，善歌舞，通音律，也善书画，一进宫就得了宏景帝的青眼，获封贵妃，宠冠六宫。

然而曲贵妃出身江南，身体娇弱，初到京城时不适应北方气候，一到冬天就病恹恹的，像只娇贵难养的金丝雀。为了讨她欢心，宏景二十九年的初冬，皇帝还特意带着她到行宫避寒。

有一天傍晚，宏景帝突发急病，曲贵妃急召御医，皇帝却还是因救治不及而病逝。

段玲珑与曲贵妃在龙榻前侍奉宏景帝至最后一刻，待御医确认皇帝已经驾崩后，曲贵妃出来，将遗诏交给太傅杨巩宣读。宏景帝最宠爱的周王并未随行，

伴驾的只有大皇子孙璋和二皇子孙珣。然而出乎众人的意料，宏景帝却并未将皇位传给周王，而是选择了二皇子，便是后来的元泰帝。

后人常疑元泰帝得位不正，便是从此处来。有人说是太傅杨巩矫诏，也有人说是段玲珑和曲贵妃联手伪造圣旨。

宏景帝过世，皇后之位空悬多年，元泰帝原本想将曲贵妃尊为太妃，她却自请到万象寺出家修行。一代国色，像朵开早了的花朵，娇艳不过两年，就这么毅然斩断情丝，转身遁入了空门。

又过了一年，来到京城的第三个冬天，曲氏在万象寺内病逝。

大周百年来的无双绝色，在史书中仿佛一个艳丽缥缈的剪影，着墨不多，传世更少，寥寥几笔，倏地就消失不见了。

然而，真相远不止于此。

天家能够堂皇地摆上明面的东西只有一小部分，史书终究有限，未能详尽——至少在曲贵妃身上是如此。

她藏着的秘密远比所有人所知的要多。

比如她之所以不肯留在宫中当太妃，是因为宏景帝停灵在行宫时，新皇曾三番五次地深夜驾幸她所居之处。等回到京城后，因太傅杨巩力扶元泰帝登基，他的女儿、二皇子正妃终于顺理成章地成了皇后。

再比如，离开皇宫前往万象寺时，曲贵妃其实已经有了身孕。

万象寺住持是个宅心仁厚、慈悲为怀的老尼，又有权宦段玲珑代为打点，替她遮掩安排，最后竟瞒天过海，于元泰二年腊月里诞下一个男婴来。

生产当夜，曲贵妃支撑到孩子落草时已接近油尽灯枯，段玲珑把孩子抱到她床边，眼眶微红，轻声道："娘娘，给他起个名字吧。"

曲贵妃在青布帐里微微侧了一下头，忽然细声问："外头……雪是不是停了？"

段玲珑道："是。小贵人一落地，外面雪就停了。"

"天涯霜雪……霁寒宵，"曲贵妃气若游丝，断断续续地道，"就叫'寒宵'。我名为'颜'，便让他以'颜'为姓……"

段玲珑下意识地觉得这名字凄凉太过，只是看曲贵妃说话勉强，也不敢打断她，只得点了点头。

曲贵妃歇了片刻，攒起一点力气，又继续道："不要让他认祖归宗……天家无情，但愿我儿此生平安康乐，自由自在，别像他娘一样，困在这牢笼里出不去。"

段玲珑:"娘娘……"

"段大哥,"她艰难地伸出枯瘦的手,死死地抓住了段玲珑的衣角,"我求你一件事……"

她手上没什么力气,其实段玲珑只要轻轻一挣就能甩开她的手,甩掉日后的一个大麻烦,可不知为何,他僵立良久,终究妥协般地叹了口气,退让了一步:"娘娘请讲。"

"我想求你……收他为义子,替我看顾他,庇佑他长大成人,别叫旁人欺侮了去……日后,让他为你养老送终……小妹此生无以报答,来世再结草衔环……"

段玲珑忽然按住她的手背,止住了她后面的话。

"当年我将你带进宫中,万万没想到会有今日,"他低声道,"是我误了你。不必说什么报答,只当我欠你的。"

曲贵妃看着他,眼中渐渐蓄满泪水,嘴角却缓缓扬起来,勾出一个极细微的弧度。

她已经被疾病折磨得不成人形,可这么一笑,又让段玲珑恍惚想起三年前带她入京时,她被婢女扶着一步一步走上车,眼里分明含着泪,却在他看过来时,不忘朝他露出一个很浅的笑容。

牡丹带露,明艳灼人,那才是真正的国色天香。

谁能想到一朝雨打风吹去,芳华未逝,红颜未老,已成永诀。

"我等不到他长大了,"她的声音越来越低,"段大哥,你是义父,给他取个字,好吗?"

段玲珑想了一会儿,才道:"'异国久违客,寒宵频梦归',表字叫'梦归',如……"

他扭头一看,床榻的人已没了声息。

简陋清素的床榻中,曲贵妃双目紧阖,面容安详,胸口再也不见起伏,顷刻的工夫,已是去了。

寒宵频梦归,可她再也回不去钱塘了。

怀中的孩子忽然大哭起来,打断了段玲珑的怔怔出神。他轻声哄了两句,抱着孩子站起身来,将曲贵妃露在外头的手安放好,替她将被子拉高,遮住一张苍白枯瘦的容颜。

他对着满室空寂和还未远去的芳魂轻声许诺道:"一言为定。"

后来段玲珑觉着"颜寒宵"这个名字太过孤冷,也为避免有心人联想到曲

番外

番外一 梦归

贵妃，便给他连名带姓地改成了"严宵寒"，并将这个孩子带在身边，悉心栽培。

只是严宵寒与曲贵妃长得实在相像，第一次面圣时，元泰帝一见到他，立刻坐不住了，将段玲珑找来，问他究竟是怎么回事。

早在曲贵妃去世后，段玲珑就开始为今日筹划。他想过把严宵寒送到外面给别人抚养，可谁知道他在外面会长成什么样子？更别说在这个世道，不入庙堂，无财无权，一辈子当个平头百姓，连吃饭都困难，还谈什么"自由自在"？

他还是元泰帝在孝期与先帝后妃偷情生下来的儿子，身份一辈子不能见光，连他的存在都是对元泰帝的潜在威胁。

好在段玲珑准备充分，他老老实实地把当年曲贵妃拼死产下孩子的过程给元泰帝描述了一遍，着重说她的心愿：不想让此子认祖归宗，只求他能安安稳稳地过完一生。

最后，他拿出了撒手锏——一幅据说是贵妃亲手绘制的小像，给元泰帝留作念想。

元泰帝当年本来就是贪图曲贵妃美色，听说她早逝时心中还颇为叹惋，只道自古红颜多薄命，没承想其中还有这等隐情。那幅小像蓦然勾起了他许多回忆，睹物思人，倒是没有心思再追究段玲珑的隐瞒不报之过。

非但如此，随着年龄渐大，曲贵妃在他心里越发缭绕不去，难以忘怀。元泰帝有时候看严宵寒，觉得他也怪可怜，又忍不住想：如果严宵寒是名正言顺的皇子，是不是会比他如今这些儿子都争气？

在这些幻想的潜移默化下，元泰帝默许了段玲珑栽培严宵寒，将他领进飞龙卫，甚至在段玲珑去世后，破格将严宵寒提拔到了飞龙卫钦察使的位置上。

关于严宵寒的身世，元泰帝和严宵寒两人都心知肚明，也都知道对方对此一清二楚，日久天长，竟慢慢变成了一种不言自明的默契。

只要严宵寒恪守臣子本分，元泰帝就会给他除皇子身份外最大限度的权力和位置。

这些年来，严宵寒一直很"守规矩"，唯一一次近乎直白地朝元泰帝讨要某样东西，是在收复中原前，他亲自到蜀中向太上皇借兵。

疆土四分五裂，一个被他抛弃、永远不能有身份的皇子，开口跟他借兵，是为了重整大周江山。

也是在那时，元泰帝终于后知后觉地从严宵寒与傅深的关系中，咂摸出一丝不对的味道来。

番外一 梦归

大行皇帝停灵宫中，新主年幼不能主事，皇后诏顾命大臣协理丧事，宫女内侍张罗陈设，百官哭临殿下，宫中异常忙乱，直到傍晚方歇。

北方冬天日落早，白天才下过雪，又逢国丧，皇城内一片银装素裹，萧瑟难言。严宵寒披着黑貂裘，踏着遍地未扫的积雪走到一处宫殿前，也不等人通报，径自轻手轻脚地推门进去。

室内光线昏暗，残香萦绕，一个修长的人影坐在桌边，以手支着头打盹，不知已经在这儿睡了多久。

严宵寒悄无声息地走到傅深面前，借着微薄的天光看他沉睡的面容，目光像是刻刀，一点一点雕出高挺鼻梁、分明轮廓，还有微微勾起的……唇角。

"偷看我，嗯？"他闭着眼笑道，"不给白看啊。"

严宵寒皱着的眉头立刻松开了，他笑道："怎么坐着就睡了？不冷吗？"

傅深睁开眼睛，懒洋洋地道："不碍事，打个盹，本来就是偷懒。太后那边已经忙完了？"

"嗯。"

严宵寒顾忌着傅深重伤方愈，还有陈年腿疾，说什么也不让他一直在外头跪着。等到了后面一些不太重要的流程时，就给他找了间宫室偷懒。反正现在宫中戒严，也没人敢当着他的面说什么。

"你……"

两人同时开口，对视一眼，又齐齐闭嘴，还是傅深先道："看你欲言又止半天了，你先说吧。"

严宵寒也不知道他是怎么看出自己"欲言又止"的，但确实有话要说："你是不是已经知道了？"

这话有点没头没尾，但傅深立刻明白了他的意思。

"以前我就说过，你跟大行皇帝长得有点像，"傅深道，"昨晚我在太上皇那里看到一幅美人画像，差点以为是你换了套衣服站在那儿。这还有什么猜不到的？"

"没个正经，"严宵寒让他说得笑了，"我是个见不得光的私生子，太上皇忽然来了这么一手，倒叫我有点不放心。恐怕他已经猜到了，想借着这道敕旨离间你我。万一我以后抢了你外甥的江山怎么办？"

"你这个人啊，就是心太重，"傅深叹了口气，"我还能怎么办，只能求你高抬贵手喽……摄政王。"

"快收了神通吧。"严宵寒赶紧止住他的话头，"这话要是传到外面，不知

道又会被人怎么编排。"

　　傅深挑眉看向他，笑了起来。

　　"当然是……朝廷走狗又在残害忠良了。"

番外二 花钿

"和亲使团离原州还有多远？"

帐帘被人一把掀开，年轻的将军大步踏出。边关皎洁的月色下，只见他身披甲胄，腰悬长刀，眉眼清俊，含怒带煞，俨然一尊玉雕的战神，厉声冲帐外亲兵道："重山，去点一队人，马上整装跟我走！"

满身杀气令路过主帅营帐的巡逻兵心头一凛，负责巡营的将官俞乔亭见状勒马驻足，招呼道："将军，大晚上还出去？出什么事了？"

顷刻间士兵已集结完毕，傅深拉过战马，翻身上马，与俞乔亭并肩向驻地外奔去，边走边道："孩子没娘，说来话长。西鞑被东鞑人驱逐出草原，定居西陲多年，有意与我朝往来交通。前年平乱，多亏了他们出兵相助，去年年底陛下派使团前往答谢，借着这个机会，两边约定结为儿女亲家，可汗把他女儿送到京城和亲，送亲队伍已经在路上了。"

俞乔亭："这不是好事吗？"

"好个屁。"傅深道，"西鞑可汗为表诚意，把一尊白玉神像添进了公主的嫁妆里。那玩意儿是古斡延国的传国之宝，斡延国分裂后，神像被西鞑人带到了西域。东鞑为了这尊国宝用尽手段，两族人见面就掐，斗得跟乌眼鸡一样。"

俞乔亭是聪明人，一点就透："哟，那公主这一路可不怎么安生。"

傅深道："西鞑那边想必也怕闹出大事来，事先跟朝廷通过气，除了送亲队伍，陛下还派了心腹亲军去迎接。"

"所以你这是……"

"从西至东,数同州、原州这一带离东鞑最近,最不好走。"傅深嗤笑道,"那群草包现在扛不住了,派人来原州求援。"

"哦,原来如此。"俞乔亭点点头,又问,"这种事还要劳动你亲自走一趟?派人去接应一下不就得了。"

傅深摆摆手,说话间两人已经到了营地出口,他便不再多言,带着一队人马尘土飞扬地跑远了。

俞乔亭目送他们远去,忽然觉出不对味来:哎?谁给他通风报信,让他去接应西鞑和亲使团的?

如果是朝廷下旨,傅深不会走得这么急,他那个样子,明显是事先不知情,突然接到紧急求援的。

什么时候西鞑人跟傅深也有了这种交情?

北燕军一路疾行,穿过黑暗的山道与树丛,直奔原州与同州的交界地带。此地四野荒凉,前不着村后不着店,是个杀人越货的绝佳去处。傅深直觉敏锐,在呼啸掠过的风声中捕捉到一丝异动,立刻朝身后士兵打了个手势,放缓速度,转头问肖岣:"这座山前面是什么地方?"

肖岣:"翻过这个土坡就是官道。"

傅深点了点头,道:"别出声,动作轻点,跟我走。"

越是向前,那声音就越清晰。爬坡爬到一半,他们已经能听见另一头传来的冷铁相撞的刀兵之声,伴随着阵阵呼喝喊叫,在漆黑夜色中显得格外瘆人。傅深心道不妙,一抖缰绳,纵马冲上土坡,借着月光粗粗一看,只见远处旷野中几团篝火散落如星,营地里人影幢幢,刀光剑影,两方人马打成一团。战况最胶着处,有个身影正被数人围攻,那人手中长刀运转如风,然而仍显得左支右绌,力不从心,险些被一刀削中肩头,踩进火堆里去。

傅深眯起眼,疑惑地喃喃道:"西鞑公主……身手这么好吗?"

"什么?"跟在他身后的肖岣一头雾水,然而还没等发问落地,傅深已经一马当先地冲下了山坡,雪亮的刀锋过处如切瓜砍菜,顷刻间人头落地。他单骑杀入重围,从身后一把将长发飞散的公主捞上马,沉声道:"北燕军在此,公主勿怕……"

那乌发白肤、服饰明艳的"异域公主"闻言,猛地抬起头来盯着他,手中的刀还在滴着血。

一个微微沙哑的男声沉沉地道:"多谢将军,我不怕。"

傅深傻眼了。

方才隔得那么远，天色又那么暗，他只看到飞扬的长发和鲜艳的裙裾，下意识以为那就是使团中唯一的女人，谁知道竟捞上来个冒牌货——这五大三粗的混账东西唱的到底是哪出戏？

"你……"傅深嘴角抽搐，太阳穴青筋乱跳，无言半晌，才咬牙切齿地道，"我倒是不知道，严大人竟还有这种癖好。"

"迫不得已。"严宵寒尴尬地垂下眼帘，被刻意修饰过的眉目格外精致，在男人脸上竟也不突兀，反而有些目引横波、顾盼生辉的意思，"稍后再跟你解释，大敌当前，还是保命要紧……"

他话没说完，忽然被傅深狠狠地往下一按，侧身躲过背后射来的一支短箭，另一只手挥刀格开砍向二人的刀锋。傅深猝不及防地撞了一下，险些把高挺的鼻梁撞断，直起身眼泪汪汪地拉着缰绳，忍痛含恨道："坐好了，别碍事！驾！"

战马长嘶一声，驮着两人向外疾奔，偷袭者的包围圈再次被冲散，亲兵立刻抢上前护卫住二人。起先送亲队伍只能勉强抵抗，北燕军一加入战场，局势陡转，仗着人数优势，几乎是一边倒地碾压。对方见大势已去，情知不可恋战，高声用东鞑语喊了几声，余下的刺客立即抽身，四散奔逃，迅速消失在一片茫茫夜色里。

肖屿还要再追，被傅深拦住："追不上，别费工夫了。他们随便找个山沟一蹲，咱们得找到猴年马月去。"

"是。"肖屿嘴上答应，视线却不受控制地一直往傅深身前的"公主"身上瞟。那人身形瘦削，脖颈纤长，垂落下来的黑发遮住半边脸，可能是在刚才的乱斗中被打散了发髻，此刻金钗斜坠，一串红玛瑙流苏缠在发丝中若隐若现，除了额心的花钿犹在，其他首饰都不知遗落到哪儿去了，就这么背对众人侧坐在马背上，倒也别有一番楚楚动人的风姿。

可他们将军那吃了酸葡萄似的满脸抽搐、想笑又要忍着的表情是怎么回事？还有那公主为什么看起来……似乎比傅将军还要高一些呢？

"接下来怎么办？"傅深干咳一声，掩饰话中忍不住的笑意，低声问严宵寒，"你们要留在这里，还是到原州休整？"

严宵寒像是受不了他揶揄的目光，不自在地别过头，努力绷着脸道："东鞑人吃过一次亏，应该不会再来了。今晚多谢将军援手。"

"是该谢我。"傅深不客气地笑道，"否则严大人今晚恐怕就要交待在这儿了，嗯？"

严宵寒："……"

"行了不说了，"傅深拨转马头，嫌弃地道，"还是先回去把你这一脸花红柳绿洗了吧，真伤眼哪！"

说完，他命手下让给了严宵寒一匹马，就这么慢悠悠地回到了营地。北燕铁骑训练有素，不远不近地缀在身后，等严宵寒进帐去换衣洗漱，迎亲使团的人上前道谢，傅深这才居高临下地转过头，倨傲地问："贵国送公主来我朝和亲，就带了这么几个人，是真没把东鞑人放在眼里，还是早就做好了有去无回的准备？"

那西鞑使节只当他关心公主的安危，赔笑道："多谢、多谢将军。不过您不必担心，公主并不在这里，她已经被上国的军队护送离开了。"

傅深稍一转念，便明白了其中的关窍，怒也不是，笑也不是，最后冷哼一声下了马，吩咐肖屿："今晚在这里驻扎一夜，严加守卫，以防东鞑人再来偷袭。记得派个人回去给俞乔亭报信。"

肖屿应声去安排。傅深没理会那个战战兢兢的西鞑使者，径直走进公主帐中，把帘子摔出好大的动静。严宵寒正艰难地卸妆，闻声转过头来看他，傅深没好气地把佩刀往桌上一拍，讥诮道："士别三日当刮目相待，半年不见，严大人都学会舍己为人了，可真让在下没想到啊！"

严宵寒叹了口气，道："无奈之举，见笑了。"

傅深盯着他擦掉脸上的脂粉，笨拙地卸去头上的簪环，忽然道："飞龙卫奉命接应西鞑送亲使团，因为担心东鞑人突袭，所以兵分两路，一队人护送公主先走，剩下的人则沿着原定路线继续走，以身作饵，吸引东鞑人的注意。如此一来，那些东鞑的刺客攻击使团，真正的公主和神像则有机会在他们眼皮子底下安全过关。这么聪明的办法，是谁想出来的？"

严宵寒身形一滞，沉默片刻后苦笑道："多谢夸奖。"

"既然这么聪明，你怎么还敢自己来当这个饵呢？"傅深轻轻地说道，"以你严大人的心思，不可能预料不到今晚的情况。"

"你这不是及时赶到了吗？有惊无险罢了。"

傅深大步走到他跟前，一把揪住严宵寒的衣领，险些将他从椅子上拎起来："严大人，你心里到底有没有数？嘴里还有一句真话吗？你怎么确定你的求援信一定会递到我手中，怎么敢保证我能带人及时赶到？万一我来晚一步，你是打算让我给你收尸吗，啊？"

声声质问仿佛当头砸下，震得桌子腿都在微微颤动，帐内帐外，一时间鸦雀无声。

"好了，好了，别动气，"严宵寒无奈地注视着他，好脾气地解释道："这次是我铤而走险，但如果不这么做，跟着送亲使团也一样会遇到东鞑刺客，公主和神像一旦出了差池，飞龙卫难辞其咎。"

傅深反问道："飞龙卫捅了娄子，轮不到你一个小小的中郎将来顶缸，你着什么急？"

严宵寒没有说话，只是勾了勾嘴角，露出了个很勉强的笑容。

傅深心念急转，刹那间悟了。

他蓦地松开严宵寒的衣领，怔怔地道："你义父……"

"不大好。"严宵寒低声道，"义父年事已高，深受痹症之苦，已经上书告老，陛下准许他回家休养。"

无须细说，傅深已经明白了他的意思。段玲珑是严宵寒在飞龙卫的最大依仗，如今他眼见是不行了，新的继任者尚无着落，严宵寒在飞龙卫的地位瞬间变得微妙起来。难怪他会被推出来假扮公主，当最危险的饵，想必就是飞龙卫内部人事倾轧的结果。倘若这回不拼死一搏，飞龙卫护送途中哪怕出了一点问题，最后倒霉的都一定是严宵寒。

"你……"

"别担心，我又不是真的公主，在东鞑人手下保命还是没问题的，"严宵寒似乎知道他在想什么，反倒宽慰他道，"再说我也留了后手，多谢你能赶来。"

他不肯明说，但两人都心知肚明。从今往后，再也没有人能替他遮风挡雨，严宵寒要继续往高处走，只能靠自己一步一个脚印地攀爬，打落牙齿和血吞，从烂泥堆里挣扎出一条活路来。

可是——

严宵寒从镜中瞥了一眼站在他不远处眉头紧皱的傅深，忽然道："奇怪，这个花钿好像擦不掉……"

"嗯？"傅深回神，被他转移了注意力，俯身端详他眉心殷红的痕迹，"我看看，这玩意儿是粘上去的吗？嚯，还有金箔，能直接用手抠吗？"

"应该不行。"

傅深嘲笑了他一通，末了道："我让人弄点热水给你敷一敷，看看能不能弄掉。别说，没想到严大人不但是个美男子，扮起红装来，居然也不逊于绝色佳人，哈哈哈哈哈……"

他笑完，转身出门去找水。严宵寒用余光注视着他的背影直至消失，才收

番外 番外二 花钿

回视线，垂下眼帘，似自嘲又似满足地微微一笑。

前路多艰，可是他还有一个想要保护的人——一个会在深夜里踏着月光来救他的人。

心有所执，足以饮血作甘饴。

番外三 封侯

"傅将军!"

大朝会近午方散,文武百官自太和殿前陆续离去,傅深正慢悠悠地踱步向外走,忽然听得有人叫他,回头一看,便见卫国公世子、太常寺少卿何真绪从后头赶上来,到了近前向他拱手贺道:"将军大喜,改日再见,就该称一声侯爷了。"

傅深含笑道了声"世子好"。他是武将世家出身,又自前年起常驻北疆,一向同京中臣僚没什么交情,今日大朝的文武百官之中,也就何真绪这个勋贵子弟与他还算相熟,特地过来向他道喜。

"天恩浩荡,陛下是看在先父、先祖的情面上,才封了我这个靖宁侯,说到底,都是托赖先人余荫。"

何真绪也不跟他见外,上来就拿手肘捣了傅深一记,亲亲热热地道:"快别谦虚了,未及弱冠之年就上阵退敌、镇守一方,你也算是大周开国以来的独一份了,就这还自谦仰仗父祖余荫,那我们这些真膏粱纨绔岂不是没脸活着了?"

傅深笑着摇了摇头,不欲与他争辩,只说:"世子过誉了。"

在外人眼中,封侯拜相是何等风光之事,但落在傅深身上,与其说是帝王荣宠,倒更像是一种试探般的蚕食。放着现成的颖国公不让他袭爵,反而另封了一个靖宁侯,变着法儿地把北燕铁骑和傅家剥离开来,元泰帝之用心不可谓不深沉。傅深为了把这一出明君良将的戏做足,放下军务,千里迢迢地从燕州

赶回来,却不是真不懂事,以为元泰帝格外赏识器重他。要是他蠢到居功自傲,恃宠而骄,那才是真正离死不远了。

何真绪见他脸上淡淡的,只当他是这几年在外历练得少年老成,拉着他的袖子热情地道:"将军在燕州那等苦寒之地一待两年,想必早忘了京中繁华是何等滋味,你等我告个假,下午带你去好生乐一乐,京城近日有出极有趣的戏……"

"傅将军留步。"

还没走出去一里远,一道凝霜般的声音在两人背后响起,傅深如有所感,回身望去,果然见到了一张熟悉的脸。严宵寒身着深蓝织锦官袍,肩头坠着黑缎披风,腰悬长刀,负手而立,形容极为冷淡,连正眼也没给何真绪一个,清清冷冷地对傅深道:"陛下召见,将军请随我来。"

这位新任飞龙卫钦察使同傅深一样,也是个年纪轻轻就手握重权的主儿,却比傅深吓人得多,何真绪只被他的眼风扫了个边,就觉得后心一凉,立刻往后缩了三寸。傅深点了点头,还不忘转头对何真绪道:"今日不得闲,等改日有空,再请世子一道喝酒。"

鹰犬在侧,何真绪哪还敢跟他说什么吃酒唱戏,忙道:"既是陛下召见,将军快去吧,别误了事,我这便回衙了。"

眼看他急匆匆的背影消失在宫门尽头,傅深这才调转视线,似笑非笑的目光落在严宵寒一张冷面上:"钦察使大人,好大的威风啊!"

严宵寒比了个"请"的手势,一边带着他往御书房走,一边答道:"不敢。"

"我看没什么是你严大人不敢的。"傅深凉凉地道,"对了,还没来恭贺严大人高升,平州一案办得叫人闻风丧胆,李运舒经营多年,树大根深,想不到最后竟栽在你手里——单凭这一件奇功,做个飞龙卫钦察使都是委屈你了。"

严宵寒只当听不出他的嘲讽,八风不动地答道:"李运舒暗中豢养兵马私军,久怀不臣之心,他在平州的种种作为,圣上早有风闻,我也只是奉旨办事。倒是傅将军远在燕州,军务繁忙,还分心记挂着在下,实在叫我受宠若惊。"

"严宵寒!"傅深叫他这态度气得火直往脑门蹿,压低了嗓音怒斥道,"你是真傻还是在跟我装傻?李运舒该死,要收拾他自有御史大理寺,你掺和这摊浑水干什么?京城这么大的地方还不够你折腾吗,谁给你的胆子往军中伸手?我看你是活得不耐烦了!"

他脸一放下来,严宵寒反而一改先前形容,周身气焰顿收,语气跟着莫名其妙地温和了下来:"唔……就当我是吧。待会儿见到陛下,他若问你的意思,你也照这么答,记住了吗?"

御书房离太和殿不远,两人脚程又快,没几步就到了,傅深被他这突然转性弄得一头雾水,脾气还没发完,就和严宵寒一道进了御书房。元泰帝一贯擅长打个巴掌再给个甜枣,对傅深显得十分宽容,叫内侍赐茶赐座,温言勉励了他一番,才话锋一转,说到正题上:"李运舒谋反下狱,平州都督一职空缺,此地险要,不可一日无将。敬渊,依你之见,该派何人接替李运舒?"

傅深心中狠狠地打了个激灵,差点下意识地朝严宵寒看去,好在忍住了,谨慎地道:"臣是燕州守将,不该左右陛下用人。"

"不必拘束,"元泰帝道,"平州离燕州最近,又是你叔父捐躯之地,朕想着若能选个得用的人顶上,对你北燕军也是一大助力。只是不知道你心里有没有合适的人选?"

严宵寒眼观鼻鼻观心,自始至终一语不发,就好像大殿里没有他这个人一样。傅深垂下眼去,余光瞥见半步外一片绣银的深蓝袍角,突然想起进殿前严宵寒说的话,心中顿悟。他沉吟片刻,缓缓地道:"臣有个不情之请,还望陛下开恩。"

"什么?"

"臣听说先叔去后,肃王殿下曾请封平州。王爷与先叔自小一起长大,情谊深厚,如今天人永隔,臣是做晚辈的,不忍见王爷太过伤心,因此斗胆请陛下容情,允准王爷所请,也算是……全了我叔父的一点夙愿。"

肃王与傅廷信交好在天家并非秘密,只是两个人都出身显贵,一举一动牵涉众多,又都自恃年少,总觉得来日还长。谁料命运无常,离合从不给人以喘息之机,时至今日,活着的人再怎么难以忘怀,也只能靠这些自毁般的挣扎聊以自慰了。

"你——"

元泰帝本意是想借傅深的力,名正言顺地把自己的心腹眼线安插进平州军里,孰料傅深上来就掀了摊子,一张口抬出了先人遗愿,元泰帝要是不答应让肃王守平州,一来显得他不近人情,二来与他苦心塑造的优待功臣的形象相悖,这下反倒把自己高高架起,弄成了个骑虎难下的局面。

傅深见他面上掠过一丝不自然的犹豫之色,立刻极有眼色地从座位上起身下拜,沉声道:"请陛下恩准。"

严宵寒顺水推舟,适时地在旁附和了一句:"请陛下开恩。"

"你们这一个两个的……唉,肃王是朕的兄弟,难道还真让他去那冰天雪

地的苦寒之地守一辈子？"元泰帝心烦得直摆手，"罢了，罢了，让朕再想想，都先下去吧。"

他这样说，事情就成了五分，傅深和严宵寒默契地一同行礼，齐声道："臣告退。"

这一路上谁也没有说话，直到出了宫门，傅深正想着去哪里消磨半天，省得回国公府看秦氏那张晚娘脸，严宵寒出声叫住了他："正是饭点，将军中午若没有别的安排，不如让在下做一回东道？"

"本来有人约了我吃酒听戏，被你活生生吓跑了，"傅深抱着手臂盯着他，"严大人打算怎么赔我？"

严宵寒眼角微弯，眼底漾开水波一样的笑意，轻声道："我知道他要带你听的是什么戏，随我来就是了。"

傅深与他有将近一年没见，这次回京乍一碰面险些被严宵寒的冷脸唬住，心说此人升任鹰犬头子后果然比先前更有威仪，可现在一对上严宵寒的眼睛，又觉得他好像没什么变化，纵使两人针锋相对，他也总对傅深抱有一分忍让，明明傅深是占理的那个，却每每都觉得是自己欺负了他。

城东春明池畔碧云红雨楼，二层雅间推开窗，就能看见下方热闹的戏台，演的是一出《万里平戎记》，傅深一边吃饭一边支着耳朵听了几句，越听越迷惑，放下筷子道："我怎么听这词儿这么熟悉呢？"

严宵寒执着茶杯，慢慢悠悠地低声道："少年将军，白马银枪，十八岁披挂上阵，横扫千军万马，百忙之中竟还能抽出空来从山贼手中救下一位落难女子，连蛮人公主也对他一见倾心……"

傅深只觉脑袋都被他念叨得大了一圈，忙道："快住口！我这一生清名都让他们败坏干净了，光天化日，天子脚下，公然编派朝廷大臣，还有没有王法了？这都没人管？"

严宵寒一笑，不置可否，话里有话地道："将军盛名如斯，确实该更小心谨慎一些。"

傅深道："什么意思？"

严宵寒扬眉看向他，不答反问："将军是真不明白，还是在跟我装傻？"

傅深毫不退缩地回视："我倒不明白，你有什么话不能直说，非要跟我遮遮掩掩地打机锋？"

"这还要我如何直说？"严宵寒道，"陛下为什么封了你一个靖宁侯，为什么今天把你叫过去问平州都督的事？将军，满京城都在传唱这出《万里平戎记》，你当真以为陛下对此无知无觉吗？"

"行了，你不用再说了，"傅深将茶杯往桌上一搁，起身漠然地道，"严大人一片好意，我心领了，但不管旁人如何猜度，傅家与北燕铁骑，自来只知'为国尽忠'四字而已。告辞。"

严宵寒没有出言挽留，沉默地目送他拂袖而去，看着他的身影穿过人流，消失在熙熙攘攘的京城街头。

他对着窗外出神良久，一直等到一折戏都唱完了，才放下手中半杯残茶，招手叫小二过来结账。

等他出门后，街角阴影处一辆久候的马车辘辘驶来，车夫把车停稳，跳下来替他打帘子，两人错身之际，严宵寒忽然道："今晚带人抄检全城酒楼戏园，从今往后，不许再唱这出《万里平戎记》。"

车夫面露微愕，犹疑道："大人？"

严宵寒在车中坐定，似乎有些困倦，半阖着眼，低沉轻缓地道："本官与靖宁侯素有旧怨，偏见不得他们颂扬忠义，这种正人君子，就该让他默默无闻……一辈子待在北疆喝风才好。"

"属下遵命。"

清脆的鞭声一响，马车的速度渐渐加快，与傅深离开的方向正相反，朝着巍峨庄严的皇宫驶去。

番外四 江山

作为大周有史以来最位高权重的外姓宠臣，严宵寒其人一直被重重流言所包裹，说他什么的都有。在外人的想象里，他的一天有二十四个时辰，每个时辰都在试图取代新主自己当皇帝，只是碍于靖国公傅深的威慑，才迟迟不敢动手。

宫中还流传着一个著名的"秘闻"，说的是新主承明帝年幼，对母舅靖国公十分依赖，常抱着大腿不肯撒手。严宵寒就像一只蹲守在鸡窝外的黄鼠狼，对这一家子都不怀好意，稍不注意，他就要朝小皇帝伸爪，屡屡出言挑拨承明帝与靖国公之间的关系。

有一天，临近黄昏时，傅深本该告退出宫，可小皇帝黏人黏得厉害，死活不肯让他走。严宵寒见状，便开玩笑地问他道："靖国公是臣的家人，陛下若执意留他，可要拿什么来换呢？"

小皇帝如今虽然只知道吃饭、睡觉和玩，但不愧是天潢贵胄，从小就展露出了过人的胆识，开口便道："江山予卿。"

傅太后闻言登时色变，失手将一碗茶扣在了自己的衣摆上。

严宵寒的一时嘴欠被起居郎原原本本地记录了下来。第二天，无数弹劾折子雪片似的飞上承明帝的案头，痛斥严宵寒罔顾纲常，欺辱幼主，毫无尊卑上下之别，谋逆之心昭昭，倘若放任此等乱臣贼子把持朝政，江山社稷早晚有一天要断送在他手中。

番外四 江山

朝臣们再次发出了垂死挣扎的呐喊：此人不除，迟早要成心腹大患！

同为顾命大臣的顾山绿被同僚逼得一个头两个大，私底下找傅深吐苦水："国公爷，您可管管他吧，都察院马上要按不住了，他们连遗书都写好了，就等着明天殿上死谏。您就当可怜在下，让严大人安生两个月，避避风头，行不行？"

傅深"啧"了一声："大惊小怪，这就准备英勇就义了？不是我说，都察院诸公也都一大把年纪了，怎么还这么经不住事儿？"

顾山绿知道他护短，一把抓住他的胳膊，沉痛而郑重地恳求道："将军，事关朝堂安定，江山稳固，全仰仗您了！"

傅深"啪"的一下拍开他的手，像防贼一样退到顾山绿三尺开外，道："有话好好说，别动手。"

顾学士这两年也修炼成了人精，但笑不语，朝他拱了拱手，示意麻烦你了。

傅深被他似笑非笑的眼神看得头皮发麻，总觉得顾山绿误会了什么。

两人大眼瞪小眼地僵持片刻，傅深认命地摆了摆手，没好气地退让道："知道了，过几天就走，绝不留在朝中碍各位的眼，满意了吗？满意了赶紧山去。"

本着死道友不死贫道的心态，顾学士兵不血刃地解决了一个棘手的大麻烦，不用傅深送，自个儿心满意足地走了。

送走了客人，傅深优哉游哉地踱回后院。严宵寒听见他的脚步声，刚要转头，忽觉鬓边一凉，一股清甜的花香幽幽拂过，一朵硕大的粉边白月季被递到了眼前。

他状似不情不愿地回过身，绷着脸道："干什么？"

"看此花开得好。"

严宵寒登时倒吸一口凉气。

傅深笑眯眯地道："不喜欢吗？"

严宵寒冷冰冰地道："不喜欢。"

傅深不慌不忙地收回那朵花，低头闻了闻，惋惜道："不喜欢啊？那算了，我还是找个地儿把它插回去吧……"

话还没说完，就被抓住了。

"喜欢，行了吧？"严宵寒没好气地道，"回来，别糟蹋我的花了。"

很多人并不知道，那段流传到朝中大逆不道的对话，其实还有下半段。

小皇帝说出"江山予卿"这句话之后，不光傅太后炸了，严宵寒也炸了。

他比皇帝还无赖,一把抓住傅深,恶人先告状,连声数落道:"你看看,陛下为了游乐,竟连江山都要拱手让人,这还得了?太傅、学士都是干什么吃的?平日里都是如何给陛下讲道理的?还有你,你平时对陛下过于迁就……"

傅深听不下去,压低声音道:"放屁,你还敢说我迁就他?不要脸了?"

严宵寒面不改色地道:"总之,天下之君,金口玉言,绝不可如此儿戏。都是我们这些做臣子的事君不力,疏忽大意,才令陛下说出此等话来。臣斗胆请太后懿旨,自明日起,靖国公便不再日日进宫陪伴陛下,改由顾、李、杨三位学士每日轮替入宫,为陛下讲授古今圣人之学、帝王之道。"

傅太后的裙子上还滴着水,被他这番既周全又忠直的进言说愣了,支吾道:"这……"

她征询般地望向自家兄长,却见那位正以手扶额,满脸写着"管不了",已经完全不想说话了。

傅太后无奈地答应道:"那就这么办吧。"

严宵寒得了太后懿旨,还没来得及高兴,就听见殿中骤然爆发出一声响亮的号啕大哭,承明帝抱着傅深的大腿哭道:"要舅舅!"

傅深哪舍得让他这么哭,当即就要俯身将他抱起来。可身子刚一动,就感觉严宵寒拉住了他,自己上前,在小皇帝面前半跪下去,温和却不容拒绝地一根一根掰开了他细嫩短小的手指。

他对大哭不止的小皇帝低声说了句什么,那震耳欲聋的哭声先是一顿,紧接着骤然拔高了一个调,险些一嗓子震断宫殿大梁。

傅深只模糊地听到了几个字,不知道这位祖宗又怎么招惹那位小祖宗了,气急道:"你还逗他……"

严宵寒忽然扭过头,深深地看了他一眼。

他的眼神很冷,里面没有分毫笑意,却有股说不出的坚硬,莫名令人联想到冰凉的铁石和冰封的湖面。

傅深仿佛被他的目光震慑住,不由得一怔。

还没等他从这突如其来的一眼中咂摸出深意来,严宵寒自行起身,对太后行了个礼,便拉着他告退了。

结果从那天之后,这人跟他闹了整整四天的别扭。

严大人不肯承认自己在闹别扭,但傅深早就看透他了。而且严宵寒属于那种格外难哄的幼稚鬼,他报复的方式十分独特,就是把傅深的靴子和轮椅都藏起来,让他叫天天不应,叫地地不灵,生活不能自理,只能屈从于这种幼稚的手段之下，任由这"奸佞走狗"对他百般胡闹。

今天好不容易把他哄得高兴了，傅深顺道说起方才跟顾山绿商量的结果："……我看朝廷眼下也用不着咱们俩，不如找个由头出京歇一阵子，如何？你想去南边还是北边？"

"敬渊，"严宵寒没有答他的话，而是忽然不着边际地道，"我一直不希望你跟陛下太过亲近，他虽是你的外甥，可等到十年、二十年之后，他重掌大权，还能不能待你如初？会不会也像他父亲和祖父一样，对你我充满忌惮？"

"我知道啊，"傅深莫名其妙地道，"怎么了？八竿子打不着的，说什么呢？"

严宵寒握住他的肩头，上身微微下压，盯着他的眼睛，认真地说："那些担心都是瞎想，以后未必会成真。就算成了真，我也能给你兜住。我不用你在我和陛下之间选一个，也不用非要你离开京城疏远宫里。所以……出京这事压后再议，你好好想想，别委屈你自己，行不行？"

傅深张了张嘴，却不知道该说什么，默然了片刻，才幽幽地叹了百转千回的一声："你啊。"

他说："自我从军之日起，就抱定了以身许国、马革裹尸的念头，不料造化弄人，国没许成不说，还熬死了两任皇帝。"

"这么些年，这么些事，我纵然是个榆木疙瘩，也该看开了，"傅深悠悠叹道，"轮回更替，自有定数，江山留与后人愁，我又不是菩萨下凡，还能操心天下事一辈子吗？"

余下的话，都被淹没在了月季花清甜的香气里。

承明四年夏，傅深与严宵寒奉命巡查江南，于六月初离京南下。

小皇帝苦哈哈地跟着太傅读书练字，有时候会让宫人代笔给舅舅写信，问他什么时候回来，要带他看御花园新栽的荷花。

他虽然从来没问过严宵寒一个字，却从未忘记过那个对他还可以，但就是让人喜欢不起来的小气鬼。

后来，一直到承明帝长大，成了天下之主，富有四海，他都牢牢记得那天在宫里，严宵寒对他说过的话。

"把你的江山拿回去，不换。"

= 全文完 =

图书在版编目（CIP）数据

黄金台 / 苍梧宾白著. — 成都：天地出版社，2021.12
ISBN 978-7-5455-6653-6

Ⅰ.①黄… Ⅱ.①苍… Ⅲ.①长篇小说—中国—当代 Ⅳ.①I247.5

中国版本图书馆CIP数据核字(2021)第214752号

HUANGJINTAI
黄金台

出 品 人	杨　政
作　　者	苍梧宾白
责任编辑	王筠竹
特约编辑	薛天舒　夏君仪
封面设计	卷帙设计·菩提果
内文排版	徐　磊
责任印制	王学锋

出版发行	天地出版社 （成都市槐树街2号　邮政编码：610014） （北京市方庄芳群园3区3号　邮政编码：100078）
网　　址	http://www.tiandiph.com
电子邮箱	tianditg@163.com
经　　销	新华文轩出版传媒股份有限公司
印　　刷	天津旭丰源印刷有限公司
版　　次	2021年12月第1版
印　　次	2021年12月第1次印刷
开　　本	680mm×970mm　1/16
印　　张	23.25
字　　数	418千字
定　　价	49.80元
书　　号	ISBN 978-7-5455-6653-6

版权所有◆违者必究

咨询电话：(028)87734639（总编室）
购书热线：(010)67693207（营销中心）

如有印装错误，请与本社联系调换。